DUBBELE DREIGING

Tom Clancy

De jacht op de Red October
Operatie Rode Storm
Ongelijke strijd
Kardinaal van het Kremlin
De Colombia Connectie
Golf van ontzetting
Uitstel van executie
De meedogenlozen
Ereschuld
Uur van de waarheid
SSN
De beer en de draak
Het rode gevaar
De tanden van de tijger
Op leven en dood
De ogen van de vijand
In het vizier
Op commando

Woestijnstorm
Slag om Kuweit
Special Forces

Tom Clancy's Power Plays-serie
Tom Clancy's Op-Center-serie
Tom Clancy's Netforce Explorers-serie
Tom Clancy's Net Force-serie

Bezoek onze internetsite www.awbruna.nl voor informatie over onze boeken, volg @AWBruna op Twitter of bezoek onze Facebook-pagina: Facebook.com/AWBrunaUitgevers.

TOM CLANCY

met MARK GREANEY

DUBBELE DREIGING

A.W. Bruna Uitgevers

Oorspronkelijke titel
Threat Vector
© 2012 by Rubicon, Inc.
All rights reserved including the right of reproduction in whole or in part in any form.
This edition published by arrangement with G.P. Putnam's Sons, a member of Penguin Group (USA) Inc. through Ulf Töregård Agency AB.
Vertaling
Joost van der Meer en William Oostendorp
Omslagbeeld
© Stephen Mulcahey/Arcangel Images (man)
© Eric Van Den Brulle/Photonica (auto)
Omslagontwerp
Studio Jan de Boer
© 2016 A.W. Bruna Uitgevers, Amsterdam

ISBN 978 94 005 0737 1
NUR 332

Met dank aan Luitenant-Kolonel (LK) Rob van Putten.

Behoudens of krachtens de in de Auteurswet van 1912 gestelde uitzonderingen mag niets uit deze uitgave worden verveelvoudigd, opgeslagen in een geautomatiseerd gegevensbestand, of openbaar gemaakt, in enige vorm of op enige wijze, hetzij elektronisch, mechanisch, door fotokopieën, opnamen of enige andere manier, zonder voorafgaande schriftelijke toestemming van de uitgever. Voorzover het maken van reprografische verveelvoudigingen uit deze uitgave is toegestaan op grond van artikel 16 h Auteurswet 1912 dient men de daarvoor wettelijk verschuldigde vergoedingen te voldoen aan de Stichting Reprorecht (Postbus 3060, 2130 KB Hoofddorp, www.reprorecht.nl). Voor het overnemen van gedeelte(n) uit deze uitgave in bloemlezingen, readers en andere compilatiewerken (artikel 16 Auteurswet 1912) kan men zich wenden tot de Stichting PRO (Stichting Publicatie- en Reproductierechten Organisatie, Postbus 3060, 2130 KB Hoofddorp, www.cedar.nl/pro).

Hoofdpersonages

Amerikaanse regering
John Patrick 'Jack' Ryan: president van de Verenigde Staten
Arnold van Damm: stafchef van de president
Robert Burgess: minister van Defensie
Scott Adler: minister van Buitenlandse Zaken
Mary Patricia Foley: directeur nationale inlichtingendiensten (DNI)
Colleen Hurst: nationaal veiligheidsadviseur
Jay Canfield: directeur van de Central Intelligence Agency (CIA)
Kenneth Li: Amerikaanse ambassadeur in China
Adam Yao: geheim agent, National Clandestine Service, Centrale Inlichtingendienst (CIA)
Melanie Kraft: inlichtingenanalist, Centrale Inlichtingendienst (CIA) (tijdelijk uitgeleend aan de DNI)
Darren Lipton: senior special agent, Federal Bureau of Investigation, National Security Branch, divisie Contra-inlichtingen

Amerikaanse leger
Admiraal Mark Jorgensen: marine, commandant Pacific Fleet
Generaal Henry Bloom: luchtmacht, commandant Cyber Command
Kapitein Brandon 'Trash' White: korps Mariniers, F/A-18C Hornet-piloot
Majoor Scott 'Cheese' Stilton: korps Mariniers, F/A-18C Hornet-piloot
Chief Petty Officer (CPO) Michael Meyer: marine, leider SEAL Team Six

De Campus
Gerry Hendley: directeur van Hendley Associates/hoofd van De Campus
Sam Granger: hoofd operaties
John Clark: officier operaties
Domingo 'Ding' Chavez: officier operaties
Dominic Caruso: officier operaties

Sam Driscoll: officier operaties
Jack Ryan jr.: officier/analist operaties
Rick Bell: hoofd analyse
Tony Wills: analist
Gavin Biery: hoofd IT-afdeling

De Chinezen
Wei Zhen Lin: president van de Volksrepubliek China/secretaris-generaal van de Communistische Partij
Su Ke Qiang: voorzitter van de Centrale Militaire Commissie van China
Wu Fan Jun: inlichtingenofficier, ministerie van Staatsveiligheid, Shanghai
Dr. Tong Kwok Kwan alias 'Center': hoofd computernetwerkoperaties van Ghost Ship
Zha Shu Hai alias 'FastByte22': door Interpol gezochte cybercrimineel
Crane: leider van 'Vancouver-cel'
Han: fabriekseigenaar en hightechvervalser

Andere personages
Valentin Olegovich Kovalenko: ex-SVR (Russische buitenlandse veiligheidsdienst) plaatsvervangend *rezident* met standplaats Londen
Todd Wicks: rayonverkoopmanager van Advantage Technology Solutions
Charlie 'DarkGod' Levy: amateurhacker
Dr. Cathy Ryan: echtgenote van president Jack Ryan
Sandy Clark: echtgenote van John Clark
Dr. Patsy Clark: echtgenote van Domingo Chavez/dochter van John Clark
Emad Kartal: ex-geheim agent Libische veiligheidsdienst, communicatiespecialist

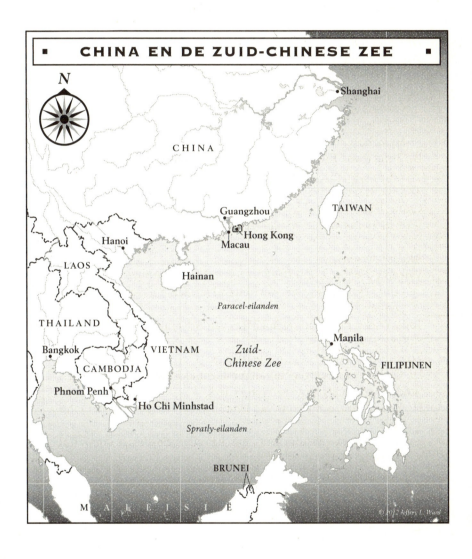

Proloog

Het waren zware dagen voor de ex-agenten van de JSO, de Jamahiriya Security Organisation, de gevreesde Libische inlichtingendienst die werd geleid door Moammar Gaddafi. De JSO-agenten die de revolutie in hun thuisland hadden overleefd, waren uiteengedreven en hielden zich verscholen, vrezend voor de dag waarop hun wrede, gewelddadige verleden hen op een al net zo wrede en gewelddadige wijze zou inhalen.

Nadat de door het Westen gesteunde rebellen een jaar geleden Tripoli in handen hadden gekregen, waren enkele JSO-agenten in de stad achtergebleven, hopend dat ze zichzelf door hun identiteit te veranderen konden vrijwaren van de wraak van de bevolking. Zo'n aanpak had zelden succes, aangezien sommigen hun geheim kenden en hen maar al te graag verrieden aan revolutionaire koppensnellers, om oude rekeningen te vereffenen of om nieuwe gunsten in de wacht te slepen. Ongeacht waar Gaddafi's spionnen zich in Libië verborgen hielden werden ze zonder uitzondering ontdekt, gemarteld en gedood. Kortom, ze kregen de behandeling die ze verdienden, ook al koesterde het Westen de naïeve hoop op een eerlijke rechtsgang voor misdaden uit het verleden zodra de rebellen aan de macht zouden komen.

Maar nee, Gaddafi's dood maakte geen plaats voor genade, niet meer dan daarvoor het geval was geweest.

Maak kennis met de nieuwe baas: van hetzelfde laken een pak.

De slimmere JSO-spionnen ontvluchtten Libië voordat ze werden gepakt en sommigen vonden een weg naar andere Afrikaanse landen. Tunesië was dichtbij maar het stond vijandig tegenover de voormalige spionnen van de Mad Dog van het Midden-Oosten, een toepasselijke bijnaam voor Gaddafi, ooit bedacht door Ronald Reagan. Tsjaad was desolaat en voor de Libiërs al net zo ongastvrij. Een paar wisten Algerije te bereiken, en nog een paar anderen Nigeria, waar ze een zekere mate van veiligheid genoten, maar als gasten van deze straatarme regimes was hun toekomst zeer beperkt.

Eén groep van voormalig JSO-agenten verging het echter een stuk beter dan hun opgejaagde collega's, omdat zij een duidelijk voordeel genoten. Deze kleine cel van spionnen had jarenlang het Gaddafi-regime gediend, maar ondertussen ook hun eigenbelang niet uit het oog verloren. In de avonduren waren ze te huur, zowel in Libië als daarbuiten, met klusjes voor georganiseerde bendes, Al Qaida, de Revolutionaire Raad van de Omajjaden, ja zelfs voor de inlichtingendiensten van enkele andere landen van het Midden-Oosten.

Bij dit werk had de groep zelfs al voor de val van hun regering de nodige verliezen geleden. Verscheidene spionnen waren een jaar voor Gaddafi's dood door Amerikaanse agenten uitgeschakeld, en tijdens de revolutie stierven er in de haven van Tobruk nog meer bij een NAVO-luchtaanval. Twee anderen werden onderschept toen ze op de luchthaven van Misrata aan boord stapten. Ze werden met elektrische schokken bewerkt, waarna hun naakte lichamen vol brandwonden op de markt aan vleeshaken werden opgehangen. Maar de zeven nog resterende leden van de cel wisten het land toch te ontvluchten. Ook al hadden alle nevenklussen hen niet rijk gemaakt, als het voor de ratten tijd was om het zinkende schip genaamd de Grote Libisch-Arabische Socialistische Volksjamahiriya te verlaten, wisten ze dankzij hun internationale connecties veilig uit de buurt te blijven van de rebellen in hun thuisland.

De zeven slaagden erin het Turkse Istanbul te bereiken, waar ze werden ondersteund door kopstukken van de lokale onderwereld die bij hen nog in het krijt stonden. Kort daarna verruilden twee leden hun clandestiene werk voor een eerlijke boterham in de bovenwereld. Een van hen werd beveiliger van een juwelierszaak en zijn collega vond werk in een plaatselijke plasticfabriek.

De overige vijf bleven actief in het spionagespel en verpachtten zichzelf als een eenheid van uiterst ervaren topspionnen. Daarnaast probeerden ze zich te richten op zowel hun persoonlijke als operationele veiligheid, wetend dat ze alleen door strikte handhaving van hun PERSEC én OPSEC – persoonlijke en operationele veiligheid – beschermd zouden zijn tegen mogelijke represailles van agenten van het nieuwe Libische bewind, iets verderop aan de Middellandse Zee.

Hun veiligheidsoriëntatie hield hen een paar maanden uit de wind, maar al snel stak de zelfgenoegzaamheid de kop weer op. Een van de leden werd overmoedig en hield zich niet aan de afspraken. Hij nam contact op met een oude vriend in Tripoli, daarmee zijn PERSEC doorbrekend. Deze vriend, een man die zich inmiddels achter de nieuwe regering had geschaard in de hoop dat zijn hoofd niet van zijn romp zou worden gescheiden, speelde het nieuws door aan Libiës kersverse, onervaren inlichtingendienst.

Hoewel de nieuwe lichting spionnen in Tripoli opgetogen was over het bericht dat een groepje oude vijanden in Istanbul was ontdekt, waren ze niet bij machte om ermee aan de slag te gaan. Het infiltreren van buitenlandse steden met een *kill-/capture-*opdracht was niet besteed aan een beginnende spionagedienst die nog bezig was de eigen burelen te verkennen.

Maar ook een andere eenheid had de informatie onderschept, en die had wel degelijk de middelen én het motief om in actie te komen.

Al snel werd de cel van voormalige JSO-agenten in Istanbul een doelwit. Niet van de Libische revolutionairen, die maar al te graag de laatste restanten van het Gaddafi-regime wilden uitroeien; niet van een westerse inlichtingendienst die met de leden van een voormalig, vijandig spionnenclubje een rekening te vereffenen had.

Nee, deze vijf Libiërs werden het doelwit van een geheim moordcommando uit de Verenigde Staten van Amerika.

Meer dan een jaar daarvoor was Brian Caruso, de broer van een van deze Amerikanen en een vriend van de anderen, door een van de JSO-agenten neergeschoten. De schutter was kort daarna zelf overleden, maar zijn cel overleefde de revolutie en floreerde inmiddels in Turkije.

Maar Brians broer en zijn vrienden zouden het niet vergeten.

Noch vergeven.

1

De vijf Amerikanen hadden zich al urenlang in het sjofele hotel schuilgehouden, wachtend totdat de avond zou vallen. Een warme hoosbui sloeg tegen de ramen, wat voor het meeste geluid in de karig verlichte kamer zorgde, want er werd weinig gesproken. De kamer fungeerde als hoofdkwartier van het team, hoewel vier van de vijf dat weekend in andere hotels in de stad verbleven. Nu de voorbereidingen klaar waren, hadden die vier zich uitgecheckt en zich hier, samen met hun spullen, bij het vijfde lid van hun groep gevoegd.
Hoewel ze allemaal muisstil waren hadden ze de week daarvoor bepaald niet stilgezeten. Ze hadden doelwitten geschaduwd, plannen gesmeed, dekmantels gerealiseerd, zich de primaire, secundaire en tertiaire ontsnappingsroutes eigengemaakt en de logistiek van de ophanden zijnde missie gecoördineerd.
Maar de voorbereidingen waren nu achter de rug en er was niks anders te doen dan zitten wachten totdat het donker werd.
Vanuit het zuiden dreunde het onweer hen tegemoet. Een bliksemschicht ergens boven de Zee van Marmara zette de vijf bewegingloze gestalten in de kamer even in een gloed, waarna de duisternis hen weer opslokte.
Het hotel lag in het district Sultanahmet van de hoofdstad en was als safehouse gekozen vanwege de afgeschermde parkeerplaats en de korte afstand tot de plek waar later die avond de missie zou plaatsvinden. Het hotel was daarentegen niet gekozen vanwege de plastic beddenspreien en de groezelige gangen, het nukkige hotelpersoneel, of de smerige cannabislucht die vanuit het jeugdhostel op de begane grond omhoogdreef.
Maar de Amerikanen klaagden niet over hun accommodatie; ze dachten enkel aan de taak die voor hen lag.
Om zeven uur 's avonds wierp de commandant van het team een blik op de stopwatch om zijn pols. Die was bevestigd om het verband dat zijn hele hand en een gedeelte van zijn onderarm bedekte. Hij zei, terwijl hij opstond van zijn houten stoel: 'We gaan een voor een op weg. Met intervallen van vijf minuten.'

De anderen – twee van hen op een bed bezaaid met rattenkeutels, een ander leunend tegen de muur bij de deur en de vierde staand bij het raam – knikten.

De leider ging verder. 'Ik baal als een stekker dat we ons zo moeten opsplitsen. Zo gaan we gewoonlijk niet te werk. Maar eerlijk gezegd... dwingt de situatie ons hiertoe. Als we die klootzakken niet min of meer simultaan aanpakken, ligt het nieuws op straat en zullen de kakkerlakken razendsnel een heenkomen zoeken.'

De anderen hoorden het aan zonder erop te reageren. Ze hadden het de afgelopen week al talloze malen besproken. Ze kenden de obstakels, de risico's en de bedenkingen van hun commandant.

De naam van hun leider was John Clark en hij deed dit soort werk al voordat de jongste van zijn team geboren was, dus zijn woorden hadden gezag.

'Ik heb het al eerder gezegd, jongens, maar gun het me nog één keer. We gaan deze keer niet voor de schoonheidsprijs.' Hij zweeg even. 'Naar binnen en weer naar buiten. Snel en zakelijk. Geen getreuzel. Geen genade.'

Allemaal knikten ze weer.

Clark rondde zijn praatje af en hees toen een blauwe regenjas over zijn krijtstreeppak. Hij liep naar het raam en schudde Domingo 'Ding' Chavez' uitgestoken linkerhand. Ding was gekleed in een leren jas tot de knie en had een dikke bivakmuts op. Een sporttas lag bij zijn voeten.

Ding zag zweetdruppeltjes op het voorhoofd van zijn mentor. Hij wist dat Clark pijn moest hebben, maar die had de hele week niet geklaagd. 'Kun je het aan, John?' vroeg hij.

Clark knikte. 'Ik zorg dat het voor elkaar komt.'

Daarna reikte de leider Sam Driscoll de hand, die opstond van het bed. Sam was gekleed in een spijkerjack en jeans, maar droeg ook knie- en elleboogbeschermers. Een zwarte motorhelm lag op zijn kant op het bed, naast datgene waarop hij had gezeten.

'Mr. C,' zei Sam.

'Klaar voor de vliegenmepper?' vroeg John hem.

'Ben er helemaal klaar voor.'

'Alles draait om de invalshoek. Zorg dat de invalshoek klopt, hou je eraan en laat het momentum de rest doen.'

Sam knikte, en op dat moment zette een volgende bliksemflits de hotelkamer in een gloed.

John liep naar Jack Ryan junior. Jack was van top tot teen in het zwart gehuld: katoenen broek, pullover, wollen balaclava tot boven zijn ogen teruggerold zodat het net als bij Chavez gewoon een bivakmuts leek.

Bovendien droeg hij schoenen met zachte zolen die eruitzagen als zwarte slippers. Clark schudde de zevenentwintigjarige Ryan de hand.
'Succes Junior.'
'Ik red me wel.'
'Daar ben ik van overtuigd.'
Ten slotte liep John om het bed en hier schudde hij de linkerhand van Dominic Caruso. Dom droeg een rood-gouden voetbaltrui, met om zijn hals een gouden sjaal met daarop in rood GALATASARAY. Zijn uitdossing viel op tussen de ingetogen kleuren om hem heen, maar zijn blik was een stuk somberder dan zijn kleding.
'Brian was míjn broer, John. Ik zit niet te wachten op...'
Clark onderbrak hem. 'Hebben we dat al niet besproken?'
'Ja, maar...'
'Vriend, wat onze vijf doelwitten hier in Turkije ook te zoeken hebben, deze operatie behelst veel meer dan enkel wraak op je broer. Dat gezegd hebbende... zijn we vandaag allemaal Brians broer. We zitten allemaal in hetzelfde schuitje.'
'Klopt. Maar...'
'Ik wil dat je je op je taak concentreert. En niets anders. We weten allemaal wat ons te doen staat. Dit JSO-tuig heeft nog meer misdaden tegen hun eigen volk en de VS begaan. En aan hun huidige bewegingen valt af te leiden dat ze weinig goeds in de zin hebben. Niemand anders zal hen tegenhouden. Het is aan ons om met hen af te rekenen.'
Dom knikte afwezig.
'Die klootzakken kunnen hun borst nat maken,' voegde Clark eraan toe.
'Ik weet het.'
'Dus, ben je gereed?'
De bebaarde kin van de jonge man wees nu omhoog. Hij keek Clark recht in de ogen. 'Absoluut,' klonk het resoluut.
En na deze woorden pakte John Clark zijn koffertje op met zijn niet-verbonden hand en verliet zonder nog een woord te zeggen de hotelkamer.
De vier achterblijvende Amerikanen zetten hun horloges gelijk en zaten of stonden daarna stilletjes te luisteren naar de regen die de ramen geselde.

2

De man die door de Amerikanen als Target One was aangemerkt, had plaatsgenomen aan zijn vaste bistrotafeltje op het terras van hotel May aan de Mimar Hayrettin. Meestal, wanneer het 's avonds aangenaam weer was, kwam hij even langs voor wat raki met gekoeld bronwater. Op deze avond zat het weer bepaald niet mee, maar de langwerpige zonwering die door het personeel van hotel May boven de terrastafeltjes was neergelaten hield hem droog.

Links en rechts van hem zaten slechts een paar gasten die wat rookten en dronken alvorens de hotelkamers weer op te zoeken of het nachtleven in het oude centrum te gaan verkennen.

Target One leefde inmiddels voor zijn avondlijke glas raki. Het melkwitte drankje met zijn anijsachtige smaak, gemaakt van druivenpulp, was alcoholisch en was in zijn thuisland Libië verboden, net als in andere landen waar het hanafisme, de meer tolerante versie van de islam, niet de officiële voorkeur geniet. Maar de voormalige JSO-spion had zich omwille van zijn dienstbaarheid in het buitenland zo nu en dan aan een alcoholische versnapering moeten bezondigen. Nu ze jacht op hem maakten, kon hij niet langer zonder het licht benevelende effect dat hem hielp te ontspannen en de slaap te vatten, ook al verbiedt de liberale hanafileer roesopwekkende dranken.

Er reden maar een paar auto's over de bekeide straat, zo'n drie meter van zijn tafeltje. Nauwelijks een drukke verkeersader te noemen, zelfs niet op weekendavonden met een heldere hemel. Op het trottoir was het iets drukker en Target One genoot van de aantrekkelijke vrouwen van Istanbul, die onder hun paraplu zijn tafeltje passeerden. Het toevallige uitzicht op de benen van een sexy vrouw, in combinatie met de warme gloed van de raki maakte de regenachtige avond er voor de man op het terras dan ook alleen maar plezieriger op.

Om negen uur navigeerde Sam Driscoll zijn zilveren Fiat Linea kalm en beheerst tussen de avonddrukte die vanuit de omliggende wijken het oude centrum van Istanbul binnenstroomde.

Het licht van de stad glinsterde tegen de natte voorruit. Het werd minder druk naarmate hij het oude centrum naderde. Toen de Amerikaan voor een rood licht stopte, wierp hij een snelle blik op de gps die met klittenband tegen het dashboard was bevestigd. Nadat hij de afstand tot zijn doelwit opnieuw had vastgesteld, reikte hij naar de stoel naast hem en hij legde zijn hand op de motorhelm. Toen het licht op groen sprong, draaide hij zijn hoofd even lui van links naar rechts om zijn hals- en nekspieren te ontspannen, zette de helm op en sloeg het vizier dicht.

Hij huiverde om wat komen ging, hij kon er niets aan doen. Ook al ging zijn hart tekeer en resoneerden zo'n beetje alle neuronen in zijn hersens met zijn opdracht mee, toch lukte het hem om even afstand te nemen, het hoofd te schudden en een woord tot zichzelf te richten.

Als soldaat en geheim agent had hij al heel wat nare zaken op zijn geweten, maar dit was nieuw voor hem.

'Een vliegenmepper, godbetert...'

De Libiër nam het eerste slokje van zijn tweede glaasje raki van die avond, toen een zilveren Fiat met flinke snelheid de straat in reed, zo'n tachtig meter ten noorden van hem. Target One keek in de tegenovergestelde richting: een mooi Turks meisje met een rode paraplu in de linkerhand en een mini-schnauzer aangelijnd in haar rechter, liep voorbij over de stoep, en de man op het stoeltje genoot van het prachtige uitzicht op haar lange, gebruinde benen.

Maar een schreeuw links van hem zorgde ervoor dat hij zijn aandacht verplaatste naar het kruispunt voor hem, en daar zag hij de zilveren Fiat als een waas bij het groene licht vandaan racen. Hij keek hoe de vierdeurs de rustige straat in spoot.

Hij verwachtte dat de auto voorbij zou flitsen.

Hij bracht het glas naar zijn lippen; hij maakte zich geen zorgen.

Niet totdat de auto scherp naar links zwenkte met een piep van zijn natte banden, en de Libiër opeens de aanstormende grille van de auto voor zich zag.

Met het glaasje nog in zijn hand schoot Target One snel overeind, maar zijn voeten stonden als aan de grond genageld. Hij kon geen kant op.

De jonge vrouw met de mini-schnauzer gilde.

De zilveren Fiat reed op de man aan het bistrotafeltje in, vol op de borst, bezemde hem naar achteren en pinde hem met een harde klap tegen de bakstenen muur van Hotel May, half onder en half voor de auto. De ribbenkast van de Libiër verbrijzelde en versplinterde, terwijl stukjes bot zijn vitale organen perforeerden als hagel uit een riotgun.

Getuigen in het café en op de straat eromheen vertelden later dat de man met de zwarte motorhelm op achter het stuur rustig de tijd nam om zijn auto in de achteruit te zetten, zelfs even in de binnenspiegel te kijken, alvorens achterwaarts de kruising op te rijden en in noordelijke richting te verdwijnen. Zijn handelingen leken niet te verschillen van die van een gewone man die op een zondags uitje een parkeerplekje op de markt had gevonden, zich plotseling had gerealiseerd dat hij zijn portefeuille thuis had laten liggen, en weer achteruit was gereden om die op te halen.

Een kilometer ten zuidoosten van het incident parkeerde Driscoll de vierdeurs-Fiat op een particuliere oprit. De motorkap van de kleine auto was verbogen en de voorgrille en -bumper waren gescheurd en gedeukt, maar Sam parkeerde de auto met de neus naar voren zodat de schade vanaf de straat niet opviel. Hij stapte uit de wagen en liep naar een scooter die vlakbij aan een ketting stond. Alvorens de ketting met een sleuteltje los te maken en in de regenachtige avond weg te rijden, verstuurde hij een kort bericht via de radio van zijn mobiele telefoon waarvan het signaal versleuteld was.
'Target One is neer. Sam is buiten schot.'

Het Çiraðanpaleis is een opulent paleis dat in de jaren zestig van de negentiende eeuw werd gebouwd voor Abdülaziz I, een sultan die regeerde tijdens de lange neergang van het Ottomaanse Rijk. Nadat zijn geldverkwisting het land diep in de schulden had gebracht werd hij afgezet en 'aangemoedigd' zichzelf van het leven te beroven met, jawel, een schaar.
Nergens anders werd de extravagantie die tot Abdülaziz' ondergang leidde beter tentoongespreid dan in het Çiraðan. Het was inmiddels een vijfsterrenhotel, met keurig onderhouden gazons en kristalheldere zwembaden, aangelegd tussen de façade van het paleis en de westelijke oever van de Bosporus, de doorgang die Europa van Azië scheidt.
Het Tuðrarestaurant op de begane grond van het Çiraðanpaleis beschikt over prachtige hoge plafonds en grote ramen die een weids uitzicht bieden op het omliggende terrein en de zeestraat daarachter, en zelfs tijdens de aanhoudende regenbuien op deze dinsdagavond konden de dinerende gasten vanaf hun tafels genieten van de felle lichtjes van de langsvarende jachten.
Naast de vele rijke toeristen die van hun exquise maaltijden genoten, zaten er ook tamelijk veel zakenlieden en vrouwen van over de hele wereld, alleen dan wel in groepjes die in aantal varieerden, te dineren in het restaurant.

John Clark paste hier perfect tussen en dineerde in zijn eentje aan een tafeltje dat was opgesierd met kristallen glazen, delicaat porselein en verguld bestek. Hij had een kleine tafel gekregen vlak bij de entree, ver weg van de grote ramen met uitzicht over het water. Zijn ober was een aantrekkelijke man van middelbare leeftijd in een zwarte smoking, en hij serveerde Clark een copieuze maaltijd, en terwijl de Amerikaan niet kon ontkennen dat het hem smaakte, was zijn aandacht gericht op een tafeltje aan de andere kant van de eetzaal.

Enkele ogenblikken nadat hij zijn tanden had gezet in het eerste zachte hapje zeeduivel, ging de gastheer drie Arabieren in dure pakken voor naar hun tafeltje bij het raam, en een ober nam hun bestelling voor de cocktails op.

Twee van de mannen verbleven in het hotel; Clark wist dit dankzij het surveillancewerk van zijn team en de inspanningen van de analisten die voor zijn organisatie werkten. Het waren bankiers uit Oman en ze waren voor hem niet interessant. Maar de derde man, een vijftigjarige Libiër met grijs haar en een getrimd baardje, was dat wél.

Hij was Target Two.

Terwijl Clark met zijn vork in zijn linkerhand at, een manier die de rechtshandige Amerikaan zichzelf na zijn verwonding had moeten aanleren, gebruikte hij een vleeskleurig microfoontje in zijn rechteroor om zich te concentreren op de stemmen van de mannen. Het viel niet mee ze te onderscheiden van de anderen die in het restaurant spraken, maar na een paar minuten kon hij de woorden van Target Two eruit pikken.

Clark vestigde zijn aandacht weer op zijn zeeduivel en wachtte.

Een paar minuten later nam de ober de bestelling op voor het hoofdgerecht aan de tafel van de Arabieren bij het raam. Clark hoorde zijn doelwit gegrild kalfsvlees bestellen, en de andere twee mannen bestelden andere gerechten.

Dit was uitstekend. Als de Omani's hetzelfde hadden besteld als hun Libische tafelgenoot, dan had Clark op plan B moeten overschakelen. Plan B zou zich buiten op straat moeten voltrekken, en op straat zou John met veel meer nietsvermoedende getuigen te maken krijgen dan hier in het Tuðra.

Maar iedere man had een ander hoofdgerecht besteld en Clark kneep zich stilletjes in de handen. Hij trok zijn oorplugje uit zijn oor en stopte het weer in zijn zak.

John dronk port als dessert, terwijl de tafel van zijn doelwit een koud soepje en witte wijn geserveerd kreeg. De Amerikaan vermeed het op zijn horloge te kijken; hij diende een nauwkeurig tijdschema aan te houden, maar hij wist wel beter dan een bezorgde of zenuwachtige indruk te wekken. In plaats daarvan genoot hij van zijn port en hij telde in gedachten de minuten af.

Kort voordat de soepkommen van de tafel met de Arabieren werden weggehaald, vroeg Clark zijn ober hem de herentoiletten te wijzen, waarna hij langs de keuken werd geleid. Even later glipte hij een toilethokje in, ging zitten en begon snel het verband om zijn onderarm te verwijderen.

Het verband was geen list; zijn hand was inderdaad verwond en deed behoorlijk pijn. Een paar maanden eerder was deze verbrijzeld met een hamer en hij had drie operaties moeten ondergaan om de kootjes en gewrichtjes weer in orde te krijgen in de tussenliggende maanden, maar hij had niet één nacht goed geslapen sinds de dag van zijn verwonding.

Maar hoewel het verband echt was, diende het nog een ander doel. Eronder, tussen de twee spalkjes die zijn wijs- en middelvinger fixeerden, had hij een kleine injectiespuit verborgen. Het was zo gepositioneerd dat hij de smalle punt met zijn duim door het verband naar buiten kon duwen, het dopje dat de naald bedekte kon verwijderen en in zijn doelwit kon planten.

Maar dat was plan B, de minder wenselijke actie, en John had besloten voor plan A te gaan.

Hij verwijderde de injectiespuit, stopte hem in zijn zak en langzaam en behoedzaam wikkelde hij het verband weer om zijn hand.

De injectiespuit bevatte tweehonderd milligram succinylcholine, een spierverslapper. De dosis in het plastic apparaatje kon zowel in een doelwit worden geïnjecteerd als worden ingenomen. Beide methoden zouden dodelijk zijn, maar een injectie was – niet verrassend – veruit de efficiëntste methode om het gif in het lichaam te krijgen.

John verliet de herentoiletten met de injectiespuit verborgen in zijn linkerhand.

Clarks timing was verre van perfect. Toen hij uit de toiletten kwam en de ingang van de keuken passeerde had hij gehoopt de ober van zijn doelwit met de hoofdgerechten te zien vertrekken, maar de gang was verlaten. John deed alsof hij de schilderijen aan de muren bekeek, en vervolgens het sierlijk vergulde reliëf in de gang. Eindelijk verscheen de ober met een dienblad vol afgedekte borden op zijn schouder. John ging tussen de man en het eetgedeelte staan en eiste dat hij het dienblad op een trolley plaatste en de chef-kok voor hem ging halen. De ober, die zijn frustratie achter een beleefde glimlach verborg, deed wat hem werd gevraagd.

Terwijl de man achter de klapdeur verdween, bekeek Clark snel de afgedekte borden, vond het kalfsvlees en prikte de injectienaald in het midden van het dunne lapje vlees. Een paar heldere bubbels verschenen in de saus, maar het grootste deel van het gif zat nu in het kalfsvlees zelf.

Toen de chef-kok even later verscheen had Clark het bord alweer afgedekt en de injectiespuit opgeborgen. Hij bedankte de man omstandig voor het uitstekende eten, waarna de ober de borden snel naar het tafeltje bracht zodat de gasten het eten niet zouden weigeren omdat het koud was.

Een paar minuten later betaalde John de rekening en stond op om zijn tafeltje te verlaten. Zijn ober bracht hem zijn regenjas, en terwijl hij deze aantrok wierp hij even een blik op Target Two. De Libiër nam net de laatste hap van het gegrilde kalfsvlees; hij voerde een indringend gesprek met zijn Omaanse tafelgenoten.

Terwijl John Clark zich naar de lobby van het hotel begaf, trok Target Two zijn das wat losser.

Twintig minuten later keek de vijfenzestigjarige Amerikaan, staand in het Büyükşehir Belediyesi-park, pal tegenover het hotel en het restaurant, vanonder zijn paraplu toe terwijl een ambulance in volle vaart naar de ingang reed.

Het gif was dodelijk; er was geen tegengif dat welke ambulance dan ook in zijn medicijnkist aan boord zou hebben.

Of Target Two was inmiddels dood, of zou dat snel zijn. Het zou er voor de artsen uitzien alsof de man een hartaanval had gekregen, dus waarschijnlijk zou er geen onderzoek plaatsvinden onder de andere begunstigers van het Tuðra die toevallig zaten te dineren rond het tijdstip van de ongelukkige, maar volkomen natuurlijke gebeurtenis.

Clark draaide zich om en liep naar de Muvezzi Street, zo'n vijftig meter naar het westen. Daar nam hij een taxi en hij droeg de chauffeur op hem naar de luchthaven te brengen. Hij had geen bagage, slechts zijn paraplu en een mobiele telefoon. Hij drukte op het groene spreektoetsje van zijn telefoon, terwijl de taxi verdween in de nacht. 'Two is neer. Ik ben buiten schot,' zei hij zachtjes, voordat hij de verbinding verbrak en het mobieltje met zijn linkerhand onder zijn regenjas in het borstzakje van zijn colbert liet glijden.

Domingo Chavez ontving de telefoontjes van Driscoll en vervolgens van Clark, en nu concentreerde hij zich op zijn eigen aandeel in de operatie. Hij bevond zich aan boord van de oude veerpont tussen Karaköy, aan de Europese oever van de Bosporus, en Üsküdar, aan de Aziatische oever. Aan beide zijden in de cabine van de grote veerboot zaten de rode houten bankjes vol mannen en vrouwen die langzaam maar zeker naar hun bestemming reisden, deinend op de golven van de zeestraat.

Dings doelwit was alleen, precies zoals hij tijdens zijn surveillance al had vermoed. De korte oversteek van drie kwartier betekende dat hij zijn man hier op de veerboot moest zien uit te schakelen, tenzij deze kreeg doorgeseind dat een van zijn collega's was vermoord en hij actie moest ondernemen om zichzelf te beschermen.

Target Three was een grofgebouwde vent van vijfendertig jaar. Hij zat op een bankje bij een raam en las wat in een boek, maar na vijftien minuten ging hij naar het dek om te roken.

Na zich ervan te hebben vergewist dat niemand anders in de grote passagiersruimte aandacht had besteed aan de Libiër toen deze naar buiten ging, stond Chavez op van zijn bankje en hij liep via een andere deur naar buiten.

Het regende gestaag en de laaghangende wolken hielden zelfs het kleinste beetje maanlicht tegen, en Chavez probeerde zich zo veel mogelijk aan het zicht te onttrekken in de lange schaduwen die verlichting op het benedendek wierpen. Hij bewoog zich in de richting van de reling totdat hij het doelwit op zo'n vijftien meter was genaderd, en hij stond daar in het schemerduister, kijkend naar de twinkelende lichtjes langs de kustlijn en het bewegende zwart terwijl een catamaran voor de lampjes onder de Galatabrug door zeilde.

Vanuit een ooghoek hield hij zijn doelwit, dat bij de reling stond te roken, in de gaten. Het bovendek beschutte hem tegen de regen. Twee andere mannen stonden bij de reling, maar Ding had zijn doelwit dagenlang geschaduwd en wist dat de Libiër hier nog wel een tijdje zou blijven hangen.

Chavez wachtte in de schaduw en ten slotte verdwenen de anderen weer naar binnen.

Ding begon de man langzaam van achteren te naderen.

Target Three had weliswaar zijn PERSEC laten versloffen, maar hij had het nooit zo lang uit kunnen houden als veiligheidsagent en freelancespion als hij een sukkel was geweest. Hij was waakzaam. Op het moment dat Ding gedwongen was in het licht van een deklamp te stappen om de afstand tot zijn doelwit te overbruggen, zag de man zijn bewegende schaduw, en hij wierp zijn sigaret weg en draaide zich om. Zijn hand gleed in zijn jaszak.

Chavez wierp zich op zijn doelwit. Met drie bliksemsnelle stappen was hij bij de reling en meteen schoot zijn linkerhand omlaag naar wat voor wapen de forse Libiër ook probeerde te trekken. Met een kleine zwartleren knuppel in zijn rechterhand trof Ding de man hard tegen zijn linkerslaap, en met een luide knap raakte Target Three bewusteloos en hij zakte in elkaar tussen de reling en Chavez.

De Amerikaan stopte het knuppeltje weer in zijn zak en tilde de bewusteloze man op bij zijn hoofd. Snel keek hij om zich heen om er zeker van te zijn dat er niemand in de buurt was, en toen brak hij met een korte, harde ruk de nek van zijn slachtoffer. Na een korte blik over het benedendek om zeker te weten dat de kust veilig was, hees Ding de Libiër op de reling en hij liet hem over de rand vallen. Het lichaam verdween in de nacht. Slechts een licht plonsje was boven het geruis van de oceaan en de ronkende motoren van de veerboot uit te horen.

Een paar minuten later keerde Chavez terug naar een andere zitplaats op de rode bank in de passagiersruimte. Hier verstuurde hij een kort bericht via zijn mobiele telefoon.

'Three is neer. Ding is buiten schot.'

De nieuwe Türk Telecom-arena biedt plaats aan meer dan tweeënvijftigduizend mensen, en is afgeladen vol wanneer Galatasaray, het elftal van Istanbul, op het veld verschijnt. Hoewel het een regenachtige avond was, bleef de enorme mensenmassa droog onder het dak, dat alleen open was boven het speelveld zelf.

De wedstrijd van vanavond, tegen rivaal Beşiktaş, had de plaatselijke supporters in groten getale naar het stadion gelokt, maar één aanwezige vreemdeling had maar weinig oog voor het spel. In plaats daarvan richtte Dominic Caruso, die maar bar weinig van voetbal afwist, zijn aandacht op Target Four, een eenendertigjarige bebaarde Libiër die samen met enkele Turkse kennissen naar de wedstrijd was gekomen. Dom had een man die in zijn eentje een paar rijen boven zijn doelwit zat, wat geld betaald om met hem van plaats te kunnen verwisselen, en dus had de Amerikaan nu goed zicht op zijn doelwit, plus een snelle toegang tot de uitgang boven hem.

Tijdens de eerste helft viel er voor Caruso weinig anders te doen dan te juichen wanneer degenen om hem heen juichten, en te staan wanneer zij stonden, wat vrijwel voortdurend was. Tijdens de rust raakten zo'n beetje alle stoelen vrij toen de fans op weg gingen naar eetkraampjes en toiletten, maar Target Four en de meesten van zijn vrienden bleven zitten, dus Caruso deed hetzelfde.

Een onverwacht doelpunt door Galatasaray na de rust bracht weer leven in de brouwerij. Kort daarna, met nog vijfendertig minuten te gaan, keek de Libiër op het schermpje van zijn mobiele telefoon, draaide zich om en liep naar de trap.

Caruso schoot voor zijn doelwit de trap op en hij haastte zich naar het dichtstbijzijnde toilet. Bij de uitgang wachtte hij zijn doelwit op.

Nog geen halve minuut later betrad Target Four de toiletruimte. Daarop toverde Dominic snel een wit papiertje met daarop KAPAH, ofwel GESLOTEN tevoorschijn, plakte het op de ingang van de toiletruimte, en plakte vervolgens een identiek velletje op de uitgang. Hij betrad de toiletten en sloot de deur achter zich.

Hij trof Target Four bij een rij urinoirs, samen met nog twee andere mannen, een tweetal dat al snel klaar was, de handen waste en weer naar buiten verdween. Dom was zelf bij een urinoir gaan staan, vier plekken verwijderd van zijn doelwit, en terwijl hij daar stond reikte hij achter zijn broeksband, onder zijn jasje, en trok een stiletto tevoorschijn.

Target Four ritste zijn gulp dicht, liep bij het urinoir vandaan, draaide zich om en liep naar de wastafel. Terwijl hij de man die de Galatasaray-trui en -sjaal droeg, passeerde draaide de man zich plots met een ruk naar hem toe. De Libiër voelde iets tegen zijn maag stoten en merkte toen dat hij door de vreemdeling achterwaarts in een van de achterste toilethokjes werd geduwd. Hij probeerde het mes te pakken dat hij in zijn zak had, maar de kracht van zijn aanvaller tegen hem was zo meedogenloos dat hij enkel achteruit kon deinzen.

Beide mannen vielen in het hokje en boven op het toilet.

Pas toen keek de jonge Libiër omlaag naar waar hij de maagstoot had gevoeld. Het lemmet van een mes stak uit zijn buik.

Hij werd overvallen door paniek en voelde zich slap worden.

Zijn belager duwde hem tegen de grond naast de toiletpot. Hij leunde voorover, naar het oor van de Libiër. 'Dit is voor mijn broer, Brian Caruso. Jouw mensen hebben hem in Libië vermoord. En vanavond gaan jullie dat ieder voor zich met jullie eigen leven bekopen.'

Verward kneep Target Four zijn ogen iets toe. Hij sprak Engels, dus hij begreep wat zijn belager zei, maar hij kende niemand die Brian heette. Hij had veel mannen gedood, sommige in Libië, maar dat waren Libiërs, Joden en rebellen geweest. Vijanden van kolonel Gaddafi.

Hij had nog nooit een Amerikaan gedood. Hij had geen idee waar deze Galatasaray-supporter het over had.

Target Four stierf, liggend naast de toiletpot in de toiletruimte van het sportstadion, in de overtuiging dat het hier een fatale vergissing betrof.

Caruso trok zijn met bloed besmeurde supporterstrui uit en onthulde een wit T-shirt. Ook dat trok hij uit, waaronder hij een tweede voetbaltrui aanhad, ditmaal van het rivaliserende elftal. Deze zwart-witte kleuren van Beşiktaş zouden hem helpen zich te mengen tussen de toeschouwers, net als zo-even in het rood-goud van Galatasaray.

Hij propte het T-shirt en de Galatasaray-trui achter zijn broekriem, trok een zwart petje uit zijn zak en zette het op zijn hoofd.

Hij stond nog even bij de dode man. In zijn blinde zucht naar wraak had hij het liefst op het dode lichaam willen spugen, maar hij beheerste zich, want hij wist dat het dom zou zijn om DNA-sporen achter te laten. In plaats daarvan draaide hij zich om, verliet de toiletruimte, trok de twee GESLOTEN-velletjes weer van de deuren en begaf zich naar de uitgang van het stadion.

Terwijl hij het draaihek bij de uitgang passeerde, de beschutting van het stadion verliet en de gestage regen in liep, trok hij zijn mobieltje uit zijn cargobroek.

'Target Four uitgeschakeld. Dom is buiten schot. Makkie.'

3

Jack Ryan junior had de opdracht om het doelwit zo uit te schakelen dat het zo min mogelijk vragen zou oproepen. Een eenzame man die in zijn appartement aan zijn bureau zat, althans, zo bleek uit al hun schaduwwerk.

Het zou de gemakkelijkste klus van die avond moeten worden, en Jack begreep dit, net zoals hij begreep dat hij deze opdracht had gekregen omdat hij nog altijd onder aan de ladder stond. Hij had over de hele wereld geheime, risicovolle operaties uitgevoerd, maar nog altijd minder dan de vier andere agenten van zijn eenheid.

Aanvankelijk zou hij naar het Çirağanpaleis gestuurd worden om Target Two uit te schakelen. Het was overeengekomen dat het vergiftigen van een stukje vlees de eenvoudigste handeling van die avond zou zijn. Maar die opdracht viel Clark te beurt, want een vijfenzestigjarige man die in zijn eentje dineerde zou geen onalledaags gezicht zijn in een vijfsterrenrestaurant, maar een jonge westerling, net een paar jaar van de universiteit, in zijn eentje in een dergelijke ambiance aan de dis zou geheid de aandacht van het bedienend personeel trekken, en hij zou later wellicht worden herinnerd, in het onwaarschijnlijke geval dat de autoriteiten met vragen zouden komen nadat een paar tafeltjes verderop een van de gasten dood was neergevallen.

En dus was het aan Jack junior om Target Five uit te schakelen, een communicatiedeskundige die ooit voor de JSO-cel had gewerkt, Emad Kartal genaamd. Niet bepaald een fluitje van een cent maar, zo hadden de mannen van De Campus bepaald, Jack kon het aan.

Kartal bracht bijna elke avond achter zijn computer door en het was deze gewoonte die de JSO-cel uiteindelijk in gevaar had gebracht. Anderhalve maand daarvoor had hij een vriend in Libië een bericht verstuurd dat was ondervangen en gedecodeerd, waarna Ryan en zijn medeanalisten in de VS de informatie hadden onderschept.

Doordat ze Kartals mobiele voicemail hadden gehackt hadden ze de man en zijn cel nog meer in gevaar gebracht. Hiermee hadden ze de communicatie tussen de leden van de cel gevolgd, en alles wees erop dat ze samenwerkten.

Om elf uur in de avond betrad Ryan het appartementengebouw met behulp van een valse sleutelkaart die door de whizzkids van zijn organisatie was gemaakt. Het gebouw stond in Taksim, een woonwijk met uitzicht op de vijfhonderd jaar oude Cihangir-moskee. Een keurig stukje vastgoed in een dure wijk, maar de appartementen zelf waren opeengepakte woonstudio's, acht stuks op elke verdieping. Jacks doelwit bevond zich op de derde verdieping, in het hart van het vier verdiepingen tellende gebouw.

Ryans opdracht voor de aanslag was eenvoudig geweest: dring het appartement van Target Five binnen, vergewis je van diens aanwezigheid en schiet hem driemaal in de borst of het hoofd met stille kogels afgevuurd met zijn .22-pistool met geluiddemper.

Ryan liep op zijn zachte zolen via de houten trap naar boven. Ondertussen trok hij zijn zwarte katoenen skimasker over zijn gezicht. Hij was de enige van de vijf die deze avond een masker op had, simpelweg omdat hij als enige van het team niet in de openbare ruimte opereerde, waar een gemaskerde man meer zou opvallen.

Hij vervolgde zijn weg naar de tweede verdieping en betrad de felverlichte gang. Zijn doelwit bevond zich drie deuren verder naar links en terwijl de jonge Amerikaan langs de deuren liep, ving hij de geluiden op van tv's, radio's en telefoongesprekken. De muren waren dun, wat slecht nieuws was, maar gelukkig maakten de andere bewoners van de verdieping zelf ook geluid. Jack hoopte dat zijn geluiddemper en de subsonische kogels, die stiller waren, aan de gestelde verwachtingen zouden voldoen.

Bij de deur van zijn doelwit hoorde hij de geluiden van rapmuziek uit de flat komen. Dit was zeker goed nieuws, omdat het Ryans acties misschien wat zou overstemmen.

De deur van zijn doelwit zat op slot, maar Ryan had instructies hoe hij binnen moest komen. Clark was tijdens zijn verkenningen de afgelopen week al vier keer binnen geweest alvorens met de jongste van het team van opdracht te ruilen, en Clark had de sloten van een reeks onbewoonde appartementen weten te kraken. De sloten waren oud en niet al te lastig, en dus had hij bij een plaatselijke ijzerwinkel een identiek exemplaar gekocht en een avond uitgetrokken om Jack te leren hoe hij snel en stilletjes het slot onklaar kon maken.

Clarks instructies bleken vruchten af te werpen. Met slechts de geluiden van wat licht gekras van metaal op metaal kraakte Jack het slot in nog geen twintig seconden. Hij trok zijn pistool, rechtte zijn rug en opende de deur.

Binnen in het studioappartement trof hij wat hij al verwachtte. Tegenover een kleine keuken was een woonruimte, en, tegen de achterste muur, een bureau weggedraaid van de kamerdeur. Aan het bureau zat een man met zijn rug naar Ryan toe achter drie grote flatscreens, met andere apparatuur, boeken, tijdschriften en nog meer zaken binnen handbereik. Een plastic zak bevatte half leeggegeten, piepschuimen bakjes van de afhaalchinees. Ernaast, zo constateerde Ryan, lag een wapen. Jack was bekend met handwapens, maar dit type semiautomatisch pistool, slechts dertig centimeter van Emad Kartals rechterhand verwijderd, kon hij niet direct thuisbrengen.

Hij stapte de keuken in en sloot stilletjes de deur achter zich.

De keuken baadde in het licht, maar in het woongedeelte, waar zijn doelwit zich bevond, was het donker, met als enige licht de gloed van de computerschermen. Hij controleerde de ramen links van hem, om zeker te weten dat niemand vanuit de appartementen aan de overkant van de straat naar binnen kon kijken. Gerustgesteld dat zijn daad onopgemerkt zou blijven deed hij nog een paar stappen naar voren, dichter naar zijn doelwit, zodat de schoten zich tot het midden van de woning zouden beperken, en niet dichter bij de gang dan nodig.

De bonkende rapmuziek vulde de woonkamer.

Misschien maakte Jack een geluidje. Misschien wierp hij een schaduw over de gladde oppervlakken voor zijn slachtoffer, of reflecteerde zijn gestalte in het glas van de computerschermen. Hoe dan ook, de JSO-agent schopte plots zijn stoel naar achteren, draaide zich met een ruk om en reikte geschrokken naar zijn Turkse semiautomatische 9mm-pistool. Met het wapen nog tussen de vingertoppen richtte hij op de binnendringer en trachtte hij een goede greep te krijgen om te kunnen vuren.

Jack herkende het doelwit van de surveillancefoto's en vuurde eenmaal, waarop een piepkleine .22-kogel de maag van de man binnendrong, precies daar waar zijn achterhoofd was geweest als de man niet was geschrokken. De Libiër liet zijn pistool vallen en viel terug tegen zijn bureau, niet vanwege de impact maar in een natuurlijke afweerreactie tegen de ziedende pijn.

Jack vuurde opnieuw en raakte de man ditmaal in de borst, loste een derde schot en raakte hem nu pal op de borst, tussen de borstspieren. Het midden van het witte hemd van de man kleurde donkerrood.

De Libiër greep naar zijn borst, draaide al grommend om zijn as en zakte in elkaar op zijn bureau. Zijn benen werden slap en de zwaartekracht deed de rest. De voormalige JSO-agent gleed naar de vloer en rolde op zijn rug.

Ryan liep snel op de man af en bracht zijn wapen omhoog voor een genadeschot door het hoofd. Maar opeens bedacht hij zich; hij wist dat de terugslag van het wapen, hoewel gering, bepaald niet geluidloos was, en ook dat het appartement werd omringd door buren. In plaats van weer een geluid te veroorzaken dat door een stuk of tien potentiële getuigen kon worden opgevangen, knielde hij, bevoelde de halsslagader van de man en stelde vast dat hij dood was.

Ryan stond op om ervandoor te gaan, maar zijn oog viel op de desktopcomputer en de drie schermen op het bureau. De harde schijf van het apparaat zou een schat aan geheime informatie bevatten, wist hij, en als analist vond hij niets op deze aarde opwindender dan een dergelijke buit binnen handbereik te hebben.

Jammer toch dat zijn instructies waren om alles achter te laten en zich direct uit de voeten te maken zodra hij zijn doelwit onschadelijk had gemaakt.

Jack stond een paar seconden stil, terwijl hij luisterde naar de omgevingsgeluiden.

Geen gegil, geen geroep, geen sirenes.

Hij was ervan overtuigd dat niemand de schoten had gehoord. Wie weet kon hij erachter komen wat de Libiërs uitspookten. Hun surveillances hadden slechts kleine beetjes informatie opgeleverd, net genoeg om te kunnen vaststellen dat de JSO-agenten operationeel waren, waarschijnlijk voor een syndicaat ergens buiten Istanbul. Jack vroeg zich af of hij op Emad Kartals computer genoeg zou vinden om de puzzel compleet te maken.

Shit, dacht Jack. Het kon om drugs gaan, gedwongen prostitutie, ontvoering. Anderhalve minuut extra werk kon weleens levensreddend zijn.

Snel liet hij zich voor het bureau op zijn knieën zakken, trok het toetsenbord naar zich toe en pakte de muis.

Hoewel hij geen handschoenen aanhad maakte hij zich geen zorgen over vingerafdrukken. Op zijn vingertoppen had hij New-Skin aangebracht, een kleverige, doorzichtige substantie die kleurloos droogde en als vloeibaar verband werd gebruikt. Alle agenten gebruikten het in situaties waarin handschoenen onpraktisch waren of opvielen.

Jack toverde een lijst van bestanden uit de computer en sleurde de mappen naar de dichtstbijzijnde monitor. Een veeg van Kartals bloed liep diagonaal over het scherm, en dus pakte Jack een vies servetje uit de plastic zak met half leeggegeten bakjes van de afhaalchinees en wreef het scherm schoon.

Veel bestanden waren versleuteld en Ryan wist dat hij geen tijd had om ze hier te decoderen. In plaats daarvan zocht hij om zich heen en vond een plastic tasje met daarin een stuk of tien USB-sticks. Hij trok er een uit, stopte hem in een USB-poort aan de voorzijde van de computer en kopieerde de bestanden naar de stick.

Hij zag dat Target Fives e-mailbestand was geopend en begon e-mails te bekijken. Veel daarvan waren in het Arabisch. Een ervan leek in het Turks te zijn geschreven en een paar waren slechts bestanden zonder kop of tekst. Een voor een opende hij de e-mails en hij klikte op de bijlagen.

Zijn oordopje piepte. Jack tikte het aan met een vingertop. 'Hier Jack.'

'Ryan?' Het was Chavez. 'Je bent laat. Hoe luidt je status?'

'Sorry. Klein beetje vertraging, meer niet. Target Five is neer.'

'Problemen?'

'Negatief.'

'Buiten schot?'

'Nog niet. Ben bezig met een leuke inteldump van de pc van doelwit. Nog een half minuutje en ik ben klaar.'

'Negatief, Ryan. Laat alles wat je vindt achter. Wegwezen daar. Je hebt geen ondersteuning.'

'Begrepen.'

Jack stopte met het bekijken van de e-mails, maar een nieuw bericht verscheen in Kartals inbox. Onwillekeurig dubbelklikte hij op het bijgevoegde bestand, waarna op de monitor voor zijn neus een reeks JPEG-thumbnails zichtbaar werd. 'Maar als we dit spul kunnen gebruiken?' mompelde hij half afwezig terwijl hij de eerste thumbnail aanklikte.

'Als de wiedeweerga, vriend.'

Maar Jack luisterde niet langer naar Chavez. Hij scrolde langs de afbeeldingen, eerst nog haastig, maar nu steeds langzamer, terwijl hij ze aandachtig bekeek.

Opeens stopte hij.

'Ryan? Ben je daar nog?'

'O mijn god,' fluisterde hij.

'Wat is er?'

'Dit... Dit zijn wíj. We kunnen het schudden, Ding.'

'Waar héb je het over?'

De foto's op het scherm leken met beveiligingscamera's te zijn genomen en de kwaliteit varieerde. Toch waren ze allemaal scherp genoeg om zijn eigen teamleden te herkennen. John Clark, staand in de deuropening van een chic restaurant, Sam Driscoll rijdend op een scooter door een verregende straat, Dom Caruso, die in een grote passage, als van een voetbalstadion, langs een draaipoortje loopt. Domingo Chavez die op een bankje aan boord van een veerboot een gesprek via zijn mobiele telefoon voert.

Jack besefte al snel dat de foto's deze avond waren gemaakt. Allemaal nog geen uur geleden.

Hij kwam overeind, zijn benen slap van de schrik van het besef dat de acties van zijn team hier vanavond, in Istanbul, werden gevolgd. Een nieuw bericht verscheen bovenaan in de inbox. Jack dook naar de muis om het te openen.

De e-mail bevatte slechts één afbeelding. Hij dubbelklikte hem open.

Jack zag een gemaskerde man die op zijn knieën achter een toetsenbord zat, zijn priemende ogen gericht op een punt vlak onder de camera die de foto had gemaakt. Achter de gemaskerde man, op de vloer, kon Ryan nog net het been en de voet zien van een man die op zijn rug lag.

Ryan wendde zijn hoofd af van het scherm, keek over zijn linkerschouder en zag de omhoogwijzende voet van Target Five.

Jack bekeek de bovenste rand van het middelste scherm en zag nu de kleine, ingebouwde webcam. De foto moest tijdens de laatste minuut zijn gemaakt, toen Jack bestanden van de harde schijf downloadde.

Ze konden zien wat hij op dit moment deed.

Nog voordat hij iets kon uitbrengen riep Chavez hem in zijn oor. 'Nú aftaaien, Jack! Dat is goddomme een bevel!'

'Ik ben weg,' fluisterde hij. Zijn ogen pinden zich vast op de kleine webcam, en zijn gedachten op degene die erachter zat, die hem nu bespioneerde.

Hij reikte naar de USB-poort in de computer, maar het schoot hem te binnen dat alle foto's van zijn team op de harde schijf zouden achterblijven en gemakkelijk konden worden ontdekt door degenen die de dood van Target Five zouden onderzoeken.

In een razendsnelle beweging liet hij zich op de knieën vallen en trok snel alle snoeren en kabels uit de achterzijde van de computerkast. Hij tilde het vijftien kilo zware apparaat op en droeg het de flat uit, de trap af en de straat in. De regen kwam hem goed uit, maakte het begrijpelijk dat een man met een computer in de armen rennend over straat ging. Zijn auto stond een straat verderop geparkeerd. Hij wierp de computer op de achterbank en reed Taskim uit, naar de luchthaven.

Onderweg belde hij Chavez terug.

'Ding hier.'

'Met Ryan. Ben buiten schot, maar... shit. Niémand van ons is buiten schot. We zijn vanavond alle vijf geschaduwd.'

'Door wíé?'

'Geen idee, maar iemand houdt ons in de gaten. Ze hebben Target Five foto's van ons hele team gestuurd. Ik heb de harde schijf met foto's meegenomen. Over twintig minuten ben ik op de luchthaven en dan kunnen we...'

'Negatief. Als iemand een spelletje met ons speelt weet je dus niet of die kast met draden achterin geen bug bevat of een transmitter. Hou die hoofdpijn ver uit de buurt van onze exit.'

Jack besefte dat Ding gelijk had, en dacht even na.

'Mijn zakmes bevat een schroevendraaier. Ik stop wel ergens en haal de harde schijf uit die kast. Ik bekijk hem en laat de rest achter. Net als de auto, mocht iemand er iets mee hebben gedaan, terwijl ik in Fives appartement zat. Ik vind wel een manier naar de luchthaven.'

'Afknijpen, jongen.'

'Ja. Ryan uit.'

Jack reed verder door de regen, over kruisingen met verkeerscamera's die vanuit de hoogte op het verkeer neerkeken, en het naargeestige gevoel bekroop hem dat al zijn bewegingen door een koelbloedig oog werden gevolgd.

4

Wei Zhen Lin was econoom, had zijn land nooit als soldaat gediend en had zelfs nog nooit een vuurwapen aangeraakt. Dat laatste drukte zwaar op hem nu hij het grote zwarte pistool op zijn bureaumat bekeek alsof het een of ander vreemd artefact betrof.

Hij vroeg zich af of hij een nauwkeurig schot kon afvuren, hoewel hij verwachtte dat het weinig bedrevenheid vereiste om zichzelf door het hoofd te schieten.

Fung, zijn belangrijkste lijfwacht en degene die hem het wapen had uitgeleend, had hem in een half minuutje uitgelegd hoe het ding werkte. Fung had een kogel geladen, het wapen voor zijn cliënt ontgrendeld waarna de ex-politieagent Wei op plechtstatige maar ietwat neerbuigende toon had uitgelegd hoe het pistool moest worden vastgehouden en hoe de trekker moest worden overgehaald.

Wei had zijn bodyguard gevraagd op welk punt hij het pistool precies moest richten voor het beste resultaat, maar het antwoord was minder exact geweest dan de voormalig econoom had gewenst.

Met een schouderophalen had Fung uitgelegd dat de loop op bijna elke plek van de schedel rondom het brein kon worden geplaatst, zolang de eerste hulp op zich liet wachten. Waarna Fung beloofde dat hij erop zou toezien dat die eerste hulp inderdaad op zich zou laten wachten.

En daarna had de bodyguard, met een knikje, Wei Zhen Lin alleen gelaten in zijn kantoor, zittend achter zijn bureau en met het pistool voor hem.

'Wat is Fung toch een prima bodyguard gebleken,' snoof Wei minachtend.

Hij woog het wapen in zijn handen. Het was zwaarder dan hij had verwacht, maar wel met een goede balans. De kolf was verrassend dik, voelde dikker in zijn hand dan hij van een pistool had verwacht. Maar dat wilde niet zeggen dat hij veel over vuurwapens nadacht.

Na het wapen een moment aandachtig te hebben bestudeerd en uit nieuwsgierigheid het serienummer en het waarmerk te hebben bekeken zette Wei Zhen Lin, president van de Volksrepubliek China en algemeen secretaris van de Communistische Partij de loop van het pistool tegen zijn rechterslaap en plaatste zijn wijsvinger stevig tegen de trekker.

Als leider van zijn land was Wei een onwaarschijnlijke keuze geweest, wat in grote mate de reden was waarom hij had besloten zichzelf van het leven te beroven.

Rond zijn geboorte, in 1958, was zijn vader, toen al zestig jaar oud, een van de dertien leden van het Zevende Politbureau van de Communistische Partij van China. Vader Wei was journalist geweest, een schrijver en redacteur bij de krant, maar in de jaren dertig had hij zijn baan opgezegd en was hij lid geworden van de propaganda-afdeling van de Communistische Partij. Hij had Mao Zedong vergezeld op diens Lange Mars, een dertienduizend kilometer lange tocht die Mao tot een nationale held en leider van communistisch China maakte en voor veel van de mannen die hem bijstonden een comfortabele toekomst garandeerde.

Mannen zoals Weis vader, die door de geschiedenis tot Mao's medestrijders waren gebombardeerd, werden als helden beschouwd en bekleedden vijftig jaar lang hoge posities in Beijing.

Zhen Lin was geboren in dit bevoorrechte milieu, groeide op in Beijing en werd naar een exclusieve Zwitserse kostschool gestuurd. Daar, aan het Collège Alpin International Beau Soleil, vlak bij het Meer van Genève, raakte hij bevriend met andere partijkinderen, zonen van partijbonzen, maarschalken en generaals. Toen hij terugkeerde naar de Universiteit van Beijing om economie te gaan studeren stond het al min of meer vast dat hij en veel van zijn Chinese vrienden uit zijn kostschoolperiode in een of andere hoedanigheid een regeringspost zouden bemachtigen.

Wei maakte deel uit van een groep studenten die 'de prinsjes' werd genoemd. Zij waren de rijzende sterren in de politiek, het leger of de Chinese zakenwereld; zonen en dochters van voormalige hoge partijbonzen, de meesten van hen hoogstaande maoïsten die in de revolutie hadden gevochten. In een samenleving die het bestaan van een bovenklasse ontkende vormden deze prinsjes zonder meer de elite, met een exclusieve aanspraak op geld, macht én politieke connecties die hen de macht verschaften om over de nieuwe generatie te kunnen heersen.

Na zijn afstuderen werd Wei een gemeenteambtenaar in Chongqing, waar hij opklom tot assistent-locoburgemeester. Een paar jaar later verliet hij het openbaar bestuur om aan de economische faculteit van Nanjing een graad in economie en bedrijfskunde te halen, en vanaf de tweede helft van de jaren tachtig tot eind jaren negentig werkte hij in de internationale financiële sector van Shanghai, een van China's nieuwe Speciale Economische Zones. Deze SEZ's waren door de communistische regering gevestigde vrijhandelszones waar veel landelijke wetten waren opgeschort om ruimte te bieden aan de vrije markt om daarmee buitenlandse investeringen te bevorderen. Dit experiment met quasi-kapitalistische vrijhavens waren een doorslaand succes geworden, en Weis economische achtergrond, en vooral zijn zakelijke en politieke connecties, plaatsten hem in het centrum van China's financiële groei, met een nog rooskleuriger toekomst in het verschiet.

Hij werd rond de millenniumwisseling verkozen tot burgemeester van Shanghai, China's grootste stad. Hij drong aan op meer buitenlandse investeringen en een verdere omarming van vrijemarktprincipes.

Wei was aantrekkelijk en charismatisch, droeg westerse zakelijke belangen een warm hart toe en zowel thuis als wereldwijd rees zijn ster als het nieuwe gezicht van China. Maar hij was ook een voorstander van een strenge maatschappelijke hiërarchie. De enige vrijheid die hij steunde was economisch van aard. De inwoners van zijn stad zagen totaal geen vooruitgang waar het hun persoonlijke vrijheid betrof.

Met China's vernederende afgang jegens Rusland en de VS na de strijd om de Siberische goudmijnen en olievelden werd de voltallige regering in Beijing ontslagen, en Wei, het jonge, krachtige symbool van het nieuwe China, wachtte een leidersfunctie. Hij werd de partijchef van de Communistische Partij voor Shanghai en lid van het Zestiende Politbureau.

De jaren daarna pendelde Wei heen en weer tussen Beijing en Shanghai. Als pro-business regeringsambtenaar die de SEZ's en andere vrijhandelszones wilde uitbreiden en tegelijkertijd de harde lijn in het Politbureau tegen politiek vrijdenken en persoonlijke vrijheid steunde, was hij een vreemde eend in de bijt.

Wei was een kind van Mao en de partij én hij was student van het internationale geldwezen. Economische liberalisering was voor Wei een middel, een manier om buitenlandse valuta binnen te halen om daarmee de Communistische Partij juist te kunnen versterken in plaats van te ondermijnen.

Na de kortstondige oorlog met Rusland en de Verenigde Staten gingen velen ervan uit dat China's economische tegenslagen het land naar de afgrond zouden duwen. Hongersnood, de volledige ineenstorting van de landelijke en provinciale infrastructuur en uiteindelijk de totale anarchie dreigden. Het was enkel dankzij de inspanningen van Wei en gelijkgestemden dat China een totale ineenstorting kon afwenden. Wei drong aan op een uitbreiding van de Speciale Economische Zones en de vestiging van talrijke kleinere vrijhandelszones.

Een wanhopig Politbureau gaf zich gewonnen en Weis plan werd in zijn geheel geïmplementeerd. China's quasikapitalisme groeide als kool.

De gok wierp zijn vruchten af. Wei, de architect van het financiële hervormingsplan, werd beloond voor zijn werk. Zijn successen, zijn prinsjesstatus en zijn politieke afkomst maakten het alleen maar logisch dat hij de functie van China's minister van Handel in het Zeventiende Politbureau aanvaardde. Op het moment dat hij zich in het pak van de aanvoerder van het landelijke economische beleid hees, kon de Chinese economie zich laven aan dubbele groeicijfers waaraan nooit een eind zou komen, zo leek het.

Maar toen barstte de bubbel.

Kort na Weis aantreden als minister van Handel belandde de wereldeconomie in een langdurige crisis. Zowel de buitenlandse investeringen in China als de eigen export werden zwaar getroffen. Deze twee economische pijlers, die dankzij Wei waren gerevolutioneerd, waren de motor geweest van deze dubbele groeicijfers. Ze vormden een geldfontein die inmiddels zo goed als opgedroogd was nu de wereld de hand op de knip hield.

Een verdere uitbreiding van de SEZ's door Wei kon deze neerwaartse spiraal naar de rampspoed niet keren. Wereldwijde Chinese vastgoedaankopen en valutafutures veranderden in bodemloze putten nu de Europese financiële crisis en de Amerikaanse vastgoedcrisis doorzetten.

Wei wist hoe in Beijing de wind waaide. Zijn eerdere successen in vrijemarkthervormingen om zijn land te redden zouden nu tegen hem gebruikt worden. Zijn politieke vijanden zouden zijn economisch model als een mislukking afschilderen en beweren dat het vergroten van Chinese zakenrelaties met de rest van de wereld het land had blootgesteld aan de besmettelijke ziekte van het kapitalisme.

En dus verdrong minister Wei zijn falende economisch model door zijn aandacht te verleggen naar buitensporige staatsprojecten en het bevorderen van leningen aan regionale besturen om wegen, huizen, havens en een infrastructuur voor telecommunicatie aan te leggen of te verbeteren. Dit waren het soort investeringen die bij het oude communistische economische model hoorden: een centraal regeringsbeleid om economische groei te stimuleren via een centrale overheid.

Op papier zag het er goed uit en in de drie jaren die volgden presenteerde Wei groeicijfers die, weliswaar minder florissant dan in die eerste naoorlogse expansiejaren, nog altijd een respectabele acht à negen procent bedroegen. Hij imponeerde het Politbureau en de lagere echelons, alsmede de wereldpers, met feiten en cijfers die het plaatje inkleurden zoals hij dat wilde.

Maar het was allemaal klatergoud. Dat wist Wei, want de leningen zouden nooit kunnen worden afgelost. De vraag naar Chinese exportproducten was teruggelopen tot een druppelende kraan, de regionale schuldenlast bedroeg inmiddels zeventig procent van het bruto nationaal product, vijfentwintig procent van alle bankleningen leverde niets op en nog altijd drongen Wei en zijn ministerie aan op meer leningen, meer uitgaven, meer bouwen.

Het was een kaartenhuis.

En samenvallend met Weis wanhopige poging om de economische malaise weg te moffelen raasde een nieuw, verontrustend fenomeen als een tyfoon door het land.

Ze noemden het de Tuidang-beweging.

Na de beklagenswaardige reactie van de regering op een catastrofale aardbeving vulden de straten van de natie zich met demonstranten. De regering trad op tegen de demonstranten, bepaald minder hard dan ze had gekund, maar met elke aanhouding of traangasgranaat werd de situatie onstabieler.

Nadat de aanvoerders van de demonstraties werden weggesleurd en gevangengezet, werd het korte tijd weer stil op straat en had men op het ministerie van Openbare Veiligheid het gevoel dat de situatie prima onder controle was. Maar de protesten verplaatsten zich naar de nieuwe sociale media en chatsites in zowel China als daarbuiten die met behulp van ingeburgerde sluipweggetjes om langs de officiële internetfilters te komen, gewoon konden worden bekeken.

Op de miljoenen computerschermen en smartphones groeide het spontane protest uit tot een goedgeoliede, machtige beweging. De CPC reageerde traag terwijl het ministerie van Openbare Veiligheid enkel politieknuppels, pepperspray en boevenwagens bij de hand had, maar niet over effectieve wapens beschikte om korte metten te maken met de nullen en enen van een virale opstand in cyberspace. Over een periode van vele maanden verknoopten de onlineprotesten zich tot een revolte, die hun hoogtepunt bereikten in Tuidang.

Tuidang, of 'hekel de partij' was een beweging waarbij aanvankelijk honderden, vervolgens duizenden en uiteindelijk miljoenen Chinese burgers openlijk uit de Chinese Communistische Partij stapten. Dat konden ze online doen, anoniem, of in de vorm van een openlijke verklaring in het buitenland.

In vier jaar tijd kon de Tuidang-beweging zich beroepen op meer dan tweehonderd miljoen opzeggingen.

Maar het was niet het groot aantal opzeggingen in de afgelopen vier jaar dat de partij zorgen baarde. In werkelijkheid viel het echte aantal partijverlaters moeilijk vast te stellen, omdat veel van de namen op de lijsten die door de leiders van de Tuidang-beweging waren gedistribueerd niet-traceerbare pseudoniemen en alledaagse namen bevatten die niet onafhankelijk geïdentificeerd konden worden. Tweehonderd miljoen dissidenten konden net zo goed slechts vijftig miljoen zijn. Het was juist de negatieve publiciteit, gecreëerd door diegenen die in het buitenland openlijk hun lidmaatschap opzegden, plus de aandacht die het succes van de protesten wereldwijd wekte, die het Politbureau beangstigden.

Kijkend naar de groeiende Tuidang-beweging, de woede en de verwarring en de angst die dit alles binnen het Politbureau creëerde, dacht minister van Handel Wei na over de verborgen economische malaise van zijn land. Hij wist dat dit niet het moment was om de dreigende crisis te onthullen. Elke grote bezuinigingshervorming diende nog even te wachten.

Op het Achttiende Partijcongres gebeurde iets ongelooflijks wat Wei Zhen Lin niet had kunnen voorspellen. Hij werd verkozen tot president van China en benoemd tot algemeen secretaris van de Communistische Partij, waarmee hij vanaf nu over zijn eigen kaartenhuis heerste.

In Politbureau-termen was de verkiezing een heftige bedoening geweest. De twee kandidaten die het meest geschikt leken om het land over te nemen waren enkele weken na het congres al uit de gratie geraakt, de een vanwege een corruptieschandaal in zijn thuisstad Tianjin, de ander vanwege het laten oppakken van een ondergeschikte en een aanklacht wegens spionage. Op één na hadden alle resterende verkiesbare leden van het Zittende Comité banden met de ene dan wel de andere onteerde man.

Wei vormde de uitzondering. Hij werd nog altijd als een buitenstaander beschouwd, niet gelieerd aan beide fracties, en dus werd de compromiskandidaat op de relatief jonge leeftijd van vierenvijftig jaar uitgeroepen tot president.

De president, de algemene partijsecretaris en de voorzitter van de Centrale Militaire Commissie, het hoofd van het leger, vormen in China de hoogste drie functies. Soms bekleedt één persoon ze alledrie, maar in Weis geval ging het voorzitterschap voor het CMC naar een ander, Su Ke Qiang, een viersterrengeneraal van het Volksleger. Su, de zoon van een van Mao's loyaalste maarschalken, was een oud jeugdvriendje van Wei en was net als hij opgegroeid in Beijing en opgeleid in Zwitserland. Hun simultane opmars naar de hoogste machtsregionen van het land bewees dat de tijd van de prinsjes inmiddels was aangebroken.

Toch was het voor Wei van meet af aan duidelijk dat het coleiderschap geen partnerschap behelsde. Su was een uitgesproken voorstander geweest van een militaire expansiepolitiek; hij had havikachtige binnenlandse toespraken gehouden over de macht van het Volksleger en China's bestemming als regionale en wereldmacht. Samen met zijn generale staf had hij het leger, dankzij een begroting die jaarlijks met twintig procent groeide, de afgelopen tien jaar flink uitgebreid, en Wei wist dat Su niet het type generaal was dat met zijn leger enkel voor het publiek wilde pronken.

Wei wist dat Su uit was op oorlog, en wat Wei betrof was een oorlog wel het laatste waar China behoefte aan had.

Tijdens een vergadering van het Zittend Comité in Zhongnanhai, het ommuurde regeringscentrum in Beijing, ten westen van de Verboden Stad en het Plein van de Hemelse Vrede, nam Wei drie maanden nadat hij aan de macht was gekomen een tactisch besluit, dat ertoe leidde dat hij nog geen maand later een pistool tegen zijn slaap zette. Het leek hem onvermijdelijk dat de waarheid achter de economische toestand van het land naar buiten zou komen, te beginnen voor de leden van het Zittende Comité. Nu al lekten geruchten over problemen vanuit het ministerie van Handel naar buiten. Wei besloot ze daarom een stap voor te zijn door het comité te informeren over de ophanden zijnde crisis in 'zijn' economie. Ten overstaan van een zaal uitdrukkingsloze gezichten kondigde hij een voorstel aan ter beteugeling van regionale leningen, plus een aantal bezuinigingsmaatregelen. Dit, zo verklaarde hij, zou de landelijke economie geleidelijk versterken, maar helaas gepaard gaan met een tijdelijke dip.

'Hoe tijdelijk?' wilde de partijsecretaris van de Staatsraad weten.

'Twee tot drie jaar,' loog Wei. Zijn ambtenaren hadden hem verteld dat zijn bezuinigingshervormingen over bijna vijf jaar moesten worden uitgesmeerd om het gewenste effect te creëren.

'Hoe erg zal de groei afnemen?' Het was een vraag van de secretaris van het Disciplinair Comité.

Wei aarzelde even, en antwoordde op kalme maar vriendelijke toon: 'Als ons plan in werking treedt zal de groei naar onze schatting in het eerste jaar met een tiende procent krimpen.'

Er werd verschrikt naar lucht gehapt.

'Onze groei bedraagt nu acht procent. U gaat ons vertellen dat we met krimp te maken krijgen?'

'Ja.'

'We hebben vijfendertig jaar groei achter de rug!' riep de voorzitter van het Gidscomité voor Spirituele Cultivering. 'Zelfs tijdens het eerste naoorlogse jaar was er geen krimp!'

Wei schudde zijn hoofd en gaf opnieuw rustig antwoord, wat sterk contrasteerde met de tumultueuze reacties van de partijleden. 'We zijn om de tuin geleid. Ik heb de cijfers van die jaren eens bekeken. De groei was vooral te danken aan de door mij geïnitieerde uitbreiding van onze buitenlandse handel, maar die vond niet plaats in het eerste naoorlogse jaar.'

Wei kreeg al snel in de gaten dat de meeste aanwezigen in de ruimte hem niet geloofden. Wat hem betrof was hij slechts een boodschapper die anderen over deze crisis informeerde, niet degene die er verantwoordelijk voor was. De overige leden van het Zittend Comité begonnen hem echter beschuldigingen naar het hoofd te werpen. Wei gaf krachtig weerwoord en eiste dat ze zijn plan zouden aanhoren om de economie recht te trekken, maar in plaats daarvan spraken de partijleden over de groeiende onrust in de straten en krabden zich bezorgd achter de oren over hoe de nieuwe problemen hun status binnen het Politbureau uiteindelijk zouden beïnvloeden.

Vanaf dat moment werd de stemming alleen maar grimmiger. Wei schoot in de verdediging en aan het einde van de middag had hij zich teruggetrokken in zijn werkkamers van het regeringsgebouw van Zhongnanhai, wetend dat hij de inzichten van zijn partijgenoten van het Zittend Comité omtrent de ernst van de dreiging had overschat. Deze heren waren niet geïnteresseerd in zijn plan; het zou niet eens ter sprake worden gebracht.

Hij was benoemd tot algemene secretaris en uitgeroepen tot president omdat hij geen allianties had gesloten. Maar tijdens de grimmige discussies over de toekomst van de Chinese economie drong het tot hem door dat hij best wel een paar vriendjes binnen het Zittend Comité had kunnen gebruiken.

Als ervaren politicus met een goed gevoel voor *realpolitik* wist hij dat de kans om zijn huid te redden klein was, tenzij hij zou verkondigen dat de groei en welvaart van de afgelopen vijfendertig jaar onder zijn leiding zouden worden voortgezet. En als briljant econoom met toegang tot alle ultrageheime financiële dossiers wist hij dat het economische tij op punt van keren stond en een neergang het enige vooruitzicht was.

En dat gold niet alleen voor de economie. Een totalitair regime kon

– in elk geval theoretisch – veel fiscale problemen wegmoffelen. Dit had hij zelf jarenlang in zekere zin ook gedaan, met grootschalige bouwprojecten om de economie te stimuleren en een onrealistisch beeld van zijn vitaliteit te scheppen.

Maar Wei wist dat zijn land een kruitvat was van onvrede die met de dag groeide.

Drie weken na het rampzalige partijoverleg in het regeringsgebouw van het Zhongnanhai realiseerde Wei zich dat zijn macht aan het verzwakken was. Tijdens een diplomatiek bezoek aan Hongarije gaf de chef van de propaganda-afdeling van de Communistische Partij, en tevens lid van het Zittend Comité, alle staatsmedia en alle door de CPC gecontroleerde nieuwsdiensten in het buitenland opdracht om kritische berichten over Weis economisch leiderschap te verspreiden. Dit was ongehoord en Wei was dan ook furieus. Hij keerde haastig terug naar Beijing en eiste een onderhoud met de propagandachef, maar kreeg te horen dat de man tot het eind van die week in Singapore verbleef. Toen hij daarop de vijfentwintig leden van het Politbureau voor noodoverleg bijeenriep kwamen er slechts zestien leden opdagen.

Al binnen enkele dagen verschenen in de media berichten over corruptie, waarin Wei werd beschuldigd van machtsmisbruik in de tijd dat hij burgemeester van Shanghai was. De beschuldigingen werden gestaafd met ondertekende verklaringen van tientallen oud-medewerkers en zakenpartners in binnen- en buitenland.

Wei was niet corrupt. Als burgemeester van Shanghai was hij de corruptie met vuur en zwaard te lijf gegaan, bij plaatselijke bedrijven, de politie, binnen het partijapparaat. Daarbij maakte hij vijanden, en deze vijanden waren maar al te bereid om valselijk tegen hem te getuigen, vooral als het ging om hooggeplaatste couppplegers die deuren konden openen in ruil voor hun verklaringen.

Het ministerie van Openbare Veiligheid, het Chinese equivalent van het Amerikaanse ministerie van Justitie, vaardigde een arrestatiebevel uit.

Wei wist precies wat er speelde. Dit was een poging tot staatsgreep.

De coup bereikte een kritiek punt op de ochtend van de zesde dag van de crisis, toen de vicepresident op het Zhongnanhaipaleis zich voor de tv-camera's opstelde en tegenover de verbijsterde landelijke media aankondigde dat zolang de onfortuinlijke affaire rond president Wei nog niet was opgelost, hijzelf de regering zou leiden. Daarna liet hij weten dat de president officieel voortvluchtig was.

Op dat moment bevond Wei zich in zijn presidentiële woonvertrekken, nog geen vierhonderd meter verderop. Een paar getrouwen hadden zich achter hem geschaard, maar het leek alsof het tij zich tegen hem had gekeerd. De medewerkers van de vicepresident hadden hem laten weten dat hij tot de volgende ochtend tien uur de tijd had om ambtenaren van het ministerie van Openbare Veiligheid binnen deze muren toe te laten om zijn aanhouding te kunnen bewerkstelligen. Als hij niet vrijwillig meeging, zou hij daartoe gedwongen worden.

Laat op de avond van de zesde dag koos Wei ten slotte voor het offensief. Hij stelde vast welke partijleden tegen hem samenzweerden en belegde een geheim overleg met de overige leden van het Zittend Comité van het Politbureau. Tegen de vijf die geen samenzweerders waren, benadrukte hij dat hij zichzelf als een 'eerste onder gelijken' beschouwde en, mocht hij als president en algemeen secretaris kunnen aanblijven, dat hij een collectief leiderschap als een mogelijkheid zou beschouwen. Het kwam erop neer dat ieder van hen meer macht zou krijgen als Wei niet voor een ander het veld moest ruimen.

De ontvangst door het Zittend Comité was koeltjes. Het was alsof ze naar een gevonnist man keken en ze toonden zich dan ook weinig genegen zich achter hem te scharen. De op een na machtigste man van China, de voorzitter van de Centrale Militaire Commissie, Su Ke Qiang, zei de hele vergadering lang geen woord.

De hele daaropvolgende nacht had Wei geen idee of hij de volgende ochtend zou worden afgezet, gearresteerd, gevangengezet, gedwongen om een valse bekentenis te ondertekenen of geëxecuteerd. In de uren voor zonsopgang leek zijn toekomst zelfs nog grimmiger. Drie van de vijf leden van het Zittende Comité, die zich nog niet achter de coup hadden geschaard, lieten hem weten dat ook al zouden ze zijn afzetting niet aanmoedigen, ze te weinig politieke invloed hadden om hem de helpende hand te reiken.

Om vijf uur die ochtend riep Wei zijn staf bijeen en vertelde dat hij omwille van het land zou aftreden. Het ministerie van Openbare Veiligheid werd op de hoogte gebracht dat Wei zich overgaf, waarna een arrestatieteam vanuit het gebouw van het ministerie van Openbare Veiligheid aan East Chang'an Avenue, aan de overzijde van het Plein van de Hemelse Vrede, naar het Zhongnanhai werd gezonden.

Wei vertelde hun dat hij rustig mee zou komen.

Maar Wei had besloten dat hij niet rustig mee zou komen.

Hij zou helemaal niet meekomen.

Het vierenvijftig jaar oude prinsje had geen behoefte als rekwisiet in een politiek theaterstuk te fungeren, waarin hij door zijn vijanden als zondebok voor de teloorgang van het land zou worden afgeschilderd.

Dood konden ze hem krijgen, en ze mochten met zijn nalatenschap doen wat ze wilden, maar daar zou hij geen getuige van zijn.

Terwijl het arrestatieteam vanuit het ministerie van Openbare Veiligheid zijn weg naar de ommuurde regeringsgebouwen vervolgde, overlegde Wei met de chef van zijn lijfwachten, waarna Fung bereid was hem van een pistool te voorzien, vergezeld van een korte gebruiksinstructie.

Wei hield de grote zwarte QSZ-92 tegen zijn hoofd. Zijn hand beefde licht, maar hij merkte dat hij gezien de situatie relatief kalm was. Terwijl hij zijn ogen sloot, drukte hij harder tegen de trekker en hij voelde dat het beven vererdgerde, door zijn lichaam heen trok, zijn voeten bereikte en weer naar zijn hoofd steeg.

Wei vreesde dat hij zo hard zou beven dat de loop weg zou schieten en dat de kogel zijn hersens zou missen. En dus drukte hij de loop nog steviger tegen zijn slaap.

Vanuit de gang buiten zijn werkkamer klonk opeens geroep. Het was Fungs opgewonden stem.

Nieuwsgierig opende Wei zijn ogen.

De deur van de werkkamer vloog open en Fung rende naar binnen. Wei beefde inmiddels zo dat hij bang was dat Fung zijn zwakheid zou opmerken.

Snel liet hij het pistool zakken.

'Wat is er?' vroeg hij.

Fungs ogen stonden groot en op zijn gezicht prijkte een misplaatste grijns. 'Algemeen secretaris!' riep hij. 'Tanks! Tanks in de straat!'

Wat had dit te betekenen? 'O, dat is gewoon het ministerie van Openbare Veiligheid. Die beschikken over gepantserde voertuigen,' reageerde Wei.

'Nee, excellentie! Geen pantservoertuigen. Tánks! Lange rijen tanks vanaf het Plein van de Hemelse Vrede!'

'Tanks? Wiéns tanks?'

'Su! Dat moet generaal... pardon, ik bedoel voorzitter Su zijn! Hij stuurt zwaar materieel om u te beschermen. Het ministerie van Openbare Veiligheid durft u in weerwil van het Volksleger niet te arresteren. Hoe kunnen ze anders?'

Wei kon deze plotselinge draai niet geloven. Su Ke Qiang, de viersterren prinsjesgeneraal van het Volksleger en voorzitter van de Centrale Militaire Commissie, en een van de mannen op wie hij de avond ervoor een persoonlijk beroep had gedaan, was hem op het allerlaatste moment te hulp geschoten.

De president van China en algemeen secretaris van de Communistische Partij schoof het pistool over zijn bureau naar zijn hoofdlijfwacht. 'Majoor Fung... Het lijkt erop dat ik dit wapen vandaag niet nodig zal hebben. Steek het bij u voordat ik mezelf iets aandoe.'

Fung nam het pistool aan, vergrendelde het en stopte het in de holster aan zijn riem. 'Ik ben zeer opgelucht, president.'

Wei had niet het idee dat het Fung ook maar iets kon schelen, maar in de roes van het moment drukte hij zijn lijfwacht desalniettemin de hand.

Elke bondgenoot, zelfs een voorwaardelijke, had recht op een dag als deze.

Wei keek nu vanuit het raam van zijn werkkamer over de muur van het regeringsgebouw naar een punt in de verte achter de muren van Zhongnanhai. Tanks vulden de straten, gewapende soldaten van het Volksleger marcheerden in strak gelid langs de pantservoertuigen, de geweren in de elleboogsholten en diagonaal voor de borst.

Terwijl het zware geronk van de tanks de vloer en de boeken, armaturen en het meubilair liet trillen glimlachte Wei, maar zijn gezicht betrok al snel.

'Su?' mompelde hij verwonderd. 'Uitgerekend hij... Waarom Su?'

Maar hij wist het antwoord al. Hoewel Wei dankbaar was voor deze militaire interventie besefte hij zelfs nu al dat hij juist zwakker, in plaats van sterker, uit de strijd zou komen. Dit vroeg om een tegenprestatie.

De rest van zijn termijn, zo wist Wei Zhen Lin, zou hij bij Su en zijn generaals in het krijt staan, en hij wist precies wat ze van hem wilden.

5

John Clark stond bij het aanrecht; hij keek door het raam naar de zich verdikkende mist boven het weiland achter zijn woning en zag hoe de grijze middag overging in een nog grijzere avond. Hij was alleen, nog een paar minuutjes in elk geval, en stelde vast dat hij niet langer kon uitstellen waar hij de hele dag al tegenaan had gehikt.

Samen met zijn vrouw Sandy bewoonde hij deze boerderij met twintig hectare van glooiend weide- en bosland in Frederick County, Maryland, dicht bij de grens met Pennsylvania. Het plattelandsleven was nog altijd nieuw voor hem; nog maar een paar jaar geleden zou hij bij de gedachte aan een landheer, zittend op de achterveranda en nippend van zijn ijsthee, nog hebben gegrinnikt dan wel hebben gehuiverd.

Maar hij was dol op zijn nieuwe plek, en Sandy al helemaal. En John Patrick, zijn kleinzoon, vond het maar wat tof om zijn opa en oma op het platteland te bezoeken.

Clark was geen man van lange bespiegelingen. Hij leefde liever in het moment. Maar terwijl hij naar buiten keek en over de ophanden zijnde taak nadacht, moest hij bekennen dat hij voor zichzelf een mooi leven had opgebouwd.

Nu was echter het moment gekomen om vast te stellen of zijn beroepsleven definitief ten einde was.

Het was tijd om het verband te verwijderen en te kijken of zijn gewonde hand nog functioneerde.

Opnieuw.

Acht maanden daarvoor was zijn hand nog gebroken, of eigenlijk, verbrijzeld geweest; het resultaat van een amateuristische maar enthousiaste foltering in een groezelig pakhuis, gelegen in het district Mitino, in het noordwesten van Moskou. Hij had negen botbreuken opgelopen, verdeeld over zijn vingers, middenhandsbeentjes en pols, en hij had zich daarna hoofdzakelijk voorbereid op de drie operaties en het herstel daarvan.

Twee weken geleden was hij voor de vierde keer onder het mes gegaan, en dit was de eerste dag waarop de chirurg hem toestemming had gegeven om de sterkte en beweeglijkheid van de appendage te testen.

Een snelle blik op de klok vertelde hem dat Sandy en Patsy over een paar minuten zouden thuiskomen. Zijn vrouw en dochter waren samen naar Westminster gereden om boodschappen te doen. Ze hadden hem gevraagd nog even te wachten met zijn test totdat ze terug waren en ze erbij konden zijn. Ze hadden gezegd dat ze zijn herstel met een etentje en een wijntje wilden vieren, maar John wist wel beter. Ze wilden gewoon niet dat hij het in zijn eentje moest doorstaan. Ze waren bang dat het resultaat tegenviel, en wilden hem steunen als bleek dat hij zijn vingers nog steeds net zo slecht kon bewegen als voor de operatie.

Hij had ingestemd, maar realiseerde zich nu dat hij dit alleen moest doen. Hij was te ongeduldig om te wachten, te trots om ten overstaan van zijn vrouw en dochter te moeten stuntelen en worstelen, maar bovenal wist hij dat hij veel verder moest gaan dan zijn dochter, de dokter, of zijn vrouw, de verpleegster, hem zouden toestaan.

Ze waren bang dat hij zichzelf zou verwonden, maar over pijn maakte hij zich geen zorgen. Hij had daar beter mee leren omgaan dan wie dan ook. Nee, John was bang dat hij misschien zou falen. Hij zou er alles aan doen om dat te voorkomen en hij vermoedde dat het geen prettig gezicht zou opleveren. Hij had zijn kracht en mobiliteit al tot het uiterste beproefd.

Staand achter het aanrecht wikkelde hij het verband af en hij verwijderde de metalen spalkjes tussen zijn vingers. Hij draaide zich weg van het raam, liet het verband op het aanrecht achter en liep naar de woonkamer. Daar liet hij zich in zijn lederen fauteuil zakken en hij bracht zijn hand omhoog om hem te bekijken. De littekens van de operaties, nieuw en oud, waren klein en tamelijk nietszeggend, maar dat gold bepaald niet voor de ongelooflijke schade binnenin, zo wist hij. Zijn orthopedisch chirurg in het Johns Hopkins werd internationaal gezien als een van de besten in zijn vak en hij had via minuscule incisies en met behulp van laparoscopische cameraatjes en contrastvloeistof zijn weg naar het beschadigde botwerk en littekenweefsel kunnen vinden.

John wist dat, ook al zag zijn hand er niet al te gehavend uit, de kans op volledig herstel minder dan vijftig procent bedroeg.

Misschien dat als de ongevoelige plek iets meer naar achteren had gezeten, de vingergewrichten minder littekenweefsel hadden opgelopen, zo hadden de dokters hem verteld. Was hij wat jonger geweest, dan had het genezingsproces misschien tot een volledig herstel kunnen leiden, sprak het uit hun ogen.

John Clark wist dat hij wat dit betrof machteloos stond.

Hij zette de pessimistische prognose uit zijn hoofd en concentreerde zich op een goede afloop.

Hij pakte een tennisbal van de koffietafel voor hem en bekeek hem met een standvastige blik.

'Daar gaat ie dan.'

Voorzichtig kromde hij zijn vingers om de bal.

Al bijna meteen merkte hij dat hij zijn wijsvinger nog steeds niet volledig kon bewegen.

Zijn trekkervinger.

Shit.

De hamer van zijn folteraar had zowel het proximale als middelste falanx zo goed als verbrijzeld en het handwortelgewricht, toch al licht artritisch van een leven lang schieten, was inmiddels zwaar beschadigd.

Terwijl hij zijn andere vingertoppen tegen het oppervlak van de tennisbal drukte, beefde zijn trekkervinger slechts een beetje.

Hij dwong de teleurstelling en het stekende gevoel dat het opwekte uit zijn hoofd en kneep harder.

De pijn nam toe. Hij kreunde van pijn, maar hield vol en probeerde de bal samen te knijpen in zijn vuist.

Zijn duim leek weer zo goed als nieuw, zijn pink en ringvinger leken de bal aardig samen te drukken, en zijn middelvinger kromde zich, met hernieuwde mobiliteit dankzij de operaties, weer om het oppervlak, hoewel er niet veel kracht in leek te zitten.

Hij kneep harder en de scherpe pijn in de rug van zijn hand nam toe. Clark huiverde, maar kneep harder. De wijsvinger beefde niet langer en ontspande zich. De delicate spieren waren volledig uitgeput en de vinger wees bijna kaarsrecht naar voren.

Van zijn pols tot aan zijn vingertoppen deed het pijn terwijl hij verder kneep.

Met de pijn kon hij leven, en ook met een iets verminderde greep.

Maar de trekkervinger was zo goed als nutteloos.

Hij ontspande zijn vingers en de pijn nam af. Het zweet parelde op zijn voorhoofd en trok in zijn boord.

De bal stuiterde op de hardhouten vloer en rolde door de kamer.

Goed, dit was pas de eerste test na de operatie, maar voor hem was het duidelijk. Het leed geen twijfel dat zijn hand nooit meer de oude zou worden.

Johns rechterhand was nu weliswaar beschadigd, maar hij wist dat hij ook met links kon schieten. Iedere Navy SEAL, en iedere CIA-agent bij de Special Activities Division besteedt meer tijd aan het perfectioneren van de ongeoefende schiethand dan dat de meeste ordehandhavers dat al met hun normale schiethand doen. En John had er als SEAL en CIA-agent meer dan veertig jaar op zitten. Het was een onontbeerlijke training voor elke schutter, want gewond raken aan de normale schiethand is een reëel gevaar.

Er is een wijdverbreide theorie achter dit fenomeen. Bij een dreiging van een vuurgevecht concentreert het potentiële slachtoffer zich meestal direct op de acute bedreiging. Niet alleen op zijn aanvaller, maar ook op diens wapen. Het kleine, vuurspuwende, loodpompende stuk gereedschap waarmee hij zijn slachtoffer aan flarden wil schieten. Om deze reden komt het bij personen die betrokken raken in een vuurgevecht dan ook maar al te vaak voor dat ze verwondingen aan hun normale schiethand of -arm oplopen. De andere vuurvechter zal, al terugvurend, vooral op het wapen van de tegenstander richten, dus het is alleen maar logisch dat veel van zijn schoten direct gericht zijn op het pistool zelf.

Kunnen schieten met de zwakkere schiethand is dus cruciaal wanneer hij of zij op een gewapende opponent stuit.

Clark wist dat hij na wat oefening met zijn linkerhand weer trefzeker een wapen kon afvuren.

Maar het was niet alleen de hand, het was zijn hele persoon.

'Je bent oud, John,' mompelde hij in zichzelf, terwijl hij opstond en naar de achterveranda liep. Daar tuurde hij weer over de weilanden, naar de mist die over het bedauwde gras neerdaalde en naar een rode vos die vanuit de bomen tevoorschijn schoot en over het open veld stoof. Plasjes regenwater spatten in de lucht terwijl het dier weer zigzaggend tussen de bomen wegschoot.

Ja, zei Clark tegen zichzelf. Hij wás oud voor dit werk.

Maar zó oud ook weer niet. Min of meer net zo oud als Bruce Springsteen en Sylvester Stallone, en hun carrière verliep nog steeds voorspoedig, wat een behoorlijke lichamelijke conditie vereiste, ook al speelde het gevaar bij hen geen rol. En onlangs had hij een artikel gelezen over een zestigjarige marinesergeant die in Afghanistan had gevochten en daar dagelijks op vijandelijk gebied bergpatrouilles had gelopen met jongens die qua leeftijd zijn kleinkinderen konden zijn geweest.

John zou graag eens een biertje met die vent willen drinken. Twee taaie gasten die herinneringen ophaalden.

Leeftijd is maar een getal, had hij altijd gezegd.

En het lichaam? Het lichaam was echt, en terwijl de jaren klommen, drukten de gemaakte kilometers steeds zwaarder op John Clark, zoals een snelstromende rivier een vallei doet uitslijten. Springsteen, Stallone, en al die andere gasten die beroepsmatig over een podium stuiterden, leden slechts een procentje van de ontberingen die Clark had moeten doorstaan, en daar viel niets op af te dingen.

Hij hoorde de SUV van zijn vrouw op de oprit, liet zich op de schommelbank op de veranda zakken en wachtte totdat ze binnen zouden komen.

Een zestigplusser op de veranda van een oude boerderij was een toonbeeld van rust en vrede. Maar het beeld was bedrieglijk. In John Clarks hoofd overheerste het vurige verlangen om zijn goede hand om de strot van die klootzak van een Valentin Kovalenko te leggen – de opportunistische Russische adder die hem dit had aangedaan – en vervolgens eens te testen hoe krachtig en beweeglijk zijn hand diens luchtpijp kon bewerken.

Maar dat zat er niet in.

'John?' riep Sandy vanuit de woning.

De dames kwamen door de keukendeur achter hem naar binnen. Hij veegde het laatste beetje zweet van zijn voorhoofd en hij zei: 'Ik ben hier.'

Even later zaten Patsy en Sandy samen buiten op de veranda bij hem, te wachten tot hij het woord zou nemen. Allebei hadden ze hem op zijn donder gegeven omdat hij niet op hen had gewacht, maar hun boosheid verdampte al snel nu ze zijn blik zagen. Hij was terneergeslagen. Moeder en dochter bogen zich bezorgd naar hem toe.

'Hij beweegt, en ik voel grip... min of meer. Misschien dat het na wat oefening iets beter wordt.'

'Maar?' vroeg Patsy.

Clark schudde het hoofd. 'Niet het resultaat waarop we hadden gehoopt.'

Sandy liep naar hem toe, ging op zijn schoot zitten en gaf hem een stevige knuffel.

'Geeft niks,' stelde hij haar gerust. 'Het had veel erger kunnen zijn.' Clark dacht even na. Het had weinig gescheeld of zijn folteraars hadden een scalpel door zijn oog gejaagd. Hij had het voor zijn vrouw en dochter uiteraard verborgen gehouden, maar zo nu en dan, wanneer hij met zijn gehavende hand in de weer was, schoot het hem weer te binnen. Hij was een geluksvogel, en dat wist hij.

Hij ging verder. 'Ik ga een tijdje met wat fysio aan de slag. De artsen hebben hun best gedaan, nu is het mijn beurt.'

Sandy verbrak de omhelzing, stond op en keek hem in de ogen.

'Hoe bedoel je?'

'Dat het tijd is om te kappen. Ik ga eerst met Ding praten, maar aanstaande maandag zal ik een gesprek met Gerry hebben.' Hij aarzelde lange tijd voordat hij zei: 'Het is afgelopen.'

'Afgelopen?'

'Ik ga met pensioen. Echt met pensioen.'

Hoewel Sandy het duidelijk probeerde te verbergen, zag hij dat ze voor het eerst in jaren weer eens opgelucht was. In decennia. Het kwam neer op pure vreugde.

Ze had nooit geklaagd over zijn werk, had jarenlang aanvaard dat hij midden in de nacht plotseling verdween zonder te laten weten waarheen, weken weg was, soms bebloed en onder de blauwe plekken weer thuiskwam en – nog beangstigender – dagenlang in stilte verzonken was voordat hij zich eindelijk eens ontspande, zijn recente missie achter zich kon laten en weer kon lachen en normaal kon slapen.

Hun jaren in Groot-Brittannië, werkend voor de Rainbow antiterreureenheid onder NAVO-bevel, was een van de mooiste perioden uit haar leven geweest. Daar draaide hij bijna normale uren en ze hadden samen hun tijd goed besteed. Maar toch, zelfs toen wist ze dat het lot van tientallen jonge jongens op zijn schouders rustte en dat dit zwaar op hem drukte.

Na hun terugkeer in de VS, en zijn toetreding tot Hendley Associates, ervoer ze opnieuw de stress en druk op zijn lichaam en geest. Hij werkte weer in het veld, daar twijfelde ze niet aan, ook al sprak hij zelden concreet over zijn werkzaamheden van huis.

Een jaar geleden was haar man door de Amerikaanse pers een internationale outlaw genoemd. Hij was ondergedoken, en ze was dagenlang bezorgd geweest. Dankzij een openlijk excuus van de president in de media was de lont snel en soepel uit het kruitvat getrokken en had John zijn leven weer teruggekregen. Maar toen hij weer opdook, was dat niet om terug te gaan naar huis, maar om zich in het ziekenhuis te laten opnemen. Hij was zwaar toegetakeld, tot op het randje van de dood, zo had een van de chirurgen haar in de wachtkamer zachtjes meegedeeld terwijl John onder narcose lag. En hoewel hij het met een beschadigde rechterhand had moeten bekopen, was ze God elke dag weer dankbaar dat hij nog leefde.

John praatte er met de twee vrouwen in zijn leven nog even over door, maar nu hij de opluchting in Sandy's ogen zag, verdween al zijn twijfel.

Sandy verdiende dit. Patsy verdiende dit ook. En zijn kleinzoon verdiende een opa die er nog een tijdje voor hem zou zijn. Lang genoeg om hem aan te moedigen bij honkbal, hem met trots te zien afstuderen. Misschien wel lang genoeg om hem voor het altaar te zien verschijnen.

John wist dat hij vanwege het werk dat hij sinds Vietnam deed, blij mocht zijn dat hij nog leefde.

Dat was nu voorbij. Hij was vrij.

Gek genoeg merkte hij dat hij er vrede mee had, hoewel hij één ding wellicht zou kunnen betreuren: dat hij nooit de kans had gehad om zijn vingers om Valentin Kovalenko's strot te kunnen klemmen.

Ach ja, was zijn gedachte terwijl hij zijn dochter nog even een knuffel gaf en naar de keuken liep om te helpen bij het avondeten. Waar Kovalenko op dit moment ook uithing, hij was er zeker van dat de man het daar niet bepaald naar zijn zin had.

6

Matrosskaja Tisjina, zo luidt de naam van een straat in het noorden van Moskou, maar het is tevens een beknopte aanduiding voor een overheidsgebouw met een veel langere naam. Het Federaal Begrotingscentrum voor IZ-77/1 van het Bureau van de Russische Federale Penitentiaire Dienst te Moskou. Een aanduiding die heel wat minder soepel van de tong rolt. Met slechts de straatnaam kon eenvoudigweg worden verwezen naar de omvangrijke penitentiaire inrichting aldaar.

Het is een van Ruslands oudste gebouwen voor arrestanten in voorarrest. Het stamt uit de achttiende eeuw, en dat is te zien. Hoewel de zes verdiepingen tellende gevel goed is onderhouden en een welhaast vorstelijke indruk wekt, zijn de cellen klein en haveloos, is het beddengoed vergeven van de luizen en is het sanitair niet berekend op het huidig aantal gedetineerden, drie keer zoveel als waarvoor het gebouw ooit is ontworpen.

Vlak voor vier uur in de ochtend rolde een brancard met piepende wielen door een van de groen-wit geschilderde gangen van het hoofdgebouw van de Matrosskaja Tisjina. Vier cipiers duwden en trokken de brancard voort en de gedetineerde vocht tegen de riemen.

Zijn geschreeuw weerkaatste tegen de betonnen vloeren en uit cementblokken opgetrokken muren. Net iets luider en al net zo schril als de piepende brancardwielen.

'Geef antwoord, verdomme! Wat heeft dit te betekenen? Ik ben helemaal niet ziek! Wie heeft bevolen dat ik word verplaatst?'

De cipiers gaven geen antwoord; gehoorzamen aan de profane bevelen van gevangenen onder hun hoede stond haaks op hun taakomschrijving. En dus duwden ze de brancard gewoon verder. Bij een ijzeren hekwerk aangekomen wachtten ze even. Met een luide klik werd het hek ontgrendeld waarna ze met de gevangene hun weg vervolgden.

De man op de brancard had niet de waarheid verteld. Hij was wel degelijk ziek. Dat gold immers voor iedereen die ooit een tijdje in deze hellepoel had moeten doorbrengen. En deze gevangene leed aan bronchitis en ringworm.

Hoewel de gewone burger vol afgrijzen zou zijn over zijn lichamelijke toestand, was hij er niet slechter aan toe dan de meeste van zijn celgenoten. Zijn angst dat hij hier, midden in de nacht, niet uit zijn cel was gesleept om te worden behandeld voor de ziektes die door zo'n beetje alle gevangenen werden gedeeld, was dan ook volkomen gegrond.

Opnieuw ging hij tegen de vier mannen tekeer, en ook nu lieten ze hem ijskoud begaan.

Na meer dan acht maanden in Matrosskaja Tisjina was de zesendertigjarige Valentin Kovalenko er nog steeds niet aan gewend te worden genegeerd. Als voormalig assistent-rezident van Ruslands geheime dienst, de Sluzhba Vneshney Razvedki, wist hij niet beter dan dat hij antwoord kreeg op zijn vragen en dat zijn bevelen werden opgevolgd. Van begin twintig tot halverwege de dertig was hij binnen de SVR een rijzende ster geweest, met als opsteker een aanstelling als tweede man op hun bureau in Londen.

Na zijn arrestatie door internationale veiligheidsagenten in een pakhuis in Moskous Mitino-district, in januari, verkeerde hij onder presidentieel toezicht in voorarrest en had hij van de weinige gevangenisambtenaren die hij was tegengekomen, vernomen dat zijn zaak vertraging op vertraging zou oplopen en dat hij zich maar beter kon voorbereiden op een jarenlang verblijf in zijn cel. Daarna, als hij geluk had, zou alles vergeten en vergeven zijn en mocht hij weer naar huis. Maar, zo had men hem gewaarschuwd, hij kon net zo goed op transport naar het oosten worden gezet om zijn tijd in een Russische goelag uit te zitten.

Dit, zo wist Kovalenko, zou gelijkstaan aan een doodvonnis.

Voorlopig werden zijn dagen nog gevuld met vechten om een hoekje in de cel met een stuk of honderd medegevangenen en de nacht beurtelings doorbrengen op een van luizen vergeven brits. Ziektes, ruzies en wanhoop kleurden elk uur van de dag.

Van andere gevangenen vernam hij dat een voorarrest normaliter – dat wil zeggen, zonder omkoping of politieke vriendjes die een zaak konden versnellen – gemiddeld tussen de twee en vier jaar bedroeg. Valentin Kovalenko wist echter dat hij die tijd niet had. Als zijn medegevangenen zouden horen wie hij was, namelijk een voormalig hooggeplaatst lid van de Russische inlichtingendienst, zou hij waarschijnlijk al binnen vijf minuten morsdood worden geslagen.

De meeste gedetineerden van de Matrosskaja Tisjina waren niet echt gesteld op de regering.

Dreigen met ontmaskering en vergelding was door Kovalenko's vijanden buiten de poorten effectief toegepast, vooral bij de Federalnaya Sluzhba Bezopasnosti, de Russische federale veiligheidsdienst, omdat het hen ervan verzekerde dat de ongewenste gevangene zijn mond zou houden.

De eerste paar maanden van zijn verblijf had hij sporadisch contact met zijn paniekerige en verwarde vrouw. Tijdens hun korte telefoongesprekken had hij haar alleen maar kunnen verzekeren dat alles goed zou komen en dat ze zich geen zorgen hoefde te maken.

Maar zijn vrouw bezocht hem niet langer en belde daarna ook niet meer op. Later had de hulpcipier hem meegedeeld dat zijn vrouw een echtscheidingsprocedure had aangevraagd, met de volledige voogdij over de kinderen.

Maar dat was nog niet het ergste. Het gerucht bereikte zijn oren dat niemand aan zijn zaak werkte. Het was frustrerend dat er geen advocaat voor hem klaarstond, maar het feit dat er zelfs geen aanklacht tegen hem liep, was ronduit onheilspellend. Hij zat hier gewoon, wegkwijnend in een cel.

Hij vreesde dat hij binnen een halfjaar aan een ziekte zou zijn overleden.

Terwijl de brancard rechts afsloeg en onder een ingebouwde plafondlamp doorgleed, keek Kovalenko even naar zijn cipiers. Hij herkende geen van hen, maar ze leken al net zulke robots als het overige personeel hier. Hij wist dat hij van hen niets wijzer zou worden, maar nu hij vanuit zijn cellenblok langs een hek werd gemanoeuvreerd dat toegang bood tot de administratieve afdeling, welde de paniek weer op en ging hij opnieuw tekeer.

Even later werd hij de ziekenzaal binnengereden.

Valentin Kovalenko wist wat hem te wachten stond. Hij had het zich al ingebeeld. Hij had het al verwacht. Hij zou het script zelf geschreven kunnen hebben: midden in de nacht worden wakker geschud, de leren riemen van de brancard met de piepwieltjes, de zwijgende cipiers, op weg naar de ingewanden van de gevangenis.

Ze gingen hem executeren. In het geheim en met lak aan de wet zouden zijn vijanden hem van hun zorgenlijstje weggummen.

In de enorme ziekenboeg viel geen arts, verpleegster of gevangenismedewerker te zien, afgezien van de mannen die zijn brancard voortduwden, wat Kovalenko's vrees nog eens bevestigde. Hij was hier al eens eerder naartoe gebracht, toen zijn gezicht gehecht moest worden na een tik van de rubberen cipiersknuppel. Ook dat was midden in de nacht gebeurd, maar toen liep er veel medisch personeel rond.

Nu leek het wel of iemand ervoor had gezorgd dat er geen getuigen aanwezig waren.

Valentin vocht tevergeefs tegen de riemen om zijn polsen en enkels.

De vier cipiers reden hem een onderzoekskamer in die verlaten leek, en toen verdwenen ze door de deuropening, sloten de deur achter zich en lieten hem daar achter in het donker, vastgebonden en hulpeloos. Hij riep naar hen die weggingen, maar toen de deur dichtviel, keek hij in het gedempte licht om zich heen. Rechts deelde een vouwscherm de ruimte in tweeën. Erachter hoorde hij beweging.

Hij was duidelijk niet alleen.

'Wie is daar?' vroeg Kovalenko.

'Wie ben jíj? Wat is dit voor plek?' antwoordde een barse mannenstem. De man klonk alsof hij vlak achter het gordijn lag, en net als Kovalenko op een brancard.

'Kijk om je heen, sukkel! Dit is de ziekenafdeling. Ik vroeg wie je bent.'

Voordat de man achter het gordijn kon antwoorden werd de deur weer geopend, en twee mannen kwamen binnen. Ze droegen allebei een witte jas en beiden waren ouder dan Kovalenko. Hij schatte ze ergens in de vijftig. Valentin had deze mannen nog nooit eerder gezien, maar nam aan dat het twee artsen waren.

Beide mannen keken nerveus.

Geen van de artsen wierp ook maar een blik op Kovalenko op zijn brancard bij de deur toen ze voorbijliepen. Ze duwden het vouwscherm terug, rolden het uit de weg tot aan de muur, waardoor Kovalenko de rest van de ruimte kon zien. In het zwakke licht zag hij nog een man op een brancard. De medegevangene lag tot aan zijn schouders onder een laken, en ook zijn handen en voeten waren op min of meer dezelfde manier geketend als Kovalenko.

De gevangene keek de twee dokters aan. 'Wat is dit? Wie zijn jullie?'

Valentin vroeg zich af wat de man naast hem mankeerde. Wie zijn jullie? Was het niet duidelijk waar hij zich bevond en wat hun functie was? Hij had beter kunnen vragen: wat is hier verdomme aan de hand?

'Wat is hier verdomme aan de hand?!' riep Kovalenko tegen de twee oudere mannen. Maar die negeerden hem en liepen naar het voeteneind van zijn medegevangene.

Een van de artsen droeg een zwarte linnen zak over zijn schouder, reikte erin en trok een injectiespuit tevoorschijn. Met een bevende hand en een gespannen gezicht, iets wat Valentin zelfs in dit gedempte licht kon zien, duwde de man het dopje van de naald en hij duwde het laken rond de voeten van de gevangene opzij.

'Waar zijn jullie verdomme mee bezig? Raak me niet aan met die...'

Terwijl Valentin Kovalenko vol afschuw en in totale verwarring toekeek, pakte de arts de grote teen van zijn buurman vast. Valentin keek naar de gevangene en zag diezelfde verbijstering op diens gezicht.

De arts met de injectiespuit had even nodig om de huid van de nagel van het topje van de teen van de man te scheiden, maar daarna dreef hij de naald ver onder de nagel naar binnen en spoot.

De man schreeuwde het uit van de pijn en de schrik terwijl Kovalenko toekeek.

'Wat is dat?' vroeg Valentin. 'Wat zijn jullie met deze man aan het doen?'

De naald kwam weer uit de teen, de arts wierp de injectiespuit in de zak, haalde een watje met alcohol over de teen en stelde zich met zijn collega op aan het voeteneind van de brancards. Aandachtig sloegen ze de man, rechts van Valentin, gade.

Kovalenko merkte dat zijn medegevangene stil was geworden. Hij keek weer naar het gezicht en zag verwarring. Maar voor Valentins ogen deed een plotselinge pijnscheut het gezicht verkrampen.

'Wat hebben jullie met me gedaan?' gromde de gevangene met opeengeklemde kaken.

De twee doktoren stonden daar slechts naar hem te kijken, en op hun gezicht viel de spanning af te lezen.

Even later begon de man op de brancard hevig te stuiptrekken. Zijn bekken rees hoog in de lucht en zijn hoofd sloeg heen en weer.

Valentin Kovalenko schreeuwde zo hard hij kon om hulp.

Speekselvlokken schoten uit de getormenteerde man zijn mond en een laag gekreun rees op vanuit zijn keel. Hij bleef stuiptrekken en de riemen leken bijna te scheuren, zo strak als ze stonden; alsof hij het goedje – wat voor gif het ook mocht zijn – tevergeefs uit zijn lichaam probeerde te persen.

Het kostte de gevangene een lange, ellendige minuut om te sterven. Toen hij stilviel en zijn verwrongen lichaam onder de riemen tot rust kwam, leken zijn opengesperde ogen Kovalenko aan te staren.

De voormalig SVR-assistent-rezident keek de twee dokters aan. 'Wat hebben jullie gedaan?' vroeg hij, hees van het schreeuwen.

De man met de tas aan zijn schouder stapte naar het voeteneind van Kovalenko's brancard en reikte in de tas.

Terwijl hij dit deed, trok zijn collega het laken van Kovalenko's benen en voeten weg.

Valentin schreeuwde weer, met overslaande stem. 'Luister! Luister gewoon naar me! Raak me niet aan! Mijn kameraden zullen jullie betalen... of jullie anders vermoorden als jullie...!'

Valentin Kovalenko viel stil toen hij het pistool zag.

Uit zijn tas had de arts niet een injectiespuit maar een klein, roestvrijstalen automatisch pistool tevoorschijn getoverd dat hij nu op

Kovalenko richtte. Zijn collega liep naar de brancard en begon de riemen om de armen en de benen van de jongere Rus los te maken. Kovalenko bleef roerloos liggen terwijl het zweet in zijn ogen prikte en hem kippenvel bezorgde daar waar het onder zijn klamme huid in de lakens trok.

Hij knipperde het zweet weg en zijn ogen pinden zich vast op het pistool.

Toen de ongewapende man Valentin van de leren riemen had bevrijd, stelde hij zich op naast zijn collega. Langzaam kwam Valentin overeind op de brancard, hield zijn handen half omhoog en staarde naar de loop van het pistool in de bevende hand van de man die zoeven zijn buurman had gedood.

'Wat willen jullie?' vroeg hij.

Geen van de twee zei iets, maar de man met het pistool – Kovalenko herkende het wapen inmiddels als een Walther PPK/S – gebruikte de loop als aanwijsstokje en wees even naar een linnen plunjezak op de grond.

De Russische gevangene liet zich van de brancard glijden en hurkte naast de zak. Het viel niet mee om zijn blik van het pistool af te wenden, maar toen hem dat lukte trof hij in de zak een volledig stel kleren en een paar gymschoenen. Hij keek weer op naar de twee oudere mannen, die slechts knikten.

Hij verruilde zijn gevangenistenue voor een blauwe spijkerbroek en een bruine pullover die naar lichaamszweet stonk. De twee sloegen hem slechts gade. 'Waar gaat dit over?' vroeg hij terwijl hij zich omkleedde, maar ze gaven geen antwoord. 'Oké, laat maar zitten.' Hij had het opgegeven om nog op antwoorden te azen. Het zag er duidelijk niet naar uit dat ze hem zouden vermoorden, en dus gunde hij de twee hun zwijgen.

Zouden deze moordenaars hem zowaar helpen te ontsnappen?

Met Kovalenko voorop, de twee dokters zo'n drie meter achter hem en met de Walther op zijn rug gericht, verlieten ze de ziekenzaal. 'Naar rechts,' beval een van hen en de nerveuze stem weerkaatste door de lange, donkere gang. Valentin gehoorzaamde. Ze betraden een tweede verlaten gang, daalden een trap af, passeerden twee metalen poorten die met vuilnisemmers open werden gehouden, en liepen ten slotte naar een grote metalen deur.

Tijdens de hele wandeling door het gevangenisgebouw was hij niet één levende ziel tegengekomen.

'Aankloppen,' beval een van de mannen.

Valentin roffelde even lichtjes met zijn knokkels op de deur.

Hij wachtte, omringd door stilte die werd doorbroken door zijn bonkende hart en piepende longen vanwege zijn bronchitis. Hij voelde zich duizelig en slapjes, en hoopte maar dat deze ontsnapping, of wat het ook allemaal voorstelde, niet betekende dat hij moest springen, klimmen of het op een lopen moest zetten.

Na nog een paar seconden te hebben gewacht draaide hij zich om naar de mannen achter hem.

De gang was verlaten.

De metalen deur werd ontgrendeld, de oude scharnieren kermden en de Russische gevangene staarde naar de buitenwereld.

Acht maanden lang had Valentin Kovalenko slechts een paar uurtjes wat halffrisse lucht kunnen inademen; eens per week mocht hij naar de luchtplaats op het dak, die slechts met roestig gaas was omgeven. De warme lucht van de vroege ochtend die nu langs zijn gezicht streek terwijl hij zich op het randje van de vrijheid bevond, was het heerlijkste wat hij zijn hele leven had gevoeld.

Geen prikkeldraad, sloten, wachttorens of honden. Enkel een parkeerplaatsje met een paar tweedeursauto's langs de muur aan de overzijde en rechts een stoffig straatje dat zich onder het zwakke licht van de lantaarns tot in het niets leek uit te strekken.

OELITSA MATROSSKAJA TISJINA stond op een straatnaambordje.

Hij was niet langer alleen. Een jonge bewaker had vanaf de buitenkant de deur geopend. Omdat het peertje uit de lamp boven zijn hoofd was verwijderd kon Valentin hem nauwelijks zien. De cipier stapte langs hem heen naar binnen, duwde Valentin naar buiten en sloot de deur.

De deur viel met een harde dreun dicht, waarna twee slotbouten werden teruggeschoven.

En daarmee was Valentin Kovalenko een vrij man.

Zo'n vijf seconden lang.

Hij zag de zwarte BMW-sedan uit de 7-serie langzaam vanuit de straat naderbij komen. De lichten waren gedoofd maar de opstijgende warmte van de uitlaat deed de gloed van de lantaarn erboven vervagen. Het was het enige teken van leven dat hij zag en dus liep hij er behoedzaam op af.

Het achterportier werd geopend, alsof het hem wenkte.

Valentin hield het hoofd wat schuin. Iemand had gevoel voor melodrama. Met wat hij allemaal had moeten doormaken, was het nauwelijks op zijn plaats.

De ex-spion versnelde zijn pas, stak de straat over en stapte de auto in.

'Sluit het portier,' beval een stem vanuit het donker. Het plafondlampje was uit en de rookglazen wand scheidde de achterbank van de voorstoelen. Kovalenko zag een gestalte op de achterbank, bij het portier. De man was groot en dik, maar Valentin kon geen gelaatstrekken zien. Hij had gehoopt een vriendelijk gezicht te treffen, maar het was hem al bijna meteen duidelijk dat hij deze man niet kende.

Kovalenko trok het portier dicht, waarna de sedan zich langzaam in beweging zette.

Een rood lampje gloeide op, waar het vandaan kwam viel lastig te achterhalen, en hij kon de man naast hem iets beter bekijken. Hij was een stuk ouder dan Valentin, met een breed, bijna rechthoekig hoofd en diepliggende ogen. Hij had bovendien de uitstraling die hoorde bij een kopstuk van de Russische georganiseerde misdaad.

Kovalenko was teleurgesteld. Hij had gehoopt op een voormalig collega of een goedgezinde regeringsambtenaar, maar alles leek er nu op dat de maffia zijn reddende engel was geweest

De twee keken elkaar slechts aan.

'Ik herken u niet,' zei hij even later, de intimidatie beu. 'Ik zou niet weten wat ik moet zeggen. Moet ik "dank u" zeggen, of "Heer bewaar me, niet ú?"'

'Ik ben niet belangrijk, Valentin Olegovich.'

Kovalenko herkende het Sint-Petersburgaccent. Het was slechts nog meer bewijs dat het om georganiseerde misdaad ging, aangezien Sint-Petersburg een broeinest van criminaliteit was.

'Ik vertegenwoordig partijen die flink wat hebben gespendeerd, financieel en anderszins, om u te ontlasten van uw verplichtingen jegens de staat,' ging de man door.

De BMW uit de 7-serie vervolgde zijn weg in zuidelijke richting, wat Valentin kon zien aan de voorbijglijdende straatlantaarns. 'Dank u,' zei hij. 'En ook uw handlangers. Ben ik nu vrij om te gaan?' Waarschijnlijk niet, vermoedde hij, maar hij wilde het gesprek aanzwengelen in de hoop wat meer duidelijkheid te krijgen.

'U bent slechts vrij om terug te keren naar de gevangenis,' antwoordde de man met een schouderophalen. 'Of u gaat aan de slag voor uw nieuwe weldoener. U bent niet vrijgelaten, u bent slechts ontsnapt.'

'Dat vermoedde ik al toen jullie die andere gedetineerde vermoordden.'

'Geen gedetineerde. Gewoon een of andere dronkenlap die we langs het spoor hebben gevonden. Er zal geen autopsie worden verricht. U zult worden geregistreerd als overleden in detentie, als gevolg van een hartaanval. Terugkeren naar uw vorige leven is niet echt een optie.'

'Ik word dus... bij deze misdaad betrokken?'

'Ja. Maar denk niet dat dit iets aan uw zaak zal veranderen. Er was namelijk geen zaak. U had twee mogelijke toekomstscenario's voor u: naar de goelag, of op die ziekenzaal uw laatste adem uitblazen. Geloof me, u zou niet de eerste zijn geweest die in het Matrosskaja Tisjina in het geheim werd geëxecuteerd.'

'En mijn gezin?'

'Uw gezin?'

Kovalenko keek hem wat schuin aan. 'Ja. Lyudmila en mijn jongens.

'Ah, u hebt het over het gezin van Valentin Olegovich Kovalenko,' reageerde de man met het hoekige hoofd. 'Een gevangene die in de Matrosskaja Tisjina-gevangenis aan een hartaanval is gestorven. U, meneer, hebt geen gezin. Of vrienden. U hebt enkel uw weldoener. Uw loyaliteit jegens hem voor het redden van uw leven vormt uw enige reden van bestaan.'

Dus zijn gezin was weg en de maffia was zijn nieuwe gezin? Nee. Hij bracht zijn kin omhoog en rechtte zijn schouders. '*Ida na hui*,' zei hij. Het was een Russische, onvertaalbare krachtterm die min of meer te vergelijken was met 'krijg de kolere'.

De gangster gaf een roffeltje tegen de glazen scheidingswand en toen vroeg hij: 'Denkt u dat die teef van u, die u liet stikken en er met uw kinderen vandoor ging, blij verrast zal zijn als u opeens voor haar deur staat? Een voortvluchtige, beschuldigd van moord, een man wiens naam op de dodenlijst van het Kremlin prijkte? Ze zal blij zijn als ze morgen hoort dat u dood bent en ze zelf bevrijd zal zijn van de schaamte die een gedetineerde echtgenoot met zich meebrengt.'

De BMW kwam langzaam tot stilstand. Valentin keek uit het raam en vroeg zich af waar ze waren, maar zag de geel-witte muren van de Matrosskaja Tisjina-gevangenis weer.

'U kunt hier uitstappen. Ik weet wie u was: een jonge, rijzende ster binnen de Russische geheime dienst, maar dat was toen. U bent niet langer iemand die "Ida na hui" tegen mij kan zeggen. U bent een plaatselijke crimineel en een internationaal gezochte misdadiger. Ik zal aan mijn baas doorgeven dat u "Ida na hui" zei, en hij zal u aan uw lot overlaten. Of, als u dat liever hebt, zal ik u naar het station brengen, waar u op de trein kunt stappen naar uw hoerwijf, die u vervolgens bij de politie zal aangeven.'

Het portier ging open, en de chauffeur stond ernaast.

Met het schrikbeeld van een terugkeer naar de gevangenis voor ogen voelde Kovalenko het koude zweet weer in zijn nek en op zijn rug. Na een paar seconden van stilte haalde hij zijn schouders op. 'U klinkt behoorlijk overtuigend. Laten we wegwezen hier.'

De man met het hoekige hoofd keek hem slechts volkomen uitdrukkingsloos aan. Ten slotte gaf hij een knikje naar de chauffeur. 'Rijden maar.'

Het achterportier viel dicht, de chauffeur stapte weer in en voor de tweede keer binnen vijf minuten werd Valentin Kovalenko weggereden van de gevangenisinrichting.

Hij wierp een blik door het raam om even bij zinnen te komen en dit gesprek hopelijk naar zijn hand te kunnen zetten om zo zijn lot in gunstige zin te beïnvloeden.

'Ik zal uit Rusland weg moeten.'

'Ja. Daar is al voor gezorgd. Uw werkgever bevindt zich in het buitenland en van daaruit zult u ook Rusland dienen. U gaat langs een dokter voor een medisch onderzoek en u zet uw inlichtingenwerk op uw oude manier voort, maar dan op een andere locatie. U zult agenten rekruteren en leiden, werken volgens de richtlijnen van uw weldoener. U zult een stuk beter beloond worden dan toen u nog voor de Russische inlichtingendienst werkte, maar u zult hoofdzakelijk in uw eentje opereren.'

'Vertelt u mij dat ik mijn werkgever niet zal zien?'

'Ik heb bijna twee jaar voor hem gewerkt, maar ik heb hem nog nooit ontmoet,' antwoordde de forse man. 'Ik weet zelfs niet eens of hij wel een "hij" is.'

Kovalenko fronste. 'U hebt het niet over een nationale partij. Dus dit is niet een buitenlandse staat. Hebben we het hier... over een illegale onderneming, zeg maar?' Hij wist dat hij gelijk had, maar veinsde slechts verbazing om daarmee zijn walging te tonen.

Het antwoord op deze vraag kwam in de vorm van een knikje.

Valentin liet de schouders wat hangen. Zijn ziekte maakte hem moe, net als de tanende adrenaline na de schrik van de moord op de medegevangene en zijn eigen doodsangst. 'Ik neem aan dat mij geen andere keuze rest dan me bij u en uw vrolijke boevenbende aan te sluiten,' zei hij even later.

'Het is niet mijn bende, en vrolijk zijn ze ook niet. Zo wordt deze operatie niet geleid. Wij... U, ik, anderen... ontvangen onze opdrachten via Cryptogram.'

'Wat is Cryptogram?'

'Beveiligde instant messaging. Een communicatiesysteem dat niet kan worden gelezen, gehackt en dat zichzelf onmiddellijk verwijdert.'

'Op de computer?'

'Ja.'

Hij realiseerde zich dat hij aan een computer moest zien te komen. 'U bent dus niet mijn begeleider?'

De Rus schudde slechts zijn hoofd. 'Mijn werk zit erop. Ons werk zit erop. Ik denk dat u mij de rest van uw leven niet meer zult zien.'
'Oké.'
'U zult naar een huis worden gebracht. Daar zal een koerier u documenten en instructies bezorgen. Misschien morgen al, misschien later. Daarna zullen mijn mensen u de stad uit helpen. Het land uit.'
Kovalenko wierp weer een blik door het raam en zag dat ze het centrum van Moskou naderden.
'Eén waarschuwing, Valentin Olegovich. Uw superieur, of eigenlijk onze wederzijdse superieur, heeft overal zijn mensen zitten.'
'Overal?'
'Mocht u uw plichten willen verzuimen, uw pact willen verbreken, dan zullen zijn mensen u weten te vinden en niet aarzelen om u aansprakelijk te stellen. Zij weten alles en zien alles.'
'Ik snap het.'
Voor het eerst grinnikte de man met het hoekige hoofd even. 'Nee. Dat doet u niet. En dat is op dit moment ook onmogelijk. Maar vertrouw me: zet ze ook maar even de voet dwars en u zult direct met hun alwetendheid worden geconfronteerd. Gelijk de goden.'
Voor de urbane en goedopgeleide Valentin Kovalenko was het duidelijk dat hij heel wat wereldwijzer was dan dit criminele uitschot naast hem. Het was niet ondenkbaar dat dit sujet, voordat hij door zijn buitenlandse baas was aangenomen, nooit met een goedgeolied team had gewerkt, maar de potentie en reikwijdte van zijn nieuwe baas schrokken hem niet af. Hij had zelf bij de Russische inlichtingendienst gewerkt, en daarmee op het allerhoogste niveau.
'Nog één waarschuwing.'
'Ik luister.'
'Dit is geen organisatie waarvan u op een gegeven moment afscheid kunt nemen. U zult haar ten dienste staan zolang er een beroep op u wordt gedaan.'
'Duidelijk.'
De forsgebouwde Rus haalde zijn schouders op. 'Het was dit of sterven in de gevangenis. U kunt dat maar beter in uw oren knopen. Elke nieuwe dag zal voor u een geschenk zijn. Geniet van uw leven en maak er het beste van.'
Kovalenko keek naar het Moskou bij dageraad dat aan zijn raam voorbijgleed. Peptalk van een gangster met een blokhoofd.
Valentin zuchtte.
Hij zou zijn oude leventje gaan missen.

7

Om veertien over vijf in de ochtend, een minuut voordat zijn iPhone hem zou wekken, werd Jack Ryan junior wakker. Hij zette de wekkerfunctie uit voordat die de naakte vrouw die verstrikt in de lakens naast hem lag te slapen, zou storen, en hij gebruikte het licht van het venstertje om haar even te bekijken. Dat deed hij bijna elke ochtend, maar dat vertelde hij haar nooit.

Melanie Kraft lag op haar zij, met haar gezicht naar hem toe, maar dat werd bedekt door haar lange haar. Haar linkerschouder, zacht maar gebruind, glansde dof in het licht.

Jack glimlachte, reikte even naar haar en streek haar haren uit haar ogen.

Haar ogen gingen open. Ze had even nodig om wakker te worden, en haar gedachte tot een woord te vormen. 'Hoi,' fluisterde ze.

'Hoi,' zei Jack.

'Is het zaterdag?' vroeg ze, zowel hoopvol als speels, hoewel ze nog bezig was haar hersens op te schudden.

'Maandag,' antwoordde hij.

Ze rolde weer op haar rug en onthulde daarbij haar borsten. 'Verdomme. Hoe kan dat nou weer?'

Haar nog steeds bekijkend haalde hij zijn schouders op. 'De draaiing van de aarde. De afstand tot de zon. Dat soort dingen. Waarschijnlijk heb ik dat ooit in de vierde klas geleerd, maar ik ben het inmiddels vergeten.'

Melanie dommelde bijna weer in.

'Ik ga koffie zetten,' zei hij en stond op van het bed.

Ze knikte doezelig en de lok die Ryan net had weggestreken viel weer voor haar ogen.

Vijf minuten later zaten ze samen met een dampende mok koffie op de bank in de woonkamer van Jacks appartement in Columbia, Maryland. Jack was gekleed in een joggingbroek en een Georgetown-T-shirt. Melanie zat in haar badjas. Ze had ze al aardig wat kleren en persoonlijke dingen overgebracht naar Jacks huis. Steeds meer, naarmate de weken voorbijgingen, en Jack vond dat helemaal niet erg. Ze mocht er immers wezen, en hij was verliefd.

Inmiddels gingen ze al een paar maanden met elkaar om, en het was nu al de langste relatie die hij ooit had gehad. Hij had haar een paar weken eerder zelfs al meegetroond naar het Witte Huis om haar kennis te laten maken met zijn ouders. Ze waren expres naar de woonvertrekken geleid, weg van de pers, waarna Jack haar in de West Wing Sitting Hall, pal naast de presidentiële eetzaal, aan zijn moeder had voorgesteld. Op de bank onder het prachtige halvemaanvormige raam hadden de twee vrouwen gebabbeld over Alexandria, haar werk en hun wederzijdse respect voor Mary Pat Foley, Melanies baas. Ryan was volledig in de ban geweest van haar voorkomen en kalmte en had de hele tijd zijn ogen niet van haar kunnen afhouden. Hij had natuurlijk al vaker vriendinnen aan zijn moeder voorgesteld, maar die hadden de hele ervaring nauwelijks doorstaan. Melanie leek echter oprecht van zijn moeders aanwezigheid te genieten.

Jacks vader, de president van de Verenigde Staten, wipte even binnen terwijl de dames in gesprek waren. Junior zag zijn zogenaamd stoere vader meteen smelten bij de aanblik van de intelligente en bloedmooie vriendin van zijn zoon. Hij was een en al glimlach en spitsvondigheden, constateerde junior geamuseerd terwijl hij het charmeoffensief van zijn vader gadesloeg.

Ze aten in de eetkamer en het gesprek verliep soepel en vrolijk. Jack junior hield zich op de vlakte, maar zo nu en dan ving hij Melanies blik en glimlachten ze naar elkaar.

Het verraste Jack geenszins dat Melanie veruit de meeste vragen stelde en zo weinig mogelijk over zichzelf vertelde. Desgevraagd vertelde ze de president en de First Lady dat haar moeder was overleden, dat haar vader kolonel bij de luchtmacht was geweest en dat ze het grootste deel van haar jeugd in het buitenland had doorgebracht. Het was zo'n beetje alles wat Ryan junior zelf over haar jeugd wist.

Hij wist zeker dat het Secret Service-team dat haar bezoek aan het Witte Huis had goedgekeurd meer over het verleden van zijn vriendin wist dan hij.

Na het eten, nadat ze het Witte Huis net zo ongezien hadden verlaten als ze dat waren binnengekomen, bekende Melanie hem dat ze aanvankelijk nerveus was geweest, maar zijn ouders waren zo gastvrij en informeel geweest dat ze zich die avond bijna geen moment had gerealiseerd in aanwezigheid te verkeren van zowel de opperbevelhebber als de hoofdchirurg van het Johns Hopkins-opleidingsziekenhuis.

Terwijl hij naar Melanies rondingen in haar badjas gluurde, dacht Jack terug aan die avond.

Ze zag hem naar haar kijken. 'Fitness of joggen?' vroeg ze. Bijna elke ochtend deden ze of het ene of het andere, of ze nu die nacht samen het bed hadden gedeeld of niet. Sliep ze bij hem, dan werd het de fitnessruimte in het gebouw van Jacks appartement, of ze jogden een kleine vijf kilometer rondom Wilde Lake en over het Farway Hills-golfterrein.

Op zijn beurt sliep Jack Ryan junior nooit in Melanies appartement in Alexandria. Hij vond het vreemd dat ze hem dat nooit had gevraagd, maar ze kwam altijd weer met een smoes dat ze zich schaamde voor haar piepkleine koetsiershuisje, een appartementje dat in zijn geheel in Jacks woonkamer paste.

Hij liet het maar zo. Melanie was de liefde van zijn leven, dat stond als een paal boven water, maar ze was ook een beetje mysterieus en op haar hoede. Soms zelfs ontwijkend.

Dat kwam natuurlijk door haar opleiding bij de CIA, vermoedde hij, en het maakte haar er alleen maar verleidelijker op.

Toen hij maar naar haar bleef kijken, zonder haar vraag te beantwoorden, glimlachte ze vanachter haar mok naar hem. 'Fitness of joggen, Jack?'

Hij haalde zijn schouders op. 'Het is zeventien graden. En droog.'

Melanie knikte. 'Joggen, dus.' Ze zette haar mok neer en stond op om zich in de slaapkamer om te kleden.

Jack keek haar na en riep: 'Er is een derde mogelijkheid voor lichamelijke oefening.'

Melanie stopte en draaide zich naar hem om. Haar lippen vormden zich tot een ondeugende glimlach. 'En dat is, meneer Ryan?'

'Volgens wetenschappers kost seks meer energie dan joggen. En het is bovendien beter voor het hart.'

Haar wenkbrauwen gleden omhoog. 'Dat zeggen wetenschappers?'

Hij knikte. 'Inderdaad.'

'En overtrainen, uitputting? Het blijft een risico.'

Hij lachte. 'Meer dan verwaarloosbaar.'

'Goed dan,' zei ze. Ze trok haar badjas los, liet die op de hardhouten vloer neerdalen, draaide zich weer om en liep naakt de slaapkamer in.

Jack nam het laatste slokje van zijn koffie en liep haar achterna.

Een veelbelovend begin van de dag.

Om halfacht was Melanie gedoucht en aangekleed, en ze stond met haar handtas om de schouder in de deuropening van Jacks appartement. Haar lange haar zat weer in een paardenstaart en haar zonnebril stond boven op haar hoofd. Ze kuste Jack gedag, een lange kus waaruit overduidelijk bleek dat ze eigenlijk niet weg wilde en niet kon wachten om hem weer te zien, waarna ze door de gang naar de lift liep. Het was nog een hele rit naar haar werk in McLean, Virginia. Als analist voor de CIA was ze haar chef Mary Pat Foley van het NCTC, het National Counterterrorism Center, gevestigd aan de overzijde van het parkeerterrein aan Liberty Crossing, achternagereisd naar het gebouw van de binnenlandse inlichtingendiensten, waar voormalig plaatsvervangend directeur Foley nu op kabinetsniveau de scepter zwaaide.

Jack was nog slechts half aangekleed, maar hij hoefde zich geen zorgen te maken over een lange rit. Hij werkte veel dichterbij, in West-Odenton, en dus hees hij zich in zijn pak, strikte zijn das en daarna keek hij onder het genot van nog een kop koffie naar CNN op het reusachtige plasmascherm in de woonkamer. Iets na achten ging hij naar beneden, naar de parkeerplaats van het gebouw en hij onderdrukte de drang niet meteen naar zijn kanariegele pick-uptruck te zoeken, maar in zijn zwarte BMW-3 te stappen die hij inmiddels zes maanden gebruikte. Even later reed hij het parkeerterrein af.

Hij had veel plezier beleefd aan de Hummer. De auto was zijn eigen manier om zijn onafhankelijkheid en levenslust te tonen, maar vanuit het oogpunt van zijn persoonlijke veiligheid bezien had hij net zo goed in een drie ton zware schietschijf kunnen rijden. Eenieder die hem op de overvolle ringwegen wilde volgen, kon rustig een drie keer zo grote afstand aanhouden dan normaal.

Het had eigenlijk zijn eigen keuze moeten zijn, gezien het feit dat zijn beroep continu een paar ogen in zijn rug vereiste, maar de kanariegele schietschijf laten staan was niet zijn idee geweest.

Een beleefd maar nadrukkelijk advies van de Amerikaanse Secret Service had hem tot dit besluit gedwongen.

Hoewel Jack de bescherming van de Secret Service – standaard voor een volwassen kind van de huidige bewoner van het Oval Office – had geweigerd, had de beveiligingseenheid van zijn vader hem bijna gedwongen enkele privé-instructies bij te wonen om te leren hoe hij zijn eigen veiligheid kon garanderen.

Ook al waren zijn ouders niet blij met de gedachte dat hij zich onbeschermd verplaatste, ze konden allebei begrijpen waarom hij moest weigeren. Rekening houdend met wat Jack Ryan junior deed voor de kost, zou het op zijn minst problematisch zijn geweest om zich links en rechts van een beveiligingsagent vergezeld te zien. De Secret Service was niet blij met zijn besluit, maar ze zouden uiteraard nog heel wat ongelukkiger zijn geweest als ze zelfs maar een idee hadden hoe vaak hij zijn leven op het spel zette.

Tijdens de instructielessen werd hij overladen met tips en suggesties over hoe hij zich zo onopvallend mogelijk kon gedragen, en daarbij vormde de Hummer al meteen een aandachtspunt.

En het was de Hummer die als eerste de deur uit moest.

Jack kon het begrijpen, uiteraard. De stad stikte immers van de zwarte BMW's, en de getinte ramen van zijn nieuwe auto maakten hem zelfs nog onzichtbaarder. Bovendien, zo besefte hij, kon hij makkelijker van auto wisselen dan van gezicht. Hij had nog altijd opvallend veel weg van de zoon van de president van de Verenigde Staten, en daar kon hij – afgezien van cosmetische ingrepen – weinig aan veranderen.

Hij was weliswaar bekend, daar viel niet aan te ontkomen, maar een beroemdheid was hij nauwelijks.

Sinds zijn vader de politiek was ingegaan, hadden zijn ouders hun best gedaan om hem en zijn broers en zussen uit de media te houden. Ook Jack zelf had, afgezien van de officiële verplichtingen die hij als presidentszoon had, de camera's zo veel mogelijk gemeden. Zelfs al voordat hij als geheim agent voor De Campus ging werken, was het bekend-zijn, in tegenstelling tot tienduizenden *B list*-celebrities en wannabe-soapsterren, voor hem alleen maar een last.

Hij had zijn vrienden, hij had zijn familie; wat kon het hem verder schelen dat hele volksstammen niet wisten wie hij was?

Afgezien van de nacht waarop zijn vader de verkiezingen won, en zijn inauguratie, twee maanden later, was hij zelf al jaren niet meer op tv geweest. En hoewel de gewone Amerikaan wist dat Jack Ryan senior een zoon had die door iedereen Junior werd genoemd, wilde dat nog niet zeggen dat ze hem al meteen uit een rij van al even aantrekkelijke donkerharige Amerikaanse mannen van midden tot eind twintig konden pikken.

Jack wilde dat zo houden, gewoon omdat het hem goed uitkwam en het hem kon helpen in leven te blijven.

8

HENDLEY ASSOCIATES, stond op het bord van het acht verdiepingen tellende kantoorgebouw waar Jack werkte te lezen. Het vertelde helemaal niets over wat zich daarbinnen afspeelde. Het onopvallende opschrift paste bij de bescheiden indruk die het gebouw wekte. Het week niet af van de talloze eenvoudige kantoorgebouwen in Amerika. Iedereen die langsreed en er een vluchtige glimp op zou laten vallen, zou denken dat het een kantoor van een kredietmaatschappij was, een administratiekantoor van een telecombedrijf, een P&O-firma of een pr-bedrijf. Op het dak prijkte een woud aan satellietschotels, en naast het gebouw was nog een antenneveldje dat door een hek was omgeven, maar dat was vanaf de straat nauwelijks te zien, en zelfs dan nog zouden ze de aandacht van de gemiddelde forens niet trekken.

Die ene passant uit miljoenen die het bedrijf wilde navorsen, zou ontdekken dat het om een internationaal opererend bedrijf voor financieel beheer ging, een van de vele rondom Washington DC, en het enige wat zou opvallen, zou zijn dat het bedrijf eigendom was van en werd geleid door een voormalige senator.

De organisatie die het binnenste van deze blokkendoos van glas en steen, hier langs de weg, bewoonde, bezat uiteraard interessantere kenmerken. Hoewel het gebouw slechts door een laag hek en een paar beveiligingscamera's werd beschermd, was het hier gehuisveste bedrijf slechts een façade voor een dienst die slechts bij een groepje ingewijden binnen de Amerikaanse inlichtingenwereld bekend was. De Campus, zo luidde de officieuze naam die president Jack Ryan deze geheime spionagetoko in zijn eerste ambtsperiode had toegedicht. Samen met enkele bondgenoten binnen de inlichtingenwereld had hij de eenheid in het leven geroepen en voormalig senator Gerry Hendley als roerganger aangesteld.

De Campus beschikte over enkele van de beste analisten, de beste technische genieën en, dankzij de satellieten op het dak en de hackers van de IT-afdeling, een directe toegang tot de computernetwerken van de CIA en de NSA, de nationale veiligheidsdienst.

Omdat de dekmantel, Hendley Associates, een succesvolle maar bescheiden firma voor financieel beheer was, kon de geheime organisatie daarachter zichzelf bedruipen. Het succesvolle investeringsbeleid in aandelen, obligaties en valuta's laafde zich aan de gigabytes aan ruwe data die dagelijks het gebouw binnenstroomden.

Ryan passeerde het bord, parkeerde en betrad even later, met zijn leren koerierstas over de schouder, de lobby. Een beveiliger met een naamplaatje op zijn jasje met daarop de naam CHAMBERS, stond op vanachter de balie en glimlachte.

'Goeiemorgen, Jack. Alles goed met de vrouw?'
'Goeiemorgen, Ernie. Ik ben niet getrouwd.'
'Ik zal het morgen nog eens vragen.'
'Prima.'

Het was een dagelijks geintje tussen de twee, hoewel Ryan het niet echt snapte.

Hij liep naar de lift.

Jack Ryan junior, de oudste zoon van de president van de Verenigde Staten, werkte bijna vier jaar voor Hendley Associates: officieel als partner financieel beheer, maar in werkelijkheid hield hij zich bovenal bezig met het analyseren van geheime informatie. Daarnaast had hij zich opgewerkt tot een van de vijf operationele geheim agenten van De Campus.

In die rol was hij de afgelopen drie jaar in actie gekomen, al heel wat keren, hoewel hij na zijn terugkeer uit Istanbul slechts een paar vaardigheidstrainingen met Domingo Chavez, Sam Driscoll en Dominic Caruso had doorlopen.

Ze hadden in de dojo aan hun vechttechnieken gewerkt, op overdekte en open schietbanen hun schietvaardigheden zo goed mogelijk op peil gehouden en in Baltimore en DC hun surveillance- en contrasurveillancetechnieken geoefend door zich onder te dompelen in de stadse massa, met als opdracht een Campus-instructeur te schaduwen of een instructeur af te schudden.

Fascinerend werk en maar al te praktisch voor mannen die tijdens hun missies overal ter wereld zo nu en dan hun leven in de waagschaal moesten stellen. Maar dit was geen echt veldwerk en Jack junior had zich niet bij Hendley Associates' schaduwfirma aangesloten om op een schietbaan te oefenen, in een dojo te sparren of een vent te moeten volgen of afschudden met wie hij later die middag een biertje zou gaan drinken.

Nee, hij verlangde naar het veld, de adrenaline opwekkende actie zoals hij die de afgelopen paar jaar talloze malen had ervaren. Het was verslavend, in elk geval voor een twintiger, en Ryan had last van ontwenningsverschijnselen.

Maar al het veldwerk was stilgelegd en de toekomst van De Campus was onzeker, dit alles vanwege de Istanbuldisk, zoals het inmiddels door iedereen werd genoemd.

Het ging om slechts een paar gigabyte aan digitale beelden, e-mailverkeer, softwareapplicaties en nog wat elektronisch klein spul dat uit de desktopcomputer van Emad Kartel was buitgemaakt op de avond dat Jack hem in zijn woning in de wijk Taksim van Istanbul had doodgeschoten.

Op de avond van de missie had het hoofd van De Campus, Gerry Hendley, zijn mannen opgedragen alle operaties te staken totdat ze wisten door wie ze al die tijd waren geschaduwd. De vijf operationele agenten, inmiddels behoorlijk gewend om per privé-Gulfstream de wereld rond te vliegen, voelden zich geketend aan hun bureau. Samen met de huisanalisten speurden ze wanhopig naar degenen die hun acties tijdens die vijf aanslagen in Turkije zo succesvol hadden gadegeslagen.

Iemand had hen op heterdaad betrapt en gefilmd, en al het bewijsmateriaal daarvan was bewaard gebleven omdat Ryan de harddisk had weten te bemachtigen. Wekenlang had De Campus overuren gemaakt om uit te vinden hoe diep ze in de nesten zaten.

Terwijl Jack zich op zijn bureaustoel liet ploffen en zijn computer aanzette, gleden zijn gedachten terug naar de avond waarop ze in actie waren gekomen. Toen hij de harddisk uit Emads desktop had verwijderd, wilde hij in eerste instantie gewoon met de disk terugkeren naar De Campus, zodat hij die naar Gavin Biery kon brengen, hoofd van de IT-afdeling en tophacker, als wiskundige gepromoveerd aan Harvard, en met werkervaring bij IBM en de NSA.

Maar Biery veegde dat idee meteen van tafel. In plaats daarvan trof hij de mannen in hun vliegtuig op Baltimore Washington Airport en voerde hen, inclusief harddisk, meteen af naar een nabijgelegen hotel. Daar, in een tweeënhalvesterrensuite demonteerde hij het apparaat en onderzocht het op de aanwezigheid van een volgbakentje, terwijl de vijf uitgeputte geheim agenten de ramen, deuren en parkeerplaats in de gaten hielden voor het geval een geheime transmitter de vijand al had gealarmeerd. Na twee uur ploeteren was Biery ervan overtuigd dat de harddisk schoon was, waarna hij met het team en de enige mogelijke aanwijzing over wie hen in Istanbul had begluurd naar Hendley Associates terugkeerde.

Hoewel iedereen binnen De Campus geschrokken was van de gecompromitteerde acties in Turkije, vonden de meesten nog altijd dat Biery buitensporig omzichtig, grenzend aan paranoia, met de zaak omging. Toch verbaasde niemand zich erover, omdat Gavins netwerkbeveiliging rondom Hendley Associates als onovertroffen te boek stond. Zijn eis om wekelijkse beveiligingsbesprekingen en regelmatige wachtwoordverversingen waarmee collega's toegang tot zijn netwerk konden 'verdienen' maakten dat hij stiekem de 'IT-*Hauptmann*' werd genoemd.

Door de jaren heen had hij zijn collega's talloze malen verzekerd dat geen enkel computervirus ooit tot zijn netwerk zou doordringen, en om dat te bewijzen bleef hij waakzaam, en daarmee zo nu en dan een doorn in het oog van zijn collega's.

Het Campus-computernetwerk was zijn kindje, zo verkondigde hij trots, en hij beschermde het zo goed mogelijk.

Eenmaal terug op zijn afdeling stopte Biery de harddisk, met de omvang van een paperback, in een kluis met een cijfercombinatieslot. Ryan en directeur operaties Sam Granger, die toevallig vlak in de buurt waren, hadden het met verwondering gadegeslagen, maar Biery had uitgelegd dat hij zo de enige zou zijn die bij de harddisk kon komen. Ook al had hij tevreden vastgesteld dat het ding niet over een transmitter beschikte, had Biery geen idee of de harde schijf een virus of andere verborgen *malware* bevatte. Dit niet-doorgelichte stukje hardware bewaarde hij liever niet hier in het gebouw, maar als het niet anders kon zou hij er persoonlijk op toezien dat het ding veilig werd bewaard en dat niemand er bij kon, behalve hij.

Daarna installeerde Gavin in een vergaderkamer op de eerste verdieping een desktopcomputer die hij met een sleutelpas beveiligde. Het apparaat maakte geen deel uit van het netwerk in het gebouw en beschikte niet over een vaste dan wel draadloze internetaansluiting of bluetooth. De pc stond volledig los van zowel de echte als de cyberwereld.

Jack Ryan had hem op sarcastische toon gevraagd of hij soms bang was dat de harddisk pootjes kreeg en zou willen ontsnappen, waarop Biery hem te verstaan had gegeven: 'Nee, Jack, maar ik ben wél bang dat een van jullie laat op de avond stiekem met een USB-stick of een laptop met een sync-kabel komt aanzetten, omdat jullie te veel haast hebben of te lui zijn om het op mijn manier te doen.'

Aanvankelijk had Biery geëist dat hij als de pc aanstond de enige in de kamer zou zijn, maar Rick Bell, hoofd analyse van De Campus, had daarop meteen bezwaar aangetekend op de allerzins redelijke grond dat Biery zelf geen analist was en dus niet kon weten waarnaar hij moest zoeken of hoe hij inlichtingsgevoelige data kon herkennen en interpreteren.

Uiteindelijk werd iedereen het erover eens dat slechts één analist, Jack junior, bij de eerste inkijk in de harddrive in de vergaderkamer aanwezig mocht zijn, en dat hij daarbij slechts over pen en papier mocht beschikken, plus een vaste telefoonverbinding met zijn collega's, voor het geval dat het Campus-netwerk ingeschakeld moest worden voor verder onderzoek.

Voordat hij de kamer binnenging, aarzelde Gavin even. Hij draaide zich om naar Jack. 'Bezwaar tegen een vrijwillige fouillering?'

'Geen probleem.'

Biery was aangenaam verrast. 'Echt?'

Jack keek hem aan. 'Natuurlijk niet. En waarom ook niet meteen even rectaal, voor de zekerheid? Wil je dat ik hier even gebukt tegen de muur ga staan?'

'Oké, Jack, wees maar niet zo bijdehand. Ik wil er alleen maar zeker van zijn dat je geen USB-stick of smartphone bij je hebt of iets anders wat geïnfecteerd kan raken door wat we op die harddrive aantreffen.'

'Ik heb niks bij me, Gav. Dat heb ik je toch gezegd? Waarom accepteer je niet gewoon dat hier mensen rondlopen die ons netwerk juist helemáál niet willen vernachelen? Wat de operationele veiligheid betreft heb je niet het monopolie. We hebben alles gedaan wat je ons vroeg, maar ik laat je me echt niet fouilleren.'

Biery liet het even bezinken. 'Als het netwerk ook maar een beetje wordt besmet...'

'Duidelijk,' verzekerde Jack hem.

Ze betraden de vergaderkamer. Biery haalde de harddisk uit de kluis en verbond hem met de pc. Hij zette de computer weer aan en liet hem opstarten.

Hun eerste blik op de inhoud van de schijf liet al meteen zien dat het besturingssysteem de laatste Windows-versie was en dat er heel wat programma's, e-mails, documenten en spreadsheats door te spitten waren.

Het e-mailprogramma en de bestanden waren beveiligd met een wachtwoord, maar Gavin Biery kende dit encryptieprogramma van haver tot gort en het vereiste slechts enkele minuten om via een achterdeurtje dat hij en zijn team inmiddels kenden binnen te sluipen.

Samen bekeken Biery en Ryan eerst de e-mails. Ze hadden zich er al op voorbereid om Arabisch en Turks sprekende analisten van de tweede verdieping erbij te halen, en troffen op de harddisk tientallen bestanden in beide talen aan, maar al snel bleek een groot deel van de data, en waarschijnlijk de meest relevante, in het Engels te zijn.

Ze troffen ruim dertig Engelstalige e-mails aan van de afgelopen zes maanden, van en naar hetzelfde e-mailadres. Terwijl ze de berichten in chronologische volgorde bekeken, praatte Jack de andere analisten via de vaste telefoonverbinding bij. 'Deze e-mails lijken erop te wijzen dat onze man in Istanbul nauw samenwerkte met een Engelstalige handlanger. Hij communiceerde onder de codenaam Center. Tot nu toe heeft die naam ons niets opgeleverd, maar dat is niet verrassend. We hebben ons op terroristen gericht, en dit ziet er toch wel iets anders uit.'

Jack las de e-mails door en gaf door wat hij aantrof. 'De Libiër onderhandelde over een voorschot op een soort dienstverband met Center, kreeg te horen dat hij en zijn cel voor diverse klusjes in de stad zouden worden ingeschakeld...' Jack zweeg even terwijl hij de volgende e-mail bekeek. 'Hier worden ze eropuit gestuurd om een pakhuisruimte te huren...' De volgende e-mail werd geopend. 'Hier moesten ze een pakje ophalen en het bij iemand op een vrachtboot in de haven van Istanbul bezorgen. Een andere e-mail laat hen een koffer ophalen bij een kerel op luchthaven Cengiz Topel. Geen informatie over de inhoud, maar dat is niet verrassend. Ze hebben ook wat verkenningswerk voor Turkcell gedaan, de telefoonprovider.'

'Gewoon laagbetaald loopjongenswerk,' vatte Jack het samen na nog wat e-mails te hebben bekeken. 'Niet bijster interessant.'

Afgezien dan van al die foto's van hemzelf en zijn collega's, dacht Jack bij zichzelf.

Het verder doorspitten van de e-mails leverde nog een geheim op. Nog geen elf dagen voorafgaand aan de missie van De Campus had Center al zijn e-mailverkeer met de Libiër stilgelegd. Zijn laatste bericht luidde slechts: 'Verander onmiddellijk van communicatieprotocol en verwijder alle bestaande e-mails.'

Jacks belangstelling was gewekt. 'Ik vraag me af wat dat nieuwe protocol was.'

Na even wat door het systeem te hebben gebrowsed kwam Biery al met het antwoord. 'Die vraag kan ik wel beantwoorden. Op de dag van die e-mail heeft hij Cryptogram geïnstalleerd.'

'Wat is Cryptogram?'

'Een instantmessagingprogramma voor spionnen en schurken, zeg maar. Zo konden Center en Kartal via internet met elkaar chatten en elkaar zelfs bestanden toesturen, via een gecodeerd forum, wetend dat niemand kon meelezen en dat alle sporen meteen permanent uit beide computers zouden worden verwijderd, en ook niet op een tussenliggende server zouden achterblijven.'

'Niet te kraken dus?'

'Alles is te kraken. Je kunt er donder op zeggen dat er ergens wel een hacker bezig is om Cryptogram uit elkaar te peuteren, te kijken of de boel te kraken is. Maar tot dusver zijn zulke pogingen niet ontdekt.

Hier op De Campus gebruiken we een soortgelijk programma, maar Cryptogram is zelfs een generatie verder dan wat wij hebben. Ik zal het binnenkort bij ons implementeren. Wat ze bij de CIA gebruiken is al zo'n vier generaties ouder.'

'Maar...' Jack las de belangrijkste e-mail nog een keer door. 'Hij beval Kartal die oude e-mails te verwijderen.'

'Klopt.'

'Dan heeft ie dus niet gedaan wat hem werd gevraagd.'

'Nee,' reageerde Gavin. 'Ik vermoed dat Center zelf niet wist dat zijn mannetje in Turkije ze niet heeft verwijderd. Of misschien interesseerde het hem eigenlijk niet.'

'Ik denk dat we ervan uit moeten gaan dat hij het wél wist en het hem wél interesseerde.'

'Waarom denk je dat?'

'Omdat Center daar zat en met eigen ogen zag dat we Kartals maatjes om zeep brachten en hij Kartal niet waarschuwde dat zijn cel werd aangevallen.'

'Goed punt.'

'Jezus,' mompelde Jack, denkend aan alle implicaties. 'Die klootzak van een Center neemt zijn computerbeveiliging behoorlijk serieus.'

'Een man naar mijn hart,' reageerde Gavin Biery, zonder een greintje ironie.

Nadat de Engelstalige e-mails waren bekeken, gingen ze samen met de vertalers aan de slag met de andere elektronische correspondentie, maar veel interessants leverde dat niet op, behalve dan wat e-mailverkeer tussen de voormalige Libische JSO-agenten en wat gekeuvel tussen Kartal en een oud-collega in Tripoli.

Vervolgens probeerde Biery Centers e-mailadres na te speuren, maar al snel werd duidelijk dat deze mysterieuze begunstiger van de Libische cel een complex fopsysteem gebruikte waarbij zijn communicatieverbinding voortdurend van de ene internationale proxyserver naar de andere schoot. Biery wist de bron van zijn e-mails tot vier locaties te herleiden, om ten slotte bij een computerterminal van het South Valley-bibliotheeksysteem in Albuquerque in Bernalillo County, New Mexico, te belanden.

'Goed werk,' complimenteerde Jack hem nadat Biery hem op de hoogte had gebracht. 'Ik vraag wel of Granger er een paar agenten op afstuurt om het uit te zoeken.'

Biery keek de jongeman slechts even aan. 'Niet zo naïef, Ryan. Het enige wat ik heb gedaan is die bibliotheek in Albuqeurques South

Valley uit te sluiten als Centers hoofdkwartier. Hij zit daar niet. Waarschijnlijk zitten er nog eens een stuk of tien relaisstations tussen ons.'

Toen dat niet het resultaat opleverde waarop ze hadden gehoopt, richtten Jack en Gavin hun aandacht op Kartals thuisbankiersoftware en speurden ze Centers overboekingen naar de Libiërs voor hun manoeuvres in Istanbul na. Het geld was vanuit de Abu Dhabi Commercial Bank Ltd in Dubai overgemaakt. Aanvankelijk leek het op een solide aanknopingspunt om Centers identiteit te kunnen achterhalen, maar een van Biery's computernerds had tot de gegevens van de desbetreffende rekeninghouder weten door te dringen. Het bleek dat het geld heimelijk was onttrokken – elektronisch was buitgemaakt – aan het loonfonds van een in Dubai gevestigde hotelketen.

Hoewel het spoor naar Centers identiteit hier doodliep, verschafte het wel degelijk een aanwijzing. Voor Biery, de netwerkexpert, was het duidelijk dat Center zelf een ervaren hacker was.

Al verder bladerend door de systeemmappen stuitte Gavin opeens op iets interessants. 'Kijk, wat hebben we hier,' zei hij, terwijl hij bestanden aanklikte, met vensters schoof en zijn cursor over het scherm liet vliegen en stukjes tekst aanklikte met een snelheid die Ryan met zijn ogen nauwelijks kon volgen.

'Wat is dat allemaal?' wilde Jack weten.

'Een alleraardigst inbraaksetje.'

'Wat kun je daarmee?'

Gavin jongleerde onverstoorbaar verder met alle vensters en bestanden op het scherm. Jack vermoedde dat hij de afgelopen driekwart minuut zo'n twintig verschillende bestanden had bekeken. Terwijl hij verder klikte en, naar Jack aannam, waarschijnlijk alle data van het scherm voor zijn neus in zich opzoog, antwoordde hij: 'De Libiër zou ermee in computers en netwerken hebben kunnen inbreken om wachtwoorden te stelen, persoonlijke gegevens te bemachtigen, data te veranderen, bankrekeningen leeg te trekken. Je weet wel, de bekende stoute dingen.'

'Dus... Kartal was een hacker?'

Gavin sloot alle vensters, draaide zich om in zijn stoel en keek Jack aan. 'Neuh, dit kun je niet echt hacken noemen.'

'Hoe bedoel je?'

'Dit is spul voor een *scriptkiddie*.'

'Een wat?'

'De aanduiding voor iemand die zelf geen hackprogramma kan schrijven. In plaats daarvan gebruiken ze een kant-en-klaarpakketje als dit, gemaakt door iemand anders. Dit inbraaksetje is een soort

Zwitsers zakmes met allerlei cybercrimegadgets. Gebruiksvriendelijk hackersgereedschap: malware, virussen, lopers, wachtwoordkrakers, dat soort dingen. Een scriptkiddie stuurt het gewoon naar een doelcomputer en hoeft daarna zelf niets meer te doen.'

Biery richtte zijn aandacht weer op de monitor en bekeek nog wat meer bestanden. 'Hij heeft hier zelfs een handleiding, en handige tips over hoe je toegang krijgt tot computers van een systeembeheerder.'

'Als hij één zo'n computer kan binnendringen, kan hij dan ook het hele netwerk met heel de inhoud bekijken?'

'Helemaal goed, Jack. Neem jezelf als voorbeeld. Je komt 's ochtends binnen, je zet je terminal aan, tikt je wachtwoord in...'

'En ga lekker mijn eigengereide gangetje.'

Biery schudde het hoofd. 'Kijk, je moet wel gebruikerstoegang hebben, dus doe je lekker alles wat ík jou toesta. Ik heb beheerderstoegang. Jij ziet heel wat data voorbijkomen, maar ik heb veel meer controle en toegang onder mijn vingertoppen.'

'Die Libiër had dus de middelen om zogenaamd als systeembeheerder bepaalde netwerken binnen te glippen. Wat voor netwerken dan? Ik bedoel, bij wat voor bedrijven of industrieën? Wat kon hij met die scripts binnenhalen?'

'Wat voor industrie doet er niet toe. Hij kon elke industrie tot doelwit maken. Als hij bijvoorbeeld creditcardnummers wilde stelen, zou hij restaurants of de detailhandel kunnen bestoken. Maar als hij in een universiteitsnetwerk, een luchtvaartmaatschappij, een regeringsdienst, de centrale bank van de VS had willen inbreken, was dat net zo gemakkelijk geweest. Het gereedschap om in netwerken in te breken maakt geen industrieel onderscheid. Ze zoeken gewoon een manier om via verschillende aanvalsvectoren en zwakke plekken een netwerk binnen te dringen.'

'Zoals?'

'Zoals bij een wachtwoord als "wachtwoord", of "admin" of "1234" of "sesam" of iets anders voor de hand liggends, of via openstaande poorten die toegang bieden, of via data buiten een firewall met informatie over wie toegang heeft tot wat, zodat de aanvaller deze mensen via sociale media en de *meat space* tot doelwit kan maken om op die manier een realistische gooi naar hun wachtwoord te doen. Voor een groot deel precies hetzelfde socialengineeringswerk dat jullie, spionnen, doen.

'Ho, even. Wat is in hemelsnaam meat space?'

'De echte wereld, Jack. Jij en ik. Het fysieke. Dus niet cyberspace.'

Jack haalde zijn schouders op. 'Oké.'

'Ooit iets van William Gibson gelezen?'

Ryan moest bekennen van niet, waarop Biery hem een verbijsterde blik toewierp.

'Kun je me vertellen op wie hij dat inbraaksetje heeft losgelaten?' vroeg Jack in een poging Biery weer bij de les te halen.

Biery keek er nog even naar. 'Nou, op niemand eigenlijk.'

'Waarom niet?'

'Dat weet ik niet, maar hij heeft dit spul nooit geactiveerd. Precies een week voordat jij hem te grazen nam, had hij het gedownload, maar heeft het nooit gebruikt.'

'Hoe kwam hij er aan?'

Biery dacht even na en klikte op de webbrowser. Snel bekeek hij de lijst van webpagina's die Kartal had bezocht en die meerdere weken terugvoerde. Uiteindelijk zei hij: 'Scriptkiddies kunnen dit soort toolkits via internet op speciale zwartemarktsites scoren. Maar ik denk niet dat hij het daar vandaan heeft. Ik durf er geld op te zetten dat deze Center het via Cryptogram heeft ontvangen. Hij heeft het gekregen, nadat het e-mailverkeer tussen hen ophield en Cryptogram werd geactiveerd, en bovendien is de Libiër met zijn surfgedrag niet eens in de buurt geweest van de plekken waar je dit soort dingen kunt kopen.'

'Interessant,' vond Jack, hoewel hij niet helemaal wist wat het allemaal inhield. 'Als Center hem daarin heeft voorzien, kan het misschien onderdeel van een groter plan zijn geweest. Iets wat nooit van de grond is gekomen.'

'Misschien. Hoewel we het hier niet over de allerhoogste vorm van hacken hebben, kan het nog altijd veel schade aanrichten. Afgelopen jaar werd het computernetwerk van de centrale bank in Cleveland gehackt. De FBI had maanden en miljoenen dollars nodig om eindelijk de dader te vinden: een snotneus van zeventien die vanuit een karaokebar annex cybercafé in Maleisië opereerde.'

'Verdomme. En met zo'n zelfde toolkit?'

'Yep. Het overgrote deel van alle hacks wordt gedaan door een of ander knechtje dat enkel weet hoe hij zijn muis moet bedienen. De inbraakcode zelf wordt geschreven door wat we *black-hat hackers* noemen. Zij zijn de zware jongens. Kartal mag dan een inbraaksetje op zijn computer hebben, maar ik heb het gevoel dat Center de black-hat is die hem dit spul heeft opgestuurd.'

Nadat Jack alle documenten op de aanwezigheid van belangrijke informatie had doorgespit, begon Gavin Biery de software op de schijf door te lichten, zoekend naar mogelijke aanwijzingen omtrent de manier waarop Center de webcam op afstand had kunnen bedienen. De harddisk beschikte op dat moment niet over een overduidelijke applicatie en er waren ook geen e-mails tussen Kartal en Center te vinden over Centers toegang, en dus concludeerde Biery dat de mysterieuze Center de computer van de Libiër waarschijnlijk stiekem had gehackt. Biery besloot om de hackingtools koste wat kost te vinden, in de hoop dat hij daarmee iets meer over Centers identiteit te weten kon komen.

Dit maakte Jack junior tot een vis op het droge: informatie uit ruwe software destilleren stond voor hem gelijk aan Sanskriet ontcijferen.

Hij voegde zich bij zijn collega-analisten en probeerde met andere technieken de Libische cel en hun mysterieuze weldoener te ontmaskeren, terwijl Biery, naast zijn gewone Hendley-/Campus-IT-werkzaamheden, zo'n beetje elke minuut van zijn tijd in de verlaten maar veilige vergaderkamer over de Istanbul-harddisk gebogen zat.

Gavin had er weken voor nodig om alle honderden uitvoerbestanden op de harde schijf te openen, te testen en te hertesten om te ontdekken hoe ze precies werkten en hoe ze de rest van de computer bestuurden. Toen dit alles niets van waarde opleverde dook hij in de broncode, de programmataal in ASCII-code, tienduizenden regels met data die, uiteindelijk, niets meer opleverden dan de uitvoerbestanden.

Na wekenlang bezig te zijn geweest dook hij in de machinetaal. Dit was de computertaal van lange reeksen nullen en enen die de processor pas echt vertelden wat hij moest doen.

Hoewel de broncode hightech en geheimzinnig was, viel de machinetaal alleen te ontcijferen door niemand anders dan programmeerexperts.

Het was slaapverwekkend saai, zelfs voor iemand die leefde voor computertalen. Maar ondanks de waarschuwingen van zijn medenerds dat hij spoken najoeg, en hints van zijn superieuren bij Hendley dat hij er of vaart achter moest zetten, of er een punt achter moest zetten, werkte Gavin stug en nauwgezet door.

Terwijl zijn computer opstartte dacht Jack terug aan die avond in Istanbul en het maandenlange onderzoek daarna. Hij schrok wakker uit zijn gedachten en staarde onbewust naar de webcam, ingebouwd in de bovenste rand van zijn computerscherm. Hij gebruikte die soms voor chatsessies met andere interne afdelingen. Hoewel Gavin het bedrijfsnetwerk ondoordringbaar had verklaard, kon Jack zich regelmatig niet aan het ongemakkelijke gevoel onttrekken dat hij werd begluurd.

Nog altijd terugdenkend aan de avond in Istanbul staarde hij indringend in de webcam.

Hij schudde zijn hoofd. 'Je bent nog veel te jong om paranoïde te zijn.'

Daarna stond hij op om in de lunchruimte een kop koffie te halen, maar voordat hij vertrok pakte hij een Post-it-velletje en plakte het over het lensje van de webcam.

Een lowtechoplossing voor een hightechprobleem, bovenal bedoeld voor zijn eigen gemoedsrust.

Jack draaide zich om, deed een stap in de richting van de gang, en hapte plots verschrikt naar lucht.

Gavin Biery stond opeens pal voor hem.

Jack zag Biery bijna elke werkdag. Normaliter was de man al niet het toonbeeld van een goede gezondheid, maar nu wekte hij de indruk van een ontdooid lijk. Het was halfnegen in de ochtend en zijn kleren waren gekreukt, zijn uitdunnende grijsbruine haar zat in de war en dikke, donkere wallen hingen zwaar over zijn vlezige wangen.

Op zijn beste dagen was Gavin een man wiens gezicht eruitzag alsof de gloed van zijn lcd-scherm het enige licht was waarin hij leefde, maar deze grauwe teint had meer weg van die van een vampier in zijn doodskist.

'Kolere, Gav, heb je hier geslapen?'

'Het afgelopen weekend, toevallig,' antwoordde Biery vermoeid maar opgetogen.

'Wil je een kop koffie?'

'Ryan... ik zwéét inmiddels koffie.'

Jack grinnikte. 'Nou, vertel me dan alsjeblieft dat je waardeloze weekend niet voor niets is geweest.'

Biery's ronde gezicht verstrakte tot een glimlach. 'Ik heb het gevonden. Ik heb het verdomme zowaar gevonden!'

'Wát gevonden?'

'De restanten van de malware op de Istanbul-disk. Het is niet veel, maar het is een aanwijzing.'

Jack sloeg met zijn vuist in de lucht. 'Waanzinnig!' riep hij. En dat werd verdomme tijd ook, was de gedachte die daarop volgde.

9

Terwijl Ryan en Biery zich naar de afdeling Technologie begaven, zat John Clark met de vingers van zijn goede hand op zijn bureau trommelend, in zijn werkkamer. Het was net halfnegen geweest; Sam Granger, hoofd Operaties van De Campus, zou nu al meer dan een uur in zijn kamer werken, en Gerry Hendley, het hoofd van De Campus en directeur van het dekmantelbedrijf Hendley Associates, zou net op zijn werk komen.

Geen reden om dit nog langer uit te stellen, dacht Clark. Hij pakte de telefoon en toetste een nummer.

'Granger.'

'Hé Sam, met John.'

'Morgen. Goed weekend gehad?'

Nee, niet echt, dacht hij. 'Prima. Hé, als jij en Gerry een momentje hebben, kan ik dan even met jullie komen praten?'

'Natuurlijk. Gerry is net binnen. We zijn nu vrij. Kom maar.'

'Oké.'

Vijf minuten later liep Clark de kamer van Gerry Hendley op de achtste verdieping van het gebouw in. Gerry stapte om zijn bureau heen en drukte Clark linkshandig de hand, wat ze sinds januari bijna allemaal deden als ze Clark een hand gaven. Sam stond op uit een stoel voor Gerry's bureau en nodigde John uit om naast hem plaats te nemen.

Het raam achter Hendleys bureau bood uitzicht op de golvende maisakkers van Maryland en paardenboerderijen, die zich in noordelijke richting naar Baltimore uitstrekten.

'Wat is er, John?' vroeg Gerry.

'Heren, ik heb besloten dat het tijd is om de feiten onder ogen te zien. Mijn rechterhand wordt niet meer wat hij geweest is. Niet honderd procent. Pak hem beet vijfenzeventig procent, maximaal, en dat alleen na veel meer therapie. Wie weet nog een operatie of twee in de toekomst.'

Hendley huiverde bij deze woorden. 'Verdomme, John. Dat spijt me. We hoopten allemaal dat je na de laatste keer onder het mes weer honderd procent zou worden.'

'Ja. Ikzelf ook.'

'Neem zoveel tijd als je nodig hebt,' zei Sam. 'Met het lopende onderzoek naar de Istanbul-disk kan de onderbreking nog wel een paar weken duren, en als de analyse niet...'

'Nee,' zei John vlak, terwijl hij zijn hoofd schudde. 'Het is tijd om ermee op te houden. Om met pensioen te gaan.'

Sam en Gerry staarden hem aan. 'John,' zei Sam ten slotte, 'jij bent van cruciaal belang voor deze operatie.'

Clark slaakte een zucht. 'Dat wás ik. Die klootzak van een Valentin Kovalenko en zijn handlangers maakten daar een einde aan.'

'Onzin. Je hebt meer capaciteiten dan de meeste mensen bij de National Clandestine Service in Langley.'

'Dank je, Gerry, maar ik moet hopen dat de CIA trouw blijft aan paramilitaire officieren die als het nodig is met hun goede hand een vuurwapen vast kunnen houden. Die vaardigheid gaat mijn kunnen nu te boven.'

Daar had Gerry noch Sam iets op te zeggen.

Clark ging door. 'Het is niet alleen de hand. Mijn mogelijkheden in het geheime veldwerk werden afgelopen jaar door alle publiciteit rondom mijn persoontje al beschadigd. Ja, voor nu is de druk van de ketel, de meeste persmuskieten gingen er met de staart tussen de benen vandoor toen bekend werd dat ze propaganda verspreidden voor de Russische inlichtingendienst, maar denk eens goed na, Gerry. Er is maar één onverschrokken verslaggever in komkommertijd voor nodig om met een "Wat is er toch gebeurd met...?"-verhaal te komen. Hij zal me opsporen, ze zullen nog ietsje dieper graven, en voordat je het weet staat *60 Minutes* met een camera aan de balie, vragend om een minuutje van je tijd.'

Hendley kneep zijn ogen tot spleetjes. 'Ik zal ze opdragen om op te zouten.'

Clark glimlachte. 'Was het maar zo makkelijk. Serieus. Ik wil niet weer een hele stoet zwarte SUV-wagens met FBI-jongens op mijn boerderij zien verschijnen. Eén keer was meer dan genoeg.'

'Jouw expertise is van onschatbare waarde,' zei Sam. 'Je kunt operationeel een stap terug doen en dan een rol achter de schermen spelen, wat zeg je daarvan?'

Hier had Clark natuurlijk aan gedacht, maar uiteindelijk had hij zich gerealiseerd dat De Campus zo efficiënt mogelijk was opgezet.

'Ik ga hier niet een beetje door de gangen dolen, Sam.'

'Waar heb je het over? Je houdt je kamer. Je blijft doen...'

'Jongens, sinds Istanbul staan we feitelijk op non-actief. Het hele team zit acht uur per dag achter de computer. Het is een triest feit dat mijn kleinzoon beter is met een computer dan ik. Er valt hier helemaal niets meer te doen voor mij, en als de Istanbul-disk wordt geanalyseerd waarna mijn team groen licht krijgt om weer het veld in te gaan, dan zal ik daar, met mijn fysieke beperking, geen deel van uitmaken.'

'Wat zegt Sandy ervan dat je thuis door de gangen komt dolen?' vroeg Gerry.

Hier moest Clark om lachen. 'Ja, dat wordt voor ons allebei wel even wennen. Er is zat werk te doen op de boerderij, en god mag weten waarom, maar ze lijkt me om haar heen te willen. Wie weet wordt ze doodziek van me, maar de kans om daarachter te komen ben ik haar wel verschuldigd.'

Gerry begreep het. Hij vroeg zich af wat hij nu zou doen als zijn vrouw en kinderen nog leefden. Hij had hen een paar jaar geleden verloren bij een auto-ongeluk, en sindsdien was hij alleen geweest. Zijn werk was zijn leven, en zo'n leven wenste hij iemand, die thuis nog iemand had en die hem daar wilde, niet toe.

Waar zou Gerry zijn als zijn gezin nog leefde? Hij wist dat hij niet zestig tot zeventig uur per week bij Hendley Associates en De Campus zou werken. Hij zou verdomme naar een manier zoeken om van zijn gezin te genieten.

Eigenlijk kon hij John Clark geen moment misgunnen van een leven waar Gerry zelf alles voor zou geven.

Desalniettemin, Hendley leidde hier de boel, en Clark was een geweldige aanwinst voor De Campus. Hij moest doen wat hij kon om hem te behouden. 'Weet je dit echt zeker, John? Waarom neem je niet nog wat tijd om erover na te denken?'

John schudde zijn hoofd. 'Ik heb over niets anders nagedacht. Ik weet het zeker. Ik zal thuis zijn. Vierentwintig uur per dag, zeven dagen per week, ben ik beschikbaar voor jou of iemand binnen het team. Maar niet in een officiële hoedanigheid.'

'Heb je met Ding gesproken?'

'Ja. Gisteren hebben we de hele dag op de boerderij doorgebracht. Hij wilde me ompraten, maar hij begrijpt het.'

Gerry kwam overeind en stak zijn linkerhand uit. 'Ik begrijp het en aanvaard je ontslag. Maar onthoud dit alsjeblieft: voor jou is hier altijd plek, John.'

Sam herhaalde dit standpunt.

'Bedankt, jongens.'

Terwijl Clark zich boven in Hendleys kamer bevond, zaten Jack Ryan jr. en Gavin Biery naast Biery's kamer in de afgesloten vergaderzaal op de eerste verdieping. Voor hen op een kleine tafel stond de desktopcomputer waarvan het deksel was losgeschroefd, zodat alle onderdelen, draden en printplaten zichtbaar waren. Extra randapparatuur was via kabeltjes van verschillende dikte, kleur en type met het systeem verbonden, en deze apparaten lagen lukraak verspreid op de tafel.

Behalve deze hardware, een telefoon, een koffiemok die tientallen kleine bruine kringen op het witte tafelblad had achtergelaten en een gele blocnote was er niets in zicht.

De afgelopen twee maanden had Ryan hier vele uren doorgebracht, maar dat was niets vergeleken met de tijd die Biery hier was geweest.

Het beeldscherm voor Ryan was een venster vol getallen en strepen en andere karakters.

'Ten eerste moet je één ding goed begrijpen,' zei Gavin.

'En dat is?'

'Deze vent, als Center een vent is, is goed. Hij is een uitmuntende black-hat hacker.' Verwonderd schudde Biery zijn hoofd. 'Een codeversluiering als deze heb ik nog nooit gezien. Hij gebruikt een volkomen nieuw type malware, iets wat ik zonder een lange, uitputtende handmatige speurtocht naar de machinecode niet kon vinden.'

Jack knikte. Hij gebaarde naar een reeks getallen op het scherm. 'En, is dit het virus?'

'Een deel ervan. Een virus heeft twee fasen: de afleveringsmethode en het actieve gedeelte. Het laatste staat nog steeds verborgen op de disk. Het is een RAT, een *remote-access tool*, toegang op afstand dus. Het is een soort peer-to-peerprotocol, maar ik heb het nog niet kunnen uitvlooien. Zo goed zit het verborgen in een andere applicatie. Waar je hier nu naar kijkt, is een deel van de afleveringsmethode. Center verwijderde het meeste nadat hij erin was gekomen, maar deze kleine serie heeft ie over het hoofd gezien.'

'Waarom werd het verwijderd?'

'Hij is zijn sporen aan het uitwissen. Een goeie hacker, zoals ik, ruimt de boel altijd goed achter zich op. Denk aan een dief die ergens inbreekt. Als hij door een raam binnenkomt, is dat raam achter zich dichttrekken het eerste wat hij doet, zodat niemand weet dat er iemand binnen is. Eenmaal in de computer had hij het afleveringssysteem niet langer nodig, dus wiste hij het.'

'Alleen heeft hij niet alles gewist.'

'Precies. En dat is belangrijk.'

'Waarom?'

'Omdat dit een digitale vingerafdruk is. Dit zou iets in zijn eigen malware kunnen zijn waar hij geen weet van heeft; hij weet niet eens dat hij het achterlaat.'

Jack begreep het. 'Je bedoelt dat hij het op andere machines zou kunnen achterlaten, dus als je dit nog eens tegenkomt, weet je dat Center erbij betrokken is.'

'Ja. Je zou weten dat deze uiterst zeldzame malware erbij betrokken is, en dat de aanvaller, net als Center, dit niet van de machine heeft gehaald. Volgens mij kun je concluderen dat het dezelfde vent zou kúnnen zijn.'

'Enig idee hoe hij erin is geslaagd om zijn virus op Kartals computer te krijgen?'

'Voor iemand met vaardigheden als die van Center zou het kinderspel zijn geweest. Het lastige aan het installeren van een virus is de social engineering, dat wil zeggen dat je mensen zover krijgt dat ze doen wat je wilt dat ze doen. Een programma aanklikken, naar een website gaan, je wachtwoord intikken, een USB-drive inpluggen, dat soort dingen. Center en de Libiër kenden elkaar, er was communicatie tussen die twee, en uit de e-mails blijkt dat de Libiër Center er niet van verdacht dat hij zijn machine bespioneerde, zijn webcam bediende, via achterdeuren in de software kwam om bestanden te installeren en zijn sporen te wissen. Hij had Kartal volledig aan de haak.'

'Heel cool,' zei Jack. De wereld van computers kraken was voor hem een mysterie, maar hij zag in dat hacken in veel opzichten spionage was, en veel van de principes waren gelijk.

Gavin slaakte een zucht. 'Ik ben nog niet klaar met deze disk. Het duurt misschien nog wel een maand, of nog langer. Voorlopig hebben we alleen een elektronische vingerafdruk die we een volgende keer dat we hem tegenkomen aan Center kunnen linken. Het is niet veel, maar het is iets.'

'Ik moet een vergadering beleggen met Gerry en de andere agenten en ze jouw bevindingen vertellen,' zei Jack. 'Wil je dat ik dat alleen doe, zodat jij naar huis kunt om wat te slapen?'

Gavin schudde zijn hoofd. 'Nee. Ik red me wel. Ik wil erbij zijn.'

10

Todd Wicks had dit nog nooit gedaan, maar goed, Todd Wicks was ook nog nooit in Shanghai geweest.

Hij was hier voor de Shanghai Hi-Tech Expo, en hoewel dit niet zijn eerste internationale handelstentoonstelling was, was dit zonder twijfel de eerste keer dat hij in de bar van zijn hotel een mooi meisje ontmoette dat het overduidelijk maakte dat ze wilde dat hij meeging naar haar kamer.

Ze was een prostituee. Todd was niet de meest wereldwijze man ter wereld, maar dit had hij toch vrij snel in de gaten. Ze heette Bao, wat 'dierbare schat' betekende, vertelde ze hem in haar zware maar verleidelijke accent. Ze was betoverend mooi, misschien drieëntwintig jaar, met lang, sluik haar met de kleur en glans van Shanxi zwarte graniet, en ze droeg een strakke rode jurk die zowel chic als sexy was. Ze had een lang en mager lichaam; toen hij haar het eerste moment zag, dacht hij dat ze misschien een filmster of danseres was, maar toen hij haar blik ving, tilde ze met delicate vingers haar glas chardonnay van de marmeren bar en ze schreed met een vriendelijke maar zelfverzekerde glimlach op hem af.

Op dat moment besefte Todd dat ze een 'werkende vrouw' was, en ze was aan het werk.

Hij vroeg of hij voor haar iets te drinken kon bestellen, en de barkeeper vulde haar wijnglas bij.

Nog eens: normaal gesproken deed Todd Wicks dit soort dingen niet, maar ze was zo adembenemend mooi dat hij voor deze ene keer een uitzondering zou moeten maken, zei hij tegen zichzelf.

Vóór Shanghai was Todd een leuke vent met een leuk leven. Op zijn vierendertigste was hij de verkoopmanager in de regio Virginia/Maryland/DC voor Advantage Technology Solutions LLC, een in Californië gevestigd IT-bedrijf. Hij was eigenaar van een aardig huis in het gewilde West End van Richmond, waar hij vader was van twee knappe kinderen en echtgenoot van een vrouw die slimmer, mooier en succesvoller was op haar terrein, de farmaceutische verkoop, dan hij op dat van hem.

Hij had het allemaal, geen reden tot klagen, en hij had geen vijanden. Niet tot die avond.

Later, toen hij terugdacht aan de avond, gaf hij de schuld aan de wodka-tonics die hij na het avondeten met collega's had gedronken, en de lichthoofdigheid weet hij aan de medicijnen die hij sinds zijn aankomst na de vierentwintig uur durende vlucht vanaf Dulles had geslikt voor zijn holteontsteking.

En hij gaf de schuld aan dat verdomde meisje. Bao, de dierbare schat die zijn leven had verkloot.

Vlak voor middernacht stapten Todd en Bao op de tiende verdieping van het Sheraton Shanghai Hongkou Hotel uit de lift. Arm in arm, Todd een beetje duizelend van de drank en zijn hart bonzend van opwinding. Terwijl ze naar het eind van de gang liepen, voelde Todd schuld noch wroeging over wat hij op het punt stond te doen; enkel wat ongerustheid over hoe hij de uit een geldautomaat opgenomen 3500 Chinese yuan, meer dan 500 dollar, verborgen ging houden voor zijn vrouw. Maar hij maande zichzelf daar pas de volgende ochtend over te piekeren.

Dit was niet het moment om te stressen.

Haar suite was dezelfde als die van hem, een kingsizebed in een kamer naast een zitgedeelte met een bank en een tv met een groot scherm, maar die van haar werd verlicht met kaarsen en geparfumeerd met wierook. Ze namen plaats op de bank en ze bood hem nog een drankje aan uit de bar, maar nu was hij bang dat hij niet zou kunnen presteren als hij dronken was, dus hij sloeg het aanbod af.

Het praten over koetjes en kalfjes deed Todd Wicks net zozeer duizelen als de schoonheid van de jonge vrouw. Een verhaal over haar jeugd was ontwapenend; haar vragen over hem en waar hij was opgegroeid, over zijn broers en zussen, over welke sport hij deed dat hij zo goed in conditie was; alles om een man die al meer dan bereid was om alle voorzichtigheid overboord te gooien nog meer te magnetiseren.

Hij hield van haar stem; die was zacht en haperend maar intelligent en zelfverzekerd. Hij wilde haar vragen wat een leuke meid als zij deed in een hotel als dit, maar het leek ongepast. Dit was een aardig hotel, en zijn ongeremdheid maakte het Todd lastig iets verkeerds te zien in wat hier gaande was. Hij zag sowieso weinig, behalve haar fonkelende ogen en haar decolleté.

Ze boog zich voorover om hem te kussen. Hij had de 3500 yuan nog niet eens gegeven, maar hij had sterk de indruk dat ze op dit moment niet aan het geld dacht.

Todd wist dat hij een vangst was, zeker tien keer beter dan om het even welke andere kerel met wie ze was geweest. Bao zag hem wel zitten, viel net zo hard voor hem als hij voor haar, daar twijfelde Todd niet aan.

Hij kuste haar intens, legde zijn handen om haar kleine gezicht en hield haar vast.

Binnen enkele minuten gleden ze van de bank op de vloer, en weer even later lagen haar jurk en schoenen met hoge hakken nog steeds op de vloer van de zitkamer, maar waren de twee naar de slaapkamer gelopen. Zij lag op het bed; hij stond naakt boven haar.

Hij knielde neer, zijn vochtige handen gleden langs haar benen omhoog naar haar ondergoed, en hij trok er licht aan. Ze was meegaand, wat hij opvatte als meer bewijs dat haar lust niet onderdeed voor die van hem. Ze kwam iets omhoog, zodat hij haar zijden slipje van haar smalle heupen kon schuiven.

Haar buik was plat en gespierd; haar albasten huid straalde in het zachte kaarslicht van de kamer.

Hoewel Todd op zijn knieën zat, voelde hij die onder zich trillen. Langzaam en onvast kwam hij omhoog, waarna hij op het bed ging liggen.

Binnen enkele tellen waren ze één. Hij lag boven op haar, mijlenver van huis, en niemand die het ooit te weten zou komen.

In het begin bewoog hij langzaam, maar dat duurde maar even, en daarna bewoog hij almaar sneller. Het zweet drupte van zijn voorhoofd op haar gespannen gezicht, haar ogen dicht van wat hij voor vervoering hield.

Hij verhoogde zijn ritme zelfs nog wat, en al snel hield zijn blik haar mooie gezichtje vast terwijl haar hoofd in orgasme van links naar rechts rolde.

Ja, voor haar was dit een zakelijke transactie, het was haar werk, maar hij voelde dat zij hém voelde, en hij wist absoluut zeker dat haar orgasme echt was en haar rood aangelopen huid warm van een gevoel vanbinnen dat anders was dan bij de andere mannen met wie ze in het verleden was geweest.

Ze werd net zo overspoeld door emoties als hij.

Nog even hield hij zijn bewegingen vol, maar eerlijk gezegd was zijn uithoudingsvermogen niet wat hij had gehoopt, en hij kwam snel klaar.

Terwijl hij boven op haar lag te puffen en te hijgen, hun lichamen nu roerloos op het bewegen van zijn longen en het bonzen van haar hart na, opende ze langzaam haar ogen.

Hij staarde aandachtig in haar ogen; gouden vonkjes flakkerden in het kaarslicht.

Net op het moment dat hij wilde zeggen dat ze volmaakt was, knipperde ze met haar ogen en ze concentreerde haar blik op een punt boven zijn rechterschouder.

Todd glimlachte en draaide langzaam zijn hoofd om haar blik te volgen.

Aan de rand van het bed, opdoemend boven Todds naakte lichaam, stond een ernstig kijkende Chinese vrouw van middelbare leeftijd, gekleed in een dofgrijs broekpak. 'Bent u hélemaal klaar, meneer Wicks?' vroeg ze met een stem als een mes dat op een wetsteen wordt geslepen.

'What the fuck?'

Terwijl hij van het meisje af sprong en snel van het bed af draaide, zag Todd nog meer mensen in de suite. Op de een of andere manier waren er minstens zes vreemden naar binnen geglipt terwijl Todd in de hoogste verrukking was opgegaan.

Hij viel naakt op de vloer en ging krabbelend op zijn handen en knieën op zoek naar zijn broek.

Zijn kleren waren verdwenen.

Tien minuten later was Todd Wicks nog steeds naakt, hoewel de vrouw in het grijze broekpak hem een handdoek uit de badkamer had gebracht. Met de handdoek om zijn middel zat hij op de rand van het bed; hij moest hem strak vasthouden, omdat hij te klein was om hem helemaal te bedekken. De plafondlampen brandden en de kaarsen waren uitgeblazen, en het was alsof alle vreemden om hem heen hem vergeten waren. Inmiddels krioelde de suite van mannen en vrouwen in zwarte en grijze pakken en regenjassen.

Sinds Bao, seconden na de verstoring, in een badjas de deur uit was gewerkt, had hij haar niet meer gezien.

Op de 52-inch flatscreen-tv in het zitgedeelte, vanuit Todds plek op de rand van het bed goed zichtbaar, keken een paar mannen naar een opname die kennelijk met een bewakingscamera was gemaakt. Todd keek op toen ze hem aanzetten en zag zichzelf op de bank zitten en zenuwachtig over koetjes en kalfjes praten met Bao. Ze spoelden de opname een paar minuten door en het beeld was veranderd; kennelijk was er in de slaapkamer hoog in de hoek naast het bed een tweede camera verstopt geweest.

Todd zag zichzelf zijn kleren uittrekken, daar naakt en met een stijf lid staan en vervolgens tussen Bao's benen neerknielen.

De mannen spoelden de opname weer verder. Terwijl zijn naakte en witte rug als in een tekenfilmpje versneld begon te bewegen, vertrok Todds gezicht van afkeer.

'Jezus,' mompelde hij. Hij wendde zich af. Om hier in een kamer vol mannen en vrouwen naar te kijken was vreselijk. Zelfs als hij alleen was geweest zou hij er niet tegen hebben gekund om naar zichzelf te kijken terwijl hij seks had. Hij had het gevoel dat zijn hart in een knoop was gelegd, en de spieren in zijn onderrug leken zijn ruggengraat af te knellen.

Todd had het gevoel dat hij elk moment over zijn nek kon gaan.

Een van de twee mannen die bij de tv stonden, draaide zich naar hem om. Hij was ouder dan Todd, misschien vijfenveertig, en had een trieste, deemoedige blik en smalle schouders. Hij trok zijn regenjas uit, hing deze over zijn onderarm, nam een stoel van het bureau mee naar de rand van het bed en ging pal voor Wicks zitten.

De treurige ogen keken Todd strak aan, terwijl de man hem met de rechterhand een zacht klopje op de schouder gaf. 'Het spijt me allemaal zeer, meneer Wicks. Dit is erg opdringerig van ons. Ik kan me niet voorstellen hoe u zich moet voelen.'

Todd sloeg zijn ogen neer.

Het Engels van de man was goed; hij sprak met Brits-Engelse stembuigingen en een licht Aziatisch accent.

'Ik ben Wu Fan Jun, rechercheur bij de politie van Shanghai.'

Todd hield zijn blik op de vloer gericht; de gêne en vernedering waren onverdraaglijk. 'In godsnaam, mag ik alstublíéft mijn broek weer aantrekken?'

'Het spijt me, die moeten we als bewijsmateriaal registreren. We zullen iets uit uw kamer laten halen: 1844 is het?'

Wicks knikte.

Rechts van hem in de zitkamer stond de grote plasma-tv nog aan. Todd keek even en zag zichzelf vanuit een andere hoek.

De beelden waren niet flatteuzer dan de vorige.

Wat was dit, verdomme? Monteerden deze gasten dit in real-time?

Todd ving het geluid van zijn eigen gegrom en gekreun op.

'Kunnen ze dat niet uitzetten? Alstublíéft?'

Alsof hij er zelf niet aan had gedacht klapte Wu in zijn handen en vervolgens riep hij in het Mandarijn door de suite. Snel repte een man zich naar de tv en hij prutste even met de afstandsbediening.

Gelukkig ging het scherm eindelijk op zwart, en Todds eigen kreunen van wellust stierven weg in de verder stille kamer.

'Zo dan,' zei Wu. 'Oké. Meneer, ik hoef u niet te vertellen dat dit een delicate situatie is.'

Todd knikte slechts, de ogen op de vloer gericht.

'We doen in dit hotel al enige tijd onderzoek naar bepaalde... onbeta-

melijke activiteiten. Prostitutie is niet legaal in China, want het is ongezond voor vrouwen.'
Todd zweeg.
'Hebt u een gezin?'
'Nee,' wilde Wicks zeggen, een reflex om zijn gezin hier buiten te laten, maar hij wist zichzelf in te houden. Hij had verdomme foto's van hem en Sherry en de kinderen in zijn portemonnee, en ook op zijn laptop. Hij wist dat hij hun bestaan niet kon ontkennen.
Hij knikte. 'Een vrouw en twee kinderen.'
'Jongens? Meisjes?'
'Van allebei één.'
'Een gelukkig man. Ik heb zelf een vrouw en één zoon.'
Todd sloeg nu zijn ogen op naar Wu en keek in diens treurige ogen. 'Wat gaat er gebeuren, meneer?'
'Meneer Wicks, het spijt me dat u in deze situatie verzeild bent geraakt, maar dat komt niet door mij. U voorziet ons van bewijsmateriaal dat we nodig hebben in onze zaak tegen het hotel. Hun bevordering van prostitutie heeft in deze stad tot grote ongerustheid geleid. Stelt u zich eens voor dat het uw eigen jonge dochter was die zich had gewend tot een leven van...'
'Het spijt me echt verschrikkelijk. Ik doe dit anders nóóit. Ik heb geen idee wat me bezielde.'
'Ik zie dat u geen slechte man bent. Als het aan mij lag, zouden we dit gewoon als ongelukkig boekstaven, een toerist die in iets onaangenaams verstrikt raakte, en het daar bij laten. Maar... u moet wel begrijpen dat ik u zal moeten aanhouden en aanklagen wegens omgang met een prostituee.' Wu glimlachte. 'Hoe kan ik het hotel en de vrouw aanklagen als ik verder niemand heb, niemand die kan voorzien in de derde hoek van de driehoek die dit in- en intrieste misdrijf is.'
Todd Wicks knikte afwezig, geloofde nog steeds niet dat dit hem overkwam. Maar opeens kreeg hij een idee, en opgewonden keek hij op. 'Ik zou een verklaring kunnen afleggen. Ik zou een boete kunnen betalen. Ik zou kunnen beloven om...'
Wu schudde zijn hoofd, en de dikke wallen onder zijn ogen leken zelfs nog verder door te hangen. 'Todd, Todd, Todd. Dat klinkt alsof je een soort omkoopsom in gedachten hebt.'
'Nee, natuurlijk niet. Het zou nooit in me opkomen...'
'Nee, Todd. Het zou nooit in míj opkomen. Hier in China komt wel wat corruptie voor, dat kan ik wel toegeven. Maar niet zoveel als de rest van de wereld insinueert, en als ik zo vrij mag zijn, veel van die corruptie komt voort uit westerse invloeden.' Wu gebaarde met een kleine

hand door de kamer, alsof hij wilde aangeven dat Todd zelf corruptie in zijn arme land had gebracht, maar hij zei het niet hardop. In plaats daarvan schudde hij zijn hoofd. 'Ik weet niet of ik nog iets kan doen om je te helpen.'

'Ik wil een gesprek met de ambassade,' zei Todd.

'Er is een Amerikaans consulaat hier in Shanghai. De Amerikaanse ambassade is in Beijing.'

'Dan zou ik graag spreken met iemand van het consulaat.'

'Natuurlijk, dat kan geregeld worden. Als familieman moet ik er echter wel bij zeggen dat het op de hoogte stellen van Amerikaanse consulaire functionarissen vereist dat mijn bureau bewijsmateriaal overdraagt aan het consulaat. Begrijpt u, voor ons is het van belang hun te laten zien dat dit niet een of andere onrechtvaardige aanklacht tegen u is.'

Todd voelde een sprankje hoop. Het Amerikaanse consulaat laten weten dat hij zijn vrouw had bedrogen met een Chinees hoertje zou zelfs nog vernederender zijn, maar misschien dat ze hem hieruit konden helpen.

'En denk alstublieft niet dat het consulaat deze zaak onder het tapijt kan schuiven. Hun betrokkenheid zal voornamelijk bestaan uit het inlichten van uw dierbaren in de Verenigde Staten over uw situatie en u een plaatselijke advocaat te helpen vinden.'

Godver, vloekte Todd inwendig, en zijn sprankje hoop vervloog in één klap.

'En als ik gewoon schuld beken?'

'Dan zult u nog wel enige tijd hier verblijven. U zult naar de gevangenis gaan. Uiteraard, als u de aanklacht weerspreekt...' Wu krabde zich op het achterhoofd, '... hoewel ik niet zou weten hoe, gezien het feit dat we beeld- en geluidsopnamen hebben van de hele... de hele daad, maar doet u het toch, dan zal er een proces komen, en dat zal tot enige publiciteit leiden, vooral in de States.'

Todd Wicks had het gevoel dat hij elk moment kon overgeven.

Maar op dat moment stak Wu een vinger in de lucht, alsof hij opeens een idee kreeg. 'Weet u, meneer Wicks, ik mag u wel. Ik zie dat u iemand bent die een ernstige fout heeft gemaakt door naar zijn wellustige begeerte te luisteren in plaats van de wijsheid van zijn hersens, nietwaar?'

Todd knikte heftig. Werd hem nu een soort reddingslijn toegeworpen?

'Ik kan met mijn superieuren gaan praten om te zien of er misschien een andere uitweg is voor u.'

'Luister... wat ik er ook voor moet doen... ik doe het.'
Wu knikte peinzend. 'Volgens mij zou dat voor uw vrouw en uw twee kleine kinderen het beste zijn. Ik zal een telefoontje plegen.'

Wu ging de kamer uit, maar hij ging niemand bellen want in werkelijkheid hoefde hij met niemand te spreken. Hij was niet van de politie in Shanghai, hij was geen familieman en hij deed geen onderzoek naar het hotel. Nee, dit waren allemaal leugens, en liegen maakte integraal onderdeel uit van Wu's baan. Hij was van het ministerie van Staatsveiligheid, en Todd Wicks was zojuist in zijn val gelopen.

Normaliter trachtte Wu gelegenheidsdoelwitten in zijn vallen te lokken, maar Todd Wicks uit Richmond, Virginia, was anders. Wu had van zijn superieuren een opdracht ontvangen met een lijst namen van technologiepersoneel. De Shanghai Hi-Tech Expo was een van de grootste tentoonstellingen ter wereld, en het was geen grote verrassing dat drie van de mensen op het wensenlijstje van zijn superieur de expo bijwoonden. Bij de eerste man was Wu nog uitgegooid, maar bij de tweede was het een homerun geworden. Terwijl Wu op de gang stond, wist hij dat in de suite aan de andere kant van de muur waartegen hij leunde een Amerikaanse man zat die de kans om voor China te spioneren met beide handen zou aangrijpen.

Waarvoor zijn leiders Todd Wicks nodig hadden, wist hij niet; het was niet zijn werk om dat te weten en het kon hem ook niets schelen. Wu leefde als een spin; zijn hele leven, zijn hele bestaan, was afgestemd op het voelen van de trillinkjes in zijn web die hem lieten weten dat er een nieuw slachtoffer naderde. Hij had Todd Wicks vast in zijn web zoals hij al met zoveel anderen had gedaan, maar nu al dacht hij aan een Japanse kantoorman in hetzelfde hotel, een doelwit dat Wu aan de rand van zijn web had en een man die Wu verwachtte nog voor zonsopkomst in te pakken.

Wu was zo dol op de Shanghai Hi-Tech Expo.

Todd was nog steeds naakt, maar met aanhoudende handgebaren had hij een van de agenten overgehaald hem een handdoek te brengen die hij echt kon dragen zonder hem met een van zijn handen te hoeven samenknijpen.

Wu betrad de kamer, en Todd keek met een hoopvolle blik in zijn richting. Maar Wu schudde slechts spijtig het hoofd en zei iets tegen een van de jongere agenten.

Handboeien werden tevoorschijn gehaald, en Todd werd van het bed getild.

'Ik heb mijn superieuren gesproken en ze willen dat ik u meeneem.'
'O, jezus. Luister, ik kan niet...'
'De gevangenis hier is vreselijk, Todd. Ik voel me persoonlijk en beroepshalve vernederd om een goedopgeleide buitenlander als jij daarheen af te voeren. Hij voldoet niet aan de standaarden van jouw land, kan ik je verzekeren.'
'Ik smeek u, meneer Wu. Breng me niet naar de gevangenis. Mijn gezin mag hier niets van weten. Ik zal alles verliezen. Ik heb het verknald. Ik wéét dat ik de boel heb verknald, maar ik smeek u om me te laten gaan.'
Wu leek even te aarzelen. Vermoeid haalde hij zijn schouders op, alsof hij nog een slag om de arm hield. Zachtjes sprak hij met de vijf anderen in de kamer, waarna ze vlug de kamer verlieten. Wu en Todd waren alleen.
'Todd, aan je reispapieren zie ik dat je China over drie dagen zou verlaten.'
'Dat klopt.'
'Misschien dat ik kan voorkomen dat je moet zitten, maar dat vereist wel wat hulp van jouw kant.'
'Ik zweer u! Om het even wat en ik zal het doen.'
Nog steeds wekte Wu de indruk te weifelen, alsof hij maar niet kon beslissen. Ten slotte stapte hij dichterbij. 'Ga terug naar je kamer,' zei hij op zachte toon. 'Pak morgen je normale routine op, hier op de handelsbeurs. Spreek hierover met niemand.'
'Natuurlijk! Natuurlijk. Lieve hemel, ik kan u niet genoeg bedanken!'
'Er zal contact met je worden opgenomen, maar misschien pas als je weer in je eigen land bent.'
Todd staakte zijn dankbetuigingen. 'O. Oké. Dat is... wat u maar wilt.'
'Sta me toe je te waarschuwen als een vriend, Todd. De mensen die je om een gunst zullen vragen, zullen verwachten dat je ze beloont. Ze zullen al het bewijsmateriaal tegen jou, over wat hier is gebeurd, bewaren.'
'Dat begrijp ik,' zei hij, en het was waar, hij begreep het nu écht. Nee, Todd Wicks was misschien niet bijzonder wereldwijs, maar op dit moment had hij stellig de indruk dat hij erin was geluisd.
Verdomme! Wat onvergeeflijk stom.
Maar er ingeluisd of niet, ze hadden hem. Hij zou alles doen om te voorkomen dat die video bij zijn gezin kwam.
Hij zou alles doen wat de Chinese inlichtingendienst hem zou vragen.

11

Jack Ryan junior had om elf uur een vergadering met de staf, en nu zat hij achter zijn bureau nog wat analyseresultaten te bekijken die hij vandaag zou presenteren. Zijn collega's richtten zich op materiaal dat ze van de CIA hadden onderschept toen ze twee maanden geleden de dood van de vijf Libiërs in Turkije bespraken. Het was geen verrassing dat de CIA zeer nieuwsgierig was naar wie de moordenaars waren, en Jack vond het zowel huiveringwekkend als spannend om de theorieën van de Langley-spionnen over de zorgvuldig georganiseerde aanslagen te lezen.

De slimmeriken onder hen wisten heel goed dat de spionnen van de nieuwe Libische regering dit niet als een wraakoperatie tegen de Turkse cel hadden georkestreerd, maar verder bestond er weinig consensus.

ODNI, het bureau van de directeur van de nationale inlichtingendiensten had de kwestie enkele dagen van alle kanten bestudeerd, en zelfs Jacks vriendin, Melanie Kraft, was opgedragen de feiten over de moordaanslagen te bekijken. Vijf verschillende moorden in één nacht, elk op zijn eigen manier en tegen een cel met een acceptabel niveau van communicatie tussen de leden. Melanie was onder de indruk, en in het verslag dat ze voor haar baas, Mary Pat Foley, de directeur van de nationale inlichtingendiensten, had geschreven, was ze lyrisch over de vaardigheden van de daders.

Jack zou haar graag op een avond onder het genot van een fles wijn vertellen dat hij een van de huurmoordenaars was.

Nee. Nooit. Dat verdrong Jack onmiddellijk uit zijn gedachten.

Melanie was tot de conclusie gekomen dat wie de daders ook waren, niets erop wees dat ze enige bedreiging vormden voor de Verenigde Staten. De doelwitten waren, op hun manier, vijanden van de VS geweest, en de daders waren getalenteerde moordenaars die weliswaar een aantal behoorlijke risico's hadden genomen, maar hun kunstje vaardig en slinks hadden geflikt; dus ODNI bleef niet lang stilstaan bij deze gebeurtenissen.

Hoewel de Amerikaanse regering niet volledig op de hoogte was van de gebeurtenissen op de avond in kwestie, vond Jack haar kennis van de Libische cel zelf interessant. De nationale veiligheidsdienst NSA was erin geslaagd de sms'jes die de vijf mannen elkaar hadden gestuurd te achterhalen. Jack las de vertaalde transcripties van de NSA; korte, cryptische dialogen waaruit bleek dat deze mannen niets meer wisten over de identiteit of totale missie van dit karakter, Center, dan Ryan zelf.

Vreemd, dacht Jack. Wie werkt er nu voor iemand die zo schimmig is dat ze geen idee hebben voor wie ze werken?

Of de Libiërs waren volslagen idioten of hun nieuwe werkgever was ongelofelijk bekwaam in het waarborgen van zijn eigen veiligheid.

Jack dacht niet dat de Libiërs idioten waren. Misschien lui wat hun persoonlijke veiligheid betrof, maar dat was een gevolg van het feit dat ze meenden dat de nieuwe Libische inlichtingendienst de enige groep was die het op hen gemunt had; en de JSO-mannen haalden hun neus op voor de capaciteiten van hun opvolgers.

Jack moest er bijna om glimlachen terwijl hij bestanden op zijn monitor afspeurde, zoekend naar iets van de CIA waarmee hij de staf in de komende vergadering kon bijpraten.

Op dat moment voelde hij opeens een aanwezigheid achter zich. Hij keek om en zag zijn neef, Dom Caruso, die op de rand van Jacks halfronde bureau plaatsnam. Achter Dom stonden Sam Driscoll en Domingo Chavez.

'Hallo, jongens,' zei hij. 'Ik ben over vijf minuutjes klaar.'

Ze hadden ieder een ernstige blik op het gezicht.

'Wat is er?' vroeg Jack.

'Clark kapt ermee,' antwoordde Chavez.

'Waarmee?'

'Hij heeft zijn ontslag ingediend bij Gerry en Sam. Hij ruimt nog een dag of twee zijn spullen hier op, maar halverwege de week zal hij weg zijn.'

'O, shit.' Ryan kreeg direct een akelig voorgevoel. Ze hadden Clark nodig. 'Waarom?'

'Zijn hand is nog steeds puin,' zei Dom. 'En hij is bang dat alle aandacht op tv rondom zijn persoontje vorig jaar De Campus in gevaar zou kunnen brengen. Hij heeft zijn besluit genomen. Hij is er klaar mee.'

'Kan hij echt wegblijven?'

Chavez knikte. 'John neemt geen halve maatregelen als hij iets doet. Hij gaat hard zijn best doen om een opa en een echtgenoot te zijn.'

'En een landheer,' zei Dom met een glimlach.

Ding grinnikte. 'Zoiets. Vermoed ik. Sjonge, wie had dat nou gedacht?'

De vergadering begon een paar minuten te laat. John was niet aanwezig. Hij had een afspraak met zijn orthopeed in Baltimore en hij was geen type voor dramatisch afscheid nemen, dus glipte hij zachtjes de deur uit toen iedereen zich naar de vergaderzaal op de achtste verdieping begaf.

Het gesprek ging eerst over John en diens besluit om op te stappen, maar daarna vroeg Hendley ieders aandacht bij het probleem ophanden.

'Oké. We hebben ons veel op het hoofd gekrabd en over onze schouder gekeken. Jack waarschuwt me dat hij ons vandaag weinig antwoorden kan geven, maar we krijgen van hem en Gavin een update over het forensisch onderzoek naar de disk.'

Zowel Ryan als Gavin sprak vervolgens een kwartier tegen de anderen over alles wat ze van de harddisk en uit CIA-bronnen te weten waren gekomen. Ze bespraken het hacken van Emad Kartals computer door Center, het werk dat Center de Libiërs in Istanbul bezorgde en het feit dat Center de Libiërs leek te belazeren om in de toekomst een netwerk te kunnen penetreren, hoewel hij schijnbaar van gedachte was veranderd.

Tot slot stelde Gerry Hendley eindelijk de vraag die alle aanwezigen beantwoord wilden zien. 'Maar waarom? Waarom zat deze Center gewoon toe te kijken terwijl jullie zijn voltallige cel agenten in Istanbul om zeep hielpen? Welke denkbare reden kan hij hebben gehad?'

Ryan keek even de vergaderzaal rond. Met zijn vingers trommelde hij op de tafel. 'Zeker weten doe ik het niet.'

'Maar je hebt wel een vermoeden?' vroeg Hendley.

Jack knikte. 'Ik vermoed dat Center al enige tijd wist dat wij van plan waren om de Libische cel om te brengen.'

Hendley stond even met de mond vol tanden. 'Ze wisten van ons vóór die avond? Hoe dan?'

'Geen idee. En ik kan me vergissen.'

'Als je gelijk hebt,' vroeg Chavez, 'als hij wist dat wij naar Turkije kwamen om de Libiërs die voor hem werkten te doden, waarom waarschuwde hij de Libiërs dan niet?'

'Opnieuw,' antwoordde Jack, 'dit is slechts speculatie. Maar... misschien dienden ze als lokaas. Misschien wilde hij ons in actie zien. Misschien wilde hij zien of we het konden.'

Rick Bell, Jacks chef aan de analytische kant van zijn werk, boog zich voorover. 'Jack, je maakt nu wel een paar heel grote subjectieve sprongen in je analyse.'

Als teken van overgave bracht Ryan zijn handen omhoog. 'Ja. Daar heb je honderd procent gelijk in. Wie weet is het alleen maar een gevoel.'

'Ga naar waar de gegevens je leiden. Niet naar waar je hart je leidt. Sorry hoor, maar je zou weleens te erg geschrokken kunnen zijn doordat je met de verborgen camera bent gesnapt,' waarschuwde Bell.

Daar was Jack het mee eens, maar hij was niet blij met de opmerking van het hoofd Analyse. Ryan had een ego en hij gaf niet graag toe dat hij zijn persoonlijke vooroordelen had laten meewegen. Maar diep van binnen wist hij dat Rick gelijk had. 'Begrepen. We doen nog steeds hard ons best om deze puzzel op te lossen. Ik zit er bovenop.'

'Er is iets wat ik niet begrijp, Gavin,' zei Chavez.

'En dat is?'

'Center... deze vent die kennelijk de controle had over de pc. Hij wilde Ryan laten weten dat hij hem gadesloeg.'

'Ja, blijkbaar.'

'Als hij vrijwel alle kleinste sporen van zijn malware kon wissen, waarom heeft hij dan niet elke e-mail met betrekking tot hem en zijn operatie gewist?'

'Daar heb ik dus wekenlang mijn hersens mee gepijnigd, Domingo,' zei Gavin, 'en ik denk dat ik eruit ben. Center zou de malware hebben gewist zodra hij erin was geslaagd die computer in te komen, maar de rest van de disk, de e-mails en zo, heeft hij niet gewist, omdat hij Kartal niet wilde waarschuwen dat hij zijn pc had gehackt. Toen Ryan ten tonele verscheen en Kartal uit de weg ruimde, uploadde Center die foto's van de rest van het team naar de computer, zodat Ryan ze zou zien en ze zou e-mailen naar zijn eigen adres of een USB-stick of een dvd van het bureau zou grissen om ze daarop te zetten.'

Jack kwam tussenbeide. 'Om ze daarna mee te nemen naar De Campus en ze hier naar mijn pc te kopiëren.'

'Precies. Heel uitgekookt van hem, maar hij verknalde het. Hij had gedacht aan alle manieren waarop Jack die data mee had kunnen nemen naar De Campus, op één na.'

'Het stelen van die hele computer,' zei Hendley.

'Juist. Center had echt niet voorzien dat Jack met die pc onder zijn arm de voordeur uit zou rennen. Dat was zo dom dat het gewoon briljant was.'

Jack kneep zijn ogen tot spleetjes. 'Misschien was het alleen briljant.'

'Mij best. Wat belangrijk is, is dat je niet gewoon met een disk aan kwam zetten om na te zoeken.'

Voor degenen die het misschien niet konden volgen legde Ryan het uit. 'Hij wilde mij gebruiken om een virus op ons systeem te krijgen.'

'Verdomd, natuurlijk,' reageerde Biery. 'Hij liet die e-mails voor je neus bungelen zodat je zou happen, wat je deed, maar hij ging ervan uit dat je met de digitale data zou aftaaien, niet met dat hele apparaat. Ik ben ervan overtuigd dat hij van plan was die computer helemaal te zuiveren, voordat de politie arriveerde.'

'Zou Center op die manier ons netwerk hebben kunnen infecteren?' vroeg Hendley aan Biery.

'Als zijn malware goed genoeg was, ja. Mijn netwerk beschikt over antikraaktools die beter zijn dan welk overheidsnetwerk dan ook. Maar toch... er is slechts één klootzak met een USB-stick of -kabel voor nodig om alles plat te leggen.'

Gerry Hendley staarde even in het niets voor zich uit. 'Jongens...' zei hij, 'alles wat jullie vandaag hebben verteld sterkt mij in de overtuiging dat iemand veel meer over ons weet dan we willen. Wie deze in potentie slechte speler is, weet ik niet, maar tot we meer informatie krijgen, blijft onze operatie tijdelijk op non-actief. Rick, Jack en de rest van het analyseteam zullen keihard blijven werken om via alle verkeer uit Fort Meade en Langley waar we toegang toe hebben Centers identiteit te achterhalen.'

Hendley wendde zich tot Gavin Biery. 'Gavin? Wie is Center? Voor wie werkt hij? Waarom concentreerde hij zich zo goed op het compromitteren van ons?'

'Al sla je me dood. Ik ben geen analist.'

Ontevreden met dit non-antwoord schudde Gerry Hendley het hoofd. 'Ik vraag naar je beste inschatting.'

Gavin Biery nam zijn bril af en poetste deze op met zijn zakdoek. 'Als ik móést raden? Ik zou zeggen dat hier de beste, meest georganiseerde en meest meedogenloze cyberspionage- en cybermalwarelieden op de planeet achter hebben gezeten. Ik zou zeggen dat het de Chinezen waren.'

Er ging een zacht gegrom op in de vergaderzaal.

12

Wei Zhen Lin dronk geleperziksap uit een groot glas terwijl hij in de zon stond. Zijn tenen zakten weg in het natte kiezelzand, en water likte aan zijn blote voeten, steeg op tot zijn enkels en raakte bijna de stof van zijn lange broek die hij tot zijn schenen had opgetrokken om hem droog te houden.

Wei leek niet echt op een strandgast. Hij droeg een wit Oxford-overhemd met stippen en een regimentsdas, en zijn sportjasje hing aan een kromme vinger over zijn schouder terwijl hij over de zee tuurde, over blauw-groen water dat onder de middagzon schitterde.

Het was een prachtige dag. Wei betrapte zich erop dat hij hier wel vaker wenste te komen dan één keer per jaar.

Achter hem klonk een stem. 'Zŏng shū zji?' Het was een van zijn titels, secretaris-generaal, en hoewel Wei ook president was, plaatste zijn staf zijn rol als secretaris-generaal van de Communistische Partij ruim boven die van president van het land.

De partij was belangrijker dan de natie.

Wei negeerde de stem en keek naar twee grijze vaartuigen, krap anderhalve kilometer van de kust. Een paar kustpatrouilleboten, type 062C, lagen roerloos op het rustige water, hun kanonnen en antiluchtgeschut wezen hemelwaarts. Ze zagen er krachtig uit, indrukwekkend en dreigend.

Maar ze leken Wei ontoereikend. Dit was een grote oceaan, een enorm luchtruim, beide waren vol bedreigingen, en Wei wist dat hij machtige vijanden had.

En hij vreesde dat zijn lijst met vijanden zo dadelijk na zijn vergadering met de hoogste legerfunctionaris van het land zelfs nog langer zou worden.

Het hart van het machtscentrum in China is het negen leden tellende Zittend Comité van het Politbureau, een klein lichaam dat het beleid voor de 1,4 miljard burgers van het land uitstippelt. Elk jaar in juli verlaten de leden van de commissie, alsmede tientallen zo niet honderdtallen medewerkers en assistenten, hun burelen in Beijing en reizen een kleine driehonderd kilometer naar de aan de oostkust gelegen plaats Beidaihe.

Aangenomen wordt dat er in de kleine vergaderzalen in de gebouwen in de bossen en langs de stranden van Beidaihe meer strategische beslissingen aangaande China en het Chinese volk worden genomen dan in Beijing zelf.

Dit jaar was de beveiliging rond het Zittend Comité in dit toevluchtsoord streng, zelfs strenger dan in de recente geschiedenis. En er was een goede reden voor de extra bescherming. Dankzij de steun van het leger had president en secretaris-generaal Wei Zhen Lin zijn invloed weten te behouden, maar de publieke opinie keerde zich steeds meer tegen de Communistische Partij van China, en protestbijeenkomsten en burgerlijke ongehoorzaamheid, iets wat sinds het bloedbad van 1989 op het Plein van de Hemelse Vrede niet op grote schaal was voorgekomen, waren in enkele provincies aangewakkerd. Hoewel de coupplegers waren aangehouden en gevangengezet, bleven veel bondgenoten van de leiders van het complot bovendien op hoge machtsposities; meer dan wat dan ook vreesde Wei een tweede couppoging.

In de meer dan negentig jaar dat de Communistische Partij bestond, was ze nooit zo verdeeld geweest als nu.

Een paar maanden geleden had het één seconde gescheeld of Wei had een kogel door zijn hoofd gejaagd. De meeste nachten werd hij badend in het zweet wakker uit de nachtmerries waarin hij dat moment herbeleefde, en deze nachtmerries hadden bij hem paranoia veroorzaakt.

Ondanks zijn angsten werd Wei inmiddels goed beschermd. Hij bleef onder strenge bewaking van leden van China's veiligheids- en militaire krachten, want China's veiligheids- en militaire krachten hadden nu een belang bij hem, ze bezáten hem, en ze wilden dat hem niets overkwam.

Maar dit bood Wei weinig troost, want hij wist dat het Volksleger van China zich elk moment tegen hem kon keren, en dan zouden zijn beschermers zijn beulen worden.

De Beidaihe-conferentie was een dag geleden afgesloten; de meerderheid van de aanwezigen was naar de drukte en smog van Beijing teruggekeerd, maar president Wei had zijn reis naar het westen met een dag uitgesteld om zijn naaste bondgenoot in het Politbureau te ontmoeten. Hij had zaken te bespreken met generaal Su, de voorzitter van de Centrale Militaire Commissie, en, zo had hij uitgelegd toen hij om de afspraak verzocht, de regeringsburelen in Beijing waren niet veilig genoeg om deze kwestie te bespreken.

Wei had hoge verwachtingen van deze informele ontmoeting, omdat de conferentie zelf een mislukking was geweest.

Hij had de week van besprekingen geopend met een openhartige en sombere update over de economie.

Het nieuws over de couppoging had alleen maar meer beleggers van de natie afgeschrikt, wat de economie verder verzwakte. Weis vijanden droegen dit feit aan als het zoveelste bewijs dat zijn openstelling van de Chinese markten aan de wereld China alleen maar gevoeliger had gemaakt voor de grillen en bevliegingen van de kapitalistische hoerennaties. Was China gesloten gebleven en had het uitsluitend handel gedreven met gelijkgestemde landen, dan zou de economie niet zo kwetsbaar zijn geweest.

Wei had uiterlijk onbewogen naar deze uitspraken van zijn politieke tegenstanders geluisterd, maar hij vond hun beweringen idioot en degenen die ze uitten dwazen. China had enorm geprofiteerd van de wereldhandel, en was China de afgelopen drie decennia afgesloten gebleven, terwijl de rest van de wereld een verbijsterende economische ontwikkeling had doorgemaakt, dan zouden de Chinezen nu net als de Noord-Koreanen grond eten of, waarschijnlijker, het proletariaat zou Zhongnanhai hebben bestormd en iedere laatste man en vrouw binnen het overheidsapparaat hebben vermoord.

Sinds de couppoging had hij onvermoeibaar, en vooral in het geheim, gewerkt aan een nieuw plan om het economische schip van zijn land weer vlot te trekken zonder zijn regering te gronde te richten. Hij had het plan in het toevluchtsoord gepresenteerd aan het Zittend Comité, en het Zittend Comité had het botweg van de hand gewezen.

Ze hadden het Wei meer dan duidelijk gemaakt; ze hielden hém verantwoordelijk voor de economische crisis, en ze zouden aan geen enkel onderdeel van zijn binnenlandse plan om te bezuinigen op uitgaven, lonen, uitkeringen en economische ontwikkeling hun steun verbinden.

Dus bij de afsluiting van de Beidaihe-conferentie een dag eerder wist Wei dat zijn actieplan was gestrand.

Vandaag zou hij het fundament leggen voor zijn tweede actieplan. Hij had het gevoel dat het zou lukken, maar niet zonder hindernissen die net zo groot of groter waren dan enige kortstondige binnenlandse pijn.

Terwijl hij aan de waterrand stond, werd er achter hem opnieuw geroepen. 'Secretaris-generaal?'

Hij draaide zich om en zag de man die hem te midden van de schare bewakers had toegeroepen. Het was Cha, zijn secretaris.

'Is het tijd?'

'Ik heb net bericht gekregen. Voorzitter Su is aangekomen. We moeten teruggaan.'

Wei knikte. Hij zou liever de hele dag hier zijn gebleven, in zijn lange broek en hemdsmouwen. Maar er was werk te doen, en dit werk kon niet blijven wachten.

Hij begon het strand op te lopen, terug naar zijn verplichtingen.

Wei Zhen Lin betrad een kleine vergaderkamer naast zijn verblijf in het conferentieoord en trof er de al wachtende voorzitter Su Ke Qiang.

De twee mannen omhelsden elkaar plichtmatig. Wei voelde de verzameling medailles op de linkerborst van de generaal tegen zijn eigen borstkas.

Wei mocht Su niet, maar zonder hem zou hij niet aan de macht zijn. Zonder Su zou hij waarschijnlijk niet eens meer in leven zijn.

Na hun routineomhelzing glimlachte Su en hij nam plaats aan een kleine tafel die was opgeschikt met een sierlijk Chinees theeservies. De uit de kluiten gewassen generaal – Su was langer dan één meter tachtig – schonk voor hen beiden thee in, terwijl hun twee secretarissen plaatsnamen tegen de muur.

'Dank u dat u bent gebleven om met mij te spreken,' begon Wei.

'Geen dank, *tongzhi*.' Kameraad.

Het begon met praten over koetjes en kalfjes, roddels over de andere leden van het Zittend Comité en een korte discussie over de gebeurtenissen van de afgelopen dagen, maar al snel verhardden Weis ogen in ernst. 'Kameraad, ik heb getracht onze collega's de rampspoed te doen inzien die zich zal voltrekken als we niet snel maatregelen nemen.'

'Het is een moeilijke week voor u geweest. U weet dat u kunt rekenen op de volledige steun van het leger, alsmede op die van mij persoonlijk.'

Wei glimlachte. Hij wist dat Su's steun nauwelijks zonder voorbehoud was. Het hing ervan af of Wei in de pas zou lopen.

En Wei stond op het punt om precies dat te doen. 'Vertelt u mij over de paraatheid van uw strijdkrachten.'

'De paraatheid?'

'Ja. Zijn we sterk? Zijn we voorbereid?'

Su keek bedenkelijk. 'Voorbereid op wát?'

Wei zuchtte even. 'Ik heb getracht om moeilijke maar noodzakelijke bezuinigingsmaatregelen door te voeren. In deze poging heb ik gefaald. Maar als we helemaal niets doen, zal China tegen het eind van het huidige vijfjarenplan een generatie of meer achterlopen in zijn ontwikkeling; de macht zal ons worden ontnomen, en de nieuwe leiders zullen ons verder in het verleden terugduwen.'

Su zweeg.

'Ik moet nu mijn verantwoordelijkheid aanvaarden en een nieuwe koers gaan varen om China's kracht te verbeteren,' zei Wei.

Wei keek Su in de ogen en zag daarin het groeiende plezier naarmate langzaam het besef daagde.

'Deze nieuwe koers,' vroeg Su, 'zullen onze strijdkrachten daarbij nodig zijn?'

Met een knik antwoordde Wei. 'In het begin kan mijn plan weleens... weerstand oproepen.'

'Weerstand van binnenuit of van buitenaf?' vroeg Su voordat hij een slokje thee nam.

'Voorzitter, ik heb het over buitenlandse weerstand.'

'Ik snap het,' zei Su op vlakke toon. Wei wist dat hij de man precies gaf wat hij wilde.

Su zette zijn kopje neer en vroeg: 'Wat is uw voorstel?'

'Ik stel voor dat we onze militaire macht tonen om onszelf opnieuw te laten gelden in de regio.'

'Wat zullen we hiermee winnen?'

'Overleven.'

'Overleven?'

'Een economische ramp kan slechts worden voorkomen door grondgebied uit te breiden, nieuwe bronnen van ruwe grondstoffen, nieuwe producten en markten te scheppen.'

'Over welk grondgebied hebt u het?'

'We moeten onze belangen in de Zuid-Chinese Zee op een agressievere manier duidelijk maken.'

Su liet de sluier van onverschilligheid vallen en knikte hevig. 'Ik ben het helemaal met u eens. Recente gebeurtenissen bij onze buren zijn storend geweest. De Zuid-Chinese Zee, een gebied dat ons toch rechtmatig toekomt, glipt uit onze handen. Het Filipijnse congres heeft een territoriale wet aangenomen waarmee ze aanspraak maken op Huangyan-eiland, territorium dat bij ons land hoort. India is een partnerschap aangegaan met Vietnam om voor de kust van Vietnam naar olie te boren, en het dreigt zijn nieuwe vliegdekschip naar het gebied te laten opstomen, een provocatie aan ons adres en een test van onze vastberadenheid. Maleisië en Indonesië storen actief onze economische zones in de Zuid-Chinese Zee en treffen serieus onze visserij-industrie daar.'

'Inderdaad,' stemde Wei in met alle opmerkingen van Su.

De voorzitter glimlachte toen hij zei: 'Met een aantal zorgvuldig berekende opmarsen in de Zuid-Chinese Zee zullen we de financiën van onze natie versterken.'

Als een hoogleraar die teleurgesteld is in zijn student wegens het niet-begrijpen van een fundamenteel principe schudde Wei zijn hoofd. 'Nee, voorzitter Su,' zei hij. 'Dát zal ons niet redden. Misschien heb ik niet duidelijk gemaakt hoe ernstig onze economische problemen zijn. We gaan onze weg terug naar voorspoed niet víssend afleggen.'

Su reageerde niet op de neerbuigende houding van Wei. 'Dan is er dus meer?'

'Totale overheersing in de Zuid-Chinese Zee is stap één, en het is nodig dat we de stappen twee en drie bepalen.' Wei pauzeerde even, wetend dat Su niet zou verwachten wat hij nu ging zeggen.

Ook wist Wei dat dit zijn laatste uitgangspunt was. Zodra de volgende woorden over zijn lippen kwamen, zou er geen weg terug meer zijn.

Na een lichte aarzeling ging hij verder. 'Stap twee is de terugkeer van Hongkong naar het vasteland, afschaffing van de basiswet van Hongkong en behoud van het grondgebied als een Speciale Economische Zone. Ons beleid van "Eén land, twee systemen" zal uiteraard van kracht blijven, maar ik wil dat we ook echt één land zíjn. Beijing zou inkomstenstromen moeten krijgen van kapitalisten in Hongkong. We verschaffen hun immers veiligheid. Mijn adviseurs hebben me laten weten dat, als we Hongkong en zijn vuile neefje Macau kunnen innemen en die twee tot een enkele eenheid in de SEZ van Shenzhen vouwen, we onze winst zullen verviervoudigen ten opzichte van wat we nu uit het gebied ontvangen. Het geld zal zowel de Communistische Partij als de kapitalisten steunen, die daar vrij goed geboerd hebben. Ook wil ik dat er in Hongkong op scholen lessen komen in morele en nationale opvoeding en dat onder overheidsambtenaren het lidmaatschap van de Communistische Partij wordt aangemoedigd. "Nationalisme" is voor hen een vies woord geworden, en daar zal ik een eind aan maken.'

Su knikte, maar Wei kon de radertjes in zijn hoofd bijna zien draaien. De generaal zou nu nadenken over weerstand vanuit de halfautonome staat Hongkong, maar ook weerstand uit Groot-Brittannië, de EU, Amerika, Australië en elk ander land met grote kapitaalinvesteringen daar.

Hongkong en Macau waren Speciale Administratieve Regio's van China, wat inhield dat ze hun eigen kapitalistische systeem en politieke autonomie genoten sinds de Britten ze in 1997 overdroegen. Volgens China's akkoord diende dit vijftig jaar te duren. Niemand in China, zeker geen enkele leíder van China, had ooit voorgesteld om de autonomie van de twee stadstaten op te heffen en ze aan het vasteland terug te geven.

Su zei: 'Ik snap waarom we eerst de Zuid-Chinese Zee moeten zien te beheersen. Veel landen zouden het in hun nationale belang vinden om te vechten om de huidige status van Hongkong te behouden.'

Wei wuifde deze opmerking zo goed als weg. 'Ja, maar ik ben van plan om de internationale gemeenschap duidelijk te maken dat ik een zakenman ben en voorstander van het vrijemarktkapitalisme; elke verandering in hoe Hongkong en Macau worden bestuurd zal van zeer ondergeschikt belang zijn en voor de buitenwereld bijna onmerkbaar.'

Voordat Su kon reageren, voegde Wei eraan toe: 'En stap drie zal het al lang geleden verklaarde doel van onze natie zijn: de opneming van Taiwan. Doen we dit op de juiste manier en veranderen we het land in de grootste Speciale Economische Zone, dan zal dat volgens mijn adviseurs de enorme meerderheid van haar economische levensvatbaarheid garanderen. Er zal vanuit de Volksrepubliek van China en zijn bondgenoten ongetwijfeld weerstand zijn, maar ik heb het niet over een invasie van Taiwan. Ik heb het over het weer opnemen van het land via diplomatie en economische druk, het beheersen van de toegang tot de waterwegen en ze zo te laten zien dat de enige levensvatbare optie voor hun bevolking op den duur is dat ze hun toekomst accepteren als een trotse lidstaat van ons Nieuwe China. Vergeet niet, voorzitter Su, dat onze SEZ's, een economisch model dat ik gedurende mijn carrière heb verfijnd en bevorderd, door de wereld als een succes worden beschouwd, een vertoon van detente met het kapitalisme. Ik persoonlijk word door het Westen gezien als een macht voor positieve verandering. Ik ben niet naïef, ik erken dat mijn persoonlijke reputatie eronder zal lijden als duidelijk wordt wat onze doelstellingen zijn, maar dat acht ik niet belangrijk. Zodra wij hebben wat we nodig hebben, zullen we verder groeien dan alle voorspellingen die we nu zouden kunnen doen. Ik zal het tot mijn verantwoordelijkheid maken om betrekkingen die door deze stappen schade oplopen te herstellen.'

Su verborg zijn bewondering niet om de vermetelheid van het plan, zoals uiteengezet door de aardige president, een man die immers een wiskundige en een econoom was, geen militair leider.

Wei zag deze bijna-schok op het gezicht van de generaal, en hij glimlachte. 'Ik heb de Amerikanen bestudeerd. Ik begrijp ze. Hun economie natuurlijk, maar ook hun cultuur en hun politiek. Ze hebben een gezegde. "Alleen Nixon kon naar China gaan." Kent u dit gezegde?'

Su knikte. 'Uiteraard.'

'Goed, voorzitter Su, ik zal ervoor zorgen dat ze een nieuw gezegde krijgen: "Alleen Wei kon Taiwan heroveren."'

Su herpakte zich wat. 'Het Politburo zal, zelfs met de ledenaanwas na de... wrijvingen, lastig te overtuigen zijn. Ik zeg dit met enige kennis van zaken, na bijna tien jaar een meer agressieve houding ten opzichte van onze buurlanden en ons rechtmatige oceaangebied uitgedragen te hebben.'

Wei knikte bedachtzaam. 'Na de gebeurtenissen die onlangs aan het licht kwamen, verwacht ik niet langer mijn kameraden met rede alleen te kunnen overhalen. Die vergissing zal ik niet opnieuw begaan. In plaats daarvan zou ik langzaam met manoeuvres willen beginnen, politiek en met uw machtsvertoon, die stap één van mijn visie werkelijkheid zullen maken voordat we verdergaan met de stappen twee en drie. Zodra we al de territoriale wateren rondom onze twee prijzen hebben ingenomen, zal het Politbureau zien dat onze doelen binnen bereik zijn.'

Su nam aan dat dit inhield dat Wei in eerste instantie kleinschalige maatregelen zou toepassen die zouden overgaan in forsere maatregelen zodra het succes nabij was.

'Welk tijdsgewricht had u in gedachten, tongzhi?'

'Uiteraard heb ik uw hulp nodig om dat te bepalen. Maar vanuit het perspectief van iemand met het oog op onze economie gesproken, denk ik dat de Zuid-Chinese Zee, territoriale wateren op zo'n vijfhonderd mijl ten zuiden van onze kusten, binnen twee jaar onder onze controle zou moeten zijn. Zo'n drieënhalf miljoen vierkante kilometers oceaan. Twaalf maanden daarna zullen we ons akkoord met Hongkong nietig verklaren. Daarna zou Taiwan tegen het eind van de vijfjarencyclus onder onze controle moeten zijn.'

Su dacht zorgvuldig na voordat hij weer het woord nam. 'Dit zijn stoutmoedige stappen,' zei hij ten slotte. 'Maar ik ben het met u eens dat ze noodzakelijk zijn.'

Wei wist dat Su weinig verstand had van economie, behalve dat deel waar het militair-industriële complex van China bij betrokken was. Hij wist in elk geval niet wat er nodig was om het te doen opbloeien. Su wilde militair machtsvertoon, meer niet.

Maar dit zei Wei niet. 'Ik ben blij dat u het met me eens bent, voorzitter,' zei hij. 'Ik zal bij elke stap uw hulp nodig hebben.'

Su knikte. 'U begon ons gesprek met de vraag of onze strijdkrachten paraat zijn. Zeeblokkades, dat is waar u hier naar vraagt, behoren tot de mogelijkheden van onze marine, maar dit zou ik eerst nader willen bespreken met mijn admiralen en inlichtingenstaf. Ik zou u willen verzoeken me een paar dagen de tijd te gunnen om met mijn leiding te spreken en op basis van wat u me zojuist heeft verteld dat ons te wachten staat, een plan voor te bereiden. Mijn inlichtingenstaf kan onze exacte behoeften dan uiterst nauwkeurig aanduiden.'

Wei knikte. 'Dank u. Maakt u alstublieft een voorrapport en overhandigt u mij dat dan over een week persoonlijk. We zullen dit bespreken in mijn persoonlijke verblijf in Beijing en nergens anders.'

Su kwam overeind om te gaan en de mannen schudden elkaar de hand. President Wei wist dat de voorzitter al over gedetailleerde plannen beschikte om elk eiland, elke zandbank, ondiepte en rif in de Zuid-Chinese Zee in te nemen. Ook had hij plannen om Taiwan alle toegang te weigeren en om het land terug naar de steentijd te bombarderen en te schieten. Echter, hij kon nog weleens geen strategie hebben bedacht aangaande Hongkong. Hiervoor zou een week voldoende tijd moeten zijn.

Wei wist dat Su opgetogen naar zijn departement terug zou keren om zijn staf over de aanstaande gebeurtenissen te briefen.

Tien minuten later arriveerde voorzitter Su Ke Qiang bij het uit acht voertuigen bestaande konvooi dat hem terug naar de hoofdstad zou snellen. Hij werd vergezeld door zijn militair assistent Xia, een generaal-majoor die gedurende al zijn opperbevelen naast hem had gediend. Xia was bij de bespreking met Wei aanwezig geweest, en had geluisterd en aantekeningen gemaakt.

Eenmaal achter in een gepantserde Roewe 950 personenwagen keken de twee mannen elkaar lang aan.

'Uw gedachten?' vroeg de tweesterrengeneraal aan zijn chef.

Su stak een sigaret op. 'Wei denkt dat wij in de Zuid-Chinese Zee een paar waarschuwingsschoten zullen lossen en dat de wereldgemeenschap dan een stapje terug zal doen en ons zonder lastigvallen onze gang zal laten gaan.'

'En ú denkt?'

Terwijl Su zijn aansteker terug in zijn jaszak stopte, glimlachte hij sluw maar oprecht. 'Ik denk dat we ten oorlog trekken.'

'Oorlog met wie?'

Su haalde zijn schouders op. 'Amerika. Wie anders?'

'Neemt u me niet kwalijk. Maar u klinkt helemaal niet geërgerd.'

Su lachte hardop achter een wolk van rook. 'Ik verwelkom de uitdaging. We zijn er klaar voor, en alleen door de buitenlandse duivels met een snelle en beslissende actie een bloedneus te slaan zullen wij in staat zijn al onze doelstellingen in de regio te realiseren.' Hij zweeg even, en zijn gezicht betrok een beetje. 'We zijn gereed... maar alleen als we nu handelen. Het vijfjarenplan van Wei is dwaas. Al zijn doelen dienen binnen een jaar te zijn verwezenlijkt, want anders zal de kans voorbij zijn. Een bliksemoorlog, een snelle aanval op alle fronten, het scheppen van een nieuwe realiteit op de grond, waarbij de wereld geen andere keuze zal hebben dan deze te accepteren. Dát is de enige manier om te slagen.'

'Zal Wei hiermee instemmen?'

De generaal verschoof zijn grote gestalte wat om uit het raam te kunnen kijken, terwijl de colonne van acht voertuigen in westelijke richting naar Beijing spoedde.

'Nee,' antwoordde hij vastberaden. 'En daarom zal ik een realiteit moeten scheppen waarbij híj geen andere keuze zal hebben dan deze te accepteren.'

13

Valentin Kovalenko werd iets voor vijf uur wakker in zijn kamer in de Blue Orange, een fitnessclub, kuuroord en hotel in het noordoostelijke district Letòany van de Tsjechische hoofdstad Praag. Hij had hier al drie dagen doorgebracht, was naar de sauna geweest, had van massages en voortreffelijke maaltijden genoten, maar naast al deze luxe had hij zich ook ijverig voorbereid op een operatie die hij deze ochtend voor zonsopkomst zou uitvoeren.

Zoals de maffiaman die hem uit de gevangenis had helpen uitbreken had beloofd, waren zijn orders binnengekomen via een beveiligd instantmessagingprogramma dat Cryptogram werd genoemd. Kort na aankomst in het door de maffia van Sint-Petersburg geregelde safehouse had hij een computer gekregen met de software, alsmede documenten, geld en instructies om zich in West-Europa te vestigen. Hij had gedaan zoals hem was opgedragen, had zich gevestigd in het zuiden van Frankrijk en had één keer per dag ingelogd om te kijken of er al nadere orders waren.

Er was twee weken lang geen contact geweest. Hij ging naar een plaatselijke huisarts, was behandeld en had medicijnen gekregen voor ziekten die hij tijdens zijn verblijf in de Moskouse gevangenis had opgelopen, en hij was weer op krachten gekomen. Op een ochtend opende hij Cryptogram en begon zijn dagelijkse proces van wachtwoord invoeren en identiteit bevestigen. Toen dat proces voltooid was, verscheen er een enkel woord tekst in het venster van de instant messenger.

'Goedemorgen.'
'Wie bent u?' tikte Kovalenko.
'Ik ben uw opdrachtgever, meneer Kovalenko.'
'Hoe noem ik u?'
'Noem me Center.'

Met een flauwe glimlach om zijn mond tikte Valentin: 'Mag ik ook weten of dat meneer of mevrouw Center is, of bent u misschien een constructie van internet zelf?'

Er volgde nu een langere stilte dan de andere.
'Ik denk dat het laatste wel klopt.' Na nog een korte pauze verschenen

de woorden op Kovalenko's scherm weer sneller. 'Bent u zover om aan de slag te gaan?'

Valentin was razendsnel met zijn reactie. 'Ik wil weten voor wie ik werk.' Het leek redelijk, hoewel hij door het maffialid was gewaarschuwd dat zijn nieuwe werkgever niet redelijk was.

'Ik erken uw ongerustheid over uw situatie, maar ik heb geen tijd om deze zorgen te verlichten.'

Valentin Kovalenko stelde zich voor dat hij een gesprek voerde met de computer zelf. De antwoorden waren stijf, harkerig en logisch.

Zijn moedertaal is Engels, dacht Kovalenko. Maar vervolgens bedacht hij zich. Hoewel Valentin zelf vloeiend Engels sprak, kon hij niet met zekerheid zeggen dat iemand anders Engels als moedertaal had. Misschien dat als hij hem hoorde praten hij het zeker zou weten, maar voorlopig stelde hij vast dat zijn baas zich gemakkelijk uitdrukte in de taal.

'Als u een entiteit bent die ertoe dient om spionage te bedrijven via de computer, wat is dan mijn rol?' vroeg Kovalenko.

Het antwoord kwam snel: 'Personeelsmanagement in het veld. Uw specialiteit.'

'De man die mij voor de deur van de gevangenis oppikte, zei al dat u overal was. Alwetend, alziend.'

'Is dat een vraag?'

'Als ik weiger om instructies te volgen?'

'Gebruik uw fantasie.'

Kovalenko keek verbaasd. Hij wist niet zeker of dit nu wees op een gevoel voor humor van Center of dat het een onomwonden dreigement was. Hij slaakte een zucht. Door hier te komen en zijn appartement en computer op te zetten was hij al begonnen te werken voor de entiteit. Het was duidelijk dat hij niets in te brengen had.

'Wat zijn mijn instructies?' tikte hij.

Center had deze vraag beantwoord, en daarom zat Valentin nu hier in Praag voor deze klus.

Zijn lichamelijk herstel van de verwoestende gevolgen van bronchitis en ringworm en een dieet dat hoofdzakelijk uit gerstsoep en schimmelig brood had bestaan, was een voortdurend proces. Voordat hij in het detentiecentrum Matrosskaja Tisjina belandde, was hij gezond en fit geweest, en hij had nog de discipline om sneller te herstellen dan de meeste mannen.

Daar had de sportschool hier in de Blue Orange hem bij geholpen. De afgelopen drie dagen had hij dagelijks urenlang getraind en dit, in combinatie met zijn ochtendlijke hardlooprondjes, had hem nieuwe energie en kracht gegeven.

Hij trok zijn renkleren aan, een zwart trainingspak met slechts een dunne grijze streep, en trok zijn zwarte gebreide muts over zijn vuilblonde haar. Hij liet een zwart knipmes, een setje lopers en een vilten tasje zo groot als zijn vuist in zijn jaszak glijden en ritste de zak dicht.

Hierna kwamen donkergrijze sokken en zijn zwarte Brooks-hardloopschoenen; tot slot trok hij dunne handschoenen van Under Armour over zijn handen, waarna hij de kamer uit liep.

Even later stond hij buiten voor het hotel en jogde hij in een koele miezerregen naar het zuiden.

De eerste kilometer jogde hij in het gras langs Tupolevova. Op een paar langsdenderende bestelbusjes na zag hij geen hond in het donker.

Op Køivoklátská ging hij in westelijke richting verder en hij hield het tempo ontspannen. Het viel hem op dat zijn hartslag sneller was dan normaal zo vroeg in het loopje, en dat verraste hem ietwat. Toen hij nog in Londen werkte, rende hij de meeste ochtenden door Hyde Park en liet hij amper een zweetdruppel, behalve dan in de warmste maanden van het jaar.

Hij wist wel dat hij niet zo fit was als hij in Groot-Brittannië was geweest, maar zijn slechtere gezondheid was niet de reden voor zijn bonkende borstkas, vermoedde hij.

Nee, hij was vanochtend nerveus omdat hij terug in het veld was.

Hoewel Valentin Kovalenko binnen de Russische buitenlandse inlichtingen- en veiligheidsdienst SVR was gerezen tot de rang van plaatsvervangend rezident van het Verenigd Koninkrijk, onderneemt iemand in die positie gewoonlijk geen echte veldoperaties; iemand in het voorbijgaan iets meegeven, ergens een vrachtje verbergen of inbreken om inlichtingen te vergaren, dat zijn klussen voor mannen die lager staan in de hiërarchie van de spionage. Nee, het meeste van zijn werk als meesterspion deed Valentin Kovalenko vanuit het comfort van zijn werkkamer in de Russische ambassade of boven een beef Wellington in Hereford Road of misschien ossenwang met waterkers, beenmerg en salsasaus, gekookt in een Josper-oven in Les Deux Salons.

Die goeie ouwe tijd, dacht hij terwijl hij zijn tempo iets verlaagde om zijn hoge hartslag iets te laten zakken. Vandaag zou het niet een al te gevaarlijke klus worden, hoewel het intellectueel aanzienlijk minder zou zijn dan zijn leven en werk in Londen waren geweest.

Uiteraard had hij zijn deel van slavenarbeid voor Rusland gedaan; niemand werd plaatsvervangend rezident zonder de nodige bevorderingen. Hij was een illegaal geweest, een agent die zonder officiële dekmantelstatus voor Rusland werkte, in tal van standplaatsen door heel Europa en ook voor een korte opdracht in Australië. Natuurlijk was hij toen een stuk jonger, net vierentwintig toen hij in Sydney werkte en nog geen dertig tegen de tijd dat hij operaties verruilde voor bureauwerk. Maar hij genoot van het werk.

Hij sloeg Beranových in, in noordelijke richting, en volgde een route die hij de afgelopen twee ochtenden had gerend, hoewel hij vandaag van de route zou afwijken, maar voor slechts een paar minuten.

Het begon iets harder te regenen, waardoor hij doorweekt raakte maar wel betere dekking kreeg dan de duisternis alleen kon bieden.

Kovalenko glimlachte. Spionnen waren dol op het donker. En spionnen waren dol op regen.

Het voelde goed om deze taak uit te voeren, hoewel het wat hem betrof maar een vreemde kleine operatie was; en wat zijn opdrachtgevers er ook mee hoopten te bereiken, Valentin schatte de kans van slagen tamelijk laag in.

Na enkele tientallen meters op Beranových keek hij even naar links en naar rechts en daarna achterom over zijn schouder. De straat was verlaten, dus hij stoof snel naar rechts. Bij een ijzeren hekje in een gewitte muur knielde hij neer en vlug opende hij het eenvoudige slot. Het hekje bood toegang tot een woonhuis, en het slot was een makkie, maar het was alweer zo lang geleden dat hij zijn vaardigheden op dit gebied had getest dat hij zich even een glimlach permitteerde terwijl hij de lopers terug in zijn jaszak stopte.

Binnen enkele tellen stond hij in de voortuin van een woning met één bovenverdieping, en hij rende verder, zwarte kleding in een zwarte ochtend, rechts van het huis en door een houten hek dat de voortuin van de achtertuin scheidde. Hij rende langs een bovengronds zwembad en begaf zich tussen een tuinschuurtje en een berging door naar een achtermuur langs de oostelijke perceelgrens van het privéhuis. Valentin Kovalenko was binnen enkele seconden over de muur en liet zich in het natte gras vallen, waar hij precies op de plek belandde waar zijn zoektocht op Google Maps hem had gezegd dat hij zou zijn.

Hij was nu voorbij de muren, de buitenlampen en de wachthokjes rondom het Science en Technology Park VZLÚ.

Kovalenko's nieuwe opdrachtgever, de Engelssprekende Center die via beveiligde instant messaging communiceerde, had hem niet verteld wat er achter de operatie van vandaag zat, of zelfs veel over het doelwit zelf behalve dan het adres en de marsorders van zijn missie daar. Maar de Rus had zijn eigen onderzoek gedaan en was te weten gekomen dat VZLÚ een onderzoeks- en testfaciliteit met betrekking tot ruimtevaart was; het werk hier richtte zich op aerodynamica, vliegtuigmotoren en helikopterrotors.

Het was een groot terrein, met tal van gebouwen en verschillende testlocaties.

Ongeacht wat Valentins werkgever hier wilde, het zou niet aan Valentin zelf zijn om het te bemachtigen. Hij had slechts de opdracht om een bres te slaan in de beveiliging en enkele voorwerpen achter te laten.

Gedekt door de duisternis en de regen hurkte hij neer op de eerste kleine parkeerplaats waar hij op stuitte en hij pakte het tasje uit zijn jaszak. Hieruit trok hij een dofgrijze USB-drive, en tegen beter weten in legde hij de drive gewoon in een parkeervak op de grond. Op de drive zat een sticker met de tekst TESTRESULTATEN, maar hij lette erop dat hij hem ondersteboven neerlegde.

Kovalenko was niet dom. Hij wist zeker dat deze USB-drive geen testresultaten bevatte, of in elk geval geen echte testresultaten. Er zou een computervirus op staan, en als Valentins werkgever enige kwaliteiten bezat, zou het virus gemaskeerd zijn en zo gebouwd dat het zijn werk zou doen zodra het via een USB-poort van een computer met het netwerk hier werd verbonden. Het plan was dat iemand de drive zou vinden en hem in zijn computer zou steken om te zien wat er voor bestanden op stonden, zoveel was Kovalenko wel duidelijk. Zodra er iets op de drive werd geopend, zou een of ander virus de computer en daarna het netwerk zelf infecteren.

Valentin was geïnstrueerd om slechts één drive buiten elk gebouw op het terrein achter te laten zodat de list een betere kans van slagen zou hebben. Als een stuk of vijf techneuten allemaal met een op de parkeerplaats gevonden, raadselachtige drive hetzelfde gebouw in liepen, zou het waarschijnlijker zijn dat twee of meer van hen elkaar tegen het lijf zouden lopen en alarmbelletjes zouden gaan rinkelen. Het was wel nog steeds denkbaar dat de meeste mensen die de drive vonden argwaan zouden koesteren, maar dankzij zijn eigen onderzoek naar de faciliteit wist Kovalenko dat het netwerk de verschillende divisies met elkaar verbond, dus slechts één geslaagde infectie van één computer op het netwerk, waar dan ook binnen de VZLÚ, zou het werk van alle andere beïnvloeden.

Net als een phishing-e-mail was Valentin Kovalenko zelf een aanvalsvector, een infectieoverbrenger.

Het was geen slecht plan, gaf Valentin toe, maar hij beschikte niet over de details van de missie, die hem ervan zouden overtuigen dat het een succes zou zijn. Hij vroeg zich af wat er zou gebeuren als het de IT-afdeling van het wetenschaps- en technologieconcern duidelijk werd dat er een stuk of twintig gelijksoortige of identieke USB-drives op hun terrein waren opgedoken. Het zou hun waarschuwen dat er een *client-*

based hackpoging aanstaande was, en dan zouden ze vermoedelijk hun hele netwerk platleggen om naar het virus te zoeken. Valentin had weinig verstand van computerspionage, maar hij kon nauwelijks geloven dat het virus dan niet zou worden opgespoord en onschadelijk gemaakt voordat het systeem ernstig in gevaar werd gebracht.

Maar nogmaals, Center had het niet juist geacht om hem bij de planning van deze operatie te betrekken. Eigenlijk best wel een belediging. Kovalenko ging ervan uit dat hij voor een bedrijfsspionageteam werkte; deze man en zijn onderknuppels zouden weten dat Kovalenko een hoge inlichtingenagent was geweest, toevertrouwd aan de zorg van een zeer belangrijke standplaats, in een van de grootste spionageapparaten ter wereld, de SVR.

Kruipend op handen en knieën tussen twee open bestelwagentjes door, die op de parkeerplaats vlak bij het grasveld van het luchthaventje van het terrein geparkeerd stonden, op weg om een andere USB-drive op het natte beton achter te laten, vroeg hij zich af wie deze bedrijfsspionnen eigenlijk dachten dat ze waren om hem als boodschappenjongen te gebruiken.

Maar hij moest wel toegeven dat dit beter was dan achter de tralies zitten: het risico was laag, en het betaalde prima.

14

De tweede ontmoeting tussen president en secretaris-generaal Wei Zhen Lin en voorzitter Su Ke Qiang vond plaats in Zhongnanhai, het ommuurde complex van de regering in het centrum van Beijing. Zowel Su als Wei hield hier kantoor, en ook Weis woonverblijven bevonden zich hier, dus werd er in de werkkamer naast Weis persoonlijke slaapkamer een avondlijke privéontmoeting georganiseerd.

Net als een week geleden in de kustplaats Beidaihe waren Weis secretaris en Su's militair assistent aanwezig. Maar deze avond zou anders worden, want ditmaal zou voorzitter Su degene zijn die het woord nam.

Een bediende schonk voor beide mannen thee in, bood de twee secretarissen niets aan en liet de heren vervolgens alleen.

Wei had Su een week de tijd gegeven om met zijn inlichtingenstaf aan de slag te gaan om als openingszet van Weis tactiek om Hongkong en Taiwan op te slokken een plan te bedenken om hun macht in de Zuid-Chinese Zee uit te breiden. Hij wist dat Su weinig zou hebben geslapen en gegeten en in de tussentijd aan niets anders zou hebben gedacht.

Su had immers al langer dan een decennium nagedacht over het naar de Zuid-Chinese Zee zenden van manschappen, schepen en vliegtuigen.

Ze namen plaats voor hun vergadering. Voorzitter Su hield zijn rapport in zijn hand. Een tweede kopie werd gedragen door Xia, Su's militair assistent, en Wei dacht dat hij een van de rapporten zou krijgen om door te kijken, terwijl ze het bespraken.

Maar voordat voorzitter Su het document overhandigde, zei hij: 'Tongzhi, u werd onlangs bijna ten val gebracht, omdat u de mensen om u heen de waarheid vertelde, en die waarheid was moeilijk aan te horen, zodat de mensen om u heen niet wilden luisteren.'

Wei knikte instemmend.

'Nu bevind ik me in een soortgelijke positie als u destijds. U heeft een vijfjarenplan uitgestippeld om het land weer terug te krijgen tot een kracht en glorie die we generaties lang niet hebben gezien. Ik moet u echter met tegenzin vertellen over een aantal aspecten van onze huidige militaire situatie die uw vijfjarenplan moeilijk zo niet onmogelijk zullen maken.'

Verrast hield Wei zijn hoofd een beetje schuin. 'De doelen die ik nastreef, zullen niet via militaire macht alleen worden gerealiseerd. De militaire steun heb ik alleen maar nodig om het gebied te beheersen. Zijn we dan niet zo sterk als de jaarrapporten ons hebben doen geloven?'

Su wuifde dit weg met zijn hand. 'We zijn sterk, militair gezien. Globaal gezien zijn we nog nooit zo sterk geweest. Twintig procent groei in uitgaven over de afgelopen twintig jaar hebben onze land-, zee-, lucht- en ruimtecapaciteiten enorm uitgebouwd.'

Nu slaakte Su een zucht.

'Vertelt u me dan wat u dwarszit.'

'Ik vrees dat onze slagkracht op dit moment op zijn hoogtepunt is, maar in vergelijking met onze vijanden zal onze kracht spoedig afnemen.'

Wei begreep het niet. Hij was niet zo sterk wat militaire aangelegenheden betrof. 'Waarom zal die afnemen?'

Su bleef lang genoeg zwijgen om Wei te doen inzien dat hij de vraag niet onmiddellijk of rechtstreeks zou beantwoorden. De uitleg die hij zou geven vereiste enige achtergrondinformatie. 'Met ingang van morgenochtend kunnen we enige tegenstand in onze regio elimineren. Maar dat is niet wat we nodig hebben. We moeten ons voorbereiden om slechts één tegenstander, en niet meer, te bestrijden. Zodra we deze vijand hebben geneutraliseerd, zal de rest van onze potentiële conflicten zijn gewonnen voordat ze zelfs worden uitgevochten.'

'U denkt dat de Verenigde Staten zich zullen inlaten met onze veroveringen in de Zuid-Chinese Zee?' zei Wei.

'Daar ben ik van overtuigd, kameraad.'

'En onze militaire slagkracht...'

'Ik zal openhartig zijn naar u. Onze conventionele kracht is over het algemeen een schaduw van die van de Verenigde Staten. In nagenoeg elke categorie: aantal wapens, kwaliteit van materieel, training van manschappen, tot en met het laatste schip, vliegtuig, tank, truck en slaapzak beschikken de Amerikanen over betere spullen. Bovendien hebben ze de afgelopen tien jaar gevochten, terwijl wij alleen maar hebben opgeleid en getraind.'

Weis gezicht verhardde. 'Dat klinkt alsof ons land gedurende de afgelopen twee decennia van moderniseringen slecht gediend is door onze krijgsmacht.'

Su werd niet boos door deze opmerking, maar knikte slechts. 'Dat is de keerzijde van de medaille. Dit is het goede nieuws. Veel aspecten van onze strategische modernisering zijn succesvol geweest.

In één oorlogsdiscipline hebben we een groot voordeel. In elk mogelijk conflict met een vijand is het een gegeven feit dat we op het terrein van inlichtingen absolute en volledige dominantie bezitten. Het leger van voorzitter Mao, waar uw vader en mijn vader in hebben gediend, heeft plaatsgemaakt voor iets groters. Gemechaniseerde C4ISR. *Command, Control, Computers, Communications, Intelligence, Surveillance and Reconnaisance.* We zijn goed bevoorraad, goed verbonden, goed georganiseerd. En onze strijdkrachten zijn gereed voor een onmiddellijke aanval.'

'Aanval? U hebt het nu over cyberoorlogvoering?'

'Cyberoorlogvoering en cyberspionage, communicatie tussen computersystemen en -netwerken enerzijds en strijdkrachten anderzijds om hun uitwerking te optimaliseren. De volledige informatisering van het strijdtoneel. We zijn veruit de meerdere van de Amerikanen.'

'U zei dat u slecht nieuws had,' merkte Wei op. 'Dit klinkt toch als goed nieuws.'

'Het slechte nieuws, secretaris-generaal, is dat het tijdsbestek dat u me verzocht te steunen met mijn krijgsmacht onrealistisch is.'

'Maar we moeten dit voor het einde van de partijconferentie doen, binnen vijf jaar. Nog langer en onze leiderschapsrol zal uitgespeeld zijn, en we kunnen er niet zeker van zijn dat...'

'U begrijpt me verkeerd,' zei de voorzitter. 'Ik zeg dat we er absoluut niet méér dan een jaar voor kunnen uittrekken om onze doelen te verwezenlijken. Ziet u, deze nieuwe slagkracht is ons enige echte tactische voordeel op de Amerikanen. En het is een onvoorstelbaar voordeel. Maar het zal afnemen. De Amerikanen zijn bezig met een snelle opbouw van hun cyberverdediging. En hun land en hun strijdkrachten passen zich snel aan in tijden van tegenspoed. Het Amerikaanse defensienetwerk is op dit moment vooral gebaseerd op een reactief beheersingsmechanisme. Maar Amerika's Cyber Command brengt daar snel verandering in, en ze veranderen het landschap voor de toekomst van oorlogvoering. President Ryan heeft alle middelen voor Cyber Command opgeschroefd, en dat zal spoedig invloed hebben op onze slagkracht.'

Wei begreep het. 'U zegt eigenlijk dat de tijd om dit te benutten nu is?'

'Het tijdvenster zal sluiten, en ik vrees dat het niet weer open zal gaan. Nooit meer. Amerika loopt zijn achterstand in. Het Congres behandelt wetsvoorstellen die hun binnenlandse computerinfrastructuur zullen moderniseren. De regering van president Ryan neemt dit serieus. Als wij ons... úw expansieprogramma langzaam en stukje bij beetje uitvoeren, zullen we onszelf enorm benadelen.'

'U wilt direct beginnen.'

'We móéten direct beginnen. We moeten opnieuw onze overtuiging doen gelden dat de Zuid-Chinese Zee van het grootste belang is voor China, en we moeten nu aandringen op controle van de zee. Binnen enkele dagen, en niet weken, moeten we onze patrouilles naar de Straat Malakka verstevigen en beginnen met het overplaatsen van marinetroepen naar de Spratly-eilanden en Huangyan-eiland. Op sommige onbewoonde eilanden kan ik binnen een week manschappen aan wal zetten. Het staat allemaal in het rapport. Daarna moeten we onze nieuwe relatie met Hongkong aankondigen en beginnen met de blokkade bij Taiwan, alles in het komende halfjaar. Zodra onze agressieve en vooruitdenkende houding iedereen duidelijk is, zullen we binnen een jaar al onze doelstellingen hebben bereikt en zullen de Amerikanen het te druk hebben met het likken van hun eigen wonden om ons tegen te houden.'

Wei overpeinsde het allemaal een ogenblik. 'Amerika vormt de enige strategische bedreiging?'

'Ja. Vooral met Jack Ryan in het Witte Huis. Net als bij onze oorlog met Rusland vormt hij andermaal een probleem. Niet alleen door de directe dreiging van zijn krijgsmacht, maar ook in het tumult dat we zien van onze buurlanden. Die maken zichzelf wijs dat zolang Ryan aan de macht is China niets zal ondernemen tegen een bondgenoot van Amerika.'

'Omdat hij ons in de laatste oorlog zo stevig heeft verslagen,' zei Wei.

Hierover was Su het oneens met zijn president. 'Het is betwistbaar dat hij ons toen versloeg. U mag niet vergeten dat ook de Russen erbij betrokken waren.'

Wei bracht verontschuldigend een hand omhoog. 'Klopt, hoewel ik ook niet ben vergeten dat wíj Rusland aanvielen.'

'We hebben de Verenigde Staten niet aangevallen,' zei Su op vlakke toon. 'Niettemin, dat was zeven jaar geleden, en nog steeds voert de Amerikaanse marine in de Oost-Chinese Zee routinepatrouilles uit, dicht bij onze territoriale wateren. Ze hebben onlangs nog eens voor negen miljard dollar aan militair materieel aan Taiwan verkocht. Ze bedreigen ons met hun toegang tot de regio. Ik hoef u niet te vertellen dat tachtig procent van de olie voor ons land door de Straat Malakka wordt aangevoerd, en de Verenigde Staten zouden die toevoer met een strijdgroep vliegdekschepen in gevaar kunnen brengen. Om uw plan te laten slagen, moeten we tegen hen in het offensief gaan.'

Wei had weinig verstand van militaire zaken, maar dit feit was bij iedereen in het Politbureau bekend.

'Maar als wij het initiatief nemen tot vijandelijkheden, zal Ryan...'

'Kameraad,' onderbrak Su hem. 'Wij zullen vijandelijkheden beginnen zonder dat Ryan dat weet. Dit kunnen we doen zonder onszelf als agressor bloot te geven.'

Wei nipte van zijn thee. 'Een soort computeraanval?'

'Meneer de president, er bestaat een geheime operatie waarvan u niet op de hoogte bent.'

Achter zijn theekopje trok Wei een wenkbrauw op. 'Ik mag hopen dat er veel geheime operaties zijn waarvan ik niet op de hoogte ben.'

Su glimlachte. 'Inderdaad. Maar deze in het bijzonder zal van cruciaal belang zijn voor de verwezenlijking van uw doelen. Ik hoef slechts één bevel te geven en we zullen, aanvankelijk nog langzaam en uiterst behoedzaam zodat er niets aan China zal worden toegeschreven, beginnen het vermogen van de Verenigde Staten om ons te verslaan schade toe te brengen. We zullen ze tegen andere vijanden opzetten, ervoor zorgen dat ze zich moeten concentreren op binnenlandse kwesties die al hun aandacht en middelen zullen vereisen, en wij kunnen onze inspanningen hier in onze regio naar de achtergrond van hun bewustzijn verdringen.'

'Dat is opmerkelijke grootspraak, voorzitter Su,' zei Wei.

Su dacht even na over Weis opmerking. 'Ik spreek het niet lichtzinnig uit. We zullen het lichaam kleine sneetjes toebrengen, voor een reus als Amerika weinig meer dan schaafwondjes. Maar die schaafwondjes zullen bloeden, dat kan ik u wel beloven. En de reus zal verzwakken.'

'En ze zullen niet weten dat wij het zijn die hen verzwakken?'

'We zullen als een onzichtbaar leger zijn. Amerika zal niet weten dat het door het Volksleger bij de knieën is afgezaagd.'

'Het klinkt te mooi om waar te zijn.'

Langzaam knikte Su het hoofd. 'Er zullen tegenslagen voorkomen, missers van tactische aard. Geen strijdplan verloopt zonder problemen. Maar strategisch zullen we slagen. Daar durf ik mijn reputatie voor op het spel te zetten.'

Wei ging rechtop zitten in zijn stoel. 'Als leider van onze militaire strijdkrachten zult u wel moeten, kameraad.'

Su glimlachte. 'Dat begrijp ik. Maar de infrastructuur ligt er, en we zouden ons voordeel moeten benutten zolang we het hebben. De behoefte is groot. Onze slagkracht is groot.'

Wei was overdonderd dat Su hem op dit moment kennelijk verzocht om zijn toestemming om de openingszetten van het conflict ten uitvoer te brengen. Hij weifelde nog. 'Hetzelfde werd door onze voorgangers gezegd. Kort voor de oorlog met Rusland.'

De voorzitter knikte ernstig. 'Dat weet ik. En ik kan uw woorden niet pareren, behalve dan u eraan herinneren dat er tussen toen en nu één groot verschil is.'

'En dat is?'

'Zeven jaar geleden hebben onze voorgangers Jack Ryan onderschat.'

Wei leunde nu achterover in zijn stoel, staarde enkele seconden naar het plafond en grinnikte ten slotte zonder echt vrolijk te zijn. 'Díé fout zullen we in elk geval niet maken.'

'Nee. Inderdaad. En als u mij toestaat om ons plan in gang te zetten is er nog één ding dat ik u wil vragen in overweging te nemen. Ik heb al jarenlang gesproken over de noodzaak om op te treden in de Zuid-Chinese Zee om zo onze kernbelangen te beschermen. Boven alles wat ik verder ooit heb gezegd of gedaan, sta ik bekend als de man die voor China het grondgebied terug wil nemen. Als wij onze manoeuvres beginnen zonder dat u zich uitspreekt, vrees ik dat sommigen in het Westen het idee zullen hebben dat een en ander zonder uw instemming door mij in gang is gezet.'

Su boog zich voorover. 'Ik wil niet dat u uitgerangeerd wordt,' sprak hij op een vriendelijke, smekende toon. 'Ik vind dat u zich nadrukkelijk dient uit te spreken. Laat de wereld zien dat u het bevel voert.'

'Mee eens,' reageerde Wei. 'Ik zal me uitspreken over onze kernbelangen in de Zuid-Chinese Zee.'

Dit stemde Su tevreden. Hij glimlachte. 'Zo, voor de duidelijkheid. U geeft mij toestemming om mijn eerste militaire acties uit te voeren?'

'Goed dan. Doet u wat naar uw mening het beste is. U hebt mijn zegen om met de eerste voorbereidingen te beginnen. Maar ik waarschuw u nu, voorzitter, dat als dit plot van u aan het licht komt en dit onze onderneming bedreigt, dan zal ik u vragen om uw operatie onmiddellijk te staken.'

Een dergelijk lauwe sanctie had Su al helemaal verwacht. 'Dank u. De acties die we nu beginnen, zullen de vijandelijke aanval die mogelijk later volgt verzachten. U kunt rustig achteroverleunen in de wetenschap dat uw beslissing vanavond onze inspanning enorm heeft geholpen.'

Wei Zhen Lin knikte slechts.

Su nam afscheid en wist heel goed dat Wei Zhen Lin geen idee had wat hij zojuist had goedgekeurd.

Twintig minuten later was voorzitter Su terug in zijn werkkamer. Hij had zijn tweesterren-militair assistent Xia verzocht om hem persoonlijk een telefoontje door te schakelen, en toen Xia zijn hoofd om de deur stak en zei: 'Hij is aan de lijn,' knikte de forse voorzitter kortaf en gebaarde hij zijn adjudant met zijn vingertoppen de deur uit.

Toen de deur dicht was, bracht Su de telefoon naar zijn oor. 'Goedenavond, doctor.'

'Goedenavond, kameraad voorzitter.'

'Ik heb belangrijk nieuws. Dit gesprek dient ter goedkeuring om Operatie Aarde Schaduw te starten.'

'Heel goed.'

'Wanneer zult u beginnen?'

'Zoals u heeft verzocht, zitten de agenten op hun post, dus er zal onmiddellijk worden begonnen. Zodra die acties voltooid zijn, over een week, hooguit twee weken, zullen we cyberkinetische operaties opstarten. Daarna zullen de gebeurtenissen elkaar heel snel opvolgen.'

'Ik begrijp het. En hoe staat het met de voorbereidingen voor Operatie Zon Vuur?'

Het antwoord volgde direct. 'De voorbereidingen zullen gereed zijn zodra we vanuit Shenzhen een zending hardware ontvangen en het online brengen. Over tien dagen zullen we gereed zijn. Ik wacht uw orders af.'

'En ik de mijne.'

'Kameraad voorzitter?'

'Ja, doctor?'

'Ik acht het als mijn plicht om u er nog eens aan te herinneren dat het buiten mijn vermogen ligt om eenmaal geïnitialiseerde sleutelaspecten van Aarde Schaduw te herroepen.'

Voorzitter Su Ke Qiang glimlachte in de telefoon. 'Doctor... ik vertróúw juist op ons onvermogen om onze koers te herzien als Aarde Schaduw eenmaal is begonnen. De burgerleiding heeft ons toegestaan om de eerste dominosteen in de rij te kantelen alsof we het momentum eenvoudig kunnen stoppen voordat de tweede en derde steen omvallen. Op dit moment, hier voor de eerste tegenslagen, toont de president enorme wilskracht. Mocht hij wankelen onder de druk, dan zal ik hem er' nadrukkelijk op wijzen dat de enige weg voorwaarts is.'

'Ja, kameraad voorzitter.'

'U hebt uw orders, doctor. Verwacht niet meer van mij te vernemen totdat ik contact opneem om u groen licht te geven voor de aanzet tot Zon Vuur.'

'Ik zal via de bekende kanalen rapport blijven uitbrengen.'

'Ik wens u geluk,' zei Su.

'*Shi-shi*.' Dank u.

De telefoon in voorzitter Su's hand werd stil, en grinnikend keek hij ernaar, voordat hij hem terug op de haak legde.

Center was geen type voor koetjes en kalfjes.

15

Silicon Valley is de thuisbasis van Intel, Apple, Google, Oracle en tientallen andere grote technologieconcerns. Ter ondersteuning van deze ondernemingen zijn de afgelopen twintig jaar in het gebied honderden, zo niet duizenden kleinere bedrijven uit de grond gestampt.

Menlo Park, Californië, is een plaats in de Valley iets ten noorden van Palo Alto, en de kantoorgebouwen en bedrijvenparken daar huisvesten honderden pas opgerichte hightechbedrijven.

In een middelgroot complex aan Ravenswood Drive, op enige afstand van het megatech onderzoeksinstituut SRI, staat op een bordje op een glazen deur ADAPTIVE DATA SECURITY CONSULTANTS te lezen. Hieronder verkondigde het bordje dat het bedrijf dezelfde werktijden hanteerde als alle andere kleine internetbedrijven op dit bedrijvenpark. Maar de nachtwaker die om vier uur 's ochtends in zijn golfwagentje langsreed, was niet verrast toen hij op het parkeerterrein een aantal auto's zag die daar al sinds het begin van zijn dienst, zes uur eerder, hadden gestaan.

De directeuren van ADSC, Lance Boulder en Ken Farmer, waren gewend aan lange werktijden. Dat hoorde erbij.

Lance en Ken waren als buurjongetjes van elkaar opgegroeid in San Francisco, en in de begindagen van internet woonden ze zo'n beetje achter hun computer. Rond hun twaalfde bouwden de jongens hun eigen computers en pasten ze software aan hun eigen wensen aan, en op hun vijftiende waren de twee vrienden volleerde hackers.

De hacking subcultuur onder intelligente tieners vormde een sterke macht voor Ken en Lance, en ze begonnen samen te werken om in de computernetwerken van hun middelbare school, plaatselijke universiteiten en andere doelen wereldwijd in te breken. Grote schade richtten ze niet aan, ze hielden zich niet bezig met creditcardfraude of identiteitsdiefstal, noch verkochten ze datavangsten aan anderen; ze deden het meer voor de spanning en de uitdaging.

Behalve een paar graffitiaanvallen op homepages van websites voor hun school deden ze niemand kwaad.

Maar de plaatselijke politie zag het anders. Beide jongens werden opgepakt voor computergraffiti die was ontdekt door hun computerleraar op de middelbare school, en Lance en Ken bekenden direct schuld.

Na een paar weken taakstraf besloten ze om tot inkeer te komen voordat ze volwassen werden, want anders zouden ze na dit soort schermutselingen met de wet een strafblad hebben, wat hun toekomstperspectief serieus kon benadelen.

Ze stuurden hun gaven en energie in de goede richting en werden toegelaten tot Caltech, studeerden af in computerwetenschappen en kregen banen bij softwarebedrijven in Silicon Valley.

Ze waren modelburgers, maar in hun hart waren ze nog steeds hackers, en daarom verlieten ze toen ze achter in de twintig waren de bedrijfswereld en begonnen ze hun eigen onderneming, die zich specialiseerde in *penetration testing*, of 'pentesting', wat in de netwerkende wereld beter bekendstaat als 'ethisch hacken'.

Ze verhuurden zichzelf aan IT-afdelingen van banken, winkelketens, fabrikanten en anderen, en vervolgens probeerden ze in te breken in netwerken van hun cliënten en hun websites te hacken.

En al snel konden ze bogen op een honderd procent slagingskans bij het hacken van de systemen van hun klanten.

Ze ontwikkelden een reputatie als een van de beste '*white hat*'-hackers in Silicon Valley, en de grote antivirusbedrijven, McAfee en Symantec, probeerden hen enkele malen uit te kopen, maar de twee jonge mannen waren vastbesloten om hun bedrijfje tot een machtige onderneming uit te bouwen.

De zaken groeiden mee met hun reputatie, en spoedig begonnen ze op contractbasis voor de overheid netwerken te pentesten; ze probeerden in te breken in zogenaamde bulletproof systemen die gerund werden door uiterst geheime bedrijven die voor de overheid werkten, en zochten naar ingangen die de *black-hats*, de slechteriken onder de computerkrakers, nog niet hadden gevonden. Lance en Ken en hun twintig werknemers hadden uitgeblonken in dit werk, en rijkelijk voorzien van nieuwe overheidscontracten was ADSC gereed om verder op te bloeien.

De twee eigenaren waren in vijf jaar tijd een eind gekomen, maar Lance en Ken konden nog steeds twintig uur per dag buffelen als een project daarom vroeg.

Zoals vannacht.

Samen met drie van hun werknemers werkten ze over, omdat ze in een Windows-servercomponent een nieuwe exploit hadden gevonden die voor elk beveiligd overheidsnetwerk rampzalig kon uitpakken. Het stukje software was aan het licht gekomen tijdens het pentesten op het netwerk van een bedrijf dat op contractbasis voor de overheid werkte en dat zijn hoofdkantoor in het nabijgelegen Sunnyvale, Californië, had.

Lance en Ken hadden de kwetsbaarheid in de software ontdekt, vervolgens hun eigen Trojaans paard gebouwd, malware die zich nestelt in een legitiem proces, en gebruikten dat om in het beveiligde netwerk te komen. Tot hun verbazing konden ze van hieruit een 'upstream-aanval' uitvoeren, waarbij ze de verbinding van het bedrijf met het beveiligde netwerk van het Amerikaanse ministerie van Defensie konden gebruiken om zich toegang te verschaffen tot de krochten van de best beveiligde informatiedatabases van het Amerikaanse leger.

Iedereen bij ADSC was zich bewust van de implicaties van wat ze hadden gevonden. Als een slimme en vastberaden hacker de kwetsbaarheid ontdekte voordat Microsoft deze corrigeerde, kon de black-hat zijn eigen virus bouwen om terabytes van cruciale data, benodigd voor oorlogvoering, te stelen, te wijzigen of te wissen.

Lance en Ken hadden hun klanten, het ministerie van Defensie, noch hun collega's bij de Digital Crimes Unit van Microsoft, nog niet gewaarschuwd; ze wisten dat ze eerst zeker dienden te zijn van hun bevindingen, en daarom gingen ze de hele nacht door met testen.

En dit kritieke project zou op volle kracht gaande zijn, zelfs nu om vier uur in de ochtend, ware het niet dat er één belangrijke tegenvaller was.

In het hele bedrijvenpark was net de stroom uitgevallen.

'Nou ja... krijg nou wat,' zei Lance terwijl hij in het donkere kantoor om zich heen keek. De beeldschermen van de vijf mannen die daar werkten, zorgden voor het enige licht. De computers draaiden nog; de noodstroomvoorziening die met elke machine was verbonden, voorkwam dat de mannen hun data verloren, hoewel de accu's slechts voor een uur stroom zouden leveren. Als de elektriciteit niet snel weer aan ging, zouden de mannen de boel dus moeten uitzetten.

Marcus, een van de voornaamste data-analisten van ADSC, griste een pakje sigaretten en een aansteker uit de la van zijn bureau en kwam overeind. Terwijl hij zijn armen en schouders boven zijn hoofd uitstrekte, zei hij: 'Wie is er vergeten PG and E te betalen?'

Pacific Gas and Electric was het plaatselijke energiebedrijf, en geen van de vijf jonge mannen in het kantoor dacht ook maar een seconde dat een gemiste betaling de boosdoener was. Het kantoor beschikte over twintig werkstations, een paar servers met hoge capaciteit in de *server farm* in het souterrain en tientallen andere elektronische randapparaten, die allemaal hun stroom van het net betrokken.

Dit was niet de eerste keer dat er een zekering uit klapte.

Ken Farmer stond op en nam vlug een slok lauwe Pepsi uit een blikje. 'Ik ga even pissen en zal daarna naar beneden lopen om de zekering om te zetten.'

'Ik loop met je mee,' zei Lance.

Datastroomanalisten Tim en Rajesh bleven achter hun computer zitten, maar lieten hun hoofd in hun handen rusten.

Voor een bedrijf waarvan het businessplan bestond uit het traceren van computerhackers was een veerkrachtig, krachtig en volkomen veilig computernetwerk een noodzaak, en ADSC had de tools en de protocollen op orde om ervoor te zorgen dat cyberaanvallen op hun bedrijf geen schijn van kans hadden.

Lance en Ken hadden al hun aandacht gericht op het zo goed als bulletproof maken van het netwerk van ADSC.

Maar ze concentreerden zich niet in dezelfde mate op de beveiliging van hun bedrijfspand en -terrein.

Ruim honderd meter vanaf de plek waar Lance en Ken en hun drie werknemers zich uitrekten, rookten en pisten, liep een eenzame gestalte door de zware mist tussen de bomen langs de in het duister gehulde en stille Ravenswood Drive in de richting van het bedrijvenpark waar ADSC gehuisvest was. Behalve het vroege uur en een kleine wijziging van zijn koers om buiten het directe licht van de straatlantaarns te blijven leek het niet ongewoon dat de man hier liep.

Hij droeg een zwarte regenjas met rits en had zijn capuchon niet op, zijn gehandschoende handen waren leeg en zijn tempo was dat van een ontspannen wandelingetje.

Een kleine dertig meter achter hem liep een tweede man dezelfde route, maar dan sneller om het gat naar de man voor hem te kunnen dichten. Ook hij droeg een zwarte regenjas met de capuchon omlaag.

En bijna twintig meter achter de tweede voetganger jogde een derde man over hetzelfde pad; hij haalde de andere twee al bijna in. Hij droeg donkere hardloopschoenen.

Enkele meters vóór het parkeerterrein van het complex bereikte de jogger de andere twee en hij nam hun looptempo aan zodat de drie nu als één man het terrein betraden.

Net zo nonchalant als ze waren gekomen, sloegen de mannen de capuchons van hun jassen over hun hoofd. Ieder van hen droeg ook een zwarte fleece slobkous om zijn hals, die ze tegelijkertijd omhoogtrokken totdat hun gezichten vanaf hun onderste oogleden bedekt waren.

Ze stapten het kleine parkeerterrein op dat verlicht zou zijn geweest als er geen stroomonderbreking was.

De drie mannen reikten onder hun jas en trokken een semiautomatisch pistool van Belgische makelij, de FN Five-seveN, tevoorschijn. Elk handwapen bevatte eenentwintig 5,7x28mm patronen, een krachtig kaliber.

Uit de lopen van hun wapens staken lange geluiddempers.

Een man met de schuilnaam Crane had de leiding over de kleine eenheid. Hij beschikte weliswaar over meer mannen – hij had in totaal zeven man onder zich – maar meende voor deze klus niet zijn volledige team nodig te hebben, daarom had hij voor deze fase van de missie slechts twee van zijn agenten meegenomen.

En hij had gelijk. Hoeveel fantasie je ook mocht hebben, ADSC was geen lastig doelwit.

Er werkte slechts één beveiligingsbeambte op het bedrijventerrein, en die patrouilleerde op dit vroege uur in een golfwagentje over het complex. Om de mist buiten te houden zat hij lekker afgeschermd achter een dichtgeritst plastic zeil.

Toen de lichten na ongeveer een halve minuut niet weer aan waren gegaan, reikte de bewaker naar zijn riem en trok hij zijn iPhone tevoorschijn. Hij wist dat er van de zes bedrijven met kantoren hier op het terrein alleen bij ADSC een paar man zo vroeg aanwezig waren. Hij besloot hen even te bellen om te zien of ze misschien wilden dat hij met een zaklantaarn langskwam.

Terwijl de bewaker door zijn contacten scrolde, ving hij in het donker buiten zijn plastic omhulsel een beweging op. Hij keek op naar links.

Vanaf ongeveer anderhalve meter vuurde Crane een enkele kogel door het doorzichtige plastic en in het voorhoofd van de bewaker. Bloed en hersenweefsel spatten tegen het plastic, en de jonge man zakte voorover. Een mobiele telefoon gleed uit zijn vingers en viel tussen zijn voeten.

Crane ritste het plastic open, voelde in de zakken van de dode bewaker en haalde een sleutelbos tevoorschijn.

De drie mannen liepen verder langs de zijkant van het gebouw. Hier achter was het donker, op het opgloeiende puntje van een sigaret na.

'Hé,' klonk een onzekere stem vanachter de oranje gloed.

Crane bracht zijn Five-seveN omhoog en vuurde drie gedempte patronen in de donkerte. In de lichtflitsen van het pistool zag hij een jonge man achterover vallen door een deuropening die naar een keukentje leidde.

Cranes twee gemaskerde agenten renden naar voren, trokken de dode man weer naar buiten en sloten de deur.

Crane trok een walkietalkie uit zijn jas en klikte driemaal op de spreekknop.

Samen wachtten de drie mannen een halve minuut bij de zijdeur. Vervolgens stoof een zwarte Ford Explorer met gedoofde lampen het parkeerterrein op. Hij remde af en stopte, waarna nog eens vijf agenten, allen gekleed als de mannen bij de deur maar ook met een grote rugzak op, uit de Explorer sprongen.

De teamleden hadden schuilnamen toegewezen gekregen, ieder vernoemd naar een ander soort vogel: Crane, Grouse, Quail, Stint, Snipe, Gull, Wigeon en Duck. Crane was tot leider opgeleid, en de anderen waren getraind om te volgen, maar ieder teamlid was getraind om te doden.

Van de blauwdrukken van het gebouw hadden ze de indeling van het bedrijfspand van buiten geleerd, en een van hen had een tekening bij zich van de server farm in het souterrain. Gezamenlijk gingen ze via de keukendeur naar binnen, geruisloos door het donker bewegend. Ze verlieten de keuken en liepen door een gang naar de grote hal. Hier splitsten ze zich op in twee groepen. Vier mannen liepen naar het trappenhuis; de andere vier begaven zich direct naar achteren, langs de liften in de richting van het hoofdlab.

Lance Boulder had uit een gereedschapskist in een kast vlak bij de keuken een zaklantaarn gepakt en gebruikte deze om zichzelf bij te lichten door de hal naar het trappenhuis om daar het UPS-systeem te controleren, de niet-onderbreekbare noodstroomvoeding die zijn servers draaiende zou houden. Hij hoopte maar dat de zekering inderdaad de boosdoener was. Hij besloot te checken of het hele bedrijvenpark misschien zonder stroom zat, pakte zijn BlackBerry van zijn riem en begon een sms'je in te voeren naar Randy, de nachtwaker op het terrein.

Toen hij opkeek van zijn BlackBerry bleef hij als bevroren staan. Daar, op misschien anderhalve meter van hem vandaan, scheen zijn zaklantaarn op een man die van top tot teen in het zwart gekleed was. Achter hem stonden nog meer mannen.

En toen zag hij het lange pistool in de hand van de voorste man.

Hij snakte slechts kort naar adem voordat Crane hem tweemaal in de borst schoot. De gedempte schoten ploften in de hal. Lance' lichaam sloeg tegen de muur rechts van hem en hij draaide naar links en viel met het gezicht naar beneden voorover.

Zijn zaklantaarn viel op de vloer en verlichtte de weg voor de vier moordenaars; ze rukten op naar het lab.

Ken Farmer profiteerde van de stroomuitval in zijn gebouw. Hij had al meer dan zes uur achter zijn bureau of computer gezeten en was nu bijna klaar in de toiletruimte. De noodverlichting reikte niet tot in de gang bij de toiletten, dus toen hij de deur opende om naar zijn kantoor terug te lopen moest hij zijn weg letterlijk een paar meter voelen.

Voor zich zag hij de silhouetten van een paar mannen, en hij had direct in de gaten dat het niet zijn collega's waren.

'Wie bent u?' vroeg hij. Hij was te zeer geschokt om bang te zijn.

De eerste man van het groepje liep snel op hem af en drukte het warme uiteinde van een pistooldemper tegen zijn voorhoofd.

Langzaam bracht Ken zijn handen omhoog. 'We hebben geen geld.'

De geluiddemper duwde hem naar achteren, en hij liep achteruit het donkere lab in. Zodra hij de ruimte betrad, zag hij zwarte gestalten langs hem heen schieten, en hij ving de kreten op van Rajesh en Tim, en vervolgens de luide dreunen van gedempte pistoolschoten en het tinkelende geluid van uitgeworpen hulzen over de tegelvloer.

Farmer werd terug naar zijn bureau gevoerd, omgedraaid en door in handschoenen gestoken handen ruw in zijn stoel geduwd; in het licht van de beeldschermen zag hij Tim en Raj op de vloer liggen.

Zijn hersens wisten het feit dat ze zojuist dood waren geschoten, niet te verwerken.

'Wat jullie ook willen... het is van jullie. Maar doe alstublieft niet...'

Crane plaatste de demper van zijn Five-seveN tegen Ken Farmers rechterslaap en vuurde een enkele kogel af. Botsplinters en weefsel sproeiden over het tapijt, en het lichaam viel op de rode brij.

Binnen enkele seconden meldde Stint zich over de portofoon. 'Pand veilig,' zei hij in het Mandarijn.

Crane reageerde niet over de walkietalkie, maar haalde een satelliettelefoon uit zijn jas. Hij drukte een knop in, wachtte een paar seconden en sprak toen zelf in het Mandarijn: 'Stroom aan.'

Binnen vijftien seconden beschikte het pand weer over elektriciteit. Terwijl vier van Cranes mannen de ingangen van ADSC bewaakten, daalden nog eens drie agenten af naar het souterrain.

Crane nam plaats achter Kens bureau en opende diens persoonlijke e-mail. Hij maakte een nieuw bericht aan en voegde alle contacten in Kens adressenlijst toe aan de adresregel, wat ervoor zorgde dat meer dan duizend mensen het e-mailbericht zouden ontvangen. Crane reikte vervolgens in zijn jas en haalde er een klein notitieblok uit waarop in het Engels een briefje was geschreven. Hij schreef het over in het e-mailtje, waarbij zijn handschoenen zijn tiksnelheid tot een slakkengang vertraagden.

> Familie, vrienden en collega's,
> Ik hou van jullie allemaal, maar ik kan niet verder zo. Mijn leven is een mislukking. Ons bedrijf is een leugen geweest. Ik vernietig alles. Ik breng iedereen om. Ik heb geen andere keus.
> Het spijt me.
> Vrede, Ken

Crane klikte niet op Verzenden; in plaats daarvan sprak hij in zijn walkietalkie. 'Tien minuten,' zei hij nog steeds in het Mandarijn. Hij stond op, stapte over het lichaam van Farmer en begaf zich naar het souterrain, waar de drie anderen al waren begonnen met het plaatsen van een stuk of tien zelfgemaakte explosieven in en om alle servers heen. Elke bom werd zorgvuldig vlak bij de harddrives en geheugenplaten van de servers geplaatst, zodat er geen digitale bestanden zouden overblijven.

Alle diskdrives wissen zou uren in beslag hebben genomen, en Crane had geen uren; daarom was hem bevolen om zijn taak kinetischer te benaderen.

Binnen zeven minuten waren ze klaar. Crane en Gull keerden terug naar het lab, Crane gaf zijn pistool aan Gull en boog zich weer over Farmers toetsenbord en klikte met de muis op Verzenden, waarmee de verontrustende massa-e-mail naar 1130 ontvangers werd verspreid.

Crane stak het notitieblok met het oorspronkelijke briefje terug in zijn zak en keek naar het lichaam van Ken Farmer. Gull had zijn FiveseveN-pistool in de rechterhand van de dode man gestopt.

Een paar extra magazijnen verdwenen in Farmers zak, en binnen een minuut waren de vier mannen het lab uit. Een teamlid stak de lonten in het souterrain aan, en ze begaven zich via de keukendeur naar buiten en klommen in de gereedstaande Explorer.

De vier mannen die de ingangen hadden bewaakt, zaten al in het voertuig.

Krap dertien minuten nadat ze het bedrijfspand hadden betreden, reden ze kalmpjes en langzaam van het parkeerterrein af. Vier minuten nadat ze vanaf Ravenswood de snelweg op waren gedraaid, zette een enorme explosie de vroege ochtendhemel achter hen in een felle gloed.

16

Jack Ryan jr. reed zijn zwarte BMW 335i Washington DC in voor een vroege ochtendloop rond de National Mall. Melanie zat naast hem; ze had de nacht bij hem doorgebracht. Ze waren gekleed in hardloopkleren en -schoenen, en Melanie droeg een heuptasje met daarin een flesje water, haar sleutels en portemonnee en nog wat andere kleine snuisterijen. Om een beetje extra energie vóór hun loopje op te doen deelden ze een thermoskan koffie.

Ryan reed het parkeerterrein op iets ten noorden van de reflecterende vijver, en ze dronken hun koffie, terwijl ze naar *Weekend Edition* van NPR luisterden. Er was een kort verslag over een moord/zelfmoord met vijf slachtoffers, de vorige ochtend bij een softwarebedrijf in Menlo Park, Californië.

Jack noch Melanie reageerde erop.

Toen het nieuws afgelopen was, stapten ze uit Jacks Beamer en ze liepen naar de vijver, waar ze een paar minuten strekten, slokjes water namen en keken naar de zonsopkomst boven het Capitool en de ochtendjoggers die alle kanten op renden.

Algauw begonnen ze in westelijke richting te rennen. Hoewel Melanie en Jack in uitstekende conditie waren, was Melanie toch allround de beste sporter. Toen haar vader, een luchtmachtgeneraal, tijdens haar tienertijd in Egypte was gestationeerd, was ze gaan voetballen en ze was het leuk gaan vinden. Ze had een beurs met een volledige onkostenvergoeding in de wacht gesleept voor de American University, waar ze als een harde en betrouwbare verdediger speelde en in haar laatste jaar zelfs haar team aanvoerde.

Op de hogeschool en in de twee jaar na college was ze fit gebleven door te hardlopen en vele uren in de sportschool te beulen.

Jack was gewend een paar ochtenden per week een kilometer of vijf à zeven te joggen, en dit hielp hem om Melanie het grootste stuk van de loop bij te houden, maar na zes kilometer was hij behoorlijk buiten adem. Bij het passeren van het Smithsonian vocht hij tegen de drang om haar te vragen het wat rustiger aan te doen; zijn ego zou hem niet toestaan toe te geven dat hij het moeilijk had.

Na zo'n acht kilometer zag hij dat ze een paar keer naar hem keek, en hij wist dat van zijn gezicht de overbelasting viel af te lezen die hij door zijn hele lijf voelde, maar hij gaf geen krimp.

'Moeten we even stoppen?' vroeg ze op ontspannen toon.

'Waarom?' vroeg hij met afgeknepen stem tussen twee zware happen lucht door.

'Jack, als je wilt dat ik iets langzamer ga, hoef je het alleen maar te zeggen...'

'Het gaat prima. Wie er het eerste is?' vroeg hij, en hij versnelde iets om voor haar te komen.

Ze lachte. 'Nee, dank je,' zei ze. 'Dit tempo vind ik wel lekker.'

Jack vertraagde weer iets en stilletjes dankte hij God dat ze niet op zijn uitdaging inging. Hij voelde haar blik nog een kleine vijftig meter op hem en stelde zich voor dat ze dwars door hem heen keek. Door hem deze ochtend niet verder te pushen deed ze hem een plezier, en daar was hij haar dankbaar voor.

Al met al renden ze toch bijna tien kilometer. Ze stopten weer bij de reflecterende vijver, waar ze waren begonnen, en Jack boog voorover, met de handen op de knieën.

'Alles goed?' vroeg ze, terwijl ze haar hand op zijn rug legde.

'J-j-ja.' Het kostte moeite om bij te komen. 'Misschien heb ik wel een verkoudheid onder de leden.'

Ze klopte op zijn rug, trok het waterflesje uit haar heuptasje en bood het hem aan. 'Neem een slok. Dan gaan we naar huis. We kunnen onderweg even stoppen om sinaasappels te kopen; dan pers ik sap voor bij de omelet die ik voor je ga bakken.'

Jack kwam weer overeind, kneep een lange straal water in zijn mond en kuste Melanie zacht. 'Ik hou van je.'

'Ik ook van jou.' Melanie pakte haar flesje terug en nam een flinke slok water; terwijl ze langs het flesje keek, kneep ze haar ogen tot spleetjes.

Een meter of dertig verderop langs de vijver stond een man in een regenjas en met een zonnebril op. Hij keek naar hen en deed geen enkele poging om Melanies blik te mijden.

Jack was zich niet bewust van de man achter hem. 'Ben je zover om naar de auto terug te lopen?'

Melanie wendde vlug haar blik af van de man. 'Ja. Laten we gaan.'

Ze liepen naar Pennsylvania Avenue, weg van de man in de regenjas, maar al na een meter of twintig nam Melanie Jack bij de schouder. 'Weet je wat? Ik vind het jammer, maar het schiet me net te binnen dat ik deze ochtend naar huis moet.'

Ryan werd verrast. 'Kom je niet mee terug naar mij?'

De teleurstelling stond op haar gezicht te lezen. 'Nee, het spijt me. Ik moet nog iets doen voor mijn huisbaas.'

'Heb je hulp nodig? Ik ben handig met een schroevendraaier.'

'Nee... nee, dank je. Ik handel het wel af.'

Ze zag Jacks ogen heen en weer schieten, alsof hij zocht naar een aanwijzing voor wat echt de oorzaak was dat ze van gedachten was veranderd.

Voordat hij nog iets kon vragen over de onverwachte wijziging van hun plannen vroeg ze: 'We gaan wel vanavond met je zus eten in Baltimore, hè?'

Jack knikte langzaam. 'Ja.' Hij zweeg even. 'Is er iets?'

'Nee, helemaal niet. Behalve dan dat ik vergeten was dat ik thuis nog wat dingetjes moest regelen. Ook heb ik nog wat voor te bereiden voor het werk op maandag.'

'Iets waar je in je flat aan kunt werken, of ga je naar Liberty Crossing?' Liberty Crossing was de naam van het gebouwencomplex waar het ODNI, Melanie Krafts werkgever, gehuisvest was.

'Wat opensourcewerk. Je weet dat ik altijd wat schnabbel.' Ze zei het met een glimlach waarvan ze hoopte dat die niet zo geforceerd overkwam als die voelde.

'Ik kan je een lift geven,' bood hij aan. Het was wel duidelijk dat hij haar niet geloofde, maar het spelletje meespeelde.

'Hoeft niet. Ik spring bij Archives wel op de metro, dan ben ik zo thuis.'

'Goed dan,' zei Jack, en hij kuste haar. 'Fijne dag verder. Rond halfzes pik ik je op.'

'Ik kan niet wachten.' Terwijl hij naar zijn auto liep, riep ze hem na. 'Koop onderweg wat sinaasappelsap! Pas op met die verkoudheid.'

'Dank je.'

Een paar minuten later liep Melanie in noordelijke richting langs de Capital Grille naar metrostation Archives. Toen ze de hoek van 6th Street om liep, stond ze opeens oog in oog met de man in de regenjas.

'Mevrouw Kraft,' zei de man met een beleefde glimlach.

Melanie stond als aan de grond genageld en staarde hem enkele seconden aan. 'Wat mankeert jou in vredesnaam?' vroeg ze.

'Hoe bedoel je?' vroeg de man, nog steeds glimlachend.

'Je kunt niet zomaar opduiken.'

'Dat kán ik, en dat heb ik gedáán. Ik heb even een moment van je tijd nodig.'

'Loop naar de hel.'

'Dat is niet erg beleefd, mevrouw Kraft.'

Ze begon de heuvel verder op te lopen naar de metro. 'Hij heeft je gezien. Jack heeft je gezien.'

Hij volgde haar nu en moest zich aanpassen aan haar energieke tred. 'Weet je dat zeker, of vermoed je dat slechts?'

'Ik neem het aan. Je overrompelde me. Ik moest hem afpoeieren omdat ik niet wist of je zomaar op ons af zou lopen. Hij voelde dat er iets aan de hand was. Hij is niet dom.'

'Intellect heeft niets te maken met je vermogen om surveillancemaatregelen waar te nemen. Dat krijg je door training, Melanie.'

Kraft reageerde niet; ze liep stevig door.

'Waar denk je dat hij die training zou hebben gehad?'

Nu stopte Melanie. 'Als je me zo nodig wilde spreken, waarom belde je me dan niet gewoon?'

'Omdat ik je in persoon wilde spreken.'

'Waarover?'

Nu verscheen er een achterbakse glimlach op zijn gezicht. 'Melanie, toe. Dit zal helemaal geen tijd in beslag nemen. Ik sta op Indiana Avenue geparkeerd. We kunnen een rustig plekje opzoeken.'

'In deze kleren?' vroeg ze, en ze keek naar haar nauwsluitende lycra hardloopbroekje en een strak Puma-jasje.

De man bekeek haar nu van top tot teen, en nam daar net iets te veel tijd voor. 'Waarom niet? Ik zou je zo overal mee naartoe nemen.'

Melanie bromde afkeurend in zichzelf. Darren Lipton was niet de eerste hitsige klootzak die ze in haar werk voor de federale overheid had leren kennen. Maar hij was wel de eerste hitsige klootzak die Melanie had leren kennen die bovendien senior special agent bij de FBI was, dus met tegenzin volgde ze hem naar zijn auto.

17

Samen liepen ze de helling af van een ondergrondse parkeergarage die zo vroeg op een zaterdagochtend nagenoeg verlaten was. Op Liptons aanwijzing namen ze voorin plaats van zijn Toyota Sienna minibus. Hij stak de sleutel in het contact, maar startte de motor niet; zwijgend zaten ze in de stille en bijna geheel donkere garage. Hun gezichten werden slechts verlicht door het zwakke licht van een tl-lamp aan de betonnen muur.

Lipton was in de vijftig, maar droeg zijn grijsblonde haar in een jongensachtige slag die hem op de een of andere manier geen jonger uiterlijk gaf, alleen minder keurig. Hij had een pokdalig gezicht door de acnelittekens en fronsrimpels, en hij wekte de indruk dat hij net zoveel genoot van in de zon zitten als van drinken; Melanie beeldde zich in dat hij beide dingen veel tegelijkertijd deed. Zijn aftershave geurde zo zwaar dat ze zich afvroeg of hij er elke ochtend zijn bad mee vulde en dan een duik nam. Hij praatte te hard en te snel, en, zo was haar al bij hun eerste kennismaking opgevallen, hij deed zijn uiterste best om naar haar borsten te staren terwijl ze praatten en schepte duidelijk genoegen uit het feit dat zij hem doorhad.

Hij deed Melanie denken aan de oom van een ex-vriendje op de middelbare school, die veel te lang naar haar staarde en vleiende opmerkingen maakte over haar atletische figuur, op een manier die onmiskenbaar pervers was maar ook zorgvuldig verwoord, zodat het later altijd ontkend kon worden.

Kortom, Lipton was een griezel.

'Het is een poosje geleden,' zei hij.

'Ik heb maandenlang niets van je vernomen. Ik ging ervan uit dat je overgestapt was.'

'Overgestapt? Je bedoelt uit de FBI, uit de National Security Branch of uit de divisie Contra-inlichtingen?'

'Ik bedoel weg van je onderzoek.'

'Weg van Jack Ryan jr.? Nee, mevrouw. Integendeel, net als jij zijn we nog steeds zeer geïnteresseerd in hem.'

'Je hebt blijkbaar geen bewijzen.' Ze zei het met spot in haar stem.

Lipton trommelde met zijn vingers op het stuur. 'Het onderzoek van het ministerie van Justitie beperkt zich op dit moment slechts tot het vergaren van informatie; of dit al dan niet tot een aanklacht zal leiden moet nog worden bepaald.'

'En jij leidt het onderzoek?'

'Ik leid jóú. Meer dan dat hoef jij in dit stadium eigenlijk niet te weten.'

Melanie keek door de voorruit naar de betonnen muur terwijl ze sprak. 'Toen ik in januari voor het eerst van jou hoorde, nadat DD/CIA Alden werd aangehouden, zei je precies hetzelfde. De National Security Branch van de FBI deed onderzoek naar Aldens zorgen om Jack junior en Hendley Associates, vermoedens dat Jack en zijn collega's geheime inlichtingen kregen over nationale veiligheidsaangelegenheden om op internationale geldmarkten illegale transacties te verrichten. Maar jij zei dat het allemaal speculatie was en dat er door CID niet was vastgesteld dat er een misdrijf was gepleegd. Ga je me nu vertellen dat er nu, een halfjaar later, niets is veranderd?'

'Er is wél het een en ander veranderd, mevrouw Kraft, maar dat zijn dingen waar je niet over ingelicht bent.'

Melanie slaakte een zucht. Dit was een nachtmerrie. Ze had gehoopt dat ze niets meer te maken zou hebben met Darren Lipton en de divisie Contra-inlichtingen. 'Ik wil weten wat je over hem hebt. Ik wil weten waar dit allemaal over gaat. Als je mijn hulp wilt, moet je me details geven.'

De oudere man schudde zijn hoofd, maar zijn glimlachje hield hij vast. 'Jij bent CIA, tijdelijk uitgeleend aan het bureau van de directeur van de nationale inlichtingendiensten en feitelijk mijn vertrouwelijke informant in dit onderzoek. Daarmee heb je nog geen inzage in het dossier. Jij hebt een juridische, om nog maar niet te spreken van een morele verantwoordelijkheid om in deze zaak met de FBI samen te werken.'

'En Mary Pat Foley?'

'Wat is er met haar?'

'Toen wij kennismaakten met elkaar vertelde je me dat ook zij deel uitmaakte van het onderzoek naar Hendley Associates, dus ik mocht haar geen enkele informatie onthullen. Ben je er ten minste in geslaagd om haar helderheid te verschaffen in... in dit?'

'Nee,' luidde Liptons korte reactie.

'Dus volgens jou zijn Mary Pat en Jack op de een of andere manier betrokken bij een misdrijf?'

'Dat is een mogelijkheid die we nog niet hebben uitgesloten. De Foleys zijn al meer dan dertig jaar bevriend met de Ryans. In mijn werk realiseer je je dat dit soort hechte relaties betekent dat mensen met elkaar praten. We zijn niet op de hoogte van de details van de relatie tussen Junior en directeur Foley, maar we weten wel dat ze elkaar het afgelopen jaar meerdere malen hebben gezien. Het is mogelijk dat ze met haar toegang tot geheime informatie iets via Jack heeft doorgebriefd waar Hendley Associates zijn voordeel mee heeft gedaan.'

Melanie liet haar hoofd tegen de hoofdsteun zakken en slaakte een diepe zucht. 'Dit is echt gestoord, Lipton. Jack Ryan is een financieel analist. Mary Pat Foley is... jezus, ze is een Amerikaans instituut. Je zei het net zelf. Het zijn oude bekenden. Ze gaan een doodenkele keer met elkaar lunchen. Meestal ga ik met ze mee. Om zelfs maar de mogelijkheid in overweging te nemen dat ze betrokken zijn bij een of ander misdrijf aangaande de nationale veiligheid is bizar.'

'Laat me jou even herinneren aan wat jij ons verteld hebt. Toen Charles Alden jou om informatie verzocht die John Clark koppelde aan Jack Ryan jr. en Hendley Associates, heb je aangegeven dat ze volgens jou in feite betrokken waren bij iets meer dan handels- en valuta-arbitrage. Al in ons tweede gesprek vertelde je me dat je geloofde dat Ryan zich in Pakistan bevond toen de gebeurtenissen zich daar afgelopen winter voordeden.'

Ze aarzelde even. 'Ik dácht dat hij daar was. Toen ik erover begon, reageerde hij erg verdacht. Er was destijds ander... indirect bewijs waardoor ik dacht dat hij tegen me loog. Maar niets wat ik kon bewijzen. Maar zelfs als hij tegen me loog, zelfs als hij in Pakistan wás... dan bewijst dat nog niets.'

'Dan moet je dus iets dieper graven.'

'Ik ben geen politieagent, Lipton, en al helemaal geen FBI-veiligheidsagent.'

Lipton glimlachte naar haar. 'Je zou anders een verdomd goeie zijn, Melanie. Zal ik eens met een paar mensen gaan praten?'

Ze beantwoordde de glimlach niet. 'Zal ik eens passen?'

Zijn glimlach verflauwde. 'We moeten dit nog grondig uitzoeken. Als Hendley Associates zich schuldig maakt aan een misdrijf, moeten we dat weten.'

'Ik heb jou nu... – wat is het? Een halfjaar? – niet gesproken. Waarom hebben jullie al die tijd niets uitgevoerd?'

'Dat hebben we wel, Melanie, via andere wegen. Nogmaals, jij bent slechts een klein stukje van de puzzel. Dat gezegd hebbende, jij bent onze inside man... "vrouw" moet ik zeggen.' Dat laatste zei hij met een grijns op zijn gezicht en een snelle blik langs Melanies strakke Pumajasje.

Ze negeerde zijn afkeer van vrouwen. 'En, wat is er veranderd?' vroeg ze. 'Waarom ben je hier vandaag?'

'Wat, vind je onze bezoekjes niet leuk?'

Melanie staarde Lipton alleen maar aan. Haar blik zei: 'Zak in de stront.' Het was een blik die hij van veel mooie vrouwen in zijn leven had gekregen.

Darren schonk haar een knipoogje. 'Mijn bazen willen dat er schot in de zaak komt. Er is sprake van telefoons aftappen, volgapparatuur, zelfs een schaduwteam om op Ryan en een aantal van zijn collega's te zetten.'

Ze schudde heftig met haar hoofd. 'Nee!'

'Maar ik heb ze laten weten dat dat niet nodig is. Dankzij jouw... intíeme relatie met het onderwerp zou elke observatie van nabij ook een inbreuk op jouw privacy zijn. Mijn bazen werden hier niet door geroerd. Ze vinden dat je tot op heden niet erg behulpzaam bent geweest. Maar uiteindelijk heb ik een beetje tijd voor je weten te winnen, zodat je ons zelf wat informatie over strafbare feiten bezorgt voordat de FBI alle registers laat opentrekken.'

'Wat wil je?'

'We willen weten waar hij is, vierentwintig uur per dag, zeven dagen per week, of zo dicht als je ons kunt brengen. We willen weten van reizen die hij onderneemt, vluchttijden en vluchtnummers, hotels waar hij verblijft, mensen die hij ziet.'

'Wanneer hij voor zaken weggaat, neemt hij mij niet mee, hoor.'

'Tja, dan zul je via subtiele vragen wat meer uit hem moeten zien te krijgen. Intieme gesprekjes tussen de lakens,' zei hij met een knipoog.

Ze reageerde niet.

'Laat hem zijn reisplannen e-mailen,' ging Lipton door. 'Zeg hem dat je hem mist en wilt weten waar hij naartoe gaat. Zorg dat hij je de bevestiging van de luchtvaartmaatschappij mailt wanneer hij een reis boekt.'

'Hij vliegt niet met commerciële maatschappijen. Zijn bedrijf beschikt over een vliegtuig.'

'Een vliegtuig?'

'Ja. Een Gulfstream. Ze vliegen altijd vanaf luchthaven BWI, meer weet ik niet. Dat heeft ie een paar keer gezegd.'

'Waarom weet ik hier niet van?'

'Geen idee. Ik heb Alden erover verteld.'

'Nou, mij niet. Ik ben FBI, Alden was CIA, en Alden staat op dit moment onder huisarrest. Die werkt verdomme niet meer met ons.' Darren knipoogde nogmaals. 'Wij zijn de goeieriken.'

'Juist,' reageerde ze.
'We willen dat je ons ook inlichtingen verschaft over zijn collega's. Vooral met wie hij reist.'
'Hoe dan?'
'Zeg dat je jaloers bent, argwanend dat hij andere liefjes heeft. Wat er maar voor nodig is. Ik zag jullie net samen. Je hebt hem echt om je vinger. Dat is fantastisch. Dat kun je gebruiken.'
'*Fuck you*, Lipton.'
Lipton glimlachte enthousiast; ze zag dat hij genoot van haar snedige repliek. 'Mijn liefste, dat kan ik regelen. Nú zitten we op dezelfde golflengte. Ik zal je stoel even laten zakken. Niet de eerste keer dat de vering van deze Sienna danig getest is, als je begrijpt wat ik bedoel.'

Hij maakte een geintje, maar Melanie Kraft kon wel kotsen. Bijna onbewust haalde ze uit en sloeg ze de FBI-agent tegen zijn kaak.

Het harde contact tussen haar handpalm en Liptons vlezige gezicht klonk in de afgesloten minibus als een geweerschot.

Lipton kromp ineen van de pijn en deinsde verrast terug; zijn sluwe glimlach verdween van zijn gezicht.

'Ik ben helemaal klaar met jou!' schreeuwde ze. 'Zeg maar tegen je bazen dat als ze willen ze een andere agent kunnen sturen om met me te praten, ik kan ze niet tegenhouden, maar tegen jou zeg ik geen woord meer!'

Lipton streek met zijn vingertoppen langs zijn lip en keek naar een kleine bloedvlek als gevolg van Melanies klap.

Ze keek hem woest aan. Ze overwoog om gewoon de auto uit te stappen en naar de metro te lopen. Waar Jack ook bij betrokken was, het was niet iets wat de Verenigde Staten schade berokkende. In januari had ze gedaan wat ze van haar hadden gevraagd.

Nu kon de FBI haar kont kussen.

Terwijl ze naar de portierhendel reikte, nam Lipton opnieuw het woord. Zijn toon was nu zacht maar ernstig. Hij klonk als een ander mens.

'Mevrouw Kraft, ik ga je een vraag stellen. Ik wil dat je die eerlijk beantwoordt.'

'Ik praat niet meer met jou, heb ik je net gezegd.'

'Beantwoord deze vraag en je kunt vertrekken als je wilt; ik zal niet achter je aan komen.'

Melanie zakte achterover in de stoel. Ze staarde recht voor zich uit door de voorruit. 'Prima. Wat?'

'Mevrouw Kraft, ben je ooit als agent werkzaam geweest voor een buitenlandse principaal?'

Nu draaide ze zich naar hem toe. 'Waar heb je het in godsnaam over?'

'Een buitenlandse principaal is een juridische term die verwijst naar de regering van een land anders dan de Verenigde Staten van Amerika.'

'Ik weet wat een buitenlandse principaal is. Ik weet alleen níét waarom je dat aan mij vraagt.'

'Ja of nee?'

Melanie schudde haar hoofd. Ze was oprecht in de war. 'Nee. Natuurlijk niet. Maar als je om de een of andere reden onderzoek doet naar míj, wil ik hier een advocaat van de Agency om...'

'Is iemand binnen je familie ooit als agent werkzaam geweest voor een buitenlandse principaal?'

Melanie Kraft hield haar mond. Haar hele lichaam verstijfde.

Darren Lipton keek haar onbewogen aan. In het licht van de tl-lamp buiten de auto glinsterde een verse druppel bloed op zijn lip.

'Wat... wil je... wat ís dit?'

'Beantwoord de vraag.'

Dat deed ze, maar aarzelender dan zo-even. 'Nee. Natuurlijk niet. En ik verfoei de beschuldiging dat...'

'Ben je bekend met artikel 22 van de United States Code?' viel hij haar in de rede. 'Met name artikel 2, lid 611?'

Ze schudde haar hoofd en haar stem sloeg over toen ze zachtjes antwoordde: 'Nee.'

'Het heet de Foreign Agents Registration Act, en als je wilt, zou ik hem tot in detail kunnen opdreunen voor je, maar ik zal me beperken tot de strekking van dat stukje Amerikaanse federale wetgeving. Als iemand voor een ander land werkt, als spion bijvoorbeeld, en zich niet als zodanig bij de Amerikaanse overheid registreert, dan kan hij of zij worden veroordeeld tot een gevangenisstraf van maximaal vijf jaar voor elke handeling als vertegenwoordiger van het andere land.'

Er kwam een aarzelend en verward 'En?' uit Melanie Krafts mond.

'Volgende vraag. Ben je bekend met onderdeel 18 van de USC?'

'Agent Lipton, nogmaals, ik snap niet waarom...'

'Dat is echt geweldig. Mijn persoonlijke favoriet. Er staat in, en ik parafraseer uiteraard, maar ik kan de tekst zelfs achterstevoren aanhalen, dat je voor liegen tegen een federaal agent vijf jaar in een federale bajes kunt krijgen.' Voor het eerst sinds Kraft hem had geslagen, glimlachte Darren weer. 'Een federaal agent zoals ik, bijvoorbeeld.'

Van het getier en de schaamteloosheid van Melanies stem twee minuten geleden was niets meer over. 'Dus?'

'Dús, Melanie, je hebt net tegen me gelogen.'

Ze zweeg.

'Je vader, kolonel Ronald Kraft, heeft in 2004 strikt geheime informatie overgedragen aan de Palestijnse autoriteit. Dit maakt hem tot een agent van een buitenlandse principaal. Alleen heeft hij zich nooit als zodanig geregistreerd, en hij werd nooit gearresteerd, nooit vervolgd, zelfs nooit verdacht door de Amerikaanse overheid.'

Melanie was verstomd. Haar handen begonnen te trillen, en haar zicht vernauwde.

Liptons glimlach werd breder. 'En jij, liefje, weet er alles van. Destijds wist je ervan, wat inhoudt dat je zojuist hebt gelogen tegen een federaal agent.'

Melanie Kraft reikte naar de portierhendel, maar Lipton pakte haar bij de schouder en draaide haar met geweld weer om.

'Je loog ook in je sollicitatie bij de CIA toen je zei dat je kennis van noch contact met agenten van een buitenlandse regering had. Je lieve ouweheer was een vuile landverrader en een spion, en jij wíst het!'

Ze greep opnieuw naar de portierhendel, en opnieuw draaide Lipton haar naar hem om.

'Luister naar me! We zitten hier op amper vierhonderd meter van het Hoovergebouw. Ik kan binnen tien minuten achter mijn bureau zitten en een gerechtelijke verklaring uitwerken, en ik kan je maandag rond lunchtijd laten aanhouden. Voor federale misdrijven bestaan geen voorwaardelijke vrijlatingen, dus vijf jaar brommen betekent vijf jaar brommen!'

Melanie Kraft was in shock; ze voelde het bloed uit haar hoofd stromen en uit haar handen trekken. Haar voeten voelden koud aan.

Ze probeerde iets te zeggen, maar er kwamen geen woorden over haar lippen.

18

Liptons stem werd weer zachter. 'Schatje... rustig maar. Die zak van een vader van je interesseert me geen moer, echt niet. En zijn arme, zielige dochter interesseert me eigenlijk ook niet zoveel. Maar Jack Ryan junior, die interesseert me wel, en het is mijn werk om elk stuk gereedschap uit mijn gereedschapskist te gebruiken om alles over hem te weten te komen wat ik nodig heb.'

Door opgezwollen, betraande ogen keek Melanie naar hem op.

Hij ging door: 'Het kan me geen ene moer schelen of Jack Ryan junior de zoon van de president is. Als hij en zijn poeprijke financieelbeheermaatschappij daar in West-Odenton geheime informatie gebruiken om zichzelf te verrijken, zal ik ze allemaal neerhalen. Ga je me helpen, Melanie?'

Melanie staarde naar het dashboard, snoof haar tranen op en knikte licht.

'Het hoeft niet lang te duren. Je moet er een gewoonte van maken om op dingen te letten, ze op te schrijven en aan mij door te geven. Hoe onbelangrijk ze je ook kunnen lijken. Je bent verdorie een CIA-agent; dit zou kinderspel voor je moeten zijn.'

Melanie snifte nog eens en veegde met haar arm de tranen uit haar ogen en van haar neus. 'Ik schrijf rapporten. Ik ben analist. Ik leid geen agenten en ik spioneer niet.'

Darren bleef een lang ogenblik naar haar glimlachen. 'Nu wel.'

Ze knikte opnieuw. 'Mag ik nu gaan?'

'Ik hoef je niet te vertellen hoe politiek gevoelig dit ligt,' reageerde Lipton.

Ze snoof haar tranen terug. 'Het ligt persoonlijk gevoelig, meneer Lipton.'

'Ik snap het. Hij is je vriendje. Kan mij het schelen. Doe gewoon je werk en binnen een paar weken zal dit afgerond zijn. Als dit onderzoek niets oplevert, zitten jullie twee tortelduifjes in no-time in je huisje met keurige hekje eromheen genesteld.'

Ze knikte nu. Onderdanig.

'Ik run nu bijna dertig jaar contra-inlichtingenoperaties. Operaties tegen Amerikanen die voor het buitenland werkten, Amerikanen die voor de georganiseerde misdaad werkten of gewoon Amerikanen die voor de lol spioneerden – klootzakken die geheime documenten lekken op internet, gewoon omdat ze dat kunnen. Ik doe dit werk lang genoeg, en als de haartjes in mijn nek overeind gaan staan, weet ik dat er tegen me gelogen wordt; ik stop mensen achter de tralies voor het vertellen van leugens.'

Zijn stem was weer zachter geworden, maar nu klonk de dreiging er weer in door.

'Jongedame, ik zweer bij God dat als ik ook maar een haartje voel kriebelen in mijn nek dat jij geen open kaart met me speelt, jij en je vader celgenoten zullen zijn in het smerigste, strengste detentiecentrum dat justitie voor jullie kan vinden. Begrepen?'

Melanie staarde slechts voor zich uit.

'We zijn nu uitgepraat,' zei Lipton. 'Maar je kunt er gif op innemen dat ik contact met je zal opnemen.'

Melanie Kraft zat bijna in haar eentje in de Yellow Line van de metro, over de Potomac en terug naar haar koetshuisappartement in Alexandria. Ze zat het langste stuk van de rit met haar gezicht in haar handen, en hoewel ze haar best deed om de tranen te beheersen, snikte ze van tijd tot tijd, terwijl ze terugdacht aan het gesprek met Lipton.

Het was bijna negen jaar geleden dat ze had vernomen dat haar vader een landverrader was. Ze had in Caïro in haar laatste jaar van de middelbare school gezeten, had net een beurs bemachtigd om te gaan studeren en koesterde al plannen om af te studeren in internationale betrekkingen en in overheidsdienst te gaan, ze hoopte bij het ministerie van Buitenlandse Zaken.

Haar vader werkte in het Office of Military Cooperation op de ambassade. Melanie was trots op haar vader, en ze was dol op de ambassade en de mensen daar, en ze wilde niets liever dan dat tot haar eigen leven maken, haar eigen toekomst.

Een paar weken voor Melanies afstuderen was haar moeder terug naar Texas om voor een op sterven liggende tante te zorgen, en haar vader liet haar weten dat hij een paar dagen naar Duitsland zou worden uitgezonden.

Twee dagen later, het was op een zaterdagochtend, reed Melanie op haar Vespa door Maadi, een buurt in het zuiden van de Egyptische hoofdstad, met lommerrijke straten en torenflats, en ze zag hem uit een appartementengebouw komen.

Ze was verrast dat hij had gelogen dat hij de stad uit zou zijn, maar voordat ze naar hem toe kon rijden om hem aan te spreken, zag ze een vrouw uit het gebouw komen en in zijn armen vallen.

Ze was exotisch en mooi. Melanie kreeg direct de indruk dat ze niet Egyptisch was; haar trekken hadden iets anders van rond de Middellandse Zee. Libanees misschien.

Ze zag hoe ze elkaar omhelsden.

Ze zag hoe ze elkaar kusten.

In haar zeventien jaar had ze hem haar moeder nooit zo zien vasthouden of zoenen.

Melanie zocht de schaduw op van een boom aan de overkant van de vierbaansweg en hield de twee nog even in de gaten. Haar vader stapte op een gegeven moment in zijn tweedeursauto en verdween in het verkeer. Ze volgde hem niet, maar ging tussen twee geparkeerde auto's in de schaduw zitten en keek naar het gebouw.

Terwijl ze daar zat, met tranen in haar ogen, werd ze woedend. Ze beeldde zich in dat de vrouw het appartementengebouw uit kwam, en ze zag zichzelf oversteken, op haar af lopen en haar tegen het trottoir slaan.

Na een halfuurtje was ze enigszins gekalmeerd. Ze kwam overeind om weer op haar scooter te stappen en weg te rijden, maar op dat moment verscheen de mooie vrouw met een rolkoffer op de stoeprand voor het gebouw. Even later reed er een gele Citroën voor met twee mannen erin. Tot Melanies verrassing laadden ze haar bagage in de kofferbak en de vrouw stapte in.

De mannen waren jong, type zware jongen, met hoofden die steeds van links naar rechts draaiden, en samenzweerderige bewegingen maakten. Ze raceten ervandoor en werden opgeslokt door het verkeer.

In een opwelling volgde ze de auto; op haar Vespa was de gele Citroën moeiteloos bij te houden. Ze huilde terwijl ze de scooter stuurde en aan haar moeder dacht.

Ze reden twintig minuten, via de 6 Oktoberbrug over de Nijl, en toen ze in de wijk Dokki kwamen, zonk de moed Melanie in de schoenen. Dokki stond vol buitenlandse ambassades. Om de een of andere reden wist ze nu dat haar vader niet zomaar een verhouding had, maar een verhouding met de vrouw van een diplomaat of een andere buitenlandse staatsburger. Ze wist dat zijn betrekking zo vertrouwelijk was dat hij voor dit volstrekt idiote gedrag voor de krijgsraad kon komen of zelfs in de gevangenis kon belanden.

Toen reed de gele Citroën door de poort van de Palestijnse ambassade, en ze wist gewoon dat dit niet alleen maar een buitenechtelijke verhouding was.

Haar vader hield zich bezig met spionage.

In eerste instantie sprak ze de kolonel er niet op aan. Ze dacht aan haar eigen toekomst; als hij werd gearresteerd, zo realiseerde ze zich, zou de kans verkeken zijn dat zij, de dochter van een Amerikaanse landverrader, ooit nog een baan bij het ministerie van Buitenlandse Zaken kon bemachtigen.

Maar de avond voordat haar moeder uit Dallas terugkeerde, liep Melanie zijn werkkamer in en ze ging, op de rand van tranen, naast zijn bureau voor hem staan.

'Wat scheelt eraan?'

'Dat weet je wel.'

'O?'

'Ik heb haar gezien. Ik heb jullie samen gezien. Ik weet waar je mee bezig bent.'

Aanvankelijk ontkende kolonel Kraft de beschuldigingen. Hij vertelde haar dat zijn reisplannen op het allerlaatste moment waren gewijzigd en dat hij een oude kennis was gaan opzoeken, maar Melanies messcherpe intellect verwierp leugen na leugen, en de achtenveertigjarige kolonel werd almaar wanhopiger om zich uit zijn bedrog te redden.

Vervolgens barstte hij in tranen uit; hij biechtte de verhouding op, vertelde Melanie dat de vrouw Mira heette en dat hij al een paar maanden een geheime verhouding had. Hij zei dat hij van haar moeder hield en dat hij geen excuus had voor zijn daden. Hij begroef zijn gezicht in zijn handen en vroeg Melanie om wat tijd om zich te vermannen.

Maar Melanie was nog niet klaar met hem.

'Hoe kon je dat doen?'

'Ik heb het je verteld, ze verleidde me. Ik was zwak.'

Melanie schudde haar hoofd. Het was niet waar ze naar vroeg. 'Deed je het voor het geld?'

Ron Kraft keek op van zijn handen. 'Het géld? Wélk geld?'

'Hoeveel hebben ze je betaald?'

'Wie? Hoeveel heeft wíé mij betaald?'

'Ga me nu niet vertellen dat je het hebt gedaan om hun zaak te helpen.'

'Waar heb je het over?'

'De Palestijnen.'

Kolonel Kraft ging nu rechtop zitten. Van overdonderd naar uitdagend. 'Mira is geen Palestijnse. Ze is Libanese. Een christen. Hoe kom je erbij dat...'

'Omdat ze na het verlaten van jullie liefdesnest door twee mannen werd opgepikt en naar de Palestijnse ambassade in de Al-Nahdastraat werd gereden!'

Vader en dochter staarden elkaar een lang ogenblik aan.

'Je vergist je,' sprak hij ten slotte op zachte en onzekere toon.

Ze schudde slechts haar hoofd. 'Ik weet wat ik heb gezien.'

Hierna werd al snel duidelijk dat haar vader, de luchtmachtkolonel, geen idee had gehad dat zijn maîtresse hem gebruikte.

'Wat heb ik gedaan?'

'Wat heb je haar verteld?'

Hij legde zijn hoofd weer in zijn handen en bleef zo een poosje zwijgend zitten. Terwijl zijn dochter naast hem stond, dacht hij terug aan alle gesprekken die hij met de mooie Mira had gevoerd. Ten slotte knikte hij. 'Ik heb haar dingen verteld. Kleine dingen over mijn werk. Over collega's. Onze bondgenoten. Gewoon conversatie. Ze haatte de Palestijnen... Ze praatte voortdurend over hen. Ik... Ik vertelde haar over wat we aan het doen waren om Israël te helpen. Ik was trots. Opschepperig.'

Melanie reageerde niet. Maar haar vader zei wat zij dacht.

'Ik ben een idioot.'

Hij wilde zichzelf aangeven, om uit te leggen wat hij had gedaan, schijt aan de gevolgen.

Maar de zeventienjarige Melanie begon tegen hem te tieren en vertelde hem dat hij haar leven en dat van haar moeder zou verwoesten als hij trachtte zich met zijn eigen dwaze gedrag te verzoenen. Ze zei dat hij een man moest zijn, de verhouding met Mira moest verbreken en nooit meer moest spreken over wat hij had gedaan.

Voor haar en voor haar moeder.

Hij stemde in.

Sinds ze naar Amerika was gegaan om te studeren had ze hem niet meer gesproken. Hij nam ontslag bij het leger, verbrak het contact met al zijn vrienden en collega's bij de luchtmacht en keerde samen met zijn vrouw terug naar huis in Dallas, waar hij een baan nam als verkoper van industriële oplos- en smeermiddelen.

Twee jaar later overleed Melanies moeder aan dezelfde kanker als die haar tante fataal was geworden. Melanie gaf haar vader de schuld, hoewel ze niet kon zeggen waarom.

Tijdens haar studie deed ze haar best om alles uit haar hoofd te verdringen, om die paar afwijkende helse dagen in een apart hokje te plaatsen, weg van een gelukkig leven dat haar onverbiddelijk naar haar eigen toekomst als werknemer van de Amerikaanse overheid had geleid.

Maar de gebeurtenis had een grote invloed op haar. Haar wens om in de diplomatie werkzaam te zijn veranderde in een wens om in het inlichtingenwezen te gaan werken, voor haar een logische keus om terug te kunnen vechten tegen de vijandelijke spionnen die haar familie, en haar wereld, bijna uiteengereten hadden.

Ze vertelde niemand over wat ze had gezien, en ze loog op haar sollicitatieformulier en in haar gesprekken bij de CIA. Ze maakte zichzelf wijs dat ze het juiste deed. Ze wilde niet toestaan dat haar leven, haar toekomst, vervloekt zou zijn door het feit dat haar vader zijn broek niet aan kon houden. Ze kon zoveel goeds doen voor haar land, zoveel goed werk dat nu niet naar waarde kon worden geschat.

Toen de leugendetector haar bedriegerij niet oppikte, was ze verrast, maar ze besloot dat ze zichzelf er zo grondig van had overtuigd dat haar vaders dwalingen niets met haar te maken hadden, dat haar hart zelfs geen krimp gaf als ze erover nadacht.

Haar loopbaan in Amerikaanse overheidsdienst zou alles rechtzetten wat haar vader had gedaan om hun land schade te berokkenen.

Hoewel ze leefde met het schaamtegevoel over wat ze wist, had ze lang geleden rust gevonden in de wetenschap dat niemand het verder ooit zou weten.

Maar toen Darren Lipton haar confronteerde met zijn kennis over het incident, was het alsof ze bij de enkels was gegrepen en onder water werd getrokken. Ze was in paniek geraakt, had geen lucht gekregen en had willen wegrennen.

Nu ze wist dat er bij de FBI mensen waren die op de hoogte waren van haar vaders spionagedaden, zag ze haar wereld ten einde komen, haar toekomst in onzekerheid. Ze wist dat dit op elk willekeurig moment terug kon komen om haar in de kuiten te bijten.

Terwijl de conducteur haar metrohalte omriep, besloot ze dat ze Lipton zou bezorgen wat hij wilde weten over Jack. Ze koesterde haar eigen argwaan jegens haar vriend. De haast waarmee hij naar het buitenland was vertrokken, zijn bedrog over waar hij naartoe ging en zijn vage gedoe over zijn werk. Maar ze kende deze man, ze hield van deze man, en ze geloofde geen moment dat hij geheime informatie stal om zijn eigen zakken te spekken.

Ze zou Lipton helpen, maar het zou niets opleveren; Lipton zou daarna snel verdwijnen en dit zou allemaal voorbij en achter haar zijn, een ander stukje van haar leven in een apart hokje. Maar anders dan Caïro, zo meende ze, zou dit nooit terugkomen om haar te achtervolgen.

FBI-agent Darren Lipton draaide zijn Toyota Sienna in zuidelijke richting de U.S. 1 op. Om negen uur stak hij via de 14th Street Bridge de

Potomac over. Zijn hart ging nog steeds hevig tekeer door de ontmoeting met die sexy stoot van de CIA, maar ook in afwachting van waar hij nu naartoe reed.

Het was fysiek geworden met Kraft, hoewel absoluut niet op een manier die hij had gehoopt. Toen ze hem sloeg, had hij haar bij de keel willen grijpen en op de achterbank willen sleuren om haar goed te pakken te nemen, maar hij wist dat zijn superieuren haar nodig hadden.

En Lipton had geleerd om te doen wat hem werd opgedragen, ondanks de driften die hem bijna verteerden.

De vijfenvijftigjarige agent wist dat hij nu eigenlijk terug naar huis moest. Maar vlak bij de luchthaven in Crystal City stond een goor hotelletje vanwaaruit een massagesalon opereerde waar hij geregeld kwam als hij zich niet te buiten kon gaan aan een chique callgirl, en een dergelijke tent zou zo vroeg op de ochtend open zijn. Hij besloot een beetje stoom te gaan afblazen die mevrouw Melanie Kraft in hem had laten oplopen; pas daarna zou hij naar Chantilly terugrijden, naar zijn kribbige vrouw en zijn vertrokken tieners.

Vervolgens zou hij bij zijn superieur verslag uitbrengen van zijn gesprek vandaag en nadere instructies afwachten.

19

Naar schatting stemmen bijna een half miljard mensen 's avonds om zeven uur af op de door de Chinese staatstelevisie verzorgde nieuwsuitzending. Het feit dat alle plaatselijke stations in China bij regeringsmandaat verplicht zijn om het programma uit te zenden heeft waarschijnlijk veel van doen met dit hoge aantal, maar herhaalde aankondigingen dat de president deze avond zou komen met een belangrijke toespraak voor het volk garandeerden zelfs nog hogere kijkcijfers dan normaal.

Voor de mensen in afgelegen provincies, die geen tv-signaal konden ontvangen of zich geen tv konden veroorloven, werd Wei Zhen Lins toespraak simultaan uitgezonden op de staatsradio en ook op China Radio International, zodat de hele wereld live kon meeluisteren.

De vrouwelijke presentator opende het programma met een introductie van president Wei, waarna het beeld schakelde naar de knappe en koele Wei, die in zijn eentje op een katheder af stapte die midden op een rood tapijt geplaatst was. Achter hem stond een monitor met daarop de Chinese vlag. Aan beide zijden van deze bescheiden setting hingen gouden zijden gordijnen.

Wei droeg een grijs pak en een rood-blauwe regimentsdas; zijn bril met draadmontuur rustte een beetje laag op zijn neus, zodat hij een voorbereide verklaring van de autocue kon lezen, maar voordat hij zijn toespraak begon, begroette hij bijna de helft van zijn landgenoten met een brede glimlach en een knik van het hoofd.

'Dames, heren, kameraden, vrienden. Ik spreek tot u vanuit Beijing, met een boodschap aan allen hier in China, in onze speciale administratieve regio's van Hongkong en Macau, in Taiwan, de Chinezen in het buitenland en al onze vrienden wereldwijd.

Ik spreek vandaag tot u allen om u trots nieuws te brengen over de toekomst van ons land en de ontwikkeling van de socialistische koers.

Met grote blijdschap kondig ik u onze intenties met betrekking tot de Zuid-Chinese Zee aan.'

De Chinese vlag op de monitor achter Wei maakte plaats voor een kaart van de Zuid-Chinese Zee. Een lijn van strepen, negen in totaal, liep vanuit China in zuidelijke richting de zee in. In het oosten boog hij iets ten westen van de Filipijnen af om op het zuidelijkste punt ten noorden van Maleisië en Brunei westwaarts te draaien en vervolgens omhoog, in noordelijke richting, vlak voor de kust van Vietnam.

De lijn van strepen vormde een diepe kom die nagenoeg de gehele zee besloeg.

'Achter mij ziet u een voorstelling van het Chinese staatsgebied. Dit is al zolang de Volksrepubliek China bestaat en lang daarvoor Chinees territorium geweest, hoewel veel van onze vrienden en buurlanden dit feit weigeren te accepteren. China beschikt over onbetwistbare soevereiniteit over de Zuid-Chinese Zee en heeft voldoende historische en juridische ondersteuning om aanspraken op dit gebied te schragen. Deze waterwegen zijn een kernbelang van China, en te lang hebben wij onze buren toegestaan hun voorwaarden op te leggen aan ons, de rechtvaardige eisers van dit gebied.

Voordat hij voorzitter werd van de Centrale Militaire Commissie was mijn collega, kameraad en vriend, voorzitter Su Ke Qiang een uitgesproken criticus van onze weerzin om te hameren op de kwestie van de Zuid-Chinese Zee. Als viersterrengeneraal en expert in militaire geschiedenis was hij in een positie om te weten hoe kwetsbaar we waren geworden door onze buren de kans te geven ons onze manoeuvres, visrechten en mijn- en boorrechten in deze wateren te dicteren, die toch aan ons behoren. Voorzitter Su heeft het rechtzetten van dit onrecht tot een sleutelonderdeel gemaakt van zijn modernisering van het leger op de lange termijn. Ik prijs voorzitter Su om zijn geniale vooruitziendheid en initiatief.

Ik ben het vandaag die u toespreekt, en niet kameraad voorzitter Su, omdat ik wil laten zien dat ik het eens ben met zijn inschatting, en ik autoriseer persoonlijk marineacties die onze territoriale aanspraken kracht zullen bijzetten.

Het zou een ernstige misrekening van andere landen zijn wanneer ze veronderstellen dat er tussen voorzitter Su en mijzelf meningsverschillen bestaan, in welk opzicht dan ook, maar met name aangaande onze bilaterale betrekkingen met onze buren rondom de Zuid-Chinese Zee. Ik sta volledig achter de recente opmerkingen van voorzitter Su over China's historische aanspraken op deze wateren.'

Wei pauzeerde even, nam een slokje water en schraapte zijn keel.

Hij keek weer naar de autocue. 'Ik heb een zakelijke en een politieke achtergrond, ik ben geen soldaat of matroos. Maar als zakenman begrijp ik de waarde van bezit en de juridische uitoefening van eigendomsrechten. En als politicus vertegenwoordig ik de wil van het volk,

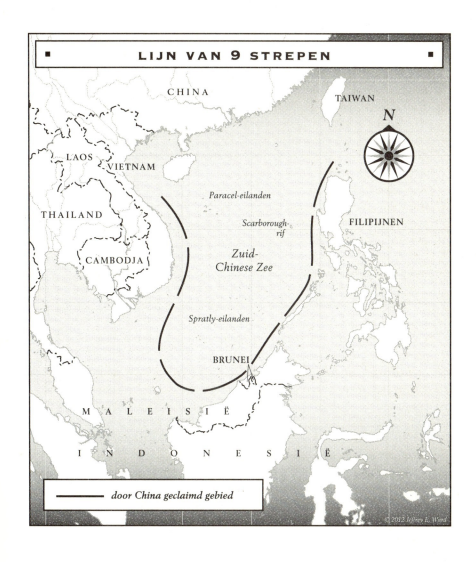

en voor het huidige China maak ik, in alle bevoegdheden die ik bezit, aanspraak op het eigendom van onze voorvaderen.

Dames en heren, feiten zijn niet iets wat je accepteert of afwijst. Feiten zijn waarheden, en achter mij ziet u de waarheid op de kaart. Bijna duizend jaar zijn deze zeeën, en het land dat daarbinnen bestaat, het historisch eigendom van China, en het is tijd dat er een eind komt aan het historische onrecht van de diefstal van dit eigendom.

Dus met de vaststelling van onze territoriale aanspraak dient zich nu de vraag aan wat te doen met die volkeren die in ons gebied wonen en illegale handel bedrijven. Als een man ongenodigd in uw huis woont, gooit u hem niet zomaar op straat als u een goed mens bent. U draagt hem op te vertrekken voordat u tot nadere actie overgaat.

Mijn voorgangers hebben zo'n zestig jaar dergelijke mededelingen gedaan. Ik zie geen reden waarom ik nog hetzelfde zou moeten doen. Als leider van het volk acht ik het mijn rol in dit al lang bestaande onrecht om die landen op ons grondgebied direct te waarschuwen dat wij ons rechtmatig eigendom in de Zuid-Chinese Zee zullen terugvorderen. Niet op een vaag moment in de toekomst, maar onmiddellijk.'

Wei sloeg zijn ogen op, keek recht in de camera en herhaalde: 'Onmiddellijk. Mocht geweld noodzakelijk zijn, dan moet de gehele wereld erkennen dat de verantwoordelijkheid hiervoor ligt bij degenen die het Chinese grondgebied hebben geschonden en die herhaalde beleefde verzoeken om zichzelf te verwijderen hebben genegeerd.'

Wei duwde zijn bril nu hoger op zijn neus, keek de camera in en glimlachte. 'Vele jaren hebben we keihard gewerkt om met landen over de hele wereld goede betrekkingen te vestigen. Tegenwoordig doen we zaken met meer dan honderdtwintig landen, en we beschouwen ons bovenal als vrienden van onze zakenpartners. Onze manoeuvres in het kritieke gebied van de Zuid-Chinese Zee dienen te worden erkend als onze poging om voor iedereen veilige vaarroutes te garanderen, en het is in het belang van de wereldhandel dat wij dit doen.'

De volgende zin sprak hij uit met een brede glimlach en in haperend maar verstaanbaar Engels: '*Ladies and gentlemen, China is open for business.*'

Vervolgens schakelde hij weer over op het Mandarijn. 'Hartelijk dank. Ik wens u allen voorspoed.'

De president stapte achter de katheder vandaan en verliet de studio via de zijkant. De kaart van de Zuid-Chinese Zee was nu vol in beeld, inclusief een lijn van in totaal negen strepen, die de zee nagenoeg geheel omsloot.

Terwijl het beeld op honderden miljoenen Chinese tv-toestellen stilstond, klonk op de achtergrond *De Internationale*, het strijdlied van de Communistische Partij van China.

20

Op maandagochtend tien uur, daags na de landelijke toespraak van president Wei, puilde het Oval Office van het Witte Huis uit van de aanwezigen. Twaalf mannen en vrouwen hadden plaatsgenomen op de twee banken en zes stoelen, en Jack Ryan senior, president van de Verenigde Staten, had zijn eigen stoel expres aan de voorzijde van zijn bureau neergezet om meer bij het overleg betrokken te kunnen zijn.

President Ryan had nog overwogen het overleg in de vergaderruimte van de Situation Room – in het souterrain van de West Wing – te houden, maar hij had besloten dat het Oval Office de juiste plek was, aangezien China tot nu toe slechts vage diplomatieke dreigtaal had gebezigd. Daarnaast had hij besloten zijn gehele staf bijeen te roepen om alle neuzen dezelfde kant op te krijgen en daarmee alle aandacht bij de taak die, zo meende Ryan, in zijn eerste ambtstermijn te weinig belangstelling had gekregen.

Het Oval Office straalde voldoende gezag uit om dat laatste te veranderen.

Op de bank rechts voor hem had minister van Buitenlandse Zaken Scott Adler plaatsgenomen naast het hoofd van de landelijke binnenlandse inlichtingendiensten, Mary Pat Foley. Naast hen zat vicepresident Rich Pollan. Links van de salontafel, op de andere bank, had CIA-directeur Jay Canfield zich tussen de minister van Defensie Bob Burgess, en Ryans stafchef Arnie van Damm genesteld. Nationaal veiligheidsadviseur Colleen Hurst zat in de oorfauteuil aan de overzijde van salontafel. Links en rechts van haar hadden de voorzitter van de gezamenlijke stafchefs, generaal David Obermeyer, de Amerikaanse ambassadeur in China, Kenneth Li, en de minister van Justitie Dan Murray op een stoel plaatsgenomen.

Daarachter zaten het hoofd van de nationale veiligheidsdienst, – de NSA – en de minister van Handel.

Ook aanwezig was de commandant van de Amerikaanse zeevloot in de Grote Oceaan, admiraal Mark Jorgensen. Minister van Defensie Burgess had toestemming gevraagd om Jorgensen aanwezig te laten zijn, aangezien de admiraal de Chinese slagkracht in de Zuid-Chinese Zee beter kon inschatten dan wie dan ook.

Terwijl iedereen elkaar zachtjes begroette en zich installeerde wierp Ryan een blik naar ambassadeur Kenneth Li. De eerste Amerikaanse ambassadeur van Chinese afkomst was de vorige dag uit Beijing teruggeroepen en was na een vlucht van zeventien uur nog maar een paar minuten geleden geland op luchthaven Andrews. Hoewel Li's pak en stropdas er nog kreukvrij uitzagen, waren de ogen van de ambassadeur roodomrand en zijn schouders hingen een beetje. 'Ken,' begon Ryan, 'ik kan je op dit moment slechts mijn verontschuldigingen aanbieden voor het feit dat je je terug moest haasten, maar ook gratis koffie.'

Hier en daar werd gegrinnikt.

Kenneth Li glimlachte wat vermoeid. 'Verontschuldigingen zijn niet nodig,' reageerde hij. 'Ik ben blij dat ik hier ben. De koffie kan ik zeer waarderen, meneer de president.'

'Fijn dat je er bent,' reageerde Ryan, en hij keek over zijn smalle bril op de punt van zijn neus de aanwezigen aan. 'Mensen, president Wei heeft mijn aandacht weten te trekken, en naar ik hoop ook die van jullie. Ik wil weten wat jullie weten, en wat jullie ervan denken. Ik maak graag ook nu weer een helder onderscheid tussen de twee.'

De mannen en vrouwen in het Oval Office knikten en Jack Ryan kon aan de blikken zien dat Weis proclamatie brisant genoeg was om het belang ervan te onderkennen.

'Laten we beginnen bij jou, Ken. Tot twintig uur geleden beschouwde ik president Wei als een, zeg maar, hardliner, maar ook als iemand die weet hoe er geld kan worden verdiend. Hij is zonder twijfel de meest prokapitalistische, prohandelsleider geweest die we ons hadden kunnen wensen. Wat is er opeens veranderd?'

Ambassadeur Li antwoordde luid en duidelijk, opdat iedereen hem kon verstaan. 'Om eerlijk te zeggen, meneer de president, is er niets veranderd waar het gaat om zijn verlangen zaken te doen met het Westen. Hij wil, móét, zaken met ons doen. Met de economische problemen waar China voor staat, heeft hij ons nu harder nodig dan ooit en dat weet hij beter dan wie dan ook.'

Ook Ryans volgende vraag was voor de ambassadeur bedoeld. 'We kennen Weis prowesterse uitstraling in het buitenland en zijn "stoere", procommunistische houding thuis. Wat kun je ons over deze man vertellen? Is hij echt zo'n goeie als velen denken, of juist net zo slecht als velen vrezen, vooral in het licht van alle demonstraties die tegenwoordig in China plaatsvinden?'

Li dacht even na alvorens te antwoorden. 'De Chinese Communistische Partij heeft de bevolking al sinds 1949 gedwongen om trouw te zweren aan de Partij. De Tuidang-beweging, waarover in het buitenland maar weinig wordt geschreven, wordt thuis gezien als een gigantisch cultureel verschijnsel, vooral onder de oude partijbonzen, die zich ernstig zorgen maken. Bovendien zijn er stakingen geweest, mensenrechtendemonstraties, de onvrede in de provincies neemt toe, en is er de laatste maanden zelfs sprake van kleine ongeregeldheden op plekken ver buiten de hoofdstad. Zo'n veertig jaar lang ging het Westen er min of meer van uit dat hun groeiend kapitalisme en groeiende betrokkenheid met de rest van de wereld het land langzaam maar zeker een meer vrijzinnige kant op zou sturen. Maar deze "progressieve ontwikkeling" is helaas geen succes geworden. In plaats van deze politieke vooruitgang te omarmen, heeft de Communistische Partij de hakken in het zand gezet, is hun wantrouwen jegens het Westen gegroeid en staat men vijandiger tegen progressieve waarden. Ook al heeft Wei een sleutelrol gespeeld bij het doorvoeren van meer economische vrijheid, hij loopt ook voorop in de strijd tegen Tuidang en burgerlijke vrijheid.'

'Wei heeft altijd twee gezichten gehad,' merkte minister van Binnenlandse Zaken Scott Adler op. 'Hij gelooft in de partij, de toewijding aan de centrale regering. Hij gelooft alleen niet in het communistische economische model. Na zijn benoeming heeft hij de onvrede de kop ingedrukt, elke dag meer websites platgelegd dan zijn voorganger per maand deed.'

'En dat allemaal met een brede grijns op zijn gezicht en een regimentsdas om alsof hij een Ivy League-alumnus is,' voegde president Ryan eraan toe. 'En dus biedt de wereldpers hem vrij spel.'

'Nou, misschien niet vrij spel, maar toch zeker een paar voorzetjes,' voegde ambassadeur Li eraan toe.

Jack schudde het hoofd. De wereldpers had meer op met Wei Shen Lin dan met John Patrick Ryan, zo leek het, maar hij hield de gedachte voor zich.

'Wat zijn zijn intenties? Vanwaar dat wapengekletter? Alleen maar om zijn partij en zijn leger op te peppen? Scott?'

'Wij zien dat anders,' antwoordde de minister van Buitenlandse Zaken. 'We hebben belangrijke toespraken van generaals en admiraals bestudeerd en ze lijken behoorlijk goed in staat om nationalistische trots en vijandige gevoelens jegens regionale rivalen aan te wakkeren. Als Wei, als bewust non-militaristische president en algemeen secretaris, à la deze generaals een donderpreek wil houden, dan moet hij wel beseffen dat het bij de rest van de wereld slecht zal vallen. Dit was niet zomaar voor de bühne. Dit heeft veel weg van een agressieve verschuiving die we serieus moeten nemen.'

'Wil je daarmee zeggen,' vroeg Ryan, terwijl hij zich iets naar voren boog, 'dat ze ook werkelijk van plán zijn om de marine van het Volksleger in te zetten om de Zuid-Chinese Zee in hun bezit te krijgen?'

'Op mijn ministerie wordt gevreesd dat dit plan inderdaad bedoeld is om de greep op het zuiden te vergroten.'

Ryan keek de directeur van de nationale veiligheidsdienst aan. Als hoofd van alle zeventien inlichtingendiensten verkeerde Mary Pat Foley in een goede positie om de details in te vullen.

'Waar komt dit alles op neer, Mary Pat?'

'Om eerlijk te zijn, meneer de president, we interpreteren helemaal niets. We verwachten dat ze een paar van de weerloze maar betwiste eilanden zullen innemen om daarmee hun vloot verder op te stuwen en internationale wateren voor zich op te eisen. Niet alleen met woorden, maar ook met kanonneerboten.'

'Maar waarom nu?' wilde Ryan weten. 'Wei is econoom. Hij heeft zich nog nooit zo militant getoond.'

'Klopt,' reageerde minister van Defensie Bob Burgess. 'Maar voorzitter Su geniet heel wat aanzien. Voor de staatsgreep bezat hij naar het schijnt een derde van de macht. En nadat hij die zomer ervoor zorgde dat Wei met zijn billen uit de buurt van het fornuis bleef, namelijk door tanks naar zijn complex te sturen om Weis aanhouding door de minister van Openbare Veiligheid te voorkomen, moeten we aannemen dat Su's aandelen door het plafond zijn gegaan. Wei moet niet denken dat hij de economie kan helpen door een groter deel van de Zuid-Chinese Zee op te eisen. Ja, er is daar olie te vinden, en mineralen en vis, maar het is de hoofdpijn die het hem met het Westen zal bezorgen gewoon niet waard.'

'Hoe dan ook,' meende minister van Handel Regina Barnes, 'een grote militaire manifestatie in de Zuid-Chinese Zee zal hen economisch de das omdoen. Ze zijn afhankelijk van een vrije doorvaart van vrachtschepen en tankers, en die zal worden verstoord zodra de boel daar uit de hand loopt. Saudi-Arabië is China's grootste olieleverancier, wat niemand zal verbazen. Wél verbazend, misschien, is dat Angola hun op één na grootste leverancier is. Beide landen voeren de olie met tankers aan. Elke verstoring van de zeevaart in de Zuid-Chinese Zee zal voor de Chinese industrie funest zijn.'

'Kijk naar de Straat Malakka,' viel Foley haar bij. 'Dat is het knelpunt en de Chinezen weten dat. Het is hun achilleshiel.

Vijfenzeventig tot tachtig procent van alle voor Azië bestemde olie komt door de Straat Malakka.'

'Kan zijn, maar Wei doet dit niet om economische redenen,' meende ambassadeur Ken Li. 'Misschien doet hij het enkel om zichzelf te beschermen.'

'Tegen welke dreiging?'

'Tegen voorzitter Su. Misschien speelt hij het spel mee om Su gunstig te stemmen.'

Jack Ryan staarde een moment naar de muur aan de andere kant van het Oval Office. Het groepje om hem heen zweeg.

'Ik ben het ermee eens dat dit meespeelt,' zei Jack na een tijdje. 'Maar volgens mij voert Wei iets in zijn schild. Hij weet dat dit economisch slecht uitpakt. In zijn hele carrière is er geen moment aan te wijzen waarop hij ook maar iets heeft ondernomen wat de handel met het Westen in gevaar zou hebben gebracht, tenzij het direct te maken had met de binnenlandse situatie. Ik bedoel, ja, hij heeft de hand gehad in een aantal harde besluiten van het Zittende Comité om oproer neer te slaan op een manier die slecht voor de handel was, maar wat hem betrof waren ze voor de partij onontbeerlijk om de absolute macht te kunnen behouden.'

Admiraal Mark Jorgensen hief langzaam een hand om de aandacht van de president te trekken.

'Admiraal?'

'Meneer de president, als ik even mag speculeren?'

'Speculeer maar,' zei Ryan.

Jorgensen trok een gezicht alsof hij op een citroen zoog, en aarzelde. Ten slotte zei hij: 'Su wil Taiwan innemen. Daarin is hij zo helder als welk Chinees kopstuk ooit is geweest. Wei wil de economie versterken, en een Taipei onder Chinees bewind zou daar wellicht bij kunnen helpen. Een territoriale betwisting van de Zuid-Chinese Zee vormt een eerste noodzakelijke stap voor de Communistische Partij voordat ze met Taiwan kunnen gaan spelen. Als ze hun ongehinderde toegang tot de Straat Malakka niet veiligstellen, kunnen wij hun oliekraan dichtdraaien en zal het hele land stilvallen. Het zou weleens de eerste stap kunnen zijn in hun plan om Taiwan weer helemaal onder curatele te krijgen.'

Een paar seconden lang bleef het doodstil in het Oval Office. 'Het is maar een gedachte,' voegde Jorgensen eraan toe.

Scott Adler ging er niet in mee. 'Ik zie het toch anders. De relatie tussen China en Taiwan is economisch goed, in elk geval beter dan ze was. Directe luchtverbindingen, handelsovereenkomsten, bezoeken aan eilanden voor de kust... normale verplichtingen in vredestijd. Per jaar investeert Taiwan honderdvijftig miljard dollar op het Chinese vasteland.'

Minister van Defensie Burgess onderbrak hem. 'Wederzijdse welvaart vormt geen garantie tegen negatieve ontwikkelingen.'

President Ryan sloot zich bij Burgess aan. 'Dat iedereen goed verdient wil niet zeggen dat de Communistische Partij de boel niet zal verstieren. Geld is nooit hun enige doel geweest. Er zijn nog andere wegen die naar de macht voeren. Je zou de spijker weleens op de kop kunnen slaan, Scott, vooral in het licht van alle positieve ontwikkelingen tussen China en Taiwan van dit moment. Maar vergeet niet dat deze toenadering door de Chinese Communistische Partij in een handomdraai kan worden teruggeschroefd. De partijtop is niet blij met de status-quo inzake Taiwan. Ze willen het eiland terug, willen af van de Republiek China in Taipei; een paar directe luchtverbindingen tussen Shanghai en Taipei zal dat langetermijndoel niet ondermijnen.'

Adler moest zich op dit punt gewonnen geven.

Ryan zuchtte. 'Dus... de admiraal heeft hier een worstcasescenario aangestipt waar iedereen wat mij betreft rekening mee moet houden. We gingen ervan uit dat met Weis ambtstermijn de relaties met Taiwan het meest gediend zouden zijn, maar de mislukte machtsovername en de macht van voorzitter Su kunnen het tij hebben gekeerd.'

Ryan kon wel zien dat de meeste aanwezigen Jorgensens betoog veel te pessimistisch vonden. Zelf betwijfelde hij dat Wei uit was op een inname van Taiwan, ook al zat Su hem achter de vodden, maar mocht dat toch gebeuren, dan diende zijn staf daarop alert te zijn.

De Verenigde Staten hadden Taiwan officieel erkend en konden gemakkelijk in een oorlog worden meegesleurd als de twee landen het militair met elkaar aan de stok kregen. En hoewel Jack Ryan in de wereldpers regelmatig voor een vechtersbaas werd uitgemaakt, hoopte hij maar dat een openlijke oorlog in de Grote Oceaan niet nabij was.

'Goed,' vervolgde Ryan. 'President Wei zei dat China uit historische overwegingen aanspraak maakt op die zee. Hoe zit het met het internationaal recht? Het zeerecht, of hoe dat ook heet? Hebben die Chinezen überhaupt een punt?'

Minister van Buitenlandse Zaken Adler schudde het hoofd. 'Geenszins, maar ze zijn slim. Ze hebben bewust geen bindende overeenkomsten gesloten die hun buurlanden in staat stellen om gezamenlijk tegen hen in het verweer te komen. Voor de Chinezen is die Zuid-Chinese Zee helemaal geen internationale kwestie. Elke regionale kwestie met buurlanden uit de regio wordt gezien als bilateraal. Ze houden het buiten de VN of andere internationale instituten, willen hun ruzies een voor een beslechten.'

'Verdeel en heers,' mompelde Jack.

'Verdeel en heers,' stemde Adler in.

Jack stond op en begon om zijn bureau te ijsberen. 'Wat weten we over wat er op dit moment in China speelt?'

De vraag was een uitnodiging aan de verscheidene medewerkers van de inlichtingendiensten om een bijdrage aan de discussie te leveren.

Gedurende de daaropvolgende twintig minuten spraken de nationale veiligheidsadviseur, het hoofd van de CIA en ook de directeur van de nationale inlichtingendienst over verborgen spionagetechnieken. Vliegtuigen en schepen die het land observeerden deden dat vanuit een positie vlak voor de kust. Satellieten scheerden dwars over het continent en afluisterstations pikten zo veel mogelijk binnenlands radioverkeer op.

Signaalonderschepping, MASINT-analyse en elektronische surveillance, ze speelden allemaal een belangrijke rol bij het observeren van China.

Toch ontbrak er iets. Jack zei: 'Over SIGINT, MASINT en ELINT heb ik inmiddels heel wat gehoord, maar hoe zit het met onze geheim agenten in de Volksrepubliek China?' De vraag was uiteraard bedoeld voor het hoofd van de CIA.

'Wat HUMINT betreft schieten we nog tekort,' antwoordde directeur Canfield. Ik wou dat ik u kon melden dat we binnen de muren van Zhongnanhai inmiddels goed gepositioneerd zijn, meneer de president, maar de waarheid is dat we maar heel weinig agenten ter plaatse hebben, afgezien van hen die vanuit de Amerikaanse ambassade in Beijing relatief laaggeplaatste agenten aansturen. Het afgelopen jaar zijn heel wat van onze beste agenten opgepakt.'

Ryan was daarvan op de hoogte. Nadat de afgelopen lente een Amerikaanse spionagering was opgerold, deed het gerucht de ronde dat de CIA besmet was met een mol die voor de Chinese regering werkte, maar volgens een internationaal onderzoek leek dit onwaarschijnlijk.

'We hebben dus geen officieuze dekmantels in Beijing?' vroeg Ryan.

'Nee, meneer. We hebben een paar van deze NOC's in China, maar niet in Beijing, en geen enkele agent die ik als hooggeplaatst zou willen classificeren. We hebben ons uiterste best gedaan om meer agenten het land in te krijgen, maar we hadden te maken met een verrassend effectieve binnenlandse veiligheidsdienst.'

Een verrassend effectieve binnenlandse veiligheidsdienst. Inwendig herhaalde hij de woorden nog even, en hij wist dat het een beleefde manier was om duidelijk te maken dat die rot-Chinezen iedereen hadden geëxecuteerd van wie ze ook maar het vermoeden hadden dat hij weleens voor de Verenigde Staten kon spioneren.

'Bij ons laatste contact met Beijing hadden we een agent die ons een schat aan informatie vanuit het Politbureau doorspeelde,' zei de president.

Mary Pat Foley knikte. 'Wie kon toen weten dat dat de goeie ouwe tijd was.'

Veel van de aanwezigen kenden het verhaal, maar Ryan legde het nog eens uit voor degenen die destijds geen deel uitmaakten van de regering of het anderszins niet hoefden te weten. 'Toen Mary Pat nog plaatsvervangend hoofd CIA was, had ze een agent onder zich die voor NEC, de computerfirma, werkte. Hij wist een besmette computer aan een Chinese minister zonder portefeuille te slijten, een van de belangrijkste vertrouwelingen van de president. Op het dieptepunt van het conflict kregen we bijna dagelijks verslagen over de plannen van het leiderschap en hun denkrichting. Een omwenteling, kun je wel zeggen.'

Mary Pat zei: 'En op een dag, een paar maanden na de oorlog, kreeg minister Fang, uitgerekend tijdens geslachtsverkeer met zijn secretaresse, een fataal aneurysma.'

'Heel ongelegen van hem,' was Ryan het ermee eens. 'De agent die dit voor elkaar kreeg... Chet Nomouri, zo heette hij toch?'

Mary Pat knikte. 'Dat klopt, meneer de president.'

'Die moet nu wel standplaatschef zijn, lijkt me.'

Hoofd CIA Jay Canfield schudde het hoofd. 'Hij is al lange tijd weg. Het laatste wat ik weet, is dat hij voor een computerbedrijf aan de West Coast is gaan werken. De private sector beloont beter,' voegde hij er met een schouderophalen aan toe.

'Breek me de bek niet open...' mompelde de president van de Verenigde Staten.

Waarop iedereen in de kamer, hunkerend naar een vrolijke noot, in de lach schoot.

Minister van Handel Barnes nam het woord. 'Meneer de president, laten we vooral niet vergeten wat Wei in zijn toespraak zei: "China is klaar om zaken te doen".'

'Je bedoelt dat je hoopt dat ík niet vergeet hoe hard we China als zakenpartner nodig hebben?' riposteerde Jack Ryan.

Barnes haalde verontschuldigend haar schouders op. 'Feit blijft dat ze ons al voor een flink deel bezitten. En ze kunnen elk moment hun fiches op tafel leggen.'

'En er zelf aan ten onder gaan,' zei Ryan. 'Als ze ons economisch treffen snijden ze zichzelf in de vingers.'

Waarop de minister van Handel op haar beurt de bal meteen terugkaatste: 'Wederzijds gegarandeerde destructie.'

Jack knikte. 'Tja, mooi was het niet, maar je kunt niet ontkennen dat het niet heeft gewerkt.'

Barnes knikte.

'Laten we het ter afsluiting nog even over onze slagkracht hebben,' stelde Ryan voor, terwijl hij het woord tot zijn minister van Defensie richtte. 'Als ze zichzelf in de Zuid-Chinese Zee willen manifesteren, wat voor mogelijkheden hebben ze dan?'

'Zoals u goed weet, meneer de president, heeft China bijna twintig jaar lang het defensiebudget jaarlijks met meer dan twintig procent verhoogd. We schatten dat ze per jaar meer dan tweehonderd miljard aan verdedigings- en aanvalswapens, logistiek en mankracht spenderen. China's marine is enorm uitgedijd. Ze hebben dertien geleide wapenfregatten, vijftig fregatten, rond de vijfenzeventig onderzeeërs; tweehonderdnegentig vaartuigen, maar hun onderzeese slagkracht stelt weinig voor. Tot nu toe, althans.'

Voorzitter Obermeyer ging verder. 'Ze hebben zich nu ook op de vierde generatie vliegtuigen gericht. Ze kopen SU-27's en SU-30's van Rusland, en ze beschikken inmiddels over hun eigen J-10 straaljager, in eigen land ontworpen en gebouwd, maar ze kopen de motoren van Frankrijk. Verder hebben ze nog zo'n vijftien SU-33's.'

Burgess nam het weer over. 'Maar daarmee zijn we er nog niet. Ze hebben zich op alle conflictdomeinen versterkt: land-, zee-, lucht- en cyberoorlogen. Je zou kunnen beweren dat van deze vier de landoorlog de afgelopen vijf jaar de minste aandacht heeft gekregen, een inschatting waar ik het mee eens ben.'

'En wat voor conclusie trekken we daaruit?'

'Dat China geen landinvasies verwacht en ook geen grote oorlogen met buurlanden. Maar wel kleine conflicten met buurlanden en grote met de grootmachten die te ver weg liggen om met een invasieleger de kusten van China op te stomen,' antwoordde Burgess.

'Vooral wij,' reageerde de president. Het was geen vraag.

'Alleen wij,' benadrukte de minister van Defensie.

'En dat vliegdekschip van ze?'

'Meneer de president,' antwoordde de voorzitter van de gezamenlijke stafchefs, 'de *Liaoning*, hun vliegdekschip, is hun nationale trots, maar daar houdt het ook mee op. Ik overdrijf niet als ik zeg dat de drie schepen die wij in de mottenballen hebben, de *Ranger*, de *Constellation* en de *Kitty Hawk*, nog altijd in betere staat verkeren dan die ouwe wasteil die ze van de Russen hebben gekocht.'

'Oké,' reageerde Ryan, 'maar wekt dat schip, ondanks de slechte staat ervan, bij hen de indruk dat ze ook over een onderzeebootmarine beschikken? Zou hun dat gevaarlijk kunnen maken?'

'Dat zouden ze kunnen denken, ja,' antwoordde Obermeyer, 'maar we kunnen ze heel snel uit die droom helpen als dit uitmondt in schieten. Ik wil niet opscheppen, maar we kunnen dat vliegdekschip al op dag één naar de bodem van de oceaan jagen.'

'Even afgezien daarvan,' ging Ryan verder, 'welke andere opties hebben we om hun te laten zien dat we hun dreigementen serieus nemen?'

Admiraal Jorgensen, commandant van de Pacific Fleet, gaf antwoord. 'De *North Carolina* is op dit moment ter plaatse, een snelle kernonderzeeër uit de *Virginia*-klasse. Een van de meest onzichtbare.'

Ryan keek Jorgensen doordringend aan.

'Het spijt me, meneer de president. Ik wilde niet de schoolmeester uithangen. U bent bekend met de *Virginia*-klasse?'

'Ja, en ook met de *North Carolina*.'

'Mijn excuses. Toen ik uw voorganger moest briefen... moest ik hem soms een beetje bijspijkeren.'

'Ik snap het, admiraal. U had het over de *North Carolina*?'

'Ja, meneer de president. We zouden haar een verrassingsbezoekje aan onze marinehaven in de Subicbaai kunnen laten afleggen.'

Ryan vond het een goed idee. 'Gewoon pal in de gevarenzone opduiken om China te laten zien dat we ons niet van de domme houden.'

Ook minister van Defensie Burgess kon zich in het plan vinden. 'En daarmee de Filipino's een signaal geven dat ze op ons kunnen rekenen. Ze zullen het gebaar waarderen.'

Scott Adler hief een hand. Hij was duidelijk niet ingenomen met het voorstel. 'Beijing zal het als een provocatie opvatten.'

'Shit, Scott,' zei Ryan. 'Als ik vanavond Italiaans eet in plaats van Chinees, zal Beijing dat als een provocatie opvatten.'

'Meneer de president...'

Ryan keek de admiraal aan. 'Doe het. Vertel ze maar dat het bezoekje al lange tijd in de planning stond en dat deze timing geenszins bedoeld is als... enzovoort, enzovoort.'

'Zeker, meneer de president.'

Ryan leunde tegen de rand van zijn bureau om alle aanwezigen toe te spreken. 'We hebben al een tijdje voorspeld dat de Zuid-Chinese Zee de meest waarschijnlijke plek is voor onrust. Jullie zullen begrijpen dat ik vanaf nu alles wil weten. Als jullie ook maar iets met me willen bespreken, wend je dan tot Arnie.' Hij keek even opzij naar Arnie van Damm. 'Dit onderwerp staat nu boven aan de lijst. Als iemand in deze kamer een paar minuten van mijn tijd wenst, verwacht ik dus geen meet-and-greet met het meisje van de padvindersclub dat het meeste heeft opgehaald bij de inzameling.'

Iedereen lachte, Arnie inbegrepen, maar hij besefte donders goed dat zijn baas het meende.

21

De jaarlijkse DEF CON-conferentie in Las Vegas, Nevada, is een van de grootste hackersconventies ter wereld. Elk jaar komen tienduizenden beveiligingsspecialisten, cybercriminelen, journalisten, overheidsambtenaren en andere techneuten samen om gedurende een paar dagen alles te leren over nieuwe technologieën, producten en diensten, en lezingen en competities bij te wonen over alle aspecten van het hacken en het kraken van codes.

Het is een jaarlijks Woodstock-equivalent voor tophackers en Willie Wortels.

De conferentie wordt gehouden in het Rio Hotel and Casino, dat niet aan de Strip ligt. De meeste bezoekers verblijven in een van de vele naburige hotels, maar elk jaar huurt een groepje vrienden een paar kilometer naar de oostkant van Paradise gezamenlijk een huis.

Tegen elven die avond parkeerde Charlie Levy zijn gehuurde Nissan Maxima op de oprit van het luxe vakantiehuis aan het eind van South Hedgeford Court, gelegen in een rustige buitenwijk vol vakantiewoningen. Hij stopte bij het hek, draaide zijn portierraam omlaag en drukte op de intercom.

Terwijl hij wachtte, bekeek hij het hoge ijzeren hekwerk met daarlangs een rij palmbomen met daarachter de fraai aangelegde oprit naar de zes slaapkamers tellende woning. Zijn groepje trouwe DEF CON-maten huurde dit huis al tien jaar en het was fijn om weer terug te zijn.

Na een piepje van de intercom sprak een blikken stem: 'DarkGod? Wat is het wachtwoord, dikzak?'

'Doe open, sukkel, beveel ik u,' antwoordde Levy met een lach, waarna de poort stilletjes openleed.

Charlie gaf plankgas en liet de achterwielen spinnen, luid genoeg zodat de jongens het binnen konden horen.

Charlie 'DarkGod' Levy behoorde niet tot de bedenkers van de DEF CON-conferentie, maar was al sinds 1994, de tweede keer dat ze werd gehouden, een vaste bezoeker. En als lid van de oude garde genoot hij enige status.

In 1994 was hij eerstejaarsstudent aan de Universiteit van Chicago en daarnaast een amateurhacker die voor de lol wachtwoorden kraakte en programma's schreef. Zijn eerste DEF CON was een openbaring geweest. Daar bleek hij deel uit te maken van een groep gelijkgestemde enthousiastelingen die wel beter wisten dan je te vragen wat voor werk je deed, maar je met een gelijke hoeveelheid achterdocht en kameraadschap bejegenden. Hij had heel wat opgestoken, die eerste keer, en bovenal ontdekt dat hij een brandend verlangen koesterde om zijn vrienden versteld te doen staan met zijn wapenfeiten.

Na zijn studie werkte Levy als programmeur bij de game-industrie, maar zijn vrije tijd besteedde hij voornamelijk aan zijn eigen computergerelateerde projecten: het maken van software en nieuwe malware, en toegangstactieken bedenken.

Hij hackte elk stuk hardware dat je maar kon verzinnen en elk jaar reisde hij weer af naar Vegas om zijn vrienden en 'de concurrentie' te laten zien wat hij had gepresteerd. Geleidelijk aan groeide hij uit tot een van de grote presentatoren en verkreeg hij min of meer cultstatus. De rest van het jaar werden zijn wapenfeiten op chatsites besproken.

Elk jaar moest Charlie Levy zichzelf overtreffen en dus werkte hij in zijn vrije uren nog harder, wroette hij nog dieper in de machinetaal en zocht hij nog grotere slachtoffers uit om te hacken.

En hij wist zeker dat, na zijn presentatie op de conferentie van dit jaar, de hele wereld het over Charlie Levy zou hebben.

Hij stapte uit de Nissan en begroette de vijf vrienden die hij een jaar niet had gezien. Hij was pas achtendertig, maar leek al behoorlijk op Jerry Garcia: klein en dik, met een lange grijze baard en uitdunnend grijs haar. Hij droeg een zwart T-shirt met daarop het silhouet van een rondborstige dame, met daaronder de opdruk KRAAK NAAKT. Hij stond bekend om zijn grappige T-shirts die zijn dikke lijf strak omspanden, maar dit jaar had hij ook speciaal een paar overhemden meegenomen, wetend dat zodra zijn presentatie op dag één erop zat, hij flink wat media-interviews zou moeten doen.

Op zijn kamer pakte Charlie Levy zijn koffer uit. Daarna voegde hij zich bij zijn vrienden rond het prachtige zwembad in de achtertuin, pakte een Corona uit de goedgevulde koelbox, praatte een beetje bij met iedereen en hield zich daarna afzijdig bij de rotswaterval om maar geen vragen te hoeven beantwoorden over zijn eigen bezigheden of wat hij voor de komende dag in petto had.

Zo om zich heen kijkend stelde hij vast dat hij zich tussen de crème de la crème van techneuten bevond. Twee van hen waren hoge Microsoft-jongens die die middag per vliegtuig vanuit de staat Washington waren aangekomen. Nummer drie was technisch directeur bij Google, en meer waard dan die twee Microsoft-jongens bij elkaar. Nummer vier en vijf waren enkel miljonairs, de een werkte voor de hardwaretak bij AT&T, de ander leidde de IT-afdeling van een Franse bank.

Tijdens deze jaarlijkse ontmoetingen voelde Charlie zich altijd een beetje de vreemde eend in de bijt, maar inmiddels was hij er wel aan gewend.

Hij was programmeur van videogames, en dat betaalde goed, maar hij had tien jaar lang promotieaanbiedingen naast zich neergelegd, want hij had geen behoefte aan rijkdom.

Nee, Charlie Levy wilde een legende zijn.

En dit zou zijn jaar worden.

Morgen zou hij tijdens zijn presentatie zijn *zero-day*-aanval onthullen waarmee hij het JWICS was binnengedrongen, het Joint Worldwide Intelligence Communication System, beter bekend als 'Jay Wicks', en daarmee dus ook het Intelink-TS, het topgeheime, beveiligde intranet waarmee de Amerikaanse inlichtingendiensten onderling hun meest vertrouwelijke data uitwisselden.

Charlie 'DarkGod' Levy had, en deze punchline mocht in zijn openingszinnen niet ontbreken, zichzelf het brein van de CIA in gewurmd.

Hoewel de CIA-website al verscheidene malen plat was gegaan, zou Levy de eerste zijn die openlijk zou aantonen dat hij tot de topgeheime CIA-datastromen was doorgedrongen, vertrouwelijke communicaties tussen het hoofdkantoor in Langley en de standplaatsen en agenten in het buitenland had gelezen.

Dat een hobbyist had weten door te dringen tot Amerika's spionageagentschap zou binnen de wereld van de amateurhackers inslaan als een bom. Toch was dit niet het belangrijkste punt van zijn presentatie, simpelweg omdat hij bovendien zou onthullen, en bewijzen, dat hij daarin niet de eerste was geweest.

Toen Charlie eenmaal toegang had gekregen tot de Intelink-TS, had hij al rondsnuffelend vastgesteld dat een andere onbekende bezoeker hem voor was geweest die, juist op dat moment, via een RAT – een Remote Access Trojan, een op afstand bestuurd verborgen programma – het berichtenverkeer van de CIA volgde.

Charlie bezat de screenprints van de binnendringing, de code, en een thumbnail van de complete, slimme RAT.

Voor Charlie was het duidelijk dat de malware briljant in elkaar stak en hij had inmiddels besloten om niet te vermelden dat de RAT in kwestie vele malen geavanceerder was dan wat hij zelf in elkaar had weten te knutselen voor zijn eigen zero-day-aanval.

Dit was een absolute klapper, en sinds Levy's ontdekking, vijfendertig dagen geleden, had hij er met geen woord over gesproken.

Hij keek nog eens naar de DEF CON-bobo's rond het zwembad, in de wetenschap dat ze over vierentwintig uur een nummertje zouden moeten trekken om even met hem te kunnen praten.

Deze DEF CON zou zijn debuutfeestje worden.

Natuurlijk wist Levy dat hij zich het ongenoegen van de regering op de hals zou halen, niet alleen vanwege zijn geslaagde hackpoging, maar ook vanwege zijn onthulling dat een tweede persoon inzage had in de diepste, duisterste geheimen van Amerika, en dat hij had verzuimd de autoriteiten te waarschuwen. Misschien dat de FBI hem op de nek zou zitten, maar ook zag hij in gedachten al de tienduizenden fans voor zich die hem zouden steunen en de regering zouden trotseren.

De Feds over de vloer zou slechts een overgangsrite zijn.

Het verhaal van Charlie Levy telde echter nog een extra hoofdstuk en ook dat zou hij de volgende dag tijdens zijn presentatie onthullen.

De mysterieuze CIA-hacker had hem namelijk opgemerkt. Zijn RAT zat zo goed in elkaar dat het in de gaten had wanneer een ander met dezelfde middelen tot het netwerk wist door te dringen.

Hoe kon Charlie dit weten? Hij wist het omdat de hacker twee weken geleden via instant messaging contact met hem had gezocht, DarkGod geld had geboden om op afstand voor hem te gaan werken aan andere aan JWICS en Intelink-TS Systems gerelateerde projecten.

Levy was verbijsterd geweest toen het tot hem doordrong dat hij was geïdentificeerd, maar hij wist dat de mysterieuze hacker dat nooit ofte nimmer via Intelink-TS kon hebben bewerkstelligd. Hij vertrouwde op zijn camouflage, leidde zijn digitale inbraak in het CIA-netwerk over een complexe reeks van bokkensprongen om naar telkens andere proxyservers, waarmee het spoor naar zijn eigen computer niet meer te achterhalen zou zijn. De enige verklaring die hij kon bedenken, was dat zijn onderzoek naar het JWICS, Intelink-TS en de protocollen en netwerkarchitectuur hem moest hebben verraden. Een deel van dat onderzoek, uitgevoerd via publieke netwerken, kon in theorie door deze mysterieuze hacker zijn gevolgd.

De mysterieuze hacker was op de een of andere manier slim genoeg, en zijn toegang tot internet was groot genoeg geweest om Levy's betrokkenheid te kunnen afleiden.

Nadat Levy het aanbod had afgeslagen – Levy zag het niet zitten om andermans knecht te zijn – viel zijn computer opeens ten prooi aan een uiteenlopende reeks van geavanceerde cyberaanvallen. De duistere hacker probeerde Levy's computer uit alle macht te infiltreren. Maar DarkGod was niet zomaar een sterveling waar het ging om computerbeveiliging en hij nam de uitdaging aan alsof het om een schaakspel met zijn tegenstander ging. De afgelopen twee weken was hij er in elk geval in geslaagd alle malware buiten de poort te houden.

Hij verwachtte niet anders dan dat zijn nieuwe nemesis ook op DEF CON aanwezig zou zijn, of anders op de Black Hat-conferentie, meer gericht op de professionele beveilingsbranche die hier, in Vegas, een week later zou worden gehouden.

Hij moest er niet aan denken dat de rotzak misschien zelf met de eer zou gaan strijken.

Het duurde even voordat Levy zich weer op zijn gemak voelde bij het vriendenclubje, maar tegen drieën in de ochtend had hij bijna tien Corona's achter de kiezen en was er geen vuiltje aan de lucht. Zo ging het de eerste avond altijd, wanneer rond het zwembad de drank rijkelijk vloeide. Hoewel de anderen allemaal getrouwd waren en kinderen hadden, was hun doel in Vegas tweeledig: zich bezatten en hun toch al legendarische wapenfeiten rond DEF CON verder uitbreiden.

De Google-bobo was zo-even zijn bed in gestrompeld, maar de anderen zaten nog met een drankje in de hand rond het zwembad. Levy strekte zich met een verse Corona languit op een strandstoel terwijl de Microsoft-jongens naast hem een Cohibas opstaken en de AT&T-jongens, plus die van de Franse bank, met hun drankje en laptop in het zwembad op hun luchtbedjes dobberden.

Toen het feestje in South Hedgeford Court langzaam ten einde liep, werd aan East Quail Avenue, vijf vakantiewoningen verderop, de glazen schuifpui stilletjes opzijgeschoven. Binnen was het pikkedonker en het huis leek onbewoond, maar opeens stapten acht mannen vanuit het donker de maanverlichte achtertuin in en liepen langs het afgedekte zwembad naar een houten schutting.

Allemaal hadden ze een zwart rugzakje om en een handvuurwapen met lange demper in hun heupholster. Een voor een klommen ze over de schutting en lieten ze zich stilletjes en ongezien in de belendende tuin vallen.

Drijvend in zijn opblaasfauteuil keek een jongen van AT&T op van zijn laptop. 'Hé, DarkGod, wij hebben allemaal over onze wapenfeiten verteld, maar jij hebt tot nu toe je bek niet opengedaan.'

Een van de Microsoft-jongens blies de rook van zijn Cohiba-sigaar uit. 'Dat betekent dus dat Charlies praatje of waanzinnig of superslecht gaat worden.'

'Zou je wel willen weten, hè?' reageerde Charlie plagerig.

Franse Bank schudde zijn hoofd en keerde zich peddelend met zijn hand naar de mannen op het terras. 'Als het te vergelijken is met twee jaar geleden, toen je de pompkamer van het Bellagio was binnengedrongen en de druk op de fonteinen had opgeschroefd, dan haak ik af. Een stuk twintig toeristen besproeien is niet mijn... Goedenavond, kunnen wij iets voor u doen?'

De andere jongens draaiden zich ook om en keken dezelfde kant op als Franse Bank. Daar, in het maanlicht, vlak buiten het schijnsel van de terraslichtjes, had een aantal mannen zich in een rij langs het zwembad opgesteld.

Charlie ging rechtop zitten. 'Wie zijn jullie in vredesnaam, jongens?'

Met een plop knalde de Corona in zijn hand uiteen. Hij keek omlaag. Zijn KRAAK NAAKT-T-shirt was aan flarden en bloed gutste uit zijn borst. Terwijl hij keek, verscheen een tweede gat naast het eerste.

Een derde raakte hem in het voorhoofd en hij plofte achterover op zijn ligstoel, dood.

De twee mannen naast hem waren weliswaar sloom van de drank, maar wisten toch van hun ligstoel overeind te krabbelen. Een van hen wist een paar stappen in de richting van het huis te zetten, maar beiden werden met gedempte kogels in de rug geraakt en omgelegd.

De ene tuimelde het zwembad in, de andere struikelde over zijn stoel in een rotstuintje.

De twee mannen op de luchtbedden in het zwembad konden geen kant op. Ze schreeuwden, maar werden ter plekke neergeknald. Bloed sijpelde vanuit hun dode lichamen het heldere water in en vermengde zich met dat van de zo-even vermoorde Microsoft-employé.

Toen het hele gezelschap rondom het zwembad was uitgeschakeld, draaide Crane, de aanvoerder, zich naar Stint. 'Er moet er nog één zijn,' zei hij in het Mandarijn. 'Vind hem.'

Met getrokken pistool rende Stint de woning in.

De Google-man had er dwars doorheen geslapen, maar Stint vond hem in zijn bed en joeg een kogel dwars door zijn achterhoofd.

Drie mannen bleven achter bij het zwembad om met behulp van hun kleine zaklamp de lege hulzen te verzamelen terwijl drie anderen de woning betraden en kamer voor kamer doorzochten totdat ze Dark-Gods bagage vonden. Ze namen zijn laptop, papieren, USB-sticks, dvd's, mobiele telefoon en andere spullen mee. Alles behalve zijn kleren, en ze lieten een handjevol eigen dvd's en USB-sticks achter waarop ze Levy's nummer en gegevens hadden gekopieerd die ze van zijn computer hadden gedownload.

De hele actie nam meer dan tien minuten in beslag, maar Crane had meerdere doelwitten en had de opdracht om zo zorgvuldig mogelijk te werk te gaan.

Al snel stonden ze alle vier weer op het terrasje. Het zwembadwater was inmiddels felroze gekleurd. Op Cranes bevel trok Wigeon zijn rugzakje open en toverde drie zakjes zuivere cocaïne tevoorschijn. Hij wierp ze in het gras aan de voet van de schutting zodat de drugs bij de dode lichamen zouden worden aangetroffen en dit hele gebeuren leek dus te wijzen op een uit de hand gelopen drugsdeal.

Dat geen van de slachtoffers ook maar een spoortje van drugs in zijn lichaam had zitten kwam natuurlijk doordat de transactie was misgegaan en de pistolen al waren getrokken voordat er geconsumeerd kon worden.

Ten slotte beval Crane zijn mannen, met uitzondering van Snipe, terug te gaan naar het safehouse, waarna de zes ervandoor gingen.

Nadat die goed en wel verdwenen waren schroefden Crane en Snipe langs de rand van het zwembad de dempers van hun FN Five-seveNs. Deze lieten ze in hun rugzakjes glijden. Vervolgens richtten ze hun wapens hoog naar de hemel in het zuiden, tot vlak onder de wazige halve maan en toen openden beide mannen het vuur.

Het waren zowel losse schoten als salvo's, die voor een chaotische cadans zorgden. Totdat beide magazijnen leeg waren en automatisch naar buiten vielen. Daarna herlaadden ze snel, waarna ze de pistolen weer in de holsters stopten en ze de lege hulzen in alle richtingen schopten om ze te verspreiden. Een paar hete messing hulzen waren in het bloederige water terechtgekomen en naar de bodem gezonken, andere lagen in het gras en weer andere wat verder weg op het betonnen sierterras.

Terwijl in de buurt de honden blaften en over heel East Quail Avenue en South Hedgeford Court de lampen aanfloepten wandelden Crane en Snipe kalm maar snel over de oprit weg. Bij het hek aangekomen kozen ze voor het voetgangerspoortje en ze liepen de straat op.

Bij een woning aan de overkant ging de voordeur open. Een vrouw in badjas verscheen in het licht van het plafondlampje van haar vestibule. Snipe trok zijn pistool en loste twee schoten, waarna ze snel de deur sloot en geschrokken een veilig heenkomen zocht.

Nog geen paar seconden later stopte een grijze bestelbus. Snel stapten de twee mannen in, waarna het voertuig zijn weg noordwaarts in de richting van de I-15 vervolgde. Terwijl Grouse reed en de anderen zwijgend voor zich uit staarden, trok Crane zijn telefoon tevoorschijn en toetste hij een nummer in. Het duurde lang voordat hij verbinding had.

'Alle opdrachten voltooid,' meldde hij.

22

Badend in de gloed van een reeks computerschermen in een glazen kantoor dat uitkeek op een reusachtige verdieping vol werkhokjes knikte de achtenveertigjarige Chinees in zijn gekreukte witte overhemd en losse das tevreden terwijl hij Cranes melding ontving.
'Begin zo snel mogelijk met het uploaden van data,' beval hij.
'Doe ik,' antwoordde Crane.
'Shi-shi,' dank u, zei de man in het kantoor.
Dr. Tong Kwok Kwan, codenaam Center, tikte even tegen het rechteroordopje van zijn beveiligde internetspraakverbinding om de verbinding te verbreken. Daarna wierp hij een blik langs zijn schermen naar de open ruimte en overwoog zijn volgende stap. Hij besloot even naar de werkplek van zijn beste programmeur te lopen om hem te laten weten dat DarkGods data uit Amerika snel verwacht konden worden.
Normaliter zou hij vanachter zijn bureau gewoon op een knopje drukken en zich via de webcam met de jongeman in verbinding stellen, maar hij wist dat een persoonlijk bezoekje hem zou stimuleren de zaak serieus te nemen.
Tong wierp een blik door zijn onberispelijke werkkamer. Er vielen geen familiefoto's of andere persoonlijke voorwerpen te bekennen, maar aan de glazen deur hing een kartonnen bordje.
Erop was in kalligrafie in een verticale rij een aantal Chinese karaktertekens aangebracht. De regel, afkomstig uit het *Boek van Qi*, de geschiedenis van China van 479 tot 502 na Christus, was een van de zesendertig krijgslisten met betrekking tot misleidingstactieken voor de politiek, de oorlogsvoering en het menselijk verkeer.
Tong las de woorden hardop voor. *'Jie dao sha ren.'* Dood met een geleend mes. Hoewel zijn pionnen in de Verenigde Staten dat zojuist in zijn opdracht hadden gedaan, wist hij dat hijzelf dat geleende mes was.
Er was maar weinig wat hem plezier verschafte. De staat had hem zo goed als gehersenspoeld waardoor basale prikkels als plezier geen vat op hem hadden. Maar zijn missie liep op schema en dat stelde dr. Tong tevreden.
Hij stond op en verliet zijn donkere werkkamer.

Tong Kwok Kwan was in Beijing geboren als enig kind uit een huwelijk tussen twee in Rusland opgeleide wiskundigen die destijds in China voor het net opgestarte kruisraketprogramma werkten.

Kwok Kwan kon zich niet tot de prinsjes rekenen, maar zijn briljante ouders stuurden hem fanatiek de academische, wiskundige kant op. Als kind doorliep hij werk- en tekstboeken, maar hij bereikte zijn puberteit in de periode dat de eerste pc's hun intrede deden, waarna zijn ouders onmiddellijk begrepen dat zijn toekomst in de welhaast onbegrensde mogelijkheden van deze ongelooflijke machines lag.

Vanwege zijn goede cijfers mocht hij van de staat naar de beste scholen en daarna naar de beste universiteiten. In 1984 vertrok hij naar het MIT in de Verenigde Staten om zich verder te bekwamen in het programmeren, en vervolgens naar Caltech, waar hij in 1988 afstudeerde.

Na Caltech kwam Tong naar huis en hij doceerde een paar jaar programmeertalen aan China's Universiteit voor Wetenschap en Technologie en zette vervolgens aan de prestigieuze Peking Universiteit in Beijing een doctoraalcurriculum voor computerwetenschappen op poten.

Inmiddels vormden internet en het wereldwijde web het middelpunt van zijn belangstelling, met name hun zwakke plekken en de implicaties voor toekomstige conflictsituaties met het Westen.

In 1995 schreef hij als dertigjarige promovendus een publicatie, getiteld: *De wereldoorlog in het informatietijdperk*. Al bijna meteen belandde het op de bureaus van het Volksleger en het ministerie van Staatsveiligheid. De Chinese regering classificeerde het als topgeheim waarna agenten van het ministerie van Staatsveiligheid op pad gingen om uit te zoeken aan welke wetenschappelijke opleidingsinstituten de publicatie was verspreid. Men verzamelde kopieën en floppy's, en voerde lange, indringende en intimiderende gesprekken met iedere docent en student die bekend was met de inhoud ervan.

Tong werd onmiddellijk naar Beijing overgebracht en nog geen paar weken later doceerde hij de kopstukken van het leger en inlichtingendiensten over hoe China zich kon wapenen tegen cyberdreigingen door haar vijanden.

Voor de generaals, kolonels en spionmeesters waren zijn colleges een flinke kluif, aangezien de esoterische begrippen die deze briljante jongeman hanteerde moeilijk te volgen waren, maar men realiseerde zich dat ze met Tong een waardevolle pion in handen hadden. Hij ontving zijn doctorstitel en werd hoofd van een kleine maar goed geoutilleerde ontwikkelingsafdeling binnen het ministerie van Staatsveiligheid voor het beproeven en ontwikkelen van cyberoorlogtechnologieën, en het opleiden van mensen, en hij werd verantwoordelijk van cyberafweerprogramma's voor het Volksleger en Staatsveiligheid.

Aan het hoofd staan van overheidsteams die computernetwerken beheerden was voor Tong echter niet voldoende. Hij zag meer heil in de gebundelde kracht van afzonderlijke, onafhankelijke Chinese computerhackers, en dus richtte hij in 1997 een club voor onafhankelijke Chinese hackers op: de Alliantie van het Groene Leger. Onder zijn leiding werden websites en netwerken van China's vijanden aangevallen, binnengedrongen en hier en daar beschadigd. Hoewel de effecten relatief gering waren, toonden ze aan dat de visie die hij in zijn publicatie had uiteengezet wel degelijk in de fysieke wereld te implementeren viel, wat zijn status zelfs nog meer vergrootte.

Later richtte hij de Informatieoorlogsmilitie INOMI op, een groep van burgers binnen de technologiebranche en academische wereld die, weliswaar geleid door het Derde Departement (afluisterspionage), onafhankelijk opereerde.

Daarnaast richtte hij de Rode Hackers-alliantie op. Door de allerbeste hobbyprogrammeurs van China via online bulletinboards het hof te maken dan wel te bedreigen en ze tot een doelgericht leger te boetseren, kon hij deze mannen en vrouwen inzetten om wereldwijd industrieën en overheidsnetwerken binnen te dringen om voor China geheime informatie binnen te halen.

Maar Tong en zijn leger ontwikkelden technieken die verder gingen dan alleen het stelen van digitale informatie. Tijdens een openbaar dispuut tussen de Chinese staatsoliemaatschappij en een Amerikaans oliebedrijf over het aanbestedingscontract voor de aanleg van een pijplijn in Brazilië, meldde Tong zich bij de top van Staatsveiligheid en vroeg hun simpelweg of ze wilden dat zijn Rode Hackers-alliantie het Amerikaanse oliebedrijf moest vernietigen.

De ministers wilden weten of hij daarmee de dominantie van het bedrijf binnen de markt bedoelde.

'Nee, dat bedoel ik niet. Wat ik bedoel is om ze letterlijk te vernietigen.'

'Door hun computers uit te schakelen?'

Tongs uitdrukkingsloze gezicht verried niets van zijn opvattingen over deze zwakke broeders. 'Natuurlijk niet. Die hebben we juist nodig. We hebben inmiddels de besturingscontrole over hun pijpleidingen en boorcapaciteit, de kinetische beheersing over hun boorplatforms. We zijn in staat tot fysieke destructie.'

'Dingen kapotmaken?'

'Dingen kapotmaken, dingen opblazen.'

'En ze kunnen u daarbij niet tegenhouden?'

'In theorie kan op al deze plekken de boel handmatig worden teruggedraaid. Althans, dat neem ik aan. Een medewerker kan ons voor de voeten lopen en een pomp afsluiten of de stroom van een controlestation halen. Maar ik kan op mijn beurt zo snel huishouden dat hun personeel helemaal niets kan uitrichten.'

Er werd echter geen fysieke actie tegen het oliebedrijf ondernomen. De Chinese regering onderkende echter het belang van Tong en zijn potentie. Hij was niet alleen een waardevolle bedenker, maar bovendien een krachtig wapen, en het vernietigen van één enkel bedrijf zou verspilling van energie zijn.

In plaats daarvan hackten hij en zijn team de website van de oliemaatschappij en ze lazen het interne directieoverleg omtrent het aanbestedingscontract voor de aanleg van de Braziliaanse pijplijn. Tong speelde de informatie door aan het Chinese staatsoliebedrijf, dat vervolgens met een lager bod dan de Amerikanen kon komen en ten slotte het contract binnensleepte.

Later, toen K.K. Tong de opdracht kreeg om de blauwdrukken te stelen voor de stille elektrische krachtbron voor Amerikaanse onderzeeërs – waarvan de ontwikkelingskosten vijf miljard dollar bedroegen – had hij de tekeningen nog geen anderhalve maand later in zijn bezit.

Daarna ontfutselde dr. Tong het Amerikaanse ministerie van Defensie meer dan twintig terabytes aan niet-geheime gegevens, met de namen van alle Special Forces-agenten en hun woonadressen, de bunkerhavens van elk schip op de Grote Oceaan en de trainings- en verlofschema's van zo'n beetje alle militaire eenheden, die hij vervolgens aan het Volksleger doorspeelde.

Samen met zijn mannen wist hij bovendien de hand te leggen op het ontwerp voor Amerika's straaljager van de toekomst, de F-35.

Aan de vooravond van het nieuwe millennium had Tong, in samenwerking met de leiding van het Derde Departement van het Volksleger (afluisterspionage) en het Vierde Departement (elektronische afweer- en radarsystemen) de virtuele netwerkcomponent voor het INEW ontwikkeld, het geïntegreerde netwerk voor elektronische oorlogsvoering, de formele aanduiding voor China's overkoepelende strategie voor elektronische oorlogsvoering. Het INEW zou vertrouwen op elektronische oorlogsvoering om zo Amerika's communicatienetwerk te storen, te misleiden en te onderdrukken. Voor het opperbevel van het Volksleger was het inmiddels zonneklaar dat K.K. Tong en zijn team van civiele hackers van levensbelang waren voor INEW's welslagen.

Samen met zijn volgelingen infecteerde Tong wereldwijd miljoenen computers en creëerde hij aldus een robotleger, een botnet, dat kon worden aangestuurd om een website of netwerk aan te vallen, te overstelpen en af te sluiten voor andere inloggers. Hij richtte deze botnets met verpletterend resultaat op China's vijanden, en de bezitters van deze geïnfecteerde computers hadden geen moment in de gaten dat hun hardware door de Volksrepubliek China was gekaapt.

In tegenstelling tot de rest van zijn land verkeerde Tong in voortdurende staat van oorlog tegen de Verenigde Staten. Middels spionage en speldenprikken hadden hij en zijn legertje – de meeste mannen en vrouwen werkten vanuit hun eigen woning of 'op kantoor' vanachter hun werkstations – elke kans aangegrepen om Amerikaanse computernetwerken te ondermijnen en een uitgebreide lijst van doelwitten aan te leggen in geval er een echte oorlog uit zou breken.

Wat de Chinezen betrof kleefde er aan Tong en zijn inspanningen maar één probleem: hij boekte te veel succes. Hij had zo'n beetje de vrije hand gekregen bij het binnendringen van Amerikaanse netwerken, en uiteindelijk begonnen de Amerikanen het zelf in de gaten te krijgen. In Washington realiseerde de regering zich dat iemand met een stofzuiger bezig was al hun data weg te zuigen.

Titan Rain, zo luidde aanvankelijk hun verzamelnaam voor de aanhoudende aanvallen op overheids- en industrienetwerken. Een tweede reeks aanvallen kreeg de naam Shady Rat. Er werden honderden onderzoekers aan het werk gezet om uit te vinden wie hier achter zat. China viel al meteen onder verdenking, en terwijl Tongs activiteiten zich uitbreidden en zijn legertje steeds belangrijker werd, vreesden ingewijden binnen het Chinese ministerie van Staatsveiligheid en het Politbureau dat een paar van deze opvallende aanvallen weleens aan China zouden kunnen worden toegeschreven.

De Verenigde Staten wisten een aantal hackers te arresteren die bij de aanvallen betrokken waren geweest. Een aantal van hen was van Chinese afkomst, wat het thuisland grote zorgen baarde. Er werd dan ook druk uitgeoefend op het Volksleger en Staatsveiligheid om in de toekomst zorgvuldiger en onopvallender te werk te gaan.

Toen Tongs kwetsbaarheid zich in al zijn facetten aan de kopstukken van het Volksleger en het ministerie van Staatsveiligheid openbaarde, nam men het besluit om Tong koste wat kost te beschermen. Zijn organisatie diende autonoom te worden, los van de Chinese regering. Loochenbare netwerkoperaties waren onontbeerlijk in deze tijd van verklaarde vrede en dus diende China officieel niet-aansprakelijk te blijven.

Maar inmiddels stond Tong in de VS bekend als een belangrijke computerexpert in dienst van het Volksleger. De FBI en de onderzoekers van de nationale veiligheidsdienst, die de Chinese cyberoperaties bestudeerden, vatten zijn invloed op de cyberstrategie samen als de Tong-dynastie. Toen het tot de Chinezen doordrong dat Tong zo werd omschreven, wisten ze dat ze moesten ingrijpen.

Na veel beraad kwam de minister van Staatsveiligheid tot het besluit dat K.K. Tong – officieel directeur van het technologisch opleidingsinstituut voor het Eerste Technische Verkenningsbureau van de Militaire District Chengdu, maar in feite een veldmaarschalk met betrekking tot een van de vijf oorlogsterreinen – zou worden gearresteerd op grond van valse beschuldigingen van corruptie, waarna hij uit zijn verzekerde bewaring zou 'ontsnappen'.

Hij zou zich vestigen in Hongkong en onder de bescherming van de 14K-triade vallen. Een 'triade' was een soort verzamelnaam voor een wijdvertakte organisatie, met de 14K als de grootste en machtigste van Hongkong. Het ministerie van Staatsveiligheid en de 14K onderhielden geen operationele banden met elkaar. De triade was al geruime tijd een bron van ergernis voor de Chinese regering, maar Tong zou zichzelf en zijn hackerslegertje aan de triades 'verkopen' en hen in ruil voor bescherming betalen met het geld dat zijn mannen en vrouwen wereldwijd met beleggingsstrategieën binnenhaalden.

14K zou natuurlijk niet beter weten dan dat Tong uit de gevangenis had weten te ontsnappen en zich nu bezighield met computergerelateerde verduisterings- en chantagepraktijken en clandestiene computermisdaad.

De triades zouden geen moment vermoeden dat negentig procent van Tongs activiteiten om computerspionage en cyberoorlog handelde, dit alles in opdracht van de Communistische Partij van China, de vijand van de triades.

Tong werd 'gearresteerd', en er verscheen een kort bericht in het *Dagblad van het Volk*, een Chinese krant die als spreekbuis voor de regering fungeerde. Hij werd aangeklaagd wegens computermisdaden en het artikel beschreef zijn pogingen om de ICBC, de Chinese staatsbank voor handel en industrie heimelijk te bestelen.

Het was allemaal bedoeld om het Westen te laten zien dat deze mysterieuze dr. Tong in Beijing van zijn troon was gevallen, en de triades van Hongkong duidelijk te maken dat deze dr. Tong vaardigheden bezat waar ze flink wat geld mee konden binnenhalen.

Tong werd veroordeeld tot het vuurpeloton, maar op de dag van zijn executie kwamen er vanuit de gevangenis geruchten naar buiten dat hij met hulp van binnenuit zou zijn ontsnapt. Om de list nog overtuigender te maken, gaf de gevangenisdirectie de volgende dag opdracht om verscheidene cipiers wegens hun 'collaboratie' te executeren.

Een paar weken later nam de 14K-triade, de grootste en machtigste tak binnen de onderwereld van Hongkong en de grootste triade ter wereld, K.K. Tong onder zijn hoede. Hij startte het legertje van civiele hackers dat hij had gecultiveerd weer op en al binnen een paar maanden haalde hij via de tienduizenden geïnfecteerde computers die tezamen zijn botnet vormden, met creditcardzwendel en phishing bakken met geld binnen voor de triades.

Daarnaast startte hij iets nieuws op. Met goedkeuring van de 14K, zonder dat men ook maar begreep wat hij van plan was, schafte Tong honderden computers aan, lokte de allerbeste hackers uit China en Hongkong en sluisde hen omzichtig zijn nieuwe organisatie binnen.

K.K. Tong noemde zich nu 'Center' en doopte de spil, het zenuwcentrum van zijn nieuwe, wereldomvattende organisatie, het Ghost Ship, gevestigd op de tiende tot en met de vijftiende verdieping van een kantoorgebouw dat eigendom was van de triade in Mong Kok, een ruige wijk voor de lagere inkomens in Kowloon, ver ten noorden van de glitter en glamour van Hongkong. Hier waakte de triade dag en nacht over Tong en zijn mensen, ook al bleven ze nietsvermoedend over zijn werkelijke missie.

Hij nam tientallen van de beste programmeurs in dienst die hij maar kon vinden, voornamelijk mannen en vrouwen uit zijn eerdere 'hacklegers'. De anderen, zijn geheim agenten, noemde hij zijn *controllers*. Maar allemaal gebruikten ze het pseudoniem Center als visitekaartje. Ze werkten vanachter hun werkstations op de werkverdieping van het Ghost Ship en communiceerden via Cryptogram met alle hackers en pionnen die, waar ook ter wereld, nietsvermoedend voor hen werkten.

De controllers werkten met contant geld, afpersing en misleiding om duizenden afzonderlijke hackers, scriptkiddies, criminele bendes, geheim agenten, regeringsambtenaren en sleutelfiguren binnen de hightech tot een reusachtige inlichtingendienst te boetseren zoals de wereld die nog nooit had gezien.

Tong en zijn topleiders patrouilleerden langs de honderden internetfora die door Chinese hackers werden gebruikt, en gebruikten ze als rekruteringsplek voor hun leger. Man voor man, vrouw voor vrouw werd stilletjes aan ontdekt, doorgelicht, benaderd en ingelijfd.

Het Ghost Ship bevatte inmiddels bijna driehonderd werknemers op de werkvloer en nog eens duizenden verspreid over de hele wereld. Waar de taal een probleem vormde, werd in het Engels of met geavanceerde vertaalprogramma's gecommuniceerd. Tong nam buitenlandse hackers in dienst, niet als Ghost Ship-agenten, maar als standplaatspionnen die nietsvermoedend voor de Chinese regering werkten, ook al was het voor velen duidelijk dat hun nieuwe bazen Aziaten waren.

Ten slotte was het tijd voor de echte geheim agenten. Criminele organisaties werden betrokken bij 'meat space'-ad-hocprojecten, en op de meest veelbelovende agenten werd door Center regelmatig een beroep gedaan.

De Libische organisatie in Istanbul was hiervan een voorbeeld, hoewel hun controller al meteen inzag dat een natuurlijke selectie voor de domoren nadelig zou uitvallen, vooral voor hun verbindingsagent Emad Kartal, een man die zijn eigen beveiligingsprotocollen verzaakte.

De controller van de cel in Istanbul had ontdekt dat de Libiërs werden geschaduwd door een groep Amerikanen die voor het bedrijf Hendley Associates werkten. Met dr. Tongs goedkeuring had de controller expres niet ingegrepen toen de vijf leden van de Turkse cel een voor een door de Amerikanen werden uitgeschakeld; het was de eerste stap om het gesloten netwerk van Hendley Associates met een virus te kunnen infecteren zodat het Ghost Ship meer over hen te weten kon komen. Het plan mislukte echter toen de gemaskerde schutter zich met de complete pc onder zijn arm uit de voeten maakte, in plaats van onbewust virale bestanden op een USB-stick te kopiëren, zoals de controller had gehoopt.

Maar intussen hadden Tongs controllers al andere paden bewandeld om de ware identiteit achter dit vreemde Hendley Associates-masker te kunnen achterhalen.

Andere door Center ingehuurde organisaties waren onder meer triades in Canada en de VS en Russische *bratvas*, ofwel broederschappen.

Al snel begon Tong met het rekruteren van topagenten om als veldpionnen in te kunnen zetten. Zo vond hij Valentin Kovalenko en hij stelde vast dat de man perfect zou zijn voor de opdracht. Met behulp van een van zijn Russische bratvas wist hij Kovalenko uit de gevangenis te krijgen en de eigengereide voormalig assistent-rezident met chantage onder de duim te houden.

Center nam Kovalenko onder zijn hoede, leerde hem net als bij veel van zijn spionnen langzaam de kneepjes van het vak, tekende de successen en zijn vermogen om onbespied te blijven op en begon de Rus geleidelijk aan steeds meer verantwoordelijkheid te geven.

Zonder het te beseffen had Tong bovendien een ander type spion onder zijn bevel.

De bekeerling.

Zij waren werkzaam bij agentschappen over de hele wereld, in de zakelijke telecommunicatie, de bankwereld, als producent voor het leger, en binnen de wetshandhaving.

Geen van deze ingelijfde pionnen had ook maar een vermoeden dat ze in feite namens de Chinese regering opereerden. Veel van hen verkeerden in dezelfde veronderstelling als Valentin Kovalenko: ze pleegden een vorm van bedrijfsspionage ten bate van een groot buitenlands technologieconcern dat er geen scrupules op nahield.

Dr. K.K. Tong voerde de leiding over de hele operatie, ontving richtlijnen van het Chinese leger en de inlichtingendiensten en stuurde zijn controllers bij, die vervolgens hun veldpionnen nieuwe instructies gaven.

Wat ook hielp, misschien wel het meest, was dat enig mededogen dr. K.K. Tong geheel vreemd was. Hij schoof zijn mensen over de aardbol alsof hij nullen en enen over de elektronische snelweg joeg. En hoewel mensen hem koud lieten, moest hij inwendig bekennen dat hij, rekening houdend met de menselijke tekortkomingen, met meer respect naar de malware keek die hij en zijn hackers ontwikkelden.

Nu zijn Ghost Ship al twee jaar actief was, groeide het besef dat zijn bijna almachtige greep niet voldoende was. Er gingen geruchten rond over slimme nieuwe virussen, de wereldwijde vertakking van de cybercrime en geslaagde hacks in industriële en overheidsnetwerken. Om de ontwikkelingen bij te benen, maakte hij het opperbevel van het Volksleger en het ministerie van Staatsveiligheid duidelijk dat, wilden zijn cyberoperaties maximaal effect sorteren, hij extra pionnen nodig had, een eenheid van spionsoldaten in Amerika, geen onnozele halzen maar mannen die de Communistische Partij en Center volledig toegewijd waren.

Na enig geharrewar, overleg en ten slotte de participatie van hogere officieren kreeg Tong het commando over een *special operations*-eenheid van het Volksleger. Alles wat hij ondernam wierp immers vruchten af, zo luidde de redenering. De twee jaar dat zijn pionnen wereldwijd opereerden hadden het Volksleger een stuk machtiger gemaakt en de Chinese zaak verder gebolsterd. Dus waarom hem ook niet een kleine eenheid van al even loochenbare troepen gunnen?

Crane en zijn acht man sterke team waren afkomstig uit het Hemelse Zwaard, een speciale eenheid uit het militaire district Beijing en zeer gespecialiseerd in verkenning, contraterreur en guerrillatactieken. Het team dat naar de VS werd gezonden om aldaar de instructies van Center uit te voeren werd bovendien doorgelicht op moed, ideologische zuiverheid en intelligentie.

Een paar maanden werden ze ondergebracht binnen de triade van Vancouver, alvorens de poreuze grens tussen Canada en Amerika over te steken. Daar betrokken ze diverse safehouses die door het Ghost

Ship via dekmantelorganisaties waren gehuurd of gekocht. Dankzij Center en zijn onbeperkte toegang tot allerlei hulpmiddelen konden ze beschikken over alle benodigde papieren.

Crane en zijn cel zouden wanneer ze werden onderschept of om het leven werden gebracht, slechts worden beschouwd als een bende triadegangsters uit Vancouver, werkend in opdracht van een stel binnen- of buitenlandse computercriminelen. In elk geval niet voor de Chinese Communistische Partij.

Zoals ook voor Menlo Park en Las Vegas gold, voerden Crane en zijn mannen *wet operations* ofwel moordopdrachten uit; het uitschakelen van mensen die een bedreiging vormden voor Centers activiteiten zoals het stelen van programmatuur en bestanden die nodig waren om het Ghost Ship sterker te maken.

Het kleine groepje hooggeplaatste ingewijden binnen het Volksleger en het ministerie van Staatsveiligheid was tevreden. De Chinezen hadden hun wapen en een plausibel alibi. Ze konden de Amerikaanse regering militaire en industriële geheimen ontfutselen en zo het pad naar een gewapend conflict effenen. Als Tong en zijn organisatie ooit werden ontmaskerd, tja, dan was hij slechts een vijand van Beijing, onder één hoedje opererend met de triades; hoe kon iemand dan nog beweren dat hij en zijn mensen voor de Chinese regering werkten?

Het was maar een kort stukje van zijn werkkamer via de goedverlichte gang met linoleum op de vloer naar de zwaaideuren die aan weerskanten door twee tanige mannen uit de omgeving met hun space-age-achtige QCW-05 machinepistolen voor de borst werden bewaakt. De bewakers droegen geen uniform. De een droeg een oud leren jack en de ander een blauw poloshirt waarvan de witte boord overeind stond.

Dr. Tong zweeg terwijl hij hen passeerde, maar dat was niet ongewoon. Hij zei immers nooit iets, voerde nooit onderonsjes met zijn ondergeschikten, laat staan met de stuk of dertig plaatselijke triadegangsters in en rond het gebouw die tot taak hadden hem en zijn organisatie te beschermen.

Een vreemde werkrelatie, dat zeker. En iets waar Tong eigenlijk niet op zat te wachten, hoewel hij de strategische noodzaak van deze verhuizing naar Hongkong wel begreep.

Door de dubbele deuren vervolgde K.K. Tong zijn weg, dwars over de werkvloer van het hoofdkwartier, waar tientallen mannen en vrouwen achter hun computers hard aan het werk waren. Twee keer stond iemand op, en vroeg Center met een beleefde buiging om een momentje van zijn tijd. Beide keren bracht dr. Tong in het voorbijgaan slechts even een hand omhoog, aangevend dat hij hen zometeen te woord zou staan.

Op dit moment was hij op zoek naar een bepaald persoon.

Hij passeerde de afdeling telebankieren en phishing, die van sociale media en techniek en liep naar die van de programmeurs.

Dit was de plek waar de mannen en vrouwen werkten die het eigenlijke hacken uitvoerden.

Achter in de zaal, pal naast een manshoog raam dat uitzicht op het zuiden van Kowloon had geboden als het niet met rode veloursgordijnen was dichtgetrokken, zat een jongeman met heftig piekhaar achter een rij van vier computerschermen.

De jonge Chinese punker stond op en maakte een buiging nu Tong achter hem verscheen.

'Fysieke operatie voltooid,' sprak de oudere man. 'Je kunt snel data verwachten.'

'*Sie de, xiangsheng.*' Ja, meneer. Met een buiging nam de jongen weer plaats achter zijn bureau.

'Zha?'

Snel vloog hij weer overeind en draaide zich om.

'Ja, meneer?'

'Ik wil een verslag van wat je vindt. Ik verwacht niet dat DarkGods programmatuur je iets zal opleveren waarmee je onze RAT kunt optimaliseren voordat we het ministerie van Defensie aanvallen, maar sluit je er niet voor af. Hij heeft met zijn beperkte middelen hoe dan ook behoorlijk ver in CIA's Intelink-netwerk kunnen doordringen.'

'Zeker, meneer,' antwoordde het punkertje. 'Ik zal DarkGods programma bekijken en verslag uitbrengen.'

Zonder verder nog een woord te zeggen draaide Tong zich om en liep weer terug naar de werkvloer.

De jonge punkrocker heette Zha Shu Hai, maar in cyberspace kenden ze hem als FastByte22.

Zha was geboren in China, maar zijn ouders emigreerden al snel naar Amerika en dus werd hij als kind Amerikaans staatsburger. Net als Tong gold hij binnen de computerwereld als een soort wonderkind. Hij bezocht Caltech, waar hij op zijn twintigste afstudeerde. Een jaar later verkreeg hij toegang tot geheime documenten en werd hij aangenomen bij de onderzoeksafdeling van General Atomics, gevestigd in San Diego, en producent van UAV's voor het leger en spionagetoepassingen. Zha kreeg de taak om beveiligde en gecodeerde netwerken op hun waterdichtheid te testen.

Na twee jaar rapporteerde Zha aan General Atomics dat zonder specifieke kennis van deze netwerken, de communicatieapparatuur waarmee de drones op afstand werden bestuurd en de zeer geavanceerde elektronica, het bijna onmogelijk was om deze netwerken binnen te dringen.

Daarna probeerde de jonge Chinees contact te leggen met de Chinese ambassade in Washington DC, met het voorstel hun zijn specifieke kennis van dit alles aan te bieden en hen te helpen bij het vervaardigen van supergeavanceerde apparatuur waarmee men zijn kennis kon exploiteren.

Helaas viel Zha bij een routinetest met een leugendetector, nodig om zijn Amerikaanse betrouwbaarheidsverklaring te kunnen behouden, door de mand. Een inspectie van zijn computer onthulde zijn correspondentie met de Chinese ambassade. De jonge beveiligingstester van General Atomics werd gearresteerd en verdween achter de tralies. Toen Tong zijn Ghost Ship opstartte schakelde hij zijn contacten in om de jongeman de VS uit te krijgen opdat Zha in Tongs hoofdkwartier in Hongkong aan de slag kon.

Met Zha's kennis omtrent programmeertalen en het hacken van beveiligde netwerken, ontwikkelde Tong Ghost Ships krachtige, op afstand bestuurbare Trojaanse paard, de malware waarmee Center ongemerkt data kon stelen, kon meekijken via de webcams en kon meeluisteren via de microfoons van elke geïnfecteerde computer.

Zha's virus was even bedrieglijk als briljant. Het begon met een portscan om het beschermingsprogramma van een niet-afgesloten venster te kunnen achterhalen. Werd deze poort gevonden, dan werd er een reeks van wachtwoorden op losgelaten om de machine te kunnen binnendringen.

Dit alles vergde slechts een paar honderdsten van een seconde. Geen enkele gebruiker zou het in de gaten hebben, tenzij hij zijn computer nauwlettend in de gaten hield.

Als de worm erin slaagde om tot het onderbewuste van de computer door te dringen volgde een supersnelle verkenning om de applicaties en het soort processor en moederbord vast te stellen. Minder presterende of oudere apparaten werden afgewezen. De worm liet de hacker direct weten dat deze *node* verder niet interessant was, waarna het virus zichzelf verwijderde. Krachtige computers, echter, werden nog verder binnengedrongen door de malware, waarna het virus ook het computerbrein overnam en de hacker meldde dat er weer een nieuwe rekruut aan het robotleger kon worden toegevoegd.

Zodra een computer door het Ghost Ship was overgenomen zorgde een subprogramma, ontworpen door FastByte22 zelf, dat elk spoor van het implementatieprogramma werd gewist.

Met dit virus was Zha er als eerste in geslaagd om CIA's Intelink-TS-networkrouter voor kabelverkeer te kraken, maar tijdens een van zijn verkenningen naar de broncode besefte hij dat hij niet alleen was. Hij traceerde de andere hacker, wist diens identiteit via open bulletinboards en adressenbestanden geleidelijk aan te achterhalen en ontdekte dat het om een bekende hobbyhacker uit de VS ging die Charlie Levy heette. Centers controllers hadden geprobeerd hem in zijn organisatie in te lijven zodat ze van zijn kennis konden profiteren.

Die poging was echter mislukt, waarna Tong, op jacht naar Levy's kennis, zijn computer had gehackt.

Maar ook dat was mislukt. Crane en zijn mannen hadden de informatie op de ouderwetse manier bemachtigd door Charlie Levy te doden en de benodigde informatie gewoon te stelen.

Tong wist dat Zha verwaand was en ervan uitging dat DarkGods virus geen elementen bevatte waarvan Zha nog iets kon leren.

Tong, echter, wist hoeveel voordeel er behaald kon worden door de kennis van afzonderlijke hackers te bundelen, ook al hadden sommigen moeite om hun kennis vrijwillig prijs te geven.

Zha mocht dan denken dat Levy's werk weinig aan het zijne kon toevoegen, wat Tong betrof had hij de jongeman voldoende duidelijk gemaakt dat hij verwachtte dat deze DarkGods gestolen data grondig zou bestuderen.

23

De vierendertigjarige Adam Yao zat achter het stuur van zijn twaalf jaar oude Mercedes C-sedan en wiste zijn gezicht met een strandhanddoek, die altijd op de stoel naast hem lag. Deze herfst was het snikheet in Hongkong, zelfs om halfacht 's ochtends. Adam had de airco niet aan, want hij wilde niet dat zijn stationair draaiende motor de aandacht zou trekken.

Hij was al dicht bij zijn doellocatie – te dicht – en dat wist hij. Toch moest hij dichtbij parkeren, rekening houden met het terrein, de bocht in de weg en het nabijgelegen parkeerterrein.

Hier parkeren was vragen om ellende, maar hij had geen andere keus. Adam Yao stond er alleen voor.

Na het meeste zweet van zijn voorhoofd te hebben weggeveegd, bracht hij zijn Nikon-camera weer naar zijn oog en zoomde in op de lobby van de appartementenflat aan de overkant van de straat. Tycoon Court, zo heette het. Ondanks de goedkope naam was het binnen een chique bedoening. Hij wist dat deze appartementen, pal in het welvarende Mid-Levels, een wijk op Hongkong Island, flink wat geld moesten hebben gekost.

Turend door de lens speurde hij de lobby af naar het doelwit van zijn surveillance, maar hij wist dat de kans klein was dat hij de man daar zou zien. Adam kwam hier al dagen en elke ochtend was dezelfde: rond halfacht schoot het doelwit de lift uit, liep met voortvarende tred over de marmeren vloer van de lobby naar de deur naar buiten, waar drie auto's op hem wachtten en hij snel de middelste SUV in dook.

Meer was Adam Yao niet over de man te weten gekomen. De auto's hadden getinte ramen en het doelwit was altijd in zijn eentje. Adam had nog niet geprobeerd om de stoet door de smalle, kronkelende straten van Mid-Levels te achtervolgen.

Dat alleen doen zou bijna ondoenlijk zijn.

Adam wenste dat de leiding van zijn organisatie hem ondersteunde, dat hij in situaties als deze gewoon wat hulpmiddelen en extra mannen kon inschakelen. Maar Adam werkte nu eenmaal voor de CIA, en zo'n beetje alle CIA-agenten in Azië konden je één ding over de organisatie vertellen: men kampte met een lek. In Langley werd het ontkend, maar onder de mannen en vrouwen hier, in het veld, was het duidelijk dat de Volksrepubliek China over hun plannen, bronnen en methoden werd getipt.

Adam Yao kon wel wat hulp gebruiken, maar de operatie liep in elk geval geen gevaar, want in tegenstelling tot alle overige CIA-agenten in China en Hongkong, moest Adam Yao het zonder vangnet stellen. Hij was een niet-erkend geheim agent, wat inhield dat hij het zonder diplomatieke bescherming moest stellen.

Als spion stond hij feitelijk in de kou.

Niet dat hij een beetje kou op dit moment niet zou waarderen, overigens. Hij reikte naar zijn strandhanddoek en veegde zijn voorhoofd nog eens droog.

Een paar dagen eerder was Yao gewezen op de aanwezigheid, hier, in Tycoon Court, van een bekende fabrikant – afkomstig van het Chinese vasteland – van illegaal gekopieerde harddrives en microprocessors die hun weg naar belangrijke computersystemen van het Amerikaanse leger hadden weten te vinden. De man heette Han, directeur van een grote genationaliseerde fabriek in Shenzhen. Zijn aanwezigheid hier, in Hongkong, moest een reden hebben. Elke ochtend werd hij opgepikt door drie witte SUV's en weggereden naar een onbekende locatie.

Maar ook al had deze fabrikant van illegale kopieën zijn illegale handel aan het Amerikaanse leger kunnen slijten, voor de CIA ging het om handel, en handelsspionage was niet iets waar het agentschap hier veel aandacht aan besteedde.

Chinese cyberspionage en cyberoorlog, dat waren de krenten in de pap. Bedrijfscriminaliteit op computergebied was klein bier.

Ook al wist Adam maar al te goed dat het hoofdkantoor in Langley weinig belangstelling zou tonen voor zijn initiatief, toch zette hij zijn onderzoek onverdroten voort, gewoon omdat hij zelf weleens wilde weten met wie deze vervalser – in Adams omgeving – afspraken onderhield.

Yao tuurde inmiddels zo lang door zijn lens dat het rubberen oogschelpje van de zoeker volliep met zweet. Net op het moment dat hij de camera wilde laten zakken, gleden de liftdeuren van de lobby open en, trouw aan zijn dagelijkse ritueel, stapte de fabrikant van namaakcomputerhardware uit Shenzhen de lift uit en hij liep door de lobby. Precies op dat moment passeerden drie witte SUV's Yao's auto en stopten voor de overkapping bij de ingang van Tycoon Court.

Elke dag waren het weer dezelfde voertuigen die hier verschenen. Tot dusver had Adam te veraf gestaan om de kentekens te kunnen noteren, maar op deze ochtend was hij voldoende dichtbij om een paar goede foto's te kunnen maken en hij had ruim de tijd om de kentekenplaten te kieken.

Het achterportier van de middelste auto werd van binnenuit geopend, waarna de fabrikant van illegale kopieën de auto indook. Al meteen daarna reed de stoet weg in oostelijke richting langs Conduit Court en verdween achter een heuvelachtige bocht.

Yao besloot vandaag de SUV's te gaan volgen. Hij zou voldoende afstand houden en waarschijnlijk zou hij hen al snel in het drukke verkeer kwijtraken, maar wat hem betrof kon hij net zo goed in dezelfde richting aftaaien, stel dat hij het geluk had hen tot aan een belangrijke kruising te kunnen volgen. Stel dat het zo zou gaan, en aangenomen dat ze elke dag dezelfde route aflegden, dan kon hij zich de volgende dag op een punt langs deze weg opstellen en hen zo wat dichter tot hun uiteindelijke bestemming schaduwen.

Hij zou geduld moeten betrachten, en het zou een gok blijven, maar het was in elk geval beter dan hier ochtend in, ochtend uit klaar te moeten zitten, wat inmiddels een beetje zinloos begon te lijken.

Hij legde zijn camera op de stoel naast hem en wilde net naar zijn autosleutels reiken toen er opeens hard op het portierraam werd geklopt en hij even opschrok.

Twee politieagenten tuurden naar binnen. Een van hen tikte met het plastic antennetje van zijn portofoon tegen het glas.

Fijn.

Hij draaide het raam omlaag. 'Ni hao,' groette hij de twee. Het was Mandarijn. Deze twee dienders spraken waarschijnlijk Kantonees, maar hij baalde dat zijn ochtend wederom was verpest, en had dus weinig zin om behulpzaam te zijn.

Voordat de agent bij zijn raam iets tegen hem zei, gleden zijn ogen al langs hem naar de bijrijdersstoel van de Mercedes, met daarop de camera met de tweehonderd millimeter zoomlens, een richtmicrofoon plus koptelefoon, een kwaliteitsverrekijker, een kleine laptop, een rugzakje en een volgekrabbeld notitieblok.

De agent keek hem nu argwanend aan. 'Uitstappen.'

Adam gehoorzaamde.

'Is er iets?'

'Identificatie,' beval de agent.

Voorzichtig reikte Adam in zijn broekzak en hij trok zijn portemonnee tevoorschijn. De agent die een paar meter van hem vandaan stond keek waakzaam toe.

Adam gaf zijn zakportefeuille aan de agent die daarom had gevraagd, en wachtte geduldig terwijl de man zijn papieren bekeek.

'Wat ligt daar allemaal in uw auto?'

'Dat is voor mijn werk.'

'Uw werk? Wat, bent u soms een spion?'

Adam Yao lachte. 'Niet helemaal. Ik heb een bedrijf dat diefstal van kennis onderzoekt. Mijn kaartje zit naast mijn rijbewijs. SinoShield Business Investigative Services Limited.'

De agent bekeek het visitekaartje. 'Wat doet u hier?'

'Ik heb cliënten in Europa en Amerika. Als ze het vermoeden hebben dat een Chinees bedrijf hun eigen producten hier illegaal namaakt, huren ze mij in om het te onderzoeken. Als wij denken dat we een zaak hebben, huren zij plaatselijke advocaten in om aan deze praktijken een eind te maken.' Hij glimlachte. 'De zaken gaan goed.'

De agent ontspande een beetje. Het was immers een redelijke verklaring voor waarom dit heerschap op dit parkeerterrein foto's nam van het komen en gaan iets verderop.

Hij vroeg: 'U onderzoekt iemand van Tycoon Court?'

'Helaas, agent, over een lopend onderzoek mag ik geen mededelingen doen.'

'De beveiligingsbeambte daar heeft ons gewaarschuwd over uw aanwezigheid. Hij zei dat u hier gisteren ook al was. Ze denken dat u ze gaat beroven of zoiets.'

Adam grinnikte. 'Ik ga ze niet beroven. Ik zal ze zelfs niet eens lastigvallen, hoewel ik me daarbinnen graag eens aan de airco zou willen laven. U kunt me natrekken, als u wilt. Ik heb vrienden bij de politie van Hongkong, voornamelijk op bureau B. U zou iemand kunnen bellen die voor me instaat.' Bureau B van de politie van Hongkong huisvestte het recherchebureau. Deze twee agenten, wist hij, zouden voor Bureau A werkzaam zijn, de surveillantendivisie.

De andere agent bekeek Adam eens op zijn gemak. Hij vroeg Yao naar een paar rechercheurs van Bureau B. Yao gaf antwoord waarna ten slotte bleek dat hij inderdaad een paar van hen kende.

Tevreden liepen de twee agenten even later terug naar hun surveillanceauto en ze lieten Adam achter bij zijn Mercedes.

Hij stapte weer in zijn auto en beukte gefrustreerd met een hand op het stuur. Afgezien van de kentekens, die hem waarschijnlijk geen stap verder zouden brengen, was deze dag nu al verprutst. Hij was niets nieuws te weten gekomen over de fabrikant en was bovendien door een of andere beveiliger van een appartementstoren nog eens gecompromitteerd.

Toch was Adam ook nu in zijn sas met zijn fantastische dekmantel. Als hoofd van een particulier detectivebureau beschikte hij over een alibi om in alle vrijheid zijn clandestiene werkzaamheden voor de CIA te verrichten.

Voor zover het officieuze CIA-dekmantels betrof, was zijn SinoShield Business Investigative Services Ltd onverwoestbaar.

Hij reed de heuvel af terug naar zijn kantoor in de buurt van de haven.

24

Op het moment dat Jack Ryan junior naast Melanie Kraft ontwaakte realiseerde hij zich al meteen dat zijn telefoon ging. Hij wist even niet hoe laat het was, maar het voelde in elk geval nog veel te vroeg voor zijn biologische klok om hem te vertellen dat het tijd was om wakker te worden.

Hij pakte het tjirpende apparaatje en keek naar het scherm. Vijf over twee 's nachts. Hij kreunde en las de naam van de beller.

Gavin Biery.

Hij kreunde opnieuw. 'Je meent het.'

Melanie verroerde zich. 'Werk?'

'Ja.' Hij wilde haar achterdocht niet wekken, maar voegde er desalniettemin aan toe: 'De baas van de IT-afdeling.'

Ze slaakte een lachje. 'Je hebt je computer aan laten staan.'

Ook Jack grinnikte even en maakte aanstalten om de telefoon weer terug te leggen.

'Dit moet wel belangrijk zijn,' zei ze. 'Ik zou maar opnemen.'

Hij wist dat ze gelijk had, hees zich overeind en nam op. 'Hallo, Gavin.'

'Je moet meteen komen!' klonk het opgewonden over de lijn.

'Het is twee uur in de nacht.'

'Het is zes óver twee. Zorg dat je hier om halfdrie bent.' Biery hing op.

Vechtend tegen de drang om de telefoon tegen een muur stuk te gooien legde Jack legde het apparaatje terug op het nachtkastje. 'Ik moet me melden.'

'Bij die IT'er?' vroeg ze verbijsterd.

'Ik help hem met iets. Het was belangrijk, zei ie, maar ik hoefde er niet "om middernacht" mijn bed voor uit. Kennelijk dus wel om halfdrie in de ochtend.'

Melanie rolde weer terug op haar zij. 'Veel plezier.'

Jack kon wel horen dat ze hem niet geloofde. Dat idee had hij wel vaker bij haar, zelfs wanneer hij de waarheid sprak.

Iets na halfdrie reed hij het parkeerterrein van Hendley Associates op. Hij liep via de hoofdingang naar binnen en zwaaide vermoeid even naar William, de nachtportier achter de balie.

'Goedemorgen, meneer Ryan. Meneer Biery waarschuwde me al dat u binnen zou vallen alsof u net uit uw bed was gerold. Ik moet zeggen dat u er zelfs in deze hoedanigheid een stuk beter uitziet dan de heer Biery tijdens zijn normale kantooruren.'

'En dat zal alleen maar erger worden zodra ik hem eens flink voor z'n reet ga schoppen, omdat hij me uit bed heeft gebeld.'

William lachte.

Jack trof Gavin in zijn kantoor en zette zijn lichte irritatie over diens binnendringing in zijn privéleven opzij. 'Wat is er aan de hand?' vroeg hij.

'Ik weet wie dat virus op de computer van die Libiër heeft gezet.'

Opeens was Jack een stuk wakkerder dan hij zo-even achter het stuur was geweest. 'Je hebt Centers identiteit achterhaald?'

Biery trok overdreven zijn schouders op. 'Dat zou ik je niet durven zeggen, maar als dit Center niet is, dan moet het in elk geval iemand zijn die voor, of mét hem werkt.'

Jack wierp een blik naar Biery's koffiezetapparaat, hunkerend naar wat koffie. Maar het ding stond uit en de pot was leeg.

'Ben je niet hier geweest vannacht?'

'Nee, ik heb thuis zitten werken. Ik wilde het Campus-netwerk niet blootstellen aan waar ik mee bezig was. Ik heb dus een van mijn eigen computers gebruikt. Ik zit hier net.'

Jack pakte een stoel. Het begon er op te lijken dat Biery inderdaad een goede reden had gehad om hem te laten opdraven.

'Wat heb je thuis allemaal zitten doen?'

'Rondgehangen in de digitale illegaliteit.'

Jack was nog steeds moe, te moe voor raadsels. 'Kun je me gewoon even bijpraten terwijl ik met mijn ogen dicht luister?'

Biery streek met een hand over zijn hart. 'Er zijn websites waarmee je op het net illegaal zaken kunt doen. Zo kun je op deze, zeg maar, on-line bazars valse identiteitspapieren kopen, instructies om bommen te maken, gestolen creditcardgegevens en zelfs toegang tot netwerken van gehackte computers.'

'Je bedoelt botnets.'

'Juist. Je kunt toegang kopen of huren om overal ter wereld bij zulke geïnfecteerde apparaten te kunnen komen.'

'Dus gewoon met je creditcardnummer een botnet huren?'

Biery schudde het hoofd. 'Niet met je creditcardnummer, maar met

Bitcoin. Dat is online valuta die niet traceerbaar is. Net als contanten, maar dan beter. Alles draait hier om anonimiteit.'
'Je vertelt me dus dat jij zo'n botnet hebt gehuurd?'
'Meerdere.'
'Is dat niet verboden?'
'Wel als je er iets illegaals mee van plan bent. Wat ik dus niet was.'
'Wat heb je er dan mee gedaan?' Jack merkte dat hij met Biery toch weer in raadselland terecht was gekomen.
'Ik had een theorie. Weet je nog dat ik je vertelde dat de paar regels programmatuur die op die Istanbul-disk waren achtergelaten ons naar de dader konden leiden?'
'Zeker.'
'Ik besloot om de cyberonderwereld in te duiken en op zoek te gaan naar andere geïnfecteerde computers die dezelfde programmaregels bevatten als die ik op de computer van de Libiër had gevonden.'
'Dat klinkt als zoeken naar een speld in een hooiberg.'
'Nou, ik ging ervan uit dat een hoop computers dat virus zouden hebben, dus het lijkt meer op het zoeken naar een speldenkussen in een hooiberg, en ik heb er alles aan gedaan om de hooiberg kleiner te maken.'
'Hoe bedoel je?'
'Wereldwijd zijn er een miljard netwerkcomputers, maar het te hacken deel daarvan is een stuk kleiner, misschien zo'n honderd miljoen. En het deel dat gehackt blijkt, is daar waarschijnlijk weer een derde van.'
'Maar goed, dan had je dus nog altijd dertig miljoen computers te...'
'Nee Jack, want zulke goede malware zal niet op slechts een paar apparaten te vinden zijn. Ik ging ervan uit dat er duizenden, tienduizenden, ja zelfs honderdduizenden computers met dezelfde op afstand bedienbare Trojaanse paarden te vinden zouden zijn. Door alleen gebruik te maken van botnets met hetzelfde besturingssysteem als dat van de Libiër, en geavanceerde processors en componenten, kon ik het aantal verder verkleinen, want ik nam aan dat Center niet met oude computers in de weer wilde, maar juist in de hardware van belangrijke mensen, bedrijven, netwerken, enzovoorts wilde inbreken. En dus pakte ik gewoon een stel botnets van topspelers.'
'Ze verhuren botnets van verschillende kwaliteit?'
'Nou en of. Je kunt een botnet huren die vijftig computers bij AT&T omvat, of eentje van tweehonderdvijftig computers binnen het Canadese parlement, of eentje van tienduizend nodes in Europa, waar iedere gebruiker ten minste duizend Facebook-vrienden heeft en twintigduizend computers met geavanceerde ingebouwde beveiligingscamera's.

Je kunt het eigenlijk zo gek niet bedenken of het is te koop of te huur.'

'Goh, nooit geweten,' gaf Jack toe.

'Toen ik botnets te koop aantrof die alles hadden wat ik zocht, ben ik gewoon een zo groot mogelijk netwerk gaan uitzetten en heb ik mijn zoektocht langs de gehackte computers verder vernauwd. Daarna schreef ik een programma dat bij elke computer even binnengluurde om te kijken of die paar programmatuurregeltjes toevallig ook daar aanwezig waren.'

'En je vond er een met die Istanbul-diskcode?'

De glimlach op het gezicht van de IT-man werd breder. 'Niet één computer. Honderdzesentwintig computers.'

Jack boog zich naar voren. 'Godsamme. Allemaal met hetzelfde stukje malware dat je op de harddisk van onze Libiër aantrof?'

'Ja.'

'Waar staan die apparaten? Over wat voor plekken hebben we het dan?'

'Center is... Ik wil niet te dramatisch klinken, maar Center zit óveral. In Europa, Noord- en Zuid-Amerika, Azië, Afrika, Australië. In alle bevolkte delen van de wereld zijn deze infecties te vinden.'

'Dus hoe ben je erachter gekomen om wie het gaat?' vroeg Jack.

'Een van de geïnfecteerde computers werd gebruikt als tussenstation naar de *command server* die dataverkeer vanuit het botnet naar een netwerk in Kharkov, de Oekraïne, doorsluisde. Ik drong de netwerkservers binnen en zag dat ze tientallen illegale of verdachte websites hosten. De ziekste porno die je je maar kunt voorstellen, online marktplaatsen voor het verhandelen van valse paspoorten, skimmers, dat soort zaken. Ik kon die sites zonder problemen binnenkomen, maar er was er eentje waarbij dat niet lukte. Het enige wat ik te pakken kreeg was de naam van de beheerder.'

'En hoe heet die beheerder?'

'FastByte22.'

Jack Ryan slaakt een teleurgestelde zucht. 'Gavin, dat is helemaal geen naam.'

'Het is zijn computernaam. Nee, niet zijn burgerservicenummer en huisadres, maar hiermee kunnen we hem wel proberen te vinden.'

'Iedereen kan zo'n computernaam verzinnen.'

'Geloof me, Jack, er zijn mensen die de identiteit van FastByte22 kennen. Je moet ze gewoon zien te vinden.'

Jack knikte bedachtzaam en wierp een blik op de klok aan de muur. Het was nog niet eens drie uur in de ochtend.

'Ik hoop dat je gelijk hebt, Gavin.'

25

Niet-erkend CIA-agent Adam Yao leunde tegen het portiekje van een met een rolluik afgesloten schoenenzaak aan Nelson Street, in het Mong Kok-district van Hongkong. Met een paar eetstokjes at hij dumplings en noedels uit een kartonnen bakje. Het liep tegen negen uur in de avond, de reep licht tussen de hoge gebouwen links en rechts van de straat was inmiddels al lang en breed zwartgekleurd en Adams donkere kleding maakte hem zo goed als onzichtbaar in het portiekje.

Er was minder winkelend publiek dan overdag, maar toch liepen er aardig wat voetgangers langs, de meesten op weg naar of terugkomend van de nabijgelegen markt. Adam was blij met de menigte, want hier, zo tussen de mensen, was de kans kleiner dat hij werd ontdekt.

Adam had werk te doen, verrichtte een eenmansonderzoek naar meneer Han, fabrikant van illegaal nagemaakte computerchips uit Shenzhen. Na foto's van de kentekenplaten van de SUV's te hebben genomen die Han eerder die week voor Tycoon Court hadden opgepikt, had hij een bevriend rechercheur op Bureau B zover gekregen om de kentekens na te trekken. De rechercheur vertelde hem dat de wagens eigendom waren van een vastgoedbedrijf in Wan Chai, een tweederangsbuurt op Hongkong Island. Adam ging zelf op onderzoek uit en ontdekte dat het bedrijf eigendom was van een bekende triadefiguur. De man was lid van de 14K-triade, de grootste en beruchtste triade van Hongkong. Het verklaarde de aanwezigheid van de beveiligingskleerkasten rondom Han, maar toch leek het Yao merkwaardig dat deze fabrikant van hightechcomputeronderdelen zich inliet met de 14K. De triades hielden het immers bij vuile criminaliteit – met name prostitutie, afpersing en drugshandel – en de 14K was heus niet geraffineerder dan de andere triades. Toch zou elke criminele organisatie waarmee Han banden onderhield moeten beschikken over hightechmiddelen en goed opgeleide handlangers.

Dat dit heerschap naar Hongkong was afgereisd en bij de 14K rondhing sloeg nergens op.

Toen Adam eenmaal wist dat Han elke ochtend door gangsters voor zijn appartement werd opgehaald, liep hij de dagen daarna de door 14K beheerde restaurants en stripclubs af, totdat hij op een omheinde parkeerplaats buiten voor een fonduerestaurant in Wan Chai de drie glanzend witte SUV's aantrof. Geroutineerd als hij dankzij zijn CIA- en dekmantelwerk inmiddels was, lukte het hem om ongezien een klein gps-zendertje met een magneetje onder de achterbumper van een van de voertuigen aan te brengen.

De volgende ochtend volgde hij vanuit zijn appartement het pulserende stipje over de plattegrond van Hongkong op zijn iPhone, eerst naar Tycoon Court in Mid-Levels, daarna naar Wan Chai. Daar verdween het stipje opeens van het schermpje, wat betekende, zo wist Adam, dat de SUV zich nu in de Cross-Harbour Tunnel onder de Victoria Harbour bevond.

Snel ging Adam naar buiten en hij stapte in zijn Mercedes, wetend waarnaar Han op weg was.

Hij ging naar Kowloon.

Uiteindelijk wist Yao de SUV te volgen tot het grote kantoorgebouw van Mong Kok Computer Centre, een lint van kleine winkeltjes waar van alles te koop was, van illegaal gekopieerde software tot en met splinternieuwe, hypermoderne bioscoopcamera's. Alles wat met elektronica te maken had, van printpapier tot en met mainframes was hier te krijgen, ook al was het meeste daarvan vervalst en nog veel meer gestolen.

Het Computer Centre zelf vormde de begane grond, met daarboven zo'n tien verdiepingen met kantoren.

Adam ging het gebouw niet binnen. Hij was immers een solist en wilde zich zo vroeg in zijn onderzoek niet aan zijn prooi bekendmaken. En dus wachtte hij buiten op straat totdat Han zou vertrekken en hij hoopte ondertussen degenen die in- of uitliepen te kunnen fotograferen.

Hij had een op afstand bedienbare minicamera met een magneetje bevestigd aan een afgesloten tijdschriftenkiosk op het trottoir en had een kleine draadloze afstandsbediening in zijn jaszak waarmee hij de lens van het cameraatje in en uit kon zoomen en als in een salvo haarscherpe foto's kon schieten.

En zo wachtte hij op straat, hield het gebouw in de gaten, at noedels en dumplings uit het kartonnen bakje, en maakte foto's van alle activiteiten aan de voorzijde van het gebouw en in het belendende zijsteegje.

Drie opeenvolgende avonden lang had hij meer dan tweehonderd gezichten op beeld vastgelegd. Terug in zijn kantoor voerde hij het materiaal in in een gezichtsherkenningsprogramma, benieuwd of er interessante figuren bij zaten die hij in verband kon brengen met meneer Han dan wel de levering van geavanceerde computerapparatuur aan het Amerikaanse leger.

Tot dusver had dit niets opgeleverd.

Het was vooral eentonig, maar Adam Yao deed dit werk al heel lang en hij genoot ervan. Mocht hij ooit als CIA-agent naar een ambassadestandplaats worden gepromoveerd, dan zou hij voor zichzelf beginnen en weer doen wat zijn dekmantelorganisatie al deed: bedrijfsonderzoek verrichten in China en Hongkong.

Het undercoverwerk op straat was opwindend en hij betreurde de dag waarop hij te oud of te vastgeroest zou zijn om zich niet langer enkel om zijn missie te bekommeren.

Uit het steegje naast het Mong Kok Computer Centre verschenen opeens vier mannen. Ze passeerden Adam op enkele meters, maar die sloeg de ogen neer en schoof doodgemoedereerd met zijn eetstokjes de noedels en dumplings zijn mond in. Op het moment dat ze hem voorbij waren gelopen sloeg hij zijn ogen weer op en hij stelde al direct vast dat drie van hen triadesoldaten waren. Op deze warme avond hadden ze hun jasjes open en hij vermoedde dat ze daaronder ieder een licht vuurwapen droegen. Ze waren in gezelschap van een vierde man, lichter gebouwd dan de anderen en zijn ingevette haar stak punkerig omhoog. Hij droeg vreemde kleren: een strak, paars T-shirt en een strakke spijkerbroek, en verder een stuk of vijf armbanden om zijn pols en een gouden ketting om zijn nek.

Eerder een punkrocker dan een triadelid.

De Amerikaanse CIA-agent in het donkere winkelportiekje kreeg de indruk dat de drie triadeleden over deze knaap waakten, te vergelijken met de beveiligers die meneer Han beschermden.

Adam liet een hand in de broekzak van zijn pantalon glijden, vond de afstandsbediening voor het cameraatje op het tijdschriftenkioskje en keek op zijn smartphone, waarop het camerabeeld te zien was. Zijn duim duwde tegen een klein hendeltje op de afstandsbediening. Het cameraatje draaide negentig graden en richtte zich min of meer op de snel langslopende punkrocker. Adam drukte een knopje in waarna het cameraatje vanaf slechts twee meter razendsnel, met vier klikjes per seconde, haarscherpe foto's begon te maken.

Het klikken gebeurde automatisch, maar Yao moest het cameraatje met zijn joystickje bijdraaien om zijn doelwit in beeld te houden. Al na enkele seconden waren de mannen een heel stuk verder in Nelson Street, en buiten bereik. Ten slotte sloegen ze links af Fa Yuen Street in en verdwenen uit Adam Yao's zicht.

Hij had geen idee of ze deze avond nog zouden terugkeren en stelde zich weer verdekt op in het winkelportiekje om op Han te wachten. Terwijl hij weer ging zitten en zijn bakje met noedels pakte, besloot hij om de zojuist genomen foto's even snel te bekijken.

Het cameraatje was via bluetooth verbonden met zijn iPhone en het was dan ook een makkie om de laatste foto's snel te kunnen bekijken. Het cameraatje beschikte over een nachtkijkerfunctie en dus waren de gezichten, hoewel wat donker, een heel stuk scherper dan wanneer ze op een avond als deze met een gewone camera zonder flitser waren genomen.

Hij scrolde door de foto's: eerst de twee kleerkasten die langsliepen, met de geijkte 'wat mot je'-gangstertronies, alsof ze eigenaar waren van de trottoirs die ze bewandelden. Daarachter volgde de derde beveiliger. Al net zo'n type als die andere twee, maar het viel Adam op dat zijn linkerhand de onderarm van de punkrocker vasthield en dat hij de jongeman voor zich uit leidde.

Die jongeman was een vreemde snoeshaan en dat lag niet alleen aan zijn kleren. Hij hield met beide handen een zakcomputertje vast en zijn duimen dansten verwoed over de toetsjes. Of hij nu bezig was met een spelletje of aan zijn dissertatie werkte viel niet te achterhalen, maar de jongeman ging er helemaal in op en was zich nauwelijks bewust van zijn omgeving. Op Adam kwam het over alsof de knaap, zonder deze drie begeleiders, elk moment pardoes kon oversteken en voor een auto kon belanden.

Adam bekeek nu het gezicht van de jongen dat dankzij de nachtkijkersfunctie goed werd uitgelicht. Hij scrolde heen en weer tussen de twee close-ups en de twee scherpste foto's op het iPhone-schermpje. Heen en weer.

Heen en weer.

De Amerikaanse CIA-agent kon zijn ogen niet geloven. 'Ik ken deze klootzak...' mompelde hij in zichzelf.

Vlug stond Yao op om de vier mannen te volgen. Snel en ongemerkt, zonder zich ook maar een pas in te houden, griste hij het cameraatje van het tijdschriftenkioskje.

Even later zag Adam het viertal wat verderop tussen de voetgangers en hij bleef een goede straatlengte achter hen. Het lukte hem om het groepje nog een paar minuten te kunnen volgen, totdat ze in het postkantoor van Kwong Wa Street verdwenen.

Gewoonlijk zou de jonge CIA-agent ervoor waken om niet al te dichtbij te komen, maar de adrenaline raasde door zijn lijf en maakte hem vermetel. Hij betrad het postkantoor. Het was inmiddels gesloten, maar de post- en brievenbussen waren nog toegankelijk, net als een postzegelautomaat.

Hij liep pal langs de vier mannen en voelde in het voorbijgaan de ogen van de 14K-kleerkasten in zijn rug, maar meed hun blikken. In plaats daarvan trok hij wat Hongkong-dollars uit zijn broekzak en kocht een paar postzegels.

Terwijl hij wachtte op de zegels wierp hij een blik over zijn schouder en gaf zijn ogen de kost. De punkrocker had een wandkluisje geopend en doorzocht de post op een houten tafeltje. Het kluisnummer was te veraf om het te kunnen lezen, maar toen Adam bij het verlaten van het postkantoor een tweede keer over zijn schouder keek, deed hij dat opnieuw nauwlettend.

Hij liep de straat weer op en deed zijn best om onopvallend te blijven en vooral niet te glimlachen, maar hij was wel degelijk blij.

Hij wist nu welk kluisje het was.

Het was het grootste van de drie formaten aan de zuidmuur, de vierde van links, de tweede van beneden.

Hij liep verder door de nacht, nog zo'n tachtig meter bij het gebouw vandaan, en draaide zich ten slotte om.

De vier mannen verlieten het postkantoor, verdwenen in tegenovergestelde richting en betraden de Kwong Fai Mansion, een appartementengebouw.

Yao bekeek het gebouw. Het telde negenentwintig verdiepingen en hij kon het wel vergeten om iemand in dat gebouw te schaduwen. Hij draaide zich om en nog een beetje beduusd van de ontdekking liep hij terug naar zijn auto.

Het gebeurde immers niet elke dag dat Adam Yao op een voortvluchtige stuitte.

De jongen heette Zha Shu Hai. Meer dan een jaar geleden had Adam voor het eerst van hem gehoord, toen hij per e-mail een communiqué van de U.S. Marshals Service ontving met het verzoek om uit te kijken naar een ontsnapte gevangene die, zo vermoedde zowel de MS als de FBI, wellicht naar China zou vluchten.

Zha was een Amerikaans staatsburger die in San Diego was gearresteerd, omdat hij vertrouwelijke informatie van zijn werkgever, General Atomics – constructeurs van UAV's voor de Amerikaanse luchtmacht – aan de Chinese regering wilde doorverkopen. Hij was op heterdaad betrapt met honderden gigabytes aan technische informatie over de beveiligde netwerken om gps-informatie en besturingssignalen te versturen, en hij had de Chinese ambassade vol trots laten weten dat hij wist hoe dit systeem via een hack in de satlink kon worden gesaboteerd en hoe hij door zelf een RAT te bouwen, waarmee hij diep kon doordringen in het beveiligde netwerk van het ministerie van Defensie, het netwerk van een legerproducent kon infecteren en hij verder stroomopwaarts kon zwemmen. De FBI geloofde hem niet, maar was niet zeker, en dus bood men hem gedeeltelijke immuniteit als hij General Atomics alles opbiechtte over wat hij van de zwakke plekken van het systeem wist.

Zha weigerde en was veroordeeld tot acht jaar gevangenisstraf.

Maar al na slechts één jaar in een minimaal beveiligde inrichting wist hij tijdens zijn resocialisatieprogramma te ontsnappen en hij verdween in het niets.

Iedereen wist dat Zha zou proberen om naar China te vluchten. Adam werkte op dat moment in Shanghai en had van de U.S. Marshals Service inmiddels al een BOLO of '*be on te lookout*'-notificatie ontvangen, aangezien er een reële kans bestond dat er een hightechbedrijf in Shanghai te vinden zou zijn dat Zha graag in dienst zou willen nemen, stel dat de jongeman het Chinese vasteland zou bereiken.

Intussen was Adam het hele communiqué vergeten, vooral omdat hij van het vasteland naar Hongkong was overgeplaatst.

Tot vanavond. Het was duidelijk dat Zha er alles aan had gedaan om zichzelf onherkenbaar te maken. De verbalisatiefoto op de BOLO toonde een onopvallende jonge Chinese man, in plaats van een flamboyante punkrocker met piekhaar, maar toch herkende Adam Yao hem onmiddellijk.

Terwijl hij in zijn auto stapte verwonderde hij zich over deze vreemde relatie: waarom zocht Zha in hemelsnaam de bescherming van de triades? Net als dat meneer Han banden met plaatselijke straatbendes bleek te onderhouden, had Zha, als het klopte wat de FBI beweerde, namelijk dat hij inderdaad een malafide tophacker was, helemaal niets bij de 14K te zoeken.

Yao had geen idee wat dit betekende, maar wist wel dat hij zijn andere werkzaamheden tijdelijk opzij moest zetten om dit verder uit te zoeken.

Eén ding stond echter vast. Hij zou bij de U.S. Marshals Service noch de FBI aan de bel trekken.

Adam Yao was een NOC, een niet-erkende CIA-agent, en bepaald geen teamspeler. Hij wist dat het na zo'n telefoontje bij het postkantoor in Kwong Wa Street onmiddellijk zou wemelen van blanke Amerikanen met oortjes in, en dat zowel Zha als de 14K zich hier niet meer zouden laten zien, waarmee alles voor niets zou zijn geweest.

En er was nog een tweede reden waarom Adam besloot het nog even voor zichzelf te houden.

Dat overduidelijke lek binnen de CIA.

Gedurende de afgelopen paar maanden waren diverse CIA-intiatieven door het Chinese ministerie van Staatsveiligheid gedwarsboomd.

Goedgepositioneerde CIA-agenten binnen de regering werden gearresteerd, dissidenten die contacten onderhielden met Langley werden gevangengezet of geëxecuteerd en Amerikaanse afluisteroperaties werden ontdekt en beëindigd.

Aanvankelijk leek het gewoon pech, maar naarmate de tijd verstreek, rees de overtuiging dat de Chinezen in de Amerikaanse ambassade van Beijing een mol hadden geplaatst.

Adam, de solist, had zijn kaarten altijd tegen de borst gehouden, wat het werk als niet-erkend CIA-agent nu eenmaal met zich meebracht. Maar nu werkte hij echt alleen. Hij onderhield zo weinig mogelijk contact met het hoofdkwartier in Langley en al helemaal niet met de ambassade in Beijing of de CIA-agenten van het Amerikaans consulaat in Hongkong.

Nee, Adam zou zich helemaal werpen op zijn ontdekking van Zha Shu Hai en zelf uitzoeken wat deze jongeman hier te zoeken had.

Hij wenste alleen dat hij wat hulp had. Als solist maakte je immers lange uren en kampte je met frustrerende tegenslagen.

Maar het was in elk geval ver te verkiezen boven te worden uitgebuit.

26

Voor veel gasten van het Indian Springs Casino aan Nevada's Route 95 zal het als een verrassing komen dat Amerika's meest afgelegen en meest geheime oorlogen op nog geen achthonderd meter van de blackjacktafels vanuit enkele opleggers worden geleid.

In de Mojave-woestijn ten noordwesten van Las Vegas vormen de taxibanen, hangars en andere gebouwen van Creech Air Force Base de thuisbasis voor de 432ste Air Expeditionary Wing, de enige eenheid van de luchtmacht uitgerust met UAV's. Van hieruit, met zicht op het Indian Springs Casino, gidsen piloten en sensor-operators hun drones over verboden gebied in Afghanistan, Pakistan en Afrika.

Dronepiloten klimmen niet in een cockpit alvorens op te stijgen, maar betreden een grondstation, een oplegger van negen bij twee meter veertig, op een parkeerplaats van de luchtmachtbasis. Critici, vaak 'echte' piloten, noemen het 432ste smalend het leunstoelsquadron, maar ook al bevinden de mannen en vrouwen van Creech zich op zo'n twaalfduizend kilometer van het strijdperk, dankzij hun hypermoderne computers, camera's en satellietbesturingssystemen zijn ze net zo verbonden met de grond als een gewone piloot die de situatie vanachter zijn cockpitraam overziet.

Majoor Bryce Reynolds was de piloot van Cyclops 04, en kapitein Calvin Pratt deed dienst als de sensor-operator van de drone. Terwijl Reynolds en Pratt zich in hun grondstation comfortabel in hun stoel hadden genesteld, bevond een MC-9 Reaper zich op een hoogte van twintigduizend voet boven Baluchistan, net binnen de Pakistaanse grens.

Een meter achter de piloot en de sensor-operator bevond zich de *mastercontroller*, een luitenant-kolonel die toezag op de operaties, de coördinatie met eenheden ter plaatse en de fysieke basis van de drone in het Afghaanse Bagram verzorgde en contact onderhield met de inlichtingendiensten die op beide halfronden de vlucht volgden.

Hoewel het deze avond een verkenningsvlucht betrof, dus geen onderscheppingsmissie, was de Reaper toch voorzien van een volledig wapenarsenaal onder de vleugels: vier Hellfire-raketten en twee geleide vijfhonderdponders. Verkenningstoestellen stuitten vaak op terloopse doelwitten en Cyclops 04 was klaar om flink uit te pakken, mocht dat nodig zijn.

Reynolds en Pratt hadden er inmiddels drie uur van hun zes uur durende missie opzitten, toezicht houdend op het verkeer van Pakistans N 50-snelweg bij Muslim Bagh, toen opeens de stem van de mastercontroller door hun koptelefoons klonk.

'MC aan piloot. Wijk uit naar volgende coördinatiepunt.'

'Piloot aan MC, *roger*,' reageerde Reynolds en hij bewoog de joystick iets naar links om de Cyclops 04 twintig graden te laten overhellen, en keek even omlaag om een slok van zijn koffie te nemen. Vervolgens sloeg hij de ogen weer op naar het scherm, in de verwachting dat het beeld van de infraroodcamera's onder de romp het toestel in een linkerbocht liet zien.

Maar op het scherm was slechts te zien dat het toestel nog altijd in een rechte lijn vloog.

Hij wierp een blik op de bochtenaanwijzer en stelde vast dat de vleugels horizontaal hingen. Hij wist dat hij de automatische piloot niet had ingeschakeld, maar controleerde het even voor de zekerheid.

Nee.

Majoor Reynolds trok de stick nog wat verder naar bakboord, maar geen van de relevante instrumenten reageerde.

Hij probeerde nu een bocht naar stuurboord, maar ook daar reageerde de kist niet op.

'Piloot aan MC, ik ben vleugellam. Geen enkele positieve reactie. Volgens mij hebben we geen verbinding meer.'

'MC, hier. Begrepen. Cyclops 04 *has gone stupid*.' Met dat laatste gaven UAV-piloten aan dat het platform niet langer reageerde op instructies. Dat gebeurde soms, maar te zelden om meteen de technici te alarmeren.

'Ik krijg een sensorbevestiging,' meldde sensoroperator kapitein Pratt, rechts van Reynolds. 'Ik ontvang totaal geen respons van de drone.'

'Roger,' antwoordde de mastercontroller. 'Moment. We gaan er wat aan doen.'

Terwijl Reynolds toekeek, terwijl zijn toestel verder naar het noorden vloog, de koers die hij de Reaper verscheidene minuten geleden had doorgestuurd, hoopte hij maar dat de MC hem zometeen zou melden dat ze een foutje in de software of de satellietverbinding hadden gevonden. In de tussentijd kon hij niets anders doen dan zijn ogen op het scherm gericht houden waarop de onbewoonde rotsheuvels twintigduizend voet lager voorbijgleden.

De Reaper-software bevatte een belangrijk veiligheidssysteem dat zich over enkele ogenblikken in werking moest zetten als de technici niet in staat waren om de drone weer online te krijgen. Zodra Cyclops 04 gedurende bepaalde tijd geen verbinding meer had met het grondstation zou het overschakelen op de automatische piloot, die het toestel op een van tevoren vastgestelde plek veilig aan de grond zou zetten.

Na nog eens een paar minuten vrijelijk te hebben rondgevlogen zonder dat de technici de oorzaak van het probleem met de op Linux gebaseerde software hadden kunnen achterhalen, zag Reynolds dat de bochtaanwijzer begon te bewegen. De stuurboordvleugel hief zich tot boven de kunstmatige horizon, terwijl de linkervleugel het omgekeerde deed.

Maar het automatische landingsprogramma was niet geactiveerd. De drone verrichtte slechts een koerscorrectie.

Majoor Reynolds liet de stick los om zeker te weten dat hij de Reaper niet per ongeluk beïnvloedde. Het toestel hing nog steeds schuin en alle camerabeelden lieten zien dat de drone een draai naar het oosten maakte.

De UAV helde vijfentwintig graden over.

'Bryce, doe jij dat?' vroeg kapitein Pratt zachtjes.

'Eh, negatief. Dat is níet mijn input. Piloot aan MC, Cyclops 04 is zoeven van koers veranderd.' Al meteen daarna zag hij dat het toestel zichzelf weer horizontaal trok. 'Nu horizontaal op nul-twee-vijf graden. Hoogte en snelheid onveranderd.'

'Eh, herhaal dat laatste even?'

'Piloot aan MC. Cyclops doet z'n eigen ding, daarboven.'

Even later constateerde majoor Reynolds dat de snelheid van Cyclops 04 plotseling snel opliep.

'Piloot aan MC, grondsnelheid zojuist gestegen naar honderdveertig... honderdvijfenzestig knopen.'

Hoewel het niet ongewoon was dat een niet-reagerend vliegtuig 'doofstom' was geworden, hadden de operators van het grondstation dan wel de technici die met hen in verbinding stonden nog niet eerder meegemaakt dat een UAV zonder besturingscommando's zijn eigen bochten maakte en zijn snelheid zelfstandig opvoerde.

Een paar minuten lang werkten de piloot, de sensoroperator en de MC snel en professioneel aan een herstel van controle, maar hun bezorgdheid nam toe. Op meerdere schermen werden programma's doorlopen, autopilotcommando's en coördinatiepunten en parkeerbanen gekopieerd in de hoop dat hiermee een of andere foutmelding binnen een commando kon worden omzeild waardoor het bewapende toestel van zijn koers was geraakt.

Hun monitoren vertoonden de infraroodbeelden van de grond, terwijl de UAV zijn vlucht in oostelijke richting vervolgde. Hun pogingen om de besturing weer onder controle te krijgen waren allemaal mislukt.

'Piloot aan MC. Wordt er al aan het probleem gewerkt?'

'*Roger that*. We... we proberen de verbinding te herstellen. We hebben nu verbinding met General Atomics, en die zijn ermee bezig.'

De UAV voerde nog verscheidene snelheids- en koerscorrecties uit, terwijl hij de grens met Afghanistan naderde.

Sensoroperator Cal Pratt was de eerste die hardop durfde te zeggen waar iedereen op luchtbasis Creech al bang voor was. 'Dit is geen softwarefoutje. Iemand heeft de PSL gehackt.' De PSL of primaire satellietverbinding, vormde de navelstreng tussen het grondstation van Creech en de Reaper in de lucht. Theoretisch was het in elk geval onmogelijk om de boel te verstoren en over te nemen, maar hier op de grond kon niemand een andere verklaring geven voor wat er met de UAV, twaalfduizend kilometer van hen vandaan, aan de hand was.

De gps gaf aan dat Cyclops 04 om 2:33 uur lokale tijd de Afghaanse grens passeerde.

Reynolds zette de huidige koers verder uit. 'Piloot hier. Met inachtneming van de huidige koers en snelheid zal Cyclops 04 over veertien minuten een dichtbevolkt gebied bereiken. Hij zal de oostkant van Qalat op twee kilometer passeren.'

'Hier MC. Begrepen.'

'Hier sensor. Begrepen.'

Na een korte stilte. 'Hier MC. We hebben verbinding met geheim agenten in Kandahar... Ze wijzen ons op een frontbasis op twee kilometer ten oosten van Qalat. Luchtmachtbasis Everett. Amerikaanse en Afghaanse troepen aanwezig.'

'We vliegen zometeen over.'

Een paar seconden was het stil in het grondstation. Daarna doorbrak kapitein Pratt de stilte. 'Ik mag toch hopen...' Hij viel even stil, wilde het liefst zijn mond houden, maar hij zei het toch. 'Ik mag toch hopen dat dat ding geen munitie zal afvuren.'

'Ja,' antwoordde Reynolds, maar echt overtuigd klonk het niet. 'Piloot aan MC. Moeten we, eh... niet uitzoeken of we in dat gebied over middelen beschikken waarmee de UAV uit de lucht kan worden geschoten?'

Er volgde geen antwoord op deze vraag.

'Piloot aan MC. Hebt u mijn vraag gehoord? De zaak ligt duidelijk in andermans handen en we weten niet wat hun bedoelingen zijn.'

'Begrepen, piloot. We zoeken nu verbinding met Bagram.'

Reynolds keek naar Pratt. Hij schudde het hoofd. De luchtmachtbasis van Bagram lag te ver weg van Cyclops 04 om van enig nut te zijn.

Al meteen nam de bedrijvigheid in het grondstation toe. Meerdere schermen vertoonden opeens andere beelden en de infraroodboordcamera's schakelden meerdere keren, maar aarzelend van *black-hot* over op *white-hot*. Ten slotte werd het beeld definitief white-hot.

Reynolds keek naar Pratt. 'Hier is iemand realtime bezig.'

'Geen twijfel mogelijk,' bevestigde de sensoroperator.

'MC aan piloot, Bagram meldt dat een squadron F-16's gaat binnenkomen. Aankomst over zesendertig minuten.'

'Shit,' vloekte Pratt, maar hij hield de microfoon dicht. 'Zoveel tijd hebben we niet.'

'Verre van,' bevestigde Reynolds.

Op de hoofdconsole zoomde het beeld nu in op een heuveltop in de verte waarop verschillende vierkante bouwsels een cirkelvormig patroon vormden.

'MC hier. Dat zal Everett zijn.'

Om het grootste gebouw op het hoofdscherm verscheen een groen vierkant.

'Hij zit vast,' meldde Pratt. 'Iemand heeft Cyclops volledig onder controle.' Koortsachtig voerde hij handmatig commando's in om de targetlock te verbreken, maar het voertuig reageerde niet.

Iedereen in het grondstation wist nu dat de Amerikaanse basis voor hun UAV een doelwit was geworden. En iedereen wist wat de volgende stap zou zijn.

'Is hier iemand die de frontbasis kan bereiken? Hen waarschuwen dat ze zometeen onder vuur kunnen komen te liggen?'

'Kandahar is ermee bezig,' antwoordde de MC via de koptelefoons. 'Maar er zal een tijdsgat vallen.' Om eraan toe te voegen: 'Alles wat nu gaat gebeuren, zal zich al voltrekken voordat we kunnen waarschuwen.'

'Godallemachtig,' verzuchtte Reynolds. 'Fuck!' Hij rukte zijn joystick heen en weer en naar voren en naar achteren, maar het scherm vertoonde geen reactie. Hij was slechts een toeschouwer van een ophanden zijnde ramp.

'Wapensystemen geactiveerd,' meldde kapitein Pratt nu.

Daarna las hij hardop de informatie die op zijn displays verscheen. Er was verder niets wat hij kon doen, behalve de ramp verslaan. '*Midstore pylons* geselecteerd.'

'Hier piloot. Begrepen.'

'Sensor aan piloot,' zei Pratt, maar nu met licht bevende stem. 'De Hellfire wordt klaargemaakt. Wapensystemen geactiveerd. Laser geactiveerd. Alles klaar om te vuren. Waar blijven die F-16's verdomme?'

'MC aan sensor. Nog dertig minuten.'

'Verdomme! Waarschuw in hemelsnaam die frontbasis!'

'Laser afgevuurd!' Hiermee zou de UAV de exacte afstand tot het doelwit binnenkrijgen. Het was de laatste stap voor het afvuren van een Hellfire-raket.

Een moment later vuurde de Reaper een raket af. De vijfhonderdponder schoot onder in het scherm weg. De steekvlam vulde even het scherm waarna het beeld opklaarde en alleen nog maar een razendsnel voortjagend stipje te zien was.

'*Rifle!*' riep Reynolds. Het was de term die aangaf dat een piloot een raket had afgevuurd, maar omdat er geen term bestond voor fantoombeschietingen zei hij het toch maar. Hardop las hij de binnenkomende informatie. 'Dertien seconden tot doelwit.'

Zijn maag trok zich samen.

'Vijf, vier, drie, twee, één.'

De inslag van de Hellfire-raket toverde een witte vlek op het midden van het scherm. Een grote inslag gevolgd door verscheidene secundaire explosies, wat aangaf dat de raket een munitie- of brandstofopslagplaats had geraakt.

'Zwaar kut, Bryce,' mompelde Pratt in zijn rechterstoel naast majoor Bryce Reynolds.

'Ja.'

'Shit!' riep Pratt nu. 'Er wordt nog een Hellfire geactiveerd.'

'*Rifle!*' riep Reynolds dertig seconden later voor de tweede keer. 'Hetzelfde doelwit, zo lijkt het.'

Stilte. 'Roger that.'

Samen keken ze via de ogen van hun voertuig toe terwijl het onbemande toestel hun eigen troepen aanviel.

Alle vier de Hellfire-raketten van de Reaper sloegen in in drie verschillende prefabgebouwen op de frontbasis.

Daarna werden er twee bommen afgeworpen die tegen een kale helling ontploften.

Na al zijn wapens te hebben gebruikt dook de Cyclops 04 plotseling weg, voerde de snelheid op tot tweehonderd knopen, bijna zijn topsnelheid, en schoot weg in de richting van de grens met Pakistan.

De MC gaf de informatie door aan de piloten van de F-16's, die inmiddels twintig minuten op weg waren en over slechts vijf minuten de

UAV binnen het bereik van hun AIM-120 AMRAAM lucht-luchtraketten zouden krijgen.

Op dit moment draaide het niet om het redden van levens, maar moest de Reaper worden onderschept voordat die naar Pakistan kon 'ontsnappen', waar het in vijandige handen terecht kon komen.

Maar voordat het toestel kon worden neergehaald was het de Pakistaanse grens al over gevlogen. In een wanhopige poging het geheime wapen neer te halen negeerden ook de F-16's de grens, maar de drone zakte naar een hoogte van slechts vijfduizend voet en naderde de rand van het dichtbevolkte Quetta. De F-16's kregen bevel om terug te keren naar hun basis.

Ten slotte keken de vrouwen en mannen op luchtmachtbasis Creech, hun collega's in Afghanistan en de CIA-agenten in het Pentagon geschrokken naar de rechtstreekse beelden vanuit de op hol geslagen Reaper nu Cyclops 04 op slechts een paar honderd meter van de buitenwijk Samungli om een graanveld cirkelde.

De piloten zagen al meteen dat de crash ook zo was bedoeld. De daling was bijna perfect uitgevoerd, de snelheid teruggebracht nu de fantoompiloot de gashendel had teruggeschoven en de Reaper een camerashot van het landingsterrein had gemaakt. Pas op het allerlaatste ogenblik, toen de UAV tot zestig voet hoogte was gedaald, parallel aan een drukke vierbaansweg om te kunnen landen, trok de fantoompiloot de stick hard naar zich toe waardoor het toestel draagkracht verloor en naar links wegdook. De drone viel uit de lucht en plofte neer op de akker, maakte een paar radslagen en bleef ten slotte liggen.

Op het grondstation van luchtmachtbasis Creech deden majoor Reynolds en Pratt verbijsterd en woedend hun headsets af, liepen naar buiten, de warme middagbries in en wachtten daar op slachtoffermeldingen vanuit frontbasis Everett.

Beide mannen glommen van het zweet en hun handen beefden.

Acht Amerikaanse soldaten en eenenveertig Afghani's bleken bij de aanval te zijn omgekomen.

Een luchtmachtkolonel stond voor de reusachtige, inmiddels zwarte flatscreen waarop het hele gebeuren binnen het Pentagon zo-even te volgen was geweest.

'Stel voor ter plekke te vernietigen,' opperde hij.

Hiermee verzocht hij zijn superieuren toestemming om een tweede UAV in de lucht te sturen om de neergestorte UAV volledig te vernietigen, zodat niets er meer op wees dat het een Amerikaanse drone betrof. Met een beetje geluk, en heel wat Hellfire-raketten, kon deze UAV wellicht in zijn geheel van de aardbodem worden weggevaagd.

Een aantal aanwezigen knikte instemmend, hoewel velen zwegen. Er waren protocollen voor het vernietigen van een UAV die in Al Qaida-gebieden was neergestort, zodat de geheime technologie geheim kon blijven en de vijand er geen goede sier mee kon maken.

Minister van Defensie Bob Burgess zat aan het hoofd van de lange vergadertafel. Hij tikte met zijn pen op een gele blocnote en dacht na. Toen het getik van de pen ophield, vroeg hij: 'Kolonel, welke garantie kunt u mij geven dat ook deze tweede UAV niet gekaapt zal worden en naast Cyclops 04 zal belanden, of erger nog, de grens over zal vliegen en blauwhelmen zal aanvallen?'

De kolonel keek de minister aan en schudde het hoofd. 'Om eerlijk te zijn kan ik, totdat we meer weten, geen enkele garanties geven.'

'Laten we dus maar zuinig zijn op de drones die we nog hebben,' zei Burgess.

De kolonel knikte. Hij had weinig op met Burgess' sarcasme, maar tegen zijn argumenten viel niets in te brengen.

'Ja, excellentie.'

De minister van Defensie had het afgelopen halfuur overleg gevoerd met admiraals, generaals, kolonels, de CIA-top en het Witte Huis, maar sinds deze plotselinge crisissituatie de kop had opgestoken was het gesprekje van vijf minuten met een technicus van General Atomics, op dat moment toevallig aanwezig in het Pentagon, het meest informatief geweest. De technicus wachtte nu in een kamertje op verdere vragen. Toen hem de ernst van de situatie werd uitgelegd verklaarde hij, op niet mis te verstane wijze, dat hoe de UAV ook was gekaapt, men vooral niet moest aannemen dat de invloed van deze piraat zich geografisch tot dit gebied beperkte. Geen enkele legerfunctionaris of General Atomics-technicus kon op dit moment inschatten of degene die een drone in Pakistan kaapt derhalve ook in staat is een andere boven de Amerikaans-Mexicaanse grens, boven Zuidoost-Azië of Afrika in zijn macht te krijgen.

Met dit in het achterhoofd sprak de minister van Defensie Burgess de aanwezigen toe. 'We weten niet waar deze kaper zich bevindt, of wat zijn ingangen tot ons netwerk zijn. Vandaar dat ik het bevel geef om alle Reaper-drones vanaf nu aan de grond te houden.'

Een kolonel die bij UAV-missies betrokken was, stak een hand op. 'Excellentie. We weten niet of deze toegang zich beperkt tot het Reaper-systeem en -vloot. Het zou weleens kunnen dat iemand met zulke vaardigheden ook andere UAV-mainframes kan binnendringen.'

De minister had daar al rekening mee gehouden. Hij stond op, pakte zijn jas van zijn stoelleuning en trok hem aan. 'Voor nu geldt dit alleen voor de Reapers. Het leger, de CIA en Homeland Security hebben samen vierentwintig uur per dag hoeveel...? Zo'n honderd drones in de lucht?' Hij knikte even naar een medewerkster. 'Ik heb dat aantal nodig voor de president.'

De vrouw knikte terug en haastte zich de vergaderruimte uit.

Burgess ging verder. 'Heel wat soldaten hebben hun veiligheid te danken aan het situationele overzicht waarin deze UAV's voorzien. Ik ga nu naar het Witte Huis en zal het met de president bespreken. Ik geef hem de voors en tegens en dan is het aan hem om te besluiten of we wereldwijd alle UAV's aan de grond zetten totdat we weten wat dit... totdat we weten wat hier in godsnaam aan de hand is. In de tussentijd heb ik informatie nodig. Ik moet het wie, wat en waarom weten. Dit incident zal ons allemaal heel wat koppijn bezorgen, maar als we deze drie vragen niet zo snel mogelijk beantwoorden dan zal het alleen maar erger worden en langer gaan duren. Als u en uw mensen daar niet meteen mee aan de slag gaan, dan kunt u wat mij betreft maar beter wegblijven.'

Al meteen waren de 'ja, meneers' niet van de lucht, waarna Bob Burgess, gevolgd door een entourage van grijze pakken en uniformen, de vergaderruimte verliet.

Uiteindelijk had de president van de Verenigde Staten, Jack Ryan, te weinig tijd om te beslissen of het inderdaad noodzakelijk was om alle UAV's van het Amerikaanse leger aan de grond te zetten. Terwijl de zwarte Suburban met daarin de minister van Defensie, één uur na de crash van de Reaper, de poort van het Witte Huis binnen reed, verloor een Global Hawk-drone, het grootste onbemande type, op een hoogte van zestigduizend voet boven de kust van Ethiopië plotseling contact met de vluchtbemanning aan de grond.

Ook dit was een kaping, wat duidelijk werd op het moment dat de fantoompiloot de automatische besturing uitschakelde en het toestel zelf voorzichtig bijstuurde, alsof hij de besturingsorganen van het grote toestel eerst wilde testen.

De mannen en vrouwen die vanachter hun schermen toekeken, hadden al snel door dat de fantoompiloot minder bedreven was dan degene met de Reaper boven Afghanistan. Of misschien betrof het inderdaad dezelfde piloot maar was hij minder bekend met dit grotere en complexere type. Hoe dan ook, al snel nadat de kaping een feit was, begon de Global Hawk onbestuurbaar te raken. Systemen werden abusievelijk uitgeschakeld en sequentieel weer opgestart, en elke inspanning om het toestel weer stabiel te krijgen ging verloren terwijl het zich nog op enkele kilometers hoogte bevond.

De drone stortte neer in de Golf van Aden, als een piano die plots uit de lucht komt vallen.

Voor iedereen die toegang had tot de beelden was het duidelijk dat de hacker hiermee een boodschap wilde afgeven: uw gehele onbemande luchtvloot is gecompromitteerd. De inzet van uw drones gebeurt vanaf nu op eigen risico.

27

Gekleed in wit T-shirt, vieze spijkerbroek, en met een zwarte honkbalpet op, kon CIA-agent Adam Yao gemakkelijk doorgaan voor de gemiddelde man van zijn leeftijd hier in Mong Kok, en hij bewoog zich over straat zoals iedere man die in dit armere deel van Hongkong woonde; en niet alsof hij in Soho Central woonde, een van de chicste delen van de stad. Hij deed zich voor als een lokale handelaar die de post voor zijn winkel kwam ophalen, zoals de honderden mannen die het postkantoor in Kwong Wa Street in- en uitliepen.

Uiteraard had hij helemaal geen winkel en ook geen adres in Mong Kok, wat ook betekende dat hij geen post had om op te halen. Hij was hier om het slot van Zha Shu Hais kluisje te kraken en de post van deze jongeman eens te bekijken.

Het was druk op het postkantoor, een lange rij schuifelde naar binnen. Hij had ervoor gekozen om rond het middaguur te gaan, als het in het toch al overvolle Mong Kok op zijn drukst was, in de hoop dat deze chaos in zijn voordeel zou werken.

'Acteer', zo luidde Adams credo als agent in het veld. Wat hij ook deed, of hij zich nu voorwendde als een dakloze, een goudhaantje op de beurs van Hongkong, Adam speelde zijn rol met verve. Het stelde hem in staat om zonder de juiste papieren gebouwen binnen te komen, zich langs bewapende triadegangsters te werken zonder hen ook maar een blik toe te werpen, en wachtend in de rij voor thee en noedels onderonsjes op te vangen tussen secretaresses die over hun werk kletsten waardoor hij meer te weten kwam over een firma en zijn geheimen dan door er in het weekend in te breken en te snuffelen in de dossierkasten.

Adam was een acteur, een oplichter, een spion.

En acteren deed hij. Hij had een bosje lopers in zijn hand, drukte zich langs de mensen naar binnen, liep linea recta naar Zha Shu Hais kluisje en ging op zijn hurken zitten. Ingesloten tussen al deze mensen was er niemand die ook maar even naar hem keek.

Hij had nog geen tien seconden nodig om het kluisje open te krijgen. Hij reikte met zijn hand naar binnen en vond twee poststukken: een zakelijke envelop en een klein pakje in een bubbelenvelop. Hij pakte ze, sloot het deurtje en trok de loper eruit zodat de cilinders van het slot weer terugvielen op hun plek en het kluisje weer werd afgesloten.

Een minuutje later stond hij weer op straat en voerde een korte verkenning uit om zeker te weten dat hij vanuit het postkantoor niet was gevolgd. Eenmaal tevreden betrad hij de ondergrondse en reisde terug naar zijn kantoor op Hongkong Island.

Al snel was hij weer terug achter zijn bureau, gekleed in zijn nette pak en das. Hij had het pakketje en de envelop in het vriesvakje van een kleine koelkast naast zijn bureau gestopt. Na ze een uurtje te hebben gekoeld reikte hij in het vriesvakje. Hij trok de envelop eruit en opende hem met een scherp mes. De plakrand was hard geworden waardoor het papier niet scheurde als het mes de flap lossneed. Bovendien kon de envelop weer gemakkelijk worden dichtgeplakt zodra de plakrand weer was ontdooid.

Hij las eerst het handgeschreven adres op de voorzijde. De envelop was afkomstig uit China, uit een stad in de provincie Shanxi die Yao niet kende. Het handgeschreven adres was niet Zha Shu Hais woonadres, maar zijn postbusnummer. De afzender was een vrouw. Hij noteerde haar naam op een blocnote en reikte vervolgens in de envelop.

Enigszins verrast trok hij een tweede envelop tevoorschijn. Deze was onbeschreven. Hij sneed hem op dezelfde manier open en trof een brief aan, geschreven in het Mandarijn, en in een beverig handschrift. Snel las hij de brief door en bij de derde paragraaf begreep hij wat het was.

De brief was geschreven door Zha's grootmoeder. Uit wat ze scheef leidde hij af dat ze in de Verenigde Staten was en dat ze deze brief expres naar een kennis in de provincie Shanxi had gestuurd om de U.S. Marshals Service niet te alarmeren die, zo wist ze, jacht maakte op haar kleinzoon.

De kennis uit Shanxi had de brief vervolgens doorgestuurd naar het postbusnummer zonder daar enige informatie aan toe te voegen.

Zijn grootmoeder schreef over het leven in Noord-Californië, een recente chirurgische ingreep, andere familieleden en een paar oude buren. Ze sloot af met de belofte dat als hij geld nodig had, dat ze hem dat zou sturen, of hem in contact zou brengen met andere familieleden die, zo schreef ze, niets meer van hem hadden vernomen sinds hij een jaar geleden weer in China was gearriveerd.

Duidelijk een brief van een oma aan haar kleinkind, stelde Adam vast. Het vertelde hem niets, behalve dan dat een Chinees vrouwtje in de VS waarschijnlijk betrokken was bij het helpen van een voortvluchtige.

Hij legde de envelop en de brief opzij en reikte nu naar het pakketje in het vriesvakje. Het was maar klein, niet veel groter dan een paperback. Snel opende hij het voordat de plakrand begon te ontdooien. Daarna las hij het adres op de voorzijde. Ook nu weer een postbusnummer, zonder geadresseerde, maar de afzender bleek een adres in het Franse Marseille.

Nieuwsgierig geworden reikte hij naar binnen en trok een kleine diskette tevoorschijn die met bubbelplastic was omwikkeld en het formaat van een dollarmuntstuk had. Aan de zijkant staken pennetjes naar buiten, alsof het ding in een moederbord van een of ander elektronisch apparaat moest worden geplaatst.

Er was een datasheet van verschillende pagina's bijgeleverd waarin werd uitgelegd dat het om een zuinige superheterodyne ontvanger ging en dat deze werd gebruikt in openbare toegangssystemen, automatische garagedeurs, alarmsystemen, medische apparatuur en talloze andere toepassingen die op afstand met radiografische signalen werden bediend.

Adam had geen idee wat Zha met zulke elektronica aanmoest. Hij ging naar de laatste pagina en zag dat het om een e-mailuitwisseling ging.

Beide partijen hanteerden het Engels. De man in Marseille was duidelijk een werknemer van het bedrijf waar deze elektronica werd gemaakt, en in deze e-mails correspondeerde hij met ene FastByte22.

Adam las de naam nog eens. 'FastByte22. Is dat Zha?'

De e-mails waren bondig. Het leek erop dat FastByte22 via internet in contact was gekomen met deze werknemer en hem had gevraagd hem tegen betaling zo'n superheterodyne ontvanger te leveren, aangezien het bedrijf niet naar Hongkong exporteerde. Er werd onderhandeld over een prijs in Bitcoin, niet-traceerbare online valuta waarvan Adam wist dat computerhackers het als betaalmiddel voor diensten en criminelen gebruikten, en als betaalmiddel bij het online verhandelen van verboden goederen.

De e-mailcorrespondentie voerde tot een paar weken terug, maar onthulden niets over wat FastByte22 aanmoest met een minuscule gadget dat voor van alles gebruikt kon worden, van een garagedeur tot en met medische apparatuur.

Hij pakte zijn fototoestel erbij en begon alles vast te leggen, van de brief van Zha's grootmoeder tot en met de hightechontvanger. Hij zou de rest van de dag moeten besteden aan het uitwissen van zijn sporen; de envelop weer dichtplakken, de spullen weer naar het postkantoor brengen en daar het kluisje weer kraken om de post terug te leggen voordat Zha het vermoeden zou krijgen dat die was meegenomen.

Het zou een lange middag worden en nog steeds kon hij niet zeggen wat hij deze dag eigenlijk wijzer was geworden.

Behalve dan dat hij een mogelijke schuilnaam voor Zha Shu Hai had ontdekt.

FastByte22.

28

De vergaderruimte van de Situation Room in het Witte Huis is kleiner dan de meeste mensen misschien zullen denken. De smalle ovale tafel biedt plaats aan tien man, wat betekent dat de naaste medewerkers van de ministers zich tijdens vertrouwelijk overleg langs de muren opstellen.
Het was onrustig nu de staf de Situation Room gereedmaakte voor het overleg. Mannen en vrouwen, van wie velen in uniform, hadden zich opgesteld langs de muren, sommigen discussiërend terwijl anderen wanhopig het laatste nieuws over de gebeurtenissen van deze ochtend probeerden te achterhalen.
De helft van de stoelen was vrij, maar CIA-baas Canfield en minister van Defensie Burgess zaten al op hun plek. Ook het hoofd van de binnenlandse veiligheidsdienst en het hoofd van de FBI waren aanwezig, maar zij voerden staand overleg met hun ondergeschikten en wisselden details uit over de nieuwste feiten van de afgelopen tien minuten.
Het was duidelijk een instabiele situatie en iedereen wilde er dan ook klaar voor zijn om alle vragen van de president te kunnen beantwoorden.
Het personeel dat de ruimte voorbereidde op de komst van de president kon nu inpakken, want Jack Ryan betrad de kamer.
Hij liep naar het hoofd van de tafel en liet zijn blik door het vertrek glijden. 'Waar is Mary Pat?'
Het hoofd van de inlichtingendiensten stapte achter de president de kamer in; wat min of meer tegen de voorschriften was, hoewel iedereen, van de conciërges tot en met de vicepresident, wist dat Ryan dergelijke formaliteiten aan zijn laars lapte.
'Pardon, meneer de president,' verontschuldigde ze zich terwijl ze plaatsnam. 'Ik heb net te horen gekregen dat er een derde kaping heeft plaatsgevonden. Een Predator-drone van Homeland Security, die langs de grens met Canada de douane assisteerde, is twintig minuten geleden autonoom gegaan.'
'Binnen de VS?'
'Ja, meneer de president.'

'Hoe heeft dat kunnen gebeuren? Ik heb bevolen dat alle UAV's aan de grond bleven. Homeland Security wist daarvan.'

'Ja, meneer de president. Deze Predator stond op de startbaan van Grand Forks in North Dakota, gereed voor een grenspatrouille, vandaag, maar na uw bevel werd die missie direct afgeblazen. Ze wilden het toestel net weer naar de hangar duwen toen het toestel zichzelf opstartte, weg taxiede en vanaf de taxibaan opsteeg. Op dit moment vliegt hij op twintigduizend voet in zuidelijke richting over South Dakota.'

'Jezus. Wat is zijn bestemming?'

'Voor nu onbekend. De FAA volgt hem en leidt het burgerluchtverkeer om. We hebben er twee jagers op afgestuurd om hem te onderscheppen. Hij heeft uiteraard geen wapens aan boord maar kan wel als aanvalsprojectiel worden gebruikt. Misschien dat ze een ander vliegtuig, een gebouw of zelfs auto's op de weg willen raken.'

'Zoiets geloof je toch niet?' mompelde adviseur Binnenlandse Veiligheid Colleen Hurst.

'Ik wil dat alle UAV's, van wie ook, ongeacht welk type of fabrikant, in binnen- en buitenland, dusdanig worden ontmanteld dat opstijgen niet langer mogelijk is.'

'Ja, meneer de president, daar worden bij ons al aan gewerkt,' reageerde minister van Defensie Burgess.

Ook de CIA en Homeland Security lieten weten dat ze al bezig waren.

Jack keek naar minister van Buitenlandse Zaken Scott Adler. 'Aan jouw ministerie de taak om al onze bondgenoten die zelf over UAV's beschikken op te dragen onze instructies op te volgen totdat we meer informatie hebben.'

'Ja, meneer de president.'

'Mooi. Wat weten we tot dusver nog meer over deze cyberaanval?'

'De binnenlandse veiligheidsdienst roept nu alle medewerkers bijeen om uit te zoeken hoe dit is gebeurd,' antwoordde Mary Pat. 'Ik ben al gewaarschuwd dat dat wel even kan gaan duren en dat we dus op een paar dagen moeten rekenen voordat we meer weten. Mij is verteld dat het een uiterst doordachte aanval was.'

'Wat weten ze wél?'

'Men vermoedt dat iemand de communicatieverbinding met de satelliet heeft verstoord waardoor de Reaper vanzelf op de automatische piloot is overgeschakeld. Dat is normaal bij zulke storingen. Toen het toestel eenmaal stuurloos was, hebben ze met hun eigen apparatuur het beveiligde besturingskanaal nagebootst. Daarvoor beschikten ze over toegang tot diep binnen het meest beveiligde netwerk van Defensie.'

'Wie zou hier achter kunnen zitten?'

'We denken zelf aan Iran,' was het antwoord van CIA-hoofd Canfield.

'Meneer de president,' waarschuwde Mary Pat, 'besef dat het niet per se een land hoeft te zijn.'

Ryan liet het even bezinken. 'Je zegt dus dat ons bedreigingsprofiel ook rekening moet houden met terroristische en criminele organisaties, bedrijven... inclusief zelfstandig opererende elementen binnen onze eigen regering?'

'Het enige wat we op dit moment kunnen doen is onderzoeken wie een motief heeft en de middelen,' legde CIA-hoofd Canfield uit. 'Kijken we naar het incident in Afghanistan, dan zouden Al Qaida, de taliban en Iran erachter kunnen zitten, aangezien die ons daar al een tijdje dwarszitten. Wat de middelen betreft kun je de taliban al wegstrepen: dat zijn analfabeten wat technische kennis betreft.

Al Qaida is de taliban lichtjaren voor, wat inhoudt dat ze op hun best een paar websites kunnen aanvallen, maar meer ook niet.'

'Jij denkt dus dat het Iran is geweest?'

'Als er in dat deel van de wereld één land is, dan is het Iran.'

'Ze hacken slechts één UAV tegelijk,' stelde Ryan vast. 'Zegt dat iets over hun methode? Heeft het te maken met technische beperkingen of omdat ze maar één piloot hebben die die drones kan besturen?'

'Kan allebei, meneer de president. Misschien beschikken ze nog maar over één grondstation. Ik moet wel zeggen dat, kijkend naar wat we vandaag hebben gezien, ik maar moeilijk kan geloven dat ze om technische redenen slechts één UAV tegelijk kunnen besturen.'

'Iemand wil ons iets duidelijk maken. En hoe graag ik die boodschap ook wil beantwoorden, vind ik dat we op ons nog niet proactief moeten opstellen.'

'Mee eens,' vond Mary Pat. 'We zullen eerst tot op de bodem uitzoeken hoe dit kon gebeuren voordat we met de vinger gaan wijzen.'

Ryan knikte, en richtte het woord tot de minister van Defensie. 'Jullie zijn al eerder gehackt, toch?'

Bob Burgess zei: 'Twenty-Fourth Airforce detecteerde een halfjaar geleden op de basis Creech een virus in de software-upgrades in het netwerk voor het Reaper-systeem. We stelden de hele vloot op non-actief en controleerden alle drones. Geen daarvan bleek geïnfecteerd. Toch moesten we elke harddrive in elk grondstation op Creech opnieuw formatteren en weer vanaf nul beginnen.'

'Het beveiligde netwerk van Defensie dient niet op het internet te zijn aangesloten,' zei Ryan. 'Hoe heeft dat virus dus in hemelsnaam die Reaper-software kunnen bereiken?'

'Ja, het klopt dat er een "air gap", een soort luchtsluis, bestaat tussen ons beveiligde netwerk en internet, wat zoiets zou moeten voorkomen,' antwoordde Burgess.

'Maar?'

'Maar dit is mensenwerk, en mensen maken fouten. We troffen het virus aan op een losse harddisk die wordt gebruikt om de software in een van de grondstations te updaten. Een procedurefout van een leverancier.'

'Iran heeft iets dergelijks al eens eerder gedaan,' zei CIA-hoofd Canfield. 'Een paar jaar geleden hebben de Iraniërs met succes een Predator-camera gehackt en de beelden gedownload.'

DNI Foley onderbrak hem. 'Videobeelden van een satellietverbinding stelen is nog iets anders dan een drone volledig in je macht krijgen, het wapensysteem activeren en afvuren, en het ding ten slotte laten crashen. Dat is vele malen complexer.'

Ryan hoorde het allemaal aan, knikte, en hield zijn oordeel nog even voor zich. 'Oké. Ik verwacht dat jullie me informeren zodra jullie iets relevants over het onderzoek te melden hebben.'

'Meneer de president, zoals u weet hebben we acht man van de First Cavalry Division en eenenveertig Afghaanse Special Force-soldaten verloren,' reageerde de minister van Defensie. 'We hebben dat nog niet naar buiten gebracht, maar...'

'Doe dat nu,' beval Ryan. 'En geef toe dat er een UAV bij betrokken was en dat er technische problemen waren. We moeten de wereld laten weten dat we gehackt zijn en dat Amerikaanse en Afghaanse militairen daarbij zijn gesneuveld.'

'Meneer de president, ik zou dat niet willen adviseren. Onze vijanden zullen het tegen ons gebruiken, waardoor we zwak lijken.'

Mary Pat schudde het hoofd, maar Ryan was de DNI voor. 'Bob, de kaper van die drone beschikt nu over de camerabeelden. Ze kunnen wanneer ze maar willen, laten zien dat ze onze technologie de baas zijn. Als wij dit onder het tapijt vegen, wordt het probleem alleen maar erger.'

Ryan voegde hieraan toe: 'In dit geval, dames en heren, moeten we de klap incasseren. Ik wil dat jullie met een verklaring komen waarin staat dat tijdens een geheime missie binnen het Afghaanse luchtruim, op uitnodiging van de Afghaanse regering, onze aanvalsdrone door een onbekende strijdmacht werd gekaapt, waarna het toestel een Amerikaanse frontbasis heeft aangevallen. Onze pogingen om het wapen te vernietigen voordat het Pakistan kon bereiken zijn niet geslaagd. We zullen de daders, deze moordenaars, vinden en hen hun straf niet laten ontlopen.'

Ryan kon wel zien dat Burgess het maar niets vond. Al een paar uur nadat deze verklaring zou zijn bekendgemaakt zou Al Jazeera een triomfantelijk kletsverhaal van de taliban uitzenden waarin ze de eer voor deze aanslag opeisten.

'Ik vind het geen goed idee om onze zwakheden met de rest van de wereld te delen,' zei hij. 'Het zal alleen maar meer mensen aanmoedigen.'

'Ik ben er ook niet blij mee, Bob,' riposteerde Ryan, 'maar ik beschouw het alternatief als een slechtere keuze.'

Op dat moment ging midden op de vergadertafel de telefoon. President Ryan drukte zelf op de verbindingstoets. 'Ja?'

'Meneer de president, we hebben net bericht van Homeland Security. De Predator-drone is boven het westen van Nebraska neergehaald. Er zijn geen slachtoffers gemeld.'

'Nou, goddank,' reageerde Ryan. Het was het eerste goede nieuws van deze dag.

29

Zittend in een pizzeria keek Todd Wicks, rayonverkoper van computerhardware, naar zijn stuk vettige kaaspizza op het kartonnen bordje voor zijn neus.

Hij had geen trek, maar kon geen reden bedenken waarom hij hier, om drie uur in de middag zou zitten, zonder een pizza te eten.

Hij dwong zichzelf tot een hap. Hij kauwde traag, slikte het eten aarzelend door en vreesde dat hij het niet binnen zou kunnen houden.

Todd voelde zich alsof hij elk moment kon overgeven, maar dat kwam niet door de pizza.

Het telefoontje voor deze afspraak had om acht uur die ochtend plaatsgevonden. De beller had zichzelf niet bekendgemaakt en had hem ook niet verteld wat ze te bespreken hadden. Hij had alleen een tijdstip en een plek doorgegeven, en Todd gevraagd de gegevens te herhalen.

Meer niet. Vanaf dat moment voelde Todds maag alsof hij zojuist een levende kat had verorberd. De hele dag had hij naar de muren van zijn kantoor gestaard en om de drie minuten op zijn horloge gekeken, wensend dat het nooit drie uur zou worden en tegelijk hopend dat de tijd zich zou haasten zodat het allemaal snel achter de rug zou zijn.

Afgaand op de stem aan de telefoon was de beller een Chinees geweest, dat was wel duidelijk, wat – samen met het korte, raadselachtige gesprekje – genoeg reden was om bezorgd te zijn.

Deze man moest wel een spion zijn, iemand die wilde dat hij landverraad pleegde, wat hem zijn leven kon kosten of de rest van zijn leven achter de tralies kon doen belanden, en Todd wist nu al... dat wat de man ook van hem wilde, hij hem verdomme zijn zin zou geven.

Toen hij, na het gênante gedoe met de Chinese prostituee en de Chinese rechercheur, uit Shanghai terug was, had hij overwogen om de spion, die hem uiteraard een sneue spionageopdracht in de maag wilde splitsen, te vertellen dat hij kon opdonderen. Maar nee, dat zat er niet in. Ze bezaten de video- en geluidsbanden, en alleen al de gedachte aan dat grote tv-scherm in zijn hotelsuite in Shanghai, met daarop zijn bezwete, lelieblanke, dansende billen, was al genoeg om te weten dat die Chinezen hem bij zijn ballen hadden.

Als hij zou steigeren, kon hij er gevoeglijk van uitgaan dat zijn vrouw Sherry binnen enkele dagen een e-mail met videobeelden van het hele gebeuren zou ontvangen.

No fucking way. Dat gaat niet gebeuren, had hij zichzelf voorgenomen, en sindsdien had hij op het telefoontje gewacht en gevreesd wat dat met zich mee zou brengen.

Om vijf over drie liep een Aziatisch uitziende man met een boodschappentas de pizzeria binnen, bestelde een calzone en een blikje Pepsi bij de man achter het buffet en liep met zijn late lunch naar het zithoekje achter in de zaak.

Vanaf het moment dat Todd zich realiseerde dat de man Aziatisch was, volgde hij al zijn bewegingen, maar toen deze zijn tafeltje naderde, sloeg de rayonverkoper de ogen neer op zijn vettige kaaspizza, ervan uitgaand dat oogcontact op dit moment uit den boze was.

'Goedemiddag,' groette de man hem, terwijl hij plaatsnam aan het bistrotafeltje en daarmee Todds neergeslagen ogen negeerde.

Todd keek op en aanvaardde de door de Chinese man uitgestoken hand.

Het uiterlijk van deze spion verraste Wicks. Hij zag er bepaald niet onguur uit. Hij was in de twintig, jonger dan Todd zou hebben gedacht, en leek bijna een nerd. Dikke brillenglazen, een wit overhemd, en een ietwat gekreukte zwarte Sansabelt-pantalon.

'Hoe smaakt de pizza?' vroeg de man met een glimlach.

'Gaat wel. Luister, kunnen we niet beter een wat rustiger plek zoeken?'

De jongeman met de jampotglazen schudde slechts licht glimlachend het hoofd. Hij nam een hap van zijn calzone, schrok even van de hete gesmolten kaas en nam snel een grote slok van zijn Pepsi. 'Nee, nee. Dit is prima.'

Todd haalde zijn vingers door zijn haar. 'Ze hebben hier beveiligingscamera's. Dat heeft zo'n beetje elk restaurant. Stel dat iemand naar achteren loopt en...'

'Die camera doet het nu niet,' liet de Chinese spion hem met een glimlach weten. Hij wilde weer een hap nemen, maar bedacht zich. 'Todd, ik begin het vermoeden te krijgen dat je een slechte smoes probeert te bedenken om ons maar niet te hoeven helpen.'

'Nee, niks aan de hand. Ik ben alleen... bezorgd.'

De jongeman nam nog een hap en toen nog een slokje uit het blikje. Hij schudde het hoofd en maakte een wegwerpgebaar. 'Geen zorgen. Niks aan de hand. We willen je om een gunst vragen. Heel simpel. Eén gunst, meer niet.'

De afgelopen maand had Todd aan weinig anders dan deze 'gunst' kunnen denken.

'En dat is?'

'Je moet morgenochtend iets afleveren bij een van je klanten,' vervolgde de Chinees op zijn nonchalante toon.

Fúck, dacht Wicks. Hij moest de volgende ochtend om acht uur op luchtmachtbasis Bolling zijn om een paar moederborden voor de militaire inlichtingendienst af te leveren. Geschrokken sloeg zijn hart op hol. Hij zou voor de Chinezen moeten spioneren. Hij zou worden betrapt. Hij zou alles verliezen.

Maar hij had geen andere keus.

Moedeloos liet hij het hoofd tot halverwege de tafel zakken. Hij kon wel janken.

'Bij Hendley Associates, in Maryland,' zei de Chinees.

Met een ruk keek hij op.

'Hendley?'

'Je hebt toch wel een afspraak met ze?'

Hij vroeg zich niet eens af hoe de Chinees van zijn relatie met deze klant afwist, maar was meer dan opgelucht dat het om een bedrijf en niet om de Amerikaanse overheid ging. 'Klopt. Ik moet om elf uur een highspeeddrive van een Duits merk afleveren.'

De jonge Chinees, die zich niet had voorgesteld, schoof zijn boodschappentas onder het tafeltje.

'Wat zit daarin?' wilde Todd weten.

'Jouw product. De drive. Precies dezelfde als die je moet bezorgen. We willen gewoon dat je deze aflevert. Geen zorgen, het is precies dezelfde.'

Wicks schudde het hoofd. 'Het hoofd van de IT-afdeling daar is nogal een securityfreak. Hij zal er allerlei programma's op loslaten.' Todd zweeg even, niet wetend of hij een open deur moest intrappen of niet. 'Hij zal erachter komen wat je ermee hebt uitgespookt,' flapte hij er ten slotte uit.

'Ik heb helemaal niet gezegd dat we er iets op hebben gezet.'

'Nee. Klopt. Maar ik weet zeker van wél. Ik bedoel... waarom anders dit hele verhaal?'

'Geen enkel IT-hoofd zal hier iets op kunnen aantreffen.'

'Maar jij kent deze vent, of dit bedrijf, helemaal niet. Dit is echt de top.'

Met een glimlach nam de Chinees weer een hap van zijn calzone. 'Ik ken Gavin Biery, en ik ken Hendley Associates.'

Wicks staarde hem slechts een lang moment aan. Achter hem kwam een groepje rumoerige schoolkinderen de pizzeria binnen. Een jongetje nam een ander in een houdgreep, terwijl ze naar het buffet liepen om wat te bestellen, en de andere kinderen lachten.

Todd Wicks, omringd door deze onbezorgde alledaagsheid, besefte maar al te goed dat zijn eigen leven nu allesbehalve alledaags was.

Hij kreeg een idee. 'Laat mij die moederborden onderzoeken. Als ik niks vind, dan bezorg ik hem bij Gavin.'

De Chinees glimlachte weer. Hij was een en al glimlach. 'Todd, we gaan niet onderhandelen. Jij doet wat jou wordt gevraagd, en wanneer. Het item is schoon. Je hoeft je helemaal nergens bezorgd om te maken.'

Todd nam een hap van zijn pizza, maar slikte niet door. Hij vroeg zich af wanneer hij weer zin in eten zou krijgen, en besefte dat hij deze Chinees moest vertrouwen.

'En daarna ben ik klaar?'

'Daarna ben je klaar.'

'Oké,' besloot hij, reikte omlaag en trok de boodschappentas wat meer naar zich toe.

'Uitstekend. Ontspan je nu maar. Je hoeft echt nergens bang voor te zijn. Dit is gewoon zakelijk. We doen eigenlijk niets anders.'

Todd pakte de boodschappentas en stond op. 'Alleen voor deze ene keer.'

'Je hebt mijn woord.'

Zonder verder nog iets te zeggen liep Wicks het restaurant uit.

30

De hele dag had Adam Yao zich in zijn officiële hoedanigheid als president-directeur en enige werknemer van SinoShield, zijn eenmansbedrijf dat misbruik van intellectuele eigendommen onderzocht, aan zijn taken gewijd. Ook al riep de CIA-plicht, het was belangrijk om de dekmantel te onderhouden die hem hier in Hongkong in contact hield met de lokale politie en overheden en hem een panklare façade bood voor zijn geheime CIA-opdrachten.

Maar inmiddels was het negen uur in de avond, en rekening houdend met het twaalf uur tijdsverschil tussen Langley en Hongkong besloot hij om via zijn beveiligde e-mailverbinding verslag te doen van zijn 'officieuze' werkzaamheden.

Hij had zijn verslag niet de vorige middag willen versturen, want hij wist dat de Aziatische tak van de National Clandestine Service kampte met een lek.

Maar hij moest de rapportage verzenden.

De vorige dag waren alle Amerikaanse drones, van de luchtmacht, inlichtingen, Homeland Security, de hele santenkraam voor de volle honderd procent aan de grond gezet, omdat iemand het netwerk dan wel de satellietverbinding of beide had gehackt, zo luidde de kernconclusie van het voorlopig technisch onderzoek van de binnenlandse veiligheidsdienst aangaande het incident waarover Adam had gelezen.

Al meteen toen het nieuws over het UAV-incident in Afghanistan hem bereikte, wist hij dat hij schoon schip moest maken en Langley moest rapporteren dat hij hier, in Hongkong, de Chinese dronehacker en Amerikaans voortvluchtige Zha Shu Hai op het spoor was.

Nee, deze informatie kon hij moeilijk nog langer voor zichzelf houden.

Yao wist dat Langley zich niet gemakkelijk zou laten overtuigen. Zijn aanname dat een jonge Chinese hacker twee jaar geleden UAV-programmatuur had ontvreemd en nu wellicht iets te maken kon hebben met de cyberaanval en de kaping van meerdere Amerikaanse drones, was niet gebaseerd op hard bewijsmateriaal.

Integendeel. Het leek er zelfs op dat Zha Shu Hai zich helemaal niet bezighield met in het oog lopende zaken als het kapen van drones. Yao verzweeg de triaden in zijn verslag, maar drones hacken en Amerikaanse soldaten in Afghanistan doden leek wel erg ver af te staan van waar de 14K zich zoal mee bezighield. Nee, als Zha inderdaad voor de 14K werkte, dan lag het hacken van banken en andere vormen van digitale verduistering meer voor de hand.

Maar hij moest het zeker weten en had enkel verzocht om wat extra mankracht om de activiteiten boven het Mong Kok Computer Centre verder door te lichten.

Maar Langley had zijn verzoek afgewezen op grond van het feit dat alle agenten in Azië op dat moment niet konden worden gemist en dat dit ook voor de agenten binnen het Amerikaanse hoofdkwartier gold.

Een alleszins redelijk argument, had Adam moeten toegeven, ook al irriteerde het hem. Het antwoord vanuit Langley behelsde simpelweg dat in het onwaarschijnlijke geval dat de Chinezen bij deze UAV-incidenten betrokken waren, dit alleen vanuit China kon zijn gebeurd en niet daarbuiten. Alle uit China afkomstige inlichtingen gaven aan dat cyberaanvallen van militaire aard, gericht op het kapen van drones, het werk moesten zijn van het Vierde Departement van de Generale Staf van het Volksleger, waar China's cyberoorlogspecialisten werkten.

Zij, en niet een hacker of een groep van hackers in Hongkong, zouden achter zo'n goed georganiseerde aanval op de Verenigde Staten zitten.

Langley berichtte verder – op tamelijk neerbuigende toon, wat Adam Yao betrof – dat Zha werkzaam was in een kantoorgebouw in Hongkong, wat geen bedreiging vormde voor het beveiligde computernetwerk van het ministerie van Defensie.

Hongkong was immers geen China.

'Je meent het...' mompelde hij terwijl de e-mail las. Hij wist dat zijn rapportage een zeer ongebruikelijk scenario beschreef, maar zijn bewijsmateriaal – zijn veldwerk – hoewel indirect, verdiende wel degelijk nadere beschouwing.

Maar de CIA-analisten, zijn superieuren, dachten er anders over.

En dus kon Adam die extra mankracht wel vergeten, maar dat was nog niet eens het slechtste nieuws vanuit Langley. Zijn superieuren binnen de National Clandestine Service gaven bovendien aan dat ze de informatie over Zha Shu Hais verblijfplaats aan de U.S. Marshals Service zouden doorgeven.

Dat betekende, zo wist Adam zeker, dat er over een paar dagen een paar sedans in de straten van Mong Kok zouden verschijnen, met daarin een politieteam. De triade zou hen als een bedreiging beschouwen en FastByte22 snel wegvoeren uit de stad, waarna Zha definitief uit het oog verloren zou zijn.

Adam logde uit en leunde achterover op zijn stoel in het kleine lege kantoortje. 'Shit!' schreeuwde hij door de kleine lege kamer.

Zha Shu Hai was nog niet eerder in Centers werkkamer geweest. Maar weinig mensen die voor in het Ghost Ship werkten, zelfs belangrijke types als Zha, hadden de verrassend kleine en spartaanse werkruimte van hun leider mogen aanschouwen.

Met de armen strak langs het lichaam en de knieën tegen elkaar – een militaire houding, aangezien Center hem niet had verzocht om plaats te nemen – wachtte Zha af. De hard geworden gel deed zijn piekhaar glanzen in de gloed van de flatscreens op Centers bureau. Center zelf zat op zijn stoel voor zijn computerschermen, had zijn vertrouwde VOIP-oortje in, en had dezelfde sjofele uitstraling als op de werkvloer.

Hij zei: 'Drie Amerikaanse drones werden neergehaald voordat de Amerikanen alle vluchten konden staken.'

Zha stond nog altijd half in de houding. Was dit een vraag?

Center maakte een eind aan Zha's verwarring. 'Waarom slechts drie?'

'Ze hebben hun overige UAV's snel aan de grond gezet. We hebben er vlak na de crash in Afghanistan nog één kunnen hacken, maar die stond al aan de grond voordat onze piloot tot het besturingssysteem wist door te dringen, en bovendien was het toestel al ontwapend. Toen me dat duidelijk werd, heb ik meteen de Global Hawk boven de kust van Afrika gekaapt. Een kostbare en geavanceerde machine. De Amerikanen zullen er nu van doordrongen zijn dat we ze heel wat schade kunnen berokkenen.'

'De Global Hawk stortte neer in de oceaan.' Uit de toon waarop Center het zei viel voor Zha niets op te maken.

'Ja. Het is een Northrop Grumman, en mijn software was door General Atomics geoptimaliseerd voor de Reaper- en Predator-platforms. Ik had gehoopt dat de piloot hem op een schip kon laten neerstorten, maar al meteen nadat ik de besturing aan hem had overgedragen verloor hij de controle. Het derde toestel kaapte ik op het Amerikaanse vasteland, natuurlijk om ze nog meer te laten schrikken.'

Zha was trots op zijn drie hacks. Hij wenste meer waardering van Center dan hij kreeg.

'We hadden meer piloten moeten hebben,' zei Center.

'Meneer. Ik vond het noodzakelijk om persoonlijk bij deze kapingen betrokken te zijn. Ik had meerdere piloten de besturing kunnen geven, maar aan al deze operaties kleefden heel wat technische nuances. De piloot was er niet op getraind om het signaal te kunnen blijven vasthouden.'

Tong bekeek een rapportage die Zha hem had toegestuurd, met daarin de details van elke operatie. Hij leek even nog iets te willen zeggen, maar legde het document ten slotte weer neer.

'Ik ben tevreden.'

Zha slaakte inwendig een diepe zucht van opluchting. Hij wist dat dit Centers grootste compliment was.

'Ik had gehoopt op een stuk of vijf, of zelfs meer,' ging de oudere man verder, 'maar met juist deze drie UAV's die jij neerhaalde heb je maximaal effect gesorteerd.'

'Dank u, Center.'

'En dat Trojaanse paard binnen hun netwerk?'

'Dat blijft. Ik heb ze een lokeend toegespeeld. Binnen een week zullen ze die vinden, maar het echte Trojaanse paard zal opnieuw paraat zijn, zodra hun drones weer de lucht in gaan.'

'En die lokeend zal hun aandacht op Iran vestigen?'

'Ja, Center.'

'Mooi. Het Palestijnse bevrijdingsleger zal graag willen dat de Amerikanen het Iran betaald zullen zetten. Dat is hun uiteindelijke doel. Zelf denk ik dat ze de Amerikaanse binnenlandse veiligheidsdienst wat deze lokeend betreft onderschatten. Maar goed, met elke dag dat Washington zich blindstaart op China's vermeende betrokkenheid bij Aarde Schaduw, brengt ons leger dichter bij ons doel.'

'Ja, Center.'

'Goed,' besloot de leider. Zha maakte een buiging en draaide zich om om de werkkamer te verlaten.

'Er is nog één ding.'

De jongeman draaide zich weer met een ruk naar dr. Tong om. 'Ja?'

De oudere man pakte een ander vel van zijn bureau en bekeek het even. 'Het lijkt erop, Zha, dat jij door de CIA bent geschaduwd. Ze hebben een geheim agent in Hongkong zitten die jou in de gaten houdt. Nee, geen zorgen, je hebt niets te vrezen. Zelfs met jouw vermomming wisten we dat je een keer herkend zou worden. Hij heeft je naam en je computeralias. Stop vanaf nu met de naam FastByte22.'

Zha zei: 'Ja, Center.'

'Deze lokale CIA-agent heeft verder geen concrete informatie over onze operatie. Zijn superieuren hebben hem laten weten dat jij voor hen op dit moment geen aandachtspunt vormt, hoewel ze de politie kunnen verzoeken jou op het vliegtuig naar Amerika te zetten.'

De jongeman met het zwarte punkhaar zweeg in alle talen.

Even later maakte Center een wegwuivend gebaar. 'Ik zal dit wel bij onze hosts aankaarten. Die horen ons beter te beschermen. Ze verdienen immers maar wat goed aan onze financiële activiteiten.'

'Ja, Center.'

'Jij dient vanaf nu je activiteiten in en om de stad in te perken, en ik sta erop dat je bescherming verdubbelt.'

'Wat doen we met de Amerikanen?' wilde Zha weten.

Het was duidelijk dat ook Center hierover had nagedacht. 'Voor nu? Enkel de 14K waarschuwen om alert te zijn. Operatie Aarde Schaduw bevindt zich in een kritieke fase, we mogen ons niet al te...' hij zocht even naar het woord, '... fysiek manifesteren, want de Amerikanen zitten er meteen bovenop.'

Zha knikte.

'Voorlopig houden we ons rustig. Later, zodra we weer in het licht kunnen treden, zullen we Hongkong verlaten en onze vrienden opdracht geven om met meneer Adam Yao van de CIA af te rekenen.'

31

Net als elke werkdag liet Jack Ryan jr. zich om halfnegen in de ochtend op zijn werkplek in zijn stoel zakken.

Hij was in een voorspelbare ochtendroutine gevallen. Kwart over vijf opstaan, koffie met Melanie, even joggen of trainen, een afscheidszoen en het kwartiertje rijden naar kantoor.

Eenmaal op zijn werk begon hij zijn dag meestal met het selecteren van het nachtelijke berichtenverkeer van de CIA in Langley naar de NSA in Fort Meade. Maar sinds de cyberkapingen van drie Amerikaanse drones was dat veranderd. Nu besteedde hij meer tijd aan het bekijken van verkeersstromen in tegengestelde richting. De cyberspeurhonden van de NSA bezorgden de CIA dagelijkse updates over hun onderzoek naar de aanvallen.

Elke ochtend las Jack de informatie van de NSA, hopend dat ze daar snel tot de bodem van de zaak zouden komen, maar de dronekapingen waren niet iets waar De Campus officieel aan werkte. Nee, Jack en de andere analisten zetten nog steeds hun tanden in het onderzoek van de Istanbul-disk, maar hij las elk stukje data dat hij kon begrijpen van de NSA om te zien hoe ver zij waren met het onderzoek.

Over de gebeurtenissen had hij zelfs een lang gesprek gehad met zijn vriendin. Wanneer hij Melanies werk besprak, was hij er min of meer bedreven in geraakt om zijn toon licht te houden en slechts half geïnteresseerd over te komen, hoewel hij, hooggeschoolde informatieanalist die hij was, eigenlijk haar hersenpan wilde uitpluizen. Ze werkte aan de zaak voor Mary Pat Foley, maar op dit moment waren het de forensische computerspecialisten van de NSA die bij het onderzoek het voortouw hadden.

Deze ochtend was er een nieuwe ontwikkeling. Harde bewijzen, voor zover Ryan uit de data kon opmaken, dat Iran betrokken was bij de UAV-aanvallen.

'Verdomme,' vloekte Ryan, terwijl hij aantekeningen maakte voor zijn ochtendbespreking. 'Pa krijgt een hartverzakking.' Een paar jaar geleden had Jacks vader het uitgevochten met de islamitische republiek Iran, Teheran een schop onder de kont gegeven en hun leider laten vermoorden. Hoewel Irak en Iran opnieuw twee afzonderlijke landen waren, was Ryan niet verrast om te zien dat de Iraniërs nog steeds problemen veroorzaakten.

Ryan dacht dat zijn vader dit nieuws van de NSA kreeg en zijn represaillemaatregelen zou voorbereiden.

Het grootste deel van de ochtend las Jack het berichtenverkeer van de NSA naar de CIA, maar toen hij klaar was met alle data uit Ford Meade bladerde hij snel de interne communicatie van de CIA door. Hij kwam weinig tegen aangaande de UAV's, maar wel zag hij dat er bij een van zijn dataminingdoelwitten een vlaggetje stond.

Jack klikte op het programma om het te starten.

Ryan gebruikte dataminingsoftware om door CIA-berichtenverkeer te speuren naar sleuteltermen, en dagelijks leverde hem dat tien tot honderd hits op termen als 'Libië JSO-agenten', 'computerkraken' en 'moordaanslag' op, en terwijl hij wachtte om te zien welke gemarkeerde term er net in het CIA-verkeer was opgedoken, hoopte hij maar dat het iets was wat hem zou helpen om de non-actieve status van De Campusoperatie op te heffen.

Toen de software startte, knipperde hij een paar keer verrast met zijn ogen.

De met een vlaggetje gemarkeerde term was 'FastByte22'.

'Krijg nou wat,' zei Jack. De hacker van de Istanbul-disk was opgedoken in een CIA-telegram.

Ryan las het vlug door. Een geheim agent van de CIA, ene Adam Yao, in Hongkong had een Amerikaanse computerkraker van Chinese afkomst gevonden, een zekere Zha Shu Hai die woonde en werkte in een buurt van Hongkong. Zha, zo legde Yao uit, kan in cyberspace ook de computeralias FastByte22 gebruiken en hij is zonder twijfel gevlucht voor het Amerikaanse gerechtssysteem.

Yao wees erop dat de hacker een pentester was geweest voor het bedrijf General Atomics, dat op contractbasis voor Defensie werkte, en dat hij had gezeten, omdat hij de Chinezen had aangeboden geheimen te verkopen over dronehacken en geheime netwerkpenetratie.

'Krijg nou wat,' herhaalde Jack.

Adam Yao stelde voor dat de CIA een team naar Hongkong stuurde om Zha te volgen om zo meer te weten te komen over zijn acties, connecties en contacten in Hongkong om vast te stellen of hij onlangs betrokken was geweest bij het hacken van computers van het beveiligde informatienetwerk op het ministerie van Defensie.

In de vier jaar dat hij nu bij Hendley Associates werkte, had Jack Ryan jr. duizenden, nee, tienduizenden CIA-telegrammen gelezen.

Deze correspondentie bevatte bar weinig details over hoe Yao deze Zha had gevonden, hoe Yao hem koppelde aan de naam FastBytc22 en met wat voor zaken Zha zich nu bezighield. Deze Adam Yao leek Langley slechts een klein stukje van de puzzel prijs te geven.

Langley wees Adam Yao's verzoek om steun bij het observeren van Zha Shu Hai af.

Jack zocht in CIA-archieven naar deze geheim agent, Adam Yao. Intussen wierp hij een blik op zijn horloge; de ochtendbespreking zou over enkele minuten beginnen.

Twintig minuten later bevond Jack zich op de achtste verdieping en sprak hij de rest van de agenten toe: Gerry Hendley, Sam Granger en Rick Bell. 'De NSA zegt dat ze nog een lange weg te gaan hebben, maar op het beveiligde netwerk van luchtmachtbasis Creech in Nevada hebben ze een Trojaans paard aangetroffen. Een van de coderegels steelt de software voor het vliegen van de drones en geeft de software vervolgens het bevel om naar een server op internet te worden verzonden.'

'Als het netwerk van Defensie niet met internet verbonden is, hoe kan hun software dan op een internetserver terechtkomen?' vroeg Bell.

'Telkens wanneer iemand een externe harddisk gebruikt,' legde Ryan uit, 'wat ze moeten doen om software te updaten of om nieuwe data op het netwerk te zetten, zet het virus automatisch heimelijk gejatte gegevens op verborgen delen van de disk, zonder dat de gebruiker het weet. Wanneer deze disk later wordt gekoppeld aan een computer met internettoegang, worden de data onmiddellijk naar een commandoserver verzonden die wordt beheerd door de slechteriken. Als de malware een beetje goed is, gebeurt dit allemaal zonder dat iemand iets in de gaten heeft.'

'De oude manier om je positie te verdedigen werd "de Drie G's" genoemd. *Gates, guns* en *guys*, zei Domingo Chavez. 'Die methode remt deze gasten geen moment af.'

'Waar werden de data heen verzonden?' vroeg Sam Granger.

'Naar een netwerkserver, een computer, van de technische universiteit in Qom.'

'Qom?' Caruso herkende de plaatsnaam niet.

'Iran,' verzuchtte Ding Chavez.

'De vuile klootzakken,' mompelde Sam Driscoll.

'De vermoedens van de CIA lijken hiermee bevestigd,' merkte Sam Granger op.

'Dat is niet helemaal waar, Sam,' reageerde Jack. 'Dit virus bestuurde de drone niet; het is een Trojaans paard dat elk stukje besturingssoftware opsloeg en naar buiten wist te sturen. Het Trojaanse paard wijst naar een universiteit in Iran, maar om de Reaper te kunnen vliegen zouden ze het signaal hebben moeten misleiden. Ze zouden een ton aan apparatuur nodig hebben en enige expertise, maar dat betekent niet dat ze het niet zouden kunnen doen.'

'Dus, was het Iran?'

'Weet ik niet. Hoe meer ik erover nadenk, hoe meer argwaan ik krijg. Deze coderegel maakt het zo voor de hand liggend, dat ik denk dat degene die achter deze hele operatie zit gewoon wíl dat Iran erbij betrokken is. Ik zou Gavin Biery hier graag bij halen om zijn mening te horen,' zei Jack. 'Hij denkt min of meer over niets anders na dan over dit soort dingen.'

'Dat zou best waar kunnen zijn,' blafte Rick Bell, 'maar hij is geen analist.'

'Nee, zeker niet. Hij ontbeert de opleiding, noch heeft ie het geduld of het temperament om met andermans mening rekening te houden, wat je als analist toch moet kunnen om een knip voor de neus waard te zijn. Maar toch zeg ik dat we naar Biery moeten kijken als een bron.'

'Een bron?'

'Ja. We geven hem alles wat de NSA weet over de aanval. Om te beginnen met deze informatie over die ontvangende server.'

Rick Bell keek naar Gerry Hendley, aan wie de beslissing was.

'Gavin heeft verstand van zaken,' zei Gerry. 'Laten we hem om zijn mening vragen. Jack, ga jij zo direct even met hem praten zodra we klaar zijn hier?'

'Tuurlijk. En er is meer nieuws van de CIA deze morgen. Ik zou Gavin er al wel over hebben verteld omdat het hem aangaat, maar ik moest eerst hierheen.'

'Wat is het?' vroeg Granger.

'In Hongkong zit een geheim agent die zegt dat FastByte22, de man die verwikkeld is met de Istanbul-disk, daar in Hongkong woont. Hij zegt dat hij hem al enkele dagen in de gaten houdt.'

'Wat voert hij uit?' vroeg Hendley.

'Dat wordt in het telegram niet echt uitgelegd. De agent probeert wat middelen te krijgen om de surveillance uit te breiden omdat, zegt hij, de hacker aan de software werkte voor een aantal van de drones die werden aangevallen. Volgens hem kan hij weleens betrokken zijn bij wat er gaande is.'

'Wat zegt Langley daarover?'

'Ze zeiden "Nee, dank je, laat maar". Ik vermoed dat de CIA te veel naar Iran kijkt om al te veel aandacht te schenken aan deze aanwijzing in Hongkong. Ze kwamen met een paar goede punten om zijn argument te ontzenuwen.'

'Maar weten we zeker dat het om dezelfde FastByte22 gaat?' vroeg Hendley.

'Het is de enige die waar dan ook is opgedoken. Open bron, geheime info, LexisNexis. Hij is onze man, denk ik.'

Sam Granger zag een blik op Ryans gezicht. 'Wat gaat er door je hoofd, Jack?'

'Ik zat te denken, Gerry, dat wij er misschien heen kunnen gaan om deze Adam Yao uit de brand te helpen.'

Sam Granger schudde zijn hoofd. 'Jack, je weet dat De Campus operationeel op non-actief is gesteld.'

'De Campus ja, maar Hendley Associates niet.'

'Waar doel je op, Jack?' vroeg Chavez.

'Deze geheim agent, Adam Yao, leidt daar een dekmantelbedrijf, een beleggingsfirma. Ik dacht dat we erheen kunnen gaan als vertegenwoordigers van Hendley en dan zeggen dat deze FastByte heeft geprobeerd in ons netwerk in te breken. We spelen gewoon dommetje, alsof we niet weten dat Adam Yao deze knakker al schaduwt in het kader van zijn geheime opdracht voor de CIA.'

Het bleef een dikke vijftien seconden doodstil in de vergaderzaal.

'Ik mag dit idee wel,' zei Gerry Hendley ten slotte.

'Echt een geweldig idee, jongen,' gaf Chavez toe.

'Oké,' zei Granger, 'maar laten we het klein houden. Ryan en Chavez kunnen naar Hongkong gaan om Yao op te zoeken. Kijk wat je te weten kunt komen over FastByte22 en rapporteer alles aan ons.'

Jack knikte, maar Ding zei: 'Sam, ik ga nu een suggestie doen, en ik hoop dat je die in overweging wilt nemen.'

'Roep maar.'

'Als het om hacken gaat, zijn Ryan en ik als vissen op het droge. Ik bedoel, zelfs conceptueel. Ik weet niet eens hoe deze servers eruitzien, hoeveel mensen er nodig zijn om ze te laten draaien, wie wat doet, enzovoort, enzovoort.'

'Ja, ik ook niet,' moest Ryan toegeven.

'Ik stel voor dat we Biery meenemen,' zei Chavez.

Granger spuugde bijna zijn laatste beetje koffie uit bij het horen van die suggestie.

'Gavin? In het veld?'

'Ik weet het,' erkende Chavez, 'ik denk er liever ook niet over na, maar hij is honderd procent betrouwbaar en beschikt over alle info die we nodig hebben om onze situatie aan de geheim agent te verkopen.

Volgens mij kan hij ons ook helpen met onze dekmantel.'

'Leg uit.'

'We kunnen naar dit bedrijf stappen alsof we op een hacker jagen, maar alleen Gavin kan ons probleem echt uitleggen. Hé, ik heb een doctoraalbul en Jack is een godvergeten genie, maar als die vent ons al te moeilijke vragen begint te stellen, staan wij met de mond vol tanden. Vergeleken met de computernerds zullen wij als een stel dombo's overkomen.'

Sam knikte. 'Oké, Ding. Verzoek ingewilligd. Maar jullie zorgen ervoor dat hij niet gecompromitteerd wordt. Als het link wordt, zal hij een simpele duif zijn.'

'Begrepen. Ik zal zeggen dat aangezien de CIA de U.S. Marshals op de hoogte gaat stellen we waarschijnlijk weinig tijd hebben om te handelen. Als zij daarheen gaan en FastByte aanhouden, en hij komt in het rechtssysteem, dan komen we misschien nooit te weten voor wie hij werkte.'

'En hij kan weleens loslippig worden over onze operatie hier om te onderhandelen over een strafvermindering,' zei Chavez.

'Waarom vertrekken jullie niet al vanavond?' stelde Hendley voor.

'Dat klinkt goed,' zei Ryan.

Chavez reageerde niet.

'Ding?' zei Granger. 'Is er iets?'

'Patsy is deze week de stad uit; zit tot morgen in Pittsburgh voor een of andere training. Ik heb JP op school en daarna een buitenschools programma, maar om vijf uur moet ik hem ophalen.' Hij dacht even na. 'Ik kan een oppas regelen. Geen probleem.'

'Wat zal Biery zeggen als hij hoort dat hij met de agenten naar Hongkong gaat?' vroeg Caruso zich hardop af.

Jack kwam overeind. 'De enige manier om daarachter te komen, is door het hem te vragen, lijkt me. Ik ga een praatje met hem maken en hem vragen of hij onze middagbespreking komt bijwonen; dan vernemen we zijn mening over de eventuele betrokkenheid van Iran en laten we hem weten dat hij naar Hongkong gaat.'

32

Todd Wicks transpireerde niet, en hij had het gevoel dat zijn hartslag en bloeddruk laag waren. In feite had hij zich in jaren niet zo rustig gevoeld.

Daar zorgden drie valiumpjes wel voor.

Hij zat in zijn Lexus op het parkeerterrein van Hendley Associates en gaf de pilletjes elke laatste beschikbare seconde vóór zijn afspraak, zodat ze meer dan genoeg tijd hadden om hun werk te doen. Ook had hij drie keer zoveel deodorant gebruikt als normaal, en vanmorgen had hij zich onthouden van zijn dagelijkse latte bij Starbucks, zodat hij zijn normale middagkriebels niet zou krijgen.

Tijdens de rit van Washington DC naar West-Odenton had hij zelfs een halfuur naar een jazzzender geluisterd, denkend dat hij zo in een extra relaxte stemming zou kunnen komen.

Om elf uur had hij zichzelf zo voorbereid geacht als hij maar kon zijn, dus hij klauterde uit zijn luxeauto, deed de kofferbak open en trok er een kleine plastic doos uit waarin zijn zending voor Hendley Associates zat.

Hij wist maar weinig over dit bedrijf; hij had bijna honderd klanten, dus het was niet te doen om al te diep te graven naar wat ieder van hen verkocht, aanbood of leverde. De helft van zijn cliënten bestond uit IT-afdelingen van overheidsdiensten, en de andere helft bestond uit bedrijven als Hendley Associates dat, voor zover hij wist, aandelen verhandelde of investeerde of zoiets.

Hij kende Gavin Biery, en hij mocht de verwarde computernerd eigenlijk wel, ook al kon Gavin een beetje een zuurpruim zijn.

En Biery begon nooit te zeiken over zijn prijsstelling. Hendley Associates was een goede klant, en Wicks vond het jammer om iets te doen wat hun schade zou kunnen berokkenen, maar hij had berust in het feit dat het nodig was.

Hij wist wel het een en ander over bedrijfsspionage; hij las het blad *Wired* en hij werkte in een bedrijfstak waar fortuinen werden gewonnen en verloren door de geheimen die bedrijven bewaren. De Chinezen zouden ergens op de disk van Duitse makelij spyware hebben verborgen, waarschijnlijk in de bootsector. Hij had geen idee hoe ze dat deden, of waarom ze zo in Hendley Associates geïnteresseerd waren, maar voor hem was het geen grote verrassing. Wanneer het op het jatten van bedrijfsgeheimen aankwam, met name hightech of financiële geheimen van westerse ondernemingen, waren die Chinezen immorele schoften.

Wicks werd er misselijk van dat hij de Chinezen hielp, maar hij moest toegeven dat hij er zo nog gemakkelijk van afkwam.

Het was beter dan spioneren tegen de regering.

Hij droeg de boodschappentas met de disk en liep precies op tijd door de voordeur van Hendley Associates, stapte naar de receptiebalie en liet de beveiligers in hun blauwe blazers weten dat hij een afspraak had met Gavin Biery.

Hij wachtte in de hal, een tikkeltje wiebelig op zijn knieën door de spierverslappers, maar hij voelde zich goed.

Eigenlijk was hij nu meer ontspannen dan hij gisteren was geweest.

'Wat is dit in godsnaam, Wicks?'

Todd schrok wakker uit zijn dagdromerij, draaide zich om en stond oog in oog met een kwaad kijkende Gavin Biery. Achter hem stonden de twee bewakers bij de receptiebalie.

Shit, shit, shit.

'Wa-wat is er mis?'

'Je wéét wel wat er mis is!' riep Biery. 'Je neemt altijd donuts voor me mee! Waar zijn mijn donuts, verdomme?'

Met een diepe zucht blies Todd alle lucht uit zijn longen, maar achter in zijn nek, onder zijn pak, voelde hij het zweet uitbreken. Hij forceerde een glimlach die zijn tanden blootlegde. 'Het is bijna lunchtijd, Gavin. Ik ben hier doorgaans veel vroeger.'

'Waar staat geschreven dat donuts alleen voor het ontbijt zijn?' riposteerde Biery. 'Ik heb voor de lunch tal van fruittaartjes verorberd, en voor het avondeten meer dan mijn deel van appelbeignets.'

Voordat Todd een grappige reactie kon bedenken, zei Gavin: 'Loop even mee naar IT, dan kijken we samen naar het nieuwe speeltje dat je me hebt gebracht.'

Op de eerste verdieping stapten Wicks en Biery uit de lift. Ze liepen naar Biery's kamer. Wicks zou het liefst de disk hebben afgegeven en meteen weer zijn vertrokken, maar hij ging altijd naar IT om een paar minuten met Gavin en wat van Hendleys andere IT-jongens over het vak te praten. Hij wilde het niet anders laten overkomen dan normaal, dus stemde hij in met het snelle bezoekje aan de computerafdeling.

Al na een paar meter zag Todd een lange jongeman met donker haar op hen af komen.

'Hé, Gav. Ik zocht jou net.'

'Ik verlaat mijn afdeling vijf minuutjes per week,' zei Biery, 'en dat is wanneer ik bezoek krijg. Jack, dit is Todd Wicks, een van onze hardwareverkopers. Todd, dit is Jack Ryan.'

Todd Wicks stak zijn hand uit, was al begonnen om de jongeman te begroeten, toen hij zich opeens realiseerde dat hij oog in oog stond met de zoon van de president.

Hetzelfde moment spoelde er een paniekgolf door zijn lichaam; zijn knieën schoten op slot en zijn rug verstijfde.

'Aangenaam,' zei Ryan.

Maar Wicks luisterde niet. Door zijn hoofd schoot het besef dat hij voor de Chinese inlichtingendienst een klus deed tegen de werkplek van de zoon van een man die in zijn eerste termijn ten strijde was getrokken tegen de Chinezen, en nu opnieuw in het Witte Huis zat.

Hij stamelde een 'Aangenaam', en Biery liet Ryan weten dat hij hem zou bellen zodra hij weer vrij was.

Jack Ryan jr. liep terug naar de lift.

Terwijl Gavin en Todd verder door de gang liepen, zocht Todd Wicks met een hand even wat steun tegen de muur.

'Shit, Wicks. Voel je je wel goed?'

'Ja. Prima.' Hij kwam alweer een beetje bij. 'Een beetje onder de indruk van je beroemde collega, vermoed ik.'

Gavin lachte slechts.

Ze namen plaats in de werkkamer, en Biery schonk voor hen beiden koffie in.

'Je had me niet verteld dat de zoon van de president met jou werkt.'

'Ja. Sinds een jaar of vier. Ik bazuin het niet overal rond. Hij is niet zo dol op al die aandacht.'

'Wat doet hij hier voor werk?'

'Hetzelfde als wat alle anderen doen die niet in IT zitten.'

'En wat is dat dan, precies?'

'Financieel beheer, valutahandel,' antwoordde Biery. 'Jack is een goeie kerel. Hij heeft de hersens van zijn vader.'

Wicks ging Biery niet verklappen dat hij bij de laatste verkiezingen op Ed Kealty had gestemd.

'Interessant.'

'Je bent écht onder de indruk! Jezus, je ziet eruit alsof je een geest hebt gezien.'

'Wat? Nee. Nee. Gewoon wat verrast. Meer niet.'

Biery bleef hem nog even aankijken, en Todd gaf zijn beste imitatie van iemand die kalm, cool en beheerst was. Hij betrapte zich erop dat hij wenste een vierde valium te hebben geslikt voordat hij uit de auto was gestapt. Hij probeerde een andere wending te geven aan hun gesprekje, maar gelukkig hoefde dat niet.

Biery opende de plastic doos met daarin de harddisk. 'Daar is ie dan.'

'Ja, zo is dat.'

Gavin nam de disk uit zijn beschermverpakking en bekeek hem. 'Hoe zat het nou met die vertraging?'

'Vertraging?' vroeg Wicks nerveus.

Biery keek hem scheef aan. 'Ja. We hebben dit op de zesde besteld. Normaal leveren jullie ons dit soort spullen binnen een week.'

Todd haalde zijn schouders op. 'Het stond in nabestelling. Je kent me toch, maatje, ik bezorg het je altijd zo snel mogelijk.'

Biery keek de verkoper slechts aan. Glimlachend deed hij de doos weer dicht. '"Maatje"? Probeer je nou met me aan te pappen? Me een paar muismatjes te verkopen of zo?'

'Nee. Ik doe gewoon aardig.'

'Iemand z'n kont kussen is een armzalige vervanging voor een doos donuts, hoor.'

'Dat zal ik onthouden. Ik hoop dat je systeem geen overlast heeft ondervonden door de nabestelling.'

'Nee, maar ik zal de harddisk vandaag of morgen persoonlijk installeren. We hebben de upgrade nodig.'

'Dat is fantastisch. Echt fantastisch.'

Biery keek op, weg van het computercomponent waarvan Wicks wist dat het hem achter de tralies kon doen belanden. 'Voel je je echt wel goed?' vroeg Biery.

'Prima. Hoezo?'

Biery hield zijn hoofd weer schuin. 'Je lijkt een beetje van het padje. Ik weet niet of je nu vakantie nodig hebt of er net van terug bent.'

Nu glimlachte Todd. 'Grappig dat je dat zegt. Ik ga straks een paar dagen met het gezin naar Saint Simons Island.'

Gavin Biery had de indruk dat zijn verkoper diens vakantie in zijn hoofd een beetje vroeg was begonnen.

Biery nam afscheid van Todd Wicks en zat binnen twintig minuten in de vergaderzaal naast Gerry Hendleys werkkamer. Waar de andere zeven mannen er fris en helder bij zaten, oogde Gavin alsof hij via het trappenhuis op handen en knieën naar de achtste verdieping was gekropen. Zijn broek en overhemd waren gekreukt, behalve waar zijn aanzienlijke pens de boel strak trok, zijn haar was ongekamd en zijn flodderige ogen deden Ryan denken aan een oude sint-bernardshond.

Jack vertelde Biery dat de NSA een verband had ontdekt tussen Iran en de droneaanvallen, en trad in detail over hoe de gestolen data werden gestuurd naar een commandoserver van de technische universiteit van Qom.

'Daar trap ik echt niet in,' reageerde Biery onmiddellijk.

'Niet? Hoezo niet?' vroeg Rick Bell.

'Denk even na. Wie het ook is gelukt om in het beveiligde netwerk van de luchtmacht in te breken en de data te exfiltreren, zou de herkomst van de aanval hoogstwaarschijnlijk verbergen. De Iraniërs zouden van ze lang zal ze leven niet een coderegel in het virus hebben gestopt dat data verzond naar een dropplek binnen hun eigen grenzen, vergeet het maar. Ze konden die server overal ter wereld neerzetten en vervolgens andere middelen aanwenden om de data daar te krijgen.'

'Dus jij gelooft niet dat Iran hier iets mee te maken heeft gehad?'

'Nee. Iemand wil dat wij dat denken.'

'Maar,' vroeg Ryan, 'als het niet de Iraniërs waren, wie...'

'Het waren de Chinezen. Zeker weten. Die zijn de besten, en iets als dit vereist de besten.'

'Waarom de Chinezen?' De vraag kwam van Caruso. 'Ook de Russen zijn goed in cyberdingen. Waarom kunnen zij het niet zijn?'

'Ik heb een goede vuistregel voor jullie om te onthouden wanneer het om cybermisdaad en cyberspionage gaat,' legde Gavin uit. 'De Oost-Europeanen zijn verdomd goed. De Russen, Oekraïners, Moldaviërs, Litouwers enzovoort. Ze hebben massa's goede technische universiteiten, en ze leiden grote aantallen computerprogrammeurs van hoge kwaliteit op. En dan, als die jongelui afstuderen... zijn er helemaal geen banen daar. Alleen in de onderwereld. Sommigen worden in het Westen aangeworven. In feite is Roemeens de op een na meest gesproken taal op Microsofts hoofdkantoor. Maar toch, het blijft een kleine ondergroep van het totaal aantal mensen in de talentenvijver van Oosten Midden-Europa. Van de rest belandt het merendeel in de cybermisdaad. Ze stelen info binnen het bankwezen en hacken bedrijven. In China daarentegen beschikt men over fantastische technische universiteiten, net zo goed als in de voormalige Oostbloklanden, of zelfs beter. Ook hebben ze voor jonge programmeurs speciale opleidingen in het leger. En wanneer deze jonge mannen en vrouwen van school komen of uit het vakonderwijs binnen het leger... dan heeft echt iedereen een baan. In een van de vele bataljons rond China, die zich bezighouden met informatieoorlogvoering, of ze gaan werken voor het cyberdirectoraat van hun ministerie van Staatsveiligheid. Of voor de telecommunicatie of iets dergelijks, ook voor de staat dus, maar zelfs deze programmeurs worden klaargestoomd voor offensieve en defensieve CNO, dat wil zeggen computernetwerkoperaties, omdat de overheid cybermilities heeft die de beste en knapste koppen oproepen voor werk voor de staat.'

Hendley trommelde met zijn vingers op zijn bureau. 'Zo, mij lijkt het dat de Chinezen meer georganiseerd en gereed zijn om iets tegen ons te ondernemen.'

'Ja,' beaamde Gavin. 'Een Russische hacker zal je creditcardnummer en je pincode stelen. Een Chinese hacker kan het elektriciteitsnet in je stad platleggen en je burgervliegtuig tegen een berg op laten vliegen.'

Het werd even stil in de vergaderzaal.

'Maar waarom zouden de Chinezen dit doen?' vroeg Chavez. 'Tegen hen zetten we geen UAV's in. Dit is gebeurd in Afghanistan, Afrika en in Amerika.'

Hier dacht Biery even over na. 'Ik weet het niet. Het enige wat in me opkomt is dat ze ons willen afleiden.'

'Waarvan?' vroeg Ryan.

'Van om het even wat ze in werkelijkheid aan het doen zijn,' antwoordde Gavin. Hij haalde zijn schouders op. 'Weet ik veel. Ik ben maar de computernerd. Jullie zijn de spionnen en de analisten.'

Sam Granger boog zich voorover op het bureau. 'Goed, nou dan. Dat is een mooi bruggetje naar het volgende onderwerp.'

Biery keek de tafel rond. Al snel viel hem op dat iedereen naar hem zat te glimlachen.

'Wat is er, jongens?'

'Gavin,' zei Chavez, 'jij stapt vanavond met ons op het vliegtuig.'

'Een vliegtuig, waarhééń?'

'Hongkong. We hebben FastByte22 opgespoord, en we hebben jouw hulp nodig om daarnaartoe te gaan en iets meer te weten te komen over hem en voor wie hij werkt.'

Gavins ogen sperden zich wijd open.

'Jullie hebben FastByte22 gevonden?'

'De CIA eigenlijk.'

'En jullie willen mij het veld in sturen? Met de agenten?'

'Volgens ons kun jij in deze operatie een cruciale rol spelen,' zei Ryan.

'Dat lijdt geen enkele twijfel,' reageerde Gavin onbescheiden. 'Krijg ik een proppenschieter mee?'

Chavez keek hem scheef aan. 'Een wát?'

'Een proppenschieter. Je weet wel, een schietijzer. Een blaffer.'

Ryan begon te lachen. 'Hij bedoelt een pistool.'

Chavez kreunde. 'Nee, Gavin. Sorry dat ik je moet teleurstellen, maar je krijgt geen proppenschieter.'
Biery haalde zijn schouders op. 'Niet geschoten is altijd mis...'

John Clark zat op de veranda en keek uit over het grasland naar de winderige herfstmiddag. In zijn linkerhand hield hij een pocketboek dat hij de afgelopen dag had geprobeerd te lezen, en in zijn rechterhand hield hij een racketbal.
Langzaam sloot hij zijn ogen en hij concentreerde zich op het knijpen. Zijn drie bruikbare vingers wisten de rubberen bal iets te vervormen, maar zijn wijsvinger wiebelde alleen maar een beetje.
Hij wierp de bal weg en richtte zich weer op het boek.
Zijn mobieltje ging, en hij merkte dat zelfs een tijdelijke afleiding van deze saaie middag hem blij maakte, ook al was het waarschijnlijk een telemarketeer.
Hij las de naam op de display, en zijn humeur fleurde direct op. 'Hoi, Ding.'
'Ha, John.'
'Hoe gaat ie?'
'Goed. We hebben een aanknopingspunt op de Istanbul-disk.'
'Geweldig!'
'Ja, maar er is nog een hoop werk te doen. Je weet hoe dat gaat.'
Clark wist hoe dat ging, ja. Op dit moment voelde hij zich echt buitengesloten. 'Ja. Kan ik iets doen om te helpen?'
Aan de andere kant viel een stilte.
'Wat dan ook, Ding,' herhaalde Clark.
'John, dit is klote, maar ik zit een beetje in de knoei.'
'Zeg het maar.'
'Het is JP. Patsy zit tot morgen in Pittsburgh en ik ben op weg naar de luchthaven voor mijn vlucht naar Hongkong.'
Een óppas, dacht Clark bij zichzelf. Ding belde hem op omdat hij om een oppas verlegen zat. Snel wist John zich te herstellen. 'Ik haal hem wel op van school,' zei hij. 'Hij logeert bij ons tot Patsy morgen weer thuis is.'
'Hartstikke bedankt, man. We hebben een aanknopingspunt maar er is geen tijd om...'
'Geen probleem. Ik heb een nieuw visstekje ontdekt waar ik toch al een keer heen wilde met JP.'
'Geweldig, John.'
'Passen jullie goed op elkaar, daar in Hongkong, oké?'
'Zeker weten.'

33

Jack Ryan, de president van de Verenigde Staten, deed zijn ogen open, focuste snel in het donker en zag naast zijn bed een man over hem heen gebogen staan.

De gemiddelde mens zou zich dood schrikken, maar Ryan wreef slechts in zijn ogen.

Het was de officier die nachtdienst had, in dit geval een luchtmachtofficier in uniform. Ongemakkelijk stond hij boven Ryan, wachtend tot de president wakker was.

Een president wordt zelden gewekt omdat er zoiets moois is gebeurd dat de dienstdoende officier het even moet doorgeven, dus Jack wist dat er slecht nieuws zou zijn.

Hij wist niet of de man hem wakker had geschud of geroepen. Deze mannen oogden altijd ongerust als ze de president in zijn slaap stoorden, ongeacht de vele malen dat Ryan hun vertelde dat hij op de hoogte wenste te worden gehouden over belangrijk nieuws en dat ze niet hoefden in te zitten over zoiets onbeduidends als een *'shake and wake'* in het holst van de nacht.

Hij ging zo vlug mogelijk rechtop zitten, pakte zijn bril van het nachtkastje en volgde de officier de slaapkamer uit naar de West Sitting Hall. Beide mannen deden stil om niet Cathy wakker te maken. Jack wist dat ze altijd licht sliep, en hun jaren in het Witte Huis werden gevuld met dit soort nachtelijke opwinding, die ook vaker wel dan niet haar nachtrust verstoorde.

Aan de muren brandden wat nachtlampjes, maar verder was de gang zo donker als de slaapkamer.

'Wat is er aan de hand, Carson?'

De luchtmachtofficier sprak zacht. 'Meneer de president, minister Burgess van Defensie heeft me gevraagd u te wekken en u te laten weten dat er grofweg drie uur geleden een geniebataljon alsmede een onderdeel van gevechtstroepen van het Chinese Volksleger zijn geland in het Scarborough-rif van de Filipijnen.'

Jack wenste dat hij werd verrast door deze actie. 'Was er verzet?'

'Volgens de Chinezen heeft een Filipijnse kustpatrouilleboot schoten gelost op het landingsvaartuig. Het is door een Chinese geleide wapenfregat van de *Luda*-klasse tot zinken gebracht. Nog geen berichten over slachtoffers.'

Jack slaakte een vermoeide zucht. 'Goed. Verzoek de minister van Defensie om te komen; ik ben over een halfuur in de Situation Room.'

'Ja, meneer de president.'

'Ik wil Scott Adler, PACOM Jorgensen, ambassadeur Li, DNI Foley aldaar of via videoconferentie spreken. En...' Hij wreef zich nog eens in de ogen. 'Sorry, Carson. Vergeet ik nog iemand?'

'Eh... de vicepresident, meneer?'

Jack knikte in het zachte licht van de Sitting Hall. 'Dank je. Ja, waarschuw hem.'

'Ja, meneer.'

President Ryan nam plaats aan de vergadertafel en nam zijn eerste slok van de vele koppen koffie die zouden volgen, zo wist hij. In de Situation Room, een deur verder, was het een drukte van belang, en de vergaderzaal was vóór zijn komst al gevuld.

Bob Burgess en een aantal van zijn militaire kopstukken van het Pentagon waren net gearriveerd. Ze oogden stuk voor stuk alsof ze de hele nacht op waren gebleven. Ook Mary Pat Foley was aanwezig, net als Arnie van Damm, maar de commandant van de Pacific Fleet, de vicepresident en de minister van Buitenlandse Zaken waren de stad uit en woonden de vergadering op afstand bij, hoewel mannen en vrouwen uit hun staf langs de muren stonden.

'Bob,' begon Ryan. 'Wat is het laatste nieuws?'

'De Filipijnen zeggen dat er zesentwintig man op die gezonken boot zaten. Ze vissen er een aantal levend uit het water, maar er zullen dodelijke slachtoffers zijn. Er bevinden zich andere Filipijnse oorlogsschepen in het gebied, maar die worden qua geschutsterkte zwaar overtroefd en ze zullen de Chinezen waarschijnlijk niet aanvallen.'

'En Chinese troepen bevinden zich op Filipijns grondgebied?'

'Ja, meneer de president. We hebben er satellieten boven hangen die nu beelden doorgeven. Het geniebataljon zal al bezig zijn om zijn posities te versterken.'

'Wat willen ze met dat rif? Is er een militair doel, of gaat dit over visrechten?'

'Het is een eenvoudige manier om hun aanwezigheid in de Zuid-Chinese Zee te verhogen,' antwoordde Mary Pat Foley. 'En om een reactie uit te lokken, meneer de president.'

'Mijn reactie.'

'Inderdaad.'
President Ryan dacht even na. 'We moeten onmiddellijk een bericht sturen, hun laten weten dat we niet slechts handenwringend toekijken.'

Scott Adlers stem klonk over de monitor. 'De onderzeeër die zich een paar weken geleden even heeft laten zien in de Subicbaai. De Chinezen zullen verkondigen dat die provocatie hier iets mee te maken had.'

'Ik geloof geen moment dat wij degenen zijn die dit teweeg hebben gebracht,' reageerde Jack. 'Zonder dat wij het vuur openen op de Chinezen zullen zij in hun tijdsbestek hun manoeuvres uitvoeren.'

'Maar we willen niet in de val lopen door ze een uitvlucht te geven. Een excuus om de situatie te doen ontvlammen,' zei Adler.

'Ik begrijp wat je bedoelt, Scott, maar géén reactie is ook een uitvlucht. Dat zal overkomen alsof ze groen licht van ons krijgen. En dat ga ik ze níét geven.'

Ryan keek even naar Burgess. 'Suggesties, Bob?'

Bob richtte zich tot admiraal Jorgensen op de monitor. 'Admiraal, welke middelen zijn gereed om snel in te zetten in dat gebied? Iets om ze te laten zien dat we het menen?'

'De *Ronald Reagan* bevindt zich in de Oost-Chinese Zee en is op weg naar Carrier Strike Group Nine. We kunnen ze nog vandaag naar het westen sturen. Dan liggen ze tegen het eind van de week voor de kust van Taiwan.'

'Ik wil daartegen adviseren,' zei Adler.

Arnie van Damm viel hem bij. 'Ik ook. U hebt in de pers onder vuur gelegen voor het tegen u in het harnas jagen van de mensen die onze buitenlandse schuld bezitten.'

Ryan reageerde kwaad. 'Als Amerikanen zich aan de Chinezen willen onderwerpen, dan moeten ze hier maar een ander neerzetten om daarop toe te zien.' Jack streek met zijn vingers door zijn grijze haar en kalmeerde. 'We gaan geen oorlog beginnen vanwege het Scarboroughrif. Dat weten de Chinezen ook wel. Ze zullen verwachten dat we vliegdekschepen naar onze bondgenoten sturen. Dat hebben we in het verleden ook gedaan. Doe het, admiraal. En zorg ervoor dat ze alles krijgen wat ze nodig hebben.'

Jorgensen knikte, en Burgess wendde zich voor beraad tot een van de andere marineofficieren langs de muur.

'Dit is niet het eindspel,' zei Jack. 'De inbezitneming van het rif door dit bataljon is slechts een kleine stap. Wij beschermen Taiwan, we reiken onze vrienden in de Zuid-Chinese Zee de hand en we laten China duidelijk zien dat we dit niet zomaar over onze kant laten gaan. Ik wil informatie over hun bedoelingen en hun mogelijkheden.'

De mannen en vrouwen in de vergaderzaal van de Situation Room hadden hun instructies. Het zou een lange dag worden.

Valentin Kovalenko hield van Brussel in de herfst. Toen hij nog voor de SVR werkte, had hij hier enige tijd doorgebracht. Hij vond het een mooie en kosmopolitische stad op een manier waar Londen niet aan kon tippen en waar Moskou alleen maar van kon dromen.

Toen Center hem opdroeg naar Brussel te gaan, was hij blij geweest, maar de ernst van deze operatie had voorkomen dat hij van de stad genoot.

Op dit moment zat hij achter in een warme bestelwagen vol cryptoapparatuur, uit het achterraam kijkend naar rijke figuren die een duur Italiaans eettentje in- en uitliepen.

Hij deed zijn best om zich op de missie te concentreren, maar hij kon het niet helpen dat hij terug moest denken aan een tijd, niet al te ver in het verleden, dat hij in dat restaurantje zou zitten, genietend van een lasagnegerecht met een glas chianti; dan zou hij een andere zakkenwasser in de bestelwagen hebben laten zitten.

Kovalenko was nooit zo'n drinker geweest. Zijn vader was, net als veel mannen van zijn generatie, een grootgebruiker van wodka, maar Valentin gaf de voorkeur aan een goed glas wijn bij een diner, of zo af en toe een aperitief of digestief. Maar sinds zijn belevenissen in de gevangenis van Moskou en de druk van het werk voor zijn schimmige opdrachtgever had hij er een gewoonte van gemaakt om te allen tijde een paar biertjes in de koelkast te hebben of een fles rode wijn die hij elke avond achteroversloeg om hem te helpen slapen.

Het had geen nadelige invloed op zijn werk, veronderstelde hij, en het hielp zijn zenuwen in bedwang te houden.

Valentin keek even naar zijn partner van vandaag, een Duitse technische assistent van in de zestig die Max heette en die de hele ochtend nog geen woord had gezegd dat niet op de missie sloeg. Eerder in de week, toen ze elkaar troffen op een parkeerterrein bij station Brussel-Midi, had Kovalenko geprobeerd om Max te verleiden tot een gesprek over hun wederzijdse baas, Center. Maar Max had geen sjoege gegeven. Hij had slechts een hand geheven en gezegd dat hij een paar uur nodig had om de apparatuur te testen en dat hun safehouse over een garage met voldoende wandcontactdozen diende te beschikken.

De Rus voelde het wantrouwen bij de Duitser, alsof Max dacht dat Valentin alles wat hij zei aan Center zou doorbrieven.

Valentin nam aan dat de beveiliging van Centers hele onderneming werkte op het principe van wederzijds wantrouwen.

Dat leek veel op hoe het er bij Valentins oude werkgever, de SVR, aan toe was gegaan.

Op dit moment rook Valentin de knoflookwalm die uit de ingang van Stella d'Italia dreef, en zijn maag rammelde.

Hij deed zijn best om het uit zijn hoofd te zetten, maar hoopte van harte dat zijn doelwit snel uitgegeten zou zijn en naar zijn werk terug zou keren.

Als op een teken kwam precies op dat moment een onberispelijk in een blauw krijtstreepjespak en kersrode gaatjesschoenen geklede man door de voordeur naar buiten gelopen. Hij schudde twee andere mannen die met hem het pand hadden verlaten de hand en begon toen naar het zuiden te lopen.

'Dat is hem,' zei Valentin. 'Hij gaat te voet terug. Laten we het nu doen.'

'Ik ben zover,' bevestigde Max met de hem typerende bondigheid.

Haastig kroop Kovalenko langs Max door het busje in de richting van de bestuurdersstoel; om hem heen zoemde, gonsde en warmde de elektronica de lucht op. Hij moest een stukje helemaal langs de zijkant kruipen, want in het plafond van de bestelwagen stak een metalen paal omhoog. De paal bevatte bedrading die in verbinding stond met een kleine antenne op het dak, die in elke willekeurige richting kon worden gedraaid.

Valentin plofte achter het stuur en begon zijn doelwit van een afstandje te volgen over Avenue Dailly en langzaam verder terwijl hij links afsloeg naar de Chaussée de Louvain.

Kovalenko wist dat de man de plaatsvervangend secretaris-generaal voor publieksdiplomatie van de NAVO was. Hij was Canadees, halverwege de vijftig en op geen enkele manier, vorm of gedaante een lastig doelwit.

Hoewel hij voor de NAVO werkte, bezat hij geen militaire status. Hij was een diplomaat, een man in pak, een politieke huurkracht.

En hoewel Valentin hier door Center niet van op de hoogte was gebracht, stond de secretaris-generaal op het punt om Centers toegang tot het beveiligde computernetwerk van de NAVO te worden.

Kovalenko had geen verstand van de technologie die achter hem in het busje stond te zoemen en te gonzen; daar had hij Max voor. Hij wist wel dat de kleine dakantenne lekkende radiosignalen van een mobiele telefoon of, specifieker, van de chip in het mobieltje, die de versleutelingsberekeningen uitvoert om het toestel te beveiligen, uiterst nauwkeurig kon lokaliseren en vervolgens ontvangen. Door deze gelekte signalen, die in eerste instantie als een serie van pieken en dalen in de radiogolven worden ontvangen en vervolgens door de computer in de bestelwagen in de enen en nullen worden omgezet waaruit elk elektronisch signaal bestaat, kon de encryptiesleutel van de telefoon worden gekraakt.

Terwijl ze de secretaris-generaal achtervolgden, trok de man tot blijdschap van Kovalenko zijn telefoon uit zijn jaszak om een telefoontje te plegen.

'Max. Hij is ingeschakeld.'

'Ja.'

Terwijl Kovalenko reed, hoorde hij Max schakelaars omzetten en op zijn toetsenbord tikken. 'Hoe lang?' riep hij.

'Niet lang.'

De Rus lette erop dat hij voldoende dicht bij het doelwit bleef zodat de antenne het signaal kon oppikken, maar ook genoeg afstand hield, zodat een willekeurige blik over de linkerschouder zijn doelwit niet meteen zou wijzen op de aanwezigheid van een langzaam rijdende, onheilspellend ogende beige bestelwagen op vijf uur.

De secretaris-generaal rondde zijn telefoongesprek af en stopte het mobieltje weer weg.

'Heb je het?'

'Ja.'

Valentin sloeg bij de volgende kruising rechts af en reed de wijk uit.

Ze parkeerden ergens vlak bij het station, en Kovalenko klom achterin om de technicus aan het werk te zien.

De smartphone, wist Kovalenko, maakte gebruik van een veelgebruikt encryptiealgoritme, RSA. Het was goed, maar het was niet nieuw, en met de spullen die de techneut ter beschikking had was de code gemakkelijk te breken.

Toen de Duitser de sleutel eenmaal had, zei de software hem dat het toestel nu kon worden gehackt. Met een paar klikken opende hij de website voor het beveiligde commandonetwerk van de NAVO in Brussel en vervolgens verzond hij de encryptie-informatie die hij van de man van de afdeling Publieksdiplomatie had genomen.

Daarna bootste hij met zijn software de smartphone na en hij logde in op het beveiligde netwerk van Communicatie en Informatie Systeemdiensten van de NAVO.

Het was de verantwoordelijkheid van Max en Valentin om in het netwerk te komen, maar dan alleen om de toegang te testen. Meer zouden ze niet doen, behalve dan naar het safehouse terugkeren en de encryptie-informatie voor de smartphone van de diplomaat naar Center e-mailen. De Duitser zou daarna onmiddellijk vertrekken, maar

Valentin zou nog een dag of twee blijven om de bestelwagen te ontmantelen en het safehouse te zuiveren, en dan pas Brussel verlaten.

Een fluitje van een cent dus, maar dat was niets nieuws. Kovalenko's werk, had hij de afgelopen maand al vastgesteld, was weinig meer dan kinderspel.

Voorlopig zou hij zijn tijd afwachten, maar hij had besloten dat hij daarna toch snel zou ontsnappen aan dit leventje. Hij zou Center en diens organisatie achter zich laten.

Binnen de SVR had hij nog steeds vrienden, daar was hij van overtuigd. Hij zou iemand benaderen op een ambassade ergens in Europa, en ze zouden hem helpen. Hij wist wel beter dan terug te keren naar Rusland. Daar kon de regering hem oppakken en moeiteloos laten 'verdwijnen', maar hij zou contact zoeken met een paar oude vrienden die in het buitenland gestationeerd waren, en hij zou het fundament leggen om zijn terugkeer mogelijk te maken.

Maar het reizen en het wachten zouden geld kosten, en daarom zou hij voor Center blijven werken totdat hij klaar was om zijn plan uit te voeren.

Hoewel hij door de Russische gangster was gewaarschuwd dat Center hem zou laten ombrengen, maakte hij zich geen zorgen. Ja, Center besteedde de onaangenaamheid in de Matrosskaja Tisjina-gevangenis uit, maar Kovalenko had het gevoel dat als hij uit Rusland wegbleef, hij betrekkelijk veilig was tegen die moordenaars.

Dit was een organisatie van computerkrakers en technische observatiespecialisten. Het leek er immers niet op dat de Center-organisatie zelf uit moordenaars bestond.

34

Kapitein Brandon 'Trash' White wendde zijn blik af van zijn instrumenten, richtte zijn aandacht nu buiten zijn kuip en zag alleen maar de zwarte nacht en de strepen trekkende regendruppels die door de lampen van zijn vliegtuig werden opgelicht.

Ergens daarbuiten, op elf uur en enkele tientallen meters onder hem, danste een dek van postzegelformaat op de deinende golven op en neer. Hij naderde het stipje met zo'n 250 kilometer per uur, behalve wanneer de dwarrelende wind op deze hoogte hem afremde, juist meer vaart gaf of van links naar rechts kwakte.

En over een paar minuten zou hij, als God het wilde, op die grillig bewegende postzegel landen.

Dit was een *Case Three*-landing, nachtoperatie, en dat betekende dat hij 'op de naalden' had gevlogen, waarbij hij de naalden van het automatische landingssysteem vlak voor zich op het HUD, zijn *heads-up display*, geprojecteerd zag. Bij het naderen van het vliegdekschip hield hij zijn toestel in het midden van de display, wat op zich makkelijk zat was, maar hij stond op het punt om voor de laatste paar tientallen meters naar het dek van radarcontrole over te stappen naar de LSO, de *landing signals officer*, en hij wenste bijna dat hij nog ietsje langer hier in dit shitweer mocht rondvliegen om een beetje te kalmeren.

Ter hoogte van het dek was de wind '*down the angle*', wat betekende dat deze van de boeg naar de achtersteven stond, en dit zou hem naarmate hij lager kwam enigszins helpen, maar hierboven werd hij verdomme heen en weer geslingerd en zijn handen in zijn handschoenen waren zweterig van de inspanning om zijn kist recht te houden.

En toch was het veilig hier in de lucht, en riskant als de hel daar op het dek.

Trash had een bloedhekel aan carrierlandingen, en die haat was honderd keer zo groot als het 's nachts moest gebeuren. Tel daar het vreselijke weer en een woeste zee bij op, en het was een garantie dat White een shitavond beleefde.

Daar. Onder zich, achter alle digitale informatie op zijn display, zag hij een klein rijtje groene lichten met een geel licht in het midden. Dit was het optische landingssysteem, en op zijn display werd het steeds feller en groter.

Even later klonk er een stem over zijn radio, hard genoeg om verstaanbaar te zijn door het zware geluid van zijn eigen ademhaling door de intercom. 'Vier-nul-acht, driekwart mijl. *Call the ball.*'

Trash seinde terug. 'Vier-nul-acht, Hornet-ball, Vijf-komma-negen.'

Op een kalme en geruststellende toon antwoordde de LSO: '*Roger ball.* Je zit iets te veel naar links. Niet hoger gaan.'

Trash' linkerhand trok de gashendel een fractie terug, en zijn rechterhand duwde de stuurknuppel een tikje naar rechts.

Mariniers op een carrier. Waaróm, dacht Trash bij zichzelf. Natuurlijk wist hij het antwoord wel. Carrierintegratie, noemden ze dat. Als gevolg van een geniaal idee dat een of andere officier achter een bureau had bedacht, vlogen mariniers al ruim twintig jaar vanaf vliegdekschepen. Het was een uiting van de gedachte dat alles wat de marineluchtvaartdienst kon, het korps mariniers ook zou moeten kunnen.

Het zal wel.

Alleen maar omdat het korps mariniers het kón doen, betekende dat nog niet per se dat het korps mariniers het ook móést doen, tenminste, dat was Trash Whites mening. Mariniers moesten vliegen vanaf vlakke startbanen die uit de jungle of de woestijn waren gehakt. Ze moesten met andere mariniers in een tentje onder een camouflagenetje slapen, door de modder naar hun vliegtuig banjeren en dan de lucht in en hun collega-*jarheads* in de strijd bijstaan.

Ze waren niet gemaakt om op een verdomde boot te leven en ervan af te vliegen.

Dat was Trash' mening. Niet dat iemand hem er ooit om had gevraagd.

Hij heette Brandon White, maar zo was hij al heel lang niet meer genoemd. Iedereen noemde hem Trash. Ja, het kwam van een woordspeling op zijn achternaam, maar de in Kentucky geborene was niet echt wat iedereen, behalve de noorderling met het blauwste bloed, '*white trash*', blank uitschot, zou noemen. Zijn vader was arts met een succesvolle chiropodiepraktijk in Louisville, en zijn moeder was hoogleraar kunstgeschiedenis aan de Universiteit van Kentucky.

Niet bepaald woonwagenvolk dus, maar zijn pseudoniem hoorde inmiddels bij hem, en hij moest toegeven dat er ergere waren dan Trash.

Zo kende hij bijvoorbeeld een piloot in een ander squadron die Mangler heette, wat Trash heel cool vond klinken, totdat hij hoorde dat de arme jongen de bijnaam had gekregen nadat hij op een avond in een bar in Key West margarita's achterover had geslagen. Toen de jonge dwaas het herentoilet uit gewaggeld kwam, ritste hij zijn ballen vast in zijn gulp, kon ze er niet meer uit krijgen en werd hij in allerijl naar het ziekenhuis gereden. De medische term die de verpleegster van de EHBO op zijn status noteerde, was 'testicular mangling', en hoewel de jonge luitenant wel van dit onfortuinlijke ongelukje herstelde, zou hij die avond in de Keys nooit meer mogen vergeten, want het werd zijn bijnaam.

Een bijnaam verdienen als een woordspeling op je achternaam, zoals bij Trash White, leek in elk geval een stuk minder vervelend.

Als jongetje had Brandon NASCAR-coureur willen worden, maar rond zijn vijftiende mocht hij een keer met de vader van een vriendje mee in diens sproeivliegtuigje, en die vlucht bepaalde de koers van zijn leven. Die ochtend in een 'two-hole', een open tweezitter, laag scherend over de sojaboonvelden, leerde hem dat echte spanning niet op de ovale racebaan maar in het luchtruim te vinden was.

Hij had bij de luchtmacht of de marine kunnen gaan, maar de grote broer van een van zijn vrienden ging bij de mariniers en toen die op de avond dat hij van Paris Island terugkeerde zijn jongere broer en diens vriend meenam naar McDonald's en hen onderhield met verhalen over wat voor stoere rotzak hij wel niet was, liep Brandon meteen warm voor het korps.

Inmiddels was White achtentwintig en piloot van een F/A-18C Hornet tactisch jachtvliegtuig, een toestel dat ongeveer zo ver van die eerste Air Tractor stond als maar mogelijk was.

Trash hield van vliegen, en hij was dol op het korps mariniers. De afgelopen vier maanden was hij in Japan gestationeerd geweest, en hij had zich er enorm vermaakt. Japan was misschien niet zo leuk als San Diego of Key West of een aantal andere plekken waar hij had gezeten, maar toch, hij had niets te klagen.

Niet tot eergisteren, toen hem werd verteld dat zijn squadron van twaalf toestellen naar de *Ronald Reagan* zou vliegen om haast te maken naar Taiwan.

De dag nadat de VS hadden aangekondigd dat de *Reagan* naar Taiwan opstoomde, waren gevechtsvliegtuigen van de Chinese luchtmacht als vergelding begonnen met het bestoken van Taiwanese toestellen rond de Straat van Taiwan. Trash en zijn mariniers werden naar het vliegdekschip gestuurd om de Super Hornets van de marine daar aan boord ondersteuning te bieden. Gezamenlijk zouden de vliegers van de marine en die van het korps mariniers aan de Chinese kant van de door de Straat van Taiwan lopende grenslijn patrouillemissies vliegen.

Hij wist dat de Chinezen waarschijnlijk laaiend zouden worden als ze Amerikaanse toestellen zagen die Taiwan beschermden, maar Trash kon het niets schelen. Hij verwelkomde de kans om die Chinezen eens goed in verwarring te brengen. Verdorie, als het tot actie kwam en F/A-18C's daarbij betrokken zouden worden, dan wilde Trash daar het korps mariniers maar wat graag bij hebben, en het liefst met zijn eigen kist er middenin.

Maar hij had een hekel aan boten. Hij had zich wel gekwalificeerd voor actie op carriers, dat was voor iedere marinier verplichte kost, maar hij had minder dan twintig keer ervaring opgedaan, en allemaal meer dan drie jaar geleden. Ja, de afgelopen paar weken was hij op FCLP geweest, *field carrier landing practice*, op een veld in Okinawa, waar hij landde op een stuk landingsbaan dat was uitgerust met remkabels, net als op een vliegdekschip, maar dat strakke stuk beton was wel even iets anders dan een storm met regen op het dek van de *Reagan* onder hem.

FCLP was een wereld van verschil met wat hij nu meemaakte.

Twee minuten geleden had Trash' eerste vlieger, majoor Scott 'Cheese' Stilton, zijn kist na een lange maar acceptabele landing bij remkabel vier aan dek gezet. De andere tien F/A-18C-piloten waren deze avond allemaal nog voor Cheese geland. Met uitzondering van het tankvliegtuig was Trash vanavond de laatste in de lucht, en dat was zwaar klote voor hem, want het weer werd met de minuut slechter en hij had nog maar een paar honderd gallon brandstof. Dat hield in dat hij nog maar twee pogingen kon wagen, voordat hij zou moeten bijtanken en een nieuwe poging moest doen; en iedereen op de USS *Ronald Reagan* zou op hem zitten wachten.

'*Power*. Je zit te laag,' coachte de LSO hem over de radio binnen.

Trash had de gashendel te veel teruggedraaid. Hij gaf weer iets bij, waardoor de jet juist weer te hoog kwam.

Te hoog betekende dat hij ofwel de vierde remkabel zou pakken, de laatste op het dek, of dat hij zou doorschieten en dus alle vier de kabels zou missen en over het dek zou rollen. In dat geval zou hij weer opstijgen, terugklimmen in de zwaarbewolkte, zwarte lucht en opnieuw de landing inzetten.

Te hoog zou niet goed zijn, maar het was wel veel beter dan te laag.

Te laag, niet de eerste remkabel pakken maar écht te laag, betekende een '*ramp strike*', wat carrieroperatietaal was voor een crash in de achtersteven, waarbij je zelf omkwam en je brandende wrak in een vuurbal over het dek rolde; de beelden daarvan zouden tijdens trainingen worden gebruikt als een uitstekend voorbeeld van hoe het dus níet moest.

Trash wilde niet doorschieten, maar het was verdomme wel veel beter dan het alternatief.

Trash concentreerde zich nu op de *'meatball'*, de verlichte oranje lamp in het midden van het optische landingssysteem dat piloten hielp de juiste dalingsweg naar het dek te houden. Hoezeer elk menselijk instinct hem ook influisterde om het dek zelf in de gaten te houden terwijl hij het met 250 kilometer per uur naderde, wist hij dat hij dit punt van inslag moest negeren en dat hij erop moest vertrouwen dat de meatball hem veilig omlaag loodste. Hij zat nu op die bal, keurig in het midden van het OLS, wat op een goede dalingsweg duidde, een hoek van drie-komma-vijf graden; nog enkele seconden voordat hij het dek zou raken. Het zag ernaar uit dat hij op weg was naar een veilige *three-wire*, de derde vangkabel dus, gezien de weersomstandigheden een keurige landing.

Maar vlak voordat zijn wielen en zijn staarthaak neerkwamen, steeg de oranje bal boven de middelste horizontale groene nullijnen op het OLS.

'Rustig,' zei de LSO.

Vlug haalde Trash de gashendel terug, maar de bal steeg alsmaar hoger.

'Shit,' vloekte Trash tussen twee diepe zuchten door. Hij liet de power zelfs nog meer los.

'Meer power,' waarschuwde de LSO.

Trash had even nodig om het zich te realiseren, maar dat kwam slechts doordat hij geen marinevlieger was en niet was gewend aan landingen op een vliegdekschip. Hij wás perfect op koers geweest, maar nu viel het stampende dek weg terwijl de *Ronald Reagen* tussen twee enorme oceaangolven wegzonk.

Trash' wielen kwamen neer op het dek, maar hij wist dat hij te ver zat. Hij schoof de gashendel helemaal naar voren, en zijn snelheid schoot omhoog. Hij zoefde over het dek naar de ondoordringbare duisternis voor zich.

'Doorstart! Doorstart! Doorstart!' riep de landingsofficier op het dek, de bevestiging van wat Trash al wel wist.

Binnen enkele seconden bevond hij zich weer in de zwarte lucht, klimmend boven de zee, en begon hij met zijn toestel als het enige luchtvaartuig opnieuw aan het *bolter/wave-off*-patroon.

Als hij bij deze volgende scheervlucht niet kon landen, zou de *air boss* op het vliegdekschip, de officier die de leiding voert over alle vluchtoperaties, hem opdragen bij te tanken achter de F/A-18E, die ergens verderop aan bakboordzijde van de *Reagan* cirkeltjes vloog.

Trash had een donkerbruin vermoeden dat de piloot van het tankvliegtuig net zomin in deze zwarte soep wilde vliegen als hij; vermoedelijk wenste de goeie man dat die k-zak van een marinier zijn kist nu eindelijk eens op het dek zou zetten zodat hij naar huis kon.

Terwijl hij zijn toestel horizontaal trok en begon aan een serie bochten die hem weer in de juiste aanvliegroute brachten, concentreerde Trash zich op zijn instrumenten.

Vijf minuten later was hij weer opgelijnd met de carrier.

De LSO klonk over de radio. 'Vier-nul-acht, dit is Paddles. Het dek stampt een beetje. Concentreer je op een goed begin en voorkom dat je in het midden te veel corrigeert.'

'Vier-nul-acht, Hornet-ball, Vijf-komma-een.' Hij hield de bal in de gaten, zo'n beetje het enige wat hij op dit moment kón zien, en hij wist dat hij te hoog zat.

'Roger ball. Opnieuw te hoog. Lager.'

'Roger.' Trash nam iets gas terug.

'Je zit te hoog en links opgelijnd!' riep de LSO nu. 'Rustig aan. Rechts om op lijn te komen.'

Hij hield het dek voor en onder zich keurig in het midden, maar hij zat nog steeds te hoog.

Nog even en hij zou opnieuw een doorstart moeten maken.

Maar precies op dat moment, terwijl hij over de drempel van de achterkant van de enorme carrier scheerde, zag hij de lampen van het dek onder zich omhoogkomen; het dek werd het zwarte luchtruim in geduwd, alsof het schip op een hydraulische luchtbrug stond, in de richting van de onderkant van zijn toestel.

Zijn staarthaak ving de *three-wire*, en de remkabel bracht hem met een ruk tot stilstand, alsof een geladen oplegger met 250 kilometer per uur binnen drie seconden volledig tot stilstand kwam.

Welkom aan dek van de *Ronald Reagan*, Trash.

Een ogenblik later klonk de stem van de air boss over zijn headset. 'Goed, als jij niet naar de *Reagan* kunt komen, komt de *Reagan* wel naar jou.'

Trash grinnikte vermoeid. Zijn landing zou worden geboekstaafd; dat gebeurt bij alle carrierlandingen. Hij zou als redelijk worden beoordeeld, wat Trash op zich prima vond, maar de air boss zorgde ervoor dat hij zich ervan bewust was dat de enige reden waarom hij niet opnieuw een doorstart had hoeven maken was dat het schip omhoog had gereikt en hem uit de lucht had geplukt.

Maar hij was blij om op het dek te staan. 'Ja, commandant,' zei hij.

'Welkom aan boord, marinier.'

'*Semper fidelis*, commandant,' zei Trash met een beetje valse bravoure. Hij haalde zijn gehandschoende handen van de stuurknuppel en gashendel, en hield ze voor zijn gezicht. Ze trilden een beetje, wat hem absoluut niet verbaasde.

Ik haat boten, zei hij in zichzelf.

35

Het kantoor van SinoShield Business Investigative Services Ltd was gevestigd op de tweeëndertigste verdieping van IFC2, Two International Finance Centre, dat met zijn achtentachtig verdiepingen het op één na hoogste gebouw in Hongkong was, en de op zeven na hoogste kantoortoren ter wereld.

Gavin, Jack en Domingo waren gekleed in peperdure zakenkostuums en droegen aktetassen en lederen folio's; ze gingen moeiteloos op in de massa beambten en cliënten die door de hallen van IFC2 liepen.

De drie Amerikanen meldden zich bij de receptioniste voor deze verdieping, en zij belde meneer Yao en had met hem een kort gesprekje in het Kantonees.

'Hij komt eraan,' zei ze. 'Wilt u even plaatsnemen?'

Ze kregen de indruk dat een aantal kleine bedrijven de balie, de receptioniste en alle gemeenschappelijke ruimten hier op de tweeëndertigste verdieping deelden.

Na een paar minuten kwam een jonge, knappe Aziatische man door de hal naar de gemeenschappelijke ruimte gelopen. In tegenstelling tot de meeste Chinese zakenmannen droeg hij het jasje van zijn pak niet. Zijn lavendelblauwe overhemd was enigszins gekreukeld en zijn mouwen waren tot zijn ellebogen opgerold. Terwijl hij op de drie mannen af liep, streek hij met zijn handen over zijn overhemd en trok hij zijn das recht.

'Goedemorgen, heren,' begroette hij hen met een vermoeide glimlach en een uitgestoken hand. Geen spoor van een accent, of misschien een zweem van Zuid-Californië. 'Adam Yao, tot uw dienst.'

Chavez schudde hem de hand. 'Domingo Chavez, hoofd bedrijfsbeveiliging.'

'Meneer Chavez,' reageerde Yao beleefd.

Zowel Jack als Ding zag onmiddellijk dat deze jongeman waarschijnlijk een fantastische geheim agent was, en mogelijk een vreselijk goede pokerspeler. Ieder lid van de geheime dienst van de CIA zou de naam Domingo Chavez direct herkennen, en hij zou ook weten dat de man ergens tussen de vijfenveertig en vijftig zou zijn. Het feit dat Yao geen spier vertrok en zo niet verried dat hij een CIA-legende herkende, was een blijk van zijn vakmanschap.

'Jack Ryan, financieel analist,' zei Jack, terwijl hij Yao de hand schudde.

Ditmaal toonde Adam Yao oprechte verrassing.

'Ho,' reageerde hij met een opgeruimde glimlach. 'Jack junior. Over Hendley Associates wist ik niet meer dan dat senator Hendley de boel runde. Ik wist niet dat u...'

'Ja,' onderbrak Jack hem, 'ik probeer niet al te veel op de voorgrond te treden. Ik ben gewoon een van de zwoegers die met een toetsenbord en een muis werkt.'

Yao schonk hem een blik alsof hij Jacks opmerking slechts bescheiden vond.

Nadat Yao aan Gavin Biery was voorgesteld, ging hij het drietal voor naar zijn werkkamer.

'Het spijt me dat we u zo overvallen met deze ontmoeting,' zei Chavez, 'maar we zitten met een probleem en we hebben iemand nodig die het land kent.'

'Mijn secretaresse zei dat vertegenwoordigers van uw bedrijf in de stad waren en om een kort consult verzochten,' zei Yao. 'Ik wou echt dat ik u meer dan twintig minuten kon bieden, maar ik zit tot over mijn oren in het werk. Zoals u zich ongetwijfeld kunt voorstellen, kunnen onderzoeken naar intellectueel eigendom in Hongkong en China iemand in mijn vak behoorlijk druk houden. Ik klaag niet, hoor, ook al moet ik me beperken tot dutjes op de tweezitsbank hier op mijn kamer in plaats van dat ik naar huis ga en een leven heb.' Hij haalde een hand over zijn nog licht gekreukte overhemd, een excuusgebaar voor zijn uiterlijk.

Ze betraden zijn kleine, spartaanse kantoor. 'We stellen het zeer op prijs, ongeacht hoeveel tijd u voor ons hebt, echt,' zei Jack.

Yao's secretaresse bracht koffie voor de vier heren en zette alles in een kleine zithoek voor Adams rommelige bureau.

Jack vroeg zich af wat er door Yao's hoofd ging. Dat de zoon van de Amerikaanse president zich in zijn kamer bevond, moest best cool zijn, hoe relaxt Jack ook deed over zijn familienaam, zoveel liet hij in elk geval wel blijken. Maar Domingo Chavez ontmoeten en een praatje met hem maken, dat zou toch een van de hoogtepunten in het leven van deze CIA-agent zijn.

'En,' vroeg Yao, 'hoe hebben jullie mij gevonden?'

'Een paar maanden geleden stond er in *Investor's Business Daily* een artikel waarin uw firma samen met een paar andere werd genoemd,' antwoordde Jack. 'Toen onze problemen ons hier naar Hongkong brachten, hebben we dat stuk opgediept en naar uw kantoor gebeld.'

'O, ja. Een zaak waar we vorig jaar aan werkten, over een aantal hightechpatenten die in Shenzhen waren vervalst. Gebeurt voortdurend, maar de gratis reclame was leuk.'

'Wat voor projecten neemt u tegenwoordig aan?' vroeg Jack.

'Dat kan eigenlijk van alles zijn. Ik heb klanten in de computerindustrie, de farmaceutische industrie, de detailhandel, uitgeverijen, zelfs in het restaurantwezen.'

'Restaurants?'

Adam knikte. 'Yep. In Zuid-Californië zit een grote keten, meer dan zestig vestigingen. Blijkt dat ze hier nog eens elf vestigingen hebben waar ze geen weet van hadden.'

'Dat meent u niet,' zei Biery.

'Jawel, hoor. Zelfde naam, zelfde uithangborden, zelfde menu, zelfde hoedjes op hun hoofd. Alleen zien de eigenaars van de keten geen cent van de winsten.'

'Ongelofelijk.'

'Het gebeurt steeds vaker. Ze hebben hier pas nog invallen gedaan bij een groep nep-Apple-winkels waar ze kopieën van Macs verkochten. Zelfs het winkelpersoneel dacht dat het voor Apple werkte.'

'Het is vast lastig om ze te sluiten,' zei Ryan.

Yao glimlachte vriendelijk. 'Dat is het ook. Ik geniet van het onderzoek naar zoiets, maar zakendoen met de Chinese bureaucratie is... Wat is het woord waar ik naar zoek?'

'Gelul?' opperde Jack.

Yao glimlachte. 'Ik wilde "langdradig" zeggen, maar "gelul" dekt de lading beter.' Hij sloeg Ryan met een glimlach gade. 'Zeg, Jack. Waarom staan er achter jou niet een paar in het zwart gestoken beveiligers met vierkante kaken en met oortjes in?'

'Ik heb beveiliging van de geheime dienst afgewezen. Ik stel mijn privacy op prijs.'

'Als het nodig is, waak ik over hem,' voegde Chavez er met een glimlach aan toe.

Yao grinnikte, nam een slok koffie en verschoof wat in zijn stoel. Jack zag dat hij even naar Chavez keek. 'Goed, heren, wat voor kattenkwaad heeft China uitgehaald dat jullie financieelbeheeronderneming dupeert?'

'Het draait in wezen om cybermisdaad,' antwoordde Gavin Biery. 'Mijn netwerk is belaagd door een reeks zeer goed doordachte en georganiseerde kraakpogingen. Ze wisten erin te komen en onze klantenlijsten te stelen. Het gaat uiteraard om uiterst gevoelige data. Ik wist de bron van de binnendringing te traceren tot een commandoserver in de VS en ik heb die server gehackt.'

'Goed werk,' zei Adam. 'Ik mag bedrijven die terug willen vechten wel. Als iedereen dat deed, zouden we wat bedrijfsdiefstal betreft in elk geval een stuk beter af zijn. Wat hebt u gevonden op die server?'

'Ik vond de dader. Er stonden data op die mij vertelden wie er achter de aanval zat. Geen echte naam maar het pseudoniem dat hij online gebruikt. Ook wisten we vast te stellen dat de aanval vanuit Hongkong kwam.'

'Dat is interessant, en ik weet zeker dat het helemaal hierheen lastig te traceren was, maar er is één ding dat ik niet snap. Zodra die gasten de data waarnaar ze op zoek zijn van uw netwerk hebben geplukt... heeft het geen zin die terug te halen. Ze hebben de informatie gebruikt, gekopieerd en jullie gecompromitteerd. Wat willen jullie bereiken door hierheen te komen?'

'We willen de man die dit heeft gedaan in de kraag vatten, zodat hij het niet nog eens kan doen. Hem vervolgen,' kwam Chavez tussenbeide.

Yao keek de drie mannen aan alsof ze hopeloos naïef waren. 'Mijn professionele mening, heren, is dat de kans van slagen zéér klein is. Zelfs als u bewijzen hebt, zullen de criminelen niet hier worden vervolgd, en als u aan uitlevering denkt, vergeet het maar. Wie de dader ook is, hij werkt hier in Hongkong, omdat het een verdomd geschikte plek is om zulke misdaden te plegen. Het wordt weliswaar beter, Hongkong is niet meer het Wilde Westen dat het ooit was, maar dit is meer dan u aankunt. Ik verfoei het om bot te zijn, maar ik kan het u maar beter eerlijk vertellen, voordat u hier een hoop geld over de balk smijt en dan hetzelfde ontdekt.'

'Misschien kunt u ons als klant aannemen, gewoon om het een beetje te onderzoeken,' opperde Jack. 'Als het niets oplevert, tja, het is ons geld, hè?'

'Het probleem,' zei Adam, 'is dat deze zaken heel langzaam en methodisch worden opgebouwd. Op dit moment werk ik bijvoorbeeld aan een zaak die vier jaar oud is. Ik wou dat ik jullie kon vertellen dat dingen hier sneller gebeuren, maar het heeft geen zin om jullie te misleiden over waar jullie hier voor staan. Daar komt nog bij dat ik wat fraude aangaat veel meer bedreven ben in het aspect van intellectueel eigendom. Cyberbeveiliging is een groeiend probleem, maar het is niet mijn specialisme. Ik denk eerlijk gezegd dat het buiten mijn straatje valt.'

'Beschikt u überhaupt over contacten of middelen?' vroeg Chavez.

'Zoals meneer Biery al zei hebben we een gebruikersnaam voor de dader. We hoopten hier eigenlijk iemand te vinden die over een database beschikt die ons iets meer informatie kan geven over de operatie van deze persoon.'

Yao glimlachte een beetje neerbuigend naar de oudere man, zij het zonder opzet. 'Meneer Chavez, in China zijn vermoedelijk tien miljoen hackers die zich in meer of mindere mate met computerfraude bezighouden. Ieder van die gasten gebruikt waarschijnlijk meerdere gebruikersnamen. Voor zover ik weet bestaat er geen database die dat, zeg maar, "golvende landschap" bijhoudt.'

'Deze man is behoorlijk goed,' zei Jack. 'Iemand moet toch van hem weten.'

Yao zuchtte een beetje maar bleef beleefd glimlachen, kwam overeind en ging achter zijn bureau zitten. Hij trok zijn toetsenbord naar zich toe. 'Ik kan een berichtje sturen naar een vriend in Guangzhou, die iets beter op de hoogte is van financiële cybermisdaad. Dit wordt een speld in een hooiberg, garandeer ik u, maar het kan geen kwaad om hem te vragen of hij ooit van de man heeft gehoord.'

Al tikkend vroeg Adam Yao: 'Wat is het pseudoniem?'

Gavin en Jack keken elkaar even aan. Met een samenzweerderige glimlach van Ryan die zei: *Laten we deze jongen eens overdonderen*, gaf hij Gavin groen licht.

'Zijn pseudoniem is FastByte22,' zei Biery.

Yao hield op met tikken. Zijn schouders verstijfden. Langzaam sloeg hij zijn ogen weer op naar zijn drie gasten. 'U houdt me zeker voor de gek?'

Chavez viel zijn twee collega's bij. 'Ként u hem?'

Yao keek over zijn bureau. Ryan bespeurde een lichte argwaan bij de geheim agent van de CIA, maar verder viel de opwinding in de ogen van de jongeman duidelijk af te lezen. Voordat hij reageerde, leek hij zich iets te herstellen. 'Ja. Ik ken hem. Hij heeft... hij heeft onze belangstelling in een andere zaak waarbij... waarbij ik oppervlakkig betrokken ben.'

Jack deed zijn best om niet te glimlachen. Hij mocht deze jongen wel, hij was reteslim, en uit alles wat Jack had gezien, bleek dat Yao zich hier uit de naad werkte. Hij genoot ervan om te zien hoe Adam Yao zich even geen raad wist en naar de juiste woorden zocht om zijn opwinding te verbergen dat hij nu eindelijk meer informatie kon krijgen over een doelwit dat, tot nu toe, nog niemand was opgevallen, behalve hemzelf.

'Goed dan, misschien kunnen we samenwerken om onze inspanningen te combineren,' opperde Chavez. 'Zoals Jack net zei, zijn we bereid om wat geld te steken in deze operatie om te zien of we hem kunnen opsporen.'

'Voor het opsporen wordt niets in rekening gebracht,' zei Yao. 'Hij werkt vanuit een kantoor in het computercentrum van Mong Kok in Kowloon.'

'U hebt hem gezien? Persoonlijk?'

'Inderdaad. Maar het is een gecompliceerde situatie.'

'Hoezo dat?' vroeg Ding.

Yao aarzelde even. 'Waar verblijft u?' vroeg hij ten slotte.

'We zitten in het Peninsula, tegenover de haven.'

'Bent u vanavond vrij om ergens iets te gaan drinken? Dan kunnen we er verder over praten, misschien een plan bedenken.'

Chavez sprak voor de groep: 'Acht uur?'

36

Melanie Kraft zat op de bank in de woonkamer van haar koetsappartement in Princess Street in Alexandria's Old Town. Het was zeven uur in de avond, en normaal zou ze nu bij Jack zijn of zelfs overwerken, maar Jack was de stad uit en ze wilde ook gewoon in het donker op haar bank zitten, tv-kijken en aan iets anders denken dan aan haar problemen.

Ze zapte langs de kanalen, en bleef niet bij Discovery Channel hangen voor een programma over het Midden-Oosten of bij History Channel voor een documentaire over het leven en de carrière van president Jack Ryan. Normaal zou ze beide best interessant vinden, maar op dit moment wilde ze gewoon vegeteren.

Ze vond een documentaire op Animal Planet, over dieren in het wild in Alaska, en was ervan overtuigd dat ze daar wel haar aandacht bij kon houden en afleiding kon vinden van alles wat er gaande was.

Haar mobieltje zoemde en schoof over de salontafel. Ze keek ernaar, hoopte dat het Jack zou zijn. Maar nee. Ze herkende het nummer niet, maar zag dat het netnummer van DC was.

'Hallo?'

'Hé, meisje. Wat voer je uit?'

Het was Darren Lipton, en wel de laatste persoon op aarde die ze nu wilde spreken.

Ze schraapte haar keel. 'Wat kan ik voor u doen, FBI-agent Lipton?' vroeg ze op zakelijke toon.

'Senior FBI-agent, maar ik zal het door de vingers zien.'

Hij leek in een goede bui te zijn, joviaal zelfs.

Bijna onmiddellijk dacht Melanie dat hij waarschijnlijk dronken was.

'Senior FBI-agent,' corrigeerde ze zichzelf.

'Luister, we moeten even samenkomen voor een kort gesprekje. Zal misschien hooguit een kwartiertje vergen.'

Ze wist dat ze niet kon weigeren. Maar ze was niet klaar om ja te zeggen. Ze wilde Lipton doen inzien dat ze niet zijn puppy was, zijn persoonlijk bezit dat zou komen opdraven wanneer hij maar belde. Ook al voelde ze zich wel zo nu hij had onthuld dat haar hele toekomst in zijn handen lag.

'Waar gaat het over?' vroeg ze.

'Dat bespreken we morgen wel. Zullen we bij een kop koffie afspreken, halfacht? Ik kom jouw kant wel op. Starbucks in King Street?'

'Prima,' zei ze, en ze hing op. Met een met nieuwe zorgen bezwaard gemoed keek ze naar zalm vangende grizzlyberen.

Op deze koele en winderige herfstmorgen hadden Melanie en Lipton plaatsgenomen aan een tafeltje buiten. Haar haren sloegen om haar gezicht, terwijl ze thee dronk om warm te blijven. Lipton dronk koffie, zijn zwarte regenjas hing open en onthulde een donkerblauw pak, en hoewel het bewolkt was, had hij een zonnebril op.

Ze vroeg zich af of hij zijn bloeddoorlopen ogen probeerde te verhullen. Met de bril, het blauwe pak en de zwarte regenjas leek hij naar iedereen in de koffieshop of iedere passant op de stoep die een beetje oplette te willen schreeuwen dat hij van de FBI was.

Na een minuutje van eenzijdig gepraat over koetjes en kalfjes kwam Lipton ter zake. 'Mijn baas heeft meer van je nodig. Ik heb mijn best gedaan om hem tot bedaren te brengen, maar sinds ons laatste gesprek heb je ons niets gegeven.'

'Ik weet nu niets meer dan toen. Het is net alsof jullie willen dat ik hem betrap bij het doorgeven van nucleaire geheimen aan de Russen of zo.'

'Of zo,' zei Lipton. Hij plukte zijn grijsblonde lokken van onder zijn zonnebril vandaan en reikte vervolgens in zijn jasje. Hij trok een bundel documenten tevoorschijn en hield deze omhoog.

'Wat is dat?'

'Een gerechtelijk bevel om een zendertje in Ryans mobieltje te stoppen. De FBI wil zijn gangen nagaan.'

'Wat?' Ze griste de bundel uit zijn hand en begon de documenten te lezen.

'We beschikken over bewijs dat hij een aantal bijzonder verdachte besprekingen met buitenlandse staatsburgers heeft gevoerd. We willen erbovenop zitten en kijken wat er aan de hand is.'

Melanie was razend dat het onderzoek nog steeds doorging. Maar er kwam nog iets anders bij haar op. 'Wat heeft dit met mij te maken? Waarom vertel je me dit?'

'Omdat jij, schone dame van me, die zender in zijn telefoon gaat plaatsen.'

'O nee, vergeet het maar!' reageerde ze kregelig.

'Ik vrees van niet. Ik heb hier de kaart die je dient te gebruiken. Het is geen apparaatje dat hij kan vinden, het gaat allemaal via software. Je prikt het kaartje gewoon in zijn telefoon, laat het de software laden en dan trek je het er weer uit. Binnen een half minuutje is het gepiept.'

Melanie liet haar blik even naar de straat afdwalen. 'Heb je geen agenten voor dit soort klusjes?'

'Ja. Jíj bent mijn agent. Mijn agent met de nodige pluspunten, als je begrijpt wat ik bedoel.' Hij keek naar haar borsten.

Vol ongeloof keek ze hem aan.

'O, o,' zei Lipton met een blaffende lach. 'Krijg ik nu weer een rechtse hoek?'

Uit zijn toon en gezichtsuitdrukking maakte Melanie op dat hij ergens nog had genoten ook toen ze hem een klap verkocht.

Ze nam zich voor dát niet meer te doen.

Ze had even nodig om tot bedaren te komen. Door de informatie die de FBI over haar en haar vader had, wist ze dat Lipton haar kon laten doen wat hij maar wilde. 'Voordat ik hiermee instem,' zei ze, 'wil ik praten met iemand anders van de National Security Branch.'

Lipton schudde zijn hoofd. 'Ik ben jouw contactpersoon, Melanie. Of je dat nu wilt of niet.'

'Ik zeg niet dat ik een nieuwe opdrachtgever nodig heb. Ik wil alleen het een en ander bevestigen met iemand anders dan jij. Iemand bóven jou.'

Nu begon de bijna onophoudelijk verlekkerde glimlach van de special agent toch wat onzeker te worden. 'Dat ding in je hand is een gerechtelijk bevel. Door een rechter ondertekend dus. Hoeveel meer bevestiging wil je hebben?'

'Ik ben je slaaf niet. Als ik dit doe, wil ik een soort garantie van de FBI dat je mij niet zult blijven gebruiken. Ik doe dit, en dan is het afgelopen.'

'Die belofte kan ik je niet doen.'

'Vind dan iemand die dat wel kan.'

'Gaat niet gebeuren.'

'Dan zijn we denk ik uitgepraat.' Ze stond op.

Hij deed zijn benen van elkaar en sprong overeind. 'Realiseer jij je wel hoeveel narigheid ik jou kan bezorgen?'

'Ik vraag alleen maar iemand anders om mee te praten. Als je dat niet mogelijk kunt maken, dan geloof ik nauwelijks dat je zoveel invloed hebt dat je mij naar de gevangenis kunt sturen.'

Ze stapte de ochtenddrukte in en ging op in de massa die zich over King Street naar de metro begaf.

Het Peninsula-hotel bevindt zich in een duur winkeldistrict, Tsim Sha Tsui geheten, op het zuidelijke puntje van Kowloon en biedt uitzicht op Victoriahaven. Het vijfsterrenhotel werd in 1928 geopend en draagt zijn oude koloniale charme met trots.

Voorbij de vloot van veertien groene, extra lange Rolls-Royce Phantoms aan de voorzijde van het gebouw, voorbij de reusachtige barokke lobby en een korte gang zoeft een lift de gasten naar de top van het hotel. Hier serveert het ultramoderne en chique restaurant Felix, ontworpen door Philippe Starck, moderne Europese cuisine in een zaal met vensters van vloer tot plafond, die uitzicht bieden over de Victoriahaven naar Hongkong Island. Via een wenteltrap bereik je een kleine bar met uitzicht op de restaurantzaal, en hier zaten vier Amerikanen samen in een achterafhoekje, nippend aan een fles bier en uitkijkend over de lichtjes.

'Vanmorgen zei je dat de situatie rond FastByte gecompliceerd was,' zei Chavez. 'Wat bedoelde je daarmee?'

Yao nam een slok van zijn Tsingtao. 'FastByte22's echte naam is Zha Shu Hai. Hij is vierentwintig. Hij komt van het vasteland, maar als kind verhuisde hij naar de VS, waar hij Amerikaans staatsburger werd. Als jonge knaap was hij hacker, maar hij kreeg een betrouwbaarheidsverklaring en werd door de overheid op contractbasis ingehuurd om hun systemen te pentesten. Hij wist in te breken, probeerde de informatie aan China door te sluizen, werd gepakt en draaide de bak in.'

'Wanneer hebben ze hem vrijgelaten?'

'Dat hebben ze dus niet. Hij zat in een federale gevangenis, eentje met minimale bewaking, in Californië. Hij was met werkverlof, gaf computerles aan bejaarden, en vervolgens op een dag... poef.'

'Hij verdween?' vroeg Chavez.

'Yep. De FBI ging bij hem thuis langs, en ook bij al zijn oude bekende contacten, maar hij is nooit opgedoken. Ontsnapte gevangenen keren bijna altijd naar hun oude leventje terug, al is het maar om even contact te zoeken met familie, maar Zha deed dat niet. De U.S. Marshals Service kwam tot de conclusie dat de Chinezen hem het land uit geholpen hadden, terug naar het vasteland.'

Biery was in verwarring. 'Dit is niet het vasteland.'

'Nee, klopt. Het is verrassend dat hij hier is opgedoken, maar er is iets wat zelfs nog verrassender is.'

'En dat is?'

'Hij zit nu bij de 14K.'

Chavez hield zijn hoofd schuin. '14K? De triades?'

'Precies.'

Het verraste Ryan dat Ding van deze organisatie op de hoogte was. Hij had nog nooit gehoord van 14K. 'Een bende?'

'Anders dan een bende in de States,' zei Chavez. 'Hier overtreed je de wet al als je toegeeft dat je lid bent. Dat klopt toch, Adam?'

'Ja. In Hongkong geeft niemand het toe als hij in een triade zit. Alleen al in de leiding zitten kan je vijftien jaar brommen kosten.'

Ding legde een en ander even uit aan Ryan en Biery. 'Wereldwijd zijn er meer dan tweeënhalf miljoen triadeleden. De eigenlijke naam van de organisatie is San He Hui, Het Genootschap Drie Harmonieën. De 14K is slechts een van de vele zijtakken, maar tegenwoordig zijn ze de machtigste hier. Alleen in Hongkong telt 14K vermoedelijk al twintigduizend leden.'

'Ik ben onder de indruk,' zei Adam.

Chavez wuifde het compliment weg. 'In mijn werk loont het om te weten wie de agitators zijn als je een nieuw gebied betreedt.'

'En,' vroeg Ryan, 'FastByte22 is een lid?'

'Dat denk ik niet, maar hij gaat zonder enige twijfel wel met ze om.'

'Als hij geen lid van de triades is, wat is dan zijn relatie met hen?' vroeg Ryan.

'Het kan iets zijn in de sfeer van bescherming. Iemand als hij kan geld drukken. Hij kan achter zijn computer gaan zitten en binnen een paar uur de creditcardgegevens van tienduizend mensen stelen. Wat cybermisdaad betreft, is die knaap zijn gewicht in goud waard, dus de 14K zou best op hem kunnen passen.'

Chavez zei: 'Hoe goed zijn die leden van 14K in persoonsbescherming?'

'Ze houden vierentwintig uur per dag een paar zware jongens om hem heen; wanneer hij naar zijn werk gaat, en wanneer hij van zijn werk komt, bewaken ze zijn kantoor en ze hangen ook buiten voor zijn appartementengebouw. Hij gaat graag shoppen, 's avonds naar clubs, en dat doet ie vooral in 14K-bars en -buurten, en altijd omringd door van die kleerkasten. Ik heb mijn best gedaan om hem te schaduwen om te zien met wie hij optrekt, maar zoals je ziet, vorm ik hier een kleine operatie. Ik dacht dat ik goed afstand hield, maar onlangs werd me duidelijk dat ze me in de smiezen hadden.'

'Enig idee hoe?' vroeg Ding.

'Helemaal niet. Op een ochtend had hij opeens meer bewaking en ze speurden zonder enige twijfel naar een specifieke dreiging. De avond ervoor moeten ze me hebben gezien.'

'Volgens mij kun je wel een paar nieuwe krachten gebruiken om je te helpen hem in de gaten te houden,' zei Ding.

Yao keek verbaasd op. 'Is dit een vrijwillig aanbod?'
'Absoluut.'
Yao vroeg: 'Heb je enig surveillancewerk gedaan?'
Ding glimlachte. 'Ik heb weleens wat gedaan, ja. Ryan heeft me een keer of twee geholpen. Hij vindt het leuk.'
Jack knikte. 'Het zit in mijn bloed, denk ik.'
'Dat zal best.' Ryan bespeurde nog steeds een lichte achterdocht bij Adam Yao. De man vertrouwde duidelijk op zijn eigen observaties. 'Even uit nieuwsgierigheid,' zei hij, 'met wat voor surveillance houdt Hendley Associates zich zoal bezig, ik bedoel, buiten deze situatie hier?'
'Typische bedrijfsinformatiedingetjes,' antwoordde Ding. 'Daar kan ik niet echt op ingaan.'
Dit leek Adam te accepteren, en hij keek naar Gavin Biery. 'Meneer Biery, sluit u zich bij ons aan?'
Chavez antwoordde voor hem. 'Gavin zal hier in het Peninsula blijven en ons ondersteunen.'
Adam Yao reikte in zijn zak en trok zijn iPhone tevoorschijn. Hij ging naar zijn foto's en gaf de telefoon door.
'Zha Shu Hai,' zei Yao.
Het piekerige haar, de sieraden en punkkleding verrasten Ding en Jack. 'Niet bepaald wat ik had verwacht,' zei Ding.
'Ik had me een jongere Chinese versie van Gavin Biery voorgesteld,' gaf Ryan toe.
Iedereen, inclusief Gavin, moest hierom lachen.
'Veel hackers in China denken dat ze alternatieve rocksterren zijn,' zei Yao. 'De waarheid is dat zelfs de burgertypes als Zha doorgaans voor de Chicoms werken, dus ze zijn eigenlijk het tegengestelde van alternatief.'
'Het is uitgesloten dat hij voor de Chicoms werkt, toch?' vroeg Ryan.
Yao knikte. 'Dat hij hier in Hongkong is en niet op het vasteland, en zich beweegt onder de bescherming van de triades, weerspreekt de theorie dat deze knaap als lokvogel dient voor de Volksrepubliek China.'
Ryan moest toegeven dat Yao's logica op dat punt overtuigend leek.
Nu dat was vastgesteld dronk Yao zijn bier op. 'Oké, mannen. We kunnen Zha morgenavond oppikken wanneer hij het computercentrum van Mong Kok verlaat. Met ons drieën kunnen we weleens mazzel hebben en wat foto's van zijn contacten maken.'
Daar was iedereen het mee eens.
'Maar eerst,' zei Adam, 'dienen we wat te proefdraaien in de stad, gewoon om een gevoel te krijgen over hoe we zullen samenwerken.

Zullen we vroeg bij elkaar komen om een uurtje of twee te oefenen?'

'Goed idee,' reageerde Ding, en hij leegde zijn bierflesje en riep om de rekening.

Terwijl ze door het restaurant naar de uitgang liepen, schoot een jonge Amerikaan die met een aantrekkelijke vrouw dineerde overeind, en hij vloog op Jack af. Ding stapte tussen Ryan en de man en hield een hand omhoog om hem tegen te houden.

'Junior?' zei de eter iets te hard.

'Ja?'

'Groot fan van je vader! Wat geweldig om je te zien! Man, je bent groot geworden.'

'Dank u.' Jack glimlachte beleefd. Hij kende de man niet, maar Jacks vader was beroemd, wat betekende dat Jack van tijd tot tijd werd herkend.

De man had zelf geglimlacht, maar de kleine en stoer ogende Latino die hem zo vuil aankeek, had zijn enthousiasme enigszins ingedamd.

Jack schudde de man de hand. Hij verwachtte een verzoek om een handtekening of een foto, maar had in de gaten dat Chavez een verkillende uitwerking had op deze ontmoeting.

Yao, Ryan, Chavez en Biery daalden de trap af naar de lobby. 'Ik durf te wedden dat het ergerlijk is.'

Ryan grinnikte. 'Om steeds herkend te worden? Ach, ik til er niet zo zwaar aan. Vroeger was het tien keer zo erg.'

'Ik had pas een verkoper op de zaak die niet wist dat Ryan bij ons werkte,' zei Gavin. 'Toen ik hem voorstelde, dacht ik dat die vent in zijn broek zou poepen, zo opgewonden deed ie. Moet een groot Jack Ryan senior-fan zijn geweest.'

Iedereen lachte. Het Campus-team wenste Adam een goedenavond, en Adam liep de avond in en naar de Victoriahaven om de ferry te pakken, terug naar zijn flat.

37

Melanie Kraft zat in een fastfoodrestaurant in McLean, slechts een paar straten van haar kantoor in Liberty Crossing, en prikte in haar salade. Na haar gesprek met FBI-agent Lipton die ochtend had ze weinig eetlust. Ze was bang dat er elk moment wagenladingen vol FBI-agenten voor konden rijden om haar aan te houden, en ze betrapte zich er zelfs op dat ze meerdere malen naar buiten keek als er een auto voor de zaak stopte.

Ze dacht erover, en niet voor het eerst, om eens met Jack te gaan zitten en hem te vertellen wat er aan de hand was. Ze wist dat het rampzalig zou zijn voor zijn vertrouwen in haar, en hij zou gelijk hebben als hij haar nooit meer wilde spreken, maar als ze de situatie uitlegde, echt het hele verhaal, dan zou hij misschien genoeg begrijpen om haar niet de rest van zijn leven te haten. Ze had immers nog bijna niets gedaan met haar spionageopdracht voor de FBI. Behalve een paar telefoontjes over zijn trips naar het buitenland had Lipton gelijk gehad toen hij zei dat ze als agent eigenlijk waardeloos was.

Haar telefoon ging, en zonder te kijken wie het was nam ze op. 'Hallo.'

'Hé, snoes.' Het was Lipton. 'Oké. Je krijgt wat je wilt. Kom hierheen, dan kun je mijn baas spreken, *Special Agent in Charge* Packard.'

'Hierheen komen? Wáárheen komen?'

'Naar J. Edgar natuurlijk. Waar anders?' Het J. Edgar Hoover-gebouw aan Pennsylvania Avenue was het hoofdkwartier van de FBI.

Melanie schrok. Ze wilde niet gezien worden als ze het Hoover-gebouw in liep. 'Kunnen we niet ergens anders afspreken?'

'Liefje, denk je nu echt dat SAIC Packard vanmiddag niets beters te doen heeft dan naar McLean rijden?'

'Ik zal vanmiddag vrij nemen en naar DC komen. Meteen. Zeg maar waar. Alles behalve het Hoover-gebouw.'

Lipton slaakte een diepe zucht. 'Ik bel zo terug.'

Een uur later betrad Melanie dezelfde ondergrondse garage als waar ze Lipton eerder had ontmoet. In tegenstelling tot die vroege zaterdagmorgen stond die nu vol auto's.

Ze zag twee mannen naast een zwarte Chevy Suburban met overheidskentekens staan.

Packard was een paar jaar jonger dan Lipton, maar zijn haar was helemaal grijs. Hij gaf Melanie zijn legitimatiebewijs, dat ze heel even bekeek om zijn naam en titel te bevestigen, en vervolgens overhandigde hij haar al het papierwerk dat Lipton haar die ochtend had laten zien.

'Wat we van u vragen, mevrouw Kraft,' zei Packard, 'is heel eenvoudig. Plaats zonder zijn medeweten een volgzender in de vorm van een stukje software in de telefoon van meneer Ryan en trek u vervolgens terug. We zeggen niet dat we uw diensten niet meer nodig zullen hebben, maar we zullen u niet vragen naar updates over zijn verblijfplaats.'

'Van agent Lipton heb ik geen eerlijk antwoord gekregen,' zei Melanie, 'dus misschien kunt u me dat verschaffen. Over welke bewijzen beschikt u precies dat hij een misdrijf heeft gepleegd?'

Packard dacht even na. 'Het is een lopend onderzoek, waarbij meneer Ryan onze aandacht heeft. Meer kan ik u niet zeggen.'

Het antwoord stemde Melanie niet tevreden. 'Ik kan gewoon niet voor onbepaalde tijd mijn vriend bespioneren; vooral niet als ik geen reden heb om te geloven dat hij iets verkeerds heeft gedaan.'

Packard wendde zich nu tot Lipton. 'Darren, wil je ons even alleen laten?'

Lipton keek alsof hij bezwaar ging maken. Packard trok één borstelige wenkbrauw op, en Lipton schuifelde weg door de parkeergarage, in de richting van de helling naar het straatniveau.

Packard leunde tegen zijn auto. 'Ten eerste: ik weet dat agent Lipton wat ruwe randjes heeft.'

'Dat is zacht uitgedrukt.'

'Hij is verdomd goed in wat hij doet, dus ik geef hem enige speelruimte, maar ik weet dat dit om veel redenen moeilijk voor u moet zijn.'

Melanie knikte.

'Deze hele situatie spijt me. Eerlijk gezegd is president Jack Ryan mijn held. Het laatste wat ik wil is zijn zoon ontmaskeren in verband met een onwettige daad. Dat gezegd hebbende, ik heb wel een eed gezworen en ik ga waar de wet me voert. Ik weet dat Lipton gedreigd heeft uw vaders betrokkenheid bij dat Palestijnse gedoe in Egypte te onthullen als u niet met ons meewerkt. In ons werk moeten we weleens vuile handen maken.'

Melanie sloeg haar ogen neer naar haar handen.

'Ik zal eerlijk zijn, ik heb hem toestemming gegeven voor dat dreigement. Maar we hebben dat alleen gedaan, omdat we dit onderzoek niet zonder uw hulp kunnen uitvoeren. Ik bedoel, natuurlijk kunnen we een surveillanceteam van twaalf man op hem zetten, zijn telefoon aftappen en een huiszoekingsbevel voor zijn huis en werk krijgen. Maar u en ik weten dat zoiets in deze stad volop in het nieuws zal komen, en dat willen we vermijden. Als dit niets oplevert, willen we niets doen wat zijn reputatie of die van zijn vader kan beschadigen. Dus we willen dit doen met alle geheimhouding die de situatie rechtvaardigt. Begrijpt u dat?'

'Ja, meneer,' antwoordde Melanie na enige aarzeling.

'Fantastisch. Als u dan de software wilt plaatsen waarvoor de rechter ons toestemming heeft verleend om te gebruiken, kunnen wij zijn gangen nagaan zonder er een circusvertoning van te maken die de voorpagina van *The Washington Post* zou halen.'

'En mijn situatie?' vroeg ze.

'Daar hoeft niemand van te weten. U hebt mijn persoonlijke garantie dat er geen slapende honden wakker worden gemaakt.' Hij glimlachte. 'Help ons, en wij zullen u helpen. Het is een win-winsituatie, mevrouw Kraft.'

'Goed,' zei Melanie. 'Hij is nu de stad uit, maar zodra hij terug is, zal ik de software op zijn telefoon zetten.'

'Meer vragen we niet.' Packard gaf haar zijn visitekaartje. 'Als Darren u te veel last bezorgt, belt u mij dan gerust. Ik kan hem niet laten verdwijnen; het laatste wat we willen, is iemand anders in deze toestand laten verzeilen. Maar ik zal hem aanspreken op zijn kleurrijke gedrag.'

'Dat stel ik op prijs, agent Packard.'

De twee schudden elkaar de hand.

Adam Yao, Ding Chavez en Jack Ryan jr. troffen elkaar in de vroege middag in het Peninsula. Yao had van auto geruild met zijn buurman, die nu in zijn Mercedes mocht rijden in ruil voor het gebruik van diens kastanjebruine Mitsubishi Grandis, een zevenpersoonsminibus die je in Azië veel zag. Hij had geen idee of zijn eigen auto door de triades was gezien, maar hij wilde geen risico nemen, en bovendien vond hij het wel leuk om de mannen van Hendley Associates in een wat ruimere auto rond te sjouwen.

Ze reden een stuk over Nathan Road, en Yao parkeerde op een plek waar je een uur mocht staan. 'Ik dacht, vanavond kunnen we de opzet van de operatie plannen, misschien wat oneffenheden in ons surveillanceproces gladstrijken.'

'Jij hebt hier de leiding,' zei Chavez tegen Yao. 'Zeg ons maar wat je wilt dat we doen.'

Adam aarzelde. Ryan wist dat de CIA-man zich geïntimideerd moest voelen om Domingo Chavez aan te sturen bij een surveillanceoperatie. Ding had op dit terrein vijftien jaar meer ervaring dan Yao. Maar uiteraard kon Adam Yao zijn ongemak niet laten zien aan de zakenmannen die met hem werkten.

'Oké,' zei hij. 'Om te beginnen: iedereen zet zijn bluetooth-headset op en maakt verbinding met dit nummer.'

'Welk nummer is dit?' vroeg Ding.

'Dit zet een soort conferencecall op. Zo zullen we de hele tijd met elkaar in verbinding staan.'

Ze logden alle drie in en controleerden of ze elkaar hoorden.

Vervolgens haalde Adam twee kleine apparaten uit zijn dashboardkastje, elk niet veel groter dan een luciferdoosje. Hij gaf ieder van de twee Hendley Associates-mannen er één.

'Wat zijn dit?' vroeg Jack.

'Het wordt een *slap-on* genoemd. Het is een magnetisch gps-baken. Ik gebruik ze meestal om voertuigen te volgen, maar ik kan jullie er net zo moeiteloos mee volgen. Stop het gewoon in je zak, en ik kan jullie volgen op de kaart op mijn iPad. Ik zal met de auto ruim afstand van jullie houden, terwijl jullie te voet volgen, en ik zal de route aangeven.'

'Cool,' gaf Jack toe.

Ding en Jack stapten uit de Mitsubishi en liepen in zuidelijke richting. Terwijl ze ieder aan een kant van een drukke voetgangersstraat liepen, bleef Yao contact met hen houden. Chavez koos een willekeurige voorbijganger uit en volgde haar op enige afstand door Nathan Road, terwijl ze etalages bekeek.

Ryan wist zich een weg te banen door het drukke voetgangersverkeer en bleef haar voor aan de overkant van de boomrijke straat. Hij wachtte even in een kledingzaak en zag haar door het raam passeren.

'Ryan heeft visueel contact,' zei hij.

'Begrepen,' reageerde Chavez. 'Ze lijkt verder in zuidelijke richting te willen lopen. Ik ga naar de overkant en begeef me naar het volgende beslispunt.'

Nu klonk Yao over hun headset. 'Ding, dat wordt de kruising met Austin Road. Daar zit een 7-Eleven. Je kunt er naar binnen en visueel contact houden met het onderwerp als ze die hoek bereikt.'

'Begrepen.'

Yao volgde beide mannen op zijn tablet. Hij reed meerdere malen voor de surveillance uit om in positie te zijn om de vrouw op te kunnen pikken als ze in een auto stapte.

Zo gingen ze een uur door met hun oefening. De nietsvermoedende vrouw winkelde, ging ergens binnen voor koffie, belde met iemand en keerde ten slotte terug naar haar hotelkamer op de vierde verdieping van het Holiday Inn; en de hele tijd was ze zich totaal niet bewust van het driemansteam dat haar onophoudelijk geschaduwd had.

Adam was onder de indruk van de Amerikaanse zakenmannen. Uiteraard was het geen verrassing dat Domingo Chavez dergelijke vaardigheden bezat, maar die van Ryan waren eerlijk gezegd verdacht, gezien het feit dat hij analist was bij een bedrijf dat in financieel beheer en valutahandel zat.

De zoon van de president van de Verenigde Staten wist op straat iemand ongezien te volgen.

Ze verzamelden bij de auto, die inmiddels geparkeerd stond in een parkeergarage vlak bij Jordan Road MTR-station.

Yao nam zijn observaties door en praatte over hoe het die avond zou zijn. 'De triades doen hun best te ontkomen aan lieden die hen schaduwen, dus we zullen wat meer afstand moeten bewaren dan waar we vandaag mee wegkwamen.'

Chavez en Jack waren het met hem eens, maar Yao voelde dat Ryan niet tevreden leek.

'Jack, zit je iets dwars?'

'Mijn enige probleem was dat ik een paar keer werd herkend. Tel daar die man in het Peninsula gisteravond bij, en dat is drie keer in ongeveer achttien uur. Thuis word ik zelden herkend.'

Adam grinnikte. 'Hongkong is een ongelofelijk drukke stad, en een van de financiële wereldcentra. Bovendien zijn er veel banden met het Westen. Iedereen kent jouw vader. Een paar weten ook wie jij bent.'

'Ik kan er weinig aan doen.'

'Dat is niet helemaal waar,' zei Adam. 'Als je minder wilt opvallen is de oplossing makkelijk genoeg.'

'Zeg het maar.'

Yao trok een papieren maskertje uit zijn rugzak, dat je met behulp van elastiekjes achter de oren voor je gezicht kon dragen.

In de straten van Kowloon had Jack honderden mensen met dit soort maskertjes gezien. Hongkong was zwaar getroffen door zowel de vogelgriep als SARS, wat gezien de dichtbevolktheid geen verrassing was. Veel mensen, vooral die met een verminderde natuurlijke afweer, namen geen risico en droegen een masker om te helpen de lucht te filteren.

Adam plaatste het blauwe papieren masker over Ryans gezicht. Vervolgens pakte de Amerikaan van Chinese afkomst een zwart honkbalpetje uit zijn rugzak. Dit zette hij op Ryans hoofd. Hij deed een stap naar achteren en keek naar het resultaat.

'Je bent een beetje lang voor een Chinees, maar kijk eens om je heen; tegenwoordig zijn veel Chinese mannen langer dan één meter tachtig, en er woont hier ook nog steeds een groot aantal Britten. Ik denk dat je al met al goed opgaat in de massa.'

Jack was niet blij met dat masker voor zijn gezicht, zeker niet in die drukkende warmte en vochtigheid van Hongkong. Maar herkend worden op het verkeerde moment kon weleens rampzalig uitpakken, begreep hij.

'Eén kopzorg minder, denk ik,' zei hij tegen Yao.

'Inderdaad. Dit zal helpen met de westerlingen, maar voor de meeste mensen hier ben je, zelfs met het masker, nog steeds een *gweilo*.'

'Een *gweilo*?'

'Sorry. Een buitenlandse duivel.'

'Dat is cru.'

Adam knikte. 'Ja. Je moet niet vergeten dat de Chinezen een trots volk zijn. Over het algemeen vinden ze zichzelf superieur aan andere rassen. Het is globaal gezien niet een gemeenschap die vreemden insluit.'

'Ik ben ook niet van plan om hier een appartement te kopen. Alleen om Zha te schaduwen.'

Adam gniffelde. 'Laten we teruggaan naar het Mong Kok computercentrum. Over ongeveer een uur zal Zha van zijn werk vertrekken.'

38

Om halfnegen verliet Zha Shu Hai met vier man bewaking de zijingang van het computercentrum van Mong Kok. Chavez had visueel contact; hij bevond zich verderop in de 7-Eleven en verwarmde net wat bevroren noedels in de magnetron. Hij wilde zich net afwenden om Ryan en Yao te melden dat de vogel het nest had verlaten, toen hij zag dat Zha zich plotseling omdraaide, alsof iemand naar hem had geroepen. Met zijn entourage liep hij terug naar de ingang van het gebouw, en daar leek hij bijna als een korporaal in de houding te springen. Chavez ving een glimp op van een man die net binnen het licht van de straatlantaarns stond. Zha praatte duidelijk met respect tegen hem. Dit kon belangrijk zijn, wist Ding, en dus riskeerde hij zijn dekmantel in de avondwinkel; hij pakte zijn grote Nikon-camera met 300mm-telelens uit zijn rugzak en nam een foto van de mannen, een kleine vijftig meter verderop in de straat. Vlug wendde hij zijn blik af, en hij liep even naar achteren om het digitale beeld te bekijken. Redelijk, op z'n best. Zha kon hij min of meer herkennen, en hij kon de ene triadebewaker onderscheiden die met zijn gezicht naar de 7-Eleven stond, maar van de man in het donker zag hij weinig.

Snel gebruikte hij de e-mailfunctie op de camera en hij verzond het beeld naar Gavin Biery, die in de suite in het Peninsula zat, en vervolgens maakte hij zich uit de voeten.

'Ryan, nu jij. Ik moet even afstand nemen.'
'Begrepen.'
Hij liep de straat in en belde Gavin.
'Wat is er, Domingo?'
'Ik heb je net een foto gestuurd.'
'Kijk er nu naar.'
'Ik heb een gunst nodig.'
'Je hebt een cursus fotografie nodig.'
'Ja. Goed hoor. Kun je iets doen om het beeld duidelijker te maken?'
'Makkie. Over een paar minuten verzend ik het naar al jullie telefoons.'
'Geweldig. Zoals onze FastByte in de houding sprong toen deze vent hem riep, kunnen we weleens met de MFIC van doen hebben.'

'MFIC? Die afkorting ken ik niet. Is dat iets van het Chinese leger of zo?'

'Doe nu maar je best met die foto en stuur hem naar ons terug,' zei Chavez.

'Komt voor elkaar.'

Vijf minuten later zaten de drie Amerikanen achter in de Mitsubishi Grandis, in achtervolging van de witte SUV met daarin Zha 'Fast-Byte22' Shu Hai en diens zes 14K-bodyguards die door de drukke straten van Mong Kok reed op weg door de late avondspits van Kowloon in zuidelijke richting naar Tsim Sha Tsui.

De SUV stopte op een hoek in een chic winkelgebied. Vijf van Zha's beveiligers klommen eruit, en vervolgens verscheen Zha zelf. Hij droeg een zwarte spijkerbroek met zilveren knopjes langs de pijpen, een felroze mouwloos T-shirt en een zwartleren jack, ook voorzien van knopjes. Zijn bodyguards droegen daarentegen allemaal dezelfde blauwe spijkerbroek en een vaalbruin T-shirt onder een spijkerjasje.

Zha en zijn gevolg betraden een kledingzaak.

Het regende inmiddels gestaag; het bleef echter drukkend warm en door de vochtigheid werd het alleen maar nog onaangenamer. Adam parkeerde zijn auto twee straten verderop langs de weg, haalde vier uitschuifbare paraplu's tevoorschijn en gaf iedere man een zwart en een rood exemplaar. Ding en Jack schoven de rode paraplu op hun rug onder hun shirt en hielden de zwarte in de hand. Nu hadden ze twee keer zoveel kans om niet te worden gespot, want ze konden van paraplu wisselen om het risico te verkleinen dat iemand die hen eerder had gezien hen een tweede keer zou herkennen.

Terwijl de twee mannen van Hendley Associates uit de Mitsubishi stapten, riep Adam hen nog na: 'Vergeet niet dat Zha's beveiligers om een of andere reden zijn gewaarschuwd dat hij wordt gevolgd. Jullie zullen voorzichtig moeten zijn. Kom niet te dichtbij, hou je gedeisd; als we ze vanavond kwijtraken, pikken we ze morgenavond wel weer op.'

Jack en Ding splitsten direct op en liepen elke paar minuten om beurten langs de winkel. De duisternis, de drukte op de trottoirs, en de grote ramen van de kledingzaak maakten het in de gaten houden van de hacker tot een gemakkelijke klus, zelfs toen een van de 14K-mannen even naar buiten kwam om een sigaretje te roken en de langslopende voetgangers af te speuren.

Een paar minuten later kwamen Zha en de anderen zonder iets te hebben gekocht naar buiten, maar ze stapten niet weer in de SUV. De vijf bodyguards klapten hun paraplu's open, een van hen hield de zijne boven Zha, en ze begaven zich in zuidelijke richting en liepen zo nu en dan een winkel in en weer uit.

De helft van de tijd keek Zha wat in etalages of ging hij ergens naar binnen om kleding en elektronica te bekijken, en de andere helft telefoneerde hij of gebruikte hij een piepkleine zakcomputer, terwijl de man aan zijn arm hem door de drukke straten loodste.

In een kleine zaak in Kowloon Park Drive kocht hij wat kabels en een nieuwe laptopaccu, en daarna doken hij en zijn kleerkasten een internetcafé in Salisbury Road in, vlak bij de ingang naar de Star Ferry-haven.

Op dat moment had Ryan visueel contact met hen. 'Moet ik naar binnen gaan?' vroeg hij aan Yao.

'Nee,' klonk Yao's antwoord. 'Ik ben er weleens geweest. Het is er klein en benauwd. Misschien heeft ie er een afspraak, maar we kunnen niet het risico nemen dat je wordt gezien.'

Ryan begreep dat. 'Ik zal wat bij de haveningang blijven hangen en de voordeur in de gaten houden.'

'Ding,' zei Yao, 'er is ook een achterdeur. Als hij die neemt, komt hij op Canton Road. Haast je daarheen voor het geval ze een schaduwmannetje willen afschudden.'

'Begrepen.' Ding had twee straten achter Ryan gezeten, maar hij versnelde zijn pas en sloeg rechts af op Canton. Hij posteerde zich aan de overkant en schermde met zijn paraplu zijn gezicht af van de straatlantaarns.

Net zoals Yao al had vermoed, verschenen Zha en zijn gevolg enkele minuten later op Canton. 'Chavez heeft visueel contact. Op Canton naar het zuiden.'

Het was Adam opgevallen dat de triades de afgelopen paar dagen steeds vaker SDR's hadden uitgevoerd, *surveillance detection runs*. De Amerikaanse CIA-agent had nog steeds geen idee hoe hij was gesnapt, maar wat het ook was waardoor hij zichzelf had onthuld, hij was nu verdomd blij met de hulp van Chavez en Junior.

Een paar minuten nadat Ding had gemeld dat hij visueel contact had, zag Jack de groep onder een strak dak van paraplu's zijn positie vlak bij de ferryingang naderen.

'Ziet ernaar uit dat ze de ferry gaan nemen,' zei Jack.

'Uitstekend,' reageerde Yao. 'Hij gaat waarschijnlijk naar Wan Chai. Daar zijn de bars. De afgelopen week is hij daar meerdere keren geweest, naar de naakttenten rond Lockhart Road. Volgens mij geeft ie geen moer om blote meiden, maar de 14K runt de meeste van die clubs, dus waarschijnlijk voelen zijn bewakers zich genoeg op hun gemak om hem daarnaartoe mee te nemen.'

'Kunnen we daar zonder risico naar binnen?' vroeg Jack.
'Ja, maar doe wel voorzichtig. Er zullen andere triades onder het publiek zijn. Misschien horen ze niet bij Zha's lijfwacht, maar als ze drinken kunnen ze behoorlijk ruig doen.'
'Doen ze niet allemaal aan oosterse vechtkunsten?' vroeg Jack.
Yao grinnikte. 'Het is hier niet één lange Jackie Chan-film. Niet iedereen is een kungfumeester.'
'Fijn, dat is geruststellend.'
'Dat zou het niet moeten zijn. Ze dragen allemaal een pistool of mes. Ik weet niet hoe jij erover denkt, maar ik krijg liever een trap van een ezel in mijn borst dan een negen-millimeterpatroon in mijn borst.'
'Daar zit wat in, Yao.'
'Jack, neem jij zo direct maar de volgende ferry naar de overkant. Als je ze voor bent, zouden ze je niet verdacht moeten vinden, maar kijk goed uit waar je je posteert.'
'Begrepen.'
'Ding, ik ben onderweg om je op te pikken. Wij nemen de tunnel en wachten ze op als ze van de boot komen.'

De oude Star Ferry-boot danste en slingerde op het ruwe water van de Victoriahaven, terwijl die op zijn acht minuten durende overtocht naar Hongkong Island tussen het drukke havenverkeer door laveerde. Jack zat op ruime afstand achter de 14K-mannen en de computerkraker, die voor in het overdekte dek hadden plaatsgenomen.

Hij was ervan overtuigd dat hij niet was gezien door het groepje, en ook dat ze aan boord niemand troffen, want niemand had hen benaderd.

Maar halverwege de oversteek ving iets anders Jacks aandacht.

Twee mannen betraden het passagiersdek en liepen achter Jack langs. Enkele rijen achter Zha namen ze plaats. Het waren fitte kerels, achter in de twintig of begin dertig; de een droeg een rood poloshirt en een spijkerbroek, en op zijn rechteronderarm zat een tatoeage van twee woorden: COWBOY UP. De andere man droeg een loshangend overhemd en een korte broek.

Ze leken op Amerikanen, in Jacks ogen tenminste, en beide mannen hielden hun blik gericht op Zha's achterhoofd.

'We hebben misschien een probleem,' zei Ryan zacht, terwijl hij in tegengestelde richting van de triadegroep uit het raam keek.

'Wat is er dan?' vroeg Chavez.

'Volgens mij wordt het doelwit in de gaten gehouden door nog eens twee mannen, twee Amerikanen.'

'Shit,' zei Yao.
'Wie zijn het, Adam?' vroeg Chavez.
'Weet ik niet. Het kunnen Amerikaanse marshals zijn. Zha wordt gezocht in de VS. Als ik gelijk heb, zullen ze de weg niet kennen in Hongkong. Ze zullen niet weten hoe ze in de massa moeten opgaan. Ze zullen niet weten dat Zha en de 14K uitkijken naar iemand die hen schaduwt. Dat betekent dat ze gesnapt zullen worden.'
'Ze zitten ook iets te dichtbij,' zei Ryan, 'maar verder vallen ze nog niet zo op.'
Yao weersprak dit. 'Ja, maar als er nu twee op hem zitten, zullen er in no-time een stuk of zes opduiken. In een plaats als Hongkong gaat het de triades natuurlijk wel opvallen als ze opeens iets te veel Amerikanen zien met te wijd opengesperde ogen, en ze zullen doorhebben dat ze worden geschaduwd.'
Een paar minuten later meerde de veerboot af bij Hongkong Island, en Ryan was de eerste die van boord ging, ruim voor Zha en zijn gevolg. Over een lange helling liep hij de buurt Central in om even later zonder één blik naar zijn doelwitten met een lift af te dalen naar de MTR.
Hij had het niet hoeven doen. Chavez stond al bij de uitgang naar de ferry, en hij volgde Zha en diens gezelschap, terwijl ze in een taxibus stapten. Ze vertrokken in zuidelijke richting.
Vanuit de Mitsubishi-minibus had Adam alles gezien. 'Ik zal ze volgen,' meldde hij over de headsets. 'Ding, ga de MTR in en neem samen met Jack de trein naar station Wan Chai. Ik durf te wedden dat ze daarheen gaan. Als je haast maakt, kunnen jullie daar zijn voordat zij aankomen; ik loods jullie naar ze toe.'
'Ben al onderweg,' zei Ding, en hij verbrak de verbinding en daalde de trap af naar de MTR om Jack te treffen.

Terwijl Chavez en Ryan in de lange metrotrein zaten, verbrak Jack de verbinding met Adam. Hij boog zich over naar het oor van zijn superieur. 'Als die marshals te dichtbij komen, neemt Zha de benen. En als hij dat doet, zullen we nooit over Center en de Istanbul-disk te weten komen.'
'Yep.' Chavez had al hetzelfde gedacht.
Maar hij had niets gedacht in de trant van wat Ryan vervolgens zei: 'We moeten hem pakken.'
'Hoe, Jack? Hij heeft nogal wat beveiliging om zich heen, zeg.'
'Is beheersbaar,' meende Ryan. 'We kunnen iets snels en naars in scène zetten. Kijk eens hoe groot de belangen zijn. Als FastByte22 die

UAV heeft gehackt, heeft hij bloed aan zijn handen. Als we een paar van zijn trawanten om zeep helpen, zal ik er geen minuut wakker van liggen.'

'En wat dán? We nemen FastByte gewoon mee naar het hotel, bestellen iets bij de roomservice en ondervragen hem?'

'Natuurlijk niet. We smokkelen hem aan boord van de Gulfstream het land uit.'

Ding schudde zijn hoofd. 'We blijven voorlopig bij Adam Yao. Doet zich een gelegenheid voor die er goed uitziet, dan overwegen we om hem mee te nemen, maar op dit moment is steun bieden aan de CIA-man die het terrein goed kent, het beste wat we kunnen doen.'

Jack zuchtte. Hij begreep het wel, maar hij was bang dat ze hun kans zouden missen om FastByte te vangen en te weten te komen voor wie hij werkte.

39

De twee Campus-mannen kwamen bij station Wan Chai uit de MTR, en Adam had de taxi met de vijf mannen inmiddels gevolgd naar stripclub Stylish in Jaffe Road, slechts een paar straten verderop. Yao waarschuwde de twee mannen van Hendley Associates dat de club een bekende ontmoetingsplek van de 14K was. Onder de massa eenzame zakenlieden en Filipijnse serveersters en strippers zouden zich wel wat zwaarbewapende en zwaar drinkende 14K-bendeleden ophouden.

Jack en Ding vermoedden dat ze een andere definitie voor 'zwaarbewapend' hadden dan Adam Yao, maar Jack noch Ding droeg een wapen, dus ze namen zich voor om hun ogen goed de kost te geven en niets te ondernemen wat de woede van de stamgasten zou kunnen opwekken.

Ze vonden de ingang van Club Stylish; het was slechts een smalle, donkere deuropening op straatniveau van een hoog, bouwvallig appartementengebouw aan een tweebaansweg, een straat verder dan Lockhart Road, het leuke en meer toeristische deel van Wan Chai. Ryan trok zijn papieren masker af en ging als eerste naar binnen, langs een verveeld ogende uitsmijter en naar beneden over een smalle trap die slechts werd verlicht door kerstlampjes langs het plafond. Hij leek minstens twee verdiepingen af te dalen, en beneden kwam hij in een groot souterrain, waar de nachtclub was. Het plafond was hier hoog, langs de muur rechts van hem was een lange bar, voor hem strekte de vloer van de club zich uit, vol tafels en verlicht door kaarsen, en tegen de achterste muur bevond zich een verhoogd podium van doorzichtige plastic tegels boven feloranje verlichting die de hele ruimte in een vreemde gouden gloed zette. Erboven hing een grote, ronddraaiende discobal die het publiek met duizenden witte lichtjes bescheen.

Vlak bij de hoeken van de verhoogde dansvloer stonden vier strippalen.

Het etablissement leek op ongeveer twintig procent van zijn capaciteit te draaien, en een geheel mannelijk publiek zat aan de tafels, in zithoekjes langs de muren en aan de bar. Sommigen kletsten wat met de verveeld kijkende dansmeisjes die tussen de tafels rondliepen. Jack zag Zha en diens groepje van vier triadeleden zitten in een grote zithoek bij de verre muur, rechts van het podium aan de andere kant van de ingang naar een verduisterde gang die naar achteren voerde. Jack nam aan dat daarachter de toiletten zouden zijn, maar wilde niet zo dicht langs Zha lopen om de boel beter te verkennen. Links van hem zag hij een wenteltrap, en die ging hij op naar een kleine tussenverdieping boven de bar. Een paar zakenmannen zaten hier in groepjes en keken uit over de flauwe bedoening beneden. Ryan vond het een prima plek hierboven; hij kon Zha onopvallend vanuit een donkere en diepe zithoek in de gaten houden. Hij nam plaats en bestelde even later een biertje bij een langslopende cocktailserveerster.

Twee jonge, Filipijnse exotische danseressen betraden het podium en begonnen aan hun goed geoefende, verleidelijke dansbewegingen op harde, beukende technomuziek met Aziatische invloeden.

Zha en zijn bodyguards bleven in hun zithoek links van de strippers. Jack zag dat de jongeman meer geïnteresseerd bleef in zijn zakcomputer dan in de halfnaakte vrouwen nog geen zeven meter van hem vandaan; terwijl hij driftig met zijn duimen tikte, sloeg hij amper zijn ogen naar hen op.

Jack dacht aan hoe graag hij dat apparaatje in handen zou krijgen. Niet dat hij zou weten wat hij er in vredesnaam mee moest, maar Gavin Biery zou het waarschijnlijk als een buitenkansje beschouwen om het computertje zijn geheimen te ontfutselen.

Een paar minuten later betrad Domingo Chavez de club en hij nam plaats aan de bar beneden, vlak bij de ingang. Zo had hij goed zicht op de trap naar het straatniveau en redelijk zicht op de 14K-groep, maar hij was hier vooral om Jack, die visueel contact hield, te ondersteunen.

Via hun piepkleine oortjes communiceerden ze met Adam. Yao zat in de geleende Mitsubishi, in een achterafsteeg tussen de achterzijde van de torenflats aan Jaffe Road en die op Gloucester Road, een paar straten van de noordoever van Hongkong Island. Hij parkeerde op een klein parkeerterrein en had uitzicht op de achteruitgang van Club Stylish, wat op zich een prima plek was, alleen stond hij naast tientallen afvalcontainers buiten een visrestaurant, wat inhield dat hij in een enorme stank zat met slechts de schuifelende pootjes van ratten die hem daarachter gezelschap hielden.

Adam liet de mannen van Hendley Associates via de oortjes weten wat een bofkonten ze waren. Chavez nam een slok van zijn eerste biertje van die avond en sloeg de vrouwen gade die op het podium hard hun best deden voor wat fooien, en ook de andere danseressen die zich onder de gasten mengden.

Hij verzekerde de jonge Adam dat hij weinig miste.

De twee mysterieuze Amerikanen die op de ferry hadden gezeten, kwamen even later binnen, een bevestiging van Jacks vermoeden dat ze Zha schaduwden. Ding meldde dit aan Ryan, en vanaf zijn positie boven zag Jack hen plaatsnemen in pluchen stoelen in een donkere hoek, ver van het podium. Ze bestelden Budweisers bij een serveerster en dronken hun bier, terwijl ze de avances van rondkuierende barmeiden afwezen.

Terwijl Chavez zich omdraaide en de trap afspeurde, kwamen nog twee westerse mannen binnen, beiden in een blauwe blazer en met stropdas.

Er waren nu een stuk of tien westerlingen in de bar, onder wie Ding en Jack en de twee jongere mannen van de ferryboot, maar deze mannen vielen Ding op. Ze leken FBI, en Chavez kon die FBI-gasten met gemak identificeren, wat op zich weinig zei, want ze hadden er een handje van om op te vallen. Het tweetal nam plaats op slechts een paar tafels afstand van het triadegezelschap, een gevaarlijke plek waar ze beter zicht op FastByte22 hadden dan op het podium.

'Het lijkt hier verdomme wel een conventie van weermannen,' zei Chavez op zachte toon, terwijl hij zijn bewegende mond achter zijn bierflesje verborg voordat hij een slok nam.

Adam Yao's stem klonk over de headset. 'Meer Amerikanen?'

'Twee mannen in pak. Het kunnen mannen van justitie zijn, van het consulaat, die Zha's aanwezigheid willen bevestigen.'

'Oké,' zei Yao, 'misschien moeten we maar eens aftaaien dan. Als ik een beetje kan tellen, zitten er nu zes *gweilo's* binnen die Zha in de gaten houden. Dat zijn er te veel.'

'Ik snap wat je bedoelt, Adam,' zei Chavez, 'maar ik heb een ander idee. Wacht even.' Hij haalde zijn mobieltje uit zijn binnenzak en opende de videofunctie van de camera. Hij zette de conferencecall met Ryan en Adam in de wacht en belde Gavin Biery in het Peninsula.

Gavin nam bij de eerste toon op. 'Biery.'

'Hé, Gavin. Ik stuur je videobeelden uit mijn telefoon. Kruip jij achter je laptop en check even of je ze ontvangt, oké?'

'Ik zit er al achter. Ik pik ze nu op.' Even later vroeg hij: 'Zoom even in op dat podium voor me, wil je?'

Ding plaatste de smartphone op het tafeltje, zette hem stabiel tegen een kleine glazen kaarsenhouder en draaide hem naar Zha's tafel.

'Ik wil dat je je concentreert op het doelwit, niet op die dansende meiden.'

'O, goed hoor. Zoom eens een beetje in.'

Dat deed Chavez, en daarna zette hij het beeld weer in het midden.

'Hebbes. Waar moet ik op letten?'

'Hou ze gewoon in de gaten. Jij houdt visueel contact. Ik trek Ryan terug, en ik wend me af van die lui. Er zitten hier al te veel lieden die hen in de gaten houden.'

'Oké.' Hij lachte. 'Ik ben op een missie. Nou ja... een virtuéle missie dan. Hé, tussen twee haakjes, ik stuur je dat opgepoetste beeld van de man die je bij het computercentrum van Mong Kok hebt gefotografeerd. Je zou de man in het donker nu moeiteloos moeten kunnen zien.'

Domingo bracht Gavin in verbinding met de andere twee en legde Jack en Adam uit wat hij had gedaan. Jack verliet de club via de hoofdingang, stak Jaffe Road over en nam plaats in een kleine noedelbar. Van hieruit had hij zicht op de trapingang naar Club Stylish.

Yao, Chavez en Ryan ontvingen tegelijkertijd een e-mail op hun telefoon. Ze openden hem en zagen een goede foto van een kwart van Zha's gezicht en driekwart van zijn achterhoofd terwijl hij sprak met een oudere Chinese man in een wit overhemd en een lichtblauwe of grijze stropdas. Het gezicht van de oudere man was best duidelijk, maar geen van de drie herkende hem.

Chavez wist dat Biery gezichtsherkenningssoftware op zijn computer had en op dit moment een match probeerde te vinden.

'Hij komt me niet bekend voor,' zei Yao 'maar jij denkt dat hij er belangrijk uitzag, Ding?'

'Ja. Ik zou zeggen dat je nu weleens naar de MFIC kunt kijken.'

'De wat?' reageerde Yao.

'De *Motherfucker in Charge*.'

Ryan en Yao grinnikten.

Een minuutje later klonk Gavin Biery's stem weer over hun headsets. 'Domingo, draai de camera eens naar links.' Chavez deed wat hem werd gevraagd, terwijl hij intussen de andere kant opkeek, naar de barkeepers.

'Wat zie je?'

'Het viel me op dat die zware jongens om Zha heen allemaal naar iets of iemand keken. Volgens mij naar die twee blanke kerels in hun blauwe blazertjes. Een van de triadeleden pakte net zijn telefoon en belde iemand.'

'Shit,' vloekte Ding. 'Ik wed dat die gasten van het consulaat hebben laten blijken dat ze hier niet voor de danseressen zijn. Adam, wat denk jij dat 14K gaat doen?'

'Ik gok dat ze versterking zullen laten aanrukken. Als ze zich echt zorgen maakten, zouden ze Zha via de achterdeur naar buiten smokkelen, maar hier is alles rustig. Ryan, wat gebeurt er aan de voorkant?'

Jack zag een groepje van drie Chinese mannen de club in gaan. Twee van hen waren jong, begin twintig of zo, en de derde was misschien zestig. Jack dacht er verder niets van, er gingen geregeld mensen naar binnen en naar buiten.

'Hier gewoon het vaste verkeer.'

'Oké,' zei Yao. 'Maar blijf uitkijken naar meer 14K. Als die gasten net een potentiële dreiging inbelden, kan het daarbinnen weleens benauwd worden.'

'Onze jongen heeft bezoek,' zei Biery even later toen de drie nieuwste klanten, de oudere Chinese man en zijn twee vrienden, langs Zha heen de zithoek in schoven. 'Ik stuur jullie een screendump zodat je even kunt kijken.'

Adam wachtte tot het beeld binnenkwam en bekeek het vervolgens aandachtig. 'Oké. De oudere man is meneer Han. Hij is een bekende smokkelaar van peperdure computerapparatuur van hoge kwaliteit. Hem was ik aan het volgen toen ik op Zha stuitte. Ik weet niet wat zijn relatie tot Zha is. Wie de andere twee zijn, weet ik niet zeker, maar die horen niet bij 14K. Het zijn te miezerige mannetjes en ze ogen te verward.'

'Ik haal hun gezichten door de gezichtsherkenningssoftware,' zei Gavin, 'en probeer een match te vinden in een database van bekende Chinese hackers.'

Het viel enkele tellen stil.

In het noedelstandje vloekte Ryan in zichzelf, en bij de bar in de stripclub slaakte Chavez inwendig een kreun. Het zou lastig te verkopen zijn aan Adam Yao dat deze database, die De Campus uit een geheime database van de CIA had gehaald, iets zou zijn wat een financieelbeheerfirma, zelfs eentje die achter een Chinese hacker aan zat, zomaar op een laptop op kon roepen.

Ryan en Chavez wachtten op wat Yao zou zeggen.

'Dat is lekker handig, Gavin. Laat het ons maar weten.' Hij klonk onverholen sarcastisch.

Gavin had echt geen flauw benul wat hij had gedaan, en het was wel duidelijk dat hij Yao's sarcasme niet opving. 'Zal ik doen. En trouwens, die andere vent, de MFIC, heb ik ook door de software gejast. Helemaal geen match,' zei hij met een zweem van teleurstelling in zijn stem.

'Hé, Domingo,' zei Yao. 'Zou je heel misschien even achterom kunnen komen voor een kort gesprekje?'

Bij de bar vlak bij de ingang naar de stripclub sloeg Ding zijn ogen ten hemel. Deze jonge geheim agent stond op het punt om Ding een fikse reprimande te geven, en hij wist het.

En in het noedelzaakje liet Jack Ryan het gezicht in de handen rusten. Wat hem betrof, was hun dekmantel nu verknald.

'Ik kom eraan, Adam,' zei Chavez. 'Ryan, kom jij weer naar binnen om die tussenverdieping in de gaten te houden? Niet te opvallend. Zorg er alleen voor dat niemand zich ongezien bij dat gezelschap voegt.'

'Doe ik,' zei Jack.

Het vergde enkele minuten om Jack in positie te brengen en Chavez via de voordeur buiten, een straat verder en achterom in de steeg achter de nachtclub en woontorens te krijgen, maar uiteindelijk stapte Ding in de Mitsubishi naast Yao.

Hij keek Adam slechts aan. 'Je wilde praten?' vroeg hij.

'Ik weet dat je ex-CIA bent, en ik heb je nagetrokken. Je hebt nog altijd de beschikking over geheime info.'

Chavez glimlachte. Hoe eerder ze deze poppenkast achter de rug hadden, hoe beter.

'Je hebt je huiswerk gedaan.'

Yao glimlachte niet. 'Je hebt vriendjes bij de CIA, je hebt ze overal. En ik ben hier helemaal op mezelf aangewezen en ik zeg dat je verdomd goed weet dat ik ook bij de CIA zit.'

Langzaam knikte Ding. 'Ik ga niet tegen je liegen, jongen. Ik ben me ervan bewust dat jij een dubbele functie vervult.'

'Ga je mij nog de echte reden vertellen waarom jullie hier zijn?'

'Daar is niks mysterieus aan. We zijn hier om uit te zoeken wie die Zha in godsnaam is. Hij probeert in ons netwerk te komen.'

'Probéért hij dat? Is hij daar niet in geslaagd dan?'

'Niet dat we weten.' Daarover hadden ze gelogen tegen Yao. 'Sorry, knul. We hadden je hulp nodig, en wij wilden jou helpen. Intussen heb ik je het nodige gelul gevoerd.'

'Mij het nodige gelul gevoerd? Dus jullie zijn helemaal naar Hongkong gekomen om een hacker te schaduwen die jullie netwerk probeert te hacken? Volgens mij hebben jullie mij op een vast dieet van gelul gezet.'

Chavez zuchtte. 'Dat is een déél van de reden. We zijn ons er ook van bewust dat hij een rol heeft gespeeld bij de UAV-aanval. We zien onze belangen, en Amerika's belangen, hier keurig ineensluiten, en we wilden jou ondersteunen bij je onderzoek.'

'Hoe weet je dat hij bij die UAV-aanval betrokken was?'

Chavez schudde zijn hoofd. 'Je vangt weleens iets op.'

Yao leek niet tevreden met dit antwoord, maar hij stapte eroverheen. 'Wat is de rol van Jack junior hierin?'

'Hij is analist bij Hendley Associates. Simpel zat.'

Yao knikte. Wat hij van Hendley Associates moest maken wist hij niet, maar wel wist hij dat Domingo Chavez net zo veel of meer geloofwaardigheid had dan wie dan ook die ooit in de Amerikaanse inlichtingengemeenschap had gewerkt. Chavez en consorten bezorgden hem de agenten die hij nodig had om een aantal mensen die met Zha werkten te volgen en, naar hij hoopte, te identificeren. Hij had deze mannen nodig, ondanks het feit dat ze niet bepaald deel uitmaakten van zijn team.

'De CIA gelooft niet dat Zha een rol speelt in de UAV-aanval. Ze denken dat het een staat geweest is, China misschien, of Iran, wie weet, en aangezien Zha hier voor geen van beide werkt, denken ze dat hij geen betrokkene is.'

'Wij denken daar anders over, en jij kennelijk ook.'

'Inderdaad.'

Op dat moment werd Chavez gebeld door Gavin Biery, en hij zette het gesprek op zijn luidspreker zodat Yao kon meeluisteren. 'Bingo. We hebben een match voor een van de jongemannen, de man in het zwarte overhemd. Hij heet Chen Ma Long. Hier staat dat hij in Shaoxing woont, op het vasteland. Hij was een bekend lid van een organisatie die de Tong-dynastie heet.'

'De Tong-dynastie?' reageerde Yao verrast.

'Wat is dat?' vroeg Chavez.

'Dat is een onofficiële naam die de Nationale Veiligheidsdienst gaf aan een organisatie die van ongeveer 2005 tot 2010 bestond. Deze werd geleid door een doctor K.K. Tong, min of meer de vader van China's offensieve cyberoorlogssystemen. Hij gebruikte tienduizenden burgerhackers en ontwikkelde ze tot een soort leger. Deze knaap moet daarbij hebben gezeten.'

'Waar is Tong nu?'

'Hij belandde wegens corruptie in de gevangenis in China, maar hij ontsnapte. Er is al een paar jaar niets meer van hem gehoord. Het gerucht gaat dat de Chicoms hem dood willen.'

'Interessant. Bedankt, Gavin,' zei Chavez. Hij verbrak de verbinding met Biery en wendde zich weer tot Yao.

'We gaan niets meer te weten komen dan we al weten over wat hier in vredesnaam aan de hand is, omdat de triades in no-time in de gaten hebben dat Zha door Jan en alleman wordt geschaduwd. Zodra ze zien dat deze gasten Zha volgen, zal Zha verdwijnen.'

'Weet ik.'

'Je moet het nog één keer met Langley checken. Als ze hem willen hebben, kunnen ze hem verdomme maar beter nu pakken, want hij zal ofwel naar het vasteland vluchten, in welk geval je hem nooit zult vinden, óf de Marshals Service gaat hem aanhouden, en dan komt hij in het rechtssysteem. Dan krijgt ie een advocaat, een tik op de billen en dan belandt hij in de bak. De CIA zal niks wijzer worden over wie zijn werkgever is.'

Adam knikte. Chavez zag dat het vooruitzicht om Zha Shu Hai uit het oog te verliezen erg vrat aan de jonge geheim agent.

'Ik heb al met Langley gesproken. Ze zeiden dat ze dachten dat Zha er niet bij betrokken was, maar ze zouden het Pentagon inschakelen, want het was hun systeem dat werd gehackt,' zei Adam.

'En wat zei het Pentagon?'

'Geen idee. Ik probeer zo min mogelijk met Langley te communiceren.'

'Hoezo dat?'

'Zo'n beetje iedereen weet dat er een lek zit bij standplaats Beijing. Het Pentagon weet dat ook de CIA in zijn aangelegenheden in China gecompromitteerd is, dus ik betwijfel of ze het ons zouden laten weten als ze in Zha geïnteresseerd waren.'

'Een lek?'

'Ik leef al een poosje met die realiteit. Te veel CIA-initiatieven met betrekking tot China zijn gestrand op manieren die ons doen vermoeden dat ze te wijten zijn aan kennis van binnenuit over onze activiteiten. Ik doe mijn best zo onopvallend mogelijk te werk te gaan. Ik laat Langley niet graag weten wat mijn plannen zijn, voor het geval de Chicoms iets doen om me tegen te houden. Ook al is Hongkong niet het vasteland, er zitten overal Chinese spionnen.'

'Misschien is dat lek wel de reden waarom 14K de bewaking rond Zha heeft verdubbeld,' zei Chavez, 'en ze om de paar uur SDR's begonnen uit te voeren.'

'Dat lijkt me alleen logisch als 14K met de Chicoms samenwerkt,' reageerde Yao, 'en dat klopt gewoon niet met alles wat ik over de triades heb gezien of gehoord.'

Dings telefoon ging. Het was Ryan, en Ding zette het gesprek op de luidspreker.

'Wat is er, Jack?'

'De twee jongere Amerikanen, de mannen die ik op de ferry zag, hebben net afgerekend en vertrekken.'

'Mooi. Misschien houden ze het voor gezien vanavond. En de twee mannen in pak?'

'Die zitten nog steeds op dezelfde plek en kijken om de dertig seconden naar Zha en zijn gezelschap; je kunt er je klok op gelijkzetten, zo overduidelijk.'

'Oké,' zei Ding. 'Ik ga weer naar binnen. Wacht tot ik visueel contact heb, en vertrek dan via de voordeur.'

'Begrepen,' zei Jack.

Via de achterdeur betrad Chavez het pand. Hij nam een lange smalle trap naar een gang beneden, passeerde deuren naar toiletten en een keuken, kwam vervolgens weer in de club, liep langs Zha en zijn gevolg in de zithoek en keerde terug naar de bar. Ryan vertrok via de vooringang en liep terug naar de noedelzaak in Jaffe Road en bestelde een Tsingtao-bier.

Hij zat net een minuut op zijn post toen hij meldde: 'Hier komt de 14K. Ik zie een stuk of tien uit de kluiten gewassen gasten die net uit een paar zilverkleurige SUV's zijn gestapt; ze dragen allemaal een jasje terwijl het bijna zevenentwintig graden is, dus ik vermoed dat ze gewapend zijn. Ze nemen de deur naar Club Stylish.'

'Shit,' vloekte Yao. 'Ding, wat denk jij, moeten we ons terugtrekken?'

'Het is aan jou,' antwoordde Chavez, 'maar ik loop geen enkel gevaar hier aan de bar, behalve dan dat ik om de paar minuten in mezelf mompel. Ik denk dat ik rustig blijf zitten om ervoor te zorgen dat die mannen van het consulaat zich niet in de nesten werken met al die vers aangerukte gorilla's in de buurt.'

'Begrepen, maar doe voorzichtig.'

Even later waren de triadebendeleden alom aanwezig in de club. Een stuk of tien duidelijk gewapende mannen verspreidden zich en namen posities in in de hoeken en aan de bar.

Van achter zijn bier sprak Ding op zachte toon. 'Yep... de nieuwe kleerkasten kijken naar de twee mannen in pak. Dit kan weleens akelig worden, Adam; ik blijf nog even plakken voor het geval iemand de cavalerie moet inroepen.'

Adam Yao reageerde niet.

'Ding voor Adam, hoor je mij?'

Niets.

'Yao, ontvang je me?'

Na een lang ogenblik antwoordde Adam Yao met fluisterstem: 'Jongens... dit gaat écht onplezierig worden.'

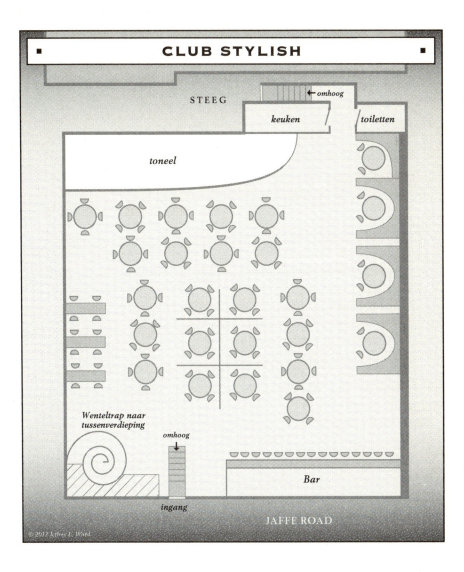

40

Adam Yao had de rugleuning van zijn autostoel in de Mitsubishi helemaal naar achteren laten zakken en lag nu plat, zodat hij van buiten niet te zien was. Hij verroerde geen spier, maar in zijn hoofd kolkte het.

Krap een halve minuut geleden was er vijftien meter verderop, niet ver van Yao's positie op de parkeerplaats, langzaam een grote twaalfpassagiersbus de steeg in gereden. Adam was weggedoken voordat de bestuurder hem had kunnen zien, maar Adam had van hem nog net een blik kunnen opvangen. Hij zag er Amerikaans uit, droeg een honkbalpetje en had een headset op, en achter hem had Yao een aantal andere donkere gestalten gezien.

'Adam, wat is er aan de hand?' Het was Dings stem in zijn oortje, maar Adam gaf geen antwoord. In plaats daarvan reikte hij naar zijn rugzak op de passagiersstoel. Hij haalde er een rechthoekig handspiegeltje uit en stak het voorzichtig boven zijn zijraampje. Hij zag de grote bus, die vlak bij de uitgang van de stripclub was gestopt. Het zijportier ging open. Stilletjes glipten zeven mannen naar buiten; ze hielden ieder een zwart geweer dicht tegen het lijf en droegen een kleine rugzak, een handvuurwapen en een kogelvrij vest.

Terwijl hij stil en roerloos lag toe te kijken, klonk opnieuw Dings stem over zijn oortje. 'Wat is er, Adam?'

'Het lijkt hierachter wel een godvergeten A-Team,' antwoordde Yao. 'Geen marshals, geen CIA. Deze gasten zijn vermoedelijk Jay-Sock.'

JSOC, Joint Special Operations Command, en door mensen die de organisatie kennen uitgesproken als 'Jay-Sock', waren de eenheden voor bijzondere missies, SEAL Team Six of Delta Force, van het ministerie van Defensie. Yao wist dat het Pentagon niemand anders zou sturen om deze klus te klaren. 'Volgens mij kunnen ze nu elk moment door de achterdeur binnenkomen, en het ziet er niet naar uit dat ze voor schuddende tieten komen.'

'Shit,' reageerde Ding. 'Hoeveel?'

'Ik tel zeven man,' zei Adam.

'Er zitten vermoedelijk vier of vijf keer zoveel gewapende bendeleden binnen. Je moet ze tegenhouden voordat ze worden afgeslacht.'

'Juist,' zei Adam, en hij opende vlug zijn portier en liet zich uit de Mitsubishi zakken. De Amerikanen bij de achterdeur keken in de andere richting en stonden op het punt om naar binnen te gaan. Yao besloot naar hen te roepen, maar hij had slechts één stap gezet toen hij van achteren tegen de grond werd geslagen. Zijn adem werd uit zijn longen geslagen, zijn microfoontje vloog uit zijn oor en hij klapte voorover op het natte plaveisel van de steeg.

Hij zag de man die hem had gevloerd niet, maar hij voelde een knie in zijn rug en een brandende pijn, terwijl zijn armen met een ruk naar achteren werden getrokken en de steek in zijn polsen, terwijl zijn handen met plastic handboeien werden vastgebonden. Voordat hij iets kon uitbrengen, hoorde hij iemand een stuk tape van een rol trekken, en de tape werd een paar keer bij zijn mond strak om zijn hoofd gewikkeld, waardoor hij op ruwe wijze werd gekneveld.

Aan zijn voeten werd hij het parkeerterrein op gesleurd; hij vocht om te voorkomen dat zijn gezicht over het asfalt schraapte. Binnen enkele tellen werd hij aan de andere kant van de Mitsubishi in zitpositie geduwd, waarbij zijn achterhoofd tegen de zijkant van de minibus klapte. Pas op dat moment zag hij dat dit hem allemaal was aangedaan door één persoon. Een blondharige man met een baard en gekleed in een gevechtsbroek en een kogelvrij vest, met munitiemagazijnen en een automatisch pistool, en een geweer met korte loop over zijn schouder. Adam probeerde door de tape heen te praten, maar de Amerikaan gaf hem een tikje op het hoofd en schoof er vervolgens een kap overheen.

Het laatste wat Yao nog zag, was de onderarm van de man en zijn cowboy up-tatoeage.

Adam hoorde hem wegrennen, om de bus heen, kennelijk om zich aan te sluiten bij zijn kornuiten bij de deur.

Van de afgelopen twintig seconden had Chavez er tien lang geprobeerd om Adam Yao weer op te roepen, twee seconden om vreselijk in zichzelf te vloeken en de laatste acht om op zachte maar dwingende toon bevelen te roepen in zijn headset, terwijl hij zich door de stripclub naar de toiletten achterin begaf.

'Gavin, luister. Ik wil dat je een taxi neemt en hierheen komt. Zwaai met elk biljet dat je hebt om de taxichauffeur tot spoed te manen.'

'Ik? Wil je mij daar hebben met...'

'Doe het! Zodra je in de buurt bent, geef ik je een update.'

'O. Oké. Ik ben al onderweg.'

'Ryan, haast je naar de achterkant om te zien wat er met Adam is gebeurd. Zet je maskertje op.'

'Begrepen.'

Op weg naar de toiletten vlak bij de achteringang passeerde Chavez een aantal bendeleden die in de drukke nachtclub rondhingen. Hij wist dat hij de mannen die hierheen gekomen waren om Zha te kidnappen moest zien tegen te houden voordat ze linea recta een bloedbad in liepen.

Het was hem wel duidelijk wat er was gebeurd. De twee jongemannen die Ryan aan boord van de ferry had gezien, en daarna hier in de club, waren verkenners voor dit team van SEAL's, of Delta, of wat ze ook waren. Ze hadden Zha en een beheersbaar aantal beveiligers gespot in een zithoek vlak bij de gang die naar de achterdeur leidde, en ze hadden het kidnapteam ingeseind dat dit het moment was om in actie te komen.

De verkenners vertrokken op het laatst mogelijke moment, waarschijnlijk om zich in hun uitrusting te hijsen en aan de operatie deel te nemen. Dit was niet de standaardprocedure, maar in dat korte tijdsbestek dat Zha onbeschermd was, hadden ze beslist geen rekening gehouden met de komst van de 14K-versterking.

Dit was een rampzalige situatie in de maak, wist Chavez, en de enige manier om het te voorkomen was naar de achterdeur gaan voordat het beg...

Vanuit de donkere gang die naar de trap achter in de club voerde, verscheen een groep gewapende mannen in een strakke rij vlak achter elkaar. De rode speldenprikjes van licht uit de laserrichters van hun wapens dansten als het geschitter van de discobal aan het plafond voor hen uit door het gedimde oranje licht van de club.

In het midden van de club, te ver weg om de mannen tegen te houden maar niet ver genoeg om aan het aanstaande vuurgevecht te ontkomen, kon Chavez geen kant op. Nog geen zeven meter rechts voor hem zat Zha aan een tafel met zijn collega-hackers en gewapende 14K-leden. Links voor Ding stond het verlichte podium vol naakte vrouwen, en overal om hem heen stonden tien 14K-wachtposten, van wie de meesten gebogen stonden over twee zeer ongemakkelijk kijkende mannen van het Amerikaanse consulaat, die, zo wist Ding zeker, geen idee hadden dat een commandoteam op het punt stond om met geheven geweren en een hoop geschreeuw de zaal in te rennen.

'Het gaat beginnen,' kondigde Chavez op plechtige toon aan in zijn microfoontje.

CPO Michael Meyer, teamleider van dit DEVGRU (SEAL Team Six) JSOC-onderdeel, was tweede in de rij, met zijn HK MP7 Personal Defense

Weapon vlak boven de linkerschouder van de *special warfare operator* voor hem. Bij het verlaten van de gang en het betreden van de nachtclub splitsten ze op in teams, waarbij Meyer en de eerste man naar rechts renden en hun laserbundels op de dansvloer en de mensen ervoor richtten.

Links van hem hielden twee teamleden de club naar de bar achterin onder schot, en vlak achter hem werkten drie van zijn mannen Zha naar de grond en hielden ze zijn detachement beveiligers onder schot.

Bijna onmiddellijk voelde Meyer dat zijn zone veilig was. Er waren strippers en een handjevol zakenlieden, maar de actie vond achter bij de bar plaats en achter hem bij Zha's tafel, dus hij liet de andere SEAL achter en draaide zich om om te helpen bij de ontvoering.

Het team had gehoopt in actie te komen nadat Zha met zijn bodyguards de club had verlaten, en ze hadden dan ook een paar straten verderop gewacht. Maar de twee mannen die Meyer had opgedragen om Zha te achtervolgen hadden gemeld dat er een paar andere Amerikanen waren, zo te zien twee heren van het consulaat, in pak en met geföhnd haar, en dat ze vreesden dat Zha onder zware bewaking afgevoerd zou worden.

Dus Meyer had zijn autoriteit aangewend om het onverwachte te doen en het doelwit ter plekke achter in de club, vlak bij de steeg, te ontvoeren.

Niemands idee van een perfecte situatie... Normaliter opereerde DEVGRU met een veel grotere eenheid, met betere controle en verbindingen, en een veel beter overzicht van het operatieterrein. Maar in het vak werd dit een '*in extremis op*' genoemd, toegegeven, een haastklus, en de eerste regel van zo'n operatie was om van een onvolmaakte situatie maar het beste te maken.

Nog geen vijf minuten geleden had het uit twee man bestaande SEAL-verkenningsteam het pand verlaten, maar het werd Meyer al bijna onmiddellijk duidelijk dat er in de tussentijd het nodige was veranderd. Waar hij vier of vijf bodyguards in de ronde zithoek had verwacht, zag hij er nu tien.

Ze zagen er ruig uit, mannen in jasjes met korte coupes en harde blikken, mannen rond de tafel zonder een drankje in de hand.

Het volgende moment hoorde hij rechts van hem een kreet van een van zijn mannen, en het was wel het laatste wat hij vanavond had gehoopt te horen van zijn mannen die de zaal afspeurden.

'Iedereen plat!'

Hierna ging het snel goed fout. Achter bij de bar, vlak bij de ingang, ging een 14K-soldaat deels schuil achter een groepje zakenlieden en hij nam de gelegenheid te baat om een .45-pistool van achter zijn broeksband te trekken. Met de dekking die de burgers hem verschaften, bracht hij zijn wapen omhoog en hij vuurde tweemaal op de eerste gewapende man die door de deur kwam; een schampschot op de linkerarm en één recht op het keramische materiaal van zijn kogelvrij vest op zijn borst was het gevolg.

De dichtstbijzijnde Navy SEAL schakelde de Chinese schutter uit met een salvo van drie kleine maar hard inslaande 4,6x30mm-kogels in het voorhoofd; de bovenkant van het hoofd van de man werd eraf geblazen en vloog over de groep mannen om hem heen.

Binnen twee seconden grepen zo'n twintig 14K-leden naar hun wapen. En de hel brak los.

Toen Chavez in het niemandsland belandde terwijl het vuurgevecht losbrandde, deed hij het enige wat hij kon doen: hij ging voor zelfbehoud. Hij liet zich plat op de vloer vallen, rolde naar links, waarbij hij stoelen en mensen omver stootte, en probeerde zo uit het kruisvuur tussen de Amerikanen en de triadebendeleden te komen. Samen met anderen die voor de verhoogde dansvloer hadden gezeten, baande hij zich een weg tussen de tafels door en drukte hij zich plat tegen de rand van het podium.

Hij wenste dat hij een pistool had. Dan kon hij een aantal bendeleden neerschieten en de JSOC-mannen helpen bij hun missie. Maar in plaats daarvan schermde hij met zijn handen zijn hoofd af, terwijl mannen in maatkostuums en danseressen in strings en met glitter op hun lijf in een wanhoopspoging om aan de kogelregen te ontkomen boven op hem vielen.

Intussen deed hij zijn uiterste best om wel zijn hoofd bij de situatie te houden. Hij tuurde in de verdwaasde menigte, zag hier en daar pistolen en lichte mitrailleurs vuren, en hoorde van ergens bij de bar vandaan de gigantische dreun van een geweer. Op de in oranje licht gehulde vloer was het net alsof ratten op de vlucht sloegen, waarbij de rode laserbundels van de SEAL's en het gefonkel van de discobal voor extra hectiek in het schouwspel zorgden.

CPO Meyer realiseerde zich al snel dat hij zijn team een wespennest in had gestuurd. Hij was wel voorbereid geweest op verzet van Zha's bodyguards, maar was van plan geweest dat verzet te breken met snelheid, verrassing en overweldigend geweld. Maar in plaats van een beheersbaar gevecht tegen een gelijk aantal verbijsterde tegenstanders belandden Meyer en zijn team van zes andere operators midden op een schietbaan. Daarnaast dwong het groot aantal burgers in de club zijn mannen om in dit kruisvuur niet te vuren, tenzij ze echt een wapen zagen in de hand van een van de figuren die zich door de donkere club bewogen.

Twee van zijn mannen hadden Zha al over de grote ronde tafel heen en op de vloer voor de zithoek getrokken. De Chinees met het piekerige haar lag met zijn gezicht op de grond; een SEAL zette zijn knie in zijn nek om hem stil te houden, terwijl het geweer van de SEAL rondzwaaide, zoekend naar doelwitten in de richting van de lange bar vlak bij de ingang.

Hij vuurde twee korte salvo's in de richting van waar iemand bij de ingang had geschoten, liet vervolgens zijn geweer aan zijn draagband hangen en ging verder met het in veiligheid brengen van zijn gevangene; intussen ving Meyer zelf een 9mm-patroon op in de borstplaat van zijn kogelvrije vest waardoor hij even achterover dreigde te vallen. De hoogste CPO herstelde zich, liet zich vooroverop de vloer vallen en vuurde op de flits van een handwapen achter bij de bar.

Jack Ryan trof Adam Yao *tagged and bagged* naast zijn auto, nog steeds worstelend met de tape om zijn hoofd en de handboeien. Het passagiersportier van de Mitsubishi was van het slot, dus Jack reikte naar binnen, pakte een knipmes uit Yao's rugzak en sneed binnen enkele tellen de polsen van de CIA-agent los.

Vanuit de nachtclub klonken knallen uit pistolen en korte, gedisciplineerde salvo's uit automatische wapens. Ryan trok de kap van Yao's hoofd en hees de kleinere man met een ruk overeind.

'Liggen er wapens in de bus?' riep Jack.

Met een huivering van pijn trok Adam de tape van zijn mond. 'Ik heb geen wapen gekregen, en als ik word betrapt met...'

Ryan had zich al omgedraaid en rende ongewapend naar de achterdeur van de club.

Plat op zijn gezicht en tegen de zijkant van het podium gedrukt had Chavez een redelijke dekking gevonden. Hij was volledig uit het zicht van de SEAL's en volledig ín het zicht van gewapende triadeleden die achter tafels, bij de lange bar vorin of tussen de burgers in de menigte dekking of beschutting hadden gevonden. Terwijl het vuurgevecht om hem heen woedde, was Ding geen strijdende partij in dit alles, en hij oogde en handelde dan ook als iedere andere willekeurige doodsbenauwde zakenman die in het midden van dit gewoel in elkaar dook.

Hij vroeg zich af of het de commando's zou lukken om de gang door, de trap op en de steeg uit te komen voordat ze door alle 14K-schutters neergemaaid werden. Vanuit zijn, toegegeven, slechte zicht op de actie leek hun oorspronkelijke doel, Zha Shu Hai levend oppakken, onhaalbaar.

Chavez dacht dat áls ze al konden wegkomen, ze dat via de gang en de trap aan de achterkant zouden doen. Tussen de vuursalvo's door brulde hij in zijn oortelefoontje.

'Ryan? Als jij achter bent, zorg dan dat je dekking zoekt! Deze puinhoop lijkt zich naar de steeg te verplaatsen!'

'Begrepen!' riep Ryan.

Op dat moment kroop er een triadelid met een roestvrijstalen Beretta 9mm-pistool naast Chavez om zich achter het podium te verbergen voor de Amerikaanse commando's.

Chavez zag dat de man ongezien tot binnen drie meter kon komen van waar het JSOC-team bij de achteringang was gepositioneerd. Daar kon hij gewoon opstaan en met zijn Beretta van korte afstand het vuur openen op de mannen die zich meer zouden focussen op alle schutters bij de lange bar, zo'n dertig meter verderop.

Chavez wist ook wel dat de jonge crimineel slechts een paar van zijn zeventien patronen ging afvuren voordat hij door tegenvuur in tweeën werd gezaagd, maar hij kon er gif op innemen dat hij toch wel een stuk of twee Amerikanen zou ombrengen.

De 14K-misdadiger ging op zijn hurken zitten, met zijn tennisschoenen op luttele centimeters van Chavez' gezicht, en begon dichter naar de commando's toe te kruipen, maar Ding greep de hand met het pistool beet, bracht de man uit evenwicht en trok hem naar de vloer. Ding trok hem achter een omgevallen tafel, vocht met de verrassend sterke Chinees om het pistool en wist uiteindelijk boven op hem te rollen, draaide de Beretta naar achteren, brak twee vingers van zijn rechterhand en trok het wapen vrij.

Het bendelid gilde het uit, maar het geluid ging op in het geknal en geroep in de club. Ding gaf de man twee kopstoten, waarbij hij met de eerste diens neus brak en hem met de tweede bewusteloos sloeg.

Ding bleef laag achter de tafel, verborgen voor de bij de bar schietende bendeleden, en liet het magazijn uit het handvat van de Beretta vallen om te zien hoeveel patronen hij had. Het zat nog bijna vol, veertien kogels, plus een in de kamer.

Nu had Domingo Chavez een pistool.

CPO Meyers problemen verergerden met de seconde, maar hij zat al te lang in dit vak om toe te staan dat angst, verwarring of overbelasting zijn verstandelijke vermogen gingen overnemen. Hij en zijn mannen zouden hun kop erbij houden zolang ze nog een pols hadden en een missie te volbrengen.

Zha was in de plastic handboeien geslagen en terug de hal in gesleurd, deels aan zijn overhemd en de rest van de weg aan zijn piekerige haar. Zodra Meyer onder aan de trap naar de achteruitgang was, zakte zijn team door de knieën, waarbij ze elkaar om beurten dekking gaven, terwijl de anderen herlaadden.

Twee van de SEAL's waren in hun vest geraakt, maar het was Special Warfare Operator Kyle Weldon die de eerste ernstige verwonding opliep. Een 9mm-patroon raakte hem pal in de knieschijf, en door de klap vloog hij voorover de gang in. Hij liet zijn HK vallen, maar het geweer bleef door de draagband aan hem hangen, en hij wist de pijn vlug genoeg te verbijten om zich om te draaien, zodat een van zijn maten hem aan de trekbanden van zijn vest vast kon grijpen.

Even later werd zijn maat zelf geraakt. Petty Officer Humberto Reynosa kreeg een verdwaalde kogel door zijn linkerkuit terwijl hij Weldon wegsleepte, en hij viel naast zijn kameraad neer. Terwijl teamleider Michael Meyer voor dekking zorgde in de gang en naar de club, repten twee andere SEAL's zich terug om beide operators vast te pakken en hen in veiligheid te brengen.

Terwijl Meyer achteruit de trap opliep, gleed hij uit in het bloed. Hij herstelde zijn evenwicht en richtte zijn laser op een 14K-schutter, die aan het begin van de gang opdook met een hagelgeweer met pistoolgreep. De Amerikaan loste een salvo van drie kogels die het bendelid onder in de romp raakten voordat die zelf kon vuren.

Joe Bannerman, op de trap en het dichtst bij de achterdeur en dus het verst van het vuurgevecht, wist desondanks toch een schotwond in zijn schouder op te lopen; een bendelid was al schietend uit de toiletten tevoorschijn gesprongen en had hem geraakt. De kogel deed Bannerman voorover vallen, maar hij bleef overeind en rende door, en Petty Officer Bryce Poteet blies het triadelid met een salvo lood beklede patronen naar de hel.

Ryan had Chavez' instructies gevolgd en zocht dekking. Hij was net de steeg overgestoken en tussen een paar stinkende vuilnisbakken gedoken toen hij aan het begin van de steeg koplampen zag naderen. Het was de zwarte twaalfpassagiersbus die nog maar een paar minuten geleden de SEAL's had afgezet; de bestuurder was vast opgeroepen om hen hier te komen oppikken.

De bestuurder had bij de uitgang van de club amper op de rem getrapt of de deur vloog al open. Van tussen twee plastic containers zag Jack een bebaarde Amerikaan met een bloedige rechterschouder de steeg in sprinten en in tegengestelde richting naar mogelijke doelwitten zoeken. Een tweede man kwam naar buiten en zwaaide zijn geweer in de richting van Jack en achter hem.

Even later zag Jack FastByte22, of in elk geval iemand met dezelfde kleding als FastByte22. Hij had een kap om zijn hoofd en zijn polsen waren vastgebonden, en hij werd door een Amerikaanse SEAL vooruitgeduwd.

Meyer was de laatste die naar buiten rende. Hij draaide zich nog net op tijd om naar de bus om te zien dat Zha in de geopende zijdeur van het voertuig werd geworpen; na hem sprongen of hinkten de mannen de bus in, of ze werden er in geholpen.

Meyer hield zijn wapen gericht op het gat van de trap naar beneden totdat de deur dichtviel, en vervolgens volgde hij zijn mannen de bus in.

Terwijl hij het voertuig in stapte en over zijn liggende collega's kroop, keek hij om.

De achterdeur van de club vloog open en twee mannen in zwartleren jasjes stapten naar buiten. De een had een zwart pistool en de ander een 18,5mm hagelgeweer met pistoolgreep.

Meyer pompte een half magazijn kogels in iedere man, en ze tuimelden met wapen en al de steeg in, terwijl de deur achter hen weer dichtviel.

'Rijden!' brulde Meyer, en de bus stoof in oostelijke richting door de steeg.

Zodra de bus langs hem gereden was, dook Jack van tussen de vuilnisbakken overeind en haastte hij zich naar de achterdeur. Hij wilde weten hoe het met Chavez was. 'Ding? Ding?' riep hij in zijn headset.

Toen hij nog acht meter van de deur was, draaide er vanuit het westen een witte SUV met piepende banden de steeg in. De wagen versnelde achter de bus aan waarin Zha en de Amerikanen zaten.

Jack wist zeker dat deze SUV afgeladen zou zijn met 14K-versterkingen. Hij bereikte het hagelgeweer naast het dode bendelid, pakte het op en stapte naar het midden van de steeg. Hij bracht het wapen omhoog en vuurde één keer in het wegdek vlak voor het naderende voertuig. Grove hagel ketste van het asfalt af en reet beide voorbanden aan flarden, waardoor de SUV naar links omsloeg en door de ruiten van een nachtwinkel crashte.

Van dichtbij ving Jack rechts een geluid op en hij draaide zich om en zag Adam Yao op hem af rennen. Hij rende langs Jack naar de achterdeur van Club Stylish. 'Er zullen nog meer van die lui aankomen!' riep hij intussen. 'We moeten door de club om hier weg te komen. Gooi dat geweer weg en volg me. Hou dat maskertje op!'

Jack deed wat hem werd opgedragen en volgde Adam.

Yao trok de deur open en zag direct overal bloedstrepen langs de trap. 'Iedereen oké?' riep hij in het Mandarijn.

Hij was net een paar treden afgedaald toen er opeens een man opdook die met een pistool in zijn gezicht wees. De schutter had direct door dat hij naar twee ongewapende mannen in burgerkleding keek, niet naar schutters met volle uitrusting. 'Waar gingen ze heen?' vroeg hij.

'In westelijke richting,' antwoordde Adam. 'Volgens mij nemen ze de Cross-Harbour-tunnel!'

Het bendelid liet het wapen zakken en rende langs hen heen de trap op.

Beneden in de stripclub werden Adam en Jack onthaald op een slagveld. Er lagen in totaal zestien lichamen op de vloer. Een aantal bewoog nog in hun doodsstrijd, anderen lagen roerloos.

Zeven 14K-leden lagen dood of waren stervende, met nog eens drie minder ernstig gewonden. Ook zes vaste klanten van de club waren dood of gewond.

Adam en Jack vonden Chavez, die op dat moment naar de trap, omhoog naar de gang, liep. Toen hij hen zag, hield hij een kleine zakcomputer omhoog. Jack herkende het apparaat; het was van Zha Shu Hai. Ding had het van de grond gepakt waar FastByte door de SEAL's was vastgebonden.

Ding liet het in de binnenzak van zijn jasje glijden.

'We moeten ervandoor,' zei Adam. 'Vertrek net als iedereen door de voordeur.'

De CIA-agent ging Ding en Jack voor.

Ryan kon zijn ogen niet geloven toen hij het interieur van de nachtclub zag. Elke tafel en elke stoel waren omgekieperd of lagen ondersteboven, overal lagen glassplinters, en bloed dat uit lichamen sijpelde of dat op de tegelvloer uitgesmeerd was, glinsterde in het ronddraaiende licht van de spiegelbol die op de een of andere manier nog heel was en werkte.

Buiten op Jaffe Road werd het schrille gehuil van sirenes almaar luider.

'Het is hier straks vergeven van de politie,' zei Yao. 'Die komt altijd

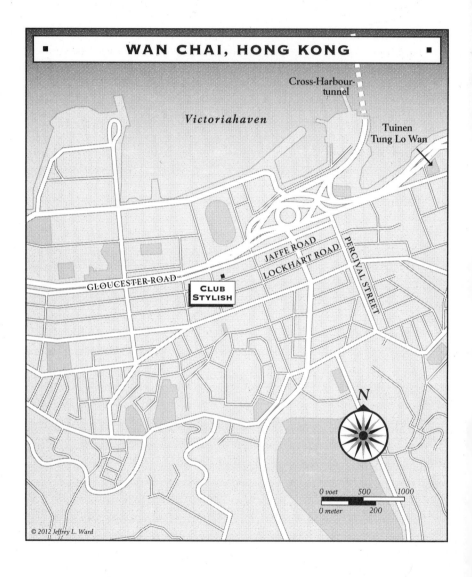

wanneer het vechten achter de rug is, hier in de triadebuurten.'

'Wie die gasten ook waren,' zei Jack, terwijl ze de trap op liepen, 'ik kan gewoon niet geloven dat ze het hebben klaargespeeld.'

Precies op dat moment barstte opnieuw het geluid van geweervuur los. Ditmaal klonk het vanuit het oosten.

Ding keek Jack aan. 'Ze hebben het kennelijk nog niet klaargespeeld,' sprak hij zacht. 'Ga terug naar beneden en pak een wapen van een van die lijken.'

Jack knikte, draaide zich om en vloog de trap weer af.

'Wat gaan we doen?' vroeg Yao aan Chavez.

'Wat we maar kunnen.'

'Het busje,' zei Adam. 'Mijn sleutels zitten erin, en het is niet op slot. Misschien kan Biery ons oppikken.'

Chavez knikte en belde Gavin, die in een taxi zat op weg naar de club. 'Ik wil dat je in de steeg achter Club Stylish Adams kastanjebruine Mitsubishi Grandis ophaalt. Geef me een belletje zodra je er bent, want ik weet zeker dat we opgepikt moeten worden.'

'Oké.'

41

Meyer en zijn onder vuur genomen Team Six werden zes straten verder door de 14K bijgehaald.

Vanaf het moment dat vijf minuten daarvoor in de club aan Jaffe Road de eerste schoten hadden geklonken, waren alle mobieltjes in Wan Chai gaan piepen en werden sms'jes ontvangen. Al snel vingen 14K-schutters het gerucht op dat hun territorium werd bedreigd en ze kregen het bevel zich zo snel mogelijk naar de kruising van Jaffe en Marsh, de locatie van Club Stylish, te begeven.

De coördinatie tussen de verschillende 14K-groepen liet flink te wensen over, vooral die eerste paar minuten, maar het enorme leger van kleerkasten – te voet, op motoren, in auto's en zelfs in de metro, dat zich naar de plek haastte, garandeerde dat Meyer en zijn team met vijftien tegen één in de minderheid zouden zijn. De triade wist niet hoe Zha was ontvoerd; de meeste bendeleden wisten zelfs niet eens wie Zha was. Ze wisten alleen dat er in de club werd geschoten en dat een groep zwaarbewapende gweilo's – uitheemse duivels – probeerde te ontkomen. Iemand meldde dat ze in een zwarte bestelbus zaten, wat het slechts een kwestie van tijd maakte voordat Meyer en zijn team in de smalle, drukke straatjes van Wan Chai als ratten in de val zaten.

Ze waren het straatje in gereden, tot aan de T-splitsing met Canal Road, en in zuidelijke richting verder gegaan, totdat ze op Jaffe weer in oostelijke richting verder konden. Terwijl ze langs gesloten winkels en kantoorgebouwen raasden, probeerde Special Warfare Operator Terry Hawley het trage en tegemoetkomende verkeer al slalommend te ontwijken.

Achter in het busje lag Zha nog altijd vastgebonden en met het gezicht naar de vloer. De gewonde teamleden waren druk bezig hun schotwonden te verbinden en Meyer communiceerde met het ontsnappingsteam en vertelde dat zijn team er over enkele minuten zou zijn.

Maar al meteen nadat Meyer de verbinding had verbroken ging het mis. Ze naderden de kruising van Jaffe en Percival Road, nog geen achthonderd meter van de plek van de schotenwisseling en wilden hun weg over de ultrachique Causeway Bay Area vervolgen toen een man in burger vanaf de achterbank van een Ford Mustang-convertible met een automatisch geweer het vuur opende. Special Warfare Operator Hawley werd in beide armen en de borst geraakt en viel slap tegen het stuur.

Het twaalfpersoonsbusje slingerde, slipte, kwam haaks op de weg te staan, klapte op een kant, schoof nog eens dertig meter door en ramde ten slotte frontaal een kleine zestienpersoonsbus voor openbaar vervoer.

Hawley werd gedood door geweerschoten en een andere Special Warfare Operator brak zijn schouder als gevolg van de klap.

Meyer was versuft en zijn kin, wangen en lippen vertoonden snijwonden door rondvliegend glas. Maar hij schopte het achterportier open en commandeerde zijn mannen naar buiten. De dode en de gewonden werden meegedragen en ondersteund, inclusief de ontvoerde, en de groep strompelde een steegje in dat naar zee voerde, een kleine honderd meter verder naar het noorden.

Ze waren nog niet verdwenen of de eerste politieauto's kwamen al aangesneld, waarna agenten even later de verbouwereerde Hongkongers uit het stadsbusje begonnen te trekken.

Een kleine driehonderd meter ten westen van de botsing baanden Chavez, Ryan en Yao zich al rennend een weg tussen het nachtelijke publiek, ondertussen wegspringend voor ambulances en politieauto's die naar Club Stylish dan wel de knallende schoten vanuit het oosten snelden.

Terwijl ze de acht rijbanen van Canal Road over renden, haalde Adam Chavez bij. 'Volg me!' riep hij. 'Er is een voetgangerspromenade tussen die appartementsgebouwen, daar. Zo kunnen we boven Jaffe Road komen en vanuit een rustiger straat verschijnen.'

'Oké, prima,' zei Ding.

'En daarna?' vroeg Yao, terwijl ze verder renden.

'Improviseren,' riep Domingo terug. 'We kunnen voor deze jongens maar weinig doen,' verduidelijkte hij, 'maar ik durf te wedden dat ze blij zijn met elk beetje hulp van onze kant.'

De zeven overlevende SEAL's bezweken ondertussen bijna onder hun onverwachte taken. Twee van hen droegen hun dode kameraad, een derde sleurde FastByte22 met ferme, gehandschoende hand – en een SIG Sauer-pistool in zijn andere – aan zijn boord met zich mee. De twee Warfare Operators met schotwonden in de benen, werden ondersteund door de SEAL's die op eigen kracht konden lopen, ook al had een van de SEAL's zelf een gebroken schouder. Hij had zich ontdaan van zijn uitrusting en hobbelde voort, terwijl hij de man met de kapotte knie ondersteunde en ondertussen alles op alles zette om vanwege de allesverzengende pijn in zijn kapotte schouder niet in shock te raken.

Reynosa, die een flink stuk uit zijn linkerkuit had verloren, werd ondersteund door teamleider Meyer.

Samen met nog één ander teamlid, was Meyer nog steeds in staat om zijn kleine, gedempte HK MP7 te gebruiken. Twee anderen hadden hun pistool weliswaar getrokken, maar de andere drie overlevenden hadden geen hand vrij om ook maar iets te kunnen uitrichten.

Meyers team beschikte nu nog slechts over veertig procent vuurkracht, een afname van meer dan de helft in vijf minuten tijd.

Zo fanatiek ze konden strompelden ze verder, over parkeerplaatsen en door steegjes, om maar uit de buurt te blijven van de politieauto's in de straten en plukjes 14K-bendeleden die zichzelf met hun adrenalinegeschreeuw verrieden.

Dankzij de regen en het late uur waren hier, slechts een paar straten verwijderd van het levendige café-restaurant aan Lockhart Road weinig mensen op straat, en dus was het voor Meyer duidelijk dat elk groepje jongvolwassen mannen dat hier rondhing als een bedreiging kon worden beschouwd.

'Contact, links!' riep Bannerman opeens, terwijl ze een rijtje gesloten winkeltjes onder een in aanbouw zijnde en met bamboesteigers omhulde wolkenkrabber naderden. Meyer richtte zijn laserpunt op drie jongemannen die met geweren in de hand een zijstraat in renden. Een van hen vuurde nog even lukraak met een uitklapbare AK. Vonken en stukjes asfalt vlogen langs de dichtstbijzijnde SEAL, maar Meyer en Petty Officer Wade Lipinski beantwoordden het vuur met hun MP7's, waarmee de drie al meteen werden uitgeschakeld.

Ook al was de dreiging geëlimineerd, het lawaai van de AK en de daaropvolgende eruptie van gillende autoalarmen in de straat kwamen Meyer en zijn team bepaald slecht uit. De bendeleden op klopjacht zouden hen maar al te gemakkelijk kunnen lokaliseren.

Ze vervolgden hun weg in noordelijke richting naar de haven en deden hun best om beschut te blijven, terwijl boven hen de heli's klapwiekend rondcirkelden en hun zoeklichten als oorvijgen langs de hoge gebouwen om hen heen sloegen.

Voor Jack Ryan leek het wel of elke sirene die in Hongkong te vinden was, hier in Wan Chai aan het loeien was gezet. Voordat de korte oprispingen van geweersalvo's zo-even in het doolhof van wolkenkrabbers weerkaatsten, piepten Jacks oren nog na van alle politie- en brandweersirenes en ook zijn eigen schoten in het steegje achter de club.

Snel volgde hij Adam, die nu voorop liep, over de voetgangerspromenade en hij voelde de zware Beretta achter zijn broekriem knellen. Zonder Adam zouden Ding en Jack telkens weer recht op een politieafzetting en een stel 14K-gangsters zijn af gerend. Tot dusver waren ze slechts één groepje van zo'n vijf man gepasseerd van wie Adam aannam dat het waarschijnlijk om gewapende 14K-gangsters ging. Jack vroeg zich af of hij deze heren weer zou tegenkomen wanneer hij, hopelijk, contact zou maken met het Joint Special Operations-team dat FastByte had ontvoerd.

Afgaand op het geluid van alweer een salvo was het duidelijk dat het Amerikaanse flitsteam zich nog altijd in noordwaartse richting bewoog, nog maar enkele straten verwijderd van Victoria Harbour.

'Een boot?' vroeg Adam, al rennend. 'Moeten we ze op een boot zien te krijgen?'

Ding keek opzij naar Yao. 'Wat is voor ons het dichtstbij aan de kustlijn?'

'Een jachthaven, maar dat kun je wel vergeten. Zodra ze het water bereiken zal het er wemelen van de havenpolitie met hun zoeklichten, dus met perfect zicht voor de heli's boven ons. Die gasten zullen echt niet op een jetski uit deze puinhoop ontsnappen.'

Al rennend tikte Chavez tegen zijn oortje, waarna Gavin zich meldde.

'Waar zit je nu?' vroeg Chavez.

'Ik nader de achterkant van de club, maar het wemelt hier van de mensen, onder wie geheid de 14K.'

'Gavin, we móéten die auto hebben.'

'Oké, maar ik beloof niks. Ik weet niet eens of ik...'

'Het is een kwestie van leven en dood! Doe wat je moet doen.'

'Maar er is politie en...'

'Bedenk maar iets en laat het me weten!' Chavez verbrak de verbinding.

Opeens stopten ze. Iets verderop vingen ze een geweersalvo op: een gedempte HK MP7. Zowel Ding als Jack kende het geluid.

Het Special Operations-team was vlakbij.

Jack betrad een kleine betonnen binnenplaats tussen vier identieke gebouwen. Rode Chinese lampen aan een lijntje boven metalen picknicktafeltjes op een klein, omheind speelplaatsje zorgden voor het enige licht. Aan de overzijde kon hij vanuit de passage onder een van de gebouwen nog net het groepje mannen zien verschijnen dat hij in de stripclub had gezien.

Ryan dook weer weg achter de hoek, hurkte en gluurde nogmaals.

Het groepje mannen zag eruit alsof ze zo-even op Omaha Beach waren geland. Hij zag dat ze allemaal ernstig gewond waren of iemand ondersteunden die er al net zo erg aan toe was. Twee van hen leken een dode met zich mee te dragen.

Ding Chavez wierp snel een blik om de hoek, deed een stap naar achteren en trok Ryan snel terug. Daarna floot hij hard op zijn vingers en riep: 'Luister! Jullie hebben collega's hier! Een OGA-eenheid, drie man sterk! We staan klaar om jullie bij te staan als jullie dat willen!' OGA was de afkorting waarmee CIA-agenten zichzelf in het veld vaak bekend maakten. Het stond voor *other governmental agency*, wat een stuk veiliger was dan *agency* of *company*, twee veelgebruikte bijnamen voor de CIA.

Of het hier nu een Special Operations-team, de CIA of een andere Amerikaanse paramilitaire eenheid betrof, Chavez wist dat men hem zou begrijpen.

Meyer keek omlaag naar Reynosa om er zeker van te zijn dat hij het inderdaad goed had opgevangen. Het gewonde teamlid knikte afwezig, drukte zich tegen de muur van het binnenplaatsje en bracht voor de zekerheid zijn geweer omhoog, stel dat het een hinderlaag was.

'Kom tevoorschijn!' riep Meyer. 'Een voor een, de handen omhoog, en ongewapend!'

'Ik kom!' riep Chavez terug en hij liep met de handen omhoog het gedempte licht van de papieren lampionnen in.

Jack Ryan en Adam Yao volgden zijn voorbeeld, en nog geen halfuur later hadden de SEAL's de beschikking over drie sterke, ongehavende mannen.

'We kunnen elkaar bijpraten onder het lopen,' zei Meyer.

Ryan liep snel naar de man met het bebloede verband om zijn linkerkuit om hem te ondersteunen. Adam Yao loste de lijkbleke SEAL met de gebroken schouder af en ondersteunde de man met de schotwond aan zijn knie.

Chavez pakte de dode SEAL op en hees hem over zijn schouder zodat de twee die zijn lichaam hadden gedragen hun HK's weer ter hand konden nemen.

Samen met Zha, de handen met tiewraps bijeengebonden en met een muts diep over het hoofd, vervolgden de tien nog levende Amerikanen hun weg in noordelijke richting. Nog altijd ging het veel te traag, maar gelukkig wel een stuk sneller dan zo-even.

Overal klonken politiesirenes en zwaailichten flitsten in alle richtingen. Helikopters doorkruisten de lucht en zoeklichten weerkaatsten tegen ramen. Gelukkig voor de SEAL's hielden de hoge gebouwen het licht van de zoeklampen grotendeels tegen.

Vijf minuten later had het groepje tussen de donkere bomen van Tung Lo Wan Garden een schuilplek weten te vinden. Verderop scheurden politieauto's af en aan. Verscheidene auto's, afgeladen met gangstertypes, reden langs en minderden vaart, terwijl ze met zaklampen het park bescheen.

Alle mannen lagen languit in het gras, met Petty Officer Jim Shipley half op Zha Shu Hai om hem stil en rustig te houden.

Chavez zocht verbinding met Gavin Biery en was aangenaam verrast nu bleek dat het IT-hoofd zijn eerste uitdaging in het veld met goed gevolg had doorstaan. Het was hem gelukt om zich langs een politieafzetting te kletsen om 'zijn' minibusje van de parkeerplaats te krijgen. Ding gidste hem nu naar hun positie.

CPO Michael Meyer nam poolshoogte bij zijn gewonde mannen en kroop naar de drie nieuwkomers binnen zijn team. Hij had eigenlijk geen idee wie deze mannen waren. De kleine latino was de oudste en voerde het woord. De lange, jongere Amerikaan hield zijn gezicht achter een papieren, van zweet doordrenkt mondkapje bedekt en de Aziatische jongeman was doodmoe en doodsbang.

Meyer gebaarde naar Yao. 'We zagen je achter de targetlocatie. Ik gaf onze uitsmijter de opdracht je een tik te verkopen. Wist niet dat je een OGA was. Sorry.'

Yao schudde het hoofd. 'Geen probleem.'

'Konden we maar meteen de handen ineenslaan, maar ons was verteld dat jullie hier met een flink lek te kampen hadden, en er dus geen coördinatie mogelijk was.'

'Daar kan ik niets tegen inbrengen. Ja, er is een lek, maar niet vanuit Hongkong. Echt, geloof me, niemand weet waar ik uithang of wat ik hier aan het doen ben.'

Vanachter Meyers ballistische oogbeschermer werd een wenkbrauw opgetrokken. 'Oké.'

'Wie zijn jullie eigenlijk?' wilde Chavez weten.

'DEVGRU.'

Chavez wist dat de Special Warfare Development Group de nieuwe naam was van het oude SEAL Team Six. Het verbaasde hem niet dat dit onderdeel uit een van Amerika's meest gespecialiseerde elite-eenheden was samengesteld. Zelfs met alle schade die ze hadden opgelopen, hadden ze de afgelopen twintig minuten al net zoveel vijanden omgelegd en waren ze nu hard op weg om hun missie te voltooien, hoewel hij inmiddels doorgewinterd genoeg was om te weten dat wat Meyer betrof deze opdracht de geschiedenis zou ingaan als de missie waarbij hij een man verloren had.

De leider van het commandoteam herlaadde zijn HK. 'Gezien onze gewondenstatus en al die heli's boven ons zal het een kutklus worden om hier weg te komen. Jullie kennen deze omgeving beter dan wij. Enige briljante voorstellen over hoe we ons uit deze gierput kunnen bevrijden?'

Chavez boog zich naar hem toe. 'Ik heb een mannetje onderweg in een minibusje. Met een beetje proppen kunnen we er allemaal in. Waar is jullie *exfil*?'

'De veerbootkade aan de noordpunt,' antwoordde de SEAL. 'Een paar kilometer verderop. We worden opgepikt met RIB's, opblaasboten.'

Het drong tot Chavez door dat deze jongens per boot of onderzeeër de haven waren binnengekomen waar hun mannetje ter plaatse hen al met een busje had opgewacht, terwijl twee andere teamleden Zha schaduwden. Een behoorlijk snelle en vuile operatie voor een drukke stad als Hongkong, maar Ding wist dat het ministerie van Defensie de cyberdreiging binnen hun netwerk zo snel mogelijk ongedaan wilde maken.

Meyer keek Chavez aan. 'Ik heb mijn twee spotters uit de bar teruggetrokken, omdat ik met zeven man de actie wilde uitvoeren, plus één man achter het stuur. Ze zeiden dat er een stuk of vier gewapende beveiligers waren, meer niet.'

'Dat klopte ook,' legde Ding uit, 'maar al snel liep de boel in de soep. Een paar bobo's van het consulaat kwamen binnen, waarschijnlijk om Zha in opdracht van justitie in de gaten te houden. Dat wekte de argwaan van Zha's beschermers, die meteen een buslading 14K-gangsters lieten aanrukken, vlak voordat jullie via de achterdeur binnenkwamen.'

'Shit,' reageerde Meyer. 'We hadden het kunnen weten.'

'De wet van Murphy.'

Meyer knikte. 'Je trapt er altijd weer in.'

Op dat moment draaiden twee koplampen de weg op die door het parkje liep. Het voertuig minderde vaart en naderde nu stapvoets.

Ding riep Gavin Biery op. 'Waar ben je?'

'Ik rij in oostelijke richting. Ik... ik ben even de weg kwijt. Ik zou niet weten waar ik ben.'

'Ik wil dat je nu meteen stopt.'

Het naderende voertuig stopte.

'Flits met je koplampen.'

De lichten flitsten.
'Mooi. We hebben je in het vizier. Rij als de wiedeweerga nog tweehonderd meter verder en duik achterin. Maak ruimte, want er moeten zo'n tien man in.'
'Tién man?'

Even later zat Chavez achter het stuur. Op Yao's aanwijzingen vanaf de bijrijdersstoel reden ze in noordoostelijke richting verder. De negen overlevenden plus hun dode kameraad zaten hutjemutje achterin. Bij elke hobbel in de weg klonk gekreun en elke bocht perste de lucht uit longen van de mannen die werden platgedrukt. Lipinski was de medic en deed dapper zijn best om met zijn ene vrije hand in de kluwen van lichamen het verband om een paar van de wonden te inspecteren.

Ding hield de snelheid binnen de perken en wisselde zo min mogelijk van rijbaan, maar terwijl ze op Gloucester Road voor een rood licht wachtten, stak een 14K-spotter over. De gangster keek hem recht in het gezicht, trok een mobieltje tevoorschijn en bracht het naar zijn oor.

Ondertussen bleef Chavez strak voor zich uit kijken. 'Verdomme, dit is nog niet achter de rug.'

Het licht sprong op groen en hij gaf gas, terwijl hij zijn best deed niet weg te scheuren. Tegen beter weten in hoopte hij dat de spotter niet zou denken dat het kastanjebruine bestelbusje niet vol zat met gweilo's die wilden ontkomen.

Maar helaas.

Terwijl ze door de regen via een zijstraat parallel aan King's Road verder naar het oosten reden, naderde op de kruising een kleine tweedeursauto met gedoofde lichten. Chavez moest een ruk aan het stuur geven om een botsing te voorkomen.

Terwijl de auto het busje aan Chavez' kant passeerde, stak een man op de rechtervoorstoel zijn hoofd uit het zijraam, hees zich half naar buiten en richtte een AK-47 op Chavez.

Ding greep met zijn rechterhand de Beretta vanachter zijn broekriem en vuurde door het raam, over zijn lichaam, terwijl hij het stuur met zijn linkerhand vasthield.

Verscheidene AK-kogels boorden zich in het busje voordat Chavez de bestuurder van de tweedeurs in zijn hals wist te raken. De auto slingerde vervaarlijk en ramde een muur van een kantoorgebouw.

'Wie is er geraakt? Wie is er geraakt?' riep Chavez in de overtuiging dat iemand in dit overvolle busje door zulke krachtige 7,62-millimeterkogels wel moest zijn geraakt.

Allemaal gaven ze antwoord. De gewonden lieten weten niet meer pijn te voelen dan ze al hadden, en zelfs FastByte22 antwoordde Adam dat hem niets mankeerde, toen die hem vroeg of hij geraakt was.

Het was een klein wonder dat de vier kogels die in de zijkant van het busje waren ingeslagen uitgerekend het overleden Special Warfareteamlid hadden doorboord die tegen de wand gedrukt lag.

Chavez gaf meer gas, maar waakte ervoor om onnodige aandacht te trekken.

Na met Adam Yao te hebben overlegd over waar ze het beste vanuit het water konden worden opgepikt – ver genoeg van de plek van de ontvoering – probeerde Meyer onder het gewicht van al die lichamen boven op hem zijn walkietalkiemicrofoontje naar zijn mond te brengen. Uiteindelijk wist hij verbinding te leggen met zijn ontsnappingsteam en liet hun weten dat ze aan de oostkant van Wan Chai konden worden opgepikt.

Iets na drieën in de ochtend wist Chavez het oppikpunt te bereiken. Het was een afgelegen, rotsachtig strand. Allemaal hesen ze zich uit het krappe minibusje.

Hier, verborgen achter manshoge rotsblokken, ververste Lipinski het verband van de gewonden. Zowel Reynosa als Bannerman had flink wat bloed verloren, maar voorlopig waren ze stabiel.

Terwijl ze wachtten op de SEAL's met hun verstevigde opblaasboten, boog Jack zich naar Ding Chavez. 'Wat zeg je ervan om FastBytes computertje voor onszelf te houden?' vroeg hij zacht.

Chavez keek hem slechts aan. 'Goed gedacht van jou. We laten Gavin erop los en dan vinden we wel een smoes om dat ding aan justitie te overhandigen.'

Opeens verschenen er drie Zodiac-opblaasboten in de duisternis aan de waterlijn.

CPO Michael Meyer riep zijn mannen bijeen, de levenden en gesneuvelden, en schudde Yao snel de hand. 'Hadden we maar meteen met jou samengewerkt.'

'Dan had je je alleen maar meer problemen op de hals gehaald,' verzekerde Adam hem. 'We zijn zo lek als een mandje. Blij dat we konden helpen. Reken maar dat we graag wat meer hadden kunnen doen.'

Meyer knikte, bedankte Ryan en Chavez en voegde zich bij zijn mannen die in de opblaasboten klommen.

De Zodiacs draaiden weg van het strand en verdwenen in het donker.

'Enig idee waar je hier pannenkoeken kunt eten?' riep Gavin Biery al meteen naar Adam Yao nu de SEAL's waren afgetaaid.

Yao, Ryan en Chavez konden slechts wat vermoeid grinniken, terwijl ze weer in de Mitsubishi klommen.

42

Vanachter zijn bureau bekeek dr. K.K. Tong, codenaam Center, de beelden van tientallen gemeentelijke en particuliere beveiligingscamera's. Het was een videomontage van de vorige avond, samengesteld door het Ghost Ship-beveiligingsteam.

Op het scherm zag hij de blanke mannen vanuit de gang Club Stylish binnenkomen, de bezoekers geschrokken alle kanten op stuiven, terwijl er geschoten werd, en hij keek toe hoe de jonge Zha over de tafel werd getrokken, werd gekneveld en in het duister verdween.

Een naar de straat gerichte camera van een 7-Eleven-winkel vertoonde het ongeluk met het zwarte busje, met de mannen die uitstapten, waarna Zha en een dode commando uit het wrak trokken en zich een donker steegje in haastten.

Hij bekeek de beelden van een verkeerscamera op de kruising met King's Road waarop het kastanjekleurige bestelbusje plots uitweek voor de tegemoetkomende tweedeurssedan met de gewapende mannen, zag de sedan wegschieten en een muur rammen, en Zha plus zijn ontvoerders met grote snelheid in de nacht verdwijnen.

Tong keek het allemaal volkomen emotieloos aan.

De baas van het Ghost Ship-beveiligingsteam keek mee over Tongs schouder. Hij was geen triadelid, maar wel verantwoordelijk voor het samenspel met hen. Hij zei: 'Negenentwintig leden van 14K werden gedood of raakten gewond. Zoals u op deze beelden kunt zien vielen er ook slachtoffers bij de tegenpartij, maar geen van hen belandde in een ziekenhuis in de omgeving.'

Tong reageerde er niet op. 'CIA,' was het enige wat hij zei.

'Klopt, meneer. Hun agent ter plaatse, Adam Yao, degene die we de afgelopen week in de gaten kregen, is duidelijk op deze beelden te zien.'

'We lezen CIA-berichten, we weten dat Yao in Hongkong is en onze operatie volgt. Waarom hebt u niet ingegrepen?'

'Als de CIA paramilitaire eenheden had gebruikt of deze ontvoering rechtstreeks had gecoördineerd, zouden we dat hebben geweten en erop voorbereid zijn geweest. Maar het Pentagon koos voor Amerikaanse commando's, waarschijnlijk afkomstig uit hun Joint Special

Operations Command. We beschikken niet over een permanente toegang tot diep binnen het JSOC-netwerk.'

'Waarom maakte de CIA gebruik van het JSOC? Vermoeden ze een lek binnen hun communicatienetwerk?'

'Nee. Wat we na het afluisteren van het communicatieverkeer na deze actie hebben vastgesteld, is dat deze commando-eenheid toevallig in Zuid-Korea op oefening was en snel ter plekke kon zijn toen zich gisteren een buitenkans voordeed om Zha te kunnen ontvoeren. De JSOC-commando's hebben de CIA niet laten weten dat ze onderweg waren.'

'En toch was die plaatselijke CIA-agent aanwezig.'

'Ik... ik heb niet kunnen achterhalen hoe dat kon gebeuren.'

'Ik ben zeer ontstemd over dit voorval,' zei Tong.

'Dat begrijp ik, meneer,' antwoordde het hoofd beveiliging. 'Visualisatie van een ontvoering nadat deze heeft plaatsgevonden helpt ons niet veel verder. Hadden we het maar kunnen voorkomen.'

'Hebt u dit aan onze collega's in Beijing gerapporteerd?' vroeg Tong.

'Ja, meneer. Ze vragen of u zo snel mogelijk contact met hen kunt opnemen.'

Tong knikte. 'Onze tijd in Hongkong zit erop.'

Hij bekeek de gewelddadige beelden nogmaals op het hoofdscherm. Op het moment dat de bestuurder van het bestelbusje met een handvuurwapen dwars door het zijportierraam schoot, drukte Tongs vinger snel op een knop. Terwijl het raam versplinterde en de auto vlak langs de beveiligingscamera reed, was de bestuurder heel even, maar relatief duidelijk, in beeld.

Tong isoleerde het beeldmoment en met behulp van de software op zijn computer maakte hij het in luttele seconden een heel stuk scherper.

'Aan het begin van de beeldenreeks bevond deze man zich in Club Stylish, nog voor de schotenwisseling. Hij hoorde niet bij de ontvoerders,' zei Tong.

'Ja, volgens mij ook.'

Samen bekeken ze de ruwe beelden uit de club, zowel voor als na de ontvoering. Eerst zagen ze de onbekende aan de bar. Hij was alleen. Na de ontvoering verschenen er twee mannen bij hem, waarna ze gedrieën de club via de hoofdingang verlieten. De een was lang, met een alledaags papieren mondkapje voor zijn gezicht.

En de andere man was Adam Yao.

Tong kreeg de kleine, ietwat getinte man goed in beeld op het moment dat deze voor het eerst de club binnen kwam en daarbij vlak langs een van de beveiligingscamera's liep. Hij werkte het beeld nog wat bij en zoomde in op het gezicht van de man.

'Ik weet wie deze man is,' stelde K.K. Tong vervolgens vast.

Hij drukte op wat toetsen van zijn computer en laadde een videogesprekprogramma. Een vrouw met een headset verscheen, zittend aan haar bureau ergens op de werkvloer van het Ghost Ship.

Ze was verrast zichzelf in beeld te zien, ging wat rechter op zitten en maakte al zittend een beleefde buiging. 'Bureau eenenveertig.'

'Kom naar mijn werkkamer.'

'Begrepen, Center.'

Even later betrad de controller Tongs werkkamer, stelde zich op naast het hoofd beveiliging en maakte een kleine buiging alvorens hem met rechte rug aan te kijken.

'Kijk eens naar dit beeld.'

Ze tuurde even langs hem heen naar het scherm en sprong weer in de houding. 'Dat lijkt subject Domingo Chavez van firma Hendley Associates te zijn, gevestigd in Maryland, Amerika. Getrouwd met Patsy Chavez. Eén zoon: John Patrick Chavez. Domingo Chavez diende in het Amerikaanse leger en daarna bij de Special Activities Division van de CIA. Na zijn vertrek aldaar...'

'Ik weet wie het is,' kapte Tong haar af. 'Hendley Associates geniet onze belangstelling, is het niet?'

'Inderdaad, Center.'

'Een paar maanden geleden hebben ze in Istanbul Kartal en zijn bende van Libische misfits uit de weg geruimd, is het niet?'

'Inderdaad, Center.'

'U lijkt zo'n beetje alles over Chavez en Hendley Associates te weten.'

'Inderdaad, Center.'

'Wist u dan ook dat meneer Chavez en minstens één van zijn collega's afgelopen avond hier in Hongkong waren om de CIA en het Amerikaanse leger te helpen met de ontvoering van Zha Shu Hai, hoofd van onze programmeerafdeling, en dat daarbij een groot aantal 14K-mannen zijn gedood?'

De ogen van de jonge vrouw gleden naar Center en haar blanke gezicht leek asgrauw te worden nu het bloed wegtrok. 'Nee, Center,' antwoordde ze zacht.

'Hebben we al permanent en diep in het netwerk van Hendley Associates weten door te dringen?'

'Nee, Center.'

'Ik heb dit al maanden geleden bevolen.'

'Met hulp van agenten van Staatsveiligheid in Shanghai en Washington hebben we een RAT op een harddrive geplaatst die afgelopen week bij Hendley Associates is afgeleverd. Het Trojaanse paard heeft zich tot nu toe nog niet gemeld.'

'Misschien dat de mensen van Hendley Associates de RAT hebben ontdekt en de harddrive niet hebben geïnstalleerd?'

De vrouw knipperde geschrokken. 'Dat is mogelijk, meneer.'

Met de punt van zijn pen tikte Tong een andere foto aan. Hierop was Adam Yao te zien met Domingo Chavez en een lange man met donker haar en een papieren mondkapje. 'Is dit Jack Ryan, zoon van de president van de Verenigde Staten? Hij werkt bij Hendley, weet u.'

De vrouw bekeek de foto. 'Ik... ik weet het niet, Center. Ik kan zijn gezicht niet zien.'

'Als wij toegang zouden hebben tot hun netwerk, zouden we precies weten wie dat is, denkt u ook niet?'

'Ja, Center.'

Tong dacht even na. 'U wordt overgeplaatst,' besloot hij. 'U kunt gaan.'

De vrouw boog het hoofd even en verliet de werkkamer. Al voordat ze de deur had bereikt had Tong al een volgende videogesprek opgestart, ditmaal met de chef van de programmeurafdeling van Ghost Ship.

'Vervang bureau eenenveertig met uw beste Engelssprekende programmeur en zorg ervoor dat uw beste Engelssprekende agent in het veld, wie dat ook is en waar hij of zij zich ook mag bevinden, naar Washington DC afreist. Daarna meldt u zich in mijn werkkamer voor verdere instructies.'

Zonder op een antwoord te wachten verbrak hij de verbinding en draaide zijn stoel naar de chef van zijn beveiligingsteam. 'Waar hebben die commando's Zha naartoe gebracht?'

De man raadpleegde zijn opschrijfboekje. 'Dat zijn we nu aan het onderzoeken. Ongetwijfeld naar de Verenigde Staten, waarschijnlijk naar Andrews Air Force Base. Daar zal hij waarschijnlijk worden overgedragen aan de CIA voor een debriefing. Omdat ze dat laatste willen doen voordat hij officieel in hechtenis wordt genomen zullen ze een safehouse gebruiken.'

Tong knikte. 'Ik wil een adres.'

'Daar ga ik voor zorgen.'

Valentin Kovalenko had de afgelopen paar weken lange dagen en aardig wat nachten voor Center gewerkt. Hij had afluistermicrofoons in kantoorgebouwen geplaatst, draadloze communicatiesystemen van technische bedrijven ontvreemd, met een draadloos RFID-volgsysteem creditcardgegevens bemachtigd en nog een aantal andere taken uitgevoerd.

Vanavond, echter, werkte hij niet voor Center. Hij had hier vandaag, in Barcelona, een Brits politicus geschaduwd en gefotografeerd die met een vriendin van een vakantie in het zonnige Spanje genoot, terwijl zijn vrouw met vier kinderen in het grijze Londen zat.

Maar dat was vandaag. Vanavond had hij een eigen missie te volbrengen. In een winkel ver uit de buurt van zijn flat aan Boulevard Rosa had hij in een buurtwinkel een prepaidmobieltje gekocht, had daarna in een internetcafé een telefoonnummer opgezocht en genoteerd, in een bar snel twee glazen rioja gedronken tegen de zenuwen, was teruggekeerd naar zijn flat en had de deur op slot gedaan. Nu zat hij klaar om zijn telefoontje te plegen.

Hij keek naar de laptop op zijn bureau. Cryptogram was inmiddels opgestart en er was een inkomend bericht.

Shit.

Kovalenko liep naar het bureautje. Hij zou eerst Center te woord staan. Daarna zou hij alle tijd hebben om Oleg Kovalenko, zijn vader in Moskou, te bellen.

Zijn vader bezat geen computer; zelfs geen mobiele telefoon, en zou dus uit beeld en buiten bereik van Center en zijn organisatie zijn.

Valentin wilde zijn vader zo min mogelijk over zijn dilemma vertellen, maar hem naar de Buitenlandse Veiligheidsdienst in Moskou sturen om zijn oude kameraden over zijn situatie te informeren: zijn aanhouding in verband met John Clark, zijn ontsnapping uit de gevangenis en zijn gedwongen toetreding tot de Center-organisatie.

Zijn vader en zijn oude kameraden zouden hem komen verlossen.

Hij had de Russische ambassade in Barcelona willen bezoeken, was er een paar keer langsgelopen maar had besloten dat het te gevaarlijk was om direct contact te leggen met de medewerkers aldaar. Zijn vader kon dat in Moskou voor hem doen. Zelf had hij er veel contacten en hij kon zijn vader de weg wijzen naar het dozijn vrienden dat hem kon helpen.

Maar eerst klikte hij op Cryptogram en tikte: 'Ik ben aanwezig.' Hij trok het geheugenkaartje uit zijn fototoestel en schoof hem in de zijkant van zijn laptop, en tikte: 'Foto's worden geüpload.'

Hij klikte op het uploadprogramma van Cryptogram, waarna Center de bestanden aanvaardde.

Maar Centers reactie strookte niet met Kovalenko's bericht. 'Iedereen maakt fouten,' las hij op het scherm.

Kovalenko keek er wat verbaasd naar. 'Hoe bedoelt u?' tikte hij.

'Besluiten contact op te nemen met uw vader was onverstandig van u.'

Al meteen brak het koude zweet hem uit. Zijn vingers zweefden al boven het toetsenbord om een ontkenning te typen, maar hij beheerste zichzelf.

Hoe kon Center dat in hemelsnaam weten?

'Hij is mijn vader,' tikte hij even later.

'Voor ons, en ook voor uw opdracht, is dat irrelevant. U dient geen contact meer te onderhouden met degenen uit uw vorige leven.'

'Hij werkt niet langer voor de regering. Hij zal zijn mond houden.'

'Irrelevant. U dient zich aan de instructies te houden.'

Kovalenko wierp een blik naar zijn zojuist gekochte mobieltje. Nee, het was godsonmogelijk dat alle nieuwe toestellen in alle blisterverpakkingen door Center van een of ander volg- of afluisterapparaatje waren voorzien.

Het internetcafé misschien? Waren ze echt in staat om op elke computer in alle internetcafés van heel Barcelona mee te kijken? In heel Europa? Over de hele wereld? Onvoorstelbaar gewoon.

Onmogelijk.

Wacht even. Kovalenko trok zijn eigen mobiele telefoon uit zijn colbertzak. Hij werkte inmiddels lang genoeg voor Center om redelijk te kunnen doorzien hoe een operatie tegen hem technisch in elkaar zou zitten. Misschien dat zijn eigen toestel van een soort gps-baken was voorzien. Zo konden zijn bewegingen worden gevolgd. Als Center er bovenop zat, had hij hem zelfs naar het internetcafé kunnen zien gaan, het berichtenverkeer uit al die computers kunnen volgen, zo nam Kovalenko aan. Via internet de telefoongids van Moskou kunnen hebben doorlopen. Ze hadden misschien zijn naam herkend of een aanvullend onderzoekje gedaan om te kunnen vaststellen of hij inderdaad bezig was contact te leggen met zijn vader.

Ze hadden hem op de markt kunnen zien, waar hij zijn mobieltje had gekocht.

Deden ze dat zó?

Niet eenvoudig, maar ook weer niet almachtig.

Shit. Hij was stom geweest, had beter moeten nadenken, een indirecte manier moeten bedenken om zijn vaders telefoonnummer te achterhalen.

'Ik heb nu drie maanden voor u gewerkt,' tikte hij. 'Ik wil terug naar mijn oude leven.'

Het antwoord van Center verraste hem. 'U gaat door met wat u is opgedragen. Had u uw vader kunnen bereiken, dan was hij nu dood geweest.'

Kovalenko reageerde er niet op.

Een ogenblik later verscheen er een nieuwe alinea in Cryptogram. 'Vandaag zullen er documenten bij u in Barcelona worden afgegeven. Daarmee reist u naar de Verenigde Staten. U vertrekt morgen. Na aankomst huurt u in Washington DC een geschikt onderkomen. U zult vanuit dat adres opereren. U hebt twee dagen om u te positioneren, waarna u meldt dat u klaarstaat voor instructies.'

Washington? Kovalenko was verbaasd en nogal bezorgd.

'Ik heb geen goede banden met de huidige regering aldaar.' Deze boude reactie van Valentin Kovalenko was een understatement in het kwadraat. Een jaar geleden had hij met een Amerikaans staatsburger, de miljardair Paul Laska, een plan opgezet om Jack Ryan seniors verkiezingscampagne voor het presidentschap te ondermijnen. Hun plan mislukte en hoewel Laska slechts met de schrik leek te zijn vrijgekomen, was Valentin voor het Kremlin een beschamende last geworden en op een zijspoor gezet.

Kovalenko twijfelde er niet aan dat de regering-Ryan alles van hem wist. Een vlucht naar Washington DC, om daar voor een duistere criminele organisatie te gaan werken, leek een ongelooflijk dom idee.

'We weten van uw aandeel in de zaak-John Clark,' reageerde Center, 'en daarmee verband houdend van uw relatie tot president Ryan. De documenten, creditcards en dekmantel die u van ons krijgt, zullen garanderen dat u het land in komt en zich daar kunt vestigen. Eenmaal daar zult u uw eigen OPSEC moeten hanteren om uw veiligheid te kunnen continueren.'

Kovalenko staarde even naar het scherm alvorens te antwoorden: 'Nee. Ik wil niet naar Amerika.'

'U gaat.' Een bevel. Daarmee was alles gezegd.

'Nee,' tikte hij, maar hij drukte niet op Enter. Hij staarde slechts naar het woord.

Een moment later verwijderde hij het en tikte: 'Een opdracht, hoe lang?'

'Onbekend. Waarschijnlijk nog geen twee maanden, maar alles hangt af van uw vaardigheden. We denken dat u goed zult presteren.'

'Ja,' sprak hij hardop, 'dreigen en stroopsmeren. Schop een agent voor z'n reet en trakteer hem daarna op een pijpbeurt.' Voor hem was Center een volslagen vreemde, maar deze uitwisseling maakte het voor hem meer dan duidelijk dat de man een doorgewinterde spionmeester was.

'En als ik weiger?' tikte hij.

'U zult vanzelf zien wat er gebeurt als u weigert. Wij raden u aan om dat vooral niet te doen.'

43

Het leven van een CIA-agent in het veld kende adrenalinepieken en golven van pure opwinding, maar er waren vooral ook andere momenten.

Adam Yao had de hele nacht doorgebracht in een kleine wachtruimte van een carrosseriebedrijf in de wijk Sai Wan, op Hongkong Island, een paar kilometer van zijn flat. De vorige avond had hij het Mitsubishi-minibusje van zijn buurman hiernaartoe gebracht en de eigenaar en zijn helper een royale vergoeding betaald om gedurende de nacht de bloedvlekken uit de bekleding te verwijderen, de kogelgaten dicht te lassen, te plamuren en het busje over te spuiten en de kapotte ramen te vervangen.

Het was inmiddels zeven uur in de ochtend en ze waren bijna klaar, wat betekende dat hij hopelijk net genoeg tijd had om het busje weer naar de parkeergarage te brengen, voordat zijn buurman verscheen om ermee naar zijn werk te gaan.

Een zinderend naspel van de opwinding van de afgelopen dagen viel dit alles niet te noemen, maar zulke dingen gebeurden nu eenmaal en hij kon het niet maken om de Mitsubishi gehavend en wel bij zijn vriend terug te bezorgen.

Deze buurman, Robert Kam, net zo oud als Adam, had drie kinderen en bezat het minibusje uit pure noodzaak. De afgelopen twee dagen had hij Adams Mercedes mogen gebruiken en hij had daar niet over geklaagd. Hoewel Adams auto dik tien jaar oud was, verkeerde hij nog in prima conditie en was hij een stuk comfortabeler dan het Mitsubishi Grandis-minibusje.

De eigenaar van het carrosseriebedrijf wierp de autosleuteltjes naar Adam Yao, waarna ze samen het busje inspecteerden. Adam was onder de indruk. De schade aan het plaatwerk was op het oog niet te zien en de tint van de nieuwe portierramen kwam precies overeen met die van de voor- en achterruit.

Adam volgde de eigenaar naar de toonbank, betaalde, en vroeg om de factuur. Het kostte hem een rib uit zijn lijf om alles binnen dit tijdsbestek te laten repareren en het kwam uit zijn eigen zak. Hij was vastbesloten de rekening door te sturen naar Langley, en om flink uit zijn vel te barsten als deze uitgaven niet werden vergoed.

Maar van doorsturen zou voorlopig geen sprake zijn. Hij bevond zich nog in het veld, opererend onder het sterke vermoeden dat de informatiepijplijn tussen de CIA-agenten in Azië en Langley een lek bevatte.

Een bericht versturen waaruit kon worden afgeleid dat hij betrokken was geweest bij het schietincident twee dagen geleden, was wel het laatste wat hij wilde.

Snel reed Adam in het busje naar huis. Ondertussen keek hij om de minuut op zijn horloge en hij hoopte maar dat hij de auto op tijd voor zijn buurman op zijn oude plek kon parkeren.

Adam woonde in Soho, een trendy en dure wijk in Central, gelegen tegen een steile heuvelwand op Hongkong Island. Met zijn CIA-salaris kon hij zijn kleine maar moderne flat echt niet veroorloven, maar de woning sloot goed aan bij zijn dekmantel als directeur van een bedrijfsonderzoeksbureau, en hij kon dit bij Langley onderbouwen.

Zijn buurman Robert was echter bankier bij HSBC en toucheerde waarschijnlijk viermaal zoveel als hij, hoewel het hem realistisch leek dat Roberts beschikbare inkomen voor een groot deel opging aan zijn drie jongens.

Om iets na halfacht bereikte hij zijn flat, reed de oprit naar de parkeergarage op, maakte de bocht en vond de genummerde parkeerplek.

Voor zich, aan het eind van de rij geparkeerde auto's zag hij Robert met een koffertje in de hand en zijn colbertje over de arm naar zijn eigen zwarte Mercedes lopen.

Shit, dacht Adam. Ze konden nog van auto wisselen, maar dan moest hij wel kunnen uitleggen waarom hij zo laat was. Zijn creatieve brein ging al aan de slag, terwijl hij naar Roberts parkeerplek reed, een rij verderop.

Hij zag dat Robert het portier van zijn Mercedes opende en ging zitten, precies op het moment dat hij zelf in de tegenoverliggende rij Roberts Mitsubishi inparkeerde.

Terwijl Robert opkeek en hem zag, zette de CIA-agent het busje in de parkeerstand. Wat schaapachtig en met een verontschuldigende glimlach voor het late tijdstip stak hij een hand op.

Robert Kam glimlachte.

En toen verdween Robert Kam in een felle lichtflits.

De Mercedes explodeerde vlak voor Adam Yao's ogen. Vlammen, stukken metaal en een drukgolf die als een muur van stof zichtbaar werd, deden de parkeergarage trillen op zijn grondvesten. De nieuwe ramen van de Mitsubishi versplinterden en door de gewelddadige explosie werd Adams hoofd hard tegen de hoofdsteun gesmeten.

Overal begonnen de inbraakalarmen van luxeauto's te huilen, te gillen en te tjirpen. Stukjes carrosserie en plafondmateriaal regenden neer op het busje, zorgden voor nog meer barsten in de ramen en maakten deuken in de motorkap en het dak. Adam voelde een straaltje bloed over zijn gezicht waar hij door glas was geraakt en de dikke rook van de explosie in de overdekte parkeergarage dreigde hem te verstikken.

Op de een of andere manier lukte het hem om uit de gehavende Mitsubishi te stappen en naar zijn Mercedes te strompelen.

'Robert!' riep hij en hij struikelde over een bint die uit het plafond was gevallen. Op handen en knieën baande hij zich al schoppend en duwend een weg langs het verbogen metaal van geparkeerde auto's. Zijn hoofd bonkte nog na van de harde klap tegen zijn achterhoofd van zo-even, en het bloed stroomde nu ongehinderd over zijn gezicht. 'Robert!'

Hij klom op de motorkap van de Mercedes, tuurde naar het brandende interieur en zag de verkoolde resten van Robert Kam op de bestuurdersstoel.

Met de handen tegen het hoofd gedrukt draaide Adam Yao zich weg van de auto.

Het afgelopen jaar was hij Robert, zijn vrouw en zijn drie jonge zoons honderden keren tegengekomen: in de lift of hun minibusje in- of uitstappend. De beelden van de jongetjes in hun voetbaltenuetjes, lachend en spelend met hun vader, ontrolden zich telkens opnieuw voor zijn ogen, terwijl hij al struikelend van het brandende wrak terugdeinsde en wegstrompelde over het betonpuin, langs de gehavende Audi's, BMW's, landrovers en ander verfomfaaid gloeiend heet metaal waar een paar seconden geleden nog rijen luxeauto's stonden.

'Robert.' Adam schreeuwde niet langer maar sprak de naam nu gewoon uit. Versuft en bloedend zakte hij door zijn knieën, vocht, stond weer op, liep wat heen en weer door het stof en de rook, terwijl de inbraakalarmen zijn oren teisterden. Ten slotte vond hij door de rook en het stof een vrij pad naar de uitgang, en hij liep ernaartoe.

Buiten op de oprit renden mannen en vrouwen uit de buurt naar hem toe om hem te helpen, maar hij duwde hen weg en wees naar de plek van de explosie, waarna ze naar binnen renden om naar andere overlevenden te zoeken.

Inmiddels bevond Adam zich op straat. Het voelde koel deze ochtend, hier hoog op de heuvel, ver boven de dichtgeslibde straten van Central en de warme klamme lucht van Victoria Harbour. Hij liep weg van zijn flat, de steile heuvel af; hij veegde het bloed van zijn gezicht terwijl brandweer en ambulance langsraasden, op weg naar de zwarte rook achter hem, inmiddels twee straten heuvelop.

Hij had geen bestemming, maar liep slechts verder.

Hij dacht aan Robert, zijn vriend, een man ongeveer net zo oud als Adam, die in zijn eigen auto was gaan zitten en de bom – die duidelijk voor Adam Yao, en niet voor Robert Kam was bedoeld – in al zijn kracht had moeten incasseren.

Toen hij vijf straten van zijn huis was werd de piep in zijn oren wat minder en nam het kloppende gesuis van de klap die zijn hoofd tegen de hoofdsteun had gemaakt voldoende af om zichzelf een paar indringende vragen te stellen.

Wie? Wie zat hierachter?

De triaden? Hoe konden die in hemelsnaam weten wie hij was en waar hij woonde? In wat voor auto hij reed? De enigen die, afgezien van de CIA, zijn identiteit kenden en wisten dat hij voor deze organisatie werkte, waren de mannen en vrouwen van Hendley Associates en degene die het berichtenverkeer vanuit Hongkong en China lekte.

Het was volkomen onvoorstelbaar dat de triaden rechtstreekse informatie van de CIA ontvingen. Ze hielden zich bezig met prostitutie en handel in illegale dvd-kopieën, niet met aanslagen op CIA-agenten en het compromitteren van de hoogste inlichtingendiensten.

Dus als de triaden er niet achterzaten, dan móést het de Volksrepubliek China wel zijn. Om de een of andere reden wilde China hem dus dood hebben.

Had FastByte daar in ópdracht van China met de triaden sámengewerkt?

Het strookte totaal niet met hoe deze organisaties volgens Adam werkten.

Zo verward als hij was over deze redenatie en over wat er zojuist was gebeurd, voor de gekneusde, bebloede CIA-agent was één ding overduidelijk. Hij zou geen contact opnemen met zijn superieuren en er tegen niemand met een woord over reppen. Adam was een solist en moest hier als de wiedeweerga in zijn eentje zien weg te komen.

Terwijl hij verder heuvelaf liep, in de richting van de haven, veegde hij het bloed uit zijn ogen.

44

Brandon 'Trash' White controleerde of zijn zuurstofmasker goed op zijn gezicht aansloot, salueerde de katapultofficier rechts van hem aan dek en plaatste zijn gehandschoende linkerhand op de gashendel van zijn F/A-18 Hornet. Met enige schroom klemde hij zijn rechterhand om het 'handdoekenrek', een metalen handgreep tegen het cockpitdak boven hem. Nog een paar seconden en hij zou in de lucht zijn. Intuïtief wilde hij de besturingsorganen vasthouden, maar op een vliegdekschip golden andere regels. De kracht van de katapult zou zijn lichaam hard in zijn stoel drukken en als hij op dat moment een hand op de stick had was de kans groot dat die door de hoge G-krachten zou terugslaan, daarmee de stick naar achteren trekken waardoor het toestel zou overtrekken en al meteen stuurloos zou zijn.

En dus hield Trash zijn hand om het handdoekenrek en wachtte tot hij als een kiezel uit een katapult zou worden weggeschoten.

Pal rechts van hem hupte de F/A-18 van majoor Scott 'Cheese' Stilton, callsign Magic Two-One, het boegdeel voor de stomende katapultgeul en de roodgloeiende motoren. Hij zou vlak na hem opstijgen, naar rechts afbuigen en een prachtige blauwe hemel tegemoet vliegen.

En opeens vloog Trash vooruit. Echt vooruit. Van nul naar tweehonderdvierenzestig kilometer per uur in twee seconden door een honderd meter lange geul naar de voorsteven van de boot. Zijn helm drukte tegen zijn hoofdsteun en zijn geheven rechterarm boog zich naar achteren, maar hij liet niet los en wachtte op het moment dat zijn neuswiel aan het eind van het dek met een doffe klap loskwam.

Hij hoorde de klap en vloog met een gierende vaart zonder controle over zijn toestel over zee. Snel reikte hij naar de stick. Hij trok de neus iets op en maakte een flauwe bocht naar links om weg te vliegen van het schip.

'Trash is airborne. *Hoorah*,' meldde hij koeltjes via zijn boordradio om Cheese te laten weten dat hij in de lucht was en vloog. Hij klom verder en zette koers naar de op honderdzestig kilometer in het noordwesten gelegen zee-engte.

De F/A-18 Hornets van de *Ronald Reagan* patrouilleerden inmiddels vier dagen boven de Straat van Taiwan. Trash en Cheese hadden dagelijks ieder twee vluchten uitgevoerd. Gelukkig voor Trash' bloeddruk was dat overdag geweest, maar hij betwijfelde of zijn geluk wat dat betreft zou aanhouden.

De close-encounters met Chinese piloten hadden zijn bloeddruk immers wel degelijk een paar keer laten pieken. Samen met Cheese voerde hij patrouillevluchten uit boven de Taiwanese kant van de Straat, in een sector vlak voor de kust van de hoofdstad Taipei, aan de noordkant van Taiwan. F-16's van de Republiek Taiwan namen het leeuwendeel van de patrouilles boven de rest van de Straat voor hun rekening en ook die waakten ervoor om vooral niet de grenslijn te doorkruisen en zich daarmee in het Chinese luchtruim te wagen.

Maar de Chinezen hielden er hun eigen spelregels op na. De afgelopen vier dagen waren vanaf de luchtmachtbasis in Fuzhou, pal tegenover Taipei aan de overzijde van de dertienhonderd kilometer brede zee-engte, Su-27-, J-5- en J-10-jagers al zestien keer opgestegen en naar de onzichtbare grenslijn gesneld. Tot dusver hadden de Chinese jagers de Amerikaanse en Taiwanese toestellen zo'n twaalf keer met hun radar weten te onderscheppen. Deze *'spikes'* werden als agressief beschouwd, maar nog agressiever waren de drie keren dat Chinese Su-27- en J-5-jagers zowaar de grenslijn doorbraken alvorens weer koers te zetten naar het noorden.

Het was gevaarlijk spierballenvertoon van de Chinezen en het hield Trash en zijn medepiloten dan ook waakzaam en klaar om in actie te komen.

Een navigatieofficier van het CIVIC, het Combat Information Center, aan boord van de *Reagan*, gidste Trash en Cheese naar hun patrouillegebied. Daarnaast ontvingen ze van een luchtgevechtsleider aan boord van een E2-C Hawkeye *early warning*-verkenner die aan de oostelijke rand van de Straat patrouilleerde en middels de krachtige radar en digitale apparatuur het gebied in beeld kon brengen, de laatste informatie over de aanwezigheid van andere vliegtuigen in het gebied.

Als ogen en oren ter plaatse kon de Hawkeye in een cirkel van honderden kilometers andere vliegtuigen, raketten en zelfs oppervlaktevaartuigen waarnemen.

Trash nam onwillekeurig wat gas terug om in een losse formatie met zijn *leader* te blijven, terwijl hij zijn radar in de gaten hield en naar de meldingen vanuit de Hawkeye en het CIVIC luisterde.

Ver beneden hem waren wat wolken te zien, maar afgezien daarvan was de hemel helblauw. Wanneer hij op zijn circuit naar het noorden vloog kon hij stukjes van het Chinese vasteland zien, en wanneer in het zuiden het wolkendek voldoende openbrak, kon hij met gemak de hoofdstad Taipei en andere grote steden van Taiwan onderscheiden.

Ook al was de spanning in de Straat voelbaar, hij genoot ervan om op dit moment hier te zijn, wetend dat hij de beste training had gehad en over de beste ondersteuning, de beste leider en het beste toestel in dit hele conflict kon beschikken.

En het wás ook een geweldig toestel. De F/A-18c was zeventien meter lang, met een spanwijdte van twaalf meter. 'Droog', zonder wapensystemen of extra brandstof, woog de Hornet, dankzij zijn gemengde constructie van aluminium en staal, slechts tien ton. De beestachtige General Electric-straalmotoren genereerden ongeveer dezelfde stuwkracht als driehonderdvijftig Cessna's 172, wat inhield dat met deze geweldige kracht-gewichtsverhouding Mach 1,5 kon worden gehaald, ofwel tweeduizend kilometer per uur, hij in de lucht letterlijk op zijn staart kon staan en als een raket verticaal kon stijgen.

Trash' fly-by-wirebesturingssysteem nam hem veel werk uit handen nu hij de lucht aftuurde en de cockpitdisplays in de gaten hield; met links en rechts de datadisplays, in het midden het instrumentenpaneel en de meebewegende kaart tussen zijn knieën.

De cockpit telde vijfhonderddertig schakelaars, maar de zestien knoppen op zijn stick en gashendel voorzagen Trash van zo'n beetje alle benodigde informatie en stuursignalen om te kunnen vliegen en een luchtgevecht aan te gaan zonder dat hij zijn ogen zelfs maar van de HUD, het heads-up display, hoefde af te wenden.

De dertig miljoen dollar kostende C was een van de beste jagers ter wereld, maar niet bepaald het nieuwste van het nieuwste. De marine vloog ook met de nieuwere, grotere en geavanceerdere Super Hornet, die nog eens een dikke twintig miljoen meer kostte.

Trash was net afgebogen om zijn leider in een echelonformatie weer naar het zuiden te vergezellen, toen hij via zijn headset een bericht vanuit de Hawkeye ontving.

'Contact *bull's-eye*, nul-vier-nul. Op vijfenveertig mijl richting zuidwest, twee toestellen ten zuidoosten van Putian. Koers twee-een-nul. Ze lijken op weg te zijn naar de Straat.'

Daarna de stem van Cheese: 'Die komen onze kant op, broeder.'

'Hoorah. O, wat zijn we toch populair,' reageerde Trash licht sarcastisch.

De twee hadden de afgelopen vier dagen al talloze malen soortgelijke meldingen binnengekregen. Telkens wanneer ze zich in een sector bevonden waar mogelijk een grensoverschrijding kon plaatsvinden, vlogen de Chinese jagers op volle kracht naar de grenslijn om vervolgens af te buigen naar het noordwesten en terug te keren naar de kust.

De Chinese luchtmacht voerde over de gehele lengte van de Straat afleidingsmanoeuvres uit. Waarom, behalve om een reactie uit te lokken, wist niemand.

Cheese bevestigde ontvangst van Hawkeyes bericht en luisterde vervolgens naar een verslag van een contact, pal ten zuiden van hun eigen sector. Nog eens twee Chinese jagers waren op weg naar de Straat. Dit gebied werd bepatrouilleerd door twee Taiwanese F-16's, en ook deze piloten ontvingen nu informatie van de Amerikaanse Hawkeye.

Cheese riep Trash op. 'Magic Two-One, laten we dalen naar *angels fifteen* en een strak circuit draaien zodat we dicht bij de grenslijn blijven voor het geval die Chinezen willen penetreren.'

'Roger that,' antwoordde Trash en hij volgde Cheese die daarop in een bocht afdaalde. Hij geloofde geen moment dat de twee Chinese piloten verder zouden gaan dan wat hij de afgelopen vier dagen had gezien, en hij wist dat Cheese daar hetzelfde over dacht, maar ook dat die niet voor schut wenste te staan als hij en zijn collega niet in positie zouden zijn als de Chinese jagers het Taiwanese luchtruim zouden binnendringen.

De Hawkeye praatte Cheese bij. 'Magic Two-Two. Vijandelijke jagers op nul-twee-nul, veertig mijl, tienduizend voet... en klimmend.'

'Magic Two-One, roger,' antwoordde Cheese.

Al meteen na dit bericht liet de gevechtsleider van de Hawkeye Cheese weten dat de jagers die de Tainwanese F-16's richting het zuiden naderden eenzelfde vliegroute aanhielden.

'Het lijkt erop dat het een gecoördineerde actie is,' zei Trash.

'Ja, hè?' reageerde Cheese. 'Een heel andere tactiek dan ze tot nu toe hebben laten zien. Ze hebben steeds twee jagers de lucht in gestuurd. Ik vraag me af of twee vluchten van twee jagers tegelijkertijd in naast elkaar gelegen sectoren betekent dat ze olie op het vuur aan het gooien zijn.'

'Daar zullen we gauw genoeg achterkomen.'

Cheese en Trash verbreedden hun formatie en trokken hun kist op vijftienduizend voet recht. De Hawkeye verdeelde zijn tijd met updates over de twee onbekende vijandelijke, hun tegemoetkomende jagers en het informeren van de Taiwanese F-16's in het zuidelijke deel van de Amerikaanse sector boven de Straat van Taiwan.

Vlak nadat de Hawkeye had doorgegeven dat de twee Chinese jagers Magic Two-One en Magic Two-Two op tweeëndertig kilometer waren genaderd, voegde de gevechtsleider eraan toe: 'Ze vliegen nog steeds in de richting van de grenslijn. Met de huidige snelheid en koers zullen ze die over twee minuten penetreren.'

'Roger,' antwoordde Cheese en hij tuurde in de verte in de hoop de jagers tegen de achtergrond van de witte wolken en de grijze waas van het vasteland te kunnen zien.

'Hawkeye aan Magic Two-One. Nieuw contact. Vier jagers stijgen op van Fuzhou, koers richting Straat. Snelle klim en afbuigend naar het zuiden, *angels three* en klimmend.'

Nu werd de situatie gecompliceerder, realiseerde Trash zich. Twee Chinese jagers van een onbekend type vlogen recht op hem en zijn leider af, twee andere bedreigden de sector pal ten zuiden van hem, en kregen nu assistentie van nog eens vier jagers.

De gevechtsleider van de Hawkeye meldde dat vier F/A-18 Super Hornets bijna klaar waren met bijtanken boven de oostkust van Taiwan en dat hij ze zo snel mogelijk ter ondersteuning naar hun sector zou leiden.

'Trash,' meldde Cheese, 'ik heb die gasten op de radar. Ze zitten vlak voor mijn neus. Zie jij ze ook?'

Trash drukte op een knop om zijn heads-up display en het cuesysteem op zijn helm op te schonen, en tuurde langs de HUD voor zich uit.

'Helaas pindakaas,' was zijn antwoord, maar hij tuurde verder.

'Nog zestig seconden voor contact. Laten we koers verleggen naar nul-dertig, met een uitwijk van twintig graden zodat ze kunnen zien dat we geen bedreiging vormen.'

'Roger that,' antwoordde Trash, en hij boog iets af naar stuurboord en volgde Cheese zodat de vijandelijke jagers niet langer op ramkoers lagen.

'Jagers corrigeren naar bakboord om weer op onderscheppingskoers te komen,' meldde Cheese al na een paar seconden. 'Dalen. Laten we gas bijgeven.'

'Klootzakken,' vloekte Trash en al meteen voelde hij een nieuwe spanning opkomen. De Chinese piloten raasden recht op de grenslijn af, wat betekende dat hun radar en wapensystemen op de twee marinevliegtuigen waren gericht.

Met een onderscheppingssnelheid van meer dan twaalfhonderd kilometer per uur was het voor Trash duidelijk dat de dingen zich nu razendsnel ontwikkelden.

'Buig af naar drie-veertig,' beval Cheese. 'Laten we ze weer ontwijken.'

Trash en Cheese bogen naar bakboord en nog geen tien seconden later zag Trash op zijn radar dat de Chinezen vanuit hun positie hetzelfde deden. 'Vijandelijke jagers corrigeren, koers nul-een-vijf, afstand vijfenveertig kilometer, hoogte veertienduizend voet.'

De gevechtsleider van de Hawkeye bevestigde de ontvangst en al meteen richtte Trash zijn aandacht weer op de Taiwanese F-16's, die nu soortgelijke vluchtbewegingen van hun Chinese achtervolgers vaststelden.

'Spike,' meldde Cheese nu, aangevend dat een van de Chinese piloten zijn Hornet op de radar had.

Een seconde later kreeg Trash dezelfde waarschuwing voor zijn eigen toestel binnen.

'Ze hebben mij ook in het vizier. Die gasten menen het, Cheese.'

De ernst waarmee Cheese zijn volgende bevel doorgaf had Trash tot nu toe nog maar zelden van de majoor gehoord: 'Magic Two-Two. Activeer wapensystemen.'

'Roger,' antwoordde Trash. Hij zette de Master Arm-schakelaar om, ervoor zorgend dat al zijn wapensystemen geactiveerd waren en hij met een druk op de knop zijn lucht-luchtraketten kon afschieten. Een luchtgevecht leek hem nog altijd onwaarschijnlijk, maar het dreigingsniveau was met deze radarlock inmiddels sterk opgelopen en hij wist dat ze paraat moesten zijn voor het geval dit incident afgleed naar een luchtgevecht.

Vanuit de Hawkeye liet de gevechtsleider hun bijna gelijktijdig weten dat ook de Taiwanese piloten een spike hadden gemeld.

Trash volgde Cheese opnieuw in een bocht, weg van de grenslijn en de naderende vijandelijke jagers. Met zijn Jay-Macks, het op zijn helm gemonteerde cuesysteem – een intelligent helmvizier dat hem de belangrijkste informatie verschafte, in welke richting hij ook keek – tuurde hij opzij en hij zag twee snel naderende zwarte stippen tegen een achtergrond van een wattige, witte wolk.

Hij sprak snel en energiek, maar hij was ervaren en van onnodige opwinding was dan ook geen sprake. 'Magic Two-Two. Tally twee *bandits*. Op tien uur, ietsjes lager. Mogelijk Super 10's.' Tot nu toe had geen enkele Amerikaanse piloot met de Chengdu J-10B, een nieuwere versie van de J-10 Annihilator en China's meest geavanceerde frontliniejager, kennis kunnen maken. Trash wist dat de J-10 onder andere uit composietmaterialen was gebouwd, net als zijn eigen toestel, en dat het stealthontwerp speciaal bedoeld was om minder zichtbaar te zijn voor een vijandelijk projectiel. Het B-type beschikte waarschijnlijk over een verbeterd *electronic warfare*-systeem dat in dit geval ook meehielp.

De eenmotorige J-10 was kleiner dan de F/A-18, maar de straalmotor van Russische makelij maakte de wendbare jager krachtig genoeg voor een luchtgevecht.

'Roger that,' antwoordde Cheese. 'We vallen in de prijzen, zullen we maar zeggen.'

De Chinese luchtmacht beschikte over meer dan tweehonderdzestig J-10's, maar waarschijnlijk over nog geen veertig B-varianten. Trash reageerde niet, hij verkeerde in vechtmodus.

Cheese zei: 'Ze zijn uit op onderschepping! Dertig seconden tot grenslijn met vertoon van vijandige bedoelingen.'

Trash verwachtte een bevestiging van ontvangst door de gevechtsleider van de Hawkeye, maar in plaats daarvan meldde deze op luide toon: 'Magic flight, wees paraat. Taiwanees squadron ten zuiden van jullie verdedigt zich tegen aanval. Er zijn raketten afgeschoten.'

'*Holy fucking shit*, Scott,' reageerde Trash verbijsterd.

Cheese zag nu de J-10's voor hem en meldde dat hij de jagers in zicht had. 'Twee voor mijn neus. Bevestig Super 10's. Hawkeye, mogen we ingrijpen?'

Al voordat de gevechtsleider iets kon zeggen, antwoordde Trash: 'Roger. Twee voor je neus. Zeg maar welke voor mij is.'

'Ik heb de linker in mijn vizier.'

'Roger. Ik de rechter.'

'Roger, Two-Two,' bevestigde Cheese, 'jij hebt de achterste, rechts.'

Opeens meldde Trash' HUD en zijn detectiesysteem dat er raketten waren afgeschoten. Een van de J-10's had zojuist op hem gevuurd. Hij las op zijn HUD dat de raket over dertien seconden zou inslaan.

'Raket in de lucht! Raket in de lucht! *Break right*! Magic Two-Two *defensive!*' *Motherfucker*! Hij dook weg van Cheese, wierp het toestel op zijn rug, trok de stick naar zich toe en met niets dan blauwe zee onder hem verhoogde hij zijn dalingssnelheid.

De broekspijpen van zijn G-pak vulden zich met lucht waardoor de aderen werden dichtgeknepen en het bloed in zijn bovenlichaam bleef, zodat zijn hersens bleven functioneren en zijn bonkende hart verder bonkte.

Hij gromde om weerstand te bieden aan de G-krachten.

'Magic flight, u hebt toestemming om in te grijpen,' klonk het eindelijk vanuit de Hawkeye.

In deze fase van het spel kon het Trash worst wezen of iemand hem vanaf een veilige plek aan de horizon toestemming gaf om terug te vuren. Dit ging om leven en dood. En hij zag het niet zitten om lui achtjes te blijven draaien, totdat hij uit de lucht zou worden geschoten.

O, nee. Hij wilde die piloten dood hebben, al kostte het hem al zijn raketten, wat de gevechtsleider van de Hawkeye hem ook beval.

Maar voor nu moest hij lang genoeg in leven blijven om terug te kunnen vechten.

45

Trash stuurde de Hornet naar het water, twaalfduizend voet onder hem, maar het vulde zijn uitzicht al snel op. Wetend hoeveel de afstand tussen hem en de J-10 bedroeg, stelde hij vast dat hij op dit moment door een PL-12 op de hielen werd gezeten, een zware radargeleide lucht-luchtraket, en ook dat de Mach 4 van dit projectiel veel te snel voor hem was. Bovendien wist hij dat de raket een bocht van 38G kon trekken en hij zelf hooguit negen, waarna hij het bewustzijn zou verliezen en het wel kon vergeten om zich uit deze benarde positie te bevrijden.

Het was Trash dus duidelijk dat hij een paar trucs uit zijn hoge hoed moest toveren.

Op vijfduizend voet aangekomen trok hij de stick hard naar zich toe en richtte de neus pal op de naderende dreiging. Hij kon de raket niet zien, aangezien deze werd voortgestuwd door brandstof die geen rook genereerde. Met bijna de snelheid van een kogel raasde het projectiel op hem af, maar hij hield het hoofd koel en onthield de richting van waaruit de raket was afgevuurd.

Het afwerken van de duikvlucht was voor de achtentwintigjarige kapitein een uitdaging. Het was een bocht van zeven G, zo had hij geleerd, en om ervoor te zorgen dat het bloed niet uit zijn hoofd wegstroomde benutte hij een zogenaamde *'hook'*-manoeuvre. Terwijl hij zijn spieren in zijn lichaam aanspande, riep hij hard: 'Hook!' waardoor de spieren rond zijn middenrif zich nog strakker aanspanden.

Door het intercomsysteem hoorde hij zijn eigen stem terug. 'Hook! Hook! Hook!'

Bitching Betty, het audiowaarschuwingssysteem dat gebruikmaakte van een vrouwenstem klonk te kalm, gezien haar boodschap die door Trash' koptelefoon klonk: *'Altitude. Altitude.'*

Trash trok zijn toestel recht en zag op zijn radar dat de dreiging nog steeds actueel was. Hij wierp chaff uit, een wolk van glasvezeltjes met een aluminiumcoating die rondom en achter de Hornet oploeide in de hoop dat het de radar van het naderende projectiel zou verstoren.

Tegelijkertijd boog hij scherp naar stuurboord, trok de stuurknuppel naar zich toe en scheerde op slechts drieëntwintighonderd voet boven het water.

Ondertussen, met de rechtervleugeltip naar het water en de linker naar de zon gericht, wierp hij nog meer chaff uit.

De PL-12 raket tuinde erin, dook in de wolk van aluminium en glasvezel nu het de F-18 niet meer in beeld had en sloeg meteen daarna in in zee.

Trash had de middellangeafstandsraket verslagen, maar zijn ontwijkmanoeuvres en zijn concentratie op de dreiging hadden de piloot van de J-10 de tijd gegeven zich achter hem te positioneren. De marinier trok het toestel op achttienhonderd voet horizontaal, keek naar alle kanten om zich heen en stelde vast dat hij zijn vijand niet meer in zicht had.

'Wat voert ie in zijn schild, Cheese?'

'Weet ik niet, Magic Two-Two! Ben nu defensief!'

Dus Cheese vocht ook al voor zijn leven, drong nu tot Trash door. Ze konden elkaar niet te hulp schieten, stonden er beiden alleen voor totdat ze hun vijand hadden uitgeschakeld of ondersteuning kregen van de Super Hornets, die nog altijd enige minuten van hen verwijderd waren.

Hij raadpleegde het datascherm boven zijn linkerknie. Het kleine scherm liet hem zien waar alle vliegtuigen in het gebied zich bevonden. Hij zag Cheese ten noorden van hem, en helemaal in het zuiden de twee Taiwanese F-16's.

Daarna keek hij zo ver mogelijk over zijn linkerschouder, en zag nu het zwarte silhouet van een toestel schuin boven hem dat op zo'n drie kilometer afstand op zeven uur naderde. Het vloog te ver links om op zijn HUD zichtbaar te zijn, maar met zijn Jay-Macks-vizier kon hij de straaljager toch zien.

De J-10 ging naar zes uur. Trash trok hard naar links, duwde de gashendel naar voren en dook naar het zeeoppervlak om meer snelheid te maken om de vijandige piloot maar niet achter hem te krijgen.

Maar J-10 had het al voorzien, kwam uiteindelijk toch weer achter hem en naderde tot op zo'n tweeënhalve kilometer.

Vervolgens vuurde de Chinese piloot met zijn 23-millimeter dubbelloopskanon. Lichtspoorpatronen vlogen op een paar meter langs Trash' cockpitraam, terwijl hij naar bakboord kantelde en nog lager dook. De kogels leken lange laserstrepen en hij zag hoe ze schuimfonteinen op het blauwgroene zeewater toverden.

Trash schoot hard naar links en rechts maar hield de neus horizontaal. Hij vloog slechts vijfhonderd voet boven zee, dus duiken was onmogelijk, en ook wilde hij geen snelheid verliezen door op te trekken: '*guns-d*' of '*guns defensive*' zo luidde het onderkoelde luchtmachtjargon voor deze situatie. Trash en de andere piloten noemde het '*the funky chicken*': een wanhopige, onbeholpen dans om buiten schot te blijven.

Hij keek zo goed mogelijk om zich heen, zo ver mogelijk over zijn schouders en omhoog om zijn vijand in het zicht te houden terwijl hij druk zigzaggend doorvloog. Hij zag de J-10 even schuin hangen om zijn laatste ontwijkmanoeuvre te volgen en wist nu dat de Chinese piloot bijna in positie was voor een tweede onderscheppingspoging.

Na weer een salvo, te hoog ditmaal, zag hij in het spiegeltje boven zijn hoofd naast het handdoekenrek dat de Super 10 hem op minder dan anderhalve kilometer was genaderd en precies in lijn vloog om hem met een volgend salvo uit de lucht te schieten.

Trash aarzelde niet, hij moest handelen. Hij 'maakte zich klein' door zijn toestel zijwaarts te keren zodat het zijn kleinste omvang kreeg, en terwijl de J-10 langzaam dichterbij kwam, trok Trash de neus op. Zijn lichaam werd nóg meer in de stoel samengedrukt, maar ook tegen de gordels. Zijn onderrug deed er pijn van en eventjes vervaagde zijn blik nu zijn ogen in hun kassen opbolden.

Deze alles-of-nietsmanoeuvre – op het juiste moment het toestel eenvoudig verticaal gooien – had de afstand tussen hem en de vijand ingekort. Hij gromde, klemde de kaken opeen, en keek recht voor zich uit.

De piloot van de J-10B had zich op zijn salvo's geconcentreerd, en vloog op slechts honderd voet boven Trash' Hornet voorbij.

De Chinese piloot deed overduidelijk zijn best om gas terug te nemen en in de controlzone te blijven, maar zelfs met zijn remkleppen uit en het gas op stationair kon hij zich niet aanpassen aan Trash' vertraging.

Het silhouet van de Chinese jager was nog niet langsgescheerd of Trash probeerde achter de vijand te komen voor een salvo. Maar zijn vijand wist van wanten en wist wel beter dan zichzelf tot schietschijf te degraderen. De J-10 trok zijn neus op, de stuwkracht kwam weer op gang, de remkleppen sloten zich en de jager schoot verticaal weg.

Trash schoot onder zijn doelwit door en kwam al meteen in gevaar. Om te vermijden dat de J-10 achter hem kon komen duwde hij de gashendel helemaal naar voren zodat de naverbranders werden ingeschakeld. Zijn F/A-18 steigerde als een mustang en raasde op twee zuilen van vuur naar de zon.

Zo accelereerde Trash omhoog en hij wist de neus langzaam tot zeventig graden en naar drie-, vier- en ten slotte vijfduizend voet op te trekken. Boven hem zag hij de J-10 overhellen, terwijl de Chinese piloot naarstig naar het Amerikaanse vliegtuig, ergens beneden hem, speurde.

Trash raasde nu met een snelheid van vijfenveertigduizend voet per minuut loodrecht omhoog.

Over zestig seconden kon hij vijftien kilometer boven de zeespiegel zijn.

Maar Trash wist donders goed dat hij die tijd niet had. De J-10 was vlakbij en de Chinese piloot keek waarschijnlijk driftig om zich heen om uit te vinden waar die Hornet in hemelsnaam was gebleven.

Op tienduizend voet trok kapitein White de naverbrander in en zijn toestel horizontaal. Hij kon zien dat zijn vijand, een paar duizend voet lager en achter hem, de Hornet nog steeds niet zag. De Chinese piloot gooide zijn toestel op de rug en daalde richting zee.

Als een karretje in een achtbaan maakte Trash een looping en vloog zijn vijand achterna. Een paar seconden later zag hij de Super 10 onder hem door een wolk vliegen. De Chinees voerde een split-S-manoeuvre uit om met een snelle horizontale bocht naar de F/A-18 te keren.

Met zijn duim rolde Trash over het trackballetje aan zijn stuurknuppel en hij schakelde zijn kanon in. Terwijl de richtmodule op zijn HUD al meteen piepte, verscheen de J-10 nog geen achthonderd meter voor hem al dalend recht in het vizier.

Trash vuurde één lange en twee korte salvo's met zijn Vulcan 20-millimeter zesloopskanon.

Zijn eerste salvo was ruim voor de boeg, zijn tweede was dichterbij maar nog steeds voor het vliegtuig.

Zijn laatste, korte salvo, slechts een milliseconde, trof het vijandelijke toestel in de rechtervleugel. Stukjes rokend materiaal vlogen weg. De Chinese piloot boog scherp naar rechts, waarna Trash op slechts zeshonderd voet afstand hetzelfde deed en op de zwarte rookpluim afdook.

Het Chinese toestel dook naar het wateroppervlak en Trash deed zijn best om weer in positie te komen voor een tweede schot, 'hookte' weer mee met de G-krachten die hij al manoeuvrerend op zijn toestel losliet.

Voor hem trok een flits zijn aandacht weg van zijn richtmodule. Vlammen schoten uit de vleugel en de motor van de J-10, en voor Trash stond het al bijna vast dat het toestel voor hem ging neerstorten.

De achterkant van de J-10B vloog uiteen en het gedoemde toestel zwenkte hard naar rechts en spiraalde op de zee af.

Hij brak de aanval af, trok hard naar stuurboord om de vuurbal te ontwijken en probeerde uit alle macht zijn toestel vlak boven de golven horizontaal te krijgen. Hij had geen tijd om te kijken of hij ergens een parachute van de piloot kon zien.

'Dat was een *kill*. Eén raak. Pos, Cheese?' 'Pos' was een verzoek om de positie van het andere vliegtuig.

Voordat Cheese kon reageren zag Trash op zijn datadisplay dat hij zijn wingleider naderde. Hij tuurde tussen een paar wolkjes en zag het zonlicht tegen iets grijzigs glinsteren. Op dat moment schoot Magic Two-One, met Cheese in de cockpit, rechts voor hem langs.

Cheese meldde zich. 'Ik ben defensive. Hij zit op zes uur, ongeveer drieënhalve kilometer achter me. Hij heeft me in de tang. Haal hem weg, Trash!'

Trash' ogen schoten snel terug en hij zag nog net hoe de overgebleven Super 10 een raket op Cheese's straalpijp afvuurde.

'Breek weg naar rechts, Two-One. Raket in de lucht!'

Trash had geen oog voor de raket, en ook niet voor Cheese, maar selecteerde snel een hittezoekende Sidewinderraket. Hij had een *'tally'* op de Chinese Super 10, wat inhield dat hij de jager via zijn helmvizier in het zicht had.

Door zijn headset hoorde hij een luid elektrisch gezoem, wat aangaf dat de Sidewinder naar een verdachte hittebron zocht.

Het gezoem ging over in een hoge pieptoon nu de J-10 hem op slechts een kleine vijf kilometer voorbij vloog, wat betekende dat het infrarode AIM-9 zoeksysteem de hete straalpijp van het Chinese toestel had gelokaliseerd en deze nu volgde.

Trash vuurde de AIM-9 af. Het projectiel schoot weg, trok een streep van rook met zich mee en zette koers naar de Super 10.

De raket was afgevuurd en deed zijn werk op eigen kracht, en dus boog Trash af naar links om zichzelf achter het vijandelijke toestel te positioneren voor het geval de raket zijn doel miste.

Al snel vond hij Cheese in de lucht. De wingleider boog scherp af naar het zuiden, terwijl links en rechts automatisch lichtkogels werden afgeschoten die in een boog naar de aarde vielen.

De Chinese raket dook in de hete lichtkogels en explodeerde.

Trash keek achterom naar zijn doelwit en zag dat de J-10 op zijn beurt lichtkogels loste en hard naar links trok. 'Pak hem, pak hem, pak hem!' riep Trash hardop naar de Sidewinder die op de vlammende straalpijp afraasde. Maar de raket werd door de Chinese lichtkogels gefopt.

'Shit!'

Hij schakelde over op boordgeschut, maar voordat hij zijn richtmodule kon inschakelen dook het vijandelijke toestel al naar het wateroppervlak.

Trash volgde hem naar beneden in de hoop dat hij achter de Chinees kon komen voor een tweede kill.

'Magic Two-One gaat strijd aan met vijand naderend vanuit het noorden. Fox drie,' hoorde hij in zijn headset.

Hij was niet eens in de gelegenheid geweest om te vernemen hoe het de andere vier naderende toestellen was vergaan, maar het was duidelijk dat Cheese nu op afstand geleideraketten op hen afvuurde.

'Cheese, ik ben in gevecht en probeer die gast naar de grond te krijgen.'

'Roger, Trash. Super Hornets over twee minuten ter plaatse.'

Trash knikte en concentreerde zich weer helemaal op zijn vijand.

'Fox drie!' riep Cheese, terwijl hij weer een AIM-120 AMRAAM afvuurde op de vijandelijke toestellen die vanuit het noorden naderden.

Een minuut lang waren Trash en de piloot van de Super 10 verwikkeld in een wilde achtervolging, terwijl ze ieder verwoed in een vuurpositie probeerden te komen en er tegelijkertijd alles aan deden om zelf buiten schot te blijven.

Een *phonebooth*, zoals dat in het luchtgevechtjargon werd genoemd; geringe bewegingsruimte die nog eens kleiner werd vanwege de correcties die de piloten maakten om een luchtoverwicht te behalen.

Trash voelde hoe de positieve G-krachten zijn lichaam leken samen te persen en hoe de negatieve, misselijkmakende G's van zijn duikvluchten zijn ogen bijna uit hun kassen rukten.

Na een minuut trok White de stuurknuppel hard naar rechts, terwijl hij, laag over het water scherend de vijand in een scherpe bocht volgde. Trash wist zijn neus in de bocht te manoeuvreren, maar de Chinese piloot veranderde van richting en deed Trash' voordeelpositie aldus teniet.

De hoeveelheid informatie die Trash' brein moest verwerken was onvoorstelbaar. Zijn toestel opereerde op drie assen, terwijl hij een aanvalspositie probeerde te handhaven op een vijandig toestel dat op diezelfde drie assen opereerde. Ondertussen gaf zijn mond informatie door naar zowel zijn wingleider als de gevechtsleider in de Hawkeye, terwijl hij de doelwitten en de zee onder hem volgde en zijn handen naar links, rechts, naar voren en naar achteren vlogen en zijn vingers schakelaars omzetten en knoppen op zijn stick en gashendel indrukten. Zijn ogen registreerden een stuk of tien verschillende uitlezingen op zijn realtime-HUD en zo nu en dan wierp hij een snelle blik op zijn navigatiescherm om te kijken waar hij en zijn leider zich bevonden ten opzichte van de grenslijn boven de Straat.

Het zweet gutste langs zijn nek, en zijn kaakspieren beefden en verkrampten als gevolg van de spanning van het moment.

'Ik krijg hem niet bij z'n nekvel!' riep hij in zijn headset.

'Ben in combat, Magic Two-Two. Hij is helemaal voor jou.'

Cheese had intussen een derde raket afgevuurd op de naderende jagers waarvan hij had vastgesteld dat het om Su-33's van Russische makelij ging. Een van de drie AMRAAM's trof doel. '*Splash two*,' meldde hij.

De Chinese piloot trok hard naar links en weer naar rechts, tolde op zijn rug en voerde een scherpe negatieve G-manoeuvre uit die door Trash werd gekopieerd en waarbij zijn ogen bijna uit hun kassen werden gedrukt en zijn hoofd zich met bloed vulde.

Al 'hookend' spande hij zijn middenrif- en onderrugspieren tot staal.

Hij dwong zichzelf tot flauwere bochten om zijn lichaam te sparen, maar verloor daarbij zijn positie.

'Laat hem niet gaan, laat hem niet gaan,' maande hij zichzelf, terwijl hij de J-10 door de witte cumuluswolken achterna vloog.

De andere piloot hield zijn bocht echter aan en Trash draaide zijn hoofd ver over zijn schouder en weer terug om een blik in de spiegeltjes boven zijn hoofd te werpen.

De andere jager probeerde nu achter hem te komen voor de genadeklap. Trash was zijn aanvalspositie kwijtgeraakt.

Dit zag er niet best uit.

De piloot van de Chengdu J-10 wist achter hem te komen en vuurde een PL-9 korteafstandsraket op zijn staart, maar Trash wist deze met zijn automatische lichtkogelafweer in combinatie met een bocht van zevenenhalve G die hem knock-out sloeg, te ontwijken.

Hij had snelheid nodig, maar vloog nu in een bocht. 'Gas erop! Gas erop!' riep hij tegen zichzelf tussen het grommen tegen de G's door.

De twee toestellen spiraalden door de lucht. Van zevenduizend voet naar zes, naar vijf.

Op nog net drieduizend voet veranderde Trash snel van richting, dook in een bocht van acht G en activeerde zijn boordgeschut.

De Chinese piloot zag nog niet wat er gebeurde en spiraalde nog even verder, terwijl Trash zich opmaakte om zijn vijand vanuit de flank te onderscheppen.

De afstand tot de Super 10 bedroeg anderhalve kilometer. Met zijn richtingsroeren positioneerde hij zich voor een salvo, plaatste met afwisselend zijn linker- en rechtervoet op de roerpedalen om de noodzakelijke correcties uit te voeren in de paar seconden voordat de Super 10 hem zou passeren.

Ziezo. Met tweeduizend voet tussen hen en een overbruggingssnelheid van meer dan anderhalfduizend kilometer per uur drukte hij zijn rechterwijsvinger hard op de triggerknop van zijn stuurknuppel.

Het Vulcan-kanon in de neus braakte een lange reeks lichtspoorpatronen uit en hij gebruikte de laserachtige lichtsporen om hem naar de vijand te gidsen.

Op een hoogte van vijfhonderd voet spatte de Super 10 als een vuurbal uiteen. Trash brak weg, trok de stuurknuppel hard naar zich toe om in een haakse bocht te ontsnappen en te voorkomen dat vreemd materiaal zijn vliegtuig werd binnengezogen en een of beide motoren zou vernietigen.

Eenmaal buiten gevaar wierp hij de Hornet op de rug en keek omlaag om de kill te kunnen bevestigen.

De J-10 was veranderd in een regen van brandende en rokende brokstukken die naar de golven viel. De Chinese piloot had het niet overleefd, maar Trash' blijdschap dat hij het had overleefd, overstemde elk beetje medeleven dat hij op dit moment kon voelen.

'*Splash three*,' meldde hij.

De Super Hornets arriveerden op tijd en richtten zich op de drie resterende Su-33's die vanuit het Chinese luchtruim penetreerden, maar voor Magic Flight zat het werk er nog niet op. Ten zuiden van hun positie was een van de twee Taiwanese F-16's die door de andere twee J-10's waren aangevallen, al van de radar verdwenen.

'Magic Two-Two, koers twee-vier-nul. Aanvalsformatie. Laten we die laatste F-16 een handje helpen voordat het te laat is.'

'Roger that.'

Trash en Cheese zetten snel koers naar het zuidwesten terwijl de Super Hornets ondertussen de Su-33's over de grenslijn terugjoegen naar de Chinese kust.

Even later kreeg Trash de J-10's, nog altijd vijfenzestig kilometer van hen vandaan, op zijn radar. Meteen vuurde hij een AMRAAM-raket af.

'Fox drie.'

Hij betwijfelde of deze doel zou treffen. De piloot van het vijandelijke toestel zou heel wat afweertrucs paraat hebben die hij met deze grote afstand gemakkelijk in de strijd kon werpen, maar hij wilde de aanvaller wegleiden van de Taiwanese F-16.

Zijn AMRAAM zou de Chinees weliswaar niet uit de lucht schieten maar wel diens onderschepping verzieken.

De aanval verliep volgens plan. Eén J-10 maakte zich los maar ze waren niet op tijd om de Taiwanese piloot te kunnen redden. Diens F-16 werd door een korteafstandsraket boven de westkust van Taiwan aan flarden geschoten.

De twee Chinese straaljagers keerden meteen om naar het Chinese vasteland voordat Trash en Cheese de kans kregen ze te onderscheppen.

De twee F/A-18's raakten door hun brandstof heen en alvorens terug te vliegen naar de *Reagan* vlogen ze in westelijke richting en haakten even later aan bij een tankvliegtuig dat hen boven Taipei opwachtte. Trash voelde hoe zijn hand beefde, terwijl hij behoedzaam de trechter van de flexibele koppeling naderde.

Hij wees het trillen maar toe aan louter uitputting en het laatste restje adrenaline.

Pas toen ze geland en wel op de *Reagan* stonden – met het toestel veilig tegen de wielblokken, aan de ketting en op de parkeerrem – waarna ze uit hun cockpit waren geklommen, het trapje naast de romp waren afgedaald, naar hun *Ready Room* waren gegaan, daar hun overlevingspakken hadden uitgetrokken en aldus hun doordrenkte vliegeruniformen hadden onthuld, schudden de twee mannen elkaar de hand en volgde een omhelzing.

Ondanks zijn knikkende knieën voelde Trash zich goed. Blij dat hij nog leefde. Zo goed als.

Pas bij de debriefing vernamen ze dat er in het luchtruim boven de hele Straat van Taiwan verscheidene confrontaties waren geweest. Negen Taiwanese gevechtstoestellen waren neergehaald tegenover vijf jagers van de Chinese luchtmacht.

Drie van die vijf kills konden op het conto van Trash en Cheese worden geschreven, met Trash die twee Super 10's, en Cheese die één Su-33 had uitgeschakeld.

Niemand begreep de vermetelheid of de agressie van de Chinezen en de squadroncommandant liet zijn piloten weten dat ze waarschijnlijk binnen enkele uren alweer in gevecht konden zijn.

De mariniers behandelden Trash en Cheese als helden, maar toen de twee hun hutten opzochten merkte majoor Stilton dat kapitein White iets dwarszat.

'Wat scheelt eraan, jongen?'

'Ik had beter moeten presteren. Die phonebooth waarin ik zat, bij die tweede dogfight... ik kan nu al vijf dingen bedenken die ik had kunnen doen om die gast veel eerder uit de lucht te knallen.'

'Waar heb je het over? Je hebt hem te pakken gekregen en je situationele overzicht vanmiddag was uitstekend.'

'Dank je,' antwoordde Trash.

Maar Cheese zag wel dat er meer aan de hand was.

'Wat zit je echt dwars?'

'We hadden die twee andere J-10's moeten uitschakelen, voordat ze die F-16 konden aanpakken. We waren te lang in de weer met onze bandits en die Taiwanese jongens werden uit de lucht geschoten. We landen op de *Reagan* en iedereen behandelt ons verdomme als rocksterren. Die twee Taiwanese piloten zijn dood en ik ben gewoon niet blij.'

'We hebben vandaag prima werk geleverd, maat. Kon het beter? Natuurlijk. Wij zijn ook maar mensen. We doen ons best en vandaag resulteerde dat in het neerhalen van een paar vijandelijke toestellen, onszelf heel houden en die spleetogen duidelijk maken dat het luchtruim boven de Straat niet van hen is.' Cheese reikte naar de lichtschakelaar en knipte de lamp van hun hut uit. 'Dat moet genoeg zijn.'

Trash sloot zijn ogen en probeerde de slaap te vatten. Ondertussen merkte hij dat hij nog altijd beefde. Hij hoopte maar dat hij wat kon uitrusten, voordat hij de volgende dag het vijandige luchtruim weer tegemoet zou vliegen.

46

Staand in zijn nieuwe, door glazen wanden omgeven werkkamer keek dr. Tong Kwok Kwan uit over de weidse werkvloer vol scheidingswandjes en stelde vast dat zijn herbouwde maar tijdelijke Ghost Ship zijn goedkeuring kon wegdragen. Hij verliet zijn werkkamer, liep een korte gang door en betrad via een deur een balkon op de elfde verdieping. Terwijl hij de licht vervuilde lucht inademde die lang niet zo vochtig was als in Hongkong, de stad die hij zojuist de rug had toegekeerd, keek hij uit over een uitdijende stad, als een grote platte pannenkoek die van het zuidoosten naar het noordwesten door een kronkelende rivier werd doorsneden.

Beneden op het parkeerterrein stonden gepantserde voertuigen en geschutstukken opgesteld, en soldaten hielden te voet en in jeeps de wacht.

Ja, dacht hij bij zichzelf, voorlopig kunnen we hiermee uit de voeten.

Dr. Tong had zijn hele operatie van Mong Kok in Hongkong overgeplaatst naar Huadu, een district in Guangzhou, een kleine honderdzestig kilometer naar het noordwesten. Ze bevonden zich nu op het Chinese vasteland, buiten bereik van de CIA, en voor Tong was het duidelijk dat het Volksleger er alles aan had gedaan om hun zo goed mogelijk van dienst te zijn.

De afgelopen twee jaar had Ghost Ship geopereerd onder het voorwendsel dat ze geen onderdeel vormde van China's cyberoorlogsmachinerie. Het ministerie van Staatsveiligheid had dat graag zo willen houden, maar het incident in Hongkong – de ontmaskering van Zha Shu Hai door de CIA en zijn daaropvolgende ontvoering door een Amerikaanse commando-eenheid – had genoodzaakt tot een snelle koerswijziging. Tong had het bevel gekregen zijn gehele operatie naar het vasteland over te brengen en zijn cyberaanvallen op de Verenigde Staten per direct op te voeren.

De 14K-triade in Hongkong was er niet in geslaagd om de veiligheid van de operatie aldaar te garanderen, en nu vroegen de bendeleden zich af wat er in hemelsnaam met hun contanten was gebeurd. Vier nachten geleden waren zo'n zestig Chinese paramilitairen van de in

Ghangzhou gelegerde 'Geslepen Zwaard van Zuid-China'-eenheid met zestig voertuigen naar Mong Kok afgereisd. Daar, voor het Mong Kok Computer Center, was het tot een dreigende confrontatie met de 14K-triade gekomen. Een telefoontje van de kolonel van de eenheid naar de suite van het casino in Macau, waar de leider van de 14K zetelde, was echter voldoende om de bendeleider duidelijk te maken dat tenzij zijn straatcriminelen onmiddellijk hun biezen pakten, er in deze straten opnieuw een bloedbad zou plaatsvinden, de tweede die week, en dat de 14K daarbij de meeste liters bloed zou leveren.

De 14K bond in, ervan uitgaande dat de Chinese soldaten Tong opnieuw te pakken hadden gekregen en hem en zijn mensen naar het vasteland zouden overbrengen om te worden berecht en geëxecuteerd.

In werkelijkheid was het Ghost Ship in zijn geheel – personeel, computers, communicatieapparatuur en al – ondergebracht in een groot Chinees Telecom-gebouw op slechts een paar straten van de Technische Verkenningsdienst, een van de centra van de cyberoorlogstak van het Chinese leger. Alle Telecom-activiteiten werden herplaatst, wat inhield dat het mobiele telefoonverkeer van Guangzhou en omstreken een paar dagen vrijwel stillag, maar de behoeften van de burgers waren nu eenmaal ondergeschikt aan de wensen van het leger.

Hier werden Tong en zijn medewerkers continu bewaakt door speciale legereenheden uit Guangzhou. Nog geen vier dagen later was Ghost Ship weer actief en werd de aanval op de Verenigde Staten voortgezet.

Het was een tijdelijke oplossing. Uiteindelijk wilde het leger dat Tong en zijn operatie naar een gepantserde bunker werden overgebracht, maar in heel China was nergens een plek te vinden die zowel structureel als qua netwerkverbindingen in aanmerking kwam. En dus zou het China Telecom-gebouw, omgeven door elitetroepen, voorlopig moeten volstaan.

Tong verliet het balkon. Zijn korte pauze was voorbij, het was tijd om weer aan het werk te gaan. Weer terug in zijn werkkamer nam hij plaats achter zijn nieuwe bureau en hij opende het eerste bestand dat een van zijn contacten die het berichtenverkeer van de CIA volgde, hem had toegezonden. Hij scrolde door het transcript van een CIA-bericht en vond wat hij zocht.

Daarna tikte hij op een geheugentoets en zijn computer legde automatisch Skype-verbinding met een adres in de Verenigde Staten. Zwijgend en roerloos wachtte hij, totdat er werd opgenomen.

'Met Crane.'
'Crane, met Center.'
'Ga uw gang.'

'Prosper Street 3333, Washington DC.'
Stilte. Dan: 'Hebt u meer informatie over de locatie en de positionering van militaire eenheden aldaar?'
'Ik zal het plaatselijke contact verzoeken om voorafgaand aan uw komst meer informatie te verzamelen. Dat zal een dag in beslag nemen, dus bereid u voor om over twee dagen in actie te komen. We hebben geen tijd te verliezen.'
'Goed. Wat is het doelwit?'
Center antwoordde onmiddellijk. 'Het doelwit is elk levend wezen ter plaatse.'
'Begrepen. Ik zal het uitvoeren.'
'Shi-shi.'
Tong hing op en zette het uit zijn gedachten. Daarna richtte hij zijn aandacht op de rapportages van zijn contacten, bekeek enkele, negeerde een paar oninteressante en trof uiteindelijk een waarvan het onderwerp hem al meteen boeide.

Hendley Associates, gevestigd in West-Odenton, Maryland, Verenigde Staten.

Tong had er een nieuwe man op gezet die hem moest informeren over wat dit bedrijf nu precies te maken had met de Amerikaanse CIA. Al maanden geleden had hij gezien hoe Hendley Associates de jacht had geopend op een groepje Libische ex-agenten die door een van zijn eigen contacten was ingehuurd voor een of andere klus ergens in Istanbul. De Libiërs waren niet erg competent gebleken en hadden zichzelf dan ook verraden. Toen zijn man hem dan ook vertelde dat een van zijn veldteams was gecompromitteerd, had hij zijn contact bevolen vooral niet in actie te komen, maar deze jacht op de Libiërs slechts te volgen en meer te weten te komen over wie hier achter zat.

Al snel was duidelijk geworden dat de mannen van het Amerikaanse Hendley Associates voor de eliminaties verantwoordelijk waren.

Een vreemd bedrijf, dat Hendley, dat zich al een tijdje in de belangstelling van Tong en zijn mensen mocht verheugen. De zoon van de president werkte er zowaar, net als tot voor kort John Clark, de man die tijdens de verkiezingscampagne van een jaar geleden bij de zaak-Jack Ryan senior betrokken was geweest. Het bedrijf werd geleid door voormalig senator Gerry Hendley.

Een bedrijf voor financieel beheer dat bovendien mensen vermoordde en de CIA leek te ondersteunen. De aanslagen op de Libiërs in Istanbul waren voor Tong slechts een curiositeit; zijn eigen operatie liep geen seconde vertraging op. Maar hun deelname in de ontvoering van Zha, een week geleden, baarde hem flink wat zorgen.

Tong en zijn mensen hielden de oren en ogen gericht op honderden bedrijven wereldwijd die op contractbasis producten leverden aan inlichtingendiensten, het leger en andere geheimzinnige overheidslichamen. Tong vermoedde dat Hendley Associates een soort dekmantelorganisatie was die met medeweten van de Amerikaanse overheid geheime operaties uitvoerde.

Net als Tong en zijn eigen Ghost Ship.

Hij wilde meer weten en hij was bezig het bedrijf via verschillende paadjes te besluipen. Een van die paadjes had zich zo-even aan hem geopenbaard. In het nieuwe dossier dat hij zojuist had opengeslagen viel te lezen dat het virus waarmee het netwerk van Hendley Associates was geïnfecteerd, actief was geworden. De komende paar dagen verwachtte zijn plaatselijke contact een beter beeld krijgen van Hendleys rol binnen de Amerikaanse inlichtingenwereld. Zijn mensen in het veld hadden het hoofd IT – Tongs ogen gleden weer omlaag naar diens naam, Gavin Biery; vreemde naam – doorgelicht en hem aangemerkt als zeer competent. Ook al had Ghost Ship hun netwerk inmiddels geïnfecteerd met een RAT, het zou meer tijd dan normaal vergen om voorzichtig informatie uit het systeem te laten weglekken.

Tong keek uit naar dat verslag.

Hij had overwogen om Crane en zijn mannen erop uit te sturen om Hendley uit te schakelen. Had hij geweten dat ze de CIA zouden helpen om zijn Zha te ontvoeren, dan zou hij niet hebben geaarzeld, of het nu in Istanbul of in West-Odenton was. Maar onder het mom 'ken uw vijand' was hij hun netwerk binnengedrongen. Hij had kunnen zien met wie hij te maken had en wat men allemaal uitvoerde. Door hun activiteiten zichtbaar te maken kreeg hij hen in zijn macht.

Zodra Hendley Associates hem weer voor de voeten ging lopen, kon hij Crane en de anderen van het Hemelse Zwaard er altijd nog op afsturen.

De toespraak van de Voorzitter van het Centrale Militaire Comité, Su Ke Qiang, was gericht aan de studenten en faculteitsdocenten van de technische officiersopleiding in Wuhan, maar de aanwezigen in de zaal vormden slechts een decor. Zijn toespraak was duidelijk bedoeld voor de internationale pers.

In tegenstelling tot president Wei had voorzitter Su er geen behoefte aan zich op een innemende, welbespraakte manier te presenteren. Hij was groot van stuk, de borst behangen met militaire onderscheidingen, en zijn krachtige uitstraling sloot aan bij zijn plannen voor het land en zijn groeiaspiraties voor het Volksleger.

Zijn openingswoorden behelsden het PLAN, het leger-marineverband van het Volksleger, en hij beloofde de studenten dat hij er alles aan zou doen om ervoor te zorgen dat ze over het materieel, de technologie en de training zouden beschikken om de bedreigingen van de toekomst het hoofd te bieden.

De toehoorders in het Westen verwachtten ook nu weer een vlammende Su-toespraak, vol poeha en vage, dreigende waarschuwingen aan het adres van het Westen, met dunverholen dreigementen over Chinese territoriumaanspraken, maar zonder concrete details.

Dit soort toespraken gaf hij immers al sinds zijn bevordering tot driesterrengeneraal, kort na de oorlog met Rusland en Amerika.

Maar vandaag was anders. Vandaag trok hij definitief een grens.

Lezend vanaf een getypte pagina, in plaats van een autocue, stond hij stil bij de recente luchtconfrontaties boven de Straat van Taiwan en hij definieerde deze als het onvermijdelijke gevolg van de aanwezigheid van Amerikaanse straaljagers in een dichtbevolkt maar vreedzaam deel van de wereld. 'In het licht van deze nieuwe bedreiging,' vervolgde hij, 'sluit China de Straat van Taiwan en de Zuid-Chinese Zee voor alle internationale oorlogsschepen, met uitzondering van vaartuigen buiten de territoriale wateren of schepen die toestemming hebben de Chinese wateren te doorkruisen. Alle landen wier territoriale wateren niet grenzen aan de Zuid-Chinese Zee, dienen China toestemming te vragen deze te mogen doorkruisen. Daarbij horen uiteraard ook alle onderzeeërs.

Elk oorlogsschip dat deze verboden zone betreedt, zal als een aanvalsvaartuig worden gezien en als zodanig worden bejegend. Om de vrede en stabiliteit te waarborgen adviseren we de wereldgemeenschap hieraan te gehoorzamen. We hebben het hier over China's soevereine grondgebied. Wij laten onze schepen ook niet de Theems in Londen of de Hudson in New York op stomen, maar vragen andere landen slechts om diezelfde hoffelijkheid bij ons te betrachten.'

De aanwezige studenten en docenten juichten, wat het tot een alleszins uniek evenement maakte. Voorzitter Su keek op van zijn papier en glimlachte.

Het verbieden van niet-Chinese oorlogsschepen in de Zuid-Chinese Zee vormde voor enkele landen al meteen een probleem, maar vooral voor India. Het land had twee jaar eerder met Vietnam een contract gesloten om in een deel van Vietnams exclusieve economische zone van haar internationale kustwateren naar olie en gas te zoeken. Tot dusver waren deze excursies weinig vruchtbaar gebleken, maar India bezat twee korvetten, de *Kora* en de *Kulish*, en een groter fregat, de *Satpura*, die samen ter plekke, op slechts honderddertig mijl voor de Chinese kust, meer dan tien onderzoeksschepen beschermden.

Op de dag na voorzitter Su's toespraak, scheerden Chinese gevechtsvliegtuigen, afkomstig van de luchtmachtbasis op het vlak voor de Chinese zuidpunt gelegen eiland Hainan, laag en dreigend over de Indiase schepen. Twee dagen later werd de *Kulish* aangevallen door een Chinese dieselonderzeeër, waarbij meerdere Indiase matrozen gewond raakten.

India liet het niet op zich zitten. New Delhi liet de wereld weten dat een van hun vliegdekschepen op uitnodiging van Vietnam de haven van Da Nang zou bezoeken, de op twee na grootste stad van het land. Het vaartuig, dat zich al voor de westkust van Maleisië bevond, zou vergezeld van een paar ondersteuningsvaartuigen, naderen via de Straat van Malakka en vervolgens koers zetten naar de Vietnamese kust.

China eiste woedend dat India haar vliegdekschip buiten de Zuid-Chinese Zee hield, en een tweede duikbootaanval op een Indiase korvet maakte duidelijk dat Su's PLAN geen loze kreet was.

In Washington zag president Ryan weinig heil in het Indiase pleziervaartje naar Da Nang en hij vaardigde zijn minister van Buitenlandse Zaken, Scott Adler, af naar New Delhi om de premier van India te smeken de actie af te blazen en hun andere marinevaartuigen terug te trekken naar Vietnamese territoriale wateren, opdat er een diplomatieke oplossing kon worden gevonden.

Maar India gaf zich niet gewonnen.

47

Voor het eerst sinds een week hadden Melanie Kraft en Jack Ryan junior weer genoten van een avondje uit. Zij had op het hoofdkantoor van de landelijke inlichtingendienst, het ODNI, tot laat op de avond gewerkt, en Jack had haar verteld dat hij die week in Tokyo zat, waar hij al eerder voor zaken was geweest en het zou zijn lichte jetlag kunnen verklaren.

Ze hadden samen gegeten in de Old Ebbitt Grill, een van Jacks lievelingsrestaurants, pal naast het Witte Huis. In het verleden was hij er vaak met zijn familie geweest en toen hij in Georgetown studeerde was het restaurant een wekelijks trefpunt voor hem en zijn vrienden. Het eten was deze avond net zo lekker geweest als dat hij het zich van de vorige keren herinnerde, misschien zelfs nog lekkerder, aangezien hij in Hongkong geen tijd had gehad om van een goede maaltijd te genieten.

Na het eten nodigde Jack Melanie uit bij hem thuis in Columbia. Ze had het met plezier aanvaard. Eenmaal bij hem thuis nestelden ze zich meteen op de bank. Ze keken een tijdje tv, wat erop neerkwam dat er tijdens de helft van de programma's en tijdens alle reclames werd gevreeën.

Tegen elven excuseerde Melanie zich en ging even naar de wc. Ze nam haar handtasje mee. Op het toilet trok ze de kleine harddrive met de iPhone-connector tevoorschijn. Het apparaatje was niet groter dan een lucifersboekje en Lipton had uitgelegd dat ze het ding alleen maar in Jacks telefoon hoefde in te pluggen, waarna binnen ongeveer een halve minuut het uploaden automatisch werd opgestart.

Haar handen beefden en ze werd bijna overmand door schuldgevoel.

Ze had er een week lang over kunnen nadenken om te rechtvaardigen wat ze deed. Ze moest erkennen dat een volgzendertje aan zijn mobiele telefoon koppelen de voorkeur had boven een compleet schaduwteam dat hem vierentwintig uur per dag in de gaten hield, en omdat ze niet geloofde dat hij met verboden of zelfs onethische zaken bezig was, was ze ervan overtuigd dat het allemaal niets zou opleveren.

Maar tijdens die schuldige momenten besefte ze in alle oprechtheid maar al te goed dat ze dit deed uit puur zelfbehoud.

Ze zou het nooit hebben gedaan als haar verleden haar daar niet toe had gedwongen.

'Niet zeuren,' fluisterde ze zacht, liet het apparaatje in de zak van haar pantalon glijden en trok door.

Een paar minuutjes later zat ze weer naast Jack op de bank. Ze wilde het volgzendertje kunnen inpluggen voordat ze zouden gaan slapen, want Jack sliep heel licht en ze was ervan overtuigd dat als ze over hem heen zou reiken om het ding te bevestigen, hij meteen wakker zou worden. Zijn iPhone lag nu onder het lampje van zijn bijzettafeltje. Ze moest hem alleen maar even naar de wc, de keuken of naar de slaapkamer laten verdwijnen om een slobbertrui aan te trekken.

'Ik ga even een slaapmutsje regelen,' zei hij alsof de duivel ermee speelde. 'Kan ik voor jou ook iets meenemen?'

Haar hersens gingen in overdrive. Wat zou hem wel een tijdje bezig kunnen houden?

'Wat neem jij?'

'Een Maker's Mark.'

Ze dacht even na. 'Heb je ook Baileys?'

'Zeker weten.'

'Met ijs, graag.'

Jack verdween door de openstaande keukendeur en Melanie besloot dat dit het moment was. Ze zou duidelijk kunnen horen dat hij de ijsklontjes uit het vriesvak haalde, en pas als de klontjes in het glas dreven zou hij de kamer weer binnenkomen.

Ze schoot naar zijn kant van de bank, griste zijn mobiele telefoon van het bijzettafeltje, trok het FBI-volgzendertje uit haar broekzak en plugde het in de telefoon terwijl ze ondertussen haar ogen op de keukendeur gericht hield.

Een halve minuut; in gedachten telde ze de seconden af, ook al had Lipton haar uitgelegd dat het apparaatje licht zou trillen zodra de upload voltooid was.

Ze hoorde keukenkastjes opengaan en weer dichtvallen en het geluid van een fles die op de aanrecht werd gezet.

Kom op! Kon die overdracht dan niet sneller?

Vijftien, zestien, zeventien...

Jack schraapte zijn keel; het klonk alsof hij bij het aanrecht stond.

Vierentwintig, vijfentwintig, zesentwintig...

Het nieuws van elf uur begon, met als eerste onderwerp het luchtgevecht tussen Amerikaanse en Chinese gevechtsvliegtuigen boven de Straat van Taiwan.

Melanie wierp een blik naar de openstaande keukendeur, vrezend dat Jack elk moment nieuwsgierig de kamer in zou rennen om het nieuws te volgen.

Dertig. Ze begon het apparaatje los te trekken, maar besefte opeens dat ze het nog niet had voelen trillen.

Verdomme! Ze dwong zichzelf nog even te wachten. Ze had de ijsklontjes nog niet in het glas horen tinkelen, en dus zou Jack nog iets langer in de keuken bezig zijn, stelde ze zichzelf gerust.

Het apparaatje in haar linkerhand begon nu te trillen en meteen trok ze het los van de mobiele telefoon, liet het snel weer in haar broekzak glijden en reikte naar het tafeltje om de telefoon daar terug te leggen. Maar opeens verstijfde ze.

Lag het ding nu ondersteboven of juist niet?

Ze kon het zich niet meer herinneren. Shit. Ze keek naar het tafeltje en naar het mobieltje en probeerde zich te herinneren hoe het ding ook al weer lag toen ze hem zo-even oppakte. Nog geen seconde later keerde ze hem om in haar hand en legde hem terug.

Klaar.

'Wat moet je met mijn telefoon?'

Ze schrok op en keek achterom. Jack stond in de deuropening met een glas Baileys in zijn hand.

'Wat?' vroeg ze, een beetje hees van de schrik.

'Wat moet je met mijn telefoon?'

'O, ik keek even hoe laat het was.'

Hij staarde haar slechts aan.

'Wat?' vroeg ze, wellicht iets te afwerend, besefte ze.

'De jouwe ligt vlak voor je neus.' Hij knikte naar haar plek op de bank. 'Even serieus. Wat heeft dit te betekenen?'

'Te betekenen?' Ze voelde haar hart bonken en ze wist zeker dat Jack het ook hoorde.

'Ja. Waarom keek je op mijn telefoon?'

Een paar seconden keken ze elkaar slechts aan, terwijl het nieuws aandacht besteedde aan de luchtoorlog boven Taiwan.

'Omdat ik wil weten of er een ander is,' antwoordde ze ten slotte.

'Een ander?'

'Ja. Kom op, Jack. Je moet voortdurend op pad; we hebben geen contact als je weg bent en je vertelt nooit wanneer je terugkomt. Vertel het me maar. Ik ben een grote meid. Heb je een ander?'

Traag schudde hij het hoofd. 'Natuurlijk niet. Mijn werk... Ik moet soms plotseling weg. Dat is altijd al zo geweest. Tot vorige week was ik al in een paar maanden niet meer weggeweest.'

Melanie knikte. 'Het is stom, ik weet het. Het is alleen dat ik die laatste keer graag iets van je had gehoord.'

Hij zuchtte. 'Sorry. Ik had je even moeten bellen. Je hebt gelijk.'

Melanie stond op, liep naar hem toe en drukte zich stevig tegen hem aan. 'Ik ben gewoon een beetje gestrest. Hormonen. Sorry.'

'Je hoeft je nergens voor te schamen, hoor. Ik had alleen niet door dat het je zo dwarszat.'

Melanie Kraft reikte naar het glas en pakte het uit zijn hand. Ze glimlachte.

'Ben je het ijs vergeten?'

Hij sloeg zijn ogen neer. 'De fles lag in de diepvries. Het is eigenlijk gewoon een milkshake. Ik dacht dat het zo wel koud genoeg zou zijn.'

Ze nipte. 'O. Mmm, heerlijk.'

Met haar drankje in de hand liep ze terug naar de bank, maar hij bleef nog even staan, kijkend naar zijn mobieltje.

Hij wist dat ze hem niet helemaal vertrouwde, en daar had hij alle aanleiding toe gegeven. Dat ze hem zo-even had willen controleren stond hem niet aan, maar eigenlijk kon hij het wel begrijpen. En dus liet hij het maar zo en knoopte in zijn oren dat hij omzichtig moest zijn, als hij haar tevreden wilde houden.

Valentin Kovalenko zat aan het schrijftafeltje van de gemeubileerde flat die hij in Washington had gehuurd. Hij was net ingelogd in Cryptogram om Center te laten weten dat hij ter plaatse was, klaar om instructies te ontvangen. Nu wachtte hij op antwoord.

De afgelopen twee dagen waren een maalstroom geweest. Hij had Barcelona verlaten, was naar Madrid gereisd en van daaruit naar Charlotte, North Carolina, gevlogen. Zijn reis naar de VS maakte hem gespannen, want de gevaren aldaar waren te vergelijken met die in zijn eigen land. Om de opspelende zenuwen over de paspoortcontrole de baas te blijven, had hij zich aan boord flink bezat en hij was kalm maar beneveld zonder problemen langs de douane gekomen.

In Charlotte huurde hij een auto en reed naar Washington DC. Daar overnachtte hij in een hotel en verkaste hij de volgende dag naar zijn kelderwoning onder de stenen trap van een zandstenen appartementengebouw in het chique Dupont Circle.

In feite stond hij al vanaf het middaguur in de startblokken en inmiddels was het acht uur in de avond. Voordat hij ook maar zijn laptop tevoorschijn had gehaald, zijn rugzak had uitgepakt of zijn mobiele telefoon had aangezet, had hij eerst geprobeerd een kennis op de Russische ambassade te bereiken. Hij wist niet zeker of deze oud-collega van de Russische geheime dienst, de SVR, daar nog gestationeerd was en dus belde hij vanuit een telefooncel voor een postkantoor naar een plaatselijke nummercentrale.

De desbetreffende kennis bleek niet onder zijn eigen naam vermeld te staan. Op zich geen verrassing. Hij trok een paar schuilnamen na die zijn ex-collega in het buitenland had gebruikt, waarna hij ten slotte accepteerde dat hij heus niet zo gemakkelijk onder zijn verplichtingen jegens Center uit kon komen door gewoon een vriend om hulp te bellen.

Na een uitvoerige wandeling om uit te vinden of hij werd geschaduwd toog hij naar de Russische ambassade aan Wisconsin Avenue, maar durfde niet te dicht in de buurt te komen. Hij bleef een straatlengte uit de buurt en hield een uur lang het komen en gaan in de gaten. Hij had zich al een week niet geschoren, wat hem des te onherkenbaarder maakte, maar hij wist dat hij zich hier niet al te lang moest vertonen. Uiteindelijk ging hij per openbaar vervoer terug naar huis en stapte hij zo veel mogelijk over om mogelijke volgers van zich af te schudden.

Hij liep een drankwinkel in 18th Street binnen, vlak om de hoek van zijn kelderwoning, kocht er een fles Ketel One en een paar biertjes, liep naar zijn appartement, zette de wodka in de vriezer en dronk zijn bier.

Zijn middag was volledig naar de filistijnen en nu, zittend achter zijn computer, wachtte hij op een reactie van Center.

Op het zwarte scherm verschenen opeens groene letters. 'U bent in positie?'

'Ja,' tikte hij.

'We hebben een zeer urgente opdracht voor u.'

'Oké.'

'Maar eerst moeten we het over uw bewegingen van vandaag hebben.'

Hij voelde een steek in zijn borst. Niks daarvan. Ze kunnen me met geen mogelijkheid zijn gevolgd. Hij had zijn telefoon op het schrijftafeltje van zijn appartement achtergelaten en zijn laptop was nog niet eens uitgepakt. Hij had geen computer gebruikt en had geen enkel verdachte figuur gezien die hem kon schaduwen.

Dit was bluf.

'Ik heb precies gedaan wat u van me vroeg.'

'U ging naar de Russische ambassade.'

De pijn op zijn borst werd heviger; het was slechts de paniek, maar hij vocht ertegen. Ook dit was bluf, hij wist het zeker. Het lag immers voor de hand om ervan uit te gaan dat hij meteen na aankomst hier contact zou zoeken met collega-geheim agenten. Hij was een dikke honderd meter uit de buurt van de ambassade gebleven.

'U gist maar wat,' tikte hij. 'En u zit ernaast.'

Opeens verscheen er een foto op zijn Cryptogram-venster. Het was Kovalenko, haarscherp, zittend in een parkje tegenover de Russische ambassade aan Wisconsin Street. Hij was duidelijk deze middag genomen, misschien met een verkeerscamera.

Valentin sloot zijn ogen even. Ze waren inderdaad overal.

Hij rende de keuken in en griste de fles Ketel One uit de vriezer. Snel pakte hij een glas uit een keukenkastje en schonk twee vingers gekoelde wodka in. Met een paar teugen sloeg hij het spul achterover en schonk zichzelf opnieuw in.

Een minuutje later nam hij weer plaats aan het bureautje. 'Wat wilt u in godsnaam van me?' tikte hij.

'Ik wil dat u onze instructies opvolgt.'

'En als ik dat weiger? Krijg ik dan de maffia van Sint-Petersburg achter me aan? Hier in Amerika? Ik dacht het niet. U kunt dan wel een beveiligingscamera hacken, maar mij krijgt u niet te pakken.'

Een kleine minuut gebeurde er niets. Terwijl hij zijn tweede glas wodka achteroversloeg, staarde hij naar zijn laptop. Op het moment dat hij het lege glas op het tafeltje zette, werd er achter hem op de deur geklopt.

Kovalenko schrok overeind en draaide zich met een ruk om. Het zweet dat hem zo-even al was uitgebroken prikte nu in zijn ogen.

Hij wierp een blik naar het Cryptogram-venster. Er was nog altijd geen antwoord.

En toen... 'Doe open.'

Kovalenko had geen wapens bij zich, want hij behoorde niet tot dat soort geheim agenten. Snel schoot hij het open keukentje in, trok een lang keukenmes uit het messenblok en keerde met de ogen op de deur gericht terug naar de woonkamer.

Snel liep hij weer naar de laptop en tikte met trillende vingers: 'Wat gebeurt hier?'

'U hebt bezoek. Doe open, want anders trapt hij de deur in.'

Kovalenko tuurde door het raampje naast de deur, maar zag enkel het trapje dat omhoog naar de straat leidde. Met het mes schuin achter zich knipte hij de deur van het slot en deed open.

Hij zag de gestalte nu in het donker, naast de vuilnisbak onder het trapje van de hoofdingang. Een man, zo leek het; maar roerloos, als een standbeeld, en Valentin kon met geen mogelijkheid zijn gelaatstrekken onderscheiden.

Kovalenko deinsde terug, zijn woonkamer in en de gestalte deed een stap vooruit. Hij liep naar de deuropening, maar ging het appartement niet binnen.

In het licht van de woonkamer zag Kovalenko een man, waarschijnlijk ergens achter in de twintig. Hij was stevig gebouwd en zag er fit uit, met een hoekig voorhoofd en zeer geprononceerde, hoge jukbeenderen. Op de Rus kwam hij over als een soort kruising tussen een Aziatische en een indiaanse strijder. Serieus en grimmig, en gekleed in een zwartleren jasje, een zwarte spijkerbroek en zwarte tennisschoenen.

'Jij bent Center niet,' zei Kovalenko alsof het een officiële mededeling betrof.

'Ik ben Crane,' klonk het, en voor Kovalenko was het al meteen duidelijk dat de man een Chinees was.

'Crane.' Kovalenko deed nog een kleine stap achteruit. De man straalde een en al dreiging uit, leek een ijskoude moordenaar, een wezen dat niet in een geciviliseerde samenleving thuishoorde.

Crane ritste zijn jasje open. Achter zijn broeksriem prijkte een zwart automatisch pistool. 'Leg dat mes neer. Als ik je vermoord zonder autorisatie dan haal ik me Centers woede op de hals. En ik wil niet dat Center boos is.'

Valentin deed nog een stapje achteruit en stootte tegen het schrijftafeltje. Hij legde het mes op het tafelblad.

Crane reikte niet naar zijn pistool; wilde er duidelijk alleen mee dreigen. Hij sprak Engels met een zwaar accent. 'Wij zijn hier, vlak in jouw buurt. Als Center zegt: dood hem, dan ben je dood. Is dat duidelijk?'

Kovalenko knikte slechts.

Crane knikte naar de laptop op het bureautje achter de Rus. Valentin draaide zich om en keek ernaar. Op dat moment verscheen er een nieuwe alinea op het Cryptogram-scherm.

'Crane en zijn mannen zijn de hefbomen van onze organisatie. Als ik alles vanaf mijn toetsenbord kon realiseren, zou ik dat hebben gedaan. Maar soms moeten er andere maatregelen worden getroffen. Mensen zoals u worden gebruikt. En ook mensen zoals Crane.'

Hij wendde zich af van zijn scherm naar Crane, maar die was al verdwenen. Snel trok hij de voordeur dicht en deed hem op slot.

Hij liep terug naar zijn schrijftafeltje en tikte: 'Huurmoordenaars?'

'Crane en zijn mannen hebben hun eigen taken. Ervoor zorgen dat u onze instructies opvolgt, is er een van.'

Valentin vroeg zich af of hij al die tijd voor de Chinese inlichtingendienst had gewerkt.

Bepaalde dingen strookten met deze gedachte, maar andere ook weer niet.

Met nog altijd trillende vingers tikte hij: 'Werken met de Russische maffia is één ding. Een stel huurmoordenaars in de States aansturen is een heel ander verhaal. Dit heeft niets te maken met bedrijfsspionage.'

De ongewoon lange stilte van Centers kant maakte hem ongemakkelijk. Hij vroeg zich af of hij deze argwaan niet beter voor zich had kunnen houden.

'Het is allemaal puur zakelijk.'

'Bullshit!' riep hij tegen de muren van zijn appartement, maar hij typte het niet.

Nu hij niet reageerde verscheen er een nieuwe regel op het scherm. 'Bent u klaar voor uw volgende opdracht?'

'Ja,' tikte hij.

'Mooi.'

48

Hij die de zeeën verovert is almachtig, zo luidde het motto van de INS *Viraat*, het Indiase vliegdekschip dat precies een week nadat voorzitter Su Ke Qiang de Zuid-Chinese Zee tot verboden gebied voor alle buitenlandse oorlogsvaartuigen had verklaard, in de haven van Da Nang afmeerde.

De *Viraat* begon zijn leven in 1959 als de Britse HMS *Hermes* en voer tientallen jaren onder Britse vlag voordat het in de jaren tachtig aan India werd verkocht. Niemand kon beweren dat het vliegdekschip nog altijd het neusje van de zalm was, maar recente verbeteringen door de Indiase marine hadden de levensduur met een paar jaar verlengd en, verouderd of gemoderniseerd, het was een belangrijk symbool voor de Indiase natie.

Met zijn diepgang van net geen dertig ton mat hij nog geen derde van de *Ronald Reagan*, zijn evenknie uit de *Nimitz*-klasse. De bemanning telde zeventienhonderdvijftig koppen en er waren veertien Harrier-straaljagers en acht Sea King maritieme helikopters aan boord, geschikt om tegen onderzeeërs op te treden.

Op de tweede dag na aankomst in Da Nang voerde een van de Sea King-heli's een patrouillevlucht uit boven de Indiase olie-exploratiezone en spotte een Chinese onderzeeër uit de *Song*-klasse die zich op ramkoers bevond met een van de Indiase onderzoeksschepen. Enkele minuten later werd het vaartuig door de onderzeeër geramd en beschadigd en de vijfendertig civiele bemanningsleden repten zich naar de reddingssloepen. De Sea King begon met het overbrengen van de bemanning naar naburige schepen, maar niet voordat er eerst verbinding werd gelegd met de INS *Kamorta*, een op onderzeebootbestrijding toegerust korvet dat de *Viraat* escorteerde. De *Kamorta* stoomde op volle kracht op naar het desbetreffende gebied en peilde de positie van de onderzeeër van de *Song*-klasse.

Daarop vuurde de *Kamorta* met de RBU-6000, een op het dek gemonteerde anti-onderzeebootraketwerper naar Russisch ontwerp, een 213-millimeterraket af. Het projectiel schoot weg uit de hoefijzervormige afvuurinrichting, vloog vijf kilometer door de lucht en dook de zee in. Daar zonk het tot een diepte van tweehonderdvijftig meter, maar ontplofte voortijdig, en bracht daarmee geen schade toe aan de onderzeeër, die inmiddels naar een diepte van driehonderdtwintig meter was gedaald.

Ook de tweede raket slaagde er niet in zijn doelwit te vinden.

De onderzeeër uit de *Song*-klasse wist te ontkomen, maar dit was precies waar de Chinezen op wachtten.

Net voor donker, drie uur na de aanval op de onderzeeër, kwam de *Ningbo*, een Chinees geleid wapenfregat op dat moment tussen Hainan en de Vietnamese kust patrouilleerde, in actie en lanceerde vier in Rusland ontwikkelde SS-N-22 antischeepsraketten, Navo-classificatie *Sunburn*.

De Sunburns scheerden met Mach 2,2 over het zeeoppervlak, driemaal sneller dan het Amerikaanse equivalent, de Harpoon. De radar en geleidesystemen in de kop hielden de raketten op koers, terwijl ze het grootste schip binnen hun bereik naderden.

De *Viraat*.

Terwijl de bliksemsnelle zeshonderd pond-*warheads* elk op hun doelwit afvlogen werd er vanaf de *Viraat* wanhopig teruggevuurd in de hoop dat de eigen SAM's de Chinese Sunburns konden uitschakelen voordat ze doel troffen. Wonderwel wist de eerste SAM de voorste geleideraket op slechts vier kilometer voor inslag te onderscheppen, maar al meteen daarna doorboorden de overige drie SS-N-22's aan stuurboordzijde de romp van het grote vaartuig, waarbij de tweede raket hoog genoeg insloeg om drie Sea King-heli's aan dek in een vuurbal te veranderen die op zijn beurt twee van de Harriers tot wrakstukken reduceerde.

Het vliegdekschip bleef drijven, de drie zeshonderdponders waren te zwak om het schip van dertigduizend ton naar de bodem van de oceaan te verbannen, maar toch betrof het hier een *'mission kill'*, een marineterm die aangaf dat een oorlogsvaartuig als zodanig zijn taak niet meer kon uitvoeren.

Bovendien vonden tweehonderdzesenveertig matrozen en piloten de dood. De ondersteuningsvaartuigen van de *Viraat* repten zich naar het moederschip om de branden te blussen en bemanningsleden uit zee te vissen.

Twee Harrier-piloten die op dat moment in de lucht waren, hadden nu geen plek meer om te landen en hadden te weinig brandstof om uit te wijken naar bases in Vietnam. Beide piloten maakten gebruik van hun schietstoel en werden gered, hoewel hun toestellen aan de golven werden geofferd.

Hoewel het Chinese PLAN-opperbevel al meteen verklaarde dat de aanval een verdedigingsreactie was op de Indiase onderschepping van de onderzeeër, eerder die dag, leed het voor de rest van de wereld geen twijfel dat China had besloten dat de Zuid-Chinese Zee wel een paar levens waard was.

Bij een autoverhuurbedrijf op de luchthaven Ronald Reagan huurde Valentin Kovalenko een Nissan Maxima en daarmee reed hij via de Francis Scott Key Bridge noordwaarts naar Georgetown.

Dit werd weer een boodschappenritje voor Center, althans dat leidde hij af uit de instructies die hij de vorige avond, kort na de rechtstreekse confrontatie met Crane, had ontvangen.

Kovalenko ging er niet vanuit dat deze dag net zo heftig zou verlopen als de vorige avond. Hij moest een auto oppikken, naar een locatie op slechts zo'n drie kilometer van zijn kelderappartement rijden en daar een surveillance uitvoeren.

Zoals gewoonlijk waren deze minimale instructies het enige wat Kovalenko over zijn opdracht wist.

Een paar minuten lang vervolgde hij zijn weg door Georgetown alvorens zijn doellocatie op te zoeken, gewoon om er zeker van te zijn dat hij inmiddels niet werd gevolgd. Je deed er ervaring mee op, maar hij was niet alleen alert op vijandelijke achtervolgers. Afgezien van de plaatselijke politie en Amerikaanse contraspionnen was hij op zijn hoede voor Center, of iemand van zijn organisatie.

Hij sloeg af op Wisconsin en reed Prosper Street in, een rustige tweebaansweg met links en rechts grote oude huizen en piepkleine voortuintjes, een lagere school en wat winkeltjes. Hij hield zich netjes aan de snelheid, terwijl hij naar het juiste adres zocht.

Nummer 3333.

De woning was rechts. Tweehonderd jaar oud, met één verdieping, gelegen op een heuvelachtig perceeltje, ingesloten tussen een school uit rode baksteen en een duplexwoning met één verdieping en omgeven door een zwart smeedijzeren hekwerk. De voorzijde was lommerrijk, vol weelderige bomen en struiken. De woning zelf leek op een spookhuis. Er was een garage op straatniveau en een wenteltrap voerde vanaf het hek bij het trottoir naar de bovenwoning.

Valentin reed de hoek om, naar het parkeerplaatsje van een stomerij en pakte zijn digitale recordertje erbij om zo veel mogelijk details over de omgeving vast te leggen. Daarna reed hij verder en hij sloeg de straat aan de achterkant van het huis in. Daar vond hij een steegje dat tussen de twee straten door achter de woning liep.

De derde verkenning was te voet. Hij parkeerde op Wisconsin, liep een blokje om en nam de tijd om ook de directe omgeving in zich op te nemen.

Hij liep door het steegje, langs de speelplaats van de school en zag dat een kleine poort naar de doellocatie leidde.

Nu hij de woning van alle kanten was gepasseerd had hij geen enkel moment ook maar iets van beweging in of rond het huis waargenomen en hij zag dorre herfstbladeren op treden naar de voordeur, alsof die er al een hele tijd lagen. Hoewel hij niet in de garage kon kijken en geen idee had of deze direct toegang tot de bovenwoning bood, vermoedde hij dat het pand op dit moment niet werd bewoond.

Hij kon met geen mogelijkheid verzinnen wat Center met deze locatie aanmoest. Misschien zocht hij hier gewoon een huis. Gezien zijn vage instructies vroeg Valentin zich af of al dit geheimzinnige gedoe wel zin had.

Misschien had hij gewoon moeten aankloppen en vragen of hij even binnen kon kijken.

Nee. Dat was niet Kovalenko's stijl. Voor hem, zo wist hij, was het het beste om contact met anderen zo veel mogelijk te vermijden.

Hij reed terug over Wisconsin om zijn huurauto weer af te leveren op de luchthaven. Daarna zou hij naar huis gaan, zijn bevindingen via Cryptogram aan Center doorgeven en zich eens lekker gaan bezatten.

Roerloos keek John Clark vanaf zijn achterveranda over de weilanden. Een koude herfstwind joeg de eikenbladeren door zijn blikveld, maar hij lette er niet op.

Opeens bewoog hij. Zijn linkerhand schoot voor zijn borst langs naar zijn rechterheup onder zijn leren bomberjack en trok een zwarte SIG Sauer .45 met een gedrongen demper vanachter zijn broeksband tevoorschijn. John bracht het wapen naar ooghoogte en richtte op een stalen schijfje, formaat grapefruit, dat een kleine tien meter verderop, vlak voor een stapeltje hooibalen, op borsthoogte aan een kettinkje hing.

John Clark vuurde met één hand op het schijfje. Twee schoten, die ondanks de demper de lucht uiteen leken te rijten.

Twee luide, blij stemmende, metalige tikjes weerklonken over de wei, toen de kogels tegen het harde staal explodeerden.

Het nam allemaal nog geen twee seconden in beslag.

Met zijn rechterhand duwde John Clark zijn jack open en hij schoof het pistool terug in de holster aan zijn broekriem.

Een week van dagelijks oefenen met een handwapen had een behoorlijk resultaat opgeleverd, maar toch was Clark niet tevreden. Het moest eigenlijk twee keer zo snel. En vanaf dubbele afstand.

Maar dat vergde tijd en inzet, en hoewel John over dat eerste inmiddels wel beschikte – hij had tegenwoordig tijd in overvloed – vroeg hij zich voor het eerst in zijn volwassen leven af of hij eigenlijk wel de juiste toewijding had om een doel te willen bereiken.

Hoe gedisciplineerd hij ook was, het was erg waarschijnlijk dat, wilde je in de toekomst je eigen hachje kunnen redden, je vooral een uitmuntende leerling moest zijn, ook wat schieten betrof.

En John wist dat raak schieten uit woede er niet meer bij was.

Toch moest hij bekennen dat zijn handelingen, de kruitdamp en het pistool in zijn hand – ja, zelfs in zijn linkerhand – verdomd goed voelden.

Hij legde het wapen op een klein houten tafeltje naast hem, deed er een nieuw magazijn in en nam zich voor om nog een paar magazijnen leeg te schieten alvorens te gaan lunchen.

Hij had vandaag toch weinig anders te doen.

49

President Ryan had het gevoel alsof hij net zoveel tijd in de Situation Room doorbracht als in het Oval Office.
De vertrouwde namen waren weer aanwezig. Mary Pat Foley en Scott Adler rechts van hem. Links Bob Burgess en Colleen Hurst. Verder aan tafel: Arnie van Damm, vicepresident Pollan, ambassadeur Ken Li en verscheidene hoge generaals en admiraals van het Pentagon.
Op de monitor, achter in de kamer, was de commandant van de Pacific Fleet, admiraal Mark Jorgensen, ook present, zittend aan een vergadertafel met voor zich een opengeklapte laptop.
Hoofdonderwerp van de vergadering was het bezoek van ambassadeur Li aan Washington. De vorige dag had de Chinese minister van Buitenlandse Zaken hem opdracht gegeven om de president van de Verenigde Staten een boodschap over te brengen.
Li had die avond het vliegtuig genomen, was de volgende dag aangekomen en had gedaan wat China van hem had gevraagd.
De boodschap was kort maar krachtig geweest. China waarschuwde de Verenigde Staten expliciet dat als ze de *Ronald Reagan* en zijn escorte de Chinese kust op vijfhonderdvijftig kilometer zouden laten naderen, ze zich 'onvoorziene en betreurenswaardige incidenten' op de hals zouden halen.
Op dit moment bevond de *Reagan* zich op bijna honderdzeventig kilometer ten noordoosten van Taipei, wat inhield dat de op het vliegdekschip gestationeerde jachtvliegtuigen zonder problemen op patrouille boven de Straat van Taiwan konden worden gestuurd. Terugzakken naar vijfhonderdvijftig kilometer betekende dat de Straat voor gewone patrouillevluchten buiten bereik kwam te liggen.
Ryan zag het niet zitten. Hij wilde Taiwan bijstaan, maar zag in dat de *Reagan* binnen bereik lag van wel honderden raketten van het kaliber, of sterker, die de *Viraat* in de Zuid-Chinese Zee onder handen hadden genomen.
Minister van Defensie Burgess nam de aftrap met een update over de Chinese agressie in de Zuid-Chinese Zee na de aanval op de INS *Viraat*. De Chinese oorlogsschepen waren zelfs in Indonesische wateren waar-

genomen en kleine landingstroepen waren op enkele onbewoonde Filipijnse eilanden aan land gegaan. China's enige vliegdekschip, de *Liaoning*, had met een squadron van fregatten, geleide wapenfregatten, tankschepen en andere ondersteuningsvaartuigen vanuit Hainan koers gezet naar de Zuid-Chinese Zee.

'Het is spierballenvertoon,' vatte de minister van Defensie samen, 'maar nogal amateuristisch.'

'Wat is er zo amateuristisch aan?' wilde Ryan weten.

'Dat vliegdekschip beschikt niet eens over vliegtuigen,' was Burgess' antwoord.

'Wát?' reageerde Ryan verbaasd.

'Hij vervoert zo'n vijfentwintig aanvals- en transporthelikopters, maar de Chinezen hebben niet eens één squadron straaljagers die deklandingen kunnen maken. Dit vaartochtje van de *Liaoning* is...' Hij aarzelde. 'Ik wilde zeggen dat het enkel voor de show is, maar dat is niet zo. Ze zullen hoogstwaarschijnlijk een paar aanvalsvluchten uitvoeren en wat slachtoffers maken, maar niet als een echt vliegdekschip kunnen opereren, omdat ze de capaciteit ontberen.'

Ryan zei: 'Ik heb sterk het gevoel dat de Chinese staatsmedia zullen nalaten te vermelden dat het schip geen straaljagers aan boord heeft.'

'Daar kunt u gif op innemen, meneer de president,' zei Kenneth Li. 'Het overgrote deel van China zal trots zijn in de veronderstelling dat de *Liaoning* onderweg is om de Zuid-Chinese Zee op te eisen.'

'Hebben er in de tussentijd boven de Straat van Taiwan nog meer luchtgevechten plaatsgehad?' wilde Ryan weten.

'Niet sinds de aanval op de *Viraat*, maar dat zal niet lang zo blijven, denk ik. Het weer boven de Straat is een tijdje slecht geweest; dat heeft er waarschijnlijk meer mee te maken dan dat China misschien zou denken dat ze over de schreef is gegaan,' antwoordde Burgess.

Ryan richtte zich tot ambassadeur Li. 'Wat denk jij dat hier speelt, Ken?'

'De aanval op de *Viraat* draaide niet echt om het conflict tussen China en India, maar vooral om dat tussen China en de Verenigde Staten,' was het antwoord van de Chinees-Amerikaanse ambassadeur.

'Een boodschap aan onze marine. Een boodschap aan mij,' vatte Ryan het samen.

Li knikte. 'Een boodschap die luidde: blijf uit onze buurt.'

'Meer dan tweehonderdveertig doden, dat is niet mis te verstaan, qua boodschap.'

Daar was Li het mee eens.

'Wei wijst specifiek naar ons,' vervolgde Ryan, 'zegt dat we ons niet moeten inlaten met zaken die ons niet aangaan. Over wat voor zaken heeft hij het dan precies? Alleen dat vliegdekschip?'

'Deels wijzen ze naar onze toegenomen aanwezigheid in de regio, maar het is vooral zwartepietenspel, meneer de president. Onze bondgenoten aldaar, zo'n beetje alle landen rond de Zuid-Chinese Zee, kloppen hun vriendschappelijke relatie met ons op, daarmee indirect suggererend dat wij hen bij elk conflict met China zullen beschermen. Dat maakt de zaak er niet gemakkelijker op. Confrontaties tussen Chinese en Filipijnse schepen zijn toegenomen. Hetzelfde geldt voor Indonesië en Vietnam.'

'De Chinezen denken echt dat de hele Zuid-Chinese Zee van hen is?'

'Dat denken ze, ja,' antwoordde Li. 'In hun niet-aflatende expansie doen ze er alles aan om de Chinese soevereiniteit uit te breiden. Ze duwen de vloot van Vietnam, de Filipijnen, Indonesië en India weg uit wat ze als hun eigen territoriale wateren beschouwen, en de internationale afspraken interesseren hen niet. Tegelijkertijd doen ze hun best om met luchtgevechten een gewapend conflict in de Straat uit te lokken.'

Li zweeg even, maar Ryan zag dat de ambassadeur nog niet klaar was.

'Voor de draad ermee, Ken. Je bijdrage is belangrijk voor me.'

'China's hang naar hegemonie is niet de enige oorzaak voor het huidige conflict. Het punt is, meneer de president, dat u de haat jegens uw eigen persoon binnen de Chinese legertop niet moet onderschatten.'

'Je bedoelt dat ze me wel kunnen schieten.'

'Eh... eh, dat bedoel ik. Ja, meneer de president. De laatste oorlog heeft hen vernederd en als u de binnenlandse toespraken van de generaals kon lezen, dan zou u weten dat ze willen gloriëren tegen de Verenigde Staten.'

Ryan wierp een blik naar admiraal Jorgensen op de monitor. 'Admiraal, hoe leest u deze boodschap van de Chinezen? Moeten we de *Reagan* inderdaad tot vierhonderdtachtig kilometer terugtrekken?'

Jorgensen had deze vraag natuurlijk wel verwacht en zijn antwoord was weloverwogen. 'Meneer de president, de Chinezen hebben zich de afgelopen maand irrationeel gedragen. Ik denk dat het voor hen zelfmoord zou betekenen als ze de *Reagan* dan wel de ondersteuningsvaartuigen zouden aanvallen, maar daarmee wil ik niet beweren dat ze er dus van afzien. Als u me een maand geleden had gevraagd of de Chinese luchtmacht Amerikaanse jachtvliegtuigen boven internationale wateren zou onderscheppen, dan zou me dat uiterst onwaarschijnlijk hebben geleken.'

'Hebben ze, technisch gezien, de capaciteit om de *Ronald Reagan* te kunnen treffen?'

'O, zeker,' antwoordde Jorgensen zonder omhaal. 'Dat is mogelijk. We beschikken over antiraketsystemen, en die zijn effectief, maar niet tegen een aanhoudende barrage van ballistische en kruisraketten vanaf het vasteland, vanuit de lucht en vanuit zee. Als die Chinezen de *Reagan* echt tot zinken willen brengen, zult u van mij niet horen dat we dit kunnen voorkomen.'

Jorgensen ging verder. 'Maar als ze onze aanvalscapaciteit willen ondermijnen, kunnen ze de *Reagan* net zo goed met rust laten en onze onontbeerlijke escorteschepen uitschakelen. En dat is een stuk eenvoudiger, aangezien die minder goed zijn bewapend.'

'Leg uit.'

'Onze nucleaire vliegdekschepen en kernonderzeeërs kunnen jarenlang opereren zonder te hoeven bijtanken, maar de rest van de vloot, al die ondersteuningsvaartuigen, worden op de Grote Oceaan door slechts zestien tankers van brandstof voorzien. Om die tankers op de korrel te nemen en daarmee de mobiliteit van de Seventh Fleet ernstig te ondermijnen, zou voor de Chinezen geen onmogelijke opdracht zijn. Onze militaire uitstraling zou daarmee worden beperkt. We zouden een aan een boom vastgebonden beer zijn. Die boom zou Pearl Harbor zijn, en we zouden niet ver kunnen uithalen. We hebben wereldwijd tweehonderdvijfentachtig schepen paraat, waarvan de helft op de Grote Oceaan. Die antischeepsraketten waarover China beschikt vormen een reëel gevaar.'

Mary Pat Foley zei: 'Omdat China de toegang kan bepalen en territoria kan claimen, is de machtsbalans verschoven in het nadeel van de VS en onze bondgenoten in de regio, en dat weten ze. In hun ogen zouden we wel gek zijn om hen in hun eigen territoriale wateren uit te dagen.'

'Dat is dus wat er volgens ons aan de hand is,' zei Burgess. 'Ons verlokken tot een korte maar hevige veldslag op hun grondgebied, ons een bloedneus verkopen zodat we met de staart tussen de benen aftaaien en ons niet meer laten zien.'

'En dan proberen Taiwan in te lijven,' vulde Ryan aan.

'Dat is toch de bruidsschat, nietwaar?' zei Mary Pat. 'De Chinezen zijn hard bezig om de Taiwanese regering te ondermijnen. Dat lukt ze goed, en daarna slaan ze toe.'

'Dat laatste bedoel je toch niet letterlijk?'

'Niet onmiddellijk, nee. Ze zullen Taiwan niet binnenvallen, maar hun eigen mensen daar in machtsposities plaatsen, de antirepubleinse partijen verzwakken, de economie en de politieke relaties van Taiwan met de bondgenoten beschadigen. Doen ze dat, dan hoeven ze niet binnen te vallen maar enkel de rommel op te vegen. Ze denken dat ze de Republiek Taiwan langzaam de nek kunnen omdraaien en het land in de Volksrepubliek China kunnen inlijven.'

'De laatste tijd hebben ze in Taiwan al meer risico's genomen, een stoet van informanten en spionnen geïmplementeerd, goedgezinde politici omgekocht.'

President Ryan discussieerde nog even door over het onderwerp, waarna hij zwijgend plaatsnam aan het hoofd van de vergadertafel. Ten slotte keek hij Jorgensen aan. 'Trek de *Reagan* tot exact vierhonderdtachtig kilometer terug, maar haal de *Nimitz*-carriergroep dichterbij. Stationeer ze in de Oost-Chinese Zee.

Antwoord dat welk spelletje ze ons ook dwingen mee te spelen, we niet zullen toehappen, maar ook dat we niet voor ze weglopen,' beval hij.

'Als we de *Reagan* tot op vierhonderdtachtig kilometer terugtrekken, meneer de president, zijn we niet langer in staat de Straat van Taiwan te bepatrouilleren,' merkte Burgess op. 'Dan zal de Republiek China ofwel Taiwan er alleen voor staan.'

Ryan keek naar de minister van Buitenlandse Zaken. 'Kunnen we op de een of andere manier in het geheim meer luchtsteun naar Taiwan brengen?'

'Stiekem?'

'Ja.'

Foley gaf antwoord. 'De afgelopen paar jaar is het aantal spionagegevallen in de Republiek door het plafond gegaan. China pompt nu geld in de spionagediensten, is bezig iedere goedgezinde functionaris met toegang tot politieke of militaire informatie om te kopen. Het zal lastig zijn om daar iets te ondernemen zonder dat China meekijkt.'

Jack zei: '"Lastig" wil zeggen dat het moeilijk zal zijn. Maar dat was niet mijn vraag. Mijn vraag was: is het haalbaar?'

'We werken aan noodplannen,' antwoordde Burgess. 'We hebben een plan om een beperkt aantal marinepiloten te stationeren om Taiwanese vliegtuigen te bemannen. We hebben het niet over grote aantallen, maar voor de Taiwanese regering zou het een steunbetuiging zijn.'

President Ryan knikte. 'Doe het. Maar doe het goed. Stuur er niet zomaar een paar gasten heen zonder dekmantel of ondersteuning. Als ze door China worden ontdekt, kan dat weleens de provocatie zijn die ze nodig hebben om Taiwan aan te vallen.'

'Ja, meneer de president. Ik begrijp wat er op het spel staat.'

Jack Ryan stond op en hij sloot de vergadering af met de woorden: 'Laat de mariniers maar komen.'

50

Voorzitter Su was nukkig over de wijze waarop president Wei hem vandaag had ontboden. Voor de hele dag stonden vergaderingen op Zhongnanhai gepland, maar kort voor het middaguur werd hij door een staflid gebeld met de mededeling dat president Wei hem tijdens de lunch in zijn woonvertrekken present wilde hebben.

De onbeschaamdheid waarmee deze gelijke hem van alles dacht te kunnen bevelen maakte Su pisnijdig, maar hij brak zijn lunchafspraak af en begaf zich zonder dralen naar Weis woonvertrekken.

Niet dat hij tijd nodig had om zich op het gesprek met de president te kunnen voorbereiden. Hij wist precies wat de man te vertellen zou hebben.

Ze omhelsden elkaar, spraken elkaar aan met kameraad en informeerden naar hun familieleden, maar het inleidende gekeuvel nam slechts een paar seconden in beslag.

Al meteen gingen ze zitten, waarna Wei op bezorgde toon tegen Su begon te praten. 'Dit is bepaald niet hoe ik me de situatie had voorgesteld.'

'Situatie? Ik neem aan dat u de gebeurtenissen in de Zuid-Chinese Zee en de Straat van Taiwan bedoelt?'

Wei knikte. 'Ik heb het gevoel dat u me tot op zekere hoogte hebt gemanipuleerd, mijn programma voor economische verbetering hebt gekaapt en tot onderdeel van uw eigen agenda hebt gemaakt.'

'Secretaris-generaal, in het leger zeggen we: "De vijand krijgt een stem." Wat u de afgelopen weken hebt gezien: de Indiase agressie, ondanks onze duidelijke waarschuwingen; de agressie van de Verenigde Staten, terwijl we zorgvuldig berekende manoeuvres uitvoeren om onze paraatheid te tonen jegens elk machtsvertoon van de Republiek China, het werd allemaal uitgelokt door onze vijanden. Natuurlijk, als al mijn... excuses, als al ónze mannen op hun bases of in hun havens waren gebleven, dan zou dit alles natuurlijk nooit hebben plaatsgevonden. Maar om onze territoriale doelen te kunnen bereiken en daarmee onze economische doelen te halen, konden we niet anders dan een uitstap naar deze betwiste gebieden maken.'

Wei werd bijna meegesleurd door Su's retoriek en heel even had hij zijn gedachten niet meer op een rij. Su stond bekend als een stokebrand, niet als een orator, maar voor Wei voelde het alsof Su tijd en ruimte had gemanipuleerd om hem te overtuigen.

'De cyberaanval tegen Amerika...'

'... heeft niets te maken met China.'

Wei was verrast. 'Wilt u daarmee zeggen dat wij daar niet bij betrokken zijn?'

Su glimlachte. 'Wat ik wil zeggen, is dat deze niets met China te maken heeft.'

Wei aarzelde opnieuw.

Su nam de gelegenheid te baat om eraan toe te voegen: 'Het afgelopen uur heeft mijn marine-inlichtingendienst mij gemeld dat de *Ronald Reagan*-carriergroep zich inmiddels naar het noordoosten terugtrekt.'

Verrast keek Wei hem wat schuin aan. 'En wij beschouwen dit als een antwoord op onze eis dat ze zich tot vierhonderdtachtig kilometer uit de kust terugtrekken?'

'Daar ben ik zeker van,' was Su's antwoord.

Het maakte president Wei meteen een stuk vrolijker. 'Met Jack Ryan valt dus wel degelijk te praten!'

Su deed zijn best om zijn gezicht in de plooi te houden. Nee, er viel met Ryan natuurlijk helemaal niet te praten. Dreigen of slaan was de enige manier. Maar president Wei beschouwde deze crisisdiplomatie liever als een moment van detente.

Sukkel, dacht Su bij zichzelf.

'Ja,' antwoordde hij. 'President Ryan wil slechts het beste voor zijn land. Terugtrekken uit de regio is zowel voor hem als voor ons het beste. Hij is een trage leerling, maar met het terugtrekken van de *Reagan* laat hij zien dat hij in elk geval íéts leert.'

En daarmee leek Weis boosheid te verdampen. Hij wijdde het volgende halfuur aan zijn economische plannen, met krachtige staatsgeleide bedrijven rondom de Zuid-Chinese Zee en sprak de hoop uit dat de transitie van Taiwan, weer terug onder Chinees staatsbestuur, nóg sneller en pijnlozer zou verlopen.

Su praatte over Weis ambities mee en deed zijn best om vooral niet op zijn horloge te kijken.

Ten slotte rondde Wei af. Maar voordat Su diens woonvertrekken verliet, keek de president de voorzitter een lang moment aan en aarzelde duidelijk over zijn volgende vraag. 'Als de situatie verandert, als we besluiten dat de tijd nog niet rijp is... Zijn we dan werkelijk in staat om dit proces stil te zetten?'

'China's groei stilzetten? China's enige mogelijkheid tot groei?'
Wei weifelde. 'Ik bedoel de meest extreme militaire interventies, de meer omvangrijke cyberaanvallen waar u in onze eerdere gesprekken op doelde en de aanvallen van onze marine en luchtmacht.'
'Denkt u erover om dit alles stil te zetten?'
'Ik stelde slechts een vraag, voorzitter.'
Su glimlachte zuinigjes. 'Ik sta u geheel ten dienst, secretaris-generaal. Ik kan alles doen wat u wenst, maar ik wil u er nogmaals op wijzen dat er veel op het spel staat. De weg vooruit is altijd bezaaid met hindernissen.'
'Dat begrijp ik.'
'Ik hoop het. Vijandschap hoort daar nu eenmaal bij. Zoals ik al zei, de vijand krijgt een stem.'
Wei knikte; zijn gezicht stond ernstig.
Su, daarentegen, glimlachte. 'Maar kameraad, vergeet niet dat Amerika vandaag naar de stembus is gegaan en dat ze ervoor gekozen hebben om ons uit de weg te gaan.'

De vijf mannen in het CIA-safehouse op nummer 3333 in Prosper Street genoten van hun ochtendpauze, maar lang niet zo als de jongeman die in de geluiddichte kamer op de eerste verdieping zat opgesloten.
Drie van de vijf waren gewapende beveiligers. Een van hen hield vanachter het keukenraam Prosper Street in de gaten en een collega keek vanaf zijn stoel in een slaapkamer op de eerste verdieping uit op een magnoliastruik en het oude rijtuiglaantje dat nu een steeg was dat achter de woning liep.
De derde beveiligingsofficier bleef beneden, zittend aan de keukentafel achter een rij computerschermen waarmee hij de radioverbinding onderhield en het geavanceerde beveiligingssysteem van de woning bediende. Aandachtig staarde hij naar de beelden van de vier beveiligingscamera's.
De overige twee mannen bleven boven, ofwel bij hun subject, ofwel in een kantoortje waar ze hun volgende 'gesprek' met deze jongeman voorbereidden. Meerdere keren per dag betrad een van hen de geluiddichte kamer met een opnameapparaat, blocnote en pen en doorliep een lange lijst met vragen die het subject tot nu toe hardnekkig onbeantwoord had gelaten.
Zha Shu Hai was niet gemarteld in lichamelijke zin, maar was wel de hele nacht wakker gehouden en elk uur onderworpen aan tientallen ondervragingen. Verschillende personen stelden keer op keer dezelfde vragen, maar in verschillende bewoordingen, totdat Zha zich

bijna niets meer van de gesprekken kon herinneren.

Toch wist hij zeker dat hij niets had losgelaten over Tong, het Ghost Ship, het hacken van de drone en zijn inbraak in geheime overheidsnetwerken.

Hij wist dat hij dit niet tot in der eeuwigheid kon volhouden, maar hij vertrouwde erop dat dit ook niet hoefde.

Sinds zijn aankomst in de Verenigde Staten had hij ten minste tweehonderd maal om een advocaat verzocht en hij kon maar niet begrijpen waarom zijn verzoek niet was gehonoreerd. Hij had hier al eerder een gevangenisstraf uitgezeten, in een minimaal beveiligde instelling en dat was hem alleszins meegevallen. Nu was hij vanwege de uav-aanval royaal in de aap gelogeerd.

Maar hij zou alleen in moeilijkheden komen als ze erin slaagden om met een steekhoudende aanklacht te komen en afgaand op zijn vorige rechtszaak en opsluiting wist hij dat hij heel wat meer belastende informatie over hén had dan omgekeerd: de illegale ontvoering, het neerschieten van de 14K-jongens in Hongkong, het constante wakker houden, enzovoort, enzovoort.

Zha Shu Hai wist dat hij nog even moest doorbijten, zijn superieure intelligentie – het voordeel van een superieur ras – moest aanwenden, waarna de Amerikanen wel tot de slotsom moesten komen dat hij niet zou breken.

Zha was uitgeput, maar dat was slechts een ergernisje. Hij was een stuk beter dan deze sukkels en zou hen verslaan. Hij moest gewoon zijn mond houden. Ze zouden hem niet slaan of doden. Dit waren Amerikanen.

Een van de ondervragers kwam het kamertje weer binnen en gebaarde Zha plaats te nemen aan het tafeltje. Terwijl hij opkrabbelde van zijn luchtbed en naar de plastic stoel reikte begonnen de lampen te flikkeren, waarna het opeens donker werd.

'Shit,' vloekte de ondervrager, terwijl hij achterwaarts weer naar de deur liep en in het duister de ogen op zijn subject gericht hield. Met een vuist beukte hij op de deur.

Zha Shu Hai's hart begon opgetogen te kloppen. Hij nam plaats op de stoel en legde zijn handen voor zich op tafel.

Dit had hij niet verwacht en hij glimlachte onwillekeurig.

'Wat valt er te lachen?' vroeg zijn ondervrager.

Zha had deze dag nog geen woord gezegd, maar nu kon hij niet zwijgen. 'Dat zie je vanzelf wel.'

De man begreep het niet, maar bonkte weer op de gesloten deur van de geluiddichte kamer. Hij wist dat de sloten mechanisch en niet elektronisch waren, dus er was geen reden waarom zijn collega niet meteen opendeed.

Na nog een derde maal op de deur te hebben gebonkt, liep de ondervrager naar het gespiegelde observatieraampje. Hij kon niet naar buiten kijken, natuurlijk, maar zijn collega zou naar binnen moeten kijken.

Hij zwaaide met een hand voor het raam, waarna hij de deur van het slot hoorde gaan.

De kamerdeur ging open.

De ondervrager liep naar de deur. 'Is er een zekering gesprongen of zit de hele buurt zonder...'

Een Aziatische man in een zwartleren jasje stond in de deuropening en hield een pistool met demper op hem gericht. Met kille zwarte ogen hield hij de ondervrager onder schot.

'Wel godv...'

Crane schoot de CIA-ondervrager door het voorhoofd en de man zeeg met een doffe klap ineen op de vloer van de geluiddichte kamer.

Zha hield angstvallig beide handen plat op tafel en maakte een snelle buiging. 'Crane, ik heb niet gesproken. Ik heb geen woord...'

'Centers bevelen,' zei Crane, en hij schoot ook Zha Shu Hai door het voorhoofd.

Het dode lichaam van FastByte22 viel uit de plastic stoel en plofte op de grond. Hij kwam met het gezicht omlaag naast het lichaam van zijn ondervrager terecht.

51

Op het moment dat Valentin Kovalenko van de slijterij terugliep naar zijn appartement, hoorde hij vanuit het zuidwesten sirenes loeien. Het drong tot hem door dat dit al een tijdje aan de gang was, misschien al voordat hij zo-even het piepkleine soulfoodrestaurantje was binnengegaan voor een afhaallunch, om daarna nog even een nieuwe fles Ketel One te gaan halen.

Bijna meteen zakte de moed hem in de schoenen. Terwijl hij verder liep over 17th Street, deed hij zijn best het van zich af te laten glijden, maar ruim voordat hij Swann Street in sloeg hoorde hij helikopters in de lucht.

'Nyet,' mompelde hij in zichzelf. 'Nyet.'

Hij wandelde rustig door naar zijn kelderappartement, maar eenmaal binnen vloog hij naar de tv, liet zijn fles drank en het afhaaleten op de bank ploffen en stemde af op een lokale zender.

Er werd een soap uitgezonden. Hij schakelde naar een andere lokale zender en belandde in een reclameblok.

Hij nam plaats op de bank en wachtte met de ogen aan het scherm genageld op het nieuws, dat slechts vijf minuten op zich liet wachten.

Ondertussen luisterde hij naar de sirenes in de verte en hij schonk twee vingers lauwe Ketel One in een glas dat hij de vorige avond op het salontafeltje had laten staan.

Hij sloeg de inhoud achterover en schonk weer in.

Bijna wist hij zichzelf ervan te overtuigen dat zijn vrees ongegrond was. Totdat de nieuwsuitzending opende met helikopterbeelden boven Georgetown. Valentin zag de rook opstijgen uit het huis op het lommerrijke adres aan Prosper Street.

De nieuwslezer wist maar weinig te vertellen, behalve dat er slachtoffers waren en dat de buren in de woning geweerschoten hadden gehoord en een geheimzinnig bestelbusje hadden gezien.

Kovalenko's eerste reactie was om te drinken, wat hij dan ook deed. Recht uit de fles, ditmaal. Zijn tweede reactie was vluchten. Om gewoon op te staan en hem te smeren in de tegenovergestelde richting van de sirenes.

Maar hij wist de drang te weerstaan en liep naar zijn laptop. Met trillende vingers tikte hij: 'Wat hebt u gedaan?'

De snelheid waarmee de reactie in groene letters op het Cryptogramvenster verscheen verraste hem: 'Leg uw vraag uit.'

Mijn vraag uitleggen? Zijn handen zweefden boven de toetsen. Ten slotte tikte hij: '3333.'

Het antwoord liet slechts een paar seconden op zich wachten: 'U en uw werk zijn niet in gevaar.'

De zesendertigjarige Rus staarde naar het plafond. 'Fuck!' riep hij, en tikte: 'Wie heeft u vermoord?'

'Dat heeft niets met u te maken. Houd uw aandacht bij uw dagelijkse instructies.'

Woedend tikte Kovalenko: 'Sodemieter op! Ik moest van u daar naartoe!!! Ik had gezien kunnen worden. Ik had gefilmd kunnen worden. Wie zat daar in die woning? Waarom. Waaróm?' Hij pakte de fles Ketel One en drukte die stevig tegen zijn borst terwijl hij wachtte op antwoord.

Ditmaal duurde het lang. In gedachten zag Valentin Center expres even wachten om de man aan de andere kant van de verbinding tijd te gunnen om wat te kalmeren.

Ten slotte verscheen zijn reactie. 'Ik volg de bewegingen van de politie en die van de autoriteiten. U wordt nergens genoemd. Ik verzeker u dat er geen beveiligingsbeelden van u of uw huurauto rondom Prosper Street zijn gemaakt. U hoeft niet bezorgd te zijn en ik heb geen tijd om al mijn agenten gerust te stellen.'

Kovalenko reageerde. 'Ik woon daar maar drie kilometer vandaan. Ik zal moeten verkassen.'

'Negatief. Blijf waar u bent, in de buurt van Dupont Circle. Daar bent u nodig.'

Kovalenko wilde Center vragen waarom, maar hij wist dat het vergeefse moeite was.

In plaats daarvan dronk hij een minuutje, en hij voelde het kalmerende effect van de wodka opkomen en tikte: 'Degenen op 3333, wie waren dat?'

Er volgde geen antwoord.

Valentin typte: 'Het zal zometeen geheid op het nieuws komen. Waarom zou u het mij niet gewoon vertellen?'

'Een van hen was een probleem.'

Het zei Valentin helemaal niets. Hij wilde net een regel vol vraagtekens terugsturen, toen een nieuwe reeks van groene letters op het scherm verscheen.

'De andere vijf werkten voor de Central Intelligence Agency.'

Met licht openhangende mond staarde Kovalenko naar het scherm.

'*Ni huya sebe*': kút, fluisterde hij en hij drukte de fles wodka stevig tegen zijn hart.

Via het CIA Intelink-TS netwerk vernam Jack Ryan meteen dat de moord op zes mannen in Georgetown – hét nieuwsitem van de maand in Washington – zelfs nog brisanter zou zijn geweest als de echte feiten naar buiten zouden komen.

Uit communicaties tussen de CIA en de nationale veiligheidsdienst bleek dat Prosper Street 3333 een CIA-safehouse was geweest, dat vijf van de slachtoffers voor de CIA werkten en dat de zesde de hoofdverdachte in de zaak rond de UAV-aanval was.

Hij heette FastByte22, de knaap die Jack Ryan en zijn collega's hadden helpen identificeren en aanhouden.

Het leed geen twijfel dat Ryan junior de operationele staf en directie van De Campus in de vergaderkamer bijeenriep om het nieuws mee te delen.

Chavez was verbijsterd over de brutaliteit van de misdaad. 'Die Chinezen hebben dus echt het gore lef om een *wet team*, een moordcommando, naar Georgetown te sturen om daar een stel CIA-agenten uit de weg te ruimen?'

'Ik weet niet zeker of de Chinezen er inderdaad achter zitten,' antwoordde hoofdanalist Rick Bell, terwijl hij de vergaderkamer betrad. 'We onderschepten net een CIA-bericht aan Cyber Command op Fort Meade. Tijdens een van FastBytes verhoren liet hij op een gegeven moment de naam Tong Kwok Kwan vallen als de ware identiteit van Center. Waarschijnlijk had ie toen al ernstig slaaptekort. Misschien was zijn dood een straf voor het noemen van Centers ware naam.'

'Wat weten we over deze Tong?' vroeg Granger.

Ryan zei: 'Het is dr. K.K. Tong. Adam Yao vertelde dat hij de aartsvader van de Chinese cyberoorlogsgemeenschap is.'

Granger kon zijn oren niet geloven. 'Wat had die Tong in jezusnaam in Hongkong bij FastByte en die hackers te zoeken? Hij hoort in Beijing of op een of andere militair commandocentrum te zitten.'

Ryan schudde zijn hoofd. 'Hij kreeg ruzie met ze. In China wordt hij gezocht.'

'Misschien hebben ze het bijgelegd,' opperde Chavez, 'en werkt hij weer samen met de Chinezen. Het Volksleger. Ik geloof geen seconde dat een of andere ad-hochackersclub dit allemaal om hun eigen vage redenen doet. Wat vandaag is gebeurd lijkt van staatswege te zijn ondersteund, net als die uav-hack.'

'Wie er ook achter zit,' zei Gerry, 'ze moesten Zha doden om hem het zwijgen op te leggen.'

'Maar dat is ze niet gelukt,' zei Jack. 'Gavin heeft Zha's computer en je kunt er donder op zeggen dat als hij die kan kraken, Zha ons alsnog heel wat te vertellen heeft.'

Als *topguns* bij de marine hadden majoor Scott 'Cheese' Stilton en kapitein Brandon 'Trash' White in hun leven heel wat meer meegemaakt dan de gemiddelde begindertiger. Toch had geen van de twee nog nooit zoiets meegemaakt als de gebeurtenissen van de afgelopen vierentwintig uur.

Nog geen dag geleden waren zij en hun medepiloten in het holst van de nacht door officieren van de marine-inlichtingendienst wakker geschud en met roodomrande ogen naar de briefingruimte van de *Ronald Reagan* gedirigeerd. De vierentwintig piloten waren in de houding gesprongen toen een luitenant-ter-zee van de marine-inlichtingendienst binnen was gekomen. Hij had hun verzocht weer te gaan zitten en meegedeeld dat ze allemaal bij het eerste ochtendlicht naar Japan zouden vliegen en onderweg in de lucht zouden bijtanken. Het squadron zou landen op de marineluchtmachtbasis Iwakuni, waarna ze nieuwe instructies zouden krijgen.

De piloten toonden zich tot op de laatste man woedend en teleurgesteld. De actie was immers híer, midden op de Zuid-Chinese Zee, niet daarginds in Japan. Maar de *Reagan* trok zich terug, tot buiten bereik van de Straat van Taiwan, wat Trash als een aftocht beschouwde. En nu kregen ze het bevel om zelfs het vliegdekschip te verlaten en zich nog verder van de actie te positioneren.

Geen van de piloten zag het zitten om de *Reagan* te verlaten, maar al deze jonge mannen dienden inmiddels lang genoeg bij de marine om te weten dat militaire bevelen heus geen hout hoefden te snijden om legitiem te zijn, en dus wachtten ze op hun stoelen, klaar om in te rukken.

Maar de luitenant-ter-zee had een tweede verrassing in petto en had hun verteld dat ze zich vrijwillig konden melden voor een uiterst gevaarlijke missie. Eenmaal in Iwakuni, en ook op hun eindbestemming, zouden ze meer duidelijkheid krijgen.

Verward, geboeid en opgewonden hadden alle piloten zich vrijwillig opgegeven.

Tegen het middaguur landden ze in Iwakuni. Meteen toen ze zich uit hun pilotenpak hesen, kregen ze burgerkleding aangereikt en werden ze naar een briefingruimte gebracht. Daar wachtte een burgerfunctionaris van de Defense Intelligence Agency, de militaire inlichtingendienst, hen op zonder dat hij zichzelf aan Trash, Cheese en de andere piloten voorstelde.

Trash kon zijn oren niet geloven toen de man hun vertelde dat ze allemaal bagage en valse papieren zouden krijgen om vervolgens per helikopter naar de internationale luchthaven van Osaka te worden overgevlogen. Vandaar ging het met een lijntoestel naar Taipei, de hoofdstad van Taiwan.

Trash en zijn squadron zouden via een achterdeur Taiwan binnenglippen, een eiland waar de Amerikanen militair gezien officieel niet aanwezig waren.

De Taiwanese luchtmacht had onlangs twee dozijn F/A-18 Hornets ontvangen. De groep piloten zou naar Taiwan afreizen en daar de toestellen bemannen om bewapende luchtpatrouilles boven de Straat van Taiwan uit te voeren.

Al sinds 1979 hadden de Verenigde Staten geen strijdkrachten meer op Taiwan, aangezien het Chinese vasteland dit als een provocatie opvatte. De volkswijsheid dicteerde dat Beijing meteen raketten op het eiland zou afvuren en dit met geweld weer zou inlijven. Washington wilde Beijing geen rode lap voorhouden en dus waren de Amerikanen weggebleven.

Trash en zijn medepiloten waren gekozen omdat, zo liet de DIA-functionaris hun weten, ze multi-inzetbaar waren, in staat om te opereren met minder ondersteuning dan de marinevliegers, en bovendien had de gehele groep boven de Straat van Taiwan de twee voorafgaande weken de degens gekruist met de Chinese luchtmacht.

Ze waren, zeg maar, al gehard.

Het geheime squadron zou over wat ondersteunend personeel, grondtechnici en vluchtleiders uit Iwakuni kunnen beschikken, maar de Taiwanese luchtmacht zou het grootste deel van het grondpersoneel leveren dat in het geheim naar de basis was overgebracht.

Trash wist dat hij en de drieëntwintig andere jongens niets tegen de Chinezen konden uitrichten, als die besloten om Taiwan aan te vallen. Hij vroeg zich af of deze hele exercitie niet gewoon een politieke strategie was om de Taiwanese regering te laten zien dat, ook al bleven de *Reagan* en het zusterschip min of meer uit de buurt van het gevaar, de Verenigde Staten toch bereid waren om een paar van de eigen jongens pal boven de Straat te prikken.

De gedachte dat hij en zijn maten slechts pionnen waren in een geopolitiek schaakspel maakte hem kwaad, maar hij moest toegeven dat hij de kans om weer in actie te kunnen komen maar al te graag aangreep.

De vlucht naar Taiwan Taoyuan International Airport verliep zonder incidenten, behalve dan dat de vierentwintig kortgeknipte Amerikanen, leeftijd variërend van zesentwintig tot tweeënveertig en afzonderlijk dan wel in paren over de cabine van het lijntoestel verdeeld, elkaar negeerden. Na aankomst kwamen ze soepel langs de douane en ze verzamelden zich in de lobby van een luchthavenhotel.

Een paar mannen, van wie Cheese vermoedde dat het DIA-agenten waren, gingen hun voor naar een bus die hen naar een afgesloten deel van de grote luchthaven reed.

Daar stapten ze aan boord van een Taiwanese C-130 Hercules voor de vlucht naar luchthaven Hualien, een burgervliegveld aan de oostkust van Taiwan dat in zijn geheel werd omringd door een operationele basis. De Taiwanese luchtmacht vloog hier twaalf maanden per jaar met F-16's en het civiele deel van het vliegveld was voor onbepaalde tijd gesloten voor 'militaire trainingsmanoeuvres'. Trash en de anderen hadden te horen gekregen dat ze zo min mogelijk met het personeel van de basis in contact zouden komen om het gevaar van een lek te minimaliseren.

Ook werd een Taiwanese Hawkeye uitgerust met Amerikaanse gevechtsleiders die de operationele vluchtleiding op zich zouden nemen.

Daarna werden de Amerikanen een grote bunker in geleid die in een heuvel vlak bij de startbaan was gebouwd. Daar troffen ze vierentwintg gebruikte, maar in goede staat verkerende F/A-18C Hornets aan, plus onderkomens en commandoruimten voor de Amerikanen.

Drieëndertig uur nadat ze in het holst van de nacht op de *Ronald Reagan* waren wakker geschud, liepen kapitein Brandon 'Trash' White en majoor Scott 'Cheese' Stilton geheel volgens de veiligheidsinstructies van de DIA-agent met hun helmen op vanuit hun beveiligde onderkomen naar buiten.

Op het tarmac inspecteerden ze nog een laatste maal hun toestel, waarna Trash in de cockpit van 'zijn' Hornet met staartnummer 881, en Cheese in dat van het aan hem toegewezen toestel 602 klom.

Al snel waren ze in de lucht, voerden ze patrouillevluchten uit boven de Straat van Taiwan en – dit was het beste gedeelte voor Trash en de andere mariniers – zetten ze na hun missies hun toestel neer op een echte landingsbaan, een lange, brede, vlakke, roerloze plak asfalt in plaats van een deinende postzegel ergens midden op de oceaan.

52

De afgelopen week na zijn terugkeer uit Hongkong had Gavin Biery zichzelf opgesloten in zijn laboratorium en was hij bezig geweest de geheimen in de zakcomputer van FastByte22 uit te pluizen.

Nu FastByte22 dood was, wist Gavin dat de enige aanwijzingen die de jonge hacker ooit zou onthullen binnen het schakelsysteem verborgen moesten zitten, en het was zijn taak om ze bloot te leggen.

Het apparaat was lastig te kraken geweest. De eerste dag had hij door dat Fastbyte22 een virus in de zakcomputer had geplant dat tegen elke computer, elk bluetooth-apparaat of andere randapparatuur die er op wat voor manier dan ook op werd aangesloten in de aanval zou gaan. Het virus zou vervolgens een RAT in het geïnfecteerde apparaat achterlaten die van de gebruiker aan de andere kant een foto zou maken.

Het was een ingenieuze code, en Gavin had dan ook twee volle dagen nodig gehad om die te omzeilen.

Eenmaal in de diskdrive en door de versleuteling heen vond hij een schat aan informatie. Bijna alle aantekeningen die hij aantrof, waren uiteraard in Chinese karakters, en Zha was dol geweest op aantekeningen maken. Biery was als de dood dat er nog meer virusboobytraps op het apparaatje geïnstalleerd waren, dus liet hij een Mandarijn sprekende vertaler van de tweede verdieping naar de kamer komen, maar niet nadat deze eerst was gefouilleerd; vervolgens moest de arme jongeman honderden pagina's tekstbestanden met de hand overschrijven om ze achter zijn bureau te vertalen.

Terwijl de documenten werden overgeschreven, bekeek Biery de uitvoerbare bestanden en ontdekte hij andere geheimen.

Een gecompliceerd, op maat gecodeerd uploadsysteem op het apparaat was Biery in eerste instantie een raadsel. Toen hij de broncode van het programma bekeek, kon hij met de beste wil van de wereld niet opmaken waarin het verschilde van alle, overal op internet gratis verkrijgbare uploadapplicaties. Het leek een onnodig complex stukje software.

Hij wist zeker dat er meer achter zat; FastByte22 was niet het type hacker geweest dat gewoon als tijdverdrijf zoiets overdrevens zou bouwen, maar hij liet het met rust en bleef verder speuren in het apparaat.

Uiteindelijk ontsluierde de Chinese vertaler het geheim van FastByte22's computer. De aantekeningen in het Mandarijn waren, zo leek het, overpeinzingen die Zha buiten werk had. Ryan had Gavin uitgelegd dat toen ze FastByte door de straten van Hongkong achtervolgden, en zelfs toen hij in de stripclub zat, hij altijd op de zakcomputer aan het tikken was. Biery begreep de jongeman; hij deed het zelf ook. Buiten zijn werk zat Gavin thuis altijd met zijn laptop te pielen of hij sprak in zijn auto kleine dingen in op zijn audiorecorder, ideeën die op dat moment in hem opkwamen en die hij voor later wilde opnemen.

De meeste aantekeningen van Zha waren gewoon ideeën, en veel ervan waren dwaas of volslagen maf: 'Ik wil de website van Buckingham Palace kraken en een foto van voorzitter Su boven het hoofd van de koningin plaatsen,' en 'Als we de stabilisatieraketten van de ISS konden aanzetten, zouden we dan losgeld kunnen eisen om te voorkomen dat die tegen een satelliet crasht?'

Ook was er een uitgewerkt plan om de insulinepomp van een diabeticus op afstand te bedienen door met een richtantenne de verbonden laagstroom superheterodyne ontvanger te hacken, vermoedelijk met het doel om de toevoer van insuline in de bloedstroom van de suikerpatiënt te verhogen om hem tot een afstand van dertig meter te doden. Uit de aantekeningen bleek dat FastByte22 op de apparatuur zelf wat tests had uitgevoerd en dat hij onlangs nog bij een bedrijf in Marseille een ontvanger had besteld die naar een postbus in Mong Kok verzonden diende te worden.

Veel van Zha's aantekeningen lieten Gavin zien dat de dode Chinese hacker een briljante geest en een vruchtbare fantasie had bezeten.

Maar nog veel meer aantekeningen bevatten belangrijke informatie. 'Bespreek met Center de ontdekking aangaande de foutbestendige maatregelen van de waterkrachtdam.' En: 'Oekraïense commandoserver is slechts zo stabiel als het plaatselijke stroomnet. Kharkov = beter dan Kiev. Bespreek met Center de noodzaak voor Data Logistics om voor de volgende fase verkeer uit Kiev langs een andere route te sturen.'

De meeste aantekeningen riepen meer vragen op dan dat ze antwoorden verschaften, maar Biery vond wel de verklaring voor de gecompliceerde applicatie om bestanden te uploaden. Uit een aantekening die Zha slechts een week voor zijn ontvoering door Navy SEAL's had gemaakt, leerde Gavin dat de software een door Zha gemaakt stukje malware was; hiermee kon een hacker via Cryptogram, het instantmessagingsysteem dat Center gebruikte en dat zo goed als hackproof werd geacht, een virus uploaden. Toen Cryptogram uitkwam, had Gavin het wel aandachtig bekeken, maar hij had de software niet grondig genoeg uitgespit om de door Zha geschreven code makkelijk te kunnen herkennen. Toen hij eenmaal de eenvoudige verklaring uit het Mandarijnse tekstdocument had, dook hij opnieuw in de code en hij zag dat er helemaal niets eenvoudig was aan de uploader zelf. Het was geniaal en ingewikkeld, en in de andere manier waarop de code werd geschreven, zag Biery dat er bij de constructie een groot aantal programmeurs betrokken was geweest.

Dat was interessant. In Hongkong was Zha met andere beroemde Chinese hackers gezien. Nu had Gavin meer bewijs dat ze in feite hadden samengewerkt aan verfijnde malware.

De tweede grote onthulling uit FastBytes handgeschreven aantekeningen was zelfs nog sensationeler. De jonge Chinese hacker had codewoorden gebruikt om mensen aan te duiden en algemene namen om plaatsen aan te duiden, en Gavin realiseerde zich al snel dat hij de code niet zou kunnen breken zonder in Zha Shu Hai's hoofd te kijken. Maar in een van zijn documenten had Zha een missertje gemaakt. In een lange aantekening aan zichzelf over het stiekem ontfutselen van data van een niet bij naam genoemde contractant van de Amerikaanse defensie had hij viermaal de 'Miami commandoserver' genoemd, maar de vijfde keer verwees hij naar de locatie als de 'BriteWeb commandoserver'.

Gavin liep direct zijn steriele lab uit, repte zich naar zijn kamer, ging online en zocht naar BriteWeb in Miami. Het leverde meteen een hit op. Het was een in Coral Gables gevestigd bedrijf dat websites ontwierp en datahosting verzorgde. Iets dieper graven leerde hem dat de zaak in handen was van een holdingcompany aan Grand Cayman.

Gavin pakte zijn telefoon, belde een van zijn medewerkers en droeg hem op alles te laten vallen en naar informatie over de holdingcompany te spitten.

Een uur later belde Gavin met Sam Granger, hoofd operaties.
'Morgen, Gavin.'
'Hoe snel kunt u iedereen optrommelen voor een vergadering?'
'Heb je iets?' vroeg Granger.
'Ja.'
'Kom over twintig minuten.'

Vijfentwintig minuten later stond Gavin Biery aan het hoofd van de vergadertafel. Voor hem bevond zich de volledige bezetting van Campus-operators, alsmede Gerry Hendley en Sam Granger.

'Wat heb je voor ons?' vroeg Hendley zodra iedereen was gaan zitten. 'Ik heb nog een heel eind te gaan voordat ik alle geheimen op dat apparaat heb ontsloten, maar intussen heb ik al wel een van de commandoservers van Center gevonden.'
'Waar?' vroeg Chavez.
'Miami. Coral Gables. Southwest Sixty-second Place.'
'Miami?' reageerde Granger zichtbaar verrast. 'Dus dat is de commando-en-controlelocatie van de hackoperatie? Miami?'
'Nee. Het is een van de plaatsen waar een botnet van Zha en Tong data naartoe stuurt die het van gehackte machines steelt. Maar het lijkt erop dat dit niet zomaar een bonafide server is die als droplocatie voor data wordt gebruikt. Als je kijkt hoe dat bedrijf is opgezet, zie je dat de eigenaars heel goed wisten dat ze hun hardware voor misdadige doeleinden gingen gebruiken. Het is een zwartemarktserver. Zonder twijfel gerund door schimmige smeerlappen. Ze hebben een dropplek in de buurt, dus ze kunnen geld en goederen oppikken.'
'Hebben we het over misdadige praktijken?'
'Ja,' antwoordde Gavin, 'zonder enige twijfel. Ze verbergen de identiteiten van de eigenaars van de server achter dekmantelbedrijven en valse registraties. De eigenaar van het bedrijf is een Rus; hij heet Dmitri Oransky, heeft zijn onderneming geregistreerd op de Kaaimaneilanden en woont in de VS.'
'Shit,' reageerde Granger. 'Ik hoopte... verwachtte dat het ergens in het buitenland zou zijn.'
'Er zullen andere commandoservers zijn, in een botnet van deze omvang,' reageerde Gavin. 'Een aantal waarschijnlijk in de VS, andere in het buitenland. Maar dit botnet maakt beslist deel uit van de operatie, en de lieden die het runnen houden zich niet aan de regels.'
'Als het de VS aanvalt, waarom zou het dan hier in de VS staan?' vroeg Driscoll. 'Weten ze dan niet dat dat het voor ons makkelijker maakt om het plat te leggen?'
'Slechteriken zetten hun servers maar wat graag in de VS. Wij hebben een betrouwbaar stroomnet, brede en wijdverbreide breedband, en een voor bedrijven positief beleid zonder al te veel bureaucratisch gedoe waar gangsters niet dol op zijn. Ze weten zo goed als zeker dat ze niet in het holst van de nacht verrast zullen worden door een wagen vol soldaten of agenten die hen inrekenen en hun apparatuur in beslag nemen zonder dat de FBI eerst maandenlang over juridische hordes moet springen; ze hebben dus alle tijd om hun biezen te pakken en ervandoor te gaan.'
Gavin zag dat de meeste aanwezigen het niet echt begrepen. 'Ze den-

ken dat ze de herkomst van hun commandoservers kunnen verbergen, dus waarom ze niet pal onder onze neus plaatsen? Feit is dat het dus negenennegentig procent van de tijd verdomd goed werkt.'

'Zelfs al is Miami niet het zenuwcentrum van de hele operatie,' zei Dom Caruso, 'dan is dit adres van Coral Gables duidelijk een stukje van de puzzel, en we moeten het dus natrekken.'

Sam Granger bracht een hand omhoog. 'Niet zo snel. Ik ben voorzichtig om jullie op een operatie op eigen bodem uit te sturen.'

'We hebben het wel vaker gedaan.'

'Dat is waar, de Nevada-op bijvoorbeeld. Maar dat was een andere situatie. We weten dat Tong en zijn mensen, wie dat ook mogen zijn, het direct op ons hebben gemunt, en ze hebben bewijs dat ons moeiteloos kan opsluiten. Dit is niet de tijd om het in Amerika tegen Amerikanen op te nemen. Geen van de gratieverleningen van Jacks vader zullen ons enig goed doen als jij wordt geïdentificeerd en op beschuldiging wordt opgepakt.'

'Luister,' zei Jack Ryan, 'we hebben een buitenlandse vijand, zoveel is wel duidelijk. Alleen een paar van hun middelen zijn hier. Ik stel voor dat we er een kijkje gaan nemen, en dan bedoel ik niet dat we er in volledige bepakking binnenstormen, maar alleen de boel verkennen. We maken een paar foto's van de mannen die daar werken, snuffelen wat in hun achtergrond en bekende compagnons, en dat kan ons naar de volgende schakel in de ketting leiden.'

Granger schudde zijn hoofd. 'Ik wou dat we dat konden doen, maar het is wel een gevaarlijke koers. Jouw vader heeft deze operatie niet opgezet zodat wij Amerikanen kunnen bespioneren.'

'Klootzakken zijn klootzakken, Sam,' zei Jack. 'Het maakt niet uit wat er in hun paspoort staat.'

Hier moest Sam om glimlachen, maar het was duidelijk dat hij tot een besluit was gekomen. 'We tippen de FBI over die commandoserver. En we zullen de details uitwerken over hoe we ze gaan informeren. Maar intussen blijft De Campus erbuiten.'

Dom en Jack knikten instemmend. Geen van beiden begreep het echt, maar Sam was hun baas, en daarmee uit.

Kort daarna werd de vergadering gesloten, maar Gavin Biery verzocht Ryan om hem naar zijn werkkamer te volgen. Eenmaal daar zei Biery: 'Ik wilde het zo-even niet bespreken, want ik heb momenteel niet meer dan een theorie, maar ik wilde je er wel even over vertellen, omdat het misschien tot enig werk noopt wat de operaties van De Campus betreft.'

'Zeg het maar. Aangezien we toch niet naar Miami mogen gaan om onderzoek te doen zou ik iets van werk wel op prijs stellen,' zei Jack.

Gavin hield een hand omhoog. 'Voor jou is er even niets te doen. Dit kan weleens dagen duren. Maar met veel werk kan ik twee stukjes malware die ik op Zha's computer heb aangetroffen onderzoeken om de precieze werking ervan te duiden en er dan een behoorlijk krachtig wapen mee maken.'

'Wat voor wapen?'

'Zha bouwde een verstopt leveringssysteem dat iemand in staat stelt om via Cryptogram malware te uploaden, en hij stopte een virus in zijn zakcomputer dat elk verbonden apparaat infecteert met een versie van zijn RAT-software.'

'Zodat hij door de camera kan zien.'

'Juist.'

Langzaam begon het Jack te dagen. 'Dus... je zegt dat je misschien een nieuw virus kunt bouwen dat je via Cryptogram kunt afleveren om de computer aan de andere kant te infecteren en vervolgens een foto kunt nemen van wat er aan de andere kant is?'

Biery knikte. 'Nogmaals, in theorie. En bovendien zou je een computer moeten vinden die iemand gebruikt om met Center in contact te komen. Niet Zha's zakcomputer, want Center zal weten dat die gebrandmerkt is en hij zou nooit verbindingen instellen. En niet de Istanbul-disk, om precies dezelfde reden. Maar een nieuw apparaat, gebruikt door iemand die Center vertrouwt. Als Center een nieuw Cryptogram-gesprek opende, de digitale handdruk van de andere partij accepteerde en vervolgens een bestand accepteerde dat door een andere partij werd geüpload... dan zouden we Center misschien kunnen bekijken.'

Normaliter zag de presidentszoon Gavins ogen altijd blinken als hij praatte over wat hij met computercode kon doen, maar Gavin leek nu veel ingetogener dan anders.

Jack wilde hem aanmoedigen. 'Je realiseert je hoe belangrijk dat zou zijn voor De Campus? Shit, hoe belangrijk het zou zijn voor Amerika?'

'Maar geen beloften,' zei Gavin. 'Het zal niet makkelijk worden.'

Jack gaf hem een klopje op de arm. 'Ik heb vertrouwen in je.'

'Dank je, Ryan. Ik zal met die code in de weer gaan, kijk jij of een van Centers mensen zo dom is om mee te werken.'

Twee uur later zat Ryan achter zijn bureau. Hij voelde dat er iemand was, keek op en zag Dom met een glimlach op zijn gezicht achter hem staan.

'Hé, neef. Nog grote plannen voor het weekend?'
Ryan schudde zijn hoofd. 'Niets. Melanie zegt dat ze zaterdag werkt. Ik dacht hierheen te gaan en nog wat aan te prutsen. Daarna denk ik dat we wat gaan rondhangen. Hoezo, wat is er?'
'Hoe lang is het geleden dat we samen op vakantie gingen?'
Jack keek op van zijn monitor. 'Zijn we ooit samen op vakantie geweest dan? Ik bedoel, behalve toen we nog klein waren?'
Tony Wills, Jacks collega die normaal tegenover hem zat, was weg om te lunchen, dus Caruso schoof diens lege stoel erbij en nam plaats. Hij boog zich naar Ryan toe. 'Te lang dus,' zei hij op samenzweerderige toon.
Jack voelde dat er iets was. 'Waar denk je aan, man?'
'We hebben hard gewerkt. Ik zat te denken, misschien kunnen we hier vanmiddag op tijd aftaaien en samen een weekendje weg. Gewoon twee kerels die een beetje stoom afblazen.'
Jack Ryan keek hem schuin aan. 'En waar dacht jij stoom te gaan afblazen?'
Dom Caruso antwoordde niet, maar glimlachte slechts.
Jack beantwoordde zijn eigen vraag: 'Miami.'
'Waarom niet? We pakken een commerciële vlucht, nemen een paar kamers in South Beach, eten wat goed Cubaans voedsel...' Hij liet de zin open, en opnieuw vulde Ryan hem aan.
'En we wippen naar Coral Gables, werpen even een steelse blik naar binnen bij Southwest Sixty-second Place. Is dat je plan?'
Dom knikte. 'Wie komt het te weten? Kan het iemand wat schelen?'
'En tegen Granger zeggen we niets?'
'Moeten we Granger laten weten wat we elk weekend uitvreten?'
'Als we Granger of iemand anders hier niets laten weten, wat heeft het dan voor zin om te gaan?'
'Luister, we zullen niet te dichtbij komen, we brengen onszelf niet in gevaar. We gaan alleen een kijkje nemen. Misschien dat we wat kentekens noteren op het parkeerterrein, of een computernerd achtervolgen naar zijn computernerdflat en een adres bemachtigen.'
'Ik weet het niet,' zei Jack. Hij wist wel, zoals Dom zei, dat ze in hun vrije tijd konden doen wat ze wilden.
Maar hij wist ook dat het neerkwam op een schending van de geest van Sam Grangers instructies, zij het niet de feitelijke instructies. Ook al zouden ze dan niet voor De Campus werken, het was een dunne scheidslijn.
'Wil jij dit weekend thuisblijven en op je kont zitten, of wil je iets doen wat zomaar eens een verschil zou kunnen maken? Nogmaals, als

het niets oplevert, dan kan het geen kwaad ook. Maar als we iets van strafbare info krijgen, gaan we ermee naar Sam en geven we het hem met onze welgemeende verontschuldigingen. Je weet hoe het gaat. Soms is het beter om vergeving te vragen in plaats van toestemming.'

Die laatste opmerking trof doel bij Jack. Hij zag zichzelf zitten en zich afvragen wat hij kon bereiken als hij inging op het aanbod van zijn neef. Hij dacht er nog even over na en glimlachte toen insinuerend. 'Ik moet toegeven, neef, dat ik best dol ben op een lekkere mojito.'

Caruso glimlachte. 'Zo mag ik het horen.'

53

Vrijdagmiddag laat arriveerden Dominic en Jack in Miami. Ze hadden tweede klas gevlogen, op een commerciële vlucht, en vergeleken met de Hendley G-550 Gulfstream voelde het een beetje als de steentijd, maar de vlucht was op tijd en beide mannen hadden het grootste deel van de tijd geslapen.

Ze droegen geen wapens, hoewel het aan boord nemen van een pistool op een commerciële vlucht binnen de Verenigde Staten niet verboden was. Aangezien het in Florida was toegestaan om met een vergunning een handwapen te vervoeren, hadden ze met vergrendelde en ongeladen wapens in hun gecontroleerde bagage Miami in kunnen komen, maar er kwamen wel de nodige formulieren en oponthoud bij kijken; beide mannen besloten dat dit niet dat soort trip was. Ze hadden het bevel gekregen om geen formele surveillanceoperatie van de commandoserverlocatie te beginnen, en ook wisten ze dat als Sam er op een of andere manier achter kwam, het feit dat ze niet hun wapen mee hadden genomen in hun verdediging zou kunnen pleiten, want het gaf aan dat ze daar niet voor 'officiële zaken' waren.

Het was haarkloven, en Jack voelde zich er niet geweldig over, maar hij vond dat De Campus-operators de commandoserverlocatie zelf moesten bekijken.

Ze huurden een onopvallende vierdeurs-Toyota en reden naar Miami Beach, waar ze een goedkoop motel met anderhalve ster vonden. Terwijl Ryan in de auto wachtte, boekte Dominic twee kamers voor twee nachten, die hij contant betaalde. Ze vonden hun kamers, vlak naast elkaar, gooiden hun weekendtas op hun bed en liepen weer terug naar de Toyota op het parkeerterrein. Binnen een halfuur na het inchecken liepen ze in het gedrang van strandgangers en weekendtoeristen over Collins Avenue. Twee straten verder naar Ocean Drive namen ze plaats in de eerste bar die ze zagen; net als de meeste nachtclubs op een vrijdagavond in Miami liep hier een indrukwekkend aantal mooie vrouwen rond.

Toen ze ieder een mojito op hadden en een tweede hadden besteld, praatten ze over hun plan voor het weekend.

'Morgenochtend gaan we eerst naar Coral Gables,' zei Dom.
'Wou je op klaarlichte dag langsrijden?'
'Ja hoor. Gewoon rustig de boel verkennen. Veel meer zal niet lukken op deze trip. Je hebt de straat gezien op Google Maps, er is daar geen gelegenheid om te verdwijnen, dus we zullen mobiel moeten blijven, te voet of in de auto.'
'Zeker weten dat je er niet nu langs wilt gaan?'
Dominic keek eens om zich heen naar de mooie vrouwen. 'Neef, misschien dat jíj niet meer single bent, maar ik wel. Wees eens aardig.'
Ryan lachte. 'Ik ben nog steeds single. Ik kijk op dit moment gewoon niet.'
'Ja hoor. Ik zie hoe je smelt als ze belt. Man, wanneer je met haar praat, gaat je stem een halve octaaf omhoog.'
Jack kreunde. 'Nee. Zeg me dat het niet zo is.'
'Sorry hoor. Ze heeft je volledig in haar macht.'
Jack reageerde nog steeds op de mogelijkheid dat ze het op het werk konden horen wanneer hij met Melanie belde. Maar hij zuchtte. 'Met deze had ik geluk.'
'Dat is geen geluk. Je bent een goeie vent. Je verdient haar.'
Al drinkend zwegen ze even. Ryan verveelde zich; hij checkte zijn telefoon op eventuele sms'jes van Melanie, en Dom keek naar een Colombiaanse schoonheid aan de bar. Ze glimlachte terug, maar even later verscheen haar vriendje, die haar kuste en op de kruk naast haar plaatsnam. Hij leek op een *linebacker* van de Dolphins. Grinnikend schudde Caruso zijn hoofd, en met een slurp dronk hij zijn mojito op.
'Barst ook maar, neef. Laten we die commandoserver gaan checken.'
Binnen een seconde haalde Ryan een paar briefjes van twintig uit zijn portemonnee. Hij wierp ze op de tafel, en ze liepen terug naar hun huurauto.

Tegen de tijd dat ze het adres hadden gevonden, was het bijna middernacht.
Langzaam reden ze langs het gebouw, beiden het parkeerterrein en de ingang opnemend. Op een bord viel te lezen dat BriteWeb een datahostingbedrijf was voor particulieren en het kleinbedrijf. In het gebouw van éénhoog brandden een paar lampen, en op het parkeerterrein stond een aantal auto's.
Ze sloegen de hoek om en keken in een kleine, verlichte passage dwars door het midden van het gebouw.
Bij Jack stonden meteen de haartjes in zijn nek overeind.

Dominic floot tussen zijn lippen door. 'Dat lijken geen computernerds,' zei hij.

Naast de deur in de passage stonden twee jongemannen een sigaret te roken. Beide mannen droegen een strak T-shirt en een kaki cargobroek; ze waren ruim één meter tachtig en gespierd. Ze hadden vaalblond haar, vierkante kaken en brede, Slavische neuzen.

'Leken jou dat Russen?'

'Ja,' zei Jack. 'Maar ik betwijfel of een van die gasten Dmitri Oransky is, de eigenaar van de zaak. Dit lijken mij bewakers.'

'Het zou de Russische maffia kunnen zijn,' zei Dom. 'Die zitten in heel Zuid-Florida.'

'Wie ze ook zijn, ze gaan ons zien als we rond deze tijd voorbij blijven rijden. Laten we morgenochtend terugkomen.'

'Prima beslissing.'

'Is het een idee om twee andere auto's op te halen, gewoon om ervoor te zorgen dat we niet opvallen? Andere merken en modellen. Dit is Zuid-Florida, dus we nemen getinte ruiten, dat zal helpen. Met twee auto's verdubbelen we onze surveillancetijd zonder argwaan te wekken bij de kleerkasten die de straat in de gaten houden. We moeten foto's maken van iedereen die hier komt en gaat.'

'Begrepen.'

Een kleine vijftienduizend kilometer verderop, in een gebouw van dertienhoog in Guangzhou, boog een drieëntwintigjarige vrouw zich voorover om een beeld op haar monitor beter te kunnen bekijken. Vijf seconden later tikte ze op een toets van haar toetsenbord, en ze hoorde een korte, lage piep in haar headset.

Ze zat op haar gemak te kijken naar het realtimebeeld uit Miami, terwijl ze wachtte tot Center haar videoconferentie accepteerde. Ze had hem een paar minuten geleden langs zien lopen, dus hij kon heel goed in de vergaderzaal zijn geweest en niet op zijn kamer. In dat geval zou hij het gesprek op zijn VoIP-headset nemen in plaats van op zijn computer. Ook al kon hij hier in de kamer zijn geweest, ze riep niet naar hem. Als iedereen dat deed, zou het hier net de handelsvloer van de Beurs van Chicago lijken.

Op het beeldscherm van haar computer verscheen de beeltenis van dr. Tong naast het beeld in Coral Gables.

Hij keek op van zijn bureau. 'Center.'

'Center, desk vierendertig.'

'Ja?'

'Doelwit Hendley Associates, Maryland, Verenigde Staten. Persoon-

lijkheid Jack Ryan junior en persoonlijkheid Dominic Caruso.'
'Zijn ze in Florida aangekomen?'
'Ja. Ze surveilleren bij de commandoserver. Ik heb ze realtime in beeld in een huurauto op slechts een straat van BriteWeb.'
'Waarschuw agenten ter plekke. Licht ze in dat een onbekende macht de commandoserver heeft gecompromitteerd. Geef ze hun hotelgegevens, autokentekens en persoonsbeschrijvingen. Onthul de identiteit van de persoonlijkheden niet aan plaatselijke agenten. Instrueer plaatselijke agenten om de doelwitten definitief uit te schakelen. We hebben dit lang genoeg laten doorgaan.'
'Begrepen.'
'Draag Data Logistics daarna op om de datastroom van de commandoserver in Miami om te leiden. Die operatie is vanaf nu gesloten. Met de dood van Jack Ryan junior zal het incident nauwkeurig worden onderzocht, en wij moeten alle sporen naar het Ghost Ship uitwissen.'
'Ja, Center.'
'Totdat Data Logistics een permanente oplossing kan vinden, kunnen ze via de commandoserver in Detroit verzenden.'
'Ja, Center.'
De drieëntwintigjarige controller verbrak de verbinding en opende de Cryptogram-applicatie op een van haar monitoren. Binnen enkele seconden werd ze doorverbonden naar een computer in Kendall, Florida. Deze was in het bezit van een vijfendertigjarige Rus die op een verlopen studentenvisum in de VS woonde.

Twaalfenhalve minuut nadat Center met zijn deskoperator had gesproken, ging in Hollywood Beach, Florida, een mobiele telefoon in de zak van een Amerikaanse burger van Russische afkomst.
'*Da?*'
'Yuri, met Dmitri.'
'Ja, meneer?'
'We hebben een probleem. Zijn de jongens bij jou?'
'Ja.'
'Pak een pen en schrijf dit adres op. Jullie gaan vanavond serieus lol beleven.'

Jack en Dom kwamen zonder problemen terug in het luizenmotel en dronken samen een biertje op de piepkleine patio naast Ryans kamer. Om ongeveer halftwee was het bier op, en Dom maakte aanstalten om naar zijn kamer te gaan, maar besloot toch nog even een flesje water uit de automaat in de passage te kopen.

Hij opende de deur naar de passage en staarde opeens in de loop van een lang, zwart automatisch pistool.

Ryan zat nog op het binnenplaatsje. Hij keek op tijd op om twee mannen over het lage hekje te zien springen. Beide mannen zwaaiden met een pistool in Ryans gezicht.

'Terug naar binnen,' zei een man met een sterk Russisch accent.

Jack bracht zijn handen omhoog.

Van de binnenplaats werden door een van de Russen twee aluminium terrasstoelen naar binnen gedragen, en Ryan en Caruso werden gedwongen plaats te nemen. De kleinste van de drie belagers had een linnen gymtas bij zich, waar hij een grote rol brede duct tape uit haalde. Terwijl de twee anderen aan de andere kant van de kamer stonden, tapete de Rus eerst de benen van Jack en daarna die van Dom aan de stoelpoten vast, en vervolgens hun handen achter de rugleuningen.

Ryan was in eerste instantie te verbouwereerd geweest om iets uit te brengen; hij wist dat hij terug naar het hotel niet was gevolgd, dus hij kon zich niet voorstellen hoe ze hier gevonden waren.

De drie mannen oogden serieus, maar ze kwamen ook over als domme krachten. Jack kon zien dat ze niet het brein achter deze operatie waren, of achter welke operatie dan ook die gecompliceerder zou zijn dan schoenveters strikken of pistolen afvuren.

Dit zouden onderwereldfiguren van Dmitri zijn, en zo te zien wilde Dmitri Ryan en Caruso dood hebben.

Dom probeerde met de mannen te praten. 'Waar gaat dit over?'

'We weten dat jullie ons bespioneren,' zei de kennelijke leider van het drietal.

'Ik weet niet waar je het over hebt. Wij zijn gewoon gekomen voor een weekendje aan het strand. We weten niet eens wie...'

'Bek dicht!'

Elke vezel van Ryan was er nu op gericht om zich gereed te maken om in actie te komen. Hij wist dat als zijn voeten eenmaal vastgebonden waren, het over zou zijn; dan zou hij zich niet meer kunnen bewegen of kunnen vechten.

Maar hij zag geen enkele opening. De twee mannen die hen onder schot hielden stonden aan de andere kant van het bed, zeker drie meter van hem vandaan. Jack wist dat hij met geen mogelijkheid bij die pistolen kon komen, voordat ze op hen vuurden.

'Luister,' zei hij. 'Wij willen helemaal geen narigheid. We volgden gewoon onze bevelen op.'

'O ja?' reageerde de man die de leiding had. 'Nou, jullie baas zal een nieuw team moeten samenstellen, want jullie twee mooie jongens staan op het punt om te sterven.'

De kleinere man met de gymtas pakte een lang stuk zwart draad en gaf het aan zijn baas. Ryan had slechts even nodig om de lussen aan beide uiteinden te zien, en om te begrijpen waar hij naar keek. Het was een garrot, een wurgijzer dat om de hals van het slachtoffer werd geplaatst om vervolgens van achteren strak te worden getrokken zodat hij stikte.

'Jullie begrijpen het niet,' sprak Ryan nu sneller. 'Onze baas is dezelfde als jullie baas.'

'Waar heb je het over?'

'Center heeft ons gestuurd. Hij zegt dat Dmitri het geld van de elektronische bankoverschrijvingen in zijn eigen zak steekt, terwijl het gelijk verdeeld moet worden onder jullie. Daarom zijn we hier.'

'Waar heb je het over?'

Caruso haakte in op wat Jack had gezegd. 'Center heeft de computer en de telefoon van jullie baas gehackt; jullie worden bestolen.'

'Ze verzinnen gewoon wat onzin zodat we ze niet afmaken,' zei een van de mannen aan de andere kant van het bed.

'Ik heb het bewijs op mijn laptop staan,' zei Jack. 'Een Cryptogramgesprek waarin Center tegen Dmitri zegt hoeveel hij jullie moet betalen. Ik kan het je laten zien.'

'Je laat ons helemaal niks zien,' zei dezelfde man. 'Je liegt. Waarom zou het Center iets schelen wat wij betaald krijgen?'

'Center eist dat zijn agenten doen wat hij zegt. Dat móéten jullie wel weten. Als hij jullie baas opdraagt een bepaald bedrag uit te betalen, dan verwacht hij verdomme ook dat dat gebeurt. Dmitri schuimt jullie deel af, en Center heeft ons gestuurd om orde op zaken te stellen.'

Caruso viel hem weer bij. 'Ja. Een paar maanden geleden stuurde hij ons naar Istanbul om een paar mannen uit te schakelen die hem hadden belazerd.'

De belangrijkste Rus tegen de muur zei: 'Dmitri heeft mij verteld dat Center jullie uit de weg geruimd wilde.'

Jack en Dom keken elkaar aan. Center wist dat ze hier in Miami waren? Hoe?

Maar Jack wist zich vlug te herstellen. 'Dat heeft Dmitri jullie verteld? Ik kan bewíjzen dat het onzin is.'

'Hoe dan?'

'Laat me inloggen op Cryptogram. Binnen twee minuten kan ik met Center praten. Je kunt het met hem bevestigen.'

De drie begonnen in een soort snelvuur-Russisch te overleggen. 'Hoe weten we dat hij het echt is?' vroeg een van hen.

Ondanks de tape wist Jack zijn schouders op te halen. 'Man. Het is Center. Vraag hem iets willekeurigs. Vraag hem naar je organisatie. Vraag hem welke operaties je voor hem hebt uitgevoerd. Shit, vraag hem wanneer je jarig bent. Hij zal het weten.'

Dat sloeg in bij de Russen, zag Ryan.

Na nog eens onderling overleg stak een van de drie zijn pistool in de holster, en hij liep naar het bureau. 'Geef me je wachtwoord. Ik zal het op je computer checken met Center.'

Ryan schudde zijn hoofd. 'Dat zal niet lukken. Hij kan door de webcam zien. Shit, hoe lang zitten jullie al op deze klus? Hij zal zien dat ik het niet ben en dan zal hij het gesprek niet voor authentiek houden. Vervolgens zal hij de machine buitensluiten, en hem kennende zal hij waarschijnlijk een ander team naar Miami sturen om iedereen die hier voor hem werkt uit de weg te ruimen, om te beginnen bij de idioot die op mijn computer heeft ingelogd.'

'Je overdrijft,' zei de Rus bij het bureau. Toch deed hij een stap naar achteren, weg van de laptop en de camera.

'Vertrouw me nou maar,' zei Jack. 'Die Chinezen nemen hun beveiliging serieus.'

'Chinezen?'

Jack keek de man doodgemoedereerd aan.

'Center is een Chinees?' vroeg een van de andere Russen.

'Dit meen je toch niet, hè?' reageerde Jack, en hij keek naar Dom. Die schudde slechts het hoofd, alsof hij tussen de gekken zat.

'Zijn jullie nieuw of zo?'

'Nee,' zei de kleinste van het stel.

De man naast het bureau blafte een bevel, en een van de andere twee trok een vlindermes uit zijn jasje en sloeg het met een zwierig gebaar open. Hij sneed de tape rond Ryans enkels en polsen door, en Jack kwam overeind van de aluminium stoel. Terwijl hij de drie meter naar het bureau liep, keek hij om naar Caruso. Met zijn blik verried Dominic niets. Hij zat daar gewoon te kijken.

Nu keek Ryan naar de leider. 'Laat mij verbinding met hem maken, de situatie uitleggen en dan jou bij het gesprek betrekken.'

De Rus knikte, en Jack wist gewoon dat hij de drie gewapende mannen, die zo-even nog op het punt hadden gestaan om zijn neef en hem te vermoorden, had misleid.

Zich pijnlijk bewust van drie paar ogen op hem boog hij zich voor zijn laptop. De dichtstbijzijnde man stond op slechts twee stappen rechts van hem, de tweede bevond zich nog steeds achter het bed, met zijn wapen laag langs zijn zij, en de derde, de man die Ryan net had losgesneden, stond met zijn vlindermes in de hand naast Caruso.

Jack had wel een plan in zijn hoofd, maar het was een onvoltooid plan. Hij wist dat hij op Cryptogram niet met Center zou praten, hij had de software daarvoor niet eens op zijn laptop staan, dus nog even en er zou een hels gevecht losbarsten in de kamer. En hoewel hij redelijk zeker wist dat hij een van deze drie misdadigers in een handgemeen nog wel kon uitschakelen, zou hij met geen mogelijkheid de man aan de andere kant van het bed kunnen belagen.

Hij had een pistool nodig, en het dichtstbijzijnde pistool zat in de holster onder het overhemd van de man naast hem.

Jack keek op van zijn gebogen positie voor de computer.

'Nou?' zei de Rus.

'Misschien dat ik het toch niet met Center check,' zei Jack op een veel scherpere toon dan toen hij nog aan de stoel vastgetapet had gezeten.

'Waarom niet?' vroeg de Rus.

'Jullie gaan ons toch niets aandoen. Jullie bluffen gewoon.'

'Bluffen?' reageerde de man beduusd. De Amerikaan vóór hem had net minutenlang geprobeerd om hem over te halen om zijn computer te gebruiken. Nu zei hij dat hij dat niet zou doen. 'Ik bluf niet.'

'Wat, ga je je vriendjes hier straks opdragen om mij af te tuigen?'

De leider schudde zijn hoofd en glimlachte. 'Nee, ze zullen je afschieten.'

'O, ik snap het al. Je laat het aan deze gasten over om het vuile werk op te knappen waar je zelf te bang voor bent.' Jack schudde zijn hoofd. 'Typisch zo'n Russisch mietje.'

Trek je pistool! schreeuwde het stemmetje in Jacks achterhoofd. Het was de enige kans om de volgende paar seconden te overleven, samen met Dom.

Het gezicht van de man liep rood aan, en hij reikte onder zijn rode zijden overhemd.

Bingo, dacht Jack, en hij vloog overeind; zijn handen gingen naar het wapen dat nu van onder de zijden stof tevoorschijn kwam.

De man wilde een stap terugdeinzen, maar Ryan had vele uren getraind op het ontwapenen van mensen en hij wist wat hij deed. Terwijl hij zijn lichaam gebruikte om tegen de Rus op te knallen en hem naar achteren te dwingen, duwde hij het pistool naar beneden en naar links om uit de vuurlinie te komen voor het geval de Rus een schot wist te lossen. Met dezelfde beweging trok hij aan het pistool en draaide het om, waardoor de vinger om de trekker brak. De man gilde het uit, en

Jack kreeg zijn eigen vinger in de trekkerbeugel en draaide het pistool honderdtachtig graden terug, met de hand van de Rus er nog steeds omheen. Jack drukte de gebroken vinger tegen de trekker.

Beide kogels sloegen in de gewapende Rus aan de andere kant van het bed. De man draaide om zijn as en viel op de vloer.

Terwijl de dichtstbijzijnde Rus achteroverviel naar het bed, trok Jack het pistool helemaal vrij; hij greep het stevig beet en schoot de man van nog geen meter afstand twee keer in de buik. De Russische maffiagangster was dood voordat hij het bed raakte.

Hij draaide zich om naar de man naast Dom, rechts van hem, maar voordat hij kon richten voor een schot wist hij dat hij in gevaar was. In zijn draai zag hij de hand van de man in een boog boven diens hoofd, en Jack realiseerde zich dat de man zijn mes naar hem wierp.

Zonder te vuren liet Jack zich op de vloer vallen; hij wilde niet het risico nemen om zijn vastgebonden neef dood te knallen door in het wilde weg te schieten, terwijl hij een mes ontweek.

Het draaiende staal tolde over zijn hoofd en sloeg in de muur.

Op het moment dat Jack opkeek, trok de Rus zijn pistool uit zijn broek. De man was snel... sneller dan Jack.

Maar Ryan had zijn Glock al in zijn hand. Hij pompte twee kogels in de borstkas van de man, en de Rus sloeg naar achteren tegen de muur en viel vervolgens tussen Doms stoel en het bed op de vloer.

Caruso vocht tegen de tape om zijn enkels, terwijl Ryan zich ervan verzekerde dat alle mannen dood waren.

'Goed gedacht, geweldig geschoten,' zei Dom.

Jack sneed Dom snel los. 'We moeten binnen een minuut buiten zijn.'

'Gesnopen,' zei Dom, en hij sprong over het bed, greep zijn weekendtas en gooide er al zijn persoonlijke spullen in.

Ryan nam de mobieltjes en portemonnees van de dode mannen mee, pakte zijn eigen tas, stopte zijn laptop erin en rende de badkamer in, waar hij een handdoek pakte. Hij nam tien seconden om alle oppervlakken die hij kon hebben aangeraakt af te vegen en daarna nog eens tien seconden om de kamer te controleren op achtergelaten spullen.

'Bewakingscamera?' vroeg Jack, terwijl ze zich over het donkere parkeerterrein repten.

'Jep, die is achter de balie. Ik doe het wel.'

'Ik pak de auto.'

Caruso betrad de lobby. Slechts één man had dienst, en die keek op van de telefoon toen Dom doelbewust op de balie af liep.

De man hing op. 'Ik bel net de politie,' zei hij nerveus. 'Ze zijn onderweg.'

'Ik bén de politie,' reageerde Caruso, en hij sprong over de balie, wrong zich langs de man en drukte op de Eject-knop van de opname-apparatuur van de bewakingscamera. 'En ik heb dit nodig als bewijsmateriaal.'

Het was wel duidelijk dat de receptionist hem niet geloofde, maar hij deed niets om hem tegen te houden.

Jack reed de Toyota voor, en Dom stapte vlug in. Ruim voor de komst van de politie reden ze het parkeerterrein af.

'Wat nu?' vroeg Ryan.

Uit frustratie ramde Caruso zijn hoofd tegen de hoofdsteun. 'We bellen Granger, vertellen hem wat er is gebeurd en dan gaan we naar huis en laten we ons uitfoeteren.'

Ryan slaakte een kreun en kneep hard in het stuur; de adrenaline joeg nog door zijn lijf.

Ja. Dat klonk eigenlijk wel precies zoals het zou gaan.

54

Het telefoongesprek tussen de Amerikaanse president Jack Ryan en de president van de Volksrepubliek China, Wei Zhen Lin, was op initiatief van Ryan geweest; hij wilde een poging doen om tot een dialoog te komen met Wei, omdat, ongeacht wat Wei in het openbaar had gezegd, Ryan en het gros van zijn topadviseurs het gevoel hadden dat Su het conflict in de Straat Malakka en de Zuid-Chinese Zee verder doordrukte dan waar Wei zich bij op zijn gemak voelde.

Ryan vond dat hij Wei de hand kon reiken en hem moest wijzen op de gevaarlijke koers die zijn land aan het bevaren was. Het zou misschien geen verschil maken, maar Ryan vond dat hij in elk geval een poging moest wagen.

De staf van Wei had een dag eerder contact gezocht met ambassadeur Ken Li en voor de volgende avond een tijdstip afgesproken, Chinese tijd, voor het gesprek tussen de twee presidenten.

Nog voor het gesprek was Jack in het Oval Office voor overleg met Mary Pat Foley en CIA-directeur Jay Canfield over de vraag of hij de moordpartij in Georgetown bij de Chinese president ter sprake moest brengen.

Zha was vermoord, daarvan was zowel Foley als Canfield overtuigd, om hem tot zwijgen te brengen voordat hij de Chinese betrokkenheid bij de cyberaanvallen in het Westen, met name in Amerika, kon onthullen.

Over dr. K.K. Tong en zijn plannen was weinig bekend, maar hoe meer de nationale veiligheidsdienst NSA zich in de operatie verdiepte, des te meer ze ervan overtuigd waren dat de Chinezen erachter zaten en niet een of andere vanuit Hongkong geleide triade-/cybermisdaadgroep. Zha's betrokkenheid bij het hacken van de UAV leek wel duidelijk; de Iraanse misleiding in de code was door de nerds van de NSA niet serieus genomen, en steeds meer aanvallen tegen Amerikaanse overheidsnetwerken droegen het stempel van Zha's code.

Hun bewijzen waren weliswaar indirect, maar wel overtuigend. Ryan geloofde dat China achter de netwerk- en de UAV-aanvallen zat, en ook had hij het gevoel dat de slachting in Georgetown een regeringsoperatie was, China dus.

Bovendien wilden Canfield en Foley bloed zien voor de dood van de vijf inlichtingenagenten, en dit begreep Jack heel goed, maar nu speelde hij de advocaat van de duivel. Hij liet hun weten dat hij meer concrete bewijzen nodig had dat China en/of het ministerie voor Staatsveiligheid het Center-netwerk leidden voordat hij de Chinezen ergens publiekelijk van kon beschuldigen.

Hij besloot om de Georgetown-moorden in het telefoongesprek van vanmorgen niet te berde te brengen. In plaats daarvan zou hij zich richten op acties die China niet kon ontkennen, wat alles inhield wat er in de Zuid-Chinese Zee en de Straat van Taiwan was gebeurd.

Zowel Ryan als Wei zou zijn eigen tolk gebruiken. Jacks Mandarijnsprekende tolk zat in de Situation Room, en diens stem kwam tot Jack via een oortje, terwijl hij door de telefoon naar Weis eigen stem kon luisteren. Het zou een traag onderhoud worden, waar weinig sprankelends uitstraalde, dacht Ryan, maar dat zat hem absoluut niet dwars.

Hij zou zijn best doen om zijn woorden met zorg te kiezen; een beetje extra tijd om goed na te denken over wat hij vervolgens zou zeggen kon weleens voorkomen dat hij president Wei tot een vuistgevecht uitdaagde.

Het gesprek begon zoals alle diplomatieke gesprekken op hoog niveau beginnen. Beleefd en vormelijk, en zelfs in meerdere mate door de anderen die in de communicatie betrokken waren. Maar daarna kwam Ryan al gauw tot het hoofdonderwerp.

'Meneer de president, het baart mij grote zorgen dat ik met u de militaire acties die uw land in de Zuid-Chinese Zee en de Straat van Taiwan uitvoert moet bespreken. De agressie van het Chinese Volksleger in de afgelopen maand heeft tot honderden doden en duizenden ontheemden geleid, en het heeft de stroom van verkeer door de regio schade berokkend en de economieën van onze beide landen negatief beïnvloed.'

'President Ryan, ook ik ben bezorgd. Bezorgd om uw acties voor de kust van Taiwan, soeverein grondgebied van China.'

'Ik heb de *Ronald Reagan* bevolen om zich tot vierhonderdtachtig kilometer terug te trekken, zoals u had verzocht. Ik had gehoopt op een de-escalatie van de situatie, maar tot dusver zie ik geen bewijzen dat uw agressie tot een halt is geroepen.'

'Meneer de president, u hebt ook uw *Nimitz* tot dicht bij de grens van vierhonderdtachtig kilometer gebracht,' zei Wei. 'Dit ligt op duizenden zeemijlen van uw grondgebied; om welke reden anders dan provocatie zou u dit doen?'

'Amerika heeft belangen in de regio, en het is mijn taak om die belangen te beschermen, president Wei.' Voordat de tolk van Wei de zin kon voltooien voegde Ryan eraan toe: 'De militaire manoeuvres van uw land, hoe oorlogszuchtig ze de afgelopen weken ook zijn geweest, kunnen altijd nog met diplomatie worden goedgemaakt.' Ryan praatte verder, terwijl de tolk zachtjes vertaalde voor Wei. 'Ik wil u aanmoedigen om zeker te stellen dat er niets gebeurt, dat u de mógelijkheid schept dat er niets gebeurt wat diplomatie niet kan oplossen.'

'Dreigt u China nu?' vroeg Wei op luidere toon.

In schril contrast met Weis toon bleef die van Ryan kalm en afgemeten. 'Ik praat niet met China. Dat is uw taak, meneer de president. Ik praat met u. En dit is geen dreigement.

Zoals u weet, komt bij staatsmanschap kijken dat je probeert te bepalen wat je tegenstanders zullen doen. Met dit telefoongesprek zal ik u van die last afhelpen. Als uw land onze vliegdekschepen in de Oost-Chinese Zee aanvalt en daarmee zo'n twintigduizend Amerikaanse levens in gevaar brengt, zullen wij u met alles wat we hebben aanvallen.

Als u ballistische raketten op Taiwan afvuurt, zullen wij geen andere keus hebben dan China de oorlog te verklaren. U zegt dat u klaarstaat om zaken te doen? Ik garandeer u dat oorlog met ons slecht zal zijn voor de zaken.'

Ryan ging verder: 'Ik waardeer de levens van mijn landgenoten, meneer de president. Ik kan er niet voor zorgen dat u dit begrijpt en respecteert. Maar ik kan en moet ervoor zorgen dat u erkent dat dit het geval is. Als dit conflict tot oorlog leidt, dan zullen wij niet wegrennen, maar het zal ons dwingen om vol toorn te reageren. Ik hoop dat u zich realiseert dat voorzitter Su China in hoog tempo het verkeerde pad op stuurt.'

'Su en ik zijn volledig eensgezind.'

'Nee, president Wei, dat bent u niet. Mijn inlichtingendiensten zijn erg goed in hun werk, en ze verzekeren mij dat u economische verbetering nastreeft en dat hij oorlog wil. Die twee dingen sluiten elkaar uit, en ik geloof dat u dat begint in te zien.

Mijn diensten vertellen me dat voorzitter Su u waarschijnlijk belooft dat wij dit niet zullen laten escaleren tot voorbij wat hij doet, en dat als hij naar ons uithaalt, wij ons uit de regio zullen terugtrekken. Als Su u dat inderdaad heeft verteld, dan hebt u heel slechte informatie gekregen, en ik maak me zorgen dat u naar die slechte informatie zult handelen.'

'Uw gebrek aan respect voor China zou me niet moeten verrassen, meneer de president, maar dat doet het wel, moet ik toegeven.'

'Ik heb alle respect voor China. U bent het grootste land ter wereld, met een van de grootste grondgebieden, en u bezit een geniaal en hardwerkend arbeidspotentieel, waarmee mijn land de afgelopen veertig jaar goede zaken heeft gedaan. Maar dat alles is nu in gevaar.'

Hiermee was het telefoongesprek nog niet ten einde. Wei praatte enkele minuten door over dat hij zich niet de les zou laten lezen, en Ryan sprak de wens uit dat ze deze communicatielijn open hielden, aangezien die in geval van nood erg belangrijk zou worden.

Na afloop feliciteerde Mary Pat Foley, die had meegeluisterd, haar president. 'U hebt hem laten weten dat uw inlichtingendiensten u informatie geven over militaire beslissingen op hoog niveau. Hebt u misschien nog een andere dienst waar ik niet van op de hoogte ben?' Ze vroeg het met een ironische glimlach.

'Ik doe dit werk nu al een poosje,' antwoordde Jack, 'en ik meende wat besluiteloosheid in zijn woorden op te vangen. Ik ging af op mijn gevoel over de onenigheid tussen de twee kampen, en met mijn opmerking over onze inlichtingendiensten heb ik geprobeerd zijn zorgen in paranoia om te buigen.'

'Dat klinkt mij als leunstoelpsychologie in de oren,' zei Mary Pat, 'maar ik ben er helemaal voor als het de Chicoms het leven zuurder maakt. Ik moet deze week naar een aantal begrafenissen van een paar geweldige Amerikanen, en ik weet zeker dat Wei, Su en hun slaafse volgelingen verantwoordelijk zijn voor deze sterfgevallen.'

55

Jack Ryan en Dominic Caruso zaten in Gerry Hendleys kamer tegenover de ex-senator en het hoofd operaties voor De Campus, Sam Granger.

Het was zaterdagochtend acht uur, en hoewel Jack zich kon voorstellen dat Sam en Gerry op zo'n vroeg tijdstip niet graag op kantoor zaten, wist hij vrij zeker dat dit niet hun voornaamste klacht zou zijn zodra ze hoorden wat er de avond ervoor allemaal was gebeurd in Miami.

Hendley leunde met zijn ellebogen op zijn bureau voorover en Granger zat met gekruiste benen, terwijl Dom alles uitlegde. Hier en daar vulde Jack hem aan, maar er was weinig aan het verhaal toe te voegen. Beide jonge mannen gaven ruiterlijk toe dat ze wisten dat hun 'vakantie' naar Miami een schending van de geest, zo niet de letter van Grangers bevel was om vooral niet bij BriteWeb, het Russische datahostingbedrijf, te gaan surveilleren.

Toen Dom uitgepraat was en het Gerry en Sam duidelijk was dat er enkele uren geleden in een motelkamer in Miami Beach drie mannen dood waren achtergelaten, en geen van hun twee agenten ofwel kon uitleggen hoe Center wist dat zij in Miami waren dan wel kon beloven dat er geen enkele vingerafdruk, camerabeeld of bewakingsopname was die Caruso en Ryan met de gebeurtenis in verband kon brengen, leunde Gerry Hendley alleen maar achterover in zijn stoel.

'Ik ben blij dat jullie twee nog leven,' zei hij. 'Zo te horen heeft het er eventjes om gespannen.' Hij keek naar Sam. 'Wat zijn jouw gedachten?'

'Met agenten die directe bevelen negeren, zal De Campus geen lang leven beschoren zijn,' reageerde Sam. 'En wanneer De Campus valt, zal Amerika eronder lijden. Ons land heeft vijanden, voor het geval jullie dat nog niet wisten, en wij allemaal, jullie twee incluis, hebben een prima job geleverd met het bestrijden van Amerika's vijanden.'

'Dank je,' zei Jack.

'Maar wat ik niet kan gebruiken is dat jullie dit soort dingen flikken. Ik moet weten dat ik op jullie kan vertrouwen.'

'Dat kun je,' zei Ryan. 'We hebben het verknald. Het zal niet weer gebeuren.'

'Goed, in elk geval niet deze week,' zei Sam, 'want jullie zijn de rest van de week geschorst. Ga allebei naar huis en denk maar eens een paar dagen na over hoe jullie onze zeer belangrijke missie in gevaar hebben gebracht.'

Dom wilde protesteren, maar Jack greep zijn arm vast. 'Sam. Gerry. We begrijpen het volkomen,' zei hij namens hen beiden. 'We dachten het te kunnen klaarspelen zonder onszelf bloot te geven. Hoe ze wisten dat wij daar waren, weet ik niet, maar op de een of andere manier zijn ze er dus achter gekomen. Maar toch, geen excuses. We hebben het verkloot, en het spijt ons.'

Jack kwam overeind en liep de kamer uit, gevolgd door Dominic.

'Dat hadden we verdiend,' zei Ryan, terwijl ze naar hun auto's liepen.

Caruso knikte. 'Zeg dat wel. Man, we zijn er nog goed van afgekomen. Maar wel een klotetijd om geschorst te worden. Ik zou er in elk geval maar wat graag bij zijn als we uitvogelen wie Zha en de CIA-mannen uitgeschakeld hebben. Het idee dat de Chinezen hier in DC moordenaars hebben rondlopen, doet mijn bloed koken.'

Ryan trok het portier van zijn BMW open. 'Ja, dat heb ik dus ook.'

'Wil je later nog iets afspreken?' vroeg Caruso.

Jack schudde zijn hoofd. 'Vandaag niet. Ik ga Melanie bellen en kijken of we voor de lunch kunnen afspreken.'

Caruso knikte en draaide zich om om weg te lopen.

'Dom?'

'Ja?'

'Hoe wist Center dat we in Miami waren?'

Caruso trok zijn schouders op. 'Ik heb geen idee, neef. Als jij erachter komt, laat het me dan weten.' Hij liep naar zijn auto.

Jack ging achter het stuur van zijn BMW zitten, startte de motor en reikte naar zijn telefoon. Hij begon Melanies nummer te bellen, maar stopte opeens.

Hij keek naar de telefoon.

Na een lang ogenblik draaide hij een nummer, maar niet dat van Melanie Kraft.

'Biery.'

'Hoi, Gavin. Waar zit je?'

'Op zaterdagochtend zit ik op mijn werk. Wat een opwindend leventje, hè? Ik heb de hele nacht gewerkt aan dat snuisterijtje dat we uit Hongkong hebben meegenomen.'

'Kun je even naar het parkeerterrein komen?'

'Hoezo?'

'Omdat ik met je wil praten, en dat kan niet over de telefoon. Bovendien ben ik geschorst, dus ik kan niet naar je kamer komen.'
'Geschorst?'
'Lang verhaal. Kom naar buiten, dan trakteer ik je op een ontbijtje.'

Gavin en Jack reden naar een Waffle House in North Laurel en wisten een zithoekje achter in de zaak te bemachtigen. Zodra ze hadden plaatsgenomen en iets hadden besteld, probeerde Gavin Jack over te halen om hem te vertellen waar hij de week schorsing aan te danken had, want in het tien minuten durende autoritje had Jack geweigerd iets te zeggen.

Maar voordat hij iets kon zeggen onderbrak Jack hem al.
'Gavin. Wat ik nu ga zeggen blijft tussen jou en mij, oké?'
Biery nam een slok koffie. 'Natuurlijk.'
'Als iemand mijn telefoon pakte, zouden ze dan een virus kunnen uploaden dat mijn gangen kan volgen?'
Gavin aarzelde geen moment. 'Dat is geen virus. Het is gewoon een toepassing. Een applicatie die op de achtergrond draait, zodat de gebruiker niets in de gaten heeft. Natuurlijk, als iemand je telefoon kan pakken, zou hij dat erop kunnen zetten.'
Ryan dacht even na. 'En zou dan ook alles wat ik zeg en doe opgenomen kunnen worden?'
'Makkelijk.'
'Als er zo'n app op mijn telefoon stond, zou je die dan kunnen vinden?'
'Ja, ik denk van wel. Laat me je telefoon eens zien.'
'Hij ligt nog in de auto. Ik wilde hem niet mee naar binnen nemen.'
'Laten we eerst eten, dan zal ik hem daarna meenemen naar het lab en ernaar kijken.'
'Bedankt.'
Gavin keek hem scheef aan. 'Je zegt dat iemand je telefoon heeft gepakt? Wie?'
'Dat zeg ik liever niet,' antwoordde Jack, maar hij wist vrijwel zeker dat zijn bezorgde gezicht het antwoord al had verraden.
Gavin Biery ging rechtop zitten. 'O, shit. Niet je vriendin.'
'Ik weet het niet zeker.'
'Maar je hebt kennelijk je vermoedens. Laat dat ontbijt maar zitten. Ik neem je toestel nu direct mee.'

Jack Ryan zat drie kwartier lang in zijn auto op het parkeerterrein van Hendley Associates. Het voelde vreemd om zijn telefoon niet bij zich te hebben. Zoals tegenwoordig voor de meeste mensen geldt, was zijn mobieltje een verlengstuk van hemzelf geworden. Zonder dat ding zat hij gewoon rustig voor zich uit te staren en speelden er onaangename dingen door zijn hoofd.

Hij had net zijn ogen dicht toen Biery buiten verscheen en naar de auto kwam. Hij moest even op het raampje van Jacks zwarte BMW tikken.

Ryan stapte uit en sloot het portier.

Gavin keek hem slechts een lang ogenblik aan. 'Het spijt me, Jack.'

'Werd ik afgeluisterd?'

'Plaatsbepalingssoftware en een RAT. Ik heb je toestel in het lab gelaten waar alles super beveiligd is, zonder enige netwerkverbinding of zo, zodat ik hem nog beter kan onderzoeken. Ik zal door de broncode moeten gaan om de details van de malware te kunnen bekijken, maar geloof me, het zit er.'

Jack mompelde een bedankje en stapte weer in zijn auto. Hij reed terug naar zijn appartement, maar bedacht zich, reed naar Baltimore en kocht een nieuw mobieltje.

Zodra de winkelbediende hem had geholpen om op zijn nummer telefoontjes te ontvangen zag hij dat hij een ingesproken bericht had.

Lopend door het winkelcentrum luisterde hij het af.

Het was Melanie. 'Hoi, Jack. Vroeg me af of je er vanavond bent. Het is zaterdag, en ik werk waarschijnlijk maar tot een uur of vier. Hoe dan ook... bel me even. Ik hoop je te zien. Hou van je.'

Jack verbrak de verbinding en nam plaats op een bank in het winkelcentrum.

Zijn hoofd tolde.

In de dagen na de Georgetown-moorden was Valentin Kovalenko steeds meer gaan drinken; elke avond werd het later, met zijn Ketel One-wodka naast zich en de Amerikaanse tv aan. Over internet surfen durfde hij niet, want hij wist zeker dat Center elke online activiteit van hem zou volgen, en er was geen enkele website die hij zo graag wilde bekijken dat hij dat zou doen, terwijl hij wist dat een of andere Chinese übernerd over zijn schouder mee koekeloerde.

Late avonden met pizza's, drank en langs tv-kanalen zappen waren er de oorzaak van dat zijn ochtendloopjes er de laatste week bij in waren geschoten. Vanmorgen was hij pas na halftien uit zijn bed gerold, bijna een doodzonde voor een gezondheidsfreak en sportbeest als Kovalenko.

Met een wazige blik en een slaaphoofd zette hij koffie en smeerde hij toast in zijn keuken, en vervolgens nam hij plaats achter zijn bureau en klapte hij zijn laptop open; hij was zo voorzichtig geweest om hem dicht te doen als hij hem niet gebruikte, want hij vermoedde dat Center anders de hele nacht naar zijn woonkamer zat te kijken.

Hij wist wel dat hij paranoïde was, maar hij wist ook hoe hij in deze toestand verzeild was geraakt.

Hij controleerde Cryptogram op de instructies voor deze morgen en zag dat Center hem om twaalf over vijf vanmorgen een bericht had gestuurd met het bevel om vanmiddag buiten voor het Brookings-instituut te wachten om foto's te maken van de bezoekers van een symposium over cyberbeveiliging.

Fluitje van een cent, dacht hij, terwijl hij zijn laptop afsloot en zijn hardloopspullen aantrok.

Aangezien hij de ochtend vrij had, besloot hij dat hij net zo goed even kon gaan rennen. Hij dronk zijn koffie op, nam een laatste hap van zijn ontbijt, verliet ten slotte om vijf voor tien zijn huurappartement en draaide zich om om zijn deur op slot te doen toen hij opeens een envelopje op de deurknop geplakt zag. Hij keek op langs het trappenhuis naar de straat en vervolgens om de zijkant van zijn gebouw naar het parkeerterrein achter.

Niemand te zien.

Hij trok het envelopje van de deurknop en stapte weer naar binnen om het te openen.

Het eerste wat hem opviel, was het cyrillisch schrift. Het was een met de hand geschreven briefje, slechts één regel gekrabbelde tekst, en het handschrift herkende hij niet.

'Fontein Dupont Circle. Tien uur.'

Het was ondertekend met: 'Een oude vriend uit Beiroet.'

Kovalenko herlas de tekst en legde het briefje op zijn bureau.

In plaats van te gaan hardlopen liet de Rus zich langzaam op de bank zakken om deze vreemde wijziging van het plan te overdenken.

Kovalenko's eerste uitzending als een SVR-illegaal was in Beiroet geweest. Rond de eeuwwisseling had hij daar een jaar doorgebracht, en hoewel hij er niet op de Russische ambassade had gewerkt, herinnerde hij zich veel Russische contacten uit zijn tijd in Libanon.

Kon dit iemand van de ambassade zijn die hem onlangs had gezien en hem nu de helpende hand reikte, of was het misschien een of andere truc van Center?

Kovalenko besloot dat hij het bericht niet kon negeren. Hij keek op zijn horloge en realiseerde zich dat hij haast zou moeten maken wilde hij op tijd zijn.

Om tien uur precies stak Kovalenko de straat over naar Dupont Circle. Langzaam liep hij naar de fontein.

De promenade om de fontein heen werd omringd door zitbanken die vol met mensen zaten, alleen of in kleine groepjes, en zelfs op deze frisse ochtend zaten er veel mensen in het park. Valentin wist niet naar wie hij zocht, dus hij kuierde wat rond in een grote cirkel en probeerde mogelijke gezichten uit zijn verleden te herkennen.

Na een paar minuten zag hij onder een boom aan de zuidkant van het ronde park een man in een beige regenjas staan. De man was alleen, op ruime afstand van de andere mensen die zich hier vermaakten, en hij keek naar Valentin.

Behoedzaam liep Kovalenko op hem af. Naarmate hij dichterbij kwam herkende hij het gezicht. Hij kon het niet geloven. 'Dema?'

Dema Apilikov was van de SVR, de Russische buitenlandse inlichtingen- en veiligheidsdienst; vele jaren geleden had hij in Beiroet met Valentin gewerkt, en daarna was hij minder lang geleden in Londen onder Valentin geplaatst.

Kovalenko had hem altijd een beetje een idioot gevonden; hij was een paar jaar een onder de maat presterende illegaal geweest voordat hij voor de Russische spionagedienst op de ambassade pennenlikker was geworden, maar hij was heel betrouwbaar geweest en nooit zo slecht in zijn werk om de zak te krijgen.

Maar op dit moment zag Dema Apilikov er voor Valentin Kovalenko heel goed uit, want hij was een verbindingslijn naar de SVR.

'Hoe maakt u het, meneer?' vroeg Dema. Hij was ouder dan Valentin, maar zei tegen iedereen 'meneer', alsof hij slechts een betaalde dienaar was.

Kovalenko blikte even om zich heen, speurend naar eventuele achtervolgers, camera's, kleine vogels die Center kon hebben gestuurd om elke stap die hij verzette te volgen. Het zag er veilig uit.

'Prima. Hoe wist je dat ik hier was?'

'Mensen weten dingen. Invloedrijke mensen. Ik ben gestuurd met een boodschap.'

'Van wie?'

'Mag ik niet zeggen. Sorry. Maar vrienden. Mannen aan de top, in Moskou, die u willen laten weten dat ze eraan werken om u uit uw situatie te bevrijden.'

'Mijn situatie? En dat wil zeggen?'

'Ik bedoel uw juridische problemen thuis. Wat u hier in Washington doet, het wordt gesteund, het wordt als een SVR-operatie beschouwd.'

Kovalenko snapte het niet.

Dema Apilikov zag het. 'Center,' zei hij. 'We zijn op de hoogte van Center. We weten dat hij u gebruikt. Mij is opgedragen u te zeggen dat u van de SVR toestemming hebt om ermee door te gaan, om het tot het einde toe uit te zingen hier. Dit kan voor Rusland heel nuttig zijn.'

Kovalenko schraapte zijn keel en keek om zich heen. 'Center is van de Chinese inlichtingendienst.'

Dema Apilikov knikte. 'Hij is van Staatsveiligheid, ja. Hij werkt ook voor hun militaire directoraat cyberoorlogvoering. Afdeling Drie.'

Opeens kwam het Valentin volkomen logisch voor, en hij was opgetogen dat de SVR alles wist over Center. Kennelijk wist Dema zelfs meer over Center dan Kovalenko zelf.

'Heb je een naam voor deze man? Enig idee van waaruit hij werkt?'

'Ja, hij heeft een naam, maar die mag ik u niet geven. Het spijt me, meneer. U bent mijn oude baas, maar officieel bevindt u zich buiten het systeem. U bent min of meer een agent, en wat deze operatie betreft heb ik u een opdracht te geven en meer niet.'

'Ik begrijp het, Dema. Geheim.' Hij keek naar de hemel; deze leek blauwer, de lucht schoner. Het gewicht van de wereld was van zijn schouders gevallen. 'Dus... mijn orders zijn om voor Center te blijven werken totdat ik word teruggetrokken?'

'Ja. Hou u gedeisd maar voer alle orders naar uw beste vermogens uit. Ik mag u laten weten dat wanneer u terugkomt om weer bij ons te werken u vanwege het risico van ontmaskering na uw buitenlandse reizen weliswaar niet naar PR Directoraat terug zult mogen keren, maar u zult wel mogen kiezen uit een aantal hoge posten in Directoraat R.' PR Directoraat was de politieke inlichtingendienst, Kovalenko's oude loopbaan. Directoraat R was operationele planning en analyse. Hoewel hij veel liever zou terugkeren naar zijn leven als assistent-rezident in Londen, wist hij dat dit uitgesloten was. In het Kremlin werken voor R, wereldwijde SVR-operaties bedenken was voor iedereen binnen de SVR het neusje van de zalm. Als hij weg kon komen van de Chinese inlichtingendienst en terug naar de SVR, zou hij echt geen moment klagen over Directoraat R.

Nu al dacht hij eraan dat hij als een held in Moskou thuis zou komen. Wat konden je kansen keren, ongelofelijk gewoon.

Maar snel zette hij het van zich af en was hij terug bij het heden. 'Weet je... weet je van Georgetown?'

Dema knikte. 'Gaat u niet aan. De Amerikanen zullen erachter komen dat de Chinezen dit doen, en ze zullen achter hen aan gaan. Wij zijn buiten gevaar. U bent buiten gevaar. Op dit moment hebben de Amerikanen genoeg op hun bordje.'

Kovalenko glimlachte, maar zijn glimlach verflauwde al snel. Er was nog iets.

'Luister, nog één ding. Center had een maffiagroep in Sint-Petersburg die mij uit Matrosskaja haalde. Ik had niets te maken met de dood van de...'

'Relax, meneer. Dat weten we. Ja, het was Tambovskaya Bratva.'

Kovalenko wist weinig over deze *bratva*, of broederschap. Tambovskaya waren harde jongens die door heel Rusland en in veel andere Europese landen actief waren. Hij was opgelucht dat de veiligheidsdienst wist dat hij niet bij de ontsnapping betrokken was geweest.

'Dat is een grote opluchting, Dema.'

Apilikov gaf hem een schouderklopje. 'Concentreert u zich voorlopig hierop, doe wat ze u opdragen. Binnen afzienbare tijd halen we u eruit en zorgen we dat u thuiskomt.'

De mannen gaven elkaar de hand. 'Dank je, Dema.'

56

Op de derde ochtend van zijn schorsing van een week, reed Jack in de spits van Columbia naar Alexandria.

Hij wist niet zeker wat hij aan het doen was, maar hij wilde wat tijd buiten voor Melanies appartement doorbrengen, terwijl zij op haar werk zat. Hij dacht niet aan inbreken, althans, niet écht, maar wel overwoog hij om even door de ramen te koekeloeren en in haar vuilnisbak te snuffelen.

Hij was hier niet trots op, maar de afgelopen drie dagen had hij weinig anders gedaan dan thuis zitten en zich zorgen maken.

Hij wist dat Melanie voor zijn vertrek naar Miami iets met zijn telefoon had gedaan, en toen Gavin hem in onbedekte termen vertelde dat er iets op zijn toestel was gezet, had hij zich gerealiseerd dat hij wel een smoorverliefde dwaas moest zijn als hij dacht dat ze er niets mee van doen had.

Hij was op zoek naar antwoorden, en om daaraan te komen besloot hij naar haar woning te gaan en in haar afval te graven.

'Lekker, Jack. Je pa, de CIA-legende, zou echt verdomd trots zijn.'

Maar toen hij om halftien door Arlington reed, veranderden zijn plannen.

Zijn telefoon ging. 'Ryan hier.'

'Hoi, Jack. Mary Pat.'

'Directeur Foley, hoe maakt u het?'

'Jack, we hebben het hierover gehad. Voor jou is het nog steeds Mary Pat.'

Ondanks zichzelf moest hij glimlachen. 'Oké, Mary Pat, maar denk nou niet dat jij me Junior mag gaan noemen.'

Ze grinnikte om zijn grapje, maar Jack kreeg onmiddellijk de indruk dat het nu serieus ging worden.

'Ik vroeg me af of we iets kunnen afspreken,' zei ze.

'Natuurlijk. Wanneer?'

'Komt het je uit om nu meteen te komen?'

'O... oké. Tuurlijk. Ik zit in Arlington. Ik kan meteen naar McLean rijden.' Jack wist dat dit belangrijk was. Hij kon zich geen voorstelling maken van wat de directeur van de nationale inlichtingendienst op dit moment allemaal op haar bordje had. Dit zou beslist geen gezellig onderonsje worden.

'Eigenlijk wil ik dit stil houden,' zei ze. 'Zullen we ergens rustig afspreken? Kun je naar mijn huis komen? Ik kan er over een halfuur zijn.'

Mary Pat en Ed Foley woonden in de Adams Morgan-buurt van DC. Jack was er vaak geweest; de afgelopen negen maanden meestal samen met Melanie.

'Ik kom die kant op. Tot jij er bent, kan Ed me gezelschap houden.'

Jack wist dat Ed met pensioen was.

'Ed is de stad uit. Ik kom zo snel mogelijk.'

Jack en Mary Pat namen plaats aan een terrastafel op de zonneveranda achter haar koloniale huis in Adams Morgan. In de achtertuin stonden dikke bomen en ander gebladerte, voornamelijk bruin, nu met de herfstkou. Ze had hem koffie aangeboden, die hij had afgewezen, omdat hij al toen ze voor kwam rijden aan haar gezicht had gezien dat het echt urgent was. Ze had haar veiligheidsagent verzocht om binnen te blijven, wat Jack zelfs nog meer verbaasde.

Zodra ze zaten, trok ze haar stoel dichter naar hem toe. 'Vanmorgen heb ik John Clark gebeld,' zei ze op zachte toon. 'Tot mijn verbazing hoorde ik dat hij niet meer bij Hendley werkt.'

'Zijn eigen keus,' reageerde Jack. 'Maar we vonden het vreselijk om hem kwijt te raken, dat zeker.'

'Ik snap het. De man heeft zijn land gediend, en heel lang heel veel opgeofferd. Een paar jaar normaal leven kan dan heel aantrekkelijk lijken, en hij heeft het beslist verdiend, vooral na wat hij afgelopen jaar allemaal heeft doorgemaakt.'

'Je hebt Clark gebeld, kwam erachter dat hij is gestopt, dus je belde mij. Moet ik nu aannemen dat er iets is wat je met ons wilt delen?' zei Ryan.

Ze knikte. 'Alles wat ik nu ga zeggen is geheim.'

'Begrepen.'

'Jack, het is tijd dat de Amerikaanse inlichtingengemeenschap de realiteit onder ogen ziet dat we met betrekking tot agenten in China met een serieus compromitterende situatie zitten.'

'Je hebt een lek.'

'Je lijkt niet verrast.'

Jack aarzelde. 'We hebben zo onze vermoedens gehad,' zei hij ten slotte.

Foley overdacht zijn opmerking. 'We hebben een aantal gelegenheden gehad om nauw samen te werken met mensen in China,' ging ze verder. 'Plaatselijke dissidenten, protestgroepen, afvallige overheids- en legerwerknemers, en anderen met goede posities binnen de Communistische Partij. Deze gelegenheden zijn tot en met de allerlaatste ontdekt door de Chinese inlichtingendienst. Er zijn daar mannen en vrouwen aangehouden, gevlucht of vermoord.'

'Dus in China zit je nu zonder ogen en oren.'

'Ik wou dat het daartoe beperkt bleef. Nee, onze HUMINT-agenten zijn op dit moment zo goed als niet-bestaand in China.'

'Enig idee waar het lek zit?'

'Bij de CIA, dat weten we. Wat we niét weten is of ze op de een of andere manier naar ons berichtenverkeer kunnen kijken of dat het iemand aan de binnenkant is. In standplaatsen Beijing of Shanghai of misschien zelfs iemand bij de afdeling Azië in Langley.' Ze zweeg iemand. 'Of een hoger iemand.'

'Gezien wat er verder allemaal gebeurt, zou ik heel goed kijken naar wat ze op cybergebied kunnen,' zei Jack.

'Ja, dat doen we. Maar als het uit ons verkeer komt, zijn ze magistraal geweest in het verbergen. Ze hebben de informatie heel verstandig gebruikt en deze alleen beperkt tot bepaalde aspecten van contra-inlichtingen wat China betreft. Uiteraard gaat er bij ons telegrafisch veel informatie over en weer die voor China nuttig kan zijn, maar dat die veel wordt gebruikt, zien we niet.'

'Hoe kunnen wij jou helpen?' vroeg hij.

'Er heeft zich een nieuwe gelegenheid voorgedaan.'

Ryan trok verbaasd een wenkbrauw op. 'Vanuit je lekkende CIA?'

Ze glimlachte. 'Nee. Op dit moment kan ik binnen de Amerikaanse inlichtingengemeenschap geen enkele organisatie vertrouwen, noch enige dienst onder het ministerie van Defensie, gezien wat ze daar in het Pentagon meemaken.' Ze zweeg even. 'De enigen die ik met deze informatie vertrouw, zijn buitenstaanders. Buitenstaanders met een gedrevenheid om erover te zwijgen.'

'De Campus,' zei Jack.

'Precies.'

'Ga verder.'

Mary Pat schoof haar stoel zelfs nog dichterbij. Jack boog zich tot luttele centimeters van haar gezicht. 'Een paar jaar geleden, toen Ed de CIA nog leidde en tijdens je vaders laatste aanvaring met de Chinezen, had ik een CIA-agent in Beijing die bij de oplossing van dat conflict een belangrijke rol speelde. Maar er werden ons destijds andere opties voorgelegd. Opties waar we besloten geen gebruik van te maken, omdat ze... wat is het woord? *Onbetamelijk*, denk ik, omdat ze onbetamelijk waren.'

'Maar nu zijn ze het enige wat je hebt.'

'Juist. In China hebben ze te maken met georganiseerde misdaad. Ik heb het niet over de triades, die buiten het vasteland van China actief zijn, maar organisaties die binnen de communistische staat een geheim bestaan hebben. Word je als lid van een van deze bendes aangehouden, dan levert dat je een obligaat proces op en vervolgens een kogel in je nek, dus alleen de wanhopigste of slechtste types sluiten zich bij deze groepen aan.'

Jack kon zich niet voorstellen dat je in een politiestaat in een georganiseerde criminele bende zat, wat in wezen betekende dat de overheid zelf een bende van georganiseerde criminelen was; in het geval van China een bende met een leger van miljoenen soldaten en biljoenen aan legermaterieel.

'Een van de gruwelijkste organisaties daar heet de Rode Hand. Ze verdienen hun geld met ontvoeringen, afpersing, roofovervallen, mensensmokkel. Dit zijn echte klootzakken, Jack.'

'Zo klinkt het wel, ja.'

'Toen mij duidelijk werd dat onze HUMINT in China gecompromitteerd was, heb ik met Ed gepraat over de Rode Hand, een groep die we tijdens de laatste oorlog overwogen te gebruiken als extra inlichtingenagenten in China. Ed herinnerde zich dat de Rode Hand een vertegenwoordiger in New York had, in Chinatown. Deze man kwam niet voor in de database van de CIA en was op geen enkele manier verbonden met een Amerikaanse inlichtingendienst; hij is gewoon iemand van wie we destijds vernamen, maar die we nooit hebben benaderd.'

Jack wist dat Ed Foley, voormalig directeur van de CIA, de stad uit was. 'Je hebt Ed gestuurd om hem op te zoeken,' zei hij.

'Nee, Jack. Dat heeft Ed zelf gedaan. Hij is gisteren naar New York gereden en heeft de avond doorgebracht met meneer Liu, de afgezant van de Rode Hand. Liu heeft contact opgenomen met zijn mensen op het vasteland, en ze zijn overeengekomen ons te helpen. Ze kunnen ons in contact brengen met een dissidente organisatie in de stad die contacten beweert te hebben met de plaatselijke politie en overheid. Deze groep voert gewapende opstanden uit in Beijing, en de enige reden waarom ze nog niet zoals zoveel andere zijn opgerold, is dat de CIA nog geen contact met ze heeft gezocht. Negenennegentig procent van de dissidente groeperingen in China bestaat tegenwoordig alleen nog maar op internet. Maar deze groep, als je

de Rode Hand moet geloven, is het echte werk.'
Jack trok weer een wenkbrauw op. '"Als je de Rode Hand moet geloven"? Neem me niet kwalijk, Mary Pat, maar dat klinkt als een denkfoutje.'
Ze knikte. 'We bieden ze een behoorlijke smak geld, als, en alleen áls ze leveren wat ze beloven. Een actieve opstandige groep met een aantal connecties. We zijn niet op zoek naar het Continental Army van George Washington, maar iets legitiems. Totdat er iemand naartoe gaat om te kijken wat voor lui het zijn, weten we niet wat voor vlees we in de kuip hebben.
We hebben iemand nodig daar, in de stad, om met deze mensen af te spreken, ver van welke Amerikaanse of Chicom ogen ook, en kijken wat voor types het zijn. Als ze iets meer zijn dan een stel goed bedoelende maar onbekwame dwazen, zullen we ze steunen om informatie te krijgen over wat daar gebeurt in de stad. We verwachten geen grootschalige opstanden, maar als de kans zich voordoet, moeten we klaarstaan om clandestiene steun te bieden.
Dit is allemaal strikt geheim,' voegde ze er onnodig aan toe.
Voordat Jack kon spreken verdedigde ze zichzelf tegen wat ze verwachtte dat hij ging zeggen. 'Dit is een niet openlijk verklaarde oorlog, Jack. De Chinezen vermoorden Amerikanen. Ik voel me er zeer goed bij als we daar mensen ondersteunen die tegen dat slechte regime vechten.' Om haar woorden te benadrukken wees ze naar Jacks borst. 'Maar het is niet mijn bedoeling om meer kanonnenvlees voort te brengen. Dat hebben we al genoeg gedaan met onze lekken.'
'Dat begrijp ik.'
Ze gaf Ryan een papiertje uit haar tasje. 'Dit is het contact van de Rode Hand in New York. Zijn naam staat in geen enkele computer, hij heeft nooit iemand van de overheid ontmoet. Je leert de naam en het nummer van buiten en daarna vernietig je dit.'
'Uiteraard.'
'Mooi. En begrijp dit: jij, Jack, gaat níét naar China toe. Ik wil dat je met Gerry Hendley gaat praten, en als hij denkt dat dit iets is waarmee jullie organisatie ons kan helpen, op een stille manier, dan mag hij Domingo Chavez of een van de anderen sturen. Als de zoon van de president in Beijing wordt opgepakt omdat hij daar met rebellen werkt, zullen onze problemen exponentieel verergeren.'
'Gesnopen,' zei Jack. Om nog maar te zwijgen over de hartverlamming die mijn vader zal krijgen, dacht hij. 'Zodra ik vertrek zal ik met Gerry gaan praten.'
Mary Pat gaf hem een knuffel en wilde overeind komen.

'Er is nog één ding,' zei Ryan. 'Ik weet niet of ik nu buiten mijn boekje ga, maar...'
Mary Pat leunde weer naar achteren. 'Voor de draad ermee.'
'Oké. De Campus was een paar weken geleden betrokken bij de arrestatie van Zha in Hongkong.'
Ze leek oprecht verrast. 'Betrokken?'
'Ja. We werkten daar samen met Adam Yao, de geheim agent van de CIA, die hem in Hongkong had geïdentificeerd.'
'Oké.'
'Yao kende ons niet als De Campus. We deden ons voor als een bedrijf dat Zha probeerde op te sporen omdat hij ons netwerk had gehackt. Als dekmantel werkt hij daar als onderzoeker van bedrijfsinformatie.'
'Ik heb CIA-rapporten gelezen over Adam Yao en het Zha-incident in Hongkong. De SEAL's zeiden dat ze CIA-steun hadden. We vermoedden dat Yao hulp had van twee plaatselijke agenten.'
'Hoe dan ook, ik wil alleen maar even dit zeggen: ik neem aan dat je binnen het Amerikaanse inlichtingenwezen honderden fantastische agenten kent, maar Adam leek me daar zeer goed ingewijd. Een buitengewoon scherpe jongen. Hij was zich bewust van het CIA-lek, en hij werkte zich helemaal uit de naad, hield zich op de vlakte om niet in het lek verstrikt te raken, terwijl hij tegelijkertijd toch de klus klaarde.
Het is niet aan mij, maar ik denk echt dat hij het type man is die jouw volledige steun nodig heeft, vooral in tijden als deze.'
Mary Pat zei niets.
'Ik bied mijn verontschuldigingen aan,' zei Ryan na een ongemakkelijk moment, 'ik weet dat je meer ijzers in het vuur hebt. Ik dacht alleen...'
'Jack. Adam Yao is twee weken geleden verdwenen, nadat iemand hem probeerde op te blazen in zijn auto maar per ongeluk zijn buurman vermoordde.'
Het nieuws deed Ryan duizelen. 'Lieve hemel.'
'Het is mogelijk dat hij voor zijn eigen persoonlijke veiligheid even is ondergedoken. Ik zou hem zelfs niets kwalijk nemen als hij vanwege het lek is gevlucht. Maar onze mensen daar in het consulaat in Hongkong denken dat de 14K-triades hem te grazen hebben genomen.' Ze stond op om te gaan. 'Ze veronderstellen dat hij op de bodem van Victoriahaven ligt. Het spijt me. Ook Adam hebben we in de steek gelaten.'
Ze liep het huis in, en Jack bleef achter in de kou, zittend op de terrasstoel met zijn hoofd in zijn handen.

57

De eerste twee weken na het vuurgevecht in Wan Chai had Adam Yao doorgebracht op Lamma Island, dat deel uitmaakte van Hongkong en op veertig minuten varen van zijn woning lag. Het was er rustig en vredig, precies waar hij behoefte aan had. Hij kende hier geen ziel, en de plaatselijke bevolking hield hem voor een toerist die hier van het strand en de bars genoot.

Hij had met niemand contact gezocht. Niet met de CIA, niet met klanten of collega's van SinoShield, niet met familie in de States of vrienden in Soho. Hij had een piepklein vakantiehuisje gehuurd, vlak bij het strand, had contant betaald en gebruikte al zijn maaltijden in het restaurant dat bij de vakantiehuisjes hoorde.

In de afgelopen paar weken was zijn leven drastisch veranderd. Hij had zijn creditcards niet gebruikt en hij had zijn mobiele telefoon in een vuilcontainer in Kowloon gegooid. Een paar persoonlijke bezittingen had hij voor cash op straat verkocht, en hij leefde een paar dagen zonder cash, maar hij maakte zich geen al te grote zorgen om geld. Adams 'dagelijkse werk', zijn façadebedrijf SinoShield, had hem in contact gebracht met allerlei plaatselijke boeven, smokkelaars, vervalsers en andere woekeraars, en met tal van hen onderhield hij hartelijke betrekkingen. Om zijn werk te kunnen doen moest hij zo nu en dan op louche plekken vrienden maken, en een aantal van hen had hij om een gunst verzocht. Hij wist dat hij tijdelijk werk kon vinden in de haven of in een ondergronds winkeltje waar ze imitatiehandtasjes verkochten of elk willekeurig aantal rotbaantjes die, ook al waren het dan rotbaantjes, in elk geval veel beter waren dan verbrand te worden, zoals zijn arme vriend Robert Kam was overkomen.

Hij wachtte twee weken; hij wilde dat de lieden die het op hem gemunt hadden dachten dat iemand anders hem te grazen had genomen of dat hij was ontkomen, en hij wilde ook dat de CIA de zoektocht naar hem staakte. Adam wist dat het voor Langley heel wat betekende dat er een geheim agent verdwenen was, met name onder de omstandigheden na de SEAL-missie, maar hij wist dat er in de regio zo goed als geen CIA-agenten waren, en bovendien had Langley wel belangrijkere dingen te doen.

Na die twee weken keerde Adam, inmiddels met een volle baard en een snor, terug naar Kowloon. Binnen vierentwintig uur had hij een nieuwe donkere zonnebril, een nieuw mobieltje en een nieuw pak met accessoires. Het pak was onberispelijk; iedereen in Hongkong die dat verlangde droeg een prachtig pak, want de kleermakers in deze stad hadden een reputatie die kon wedijveren met Savile Row; ze waren beroemd om hun mooi op maat gemaakte kostuums voor een vierde van de kosten van hun vakgenoten in Londen.

Adam wist dat hij Hongkong had kunnen verlaten en terug naar de States had kunnen gaan. Daar zou hij veilig zijn, zeker voor de triades en bijna zeker voor de Volksrepubliek China.

Maar hij zou Hongkong niet verlaten voordat hij meer te weten was gekomen over de schimmige hackergroep waar hij op was gestuit, leidend tot de dood van god wist hoeveel mensen. De Amerikanen hadden Zha, dat was waar, maar die Center over wie Gavin Biery het had gehad, was vast nog steeds actief.

Adam ging helemaal nergens heen, totdat hij Center had gevonden.

De MFIC.

Na een paar diepe zuchten en wat gefluisterde woorden om zichzelf moed in te spreken liep Adam het computercentrum Mong Kok in alsof hij er de eigenaar was. Hij verzocht om een gesprek met de verhuurmanager van het gebouw en vertelde haar dat hij op zoek was naar een grote huurruimte om voor een in Singapore gevestigde bank een nieuw callcenter onder te brengen.

Hij gaf haar zijn visitekaartje, en meer identiteitsbewijzen had hij niet nodig om haar te overtuigen.

De manager liet hem opgetogen weten dat er net twee weken geleden twee verdiepingen vrij waren gekomen, en hij vroeg of hij er een kijkje mocht nemen. Ze leidde hem door de gestoffeerde vertrekken en gangen, en hij inspecteerde ze met zorg, nam foto's en stelde vragen.

Ook stelde hij haar vragen over haarzelf, wat hij aanvankelijk niet van plan was, maar uit eten met haar en informatie krijgen over het bedrijf dat net het bedrijvenpand had verlaten, had zijn voorkeur boven zijn oorspronkelijke plan: in een vuilcontainer duiken om tegen beter weten in te zoeken naar een stukje papier dat weleens een tipje van de sluier zou kunnen oplichten over de grote groep waar Zha deel van had uitgemaakt.

Tijdens het diner die avond sprak de vrouw vrijelijk over Commercial Services Ltd, het grote computerbedrijf dat pas vertrokken was, vooral over dat het in handen van een 14K-bende was, dat ze krankzinnig veel stroom gebruikten en een alarmerend aantal spuuglelijke an-

tennes op het dak van het gebouw hadden geïnstalleerd. Ze hadden niet eens het fatsoen gehad om een aantal van die dingen weg te halen toen ze in het holst van de nacht vertrokken, in vrachtwagens afgevoerd door gewapende mannen die veiligheidspolitie leken te zijn.
Adam nam alle informatie tot zich. Zijn hoofd tolde ervan.
'Dat was erg aardig van die 14K om al hun apparatuur voor hen weg te halen.'
Ze schudde haar hoofd. 'Nee. De mensen die in de kantoren werkten, pakten hun eigen spullen in, en daarna kwam een vervoersdienst alles ophalen.'
'Interessant. Ik zal iemand nodig hebben die mijn computers vanuit Singapore snel hier kan krijgen. Herinnert u zich misschien de naam van dat bedrijf?'
Dat deed ze, en Adam leerde hem uit het hoofd en genoot de rest van de avond van haar gezelschap.

De volgende ochtend liep hij binnen bij Service Cargo Freight Forwarders, op het industrieterrein Kwai Tak in Kwai Chung, in de New Territories ten noorden van Hongkong. Het was een klein bedrijf, met slechts één personeelslid aanwezig, en Adam Yao toonde de man een prachtig visitekaartje waarop stond dat hij de verhuurmanager van het computercentrumgebouw Mong Kok was.
De receptionist leek hem te geloven, maar was niet echt onder de indruk. Hij keek nauwelijks op van zijn tv.
'De dag nadat jullie de apparatuur van Commercial Services Limited uit ons gebouw ophaalden, arriveerden er voor hen twee pallets met tabletcomputers die bij de douane waren opgehouden,' zei Yao. 'Die zending staat nu in ons magazijn. Ik heb de paklijst gecontroleerd en hij stond geregistreerd als een complete zending, maar iemand heeft een fout gemaakt en heeft zich niet gerealiseerd dat deze twee pallets nog niet waren afgeleverd. Als die goederen niet met de rest van de zending op transport gaan, wordt er iemand heel ongelukkig.'
De receptionist kon niet meer ongeïnteresseerd hebben gekeken. 'Dat is niet mijn probleem.'
Yao werd er niet door uit het veld geslagen. 'Nee, het zal mijn probleem worden, behalve dan dat jullie een krabbel hebben gezet op de onjuiste vrachtlijst. Als ze naar mij toe komen voor die driehonderdzestig tablets waar jullie voor hebben getekend, kan ik ze vertellen dat de vervoerder ze kwijtgeraakt moet zijn.'
De man keek hem geërgerd aan.

'Luister, man,' zei Adam glimlachend. 'Ik wil gewoon doen wat juist is.' 'Laat die pallets hier. Zodra de klant het verschil ziet, bezorgen wij ze de boel.'

'Ik hoop dat ik er niet zo dom uitzie. Ik ga jullie niet een miljoen Hongkong-dollar aan goederen geven die vanuit China al legaal zijn geïmporteerd. Jullie kunnen ze gewoon op straat verkopen en de klant vervolgens vertellen dat ik ze nooit heb geleverd.

Ik wil onze klant blij houden, en dat zou u ook moeten willen. We hebben er een beetje een puinhoop van gemaakt, die dingen gebeuren, en ik doe gewoon mijn best om het stilletjes recht te zetten. Als u me de persoonlijke gunst kunt verlenen door me de naam te geven van de haven waar de spullen zijn ontscheept plus de naam van degene die voor de goederen heeft getekend, dan kan ik ze rechtstreeks benaderen zonder de klant hierin te betrekken.'

Met de fantastische sociale vaardigheden die de meeste goede spionnen bezaten, kreeg Adam meestal wel wat hij wilde. Hij presenteerde zichzelf professioneel, hij was beleefd en hij kwam kalm en zelfverzekerd over. Het was lastig nee verkopen aan hem. Maar zo nu en dan had hij zijn succes meer te danken aan het feit dat hij irritant aanhoudend kon zijn.

Zoals deze keer. Na enkele minuten van 'Nee' kwam de receptionist tot de conclusie dat zijn eigen luiheid en strikte naleving van het bedrijfsbeleid niet genoeg zouden zijn om van de lastige jongeman in het mooie pak af te komen.

Met een overdreven vertoon van hoeveel moeite het allemaal was, wendde de man zich tot zijn computer. Hij klikte langs een paar schermen, bleef bij eentje hangen en gebruikte zijn pen om naar de data te kijken. 'Oké. Op de achttiende is het verscheept. Op dit moment is de zending één dag Tokio uit.' Hij bleef naar het scherm kijken.

'Waar naartoe?'

'Eerst de VS, daarna Mexico.'

'De vracht. Waar gaan de veertien pallets van boord?'

De man hield zijn hoofd schuin. 'Ze zijn al van boord. Gelost op de negentiende, in Guangzhou.'

'Guangzhou?'

'Ja. Dat slaat nergens op. U zei dat de spullen vanuit het vasteland waren geïmporteerd, wat inhoudt dat alle invoerrechten, belastingen, et cetera werden betaald. En vervolgens draaien ze om en zenden ze het terug naar China? Wie doet nou zoiets?'

Niemand dus, wist Adam. Maar hij wist nu wel waar Center zijn organisatie naartoe had verhuisd.

Center was in China. Er was geen andere verklaring. En zonder dat de Chicoms hiervan op de hoogte waren, kon hij met geen mogelijkheid een dergelijke grote operatie runnen.

Staand bij de balie legde Yao in gedachten de laatste puzzelstukjes aan elkaar: Center werkte voor China. Zha had voor Center gewerkt. Zha had de UAV-aanvallen georganiseerd.

Was de Center-groep een door de Chinezen opgezette operatie onder valse vlag?

Een beangstigend idee, maar Yao kon moeilijk een alternatieve verklaring bedenken.

Hij wenste slechts dat hij iemand bij de CIA kon vertellen wat hij net te weten was gekomen en wat hij nu wilde gaan doen. Maar liever dan een schouderklopje of een helpende hand wilde Adam Yao in leven blijven.

Hij zou de grens oversteken. Hij zou Center en zijn operatie vinden. En dan zou hij bedenken wat hij ging doen.

Valentin Kovalenko was vroeg op vanmorgen. Hij nam de metro vanuit DC over de rivier naar Arlington, keek goed uit of hij niet werd gevolgd en betrad vervolgens om kwart over zeven de parkeergarage van Ballston.

De instructies voor vandaag waren duidelijk, maar wel ongebruikelijk. Voor het eerst sinds zijn aankomst in DC zou hij zelf een agent opdrachten geven. Center had hem uitgelegd dat dit zijn voornaamste opdracht hier in de Verenigde Staten zou zijn, dus hij diende het serieus te nemen en het tot een goed einde te brengen.

Vandaag was bedoeld als een kort kennismakingsmoment, maar er was een onderliggende factor, had Center de avond ervoor via Cryptogram laten weten. Deze agent was in dienst van de overheid en een gewillig handlanger van Center, hoewel hij niet bekend was met Centers identiteit, en runde zelf ook een onwetende agent.

Kovalenko's opdracht was om de man over te halen zijn agent onder druk te zetten om met wat resultaten op de proppen te komen.

Toen Center de opdracht de avond ervoor gaf, had het kinderspel geleken; het leek in elk geval niets in de orde van grootte als het afmaken van vijf CIA-agenten.

Maar Kovalenko kon niet echt zeggen hoe gevoelig deze operatie zou zijn, om de eenvoudige reden dat hij niet mocht weten wie het uiteindelijke doelwit was. Zoals gebruikelijk hield Center alles weer zo verdomd gecompartimenteerd zodat Valentin alleen wist dat hij zich diende te verlaten op zijn agent om díéns agent harder aan te pakken, die op zijn beurt verantwoordelijk was voor het in gevaar brengen van het doelwit.

'Dit is geen manier om een effectieve inlichtingenoperatie te leiden,' had Kovalenko de avond ervoor hardop gezegd.

Maar toch, de SVR wilde dat Valentin erheen ging en vorderingen maakte, en dus stond hij hier 's ochtends vroeg in een koude parkeergarage op zijn agent te wachten.

Er kwam een Toyota-minibus aangereden die naast Kovalenko parkeerde, en hij hoorde dat de portieren werden ontgrendeld. Hij klom op de passagiersstoel en zat naast een grote man met een belachelijke golf in zijn grijsblonde haar, dat in zijn ogen hing.

De man stak een hand uit. 'Darren Lipton. FBI. Hoe maakt u het?'

58

Kovalenko schudde de man de hand, maar zei niet wie hij was. 'Center heeft me verzocht om met u samen te werken,' zei hij. 'Om u toegang te helpen vinden tot middelen die u weleens nodig kunt hebben om uw doel te bereiken.'
Dit was niet echt waar. Valentin wist dat hij te maken had met een agent binnen de National Security Branch van de FBI. Deze zou veel meer middelen tot zijn beschikking hebben dan Valentin. Nee, Kovalenko was hier om hem onder druk te zetten voor resultaten, maar om het gesprek of de relatie, hoe kortdurend deze naar zijn verwachting ook zou zijn, met dreigementen te beginnen, dat had geen zin.
De Amerikaan staarde hem een lang ogenblik zwijgend aan.
Kovalenko schraapte zijn keel. 'Dat gezegd hebbende verwachten we directe resultaten. Uw doel is van cruciaal belang voor de...'
'Ben jij soms compleet van de pot gerukt?' viel de forse man hem bulderend in de rede.
'Pardon?' reageerde Kovalenko verrast.
'Echt? Ik bedoel... écht?'
'Meneer Lipton, ik weet niet wat...'
'De verrekte Rússen? Heb ik voor de verrekte klote-Rússen gewerkt?'
Kovalenko herstelde van de schok. Eigenlijk leefde hij mee met zijn agent. Hij wist hoe het voelde als je geen idee had voor wiens vlag je je leven en vrijheid op het spel zette.
'De dingen zijn niet wat ze lijken te zijn, special agent Lipton.'
'Is dat zo?' reageerde Lipton, en hij sloeg hard op het stuur. 'Ik zou verdomme hopen van niet, want jij lijkt me anders wel een klote-Rus.'
Kovalenko keek even naar zijn vingernagels. Hij ging verder. 'Hoe dan ook, ik weet dat uw agent een virus heeft geplant op de mobiele telefoon van het doelwit. Maar we krijgen geen gps-updates meer. We gaan ervan uit dat hij het toestel heeft weggegooid. Als we geen directe resultaten zien, zullen we hem gaan schaduwen. Daarbij zullen u, ik en misschien ook anderen betrokken zijn. Ik hoef u niet te vertellen dat dit lange uren van onaangenaam werk met zich mee zal brengen.'

'Dat kan ik niet doen. Ik heb een baan en een gezin om naar thuis te komen.'

'Uiteraard zullen we niets ondernemen wat bij de FBI argwaan zal wekken. Op momenten dat u op kantoor moet zijn, zult u niet hoeven schaduwen. Uw gezin, echter, is uw probleem, niet het onze.'

Lipton staarde Kovalenko lang aan. 'Ik zou zo die magere verrekte nek van je kunnen breken.'

Nu glimlachte Kovalenko. Hij wist dan misschien helemaal niets van Liptons agent, of van het doelwit van Liptons agent, maar over Darren Lipton wist hij wel een paar dingetjes. Center had hem alles toegestuurd. 'Als u probeert mijn verrekte nek te breken, special agent Lipton, zult u falen. Maar of u nu faalt of slaagt, uw verleden zal u heel snel achtervolgen, want Center zal kwaad zijn op u, en we weten allebei wat hij dan zal doen.'

Lipton wendde zijn blik af en keek voor zich uit.

Kovalenko zei: 'Kinderporno, meneer Lipton, op iemands computer, zeker de hoeveelheid en variatie die op úw pc is aangetroffen, is iets wat u heel snel achter de tralies kan doen belanden. En ik weet niet hoe dat in uw land gaat, maar ik kan me zo voorstellen dat een opgesloten voormalig FBI-agent een moeilijke tijd zou hebben. Tel daarbij op' – hij boog zich dreigend voorover naar Lipton – 'en geloof me, dat zúllen we erbij optellen, de kennis van uw specifieke misdrijven, en ik zou denken dat het gevangenisleven voor u bijzonder... wreed zou zijn.'

Lipton keek door de vooruit naar buiten en beet op zijn onderlip. Nu begon hij op het stuur te trommelen. 'Ik snap het,' zei hij zacht, een toon die heel anders was dan eerder in het gesprek. 'Ik snap het,' herhaalde hij.

'Voortreffelijk. Nu is het tijd om de druk op uw agent zo hoog mogelijk op te voeren.'

Lipton knikte, maar keek de Rus naast hem nog steeds niet aan.

'Ik zal contact met u opnemen.'

Nog een knik. 'Is dat alles?'

Kovalenko opende het portier en stapte uit de minibus.

Lipton startte de motor en sloeg Kovalenko gade, voordat deze het portier dichtdeed. 'De verrekte Russen,' mompelde hij hoofdschuddend.

Kovalenko duwde het portier dicht, en de Toyota reed achteruit en vervolgens naar de uitgang van de parkeergarage.

'Dat zou je verdomme willen,' zei Valentin Kovalenko zacht, terwijl hij de achterlichten zag verdwijnen.

Darren Lipton trof Melanie Kraft in de Starbucks op de hoek van King Street en Saint Asaph. Ze was gehaast vanochtend; ze zat in een team dat het kantoor van de directeur van nationale veiligheid had opgezet om onderzoek te doen naar eventuele beveiligingslekken die het safehouse in Prosper Street in gevaar konden hebben gebracht. Om acht uur had ze een vergadering waarvoor ze niet te laat mocht komen.

Maar Lipton had zich meer dan aanhoudend getoond, dus ze had hem gezegd dat ze tien minuten voor hem had, voordat ze op de bus naar haar werk stapte.

Ze zag direct dat hij gestrest was. Hij wierp geen wellustige blikken naar haar, wat ongebruikelijk was. In plaats daarvan was hij volkomen zakelijk.

'Hij heeft zijn telefoon weggegooid,' zei Lipton, zodra ze plaats hadden genomen.

Melanie werd nerveus. Had Jack het ontdekt? 'Echt waar? Tegen mij heeft ie niets gezegd.'

'Heb je hem gewaarschuwd? Heb je iets over het FBI-zendertje gezegd?'

'Ben je gek? Natuurlijk niet. Denk je dat ik dit bij een biertje gewoon kan opbiechten?'

'Nou, íéts heeft ervoor gezorgd dat hij zich ervan heeft ontdaan.'

'Misschien vermoedt hij iets,' zei Melanie, en haar stem stierf weg, terwijl ze dacht aan hoe afstandelijk hij het hele weekend tegen haar was geweest. Ze had hem gebeld om zaterdagavond iets te gaan doen, maar hij had niet teruggebeld. Toen ze de volgende ochtend belde, zei hij dat hij zich niet lekker had gevoeld en van plan was om een paar dagen vrij te nemen. Ze had aangeboden om voor hem te komen zorgen, maar hij had haar laten weten dat hij gewoon eens goed wilde uitslapen.

En nu zei Lipton dat het mogelijk, zelfs waarschijnlijk was dat Ryan had ontdekt dat er met zijn mobieltje geknoeid was.

'Die zender moest toch onmogelijk op te sporen zijn?!' ging ze tegen hem tekeer.

Lipton bracht zijn handen omhoog. 'Hé, dat zeiden ze tegen mij. Weet ik veel. Ik ben geen techneut.' Hij glimlachte flauw. 'Ik ben een mensenmens.'

Melanie schoot overeind. 'Ik heb precies gedaan wat me werd opgedragen. Niemand heeft iets gezegd over dat ik hier mijn vingers aan zou branden. Zeg dat maar tegen Packard, en anders zeg ik het zelf wel tegen hem, ik ben helemaal klaar met jullie.'

'Dan draaien jij en je vader de bak in.'

'Jullie hebben helemaal niets tegen mijn vader, want anders zouden jullie hem jaren geleden al hebben opgepakt. En als jullie niets tegen hem hebben, hebben jullie ook niets tegen mij.'

'Lieverd, het doet er helemaal niet toe, want wij zijn de FBI, en we hebben de beste techneuten met leugendetectors ter wereld, en we zullen jou met je mooie kontje in een kamer zetten, je op dat kussen aansluiten en je vragen stellen over Caïro. Jij zult degene zijn die jou en je vader naar de gevangenis stuurt.'

Melanie draaide zich om en stormde zonder nog een woord te zeggen King Street in.

Het werd een *hot seat* genoemd. Trash en Cheese renden het tarmac op en gingen onder de twee net gelande Hornets staan. Intussen klauterden de andere piloten uit hun toestel en de Hornets werden weer volgetankt, waarbij ze één motor lieten draaien zodat ze niet alle systemen weer hoefden op te starten. Vervolgens klommen Trash en Cheese aan boord van de jets en ze lieten zich in de cockpit zakken, die nog warm was van de vorige piloot. Ze snoerden zich vlug vast, sloten de communicatielijnen en luchtslangen aan, startten de tweede motor en taxieden terug naar de startbaan.

Toen ze drie dagen geleden in Taiwanese toestellen hun luchtpatrouilles boven de Straat van Taiwan begonnen, waren er net zoveel vliegtuigen als piloten geweest. Maar het vele gebruik had zijn tol geëist van de oudere C-modellen, en vier van de Hornets waren voor onderhoud uit het vluchtschema geschrapt, wat noopte tot de hot seat.

Er was nog een toestel neergehaald; de jonge piloot had zijn schietstoel gebruikt en was opgepikt door een Taiwanese patrouilleboot vol matrozen, die tot hun schrik een Amerikaan uit het water visten. Na het neerschieten van een Chinese J-5 was een andere jet in de rondvliegende puinstukken gevlogen, en deze piloot had bij een luchthaven op het zuidelijke puntje van het eiland een noodlanding moeten maken.

De piloot had het overleefd, maar niet zonder ernstige verwondingen op te lopen, en gezegd werd dat zijn vliegloopbaan erop zat.

De afgelopen drie dagen hadden de Verenigde Staten één echt verlies geleden in de strijd, en ze hadden het Chinese leger negen dodelijke slachtoffers toegebracht. De F-16's van Taiwan hadden elf toestellen en zes piloten verloren, een groot en pijnlijk verlies voor de kleine luchtmacht maar slechts een fractie van wat het zou zijn geweest zonder de twee dozijn Amerikaanse vliegers die alles deden wat in hun macht lag om de dreigende Chinezen op afstand te houden.

Ook op zeeniveau werd het link. Een Chinese antischeepsraket had een Taiwanese slagkruiser tot zinken gebracht. De Chinezen beweerden dit te hebben gedaan nadat de kruiser een van hun dieselonderzeeërs had vernietigd, maar alles wees erop dat de onderzeeër zichzelf tot zinken had gebracht, toen een van de mijnen die ze in de Straat aan het leggen waren, onjuist was ingesteld en tegen de romp was ontploft.

In beide kampen waren dientengevolge meer dan honderd slachtoffers te betreuren. Deze incidenten waren nog steeds geen openlijke oorlog, tot nu toe in elk geval, maar de verliezen aan manschappen en materieel namen met de dag toe.

Trash en Cheese was opgedragen om deze ochtend naar het zuiden te vliegen; er werd storm verwacht, en de Chinezen hadden in slecht weer niet zoveel aanvalsvluchten gestuurd, maar de twee jonge Amerikanen wisten wel beter dan aan te nemen dat ze een rustige patrouille zouden hebben.

Een dag eerder had Cheese zijn tweede kill beleefd. Met Trash als zijn wingman die hem steunde en zijn zesuurpositie in de gaten hield, had Cheese een radargeleide AIM-120 AMRAAM-raket afgevuurd, waarmee hij een J-5 neerhaalde die bezig was geweest om vijfenveertig kilometer ten noorden van Taipei een groep Taiwanese F-16's aan te vallen.

Dat betekende dat de twee mariniers samen vier kills hadden, en de twee Super 10's die Trash had neergehaald, werden in het korps al een beetje een legende. Dat zelfs bij het korps Mariniers maar heel weinig mensen wisten dat zijn eenheid hier in Taiwan nog steeds tegen de Chinezen vloog, vonden de mannen een beetje ergerlijk, vooral Cheese, die het aantal kills na terugkeer op zijn basis in Japan niet eens op zijn eigen vliegtuig kon verven.

Ondanks de angst, de stress, het gevaar en de uitputting zouden de twee jongere Amerikaanse gevechtspiloten hun hachelijke ervaringen toch met niemand willen ruilen. Vliegen, vechten en onschuldige mensen beschermen, het zat in hun bloed.

Hun Hornets stegen op van luchtmachtbasis Hualien en vlogen in zuidelijke richting naar de Straat, naar de storm.

59

Gavin Biery zat achter zijn bureau en wreef zich in zijn vermoeide ogen. Hij oogde verslagen, wat hij ook was, en zijn afhangende schouders en gebogen hoofd gaven aan hoe verloren en machteloos hij zich voelde. Twee van zijn toptechnici stonden over hem heen gebogen. De een gaf hem een klopje op de rug, de ander omhelsde hem onhandig. Zwijgend verlieten ze de werkkamer.
Hoe? Hoe is dit mogelijk?
Met een lang sissend geluid blies hij uit. Hij pakte zijn telefoon, drukte een toets in en sloot zijn ogen, terwijl hij wachtte op antwoord.
'Granger.'
'Sam. Met Biery. Heb je even?'
'Je klinkt alsof er iemand dood is.'
'Kan ik snel een vergadering beleggen met jou, Gerry en de Campusoperators?'
'Kom maar. Ik roep ze wel bij elkaar.'
Gavin hing op, kwam langzaam overeind en verliet de kamer, terwijl hij bij vertrek het licht uit knipte.

Op ernstige toon sprak Biery de verzamelde groep toe. 'Vanmorgen kwam een van mijn technici bij me om te zeggen dat hem na een willekeurige veiligheidscontrole een kleine toename in ons uitgaand netwerkverkeer is opgevallen. Het begon direct na mijn terugkeer uit Hongkong en het volgde geen vast patroon, maar elk incident van verhoogde activiteit duurde exact twee minuten en twintig seconden.'
Biery's aankondiging werd ontvangen door een ruimte vol starende blikken.
Hij ging verder: 'Ons netwerk wordt dagelijks wel tienduizenden keren met computeraanvallen belaagd. De overgrote meerderheid hiervan stelt niets voor; het zijn gewoon domme phishingactiviteiten waar internet van vergeven is. Achtennegentig procent van alle e-mails is spam, en de meeste zijn hackpogingen. Elk netwerk op aarde wordt continu door dit soort dingen getroffen, en elke redelijke beveiliging is voldoende om ze te beschermen. Maar te midden van al deze onge-

vaarlijke, lagere aanvallen is ons netwerk uitgekozen voor zeer ernstige en slimme cyberaanvallen. Het is lange tijd doorgegaan, en alleen door de draconische maatregelen die ik heb gebruikt, hebben we de slechteriken buiten weten te houden.'

Hij zuchtte eens diep en klonk als een leeglopende ballon. 'Nadat ik uit Hongkong terugkwam, gingen de aanvallen op laag niveau door, maar de aanvallen op hoog niveau hielden gewoon op.

Helaas betekent de lichte toename in uitgaand verkeer dat er iets binnen ons netwerk is. Er is iets wat data verstuurt; onze data, onze bevéiligde data.'

'Wat wil dat zeggen?' vroeg Granger.

'Ze zijn binnengekomen. We zijn gecompromitteerd. We zijn gehackt. Het netwerk heeft een virus. Ik heb wat gespit in een paar locaties, en tot mijn spijt moet ik zeggen dat ik op ons netwerk de vingerafdruk van FastByte22 heb aangetroffen.'

'Hoe hebben ze dat voor elkaar gekregen?' vroeg Hendley.

Biery staarde in het niets. 'Er zijn vier dreigingsvectoren, vier manieren om een netwerk aan te vallen.'

'Wat zijn die vier?'

'Een dreiging op afstand, net als een netwerkaanval over het web, maar dat is niet gebeurd. Ik zit hier achter een firewall, dus er is geen directe lijn naar internet die iemand kan gebruiken om zich toegang tot het netwerk te verschaffen.'

'Oké,' reageerde Granger. 'Wat verder?'

'Een nabije dreiging. Als van iemand die van korte afstand in een draadloos netwerk hackt. Daartegen zijn we ook prima beveiligd.'

'Oké,' zei Chavez, Biery tot haast aansporend.

'De derde dreigingsvector is de dreiging van binnenuit. Dat zou iemand hier in het gebouw zijn, die voor de vijand werkt en ons systeem in gevaar brengt.' Biery schudde zijn hoofd. 'Ik geloof niet dat iemand hier dat zou doen. Mijn hele proces van mensen inhuren en grondig natrekken is zo secuur als maar kan. Iedereen in dit gebouw heeft gewerkt in ultrageheime...'

Hendley wuifde de gedachte weg. 'Nee. Ik geloof niet dat dit werk van binnenuit was. Wat is de vierde dreigingsvector?'

'Bevoorrading,' antwoordde Biery.

'Wat houdt dat in?'

'Het compromitteren van hardware of software, die vervolgens het netwerk op gaat. Maar nogmaals, daartegen heb ik beveiligingsmaatregelen getroffen. Alles wat binnenkomt monitoren we, elk randapparaat dat met het systeem wordt verbonden, elk...'

Halverwege de zin zweeg hij opeens.

'Wat is er?' vroeg Chavez.

Biery vloog opeens overeind. 'De Duitse harddisk!'

'Wat?'

'Todd Wicks van Advantage Technology Solutions leverde een door mij bestelde disk af. Die heb ik zelf gecontroleerd. Hij was goed. Vrij van bekende virussen. Maar misschien dat er iets nieuws is. Iets wat in het *master boot record*, oftewel de partitiesector, van de disk zit en wat niemand weet op te sporen. Ik heb hem pas na mijn terugkeer uit Hongkong geïnstalleerd, en dat is precies de tijd dat het virus actief werd.'

'Wat wil je nu gaan doen?'

Biery leunde achterover. Hij rustte met zijn ellebogen op de tafel en liet zijn hoofd in zijn handen zakken. 'Stap één? Schiet de gijzelnemer.'

'Wat?' riep Hendley uit.

'Dat noemen we zo. Ze hebben mijn netwerk gegijzeld. Dat voordeel hebben ze op ons. Maar ik kan alles platleggen. Het hele netwerk. We gaan op zwart. Daarmee is hun voordeel verdwenen. Dood alles.'

Granger knikte. 'Oké. Doe het. Stap twee?'

'Stap twee? Jij stuurt me naar Richmond.'

'Wat is er in Richmond?'

'Todd Wicks. Als er met zijn disk geknoeid was, zou hij ervan weten.'

'Weet je zeker dat hij ervan wist?' vroeg Hendley.

Gavin dacht terug aan Todds bezoek aan Hendley Associates. Hij leek overdreven vriendelijk, een tikkeltje zenuwachtig, vooral toen hij Jack junior ontmoette.

'Hij wist het,' antwoordde Biery.

Chavez kwam snel overeind. 'Ik rij.'

Todd Wicks keek naar zijn kinderen, die in de achtertuin aan het schommelen waren. Hoewel het nog geen tien graden Celsius was, genoten ze van het laatste daglicht buiten, en hij wist dat ze nog blijer zouden zijn met de hamburgers die hij aan het grillen was.

Sherry, lekker warm aangekleed in een fleecetrui en skibroek maar niettemin mooi, lag naast hem op de zonneveranda op een ligstoel en belde met een van haar cliënten.

Todd voelde zich goed over deze dag, over zijn gezin, over zijn leven.

Naast het aanhoudende kabaal van de spelende kinderen ving hij nog een geluid op, en hij keek op, weg van de sissende hamburgers, en hij zag een zwarte Ford Explorer op de oprit. Hij herkende de wagen niet. Hij keerde de vier hamburgers op de barbecue vlug om en riep naar zijn vrouw.

'Schat, verwacht jij iemand?'

Vanaf haar ligstoel kon ze de oprit niet zien. Ze hield de telefoon van haar oor. 'Nee. Is er iemand dan?'

Hij gaf geen antwoord, want inmiddels zag hij Gavin Biery uit de Explorer stappen. Hij wist zich geen raad.

Zijn knieën werden even zwak, maar hij vocht tegen de opkomende paniek, legde de barbecuetang neer en deed zijn schort af.

'Een paar jongens van het werk, lieverd. Ik ga wel even binnen met ze praten.'

'Mag ik kennismaken met ze?'

'Nee,' antwoordde hij op iets krachtiger toon dan hij gewild zou hebben, maar hij maakte zich zorgen over wat er zou gebeuren.

Ontken, ontken, ontken, maande hij zichzelf. Je weet helemaal niets van een virus.

Hij repte zich het terras af en over de oprit en onderschepte Gavin en de latino ogende man voordat ze de achtertuin konden bereiken. Relax, maande hij zichzelf telkens weer. Met een brede glimlach op het gezicht begroette hij hen. 'Gavin? Hé, maatje. Hoe gaat ie?'

Gavin Biery beantwoordde de glimlach niet. De latino stond met een ijzige blik naast hem. 'Kunnen we even binnen praten?'

'Tuurlijk.' Mooi, dacht hij. Van die verdomde oprit af en het huis in, waar Sherry niets kan horen.

Even later bevonden ze zich in Wicks' woonkamer. De drie mannen bleven staan. Todd verzocht zijn gasten plaats te nemen, maar geen van beiden ging erop in, en dus stond Todd daar maar zenuwachtig en ongemakkelijk, terwijl hij zichzelf telkens weer maande om koel te blijven.

'Waar gaat dit over?' vroeg hij, en hij meende de juiste toon aan te slaan.

'Je weet wel waar dit over gaat,' zei Biery. 'We hebben het virus op de disk gevonden.'

'Het wát?'

'"Het wát?" Kun je echt niet beter? Kom op, Todd. Ik weet nog dat je zowat in je broek scheet toen ik je aan Jack Ryan voorstelde. Wat moet er op dat moment door je hoofd zijn gegaan?'

Chavez staarde Wicks aan, totdat de laatste zijn ogen neersloeg.

'Wie ben jij?' vroeg Wicks.

De latino gaf geen antwoord.

Wicks keek naar Biery. 'Gavin, wie is in vredesnaam...'

'Ik weet dat de harddisk geïnfecteerd was met malware,' zei Biery. 'In de bootsector.'

'Waar heb je het o...'
'Beter dat je niet liegt,' sprak Chavez nu. 'We doorzien jou helemaal. En als je liegt, doe ik je pijn.'
Wicks' gezicht werd nog bleker dan het al was, en zijn handen begonnen te trillen. Hij zei iets, maar zijn stem brak. Ding en Gavin keken elkaar aan. 'Voor de draad ermee!' zei Chavez.
'Ik wist niet wat er op die disk stond.'
'Hoe wist je dan dat er íéts op stond?' vroeg Chavez.
'Het waren de... de Chinezen. De Chinese inlichtingendienst.'
'Zij gaven jou de disk?' vroeg Gavin.
'Ja.' Todd begon te huilen.
De latino rolde met zijn ogen. 'Meen je dat nou, verdomme?'
'Kunnen we alsjeblieft even gaan zitten?' vroeg Wicks tussen de snikken door.

In de daaropvolgende tien minuten vertelde Todd de twee mannen alles. Over het meisje in Shanghai, de entourage van agenten, de rechercheur die zei dat hij Todd uit de gevangenis kon helpen houden, de agent in de pizzatent in Richmond en de harddisk.
'Dus, je bent verleid door een *dangle*.'
'Een wat?' vroeg Wicks.
'Dat wordt een dangle genoemd. Ze hebben je laten verleiden door dat meisje, Bao, en vervolgens hebben ze je betrapt.'
'Ja. Daar komt het geloof ik wel op neer.'
Chavez keek naar Biery. De pafferige computernerd zag eruit alsof hij Todd Wicks wilde afmaken. Het Hendley-/Campus-netwerk was Gavin Biery's grote liefde, en deze vent was door de verdediging heen geglipt en had de boel onderuitgehaald. Ding vroeg zich af of hij Gavin van de jongere, fittere Wicks weg moest houden; de man oogde nu even niet alsof hij zichzelf tegen een huiskat zou kunnen verdedigen, laat staan tegen een woedende computernerd.
'Wat gaan jullie met me doen?' vroeg Wicks.
Chavez keek naar de gebroken man. 'Zolang je leeft rep je met geen woord meer hierover, tegen niemand. Ik betwijfel of de Chinezen opnieuw contact met je zullen opnemen, maar als ze dat doen, zou het heel goed alleen maar kunnen zijn om jou te vermoorden, dus misschien zou je willen overwegen om je gezin bij elkaar te vegen en te maken dat je wegkomt.'
'Me vermóórden?'
Ding knikte. 'Heb je gezien wat er in Georgetown is gebeurd?'
Wicks' ogen sperden zich wijd open. 'Ja?'

'Dezelfde gasten als voor wie jij hebt gewerkt, Todd. Wat er in Georgetown gebeurde, is gewoon een voorbeeld van hoe ze hun losse eindjes aan elkaar breien. Misschien wil je dat in gedachten houden.'

'Lieve hemel.'

Chavez keek uit het raam naar Wicks' vrouw. Ze duwde de kinderen op de schommel en keek door het keukenraam naar binnen; ze vroeg zich ongetwijfeld af wie die twee mannen waren die haar man niet aan haar wilde voorstellen. Chavez knikte naar haar en wendde zich weer tot Todd Wicks. 'Jij verdient haar niet, Wicks. Misschien wil je de rest van je leven dat onmiskenbare feit rechtzetten.'

Zonder verder nog een woord te zeggen vertrokken Chavez en Biery door de garagedeur.

60

Iets na tienen in de avond kwamen Gavin Biery en Domingo Chavez aan bij Jack Ryan juniors appartement. Jack was nog steeds geschorst, maar de twee wilden hem bijpraten over wat er die dag was gebeurd.

Tot verbazing van Chavez wilde Ryan niet in zijn woning praten. Jack gaf beide mannen een Corona, leidde hen de trap af naar het parkeerterrein en vervolgens over de straat naar een golfbaan. De drie mannen namen in het donker plaats aan een picknicktafel en nipten langs een in mist gehulde fairway aan hun biertjes.

Nadat Biery had verteld over het bezoek aan Wicks' woning en over de onthulling dat Chinese inlichtingenagenten een hand hadden gehad in het plaatsen van het virus op het computernetwerk van Hendley Associates, zocht Jack naar een verklaring. 'Is het mogelijk dat deze gasten niet voor het Chinese ministerie van Staatsveiligheid werkten? Kunnen het voetsoldaten zijn geweest voor Tong, die het vasteland in zijn gegplipt om deze computerjongen te compromitteren?'

Ding schudde zijn hoofd. 'Dit gebeurde in Shanghai. Zonder medeweten van Staatsveiligheid kon Center niet een hotelkamer afluisteren, een grote ploeg politieagenten, zowel in uniform als in burgerkleding, binnenbrengen en dit klaarspelen. Hotels in China, vooral de luxere en zakelijke hotels, zijn allemaal bij wet verplicht om naar de pijpen van Staatsveiligheid te dansen. Er is afluisterapparatuur geïnstalleerd, er wordt gesurveilleerd, zelfs onder het personeel zitten agenten die voor Staatsveiligheid werken. Het is gewoon onmogelijk dat dit iets anders was dan een operatie van Staatsveiligheid.'

'Maar het virus is de RAT van Zha. Dezelfde als die op de Istanbul-disk. Dezelfde als op de UAV-hack. De enige verklaring is dat toen Zha en Tong onder de bescherming van de triades waren, ze in Hongkong voor China werkten.'

Chavez knikte. 'En dit betekent ook dat de Chinezen op de hoogte zijn van Hendley Associates. Denk maar eens over wat er op ons netwerk staat dat ze hebben geïnfiltreerd. Namen en privéadressen van ons personeel, data die we uit gekwebbel van de CIA, de NSA en het ODNI hebben gehaald. Duidelijke signalen naar iedereen met een

beetje hersens dat wij een spionnentoko zijn.'
'Maar het goede nieuws is wat er niet op het netwerk staat,' zei Jack.
'Leg uit,' reageerde Chavez.
'We boekstaven onze activiteiten niet. Er staat niets op over de aanslagen die we hebben uitgevoerd, de operaties waar we mee bezig zijn geweest. Ja, er staat meer dan genoeg op om ons op de korrel te nemen of om te bewijzen dat we ons toegang verschaffen tot geheime data, maar niets om ons met een bepaalde operatie in verband te brengen.'
Ding sloeg zijn Corona achterover en rilde. 'Maar toch, als iemand in China de telefoon pakt en *The Washington Post* belt, zijn we verloren.'
'Waarom is dat niet al gebeurd?' vroeg Jack.
'Geen idee. Dat snap ik niet.'
Ryan gaf het even op om daar achter te komen. 'Is er nog gesproken over het naar Beijing sturen van agenten om daar de Rode Hand te treffen?'
'Granger is bezig om een manier te vinden om ons het land in te krijgen,' zei Chavez. 'Zodra dat lukt, vliegen Driscoll en ik erheen.'
Jack voelde zich enorm geïsoleerd. Hij werkte niet, hij praatte niet met Melanie en nu wilde hij niet eens met zijn ouders communiceren, omdat hij bang was dat de Chinezen elk moment informatie over hem zouden onthullen die het einde van het presidentschap van zijn vader kon inluiden.
Gavin Biery had de hele tijd gezwegen, maar nu sprong hij opeens overeind van de picknicktafel. 'Ik zie het!'
'Wat zie je?' vroeg Ding.
'Ik zie nu het grote plaatje. En dat ziet er niet best uit.'
'Waar heb je het over?'
'Tongs organisatie is een groep die in de belangen van zijn gastland werkt en tot op zekere hoogte gebruikmaakt van de agenten van het gastland, maar het is een team dat onder strikte geheimhouding helemaal zelfstandig opereert. Ik durf ook te wedden dat ze zichzelf bedruipen, want ze kunnen uit cybermisdrijven zoveel cash genereren. Bovendien beschikt Centers organisatie over fantastische technologische middelen die hij inzet om aan info te komen om zijn missie te volbrengen,' zei Gavin.
Ook Jack zag het nu. 'Krijg nou wat. Ze zijn net als wij! Ze lijken bijna als twee druppels water op De Campus. Een team dat bij volmacht opereert en waarvan het bestaan kan worden ontkend. De Chinezen konden niet toestaan dat de cyberaanvallen naar hen te herleiden waren. Ze hebben Center zijn eigen operatie gegeven, net zoals mijn vader met

De Campus heeft gedaan, zodat ze hun handen vrij hadden om agressiever te kunnen zijn.'

'En sinds Istanbul hebben ze ons in de gaten gehouden,' voegde Chavez eraan toe.

'Nee, Ding,' zei Jack opeens ernstig. 'Niet sinds Istanbul. Vóór Istanbul. Vér ervoor.'

'Wat wil dat zeggen?'

Jack bracht zijn hoofd in zijn handen. 'Melanie Kraft is een agent van Center.'

Chavez keek naar Biery en zag dat die het al wist. 'Waar gaat dit in godsnaam over?'

'Ze heeft met mijn telefoon geknoeid. Zo wist Center dat Dom en ik in Miami waren om de commandoserver te bekijken.'

Chavez kon het niet geloven. 'Ze heeft met je telefoon geknoeid? Zeker weten?'

Jack knikte slechts en liet zijn blik afdwalen naar de mist.

'Zitten we daarom hier in de kou?'

Jack haalde zijn schouders op. 'Ze heeft vast mijn hele huis vol met afluisterapparaatjes gehangen. Ik weet het niet zeker, ik heb er nog niet naar gezocht.'

'Heb je met haar gepraat? Haar erop aangesproken?'

'Nee.'

'Ze werkt voor de CIA, Ryan,' zei Ding. 'Ze is veel vaker doorgelicht en nagetrokken dan jij. Ik geloof er geen barst van dat ze voor die klote-Chicoms werkt.'

Ryan sloeg met zijn hand op de tafel. 'Heb je wel gehoord wat ik net zei? Ze heeft iets met mijn telefoon uitgevreten. En het was niet zomaar spionnentroep die je zo in de winkel scoort. Gavin heeft Zha's RAT, of een variant erop, aangetroffen, plus een gps-volger.'

'Maar hoe weet je of ze niet werd bedrogen? Erin werd geluisd om het te planten?'

'Ding, ze gedroeg zich al veel langer verdacht. Al sinds mijn terugkeer uit Pakistan, in januari. Er waren signalen; ik was alleen te hoteldebotel om ze te zien.' Hij zweeg even. 'Ik ben een idioot geweest.'

''*Mano*, er zijn redenen om jou te wantrouwen. Zo'n slimme meid heeft een bullshitmeter die tot elf gaat. Wat het virus op je telefoon betreft...' Chavez schudde zijn hoofd. 'Ze wordt bespeeld. Iemand heeft haar gemanipuleerd. Ik kan moeilijk geloven dat ze een spion voor China is.'

'Mee eens,' zei Biery.

'Ik weet niet waaróm ze het heeft gedaan,' zei Jack. 'Alleen dát ze het heeft gedaan. En ik weet dat ik onze hele operatie in gevaar heb gebracht door haar d'r gang te laten gaan.'

'Iedereen bij De Campus heeft dierbaren aan de buitenkant die niet weten wat we doen,' zei Ding. 'Telkens als we een nieuw persoon in ons leven laten, lopen we risico. De vraag is, wat ga je eraan doen?'

Jack opende zijn handen op de tafel. 'Ik sta open voor suggesties.'

'Mooi. Jij bent geschorst, wat je dus in je voordeel kunt benutten. Jij hebt tijd. Gebruik die om uit te zoeken wie haar aan het lijntje houdt.'

'Oké.'

'Ik wil dat je bij haar inbreekt, voorzichtig. Ze is geen spion, ze is een analist, maar neem geen risico. Wees bedacht op inbraakalarmen of verklikkers. Kijk wat je kunt vinden, maar plaats geen afluisterapparaatjes. Als zij voor het andere kamp werkt, kan ze haar woning weleens regelmatig controleren op dat soort spullen en ze vinden ook.'

Jack knikte. 'Oké. Als ze morgenochtend naar haar werk gaat, glip ik naar binnen.'

'Goed,' zei Chavez. 'Misschien wil je haar de komende avonden achtervolgen. Kijken of ze iets ongewoons doet. Iemand ontmoet.'

'Naar de Chinees gaat,' voegde Gavin eraan toe.

Het was een grapje, maar Ding en Jack staarden hem slechts kil aan.

'Sorry,' zei hij. 'Slechte timing.'

Chavez ging verder. 'Je geeft je laptop uiteraard aan Gavin om die te laten nakijken. We laten een team van Science and Technology op de vierde verdieping bij jou thuis langskomen om alles op afluisterapparatuur te controleren. Geldt ook voor je auto.'

'Die heb ik eerder vandaag al gecontroleerd,' zei Gavin. 'Hij is clean.'

Chavez knikte. 'Mooi.'

Dings telefoon aan zijn riem tjirpte, en hij nam op. 'Ja? Hoi, Sam. Toevallig zit ik in de buurt. Ik kom eraan.'

Chavez schoot overeind van de tafel en dronk zijn bier op. 'Ik ga weer naar binnen. Granger denkt dat hij een manier heeft om Driscoll en mij China in te krijgen.'

'Succes,' zei Ryan.

Ding keek naar de jongere man en legde zijn hand op diens schouder. 'Jij succes, jongen. Blijf onbevooroordeeld over mevrouw Kraft. Sta niet toe dat je emoties haar al schuldig verklaren, voordat je hebt uitgevogeld wat er aan de hand is. Ook al werkt ze niet welbewust voor Center, ze is een stukje van de puzzel. Dat moet je uitbuiten, 'mano. Als je dit goed doet, kunnen we van haar meer te weten komen over Center dan we al weten.'

'Ik zorg ervoor.'
Chavez knikte naar Biery, draaide zich om en verdween in de mist.

Dr. K.K. Tong stond bij bureau vierendertig en keek mee over de schouder van de controller, terwijl ze in Cryptogram typte. Hij wist dat de meeste managers geïntimideerd werden door zijn aanwezigheid bij hun bureau als ze zaten te werken, maar deze vrouw was buitengewoon competent en leek geen bezwaar te hebben.

Hij was tevreden met haar prestaties tot dusver.

Hij was bezig geweest met zijn ronde door het Ghost Ship toen ze hem belde op zijn VoIP-headset en hem verzocht te komen. Tong dacht dat hij tussen alle nodes in het gebouw dagelijks wel tien kilometer liep, en daarnaast had hij vermoedelijk ergens rond de vijftig videoconferenties per dag.

Toen de vrouw achter bureau vierendertig klaar was, draaide ze zich naar hem om. Ze wilde opstaan, maar hij hield haar tegen. 'Blijf rustig zitten,' zei hij. 'Je wilde me spreken?'

'Ja, Center.'

'Wat gebeurt er bij Hendley Associates?'

'Sinds zaterdag zijn we alle toegang, zowel via volgsoftware als via toegang op afstand, kwijt. Sinds vanmiddag komen we niet meer in hun netwerk. Het heeft er alle schijn van dat ze de binnendringing hebben ontdekt en dat ze het hele netwerk offline hebben gezet.'

'Het hele netwerk?'

'Ja. Er komt geen verkeer uit Hendley Associates. Hun e-mailserver accepteert geen berichten. Het lijkt wel alsof ze gewoon de stekker eruit hebben getrokken.'

'Interessant.'

'Mijn veldagent, Valentin Kovalenko, is erg goed. Ik kan zorgen dat hij weer contact legt met zijn agent, Darren Lipton, en hem dwingt om druk uit te oefenen op diens agent, Melanie Kraft, om erachter te komen hoe we zijn gesnapt.'

Tong schudde zijn hoofd. 'Nee. Hendley Associates was een curiositeit. We hoopten hun rol in de Amerikaanse inlichtingenhiërarchie te achterhalen. Maar vervolgens werden ze een probleem in Hongkong. Daarna kwam Miami, waar ze ons zelfs nog meer tot last waren. Onze maatregelen tegen hen zijn onvoldoende gebleken. Ik heb geen tijd om het mysterie van Hendley Associates te ontrafelen. Als ze onze aanwezigheid op hun netwerk hebben ontdekt, hebben ze misschien meer informatie over ons dan we weten. Het is tijd voor krachtiger maatregelen.'

'Ja, Center. Zoals altijd het geval was, kunnen we ze heimelijk aan de Amerikaanse autoriteiten rapporteren, of een van onze gevolmachtigde agenten in de Amerikaanse pers sturen om onderzoek naar hen te doen.'

Tong schudde zijn hoofd. 'Ze weten van ons. Als we hen aan de wereld onthullen, onthullen we ook onszelf. Nee, dat kunnen we niet doen.'

'Ja, Center.'

Tong dacht nog even na. 'Ik zal Crane oproepen,' zei hij.

'Ja, Center. Zal ik onze relatie met Lipton beëindigen?'

'Nee, hij is FBI. Hij kan nog weleens van pas komen. Maar zijn agent... de vriendin van de zoon van de president?'

'Melanie Kraft.'

'Ja. Zij is waardeloos gebleken, en ze kan onze agent Lipton in gevaar brengen. Stuur haar gegevens door naar Crane. Ik zal hem opdracht geven om dat gevaar te verijdelen.'

'Ja, Center.'

61

Domingo Chavez en Sam Driscoll zaten samen met Gerry Hendley en Sam Granger in Hendleys kamer. Voor het eerst in de twee jaar dat Chavez nu voor De Campus werkte, was Hendleys laptop op diens bureau niet opengeklapt. Hij had hem in een leren tas geritst en deze in zijn kast gezet. Het leek Ding een beetje paranoïde, maar dit soort dingen zagen ze tegenwoordig meer op het werk.

Het was na elven in de avond, maar niemand had zich uitgelaten over het late uur. Het enige gespreksonderwerp was of het mogelijk was om Mary Pat Foleys verzoek om hulp binnen China te honoreren.

'We hebben een manier gevonden om jou Beijing in te krijgen,' zei Granger, 'en ik heb met de vertegenwoordiger van de Rode Hand gesproken en hem laten weten dat we weleens om hun hulp zouden kunnen vragen.'

'Wat is onze toegang?' vroeg Driscoll.

'Het Chinese ministerie van Propaganda is bezig met een groot charmeoffensief. Ze proberen steun te krijgen voor China en steun weg te trekken van de Verenigde Staten. Ze nodigen buitenlandse media uit om naar Beijing te komen om vanuit een Chinees perspectief meer over China te weten te komen; nu zien ze alleen maar hoe Hollywood het afschildert.'

'Meer dan eens in mijn loopbaan heb ik mediareferenties als dekmantel voor status gebruikt,' zei Chavez.

'Ja, tijdens dit conflict belooft het ministerie van Propaganda plechtig dat de pers zich vrijelijk mag bewegen.'

'O ja? Ik heb andere dictators dezelfde onzin horen uitkramen,' zei Chavez.

Granger moest dit erkennen. 'Je kunt ervan uitgaan dat je met elke stap die je zet een lijfwacht aan je arm zult hebben, en al je bewegingen zullen in de gaten worden gehouden.'

'Dat klinkt alsof het weleens zou kunnen botsen met onze plannen om samen te werken met een groep moordlustige criminelen om ons aan te sluiten bij een groep gewapende rebellen,' merkte Driscoll op.

Chavez grinnikte.

Ook Granger lachte. 'De Rode Hand heeft een plan om jullie weg te krijgen van de lijfwachten.' Hij keek op zijn tablet. 'In Beijing zal het ministerie van Cultuur jullie de gelegenheid bieden om op een aantal mediaexcursies te gaan. Een daarvan zal naar de Chinese Muur zijn. Er is een hoofdlocatie die wordt bezocht, en een tweede, minder drukke plek. De naam ervan staat hierin. Jullie moeten vragen of je dat deel van de muur mag zien.'

'En dan?' vroeg Driscoll.

'Op de een of andere manier zullen ze je weghalen van die lijfwachten, en op dat moment zullen ze jullie naar de rebellen brengen.'

'Vertel me wat je weet over de rebellenmacht.'

'Een van hen is een agent, en hij heeft ze gewezen op politieoptredens, overheidsmanoeuvres, en zo. In de provincies hebben ze kleinschalige acties tegen de overheid ondernomen. Ze hebben wat voertuigen in brand gestoken en een paar spoorlijnen opgeblazen.

Tot dusver hebben de staatsmedia dit soort acties verdoezeld. Geen verrassing dus. Maar ze zijn van plan om nu in Beijing acties te gaan voeren, waar veel internationale media en buitenlanders zijn die het nieuws kunnen verspreiden. Dat is hun hoofdmissie, een klein brandje beginnen dat zich zal verspreiden naarmate de protesten groeien.

Ze beweren een goedgetraind legertje van meer dan driehonderd rebellen te hebben, plus lichte wapens. Ze willen terugslaan tegen de Chicoms.'

Chavez geloofde zijn oren niet. 'Willen ze het opnemen tegen het leger? Zijn ze gek?'

Driscoll had hetzelfde gevoel. 'Neem me niet kwalijk als ik van de opwinding niet flauwval, hoor. Ze zullen als lammetjes naar de slachtbank geleid worden.'

Granger schudde zijn hoofd. 'Uiteraard gaan ze met een verzetsactie de regering niet omverwerpen. Niet met driehonderd man. Hallo zeg, niet met driehonderdduizend man. Maar misschien kunnen wij ze gebruiken.'

'Waarvoor?' vroeg Ding.

'Als er een gewapend conflict uitbreekt, wil Mary Pat agenten in de hoofdstad hebben. Deze rebellen zitten er al en zijn misschien wel precies wat we nodig hebben. Het is lastig om echt te weten te komen hoe succesvol ze zijn geweest. De Chinese overheid doet alsof het muggenbeetjes zijn, en de rebellen beweren dat ze het regime elk moment ten val brengen.'

Driscoll bromde. 'Ik denk dat we ervan uit moeten gaan dat het officiële bericht uit Beijing, wat dit betreft, dichter bij de waarheid is.'

'Mee eens. Maar zelfs als de rebellen niet bepaald een georganiseerde en elitegevechtsmacht zijn, als wij daar met het juiste materieel en goede info komen, zullen we voor een vermenigvuldigingseffect zorgen.'

'Wat zijn hun politieke denkbeelden?' vroeg Ding.

Granger haalde zijn schouders op. 'Verward. Ze zijn tegen de regering; daarover zijn ze het allemaal wel eens. Verder is het gewoon een ratjetoe van studenten. Bovendien zitten er ook wat criminelen tussen, mensen die op de vlucht zijn voor de politie, soldaten die zonder verlof niet komen opdagen.'

'Zijn onze mensen die voor documenten zorgen goed genoeg om ons Beijing in te krijgen?' vroeg Chavez.

'Ja. We kunnen jullie het land in krijgen, maar jullie zullen licht reizen.'

'Shit, jullie gaan zowat in je nakie,' voegde Gerry Hendley eraan toe. 'Jullie zullen buitenlanders zijn in een stad die op zijn hoede is voor buitenlanders.'

'We zullen Caruso hiervoor terug moeten halen,' zei Chavez. 'Hij kan, in elk geval voor de Chinezen, de Italiaan uithangen.'

Hendley knikte en keek naar Granger. Sam leek er niet gelukkig mee, maar hij zei: 'Doe maar. Maar Ryan niet. Niet daar.'

'Oké,' zei Chavez. 'We nemen Caruso, en ik zal gaan. En jij, Sam?'

Driscoll was nog niet om. 'Gewoon de moordenaars en dieven van de Rode Hand erop vertrouwen dat ze ons naar een of ander onbeproefd rebellenleger brengen. Is dat in feite het plan?'

'Je hoeft het niet te doen,' reageerde Granger.

Driscoll dacht er even over na. 'Onder normale omstandigheden zou dit veel te riskant zijn. Maar ik denk dat we het erop moeten wagen.' Hij slaakte een zucht. 'Ach wat, ik doe mee.'

Hendley knikte dankbaar. 'Verdomd veel onzekerheden dus, jongens. Ik ben niet bereid om jullie groen licht te geven voor acties, maar ik laat jullie drie daarheen gaan en wat rondsnuffelen. Jullie maken kennis met de rebellen, sturen mij jullie beste indruk van wat daar gaande is, en samen zullen we bepalen of dit iets is wat we kunnen voortzetten.'

'Klinkt goed,' zei Chavez, en hij keek naar de andere twee mannen aan zijn kant van het bureau.

'Voelt goed, hoor,' zei Driscoll.

Granger kwam overeind, het teken dat de bespreking was afgelopen. 'Oké. Loop naar operaties en verzoek hun om een portfolio met alle identiteitspapieren voor jullie drie. Zeg ze dat ze twee keer zo snel moeten werken om de geloofsbrieven en legitimatiebewijzen af te krijgen, maar dat ze wel hun beste werk leveren. Al moeten ze de hele nacht overwerken, jullie krijgen je papieren. Is er enige kritiek, laat ze mij dan bellen.'

Ding stond op en schudde Sam de hand. 'Bedankt.'

Hendley schudde de drie mannen de hand en zei: 'Wees in elk geval voorzichtig daar. Pakistan in januari was geen makkie, dat weet ik ook wel, maar de Chinezen zijn enkele malen competenter en gevaarlijker.'

'Begrepen,' zei Ding.

62

'Meneer de president?'
Jack Ryan opende zijn ogen en zag de nachtdienst hebbende officier over zijn bed gebogen staan. Vlug ging hij rechtop zitten; hij was hier immers gewend aan geraakt. Voordat Cathy wakker werd, volgde hij de luchtmachtofficier de gang op.
''s Nachts krijg ik meer nieuws dan overdag,' gekscheerde hij zachtjes, terwijl ze liepen.
'De minister van Buitenlandse Zaken wilde dat ik u wakker maakte,' zei de officier. 'De tv zendt niets anders uit, meneer de president. De Chinezen zeggen dat Amerikaanse piloten in Taiwanese vliegtuigen geheime missies uitvoeren.'
'Shit,' vloekte Ryan. Het was zijn idee, het was geheim, en nu was het op het nieuws. 'Oké, trommel de hele bende maar bij elkaar. Ik ben er over een paar minuten.'

'Hoe zijn ze erachter gekomen?' vroeg Ryan aan zijn beste inlichtingen- en militaire adviseurs rondom de tafel.
'Taiwan is vergeven van de Chinese spionnen,' reageerde Mary Pat Foley. 'Op de een of andere manier is het uitgelekt. Een marinepiloot werd neergeschoten en vervolgens gered door een vistrawler. Die ene gebeurtenis heeft vermoedelijk het aantal mensen die van de geheime operatie wisten, verdubbeld.'
Jack wist dat de echte wereld de gewoonte had om zijn beste plannen te verstoren.
Hij overpeinsde het even. 'Ik lees de dagelijkse rapporten over de vluchten van onze piloten. Ze leveren een geweldige bijdrage aan Taiwan, dat zonder onze operatie enorme verliezen zou hebben geleden.'
Burgess was het eens met de president. 'Taiwan ligt echt voor het grijpen. Daar doen een paar dozijn Amerikaanse vliegers niets aan. Maar als de Chinese luchtmacht nog eens vijfentwintig toestellen had neergehaald, zou het moreel in Taiwan al volledig de bodem in zijn geslagen en zou een vloedgolf van Taiwanezen de handdoek in de ring

hebben willen gooien. Ik ben zeer blij dat onze goedgetrainde vliegers de Chinezen daar flink op hun lazer geven.'

'We bevestigen noch ontkennen het verhaal,' zei Roger. 'We weigeren gewoon commentaar te geven op de Chinese beschuldigingen. En onze mannen blijven daar.'

Daar was iedereen het mee eens, maar Adler oogde zorgelijk.

Op het moment dat Ryan de vergaderzaal betrad, had Mark Jorgensen, de commandant van de Pacific Fleet, zich teruggetrokken uit de videoconferentie. Ryan ging lang genoeg mee om te weten dat admiralen de president doorgaans niet vertelden dat ze iets belangrijkers te doen hadden, tenzij het echt belangrijker was.

Nu verscheen hij weer op het scherm. Zijn stem klonk hard, bijna kwaad, toen hij de minister van Buitenlandse Zaken, die over de situatie in Taiwan had gesproken, in de rede viel. 'Meneer de president, neemt u me niet kwalijk. De Chinezen hebben meer antischeepsraketten afgevuurd op een ander Taiwanees schip. Ze hebben de *Tso Ying*, een geleide wapenfregat dat in de Straat van Taiwan op patrouille was, met twee Silkworm-raketten geraakt. Deze boot was vroeger, voordat we hem een paar jaar geleden aan Taiwan verkochten, de USS *Kidd*. De *Tso Ying* staat in brand en is stuurloos, en op dit moment dus onbruikbaar. Hij heeft het midden van de Straat overgestoken en begeeft zich naar de Chinese territoriale wateren.'

'Godverdomme,' mompelde Burgess.

Jorgensen vervolgde. 'Voorzitter Su heeft de Verenigde Staten bevolen buiten het gebied te blijven. Hij heeft net publiekelijk gedreigd een antischeepsraket te lanceren, de Dong Feng 21D naar het schijnt, naar de USS *Ronald Reagan* of de *Nimitz*-vliegdekschepen, als die binnen de afgelopen week door Su ingestelde zone van vierhonderdtachtig kilometer komen.'

Rondom de tafel werd de adem ingehouden.

'Wat is het bereik van de DF 21D?' vroeg Ryan.

'Negentienhonderd mijl, drieduizend kilometer.'

'Jezus christus! Als we de *Reagan* terug naar de Baai van Tokio halen, kunnen ze hem dus nog steeds raken.'

'Dat is correct, meneer de president. En het is een echte killer, meneer. Met één DF 21D zou je een *Nimitz*-vliegdekschip tot zinken kunnen brengen en waarschijnlijk bijna iedereen aan boord ombrengen.'

'Hoeveel van die dingen hebben de Chinezen?'

Hierop wist Mary Pat Foley het antwoord. 'Naar onze beste schatting zijn het er tachtig tot honderd.'

'Mobiele lanceerinrichtingen?'

'Ja, meneer de president. Vanaf land opererende, verrijdbare lanceerinrichtingen, maar ook op onderzeeërs gestationeerde.'
'Oké, en onze subs? Wij opereren in de Straat toch ook onder water?'
'Ja, meneer,' antwoordde Jorgensen.
'Kunnen we helpen bij dat Taiwanese geleide wapenfregat?'
'U bedoelt met de redding?' vroeg Bob Burgess.
'Ja.'
Burgess keek naar Jorgensen. De admiraal zei: 'Als de Chinezen hem aanvallen, kunnen we kruisraketten op ze af schieten, als ze het beschadigde schip aanvallen.'
Ryan keek de zaal rond. 'Dat is een openlijke oorlogsdaad.' Hij trommelde met zijn vingers op tafel.
'Goed. Scott, bel ambassadeur Li nu op. Ik wil dat hij direct naar het Chinese ministerie van Buitenlandse Zaken gaat en ze daar laat weten dat elke verdere aanval op de *Tso Ying* door ons zal worden beantwoord.'
Scott Adler kwam overeind en liep de vergaderzaal uit.
Jack Ryan richtte zich tot de anderen. 'We bevinden ons nu op de rand van oorlog in de Straat van Taiwan. Ik wil iedere Amerikaanse agent in de Oost-Chinese Zee, de Gele Zee, waar dan ook in de Westelijke Grote Oceaan in de allerhoogste staat van paraatheid. Als een van onze onderzeeërs een Chinees vaartuig aanvalt, kunnen we verwachten dat de hel losbreekt.'

Om zes uur in de ochtend klauterde Valentin Kovalenko in de passagiersstoel van Darren Liptons Toyota Sienna. De Rus had zijn instructies van Center. Zoals altijd wist hij niet de reden achter de boodschap die hij op het punt stond over te dragen, maar hij was tevreden dat zijn Russische collega's op de ambassade hem het startsein hadden gegeven om te doen wat hem was opgedragen, dus hij zette geen vraagtekens bij zijn opdracht.
'U dient onmiddellijk een afspraak met uw agent te maken,' zei hij.
Lipton reageerde met zijn gebruikelijke woede. 'Ze is geen getraind huisdier. Ze komt niet op het moment dat ik haar bel. Ze zal op haar werk zijn en pas naar me toe komen als haar werkdag erop zit.'
'Doe het nu. Laat haar vóór het werk komen. Wees overredend. Zeg dat ze een taxi neemt naar dit adres en dat u haar daar zult treffen. U zult haar moeten overtuigen dat het belangrijk is.'
Lipton nam het geprinte adres aan en bekeek het al rijdend. 'Wat is daar?'
'Weet ik niet.'

Lipton keek Kovalenko even aan en richtte zijn aandacht weer op de weg.
'Wat zeg ik tegen haar als ze daar aankomt?'
'Niets. U zult niet op haar wachten. Iemand anders wel.'
'Wie?'
'Weet ik niet.'
'Packard?'
Kovalenko gaf geen antwoord. Hij had geen idee wie Packard was, maar dat hoefde Lipton niet te weten. 'Ik weet niet of het Packard of iemand anders zal zijn.'
'Waar gaat dit over, Ivan?'
'Zorg er nu maar voor dat die vrouw op de locatie komt.'
Lipton sloeg de Rus nog een moment gade. 'Jij weet echt niet wat er aan de hand is, hè?'
Kovalenko zag dat Lipton dwars door hem heen keek. 'Nee,' gaf hij toe. 'Ik heb mijn orders. U hebt de uwe.'
Lipton glimlachte. 'Ik snap het al, Ivan. Ik snap het nu. Center weet iets van jou; ik zit in hetzelfde schuitje. Je bent niet zijn man. Je bent zijn agent.'
'We zijn allemaal radertjes in een systeem,' sprak Kovalenko op een vermoeide toon. 'Een systeem dat we niet volledig begrijpen. Maar onze missie begrijpen we wel, en ik wil dat u zich daar nu op concentreert.'
Lipton zette de auto aan de kant. 'Zeg tegen Center dat ik meer geld wil.'
'Waarom zegt u het hem zelf niet?'
'Jij bent een Rus. Hij kennelijk ook. Ook al ben je zijn boodschappenjongen, net als ik, hij zal eerder naar jou luisteren.'
Kovalenko glimlachte vermoeid. 'U weet hoe het gaat. Als een inlichtingenorganisatie zijn agent veel geld betaalt, zal de agent geen geld meer nodig hebben, en zal hij minder gestimuleerd worden om te helpen.'
Lipton schudde zijn hoofd. 'Jij en ik weten allebei wat mijn stimulans is om voor Center te werken. Geld is het niet. Het is chantage. Maar ik ben verdomme veel meer geld waard.'
Kovalenko wist dat dit niet waar was. Hij had het dossier van de man gelezen. Ja, chantage was de prikkel op korte termijn geweest om hem zover te krijgen om voor Center te spioneren. Op zijn computer stonden plaatjes die hem in de gevangenis konden doen belanden.
Maar nu deed hij het helemaal voor het geld.
In het jaar dat hij had gewerkt voor de mysterieuze opdrachtgever,

die hem om de twee weken eenvoudige instructies gaf, was zowel de kwantiteit als de kwaliteit van zijn hoeren omhooggeschoten.

Van het geld dat hij had verdiend, hadden zijn vrouw en kinderen geen cent gezien; hij had een privérekening geopend, en bijna elke cent was gegaan naar Carmen en Barbie en Britney en de andere meiden die in de hotels in Crystal City en Rosslyn werkten.

Kovalenko had geen enkel respect voor de man, maar hij hoefde een agent niet te respecteren om hem aan het werk te zetten.

Hij opende het portier en stapte uit. 'Zorg dat uw agent om negen uur op die locatie is. Intussen zal ik met Center over uw vergoeding praten.'

De Chinese Wet op de staatsveiligheid verplicht Chinese burgers om alle veiligheidsambtenaren te gehoorzamen en met hen samen te werken; hotels en andere bedrijven dienen aan alle operaties onbeperkte toegang te geven.

Om kort te gaan hield dit in dat de meeste zakenhotels in China werden voorzien van audiovisuele apparatuur die in verbinding stond met personeel van Staatsveiligheid, dat in de gaten hield of er waardevolle informatie werd geregistreerd.

Door simpelweg een schakelaar om te zetten en een tolk naast een radio-ontvanger te posteren konden de Chinezen veel handelsgeheimen te weten komen.

Chavez, Caruso en Driscoll wisten dat ook hun hotel in Beijing zou worden afgeluisterd, en daarom hadden ze in de States hun strategie al besproken. Wanneer ze in hun hotelsuites waren, zouden ze in hun rol blijven; hun dekmantel zou van kracht blijven.

Zodra ze na hun eindeloos lange burgervlucht vanuit de VS in hun hotel aankwamen, draaide Ding de douche op z'n heetst; daarna stapte hij de badkamer uit en hij sloot de deur achter zich. Hij zette de tv aan en begon zich uit te kleden; gewoon een vermoeide zakenman, bekaf na een lange vlucht, die voordat hij in bed kroop even onder de douche wilde springen. Terwijl hij zijn overhemd uittrok, liep hij rond, ging voor de tv staan en deed zijn best om zich op een natuurlijke manier te gedragen, maar in werkelijkheid speurde hij zorgvuldig de kamer af naar camera's. Hij controleerde de tv zelf en daarna de muur tegenover zijn bed. Hij legde zijn overhemd en shirt op het bureau naast zijn handbagage, en intussen tuurde hij naar de lampenkap.

Ding was bekend met minstens twintig van de meest voorkomende miniatuurcamera's en geluidsontvangers; hij wist waar hij naar moest zoeken, maar tot nu toe had hij niets gevonden.

Hij zag dat de lampen boven zijn hoofd in het plafond verzonken waren. Dit leek hem een geweldige plek om een camera te verstoppen. Hij ging pal onder de lampen staan, maar klom niet op een bed of een stoel om ze van dichtbij te bekijken.

Ze waren hier, dat wist hij wel zeker. Als hij echt zijn best deed om ze te vinden, zou het de Chinese veiligheidsagenten die hem in de gaten hielden opvallen, en dan zou zijn kamer gegarandeerd nog meer aandacht krijgen.

Toen hij uitgekleed was, stapte hij de badkamer weer in. Inmiddels was alles beslagen, en het duurde even voordat de nevel voldoende opgelost was om goed te kunnen rondkijken. Het eerste wat hij controleerde, was de grote badkamerspiegel, en hij vond onmiddellijk wat hij zocht: een vierkant stuk waar het glas niet beslagen was.

Dat, wist Ding, kwam doordat er aan de andere kant van het glas een nis zat waar een camera was opgesteld. Waarschijnlijk was daar ook een wifi-radio, die het signaal van de camera en het signaal voor de ergens in de suite verborgen geluidsapparatuur verzond naar waar die gasten van Staatsveiligheid ook mochten zitten.

Inwendig glimlachte Ding. Naakt voor de spiegel wilde hij naar de camera zwaaien. Hij vermoedde dat negenennegentig procent van de zakenmannen en -vrouwen die in dit hotel en in tientallen andere in Beijing verbleven absoluut geen idee hadden dat ze elke keer dat ze een douche namen door de verborgen camera werden gespot.

In twee andere suites op dezelfde verdieping deden Dominic Caruso en Sam Driscoll hetzelfde als Ding. De drie Amerikanen kwamen tot dezelfde eenvoudige conclusie: ze zouden goed moeten opletten dat ze niets deden, niets zeiden en zich niet anders gedroegen dan de gemiddelde hotelgast, want anders zouden ze hun operatie in gevaar brengen.

Alle drie waren vele malen in vijandige omgevingen in het veld actief geweest. De Chinezen waren dan voortreffelijk in hun spionagetactieken, maar de drie mannen wisten dat ze hun rol konden spelen en niets zouden doen wat de vervelde mannen en vrouwen die hen in de gaten hielden zou waarschuwen dat ze hier in Beijing iets in hun schild voerden.

Ding was net in bed gekropen om een paar uur te slapen toen zijn satelliettelefoon ging. Het apparaat was versleuteld, dus hij was niet bang dat er iemand zou meeluisteren, hoewel er ongetwijfeld microfoontjes in de kamer waren.

Hij zette de tv aan, liep naar het balkon en sloot de glazen deur achter zich.

'*Bueno?*'

'Eh... Ding?'

'Adam?' reageerde Chavez met nauwelijks meer dan een fluistering.
'Ja.'
'Ik ben blij dat je belt. Mensen vragen zich af wat er met jou is gebeurd.'
'Ja. Ik ben een poosje van het toneel verdwenen.'
'Snap ik.'
'Ik heb ontdekt van waaruit Center opereert,' zei Yao.
'In je eentje?'
'Yep.'
'Waar?'
'In Guangzhou, ongeveer twee uur ten noorden van Hongkong. Een adres heb ik nog niet, maar ik zit er wel dichtbij. Het is vlak bij TRB, het Technical Recon Bureau. Hij zit op het Chinese vasteland, Ding. Hij werkte de hele tijd al voor de Chicoms.'
Chavez keek zenuwachtig om zich heen. Beijing leek hem echt een slechte plaats om dit telefoongesprek te houden.
'Ja. Tot die conclusie waren wijzelf ook gekomen. Je moet een manier vinden om het je werkgever te laten weten.'
'Luister, Ding. Ik ben er klaar mee om Langley nog berichten te sturen. Ze hebben een lek, en dat lek brieft alles door naar China. Ik kan Langley iets laten weten, maar dan kun je er gif op innemen dat Center gewoon weer verkast.'
'Wat ga je doen?'
'Ik ga zonder een net werken.'
'Ik bewonder je stijl, Adam,' zei Chavez, 'maar dat zal voor je loopbaan niet goed zijn.'
'Vermoord worden is ook niet goed voor mijn loopbaan.'
'Tja, daar kan ik niets tegen inbrengen.'
'Ik zou wel wat hulp kunnen gebruiken.'
Chavez dacht hierover na. Driscoll of Caruso kon hij nu echt geen moment missen, en ze konden ook niet zomaar vertrekken zonder dat de Chinese lijfwachten erg argwanend werden.
'Ik zit nu midden in iets waar ik niet weg kan, maar ik kan Ryan sturen om jou te helpen.' Chavez wist ook wel dat Jack naar het vasteland van China sturen op z'n best twijfelachtig was. Maar hij wist dat het hele conflict met China om Tong draaide; en Guangzhou lag toch dicht bij de grens met Hongkong, in tegenstelling tot Beijing.
Hij stuurde Jack in elk geval niet naar Beijing, dacht Ding.
'Ryan?' reageerde Yao zonder enige poging om zijn teleurstelling te verbergen.
'Wat is er mis met Jack?'

'Ik heb te veel te doen om ook nog eens op de zoon van de president te letten.'

'Jack is een agent, Yao. Neem dat van mij aan.'

'Ik weet het niet...'

'Graag of niet.'

Yao zuchtte. 'Goed dan. Hij kent tenminste mensen die dingen voor elkaar krijgen. Laat hem naar Hongkong komen; dan tref ik hem op de luchthaven en help ik hem de grens over.'

'Oké. Bel me over anderhalf uur terug, dan zal ik jullie twee met elkaar in contact brengen.'

63

Rijdend over de Francis Scott Key Bridge hield Jack Ryan junior de taxi zo'n honderd meter voor hem nauwlettend in de gaten.

Het was iets na zevenen in de ochtend en hij volgde de taxi nadat deze twintig minuten geleden bij Melanies koetsiershuisje in Alexandria was weggereden.

Dit was de derde dag op rij dat hij voor zonsopgang een paar straten verderop had geparkeerd en zich op een beschut plekje in haar tuin had verschanst. Elke dag had hij, zodra het buiten licht genoeg was geworden, met een verrekijker haar ramen bespioneerd, totdat ze op straat verscheen om de ondergrondse naar haar werk te nemen.

Vervolgens had hij, de afgelopen twee dagen in elk geval, haar brievenbus en haar afval bekeken, maar hij had niets interessants aangetroffen. Kort nadat ze haar woning had verlaten was hij zelf ook weggegaan en hij had de rest van de dag gepiekerd over hoe hij haar kon confronteren over Center.

Vandaag was hij van plan geweest bij haar in te breken. Hij wist dat hij zonder problemen kon insluipen, maar het plan mislukte toen om tien over halfzeven een taxi voor haar deur stopte en ze zich, klaar voor haar werk, naar buiten haastte.

Hij was naar zijn auto gerend en had de taxi op de Jefferson Davis Memorial Highway bijgehaald. Al snel werd hem duidelijk dat ze niet naar haar werk in McLean ging, maar naar Washington DC.

Terwijl hij haar over de brug en Georgetown in volgde, gleden zijn gedachten naar de moord op de vijf CIA-agenten, twee weken eerder, en hij moest er niet aan denken dat zij daar op een of andere manier een rol in had gespeeld.

'Onopzettelijk, Jack,' sprak hij hardop om zichzelf eraan te herinneren dat ze alleen tegen hem of voor de Chinezen werkte als ze daartoe werd gechanteerd.

Althans, dat wilde hij maar wat graag geloven.

De telefoon in het dashboard ging en hij drukte op de handsfreeknop aan zijn stuur.

'Met Ryan.'

'Jack, met Ding.'
'Hé. Je belt vanuit Beijing?'
'Ja. Sorry, geen tijd voor een babbel. Ik heb net de Gulfstream gebeld. Je moet over een uur op luchthaven Baltimore zijn.'
Shit. Het was bijna een uur rijden naar Baltimore. Hij zou het schaduwen van Melanies taxi moeten afbreken. Maar iets schoot hem te binnen. 'Ik ben geschorst, weet je nog?'
'Granger heeft het ingetrokken.'
'Oké, duidelijk. Ik zit in DC, ben op weg naar de luchthaven. Waar gaat de reis naartoe?'
'Hongkong.'
Hij wist dat de satellietverbinding hoogstwaarschijnlijk veilig was, en bovendien waren Gavin en zijn team uren bezig geweest om zijn auto op volgzendertjes en afluisterapparatuur te doorzoeken, maar hij wist ook dat hij kort en bondig moest zijn om geen sleutelinformatie weg te geven. En dus hield hij het bij korte vragen.
'Oké,' antwoordde hij, en hij hing op. Hij reed al dik in Georgetown en de beste manier om naar Baltimore te komen, was om een stukje verderop de afslag te nemen, en dus volgde hij Melanies taxi nog even.

Op dat moment werd zijn zicht belemmerd door een stomerijbusje dat vanaf een afrit aan P Street direct achter de taxi had ingevoegd.

Ondertussen overwoog hij om Melanie gewoon te bellen. Als hij naar Hongkong moest, zou hij dus niets te weten komen over wat hier al dagen aan de hand was. Het baarde hem zorgen, maar ook dat het voor haar duidelijk zou worden dat hij een tijdje weg zou zijn, wat zijn missie in gevaar kon brengen.

Want Center zou op de hoogte zijn.

Terwijl ze op het klaverblad naar de Rock Creek Parkway reden, berustte hij in het feit dat hij toch niets wijzer zou worden. Even later zag hij de taxi invoegen op het klaverblad naar de snelweg. Jack besefte dat ook zij naar het noorden ging, wat vreemd was aangezien hij zich niet kon voorstellen waarom ze de chauffeur daarvoor eerst door Georgetown had laten rijden.

Terwijl hij gas gaf om zelf ook op het klaverblad in te voegen, zag hij het stomerijbusje voor hem naast Melanies taxi verschijnen, alsof het busje de taxi in de scherpe bocht omlaag wilde inhalen.

'Idioot,' vloekte hij, een kleine vijfenzeventig meter achter haar rijdend.

Terwijl het busje pal naast de taxi verscheen, werd plotseling de zijdeur opengetrokken. Het was zo'n onverwacht gezicht dat Ryan even niet wist wat er gebeurde en zich te langzaam van de dreiging bewust werd.

Totdat hij vanuit het donkere interieur de loop van een automatisch pistool zag opdoemen.

Pal voor zijn ogen vuurde het pistool een lange automatische vuurstoot. Steekvlammen en rook spuwden uit de loop en het portierraam bij de rechtervoorstoel vloog in een wolk van glassplinters aan gruzelementen.

Hij slaakte een kreet van schrik terwijl Melanies taxi hard naar links zwenkte, in de binnenbocht van de weg raakte, over de kop sloeg, het talud af rolde en ondersteboven tot stilstand kwam.

Het stomerijbusje stopte iets verderop en twee gewapende mannen sprongen aan de achterkant naar buiten.

Jack had zijn Glock 23 bij zich, maar hij was te ver weg om zijn auto aan de kant te zetten en de twee beneden aan het talud onder vuur te nemen. In plaats daarvan handelde hij volkomen impulsief, trapte zijn BMW 335i op zijn staart, vloog van de weg en door de lucht, plofte op het grasachtige talud, verloor de macht over het stuur en slipte zijwaarts naar de omgeslagen taxi.

Jacks airbag sprong open en sloeg hem in het gezicht, zijn armen vlogen door de lucht nu de BMW neerplofte en weer opstuiterde. Hij schampte een boom, gleed over het gras en door de modder en kwam met een doffe klap onder aan het talud tot stilstand. De voorruit was zwaar gebarsten maar toch kon Ryan een kleine vijftien meter verderop de twee schutters zien die nu naar de taxi liepen.

Jack was versuft en zijn zicht werd gehinderd door stof en de gebarsten voorruit, maar de schutters waren afgeleid en keken hem recht aan. Kennelijk vormde de BMW voor hen geen bedreiging; hoogstwaarschijnlijk gingen ze ervan uit dat ook deze automobilist bij alle commotie de macht over het stuur had verloren.

Jack Ryan vocht tegen de waas voor zijn ogen. Precies op het moment dat de schutters hun aandacht weer op de verongelukte taxi richtten en met hun automatische pistolen in de aanslag hurkten om naar binnen te turen, trok Jack zijn Glock tevoorschijn, hij hief het met trillende handen en vuurde dwars door de gebarsten voorruit.

Hij loste het ene na het andere schot op de twee voor hem. Een van hen viel achterover in het gras en zijn wapen vloog weg van zijn verfomfaaide lichaam.

De andere man vuurde terug en de voorruit aan de rechtkant van Ryan verbrijzelde, waardoor stukjes gewapend glas in Ryans gezicht terechtkwamen. Jacks eigen lege hulzen vlogen door de auto, ketsten af, schroeiden zijn gezicht en armen en vlogen naar de achterbank, tegen de vloer en op de stoel naast hem.

Ryan schoot zijn magazijn leeg op zijn twee belagers, dertien schoten in totaal. Het lege magazijn ontgrendelde zich automatisch waarna hij links vanachter zijn broeksband snel een nieuwe tevoorschijn trok en hem in de kolf van zijn pistool ramde. Terwijl hij zijn herladen wapen weer richtte, zag hij dat de overlevende schutter naar het busje strompelde en daarbij – overduidelijk gewond – twee keer neerviel.

Hij stapte uit zijn BMW, strompelde even, rende plotseling naar de taxi en liet zich daar op zijn knieën vallen. 'Melanie!' Hij zag de taxichauffeur, een jonge man uit het Midden-Oosten, hangend in zijn gordel, maar overduidelijk dood. Een deel van zijn voorhoofd was weg en het bloed sijpelde naar het dak onder hem. 'Melanie!'

'Jack?'

Ryan draaide zich om. Melanie stond achter hem. Haar rechteroog was blauw en dik en er zaten schrammen op haar voorhoofd. Ze was aan de andere kant uit de taxi gekropen en hij was opgelucht haar, met slechts een paar schrammetjes, op haar benen te zien staan. Kijkend in haar ogen, zag hij echter pure shock, een verdwaasde blik die hem vertelde dat ze beduusd en in de war was.

Jack pakte haar bij haar pols, trok haar mee naar zijn BMW, duwde haar op de achterbank en schoot zelf achter het stuur.

'Kom op dan. Start alsjeblieft!' riep hij, terwijl hij op de startknop drukte.

De motor van de luxe sedan sloeg aan. Hij ramde de wagen in zijn versnelling en scheurde in noordelijke richting weg. Stukjes kapotgeschoten interieur rolden over de voorstoel en brokjes gewapend glas kwamen los van de voorruit en sloegen hem in het gezicht.

Toen Melanie Kraft bijkwam merkte ze dat ze op haar zij op de achterbank van Jacks auto lag. Overal om haar heen lagen glasscherven en lege hulzen. Traag hees ze zich rechtop.

'Wat is hier aan de hand?' vroeg ze. Ze bracht een hand naar haar gezicht en voelde wat bloed, liet haar hand naar haar oog glijden en voelde haar gezwollen ooglid. 'Wat is er daarnet allemaal gebeurd, Jack?'

Hij had de snelweg inmiddels verlaten en volgde nu een paar achterafweggetjes. Met behulp van zijn ingebouwde gps bleef hij uit de buurt van de hoofdwegen om geen politieaandacht te trekken.

'Jack?' vroeg ze nogmaals.

'Alles goed met je?'

'Ja. Wie waren dat? Wie waren die kerels?'

Ryan schudde slechts het hoofd, trok zijn mobiele telefoon tevoor-

schijn en toetste een nummer in. Melanie luisterde naar zijn stem.
'Hallo. Ik heb je hulp nodig. Het is dringend.' Een korte stilte. 'Ik moet je ergens tussen DC en Baltimore treffen. Ik heb een auto nodig en jij moet een tijdje over iemand waken.' Weer een korte stilte. 'Een puinhoop. Kom gewapend. Ik wist wel dat ik op je kon rekenen, John. Bel me terug.'
Ryan liet het mobieltje weer in zijn zak glijden.
'Toe, Jack. Wie waren dat?'
'Wie dat waren? Wie dat wáren? Dat waren Centers handlangers! Wie anders, verdomme.'
'Wie is Center?'
'Lieg niet tegen me. Jij hebt met hem samengewerkt. Ik weet het. Ik vond dat zendertje op mijn mobiel.'
Melanie schudde traag het hoofd, wat pijn deed. 'Ik weet niet... Is Center soms Lipton?'
'Lipton? Wie is Lipton nu weer?'
Ze was zo verward. Ze wilde het liefst gaan liggen, overgeven, uit deze rijdende auto stappen. 'Lipton is FBI. Binnenlandse veiligheidsdienst.'
'Werkt hij voor de Chinezen?'
'De Chinezen? Jack, wat mankeert jou?'
'Die kerels daarginds, Melanie. Ze werken voor dr. K.K. Tong, codenaam Center. Hij is een gevolmachtigd agent voor het Chinese ministerie van Staatsveiligheid. Althans, dat denk ik. Ben er eigenlijk behoorlijk zeker van.'
'Wat heeft dat te maken met...'
'Dat zendertje dat jij in mijn mobieltje stopte. Dat was van Center. Het vertelde Center precies waar ik was en het luisterde mee met al mijn telefoongesprekken. Hij heeft mij en Dom in Miami geprobeerd te vermoorden. Dankzij dat zendertje wisten ze dat we daar zaten.'
'Hè?'
'Datzelfde groepje heeft ook die vijf CIA-agenten in Georgetown koudgemaakt. En vandaag wilden ze jou pakken.'
'De FBI?'
'De FBI me reet!' vloekte hij. 'Ik ken die hele Lipton niet, maar jij hebt niét met de FBI te maken gehad.'
'Wél! Jawél! De FBI. Niet de Chinezen. Wie denk je wel niet dat ik ben?'
'Ik zou het écht niet weten, Melanie.'
'Nou, ik weet ook niet wie jij bent! Wat gebeurde daar zonet? Heb jij twee mannen doodgeschoten? Waarom zaten ze achter mij aan? Ik voerde alleen maar een opdracht uit.'

'Ja, van de Chinezen.'
'Nee! Van de FBI. Ik bedoel, eerst vertelde Charles Alden van de CIA me dat jij voor een buitenlandse inlichtingendienst werkte. Hij vroeg me alleen maar om meer te weten te komen. Maar hij werd gearresteerd. Lipton belde me, liet me het vonnis zien en stelde me voor aan Packard. Ik had geen keus.'
Jack schudde het hoofd. Wie was Packard nu weer? Hij begreep er niets van maar hij geloofde haar. En ook dat zij op haar beurt niet beter wist dan dat ze voor de FBI bezig was.
'Wie bén jij?' vroeg ze weer, maar ditmaal klonk het zachter, minder geschrokken, smekender. 'Voor wie werk jij, en bespaar me je financieelbeheerverhaal!'
Hij haalde zijn schouders op. 'Ik ben niet helemaal eerlijk geweest tegen je.'
Via het binnenspiegeltje staarde ze hem een lang moment indringend aan. 'Je méént het, Jack...'

Jack trof John Clark op een parkeerterrein achter een meubelzaak die nog niet open was. Melanie zei maar weinig. Jacks verhaal had haar overtuigd hem even het voordeel van de twijfel te gunnen, zodat hij haar naar een veilige plek kon brengen waarna ze konden praten.
Na een minutenlang onderhoud met Clark, buiten Melanies gehoorafstand, liep hij weer terug naar de beschadigde BMW. Melanie zat achterin en nog altijd verdwaasd over wat haar zo-even was overkomen staarde ze voor zich uit.
Jack trok het portier open en hurkte. 'Melanie?' vroeg hij toen ze hem niet aankeek.
Langzaam keek ze opzij. Hij was blij dat ze er niet erger aan toe was dan ze liet blijken.
'Ja?'
'Je moet me vertrouwen. Ik weet dat dit nu even moeilijk is, maar ik wil dat je onze relatie tot nu toe onder de loep neemt. Ik zeg niet dat ik nooit tegen je heb gelogen, maar ik zweer je dat ik nooit, maar dan ook nooit, iets heb gedaan om jou te kwetsen. Dat geloof je toch, hè?'
'Ja.'
'Ik vraag je om straks met John Clark mee te gaan. Hij neemt je mee naar zijn boerderij in Maryland, alleen voor vandaag. Ik moet weten dat je op een veilige plek bent, waar die gasten je niet kunnen vinden.'
'En jij?'
'Ik moet de stad uit.'
'De stad uit? Je maakt een grapje.'

Hij geneerde zich, wist dat het slecht overkwam. 'Het is heel belangrijk. Zodra ik terug ben, over een paar dagen, op z'n hoogst, vertel ik je alles. Daarna is het aan jou om te besluiten of je nog in me gelooft en dan luister ik naar alles wat jij mij te vertellen hebt. Dan kun je me vertellen over die Lipton die volgens jou voor de FB...'
'Ja, Darren Lipton werkt voor de FBI, Jack.'
'Het zal wel. Daar hebben we het nog wel over. Ik wil alleen maar zeggen: laten we elkaar voor nu nog even vertrouwen. Ga alsjeblíéft mee met John en laat hem voor je zorgen.'
'Ik moet Mary Pat spreken.'
'John en Mary Pat kenden elkaar al voordat jij geboren werd, Melanie. We moeten ons voor nu even gedeisd houden, we willen nog even geen militaire politie achter ons aan hebben.'
'Maar...'
'Vertrouw me, Melanie. Slechts voor een paar dagen.'
Ze leek er bepaald niet blij mee, maar ze knikte toch.
Clark reed met Melanie weg in de BMW. Hij wist een meer waar hij de auto kon dumpen en zijn vrouw Sandy was al onderweg om hen daar op te pikken.
Jack klom in Johns Ford pick-up en vervolgde zijn weg naar de luchthaven van Baltimore, waar de Gulfstream van Hendley Associates al klaarstond om hem naar Hongkong te brengen.

64

Om zeven uur in de ochtend voegden Dom, Sam en Ding zich bij hun gids in de lobby van hun hotel voor wat het voorlichtingsdepartement een 'culturele excursie' noemde.

De gids stelde zich voor als George. Hij was een joviale man maar ook, zo wisten de drie Amerikanen, een getrainde informant voor de Chinese inlichtingendiensten. George zou deze 'journalisten' een dagje gaan rondleiden.

Op het programma stond het Mutianyu-deel van de Chinese Muur, een kleine tachtig kilometer ten noorden van Beijing. Al voordat het groepje onder de overkapte oprit naar het busje werd geleid, liet de gids hun in gebrekkig Engels weten blij te zijn met deze keuze, aangezien de rest van de persdelegatie voor een meer nabijgelegen deel had gekozen dat door de renovaties van de afgelopen jaren ingrijpend was veranderd.

Chavez knikte en glimlachte, terwijl hij in het busje stapte. Met een Spaans accent dat wat hem betrof niet buitengewoon Argentijns klonk of erg noodzakelijk leek, liet hij de gids weten dat zijn redactie zo verstandig was geweest om dit gedeelte van de Chinese Muur voor hun coverstory te gebruiken.

In werkelijkheid gaf Chavez geen zier om die hele Chinese Muur, niet om het Mutianyu-deel of om welk deel dan ook. Natuurlijk, als hij nu met zijn vrouw en zoon op vakantie was, zou het een indrukwekkend uitje zijn geweest, maar hij was op een missie en die zou hem niet naar de Chinese Muur brengen.

Het was de contactpersoon van de Rode Hand geweest die hem had opgedragen zich voor een excursie naar deze plek aan te melden.

Ding vermoedde dat de Rode Hand een plan had om hem en zijn twee collega's weg te leiden van hun gids en de chauffeur. Zelf kende hij de organisatie niet, maar hij ging ervan uit dat hij deze bende criminelen niet kon vertrouwen en dat hij hen ook niet respecteerde. Maar er hing zoveel van deze missie af dat ze met z'n drieën hadden besloten de gok te wagen in de hoop dat de Rode Hand iets kon orkestreren dat hen weg kon leiden van loerende overheidsfunctionarissen zonder dat het hun leven zou kosten.

Onderweg porde Sam Driscoll op de achterbank zacht tegen Dings knie. Ding keek op en volgde Sams blik naar een punt op het dashboard vlak onder de voorruit. Hij moest goed kijken om het te kunnen zien, maar ontwaarde een piepklein microfoontje. Waarschijnlijk was er ook ergens een cameraatje gemonteerd. De Chinezen zouden hen in de gaten houden; ze zouden achteraf in elk geval beelden hebben van wat de Rode Hand voor hen in petto had.

Ding porde Caruso even in de zij en boog zich naar hem toe. 'Camera's en micro's, 'mano. Wat er ook gebeurt... val niet uit je rol,' fluisterde hij Caruso in het oor.

Dom reageerde niet maar staarde slechts door het raam naar de bruine heuvels en de grijze lucht.

Terwijl de praatgrage propagandafunctionaris over van alles verderkletste – van de kwaliteit van de snelweg, de riante graanoogst van de tarwevelden die ze passeerden tot het technische hoogstandje dat de Chinese Muur heette – wierp Chavez nonchalant een blik over zijn schouder en zag dat ze op een kleine vijftig meter werden gevolgd door een zwarte personenauto. Voorin zaten twee mannen die net zo gekleed waren als hun gids.

Dit moesten de gewapende jongens van het ministerie zijn om ervoor te zorgen dat de buitenlandse media niet te maken kregen met demonstranten, wegpiraten of ander ongemak.

Ze dachten waarschijnlijk dat het een saaie dag zou worden.

Chavez wist vrij zeker dat ze het wat dat betreft mis hadden.

Ongeveer veertig minuten nadat ze de stadsgrens van Beijing waren gepasseerd, kwam er na lange tijd weer een verkeerslicht in zicht. De chauffeur stopte voor het rode licht en de zwarte vrachtwagen die zoeven vanaf een tankstation was ingevoegd, verscheen naast het busje.

Zonder enige waarschuwing werd het portier van de chauffeur opengetrokken, terwijl de gids naast hem de buitenlandse journalisten op de achterbank op dat moment vol trots liet weten dat China wereldwijd de grootste exporteur van graan en katoen was.

Ding zag de loop vlak voordat de schoten klonken. 'Liggen!' riep hij tegen Dom en Sam. Het zijraam naast George vloog aan splinters. Zijn hoofd knikte naar voren, maar de gordel hield zijn lichaam overeind.

Ook de chauffeur naast hem zakte dood voorover.

De drie mannen achterin probeerden uit alle macht weg te duiken, met de handen op het hoofd tussen de knieën, terwijl een tweede mitrailleursalvo de voorruit verbrijzelde.

'Shit!' riep Dominic.

Geen van de drie hoefde zijn best te doen om een doodsbange, hulpeloze indruk te veinzen. De anonieme klootzakken die met automatische geweren op hen vuurden zorgden daar wel voor. Het microfoontje en het cameraatje zouden alles opnemen en de drie man op de achterbank oogden overtuigend genoeg.

Ding ving nu geschreeuw van buiten op: blaffende Chinese bevelen, haastige voetstappen van mannen die over straat renden. Nog meer salvo's van dichtbij.

Iemand probeerde de zijdeur open te schuiven, maar die zat op slot. Geen van de Amerikanen verroerde zich maar hield angstvallig het hoofd tussen de knieën.

Een geweerkolf versplinterde de rest van het portierraam voorin. In gedachten zag Ding al een arm naar binnen reiken om het portier te ontgrendelen, maar hij keek niet op om het te kunnen bevestigen. Toen een moment later de zijdeur opengleed, keek hij snel op en hij ving heel even een glimp op van een stuk of vier gemaskerde mannen op straat. Ze hadden de wapens geheven en hun bewegingen waren nerveus. Ding zag dat een van hen een witte katoenen zak over Caruso's hoofd trok en hem uit het busje sleurde.

Domingo Chavez kreeg de tweede zak over het hoofd en ook hij werd het busje uit getrokken. Hij stak zijn handen omhoog, terwijl hij ruw naar de achterkant van het andere voertuig werd geduwd.

Overal om hem heen ving hij paniekerig Mandarijn op. Bevelen van de teamleider van de Rode Hand of geërgerde opmerkingen onderling, hij kon het niet zeggen, maar hij voelde dat een hand hem vooruitduwde waarna even later een andere hand zijn jasje vastpakte en hem de vrachtwagen in hees.

Hij wist niet of de journalisten in de busjes achter hen toekeken of misschien zelfs aan het filmen waren. Maar als dat zo was, dan leed het volgens hem geen twijfel dat dit gewoon een brutale snelwegkidnapping was zoals die in derdewereldlanden aan de orde waren.

Realistischer kon het niet zijn. Waarschijnlijk, zo drong het tot hem door, omdat de Rode hand al vaker met dit bijltje had gehakt.

Met gierende banden scheurden ze weg. Hij viel opzij en pas nu merkte hij er twee mannen naast hem zaten.

'Wie is dit?'
'Sam.'
'En Dom.'
'Alles in orde?'

Ja, bevestigden ze, hoewel Dom Caruso klaagde dat de piep in zijn oren nog wel even zou aanhouden omdat de klootzakken zo vriendelijk waren geweest om vlak naast zijn oor een compleet magazijn leeg te knallen.

Terwijl de vrachtwagen verder reed, bleven de zakken over de hoofden. Chavez probeerde een gesprek aan te knopen tegen de Chinezen achterin, maar die spraken duidelijk geen Engels. Hij hoorde ten minste twee mannen tegen elkaar praten, terwijl ze de Amerikanen negeerden.

Een kwartier nadat ze van de plek van de nepontvoering waren weggereden stopte de vrachtwagen. Dom, Ding en Sam werden met de zakken over de hoofden uit de laadruimte geholpen en al meteen achter in wat leek op een kleine vierdeursauto geduwd.

In een mum waren ze weer op weg en ze zaten dicht tegen elkaar aan gedrukt, terwijl de auto scherpe bochten maakte en het steil omhoog en omlaag ging.

Het was een lange, misselijkmakende rit. Het asfalt onder hen maakte plaats voor grind, waarna de auto ten slotte vaart minderde en stopte. De drie Amerikanen werden naar buiten getrokken en een gebouw binnen geleid. Ding rook een onmiskenbare koeienlucht en voelde de klamme kilte van een stal.

Een paar minuten werd er om hem heen een gesprek gevoerd, terwijl hij daar met zijn teammaten stond. Het waren meerdere mannen en tot zijn verrassing ving hij opeens een vrouwenstem op. Er ontstond een meningsverschil. Waar het over ging kon hij niet achterhalen en dus bleef hij maar gewoon staan, wachtend totdat hij door iemand in de kamer werd aangesproken.

Ten slotte werd de staldeur achter hem dichtgetrokken, de zak werd verwijderd en hij keek om zich heen.

Dom en Sam waren er ook, en ook zij waren bevrijd van hun zak. Gedrieën staarden ze in het donkere interieur naar een stuk of twintig mannen en vrouwen die stuk voor stuk een geweer vasthielden.

Een jonge vrouw liep naar hen toe. 'Ik ben Yin Yin. Ik zal jullie tolk zijn.'

Chavez begreep het niet. Deze mensen hadden niets weg van criminelen maar leken eerder jonge studenten. Geen van hen was ook maar een beetje gespierd en ze leken bang.

Dit was zo'n beetje het tegenovergestelde van waar Ding op had gehoopt.

'Jullie zijn de Rode Hand?' vroeg hij.

Ze maakte een neerbuigend gebaar en schudde nadrukkelijk het hoofd. 'Nee, wij zijn niet de Rode Hand. Wij zijn Weg van de Vrijheid.'

Ding, Sam en Dom keken elkaar aan.

Sam verwoordde hun gedachte: 'Dít is ons rebellenleger?'
Dom schudde vol afkeer het hoofd. 'Als wij met die bende in actie komen, veroordelen we de hele beweging tot de slachtbank. Moet je ze zien. Deze jochies en grietjes kunnen zichzelf nog niet eens uit een papieren zak bevrijden.'
Yin Yin hoorde het en beende naar de drie Amerikanen. 'We hebben getraind,' gaf ze hen te verstaan.
'Op de Xbox zeker?' was Driscolls droge commentaar.
'Nee! We hebben een boerderij waar we met onze geweren hebben geoefend.'
'Zo hé,' mompelde Dom en hij wierp een blik naar Chavez.
Die glimlachte naar de jonge vrouw en deed zijn best om de rol van diplomaat op zich te nemen. Hij excuseerde zich en trok Dom en Sam naar een hoek van de stal. 'Het lijkt erop dat de Rode Hand de CIA een kat in de zak heeft verkocht. Ze hebben ons bij een of andere coffeeshopstudentenbeweginkje aangesmeerd.'
'Kut,' vloekte Caruso. 'Die lui zijn echt niet klaar om te knallen. Dat zie je zo.'
Chavez zuchtte. 'Ik zie niet hoe we ons hier op dit moment uit kunnen redden. Laten we gewoon wat tijd met ze doorbrengen en zien wat ze hebben bereikt. Het mag dan een plukje jongeren zijn, maar ze zijn wel dapper genoeg om op te staan tegen die regeringscommunisten in Beijing. Ze hebben recht op een beetje respect, jongens.'
'Duidelijk,' antwoordde Dom. Driscoll knikte slechts.

65

Valentin Kovalenko bekeek het nieuwsbericht van weer een nieuwe wilde schietpartij in de straten van Washington DC. Ditmaal waren er twee slachtoffers te betreuren, een Syrische taxichauffeur en een niet-geïdentificeerde Aziatische man van in de dertig. Volgens getuigen waren er twee auto's met grote vaart van de plaats delict weggereden en hadden er 'tientallen' schoten weerklonken.

Valentin vroeg zich geen moment af of dit iets met Centers organisatie te maken had. Hij wist het zeker. En hoewel Centers moordenaars hun doelwit kennelijk niet hadden weten te elimineren, was het ook duidelijk dat het daarbij om Darren Liptons agent ging.

Het adres dat Kovalenko Lipton had gegeven om aan zijn agent door te geven, bevond zich op nog geen anderhalve kilometer van de plek van het vuurgevecht. Dat de nu dode Aziaat een automatisch pistool had gebruikt, was alleen maar extra bewijs dat dit een van Centers mensen moest zijn geweest. Of de dode Crane zelf was, daarvan had Valentin geen idee, maar dat maakte verder niet uit.

Valentin begreep wat het nieuwsbericht vooral impliceerde. Center elimineert zijn eigen agenten, zodra ze voor hem niet langer van nut zijn.

Wat ook de reden was waarom Kovalenko de tv uitzette, de slaapkamer in liep en zijn kleren in een koffer begon te proppen.

Een paar minuten later liep hij naar de keuken, schonk zichzelf een dubbele, koude Ketel One in, sloeg het glas achterover en begon in de woonkamer spullen in te pakken.

Ja, hij had autorisatie van de SVR, en ja, Dema Apilikov had hem opgedragen zijn opdracht te voltooien, maar hij had inmiddels al genoeg gedaan en hij wist dat Crane of een van zijn mannen elk moment voor zijn deur kon verschijnen om hem te doden, waarmee het vooruitzicht op een mooie plek binnen Directoraat R in Moskou wel verkeken was.

Nee, Valentin moest de benen nemen, wegwezen. Vanaf een veilige plek zou hij met de SVR kunnen onderhandelen over een terugkeer naar de actieve dienst, hen wijzen op al die keren dat hij als solist in het veld zijn leven op het spel had gezet en dat hij met het uitvoeren van

Centers opdrachten enkel in het belang van Rusland had gehandeld. Daarmee zou hij bij de SVR weer in genade vallen.

Hij wilde zijn computer uitzetten, maar zag dat het Cryptogramprogramma nog draaide en dat er een nieuwe boodschap knipperde. Hij nam aan dat Center hem op dit moment gadesloeg en dus klikte hij op de boodschap en hij ging zitten.

Het bericht luidde: 'We moeten praten.'

'Steek maar van wal,' tikte hij.

'Via de telefoon. Ik bel u.'

Kovalenko fronste de wenkbrauwen. Hij had nog nooit met Center gesproken. Dit was wel heel vreemd.

Er verscheen een nieuw Cryptogram-venster, met daarop een icoontje van een telefoon. Hij plugde een headsetje in zijn laptop en dubbelklikte op het icoontje.

'Ja?'

'Meneer Kovalenko.' Het was de stem van een man van ergens in de veertig of vijftig, en duidelijk van Chinese afkomst. 'Ik wil dat u in Washington blijft.'

'Zodat u uw mensen op me af kunt sturen om me te elimineren?'

'Ik wil u helemaal niet laten elimineren.'

'U probeerde dat anders wel met die meid van Lipton.'

'Dat klopt, en dat is Cranes mannen niet gelukt. Maar dat was omdat ze opeens weigerde om nog langer voor ons te werken. Ik raad u aan daar geen voorbeeld aan te nemen, want we zullen haar weten te vinden en de volgende keer zullen we niet falen.'

Kovalenko zocht speelruimte en speelde zijn enige troef uit. 'De SVR weet alles van u. Ze hebben mij geautoriseerd om u te blijven assisteren, maar ik trek de stekker eruit en ga hier weg. Voor mijn part stuurt u uw Chinese slachtbrigade achter me aan, maar ik keer terug naar mijn vorige werkgevers en die zullen...'

'Uw vorige werkgevers binnen de SVR zullen u ter plekke neerschieten, meneer Kovalenko.'

'U luistert niet, Center! Ik heb ze gesproken en ze zeiden...'

'U hebt op 21 oktober in Dupont Circle een ontmoeting gehad met Dema Apilikov.'

Kovalenko viel abrupt stil. Zijn handen omklemden de tafelrand zo stevig dat het voelde alsof het hout elk moment kon splijten.

Center wist ervan. Center wist het altijd.

Toch veranderde dat niets. 'Inderdaad,' reageerde Kovalenko. 'En als u denkt Apilikov een haar te krenken, dan krijgt u de complete vreemdelingendienst achter u aan.'

'Apilikov een haar krénken? Meneer Kovalenko, ik bezít Dema Apilikov. Hij werkt voor me, verschaft me al tweeënhalf jaar informatie over de communicatietechnologie binnen de SVR, de Russische geheime dienst. Ik heb hem op u afgestuurd, want ik zag wel dat u na de actie in Georgetown de moed enigszins begon te verliezen. Ik wist dat u alleen zou gehoorzamen wanneer u in de veronderstelling zou verkeren dat uw inspanningen garant stonden voor een glorieuze terugkeer naar de SVR.'

Kovalenko gleed van zijn stoel, plofte op de grond en liet zijn hoofd tussen zijn knieën rusten.

'Luister heel, heel goed naar me, meneer Kovalenko. Ik weet dat u totaal geen stimulans meer voelt om mijn opdrachten nog langer uit te voeren. Maar dat ziet u verkeerd. Ik heb vier miljoen euro overgemaakt naar een bankrekening op Kreta. Dat geld is voor u. Een terugkeer naar de SVR zit er voor u niet in, maar met die vier miljoen kunt u het uw resterende jaren aardig uitzingen.'

'Waarom zou ik u geloven?'

'Bezie onze relatie. Heb ik u ooit voorgelogen?'

'Is dit een grap? Natuurlijk hebt u...'

'Nee. Ik liet anderen u om de tuin leiden. Maar liegen doe ik niet.'

'Goed dan. Geef me de toegangscode tot die bankrekening maar.'

'Die krijgt u morgenochtend.'

Kovalenko staarde slechts naar de vloer. Het geld liet hem eigenlijk koud, maar hij wilde van Center verlost zijn.

'Waarom niet nu?'

'Omdat u nog één taak wacht. Een heel belangrijke taak.'

De Rus op de vloer van het kelderappartement in Dupont Circle slaakte een diepe zucht. 'Goh, wát een verrassing...'

Na om drie uur in de ochtend aan de dag te zijn begonnen liep president Ryan om vijf uur die middag op zijn laatste benen. De hele dag was gevuld geweest met diplomatiek en militair crisisoverleg, waarbij successen op het ene terrein vaak teniet werden gedaan door tegenslagen elders.

Een paar Chinese Z-10 gevechtshelikopters die waren opgestegen van China's vliegdekschip hadden boven de Zuid-Chinese Zee twee Vietnamese toestellen neergeschoten die de activiteiten binnen Vietnams Exclusieve Economische Zone monitorden. Nog geen anderhalf uur daarna waren verscheidene Chinese parachutisteneenheden neergedaald op Kalayaan, een piepklein Filipijns eilandje dat slechts driehonderdvijftig inwoners telde, maar beschikte over een landingsstrook van anderhalve kilometer. Ze namen het vliegveld in, waarbij zeven slachtoffers vielen, en binnen een paar uur streken de eerste Chinese transportvliegtuigen met soldaten neer.

Amerikaanse satellieten hadden bovendien geregistreerd dat Chinese aanvalstoestellen op het eilandje landden.

Het Taiwanese geleide wapenfregat dat door de Silkworm-raketten was geraakt, was in Chinese wateren gezonken, maar het leger had de Taiwanezen toegestaan om drenkelingen uit zee op te pikken. China hield publiekelijk bij hoog en laag vol dat het uit zelfverdediging had gehandeld, waarna Jack Ryan voor de camera's in het Witte Huis zijn woede over de Chinese acties had geuit.

Hij kondigde aan dat hij de *Dwight D. Eisenhower*, een vliegdekschip uit de *Nimitz*-klasse en op dat moment samen met de Zesde Vloot gestationeerd op de Indische Oceaan, zou dirigeren naar de monding van de Straat Malakka – de smalle waterweg verder naar het oosten, waarover tachtig procent van alle Chinese olie wordt vervoerd. Zijn betoog, op kalme toon om zowel kracht als beheersing uit te stralen, behelsde dat Amerika de Straat van Taiwan veilig wilde stellen voor een normale doorvoer van de wereldwijde handelsvaart, alsof de *Ike* eenvoudigweg kon garanderen dat deze sluis van de wereldhandel netjes openbleef. Wat hij er niet bij vertelde, maar wat voor degenen met een beetje verstand van de zeescheepvaart buiten kijf stond, was dat de *Ike* de toevoer van Chinese olie een stuk gemakkelijker kon stilleggen dan dat het de veilige doorgang van containerschepen in heel de Zuid-Chinese Zee kon waarborgen.

Het was zeker een dreigend gebaar, maar tevens een beheerste reactie, gezien China's acties van de afgelopen weken.

Het was niet verrassend dat de Chinezen volledig door het lint gingen. Hun minister van Buitenlandse Zaken, zogenaamd het meest diplomatieke individu in een land van 1,4 miljard inwoners, ontplofte bijna voor het oog van de camera's van de Chinese staatstelevisie en noemde de VS een door criminelen geleide wereldmacht. De voorzitter van de Centrale Militaire Commissie, Su Ke Qiang, verklaarde dat de aanhoudende Amerikaanse bemoeienissen met de Chinese binnenlandse veiligheid een onmiddellijke en onwelkome reactie uitlokten.

Die onwelkome reactie volgde dan ook om vijf over vijf die middag, toen het NIPRINET, het niet-beveiligde netwerk van het ministerie van Defensie, van buitenaf werd platgelegd. De wereldwijde bevoorradingsketen van het gehele Amerikaanse leger, plus een groot deel van alle communicatieverbindingen met bases, departementen, troepen en systemen functioneerde eenvoudigweg niet langer.

Om vijf voor halfzes kreeg het beveiligde Defensie-netwerk te maken met afbrokkelende bandbreedtes en communicatieproblemen. Openbare websites van zowel het leger als de overheid gingen volledig uit de lucht of werden vervangen door foto's en beelden van sneuvelende Amerikaanse soldaten in Afghanistan en Irak; een zieke, gewelddadige beeldencarrousel van exploderende Humvees, sluipschutters en jihadpropaganda.

Om twee minuten voor zes volgde een reeks aanvallen op belangrijke onderdelen van Amerika's infrastructuur. Het netwerk van de FAA ging plat, net als de metro in de meeste grote steden langs de oostkust. Ook mobieletelefoonnetwerken in Californië en Seattle functioneerden nauwelijks of niet.

Bijna tegelijkertijd vielen de lichte waterpompen van de Nuclear One-kerncentrale in Russellville, Arkansas, plotseling stil. Ook het back-upsysteem werkte niet en de temperatuur in het reactorvat begon te stijgen nu de kernstaven meer warmte uitstraalden dan de stoomturbines aankonden. Toen het smeltgevaar onvermijdelijk leek, bleek het noodkoelsysteem normaal te functioneren waardoor een crisis kon worden voorkomen.

In plaats van met zijn toon uitte Jack Ryan zijn woede met ijsberen door de Situation Room. 'Laat iemand mij eens uitleggen hoe die Chinezen in hemelsnaam in staat zijn onze kerncentrales uit te schakelen.'

Generaal Henry Bloom, het hoofd van Cyber Command, gaf via de videolink vanuit zijn crisiscentrum in Fort Meade antwoord. 'Van veel kerncentrales zijn de beveiligde computersystemen om efficiencyredenen verbonden met minder beveiligde bedrijfsnetwerken. Een ketting is zo sterk als de zwakste schakel en veel van onze schakels worden dankzij de voortschrijdende technologie eerder zwakker dan sterker, omdat ze in feite steeds meer geïntegreerd raken terwijl de beveiliging achterblijft.'

'Het is ons gelukt om het nieuws over de aanval op de centrale nog even onder de pet te houden, klopt dat?'

'Op dit moment wel, meneer de president.'

'Zeg me dat we het zagen aankomen,' zei Ryan.

Het hoofd Cyber Command antwoordde slechts: 'Ik zag het al heel lang aankomen. Ik kom al tien jaar met memo's waarin ik precies voorspel wat we vandaag hebben gezien. Het dreigingslandschap, het spectrum van mogelijke cyberbedreigingen in ons land, is enorm.'

'Wat kunnen we hierna verwachten?'

'Het zou me hogelijk verbazen als Wall Street morgen normaal zou functioneren,' antwoordde Bloom. 'Banken en telecombedrijven zijn ideale doelwitten voor zulke grote aanvallen. Tot dusver is het kwetsbare elektriciteitsnet er goed mee weggekomen. Ik vrees een grote, landelijke uitval, eerder vroeg dan laat.'

'En die kunnen we niet voorkomen?'

'We kunnen terugvechten met alle elektronische middelen waarvan ze ons niet beroven. Een goed gecoördineerde aanval van deze omvang vergt enige tijd om te bestrijden. En er is nóg iets wat u moet weten.'

'En dat is?'

'De netwerken die niet plat liggen, en dan heb ik het bijvoorbeeld over Intelink-TS en het CIA-netwerk, zijn verdacht.'

'Verdacht?'

'Ja, meneer de president. Kijkend naar wat ze vanavond hebben bereikt, besef ik waartoe ze in staat zijn. Alles wat nu nog overeind staat, is alleen maar omdat de Chinezen dat gebruiken om ons te bespioneren.'

'Ze zijn dus doorgedrongen tot in het digitale brein van de CIA?'

Bloom knikte. 'We moeten ervan uitgaan dat ze diep zijn doorgedrongen tot al onze geheime informatie.'

Ryan keek naar CIA-hoofd Canfield en DNI Pat Foley. 'Ik zou generaal Blooms commentaar maar serieus nemen...'

Zowel Foley als Canfield knikte.

'Waarom lopen we in godsnaam zo achter op de Chinezen als het om cybersecurity gaat?' wilde Ryan weten. 'Is dit weer een nasleep van Ed Kealty's bezuinigingen op defensie en inlichtingendiensten?'

Generaal Bloom schudde het hoofd. 'Dit kunnen we Ed Kealty niet aanrekenen, meneer de president. Het feit is eenvoudig dat China over miljoenen briljante geesten beschikt, van wie er velen hier in de VS zijn opgeleid en weer huiswaarts zijn gekeerd om de wapens tegen ons op te pakken, maar dan op de moderne manier.'

'Waarom werken die slimme jongens niet voor ons?'

'Met name omdat de gemiddelde hacker die wij nodig hebben om het speelveld in evenwicht te brengen een twintiger uit Rusland, China of India is. Hij heeft de juiste scholen bezocht, spreekt de taal en heeft de juiste wiskundige achtergrond.'

Het was Ryan al duidelijk voordat Bloom was uitgepraat. 'Maar er is geen denken aan dat zo'n buitenlandse knaap een volledige clearance, inclusief leugendetectiecertificaat, voor topgeheime, gevoelige en gecategoriseerde informatie kan bemachtigen.

'Geen denken aan, meneer de president,' antwoordde Bloom.

'En een andere reden is dat Amerika's sterke kant nog nooit te maken heeft gehad met dingen die nog niet hebben plaatsgevonden. Een cyberoorlog is een vaag concept, een fantasie... tot vanochtend.'

'Als de stroom uitvalt, het water nog slechts uit de kraan druppelt en de brandstof niet langer vloeit... verwachten de burgers dat dit land zijn problemen oplost,' was Ryans commentaar.

'We hebben ons geconcentreerd op hoogstwaarschijnlijke speldenprikken,' ging hij verder. 'Een China dat de Zuid-Chinese Zee en Taiwan voor zich opeist is juist precies andersom. Net als een cyberoorlog tegen Amerika. We hebben hier de afgelopen jaren minder aandacht aan besteed dan zou moeten. Nu krijgen we een dubbel pak slaag. Generaal Bloom, hoe kunnen we u zo snel en zo goed mogelijk helpen?'

De luchtmachtgeneraal dacht even na, en antwoordde ten slotte: 'Een fysieke reactie op de centra in China die deze cyberaanval regisseren.'

'Een fysieke reactie?'

'Ja, meneer de president.'

'Hun cyberoorlog bestrijden met een fysieke aanval?'

Generaal Bloom bleef onverstoorbaar. 'Oorlog is oorlog, meneer de president. Hier in Amerika zullen slachtoffers vallen: vliegtuigcrashes, verkeersongelukken, oude dametjes die zonder elektra thuis doodvriezen. U kunt, ja u móét dat wat er in Russellville, Arkansas, is gebeurd beschouwen als een kernaanval op de Verenigde Staten van Amerika. Enkel omdat ze geen intercontinentale ballistische raket gebruikten, die dus ook geen doel heeft kunnen treffen, wil dat nog niet zeggen dat ze het niet hebben geprobeerd, of dat ze het nóg eens, wederom tevergeefs, zullen proberen. De Chinezen hebben hun aanvalstactiek veranderd, maar niet het soort munitie.'

Ryan dacht even na. 'Scott?'

Minister van Buitenlandse Zaken Adler reageerde. 'Ja, meneer de president?'

'Bloom heeft gelijk. We balanceren op de rand van een totale oorlog met de Chinezen. Ik wil dat jij me helpt om elke diplomatieke troef uit te spelen die we nog hebben om zo'n ramp te vermijden.'

'Ja, meneer de president.' Adler wist wat er op het spel stond. Een navranter nut van diplomatie dan het vermijden van een oorlog bestond gewoonweg niet. 'We beginnen bij de Verenigde Naties. Zonder een duidelijke toeschrijving van deze aanval aan de Chinezen staat niets ons in de weg om hun binnendringing in de Zuid-Chinese Zee en aanvallen op Taiwan te bewijzen.'

'Mee eens. Het is niet veel, maar het moet gebeuren.'

'Ja, meneer de president. Daarna ga ik naar Beijing voor een ontmoeting met de minister van Buitenlandse Zaken aldaar om een dringende boodschap van u over te brengen.'

'Goed.'
'Ik kan uw "ferme taal" zonder problemen overbrengen, maar dan zou ik ze ook graag een wortel voor willen houden.'
'Natuurlijk. Wat Taiwan of een normale toegang tot de Zuid-Chinese Zee betreft doe ik geen stap opzij, maar over onze militaire bewegingen in de regio valt te praten. Misschien dat we kunnen beloven om even geen nieuwe versterkingen te laten aanrukken. Leuk is anders, maar ik wil verdomme niet dat de hele boel ontploft. Voordat je gaat, werken we samen met Bob wel iets uit.'
Burgess leek niet blij, maar knikte naar Adler.
'Dank u, meneer de president,' zei Scott. 'Ik stel een lijst op van verdere diplomatieke alternatieven om de Chinezen over te halen of onder druk te zetten. Ze lijken zich nergens wat van aan te trekken, maar we moeten het proberen.'
'Inderdaad,' was president Ryan het ermee eens en hij keek nu naar minister van Defensie Bob Burgess. 'Bob, we kunnen er niet van uitgaan dat de Chinezen vatbaar zijn voor dreigende taal ofwel een wortel. Ik wil je hier over tweeënzeventig uur terugzien met een plan om via aanvallen op Chinese bodem een eind aan hun cyberaanvallen te maken. Ga met alle defensiejongens, generaal Bloom van Cyber Command en de nationale veiligheidsdienst om de tafel zitten, en zorg dat er wat uitkomt.'
'Ja, meneer de president.' Ryan wist dat Burgess op dit moment zelfs niet eens doeltreffend met zijn eigen staf kon communiceren, maar er was niet veel wat Ryan kon doen om hem te helpen.
'Zonder oppervlaktevaartuigen in de regio zullen onderzeeërs cruciaal zijn,' voegde Ryan eraan toe.
'Toch zullen we piloten nodig hebben om vluchten boven het Chinese vasteland uit te voeren,' meende Burgess.
'Dat staat gelijk aan zelfmoord,' zei Ryan, terwijl hij twee vingers onder zijn bifocale bril schoof en zijn slapen masseerde. 'Shit,' vloekte hij en hij zweeg een lange tijd. Ten slotte voegde hij eraan toe: 'Ik ga geen lijst met doelwitten fiatteren. Jij hebt geen civiel leiderschap nodig om je campagne tot op de millimeter te leiden. Bob, ik draag dit persoonlijk aan jou over. Voor onze jongens in de lucht gelden alleen de meest kritische doelwitten: zaken die een onderzeeër niet kunnen raken. Ik wil niet één Amerikaans leven op het spel zetten voor welk doelwit dan ook dat totaal irrelevant is voor het algehele welslagen van deze missie.'
'Ik begrijp het volledig.'
'Dank je. Op dit moment benijd ik je echt niet.'
'Insgelijks, meneer de president.'

President Ryan wuifde het weg. 'Goed, genoeg gejammerd. We mogen misschien gedwongen zijn om mensen heen te zenden om te vechten en te sneuvelen, maar wij zijn niet degenen die geschoren worden.'

'Daar hebt u een punt.'

Jack dacht na over hoe machteloos hij was geworden als president van een land dat door zijn afhankelijkheid van computers gevaar liep te worden vernietigd.

Opeens kreeg hij nog een idee. 'Scott?'

Minister van Buitenlandse Zaken Scott Adler keek op van zijn noties. 'Meneer de president?'

'Hoe is het met jouw communicatie gesteld? Kun jij contact opnemen met je ambassade in Beijing?'

'Niet via een beveiligde lijn, maar wel met een gewone intercontinentale telefoonverbinding. Wie weet? Misschien alleen een collect call.'

Hier en daar werd wat gespannen gegniffeld.

'Scott,' reageerde Mary Pat Foley, 'ik garandeer je dat het in elk geval niet prepaid is.'

Wat nog meer gegniffel uitlokte.

'Bel ambassadeur Li,' vervolgde de president. 'Laat hem een telefoongesprek tussen Wei en mij arrangeren. Zo snel mogelijk, graag. Ik weet zeker dat jouw telefoontje al genoeg is om de boodschap direct bij de Chinese regering te krijgen.'

66

President Wei Zhen Lin ontving een bericht van zijn minister van Binnenlandse Zaken dat de Amerikaanse ambassadeur in China, Kenneth Li, zo snel mogelijk een telefoongesprek tussen Wei en president Jack Ryan wenste. Li had het verzoek daartoe nog niet gedaan, maar het Chinese ministerie van Staatsveiligheid tapte zijn telefoon en Wei was daar blij om, want het verschafte hem wat meer tijd.

Hij had de dag doorgebracht in zijn kantoor, had zich laten inlichten over de militaire acties in de Zuid-Chinese Zee en de Straat van Taiwan, en vervolgens over de situatie in Amerika wat betreft de cyberaanvallen.

Dat Wei furieus was, was een understatement. Hij begreep maar al te goed wat voorzitter Su in zijn schild voerde en ook dat Su donders goed wist dat hij woedend zou zijn.

Het was wel duidelijk dat dat Su totaal niet interesseerde.

De telefoon op zijn bureau ging en hij drukte op het speakerknopje.

'Secretaris-generaal, voorzitter Su voor u aan de telefoon.'

'Aan de telefoon? Hij zou naar mijn werkkamer komen.'

'Het spijt me, excellentie. Hij zei dat hij niet weg kon.'

Wei onderdrukte zijn woede. 'Goed, verbind hem maar door.'

'Goedemorgen tongzhi,' groette Su Ke Qiang hem. 'Het spijt me dat ik op dit moment niet in Beijing kan zijn, maar ik werd vandaag naar Baoding ontboden en zal hier blijven tot de bijeenkomst van het Zittende Comité, donderdagochtend.' De stad Baoding lag ten zuidwesten van Beijing en het Volksleger beschikte er over een grote legerbasis.

Wei gaf geen uiting aan wat hij ervoer als respectloosheid van de kant van Su, maar reageerde slechts met: 'Dit is een uiterst zware dag geweest.'

'Hoezo? Ik zie enkel successen. De Amerikanen verplaatsen een vliegdekschip van west naar oost op de Indische Oceaan. En dat is hun reactie nadat wij het Taiwanese oorlogsschip tot zinken hebben gebracht? U begrijpt, hoop ik, toch wel dat ze bang zijn?' Su gniffelde. 'Op oorlogspad op de Indische Oceaan.' Hij grinnikte om wat hij als zwak, zinloos spierballenvertoon van de Amerikanen beschouwde.

'Waarom werd dat schip tot zinken gebracht?'

'Bij elk militair conflict lokt de ene actie de andere uit.'

'Ik ben geen soldaat en ook geen zeeman. Leg uit wat u daarmee bedoelt,' zei Wei.

'Laat ik het kort samenvatten. We hebben ons, als voorbode van onze marineactiviteiten op zee, eerst in de lucht gemanifesteerd. Dit leidde tot tientallen luchtconfrontaties met de Taiwanezen en de Amerikanen. We hebben het Amerikaanse vliegdekschip bevolen zich terug te trekken, wat ze ook deden, maar we hebben nu ontdekt dat ze een groepje piloten in het geheim, als spionnen, Taiwan hebben binnengesmokkeld. Als vergelding hiervoor hebben onze onderzeeërs wat mijnen gelegd, waarbij een conflict met een Taiwanees vaartuig ontstond. Wij hebben dat vaartuig vervolgens vernietigd. Zie hier de huidige stand van zaken.'

Wei realiseerde zich dat Su deze roekeloze escalatie totaal niet betreurde.

'Maar er is meer, nietwaar?' vervolgde Wei. 'Van mijn adviseurs, die de Amerikaanse tv-zenders volgen, hoor ik over cyberaanvallen op de Verenigde Staten. Houdt u vol dat die niet aan de Volksrepubliek China zullen worden toegeschreven?'

'Ja.'

'Hoe kunt u dat in hemelsnaam beweren? Op de dag dat u de Amerikanen met vergeldingsacties dreigt, krijgt hun militaire en civiele infrastructuur opeens felle cyberaanvallen te verduren. Het is duidelijk dat China daar achter zit.'

'Duidelijk? Ja, dat geef ik toe. Maar toegeschreven aan ons? Nee. Daar is geen bewijs voor.'

Wei verhief zijn stem. 'Denkt u soms dat president Jack Ryan ons voor een rechter zal dagen?'

Su gniffelde opnieuw. 'Nee, Wei. Hij wil China in de as leggen. Maar uiteindelijk zal hij slechts een paar pilootjes naar Taiwan sluizen en zijn kwetsbare schepen buiten bereik van onze ballistische raketten manoeuvreren. En dat is precies wat we wilden. Ryan zal de borst een beetje vooruitsteken, maar zal begrijpen dat hij al verloren heeft voordat de strijd is losgebarsten.'

'Vanwaar zulke drastische stappen? Waarom niet gewoon het militaire communicatienetwerk aanvallen?'

'Wei, ik heb u al eerder verteld dat mijn experts me hebben geïnformeerd dat de Verenigde Staten over wellicht nog geen twee jaar een veel veiliger elektronische infrastructuur zullen hebben. We moeten nu handelen en de boel laten escaleren. De Amerikanen noemen zoiets *"shock and awe"*. Het is de enige weg voorwaarts.'

'Maar wat zullen de Amerikanen ons aandoen?'

Su had die vraag wel verwacht. 'Als wij de Straat van Taiwan in handen

hebben plus het grootste deel van de Zuid-Chinese Zee, dan zal de Amerikaanse reactie beperkt blijven.'
'Beperkt?'
'Natuurlijk. Hun vliegdekschepen zullen mijlenver verwijderd zijn van welke militaire actie dan ook. Ze weten dat onze scheepsafweer langs de kust korte metten met ze zal maken.'
'Ze zullen dus niet aanvallen?'
'Ze zullen doen wat ze kunnen om Taiwan te beschermen, maar ze weten dat dit zinloos is. Wij kunnen vanaf onze kust per dag vijftienhonderd raketten afschieten, om nog maar te zwijgen van onze marine en onze luchtmacht. Ze zullen het opgeven.'
'We hebben Ryan al eerder verkeerd ingeschat. Doet u nu niet hetzelfde?'
'Ik zei u, kameraad. Ik verwacht een Amerikaanse reactie.' Su zweeg even. 'En ook dat die geheel in het water valt. We zullen niet toestaan dat China de komende vijf jaar op welk gebied dan ook aan kracht inboet. We zullen de huidige crises overwinnen en we zullen groeien, maar niet zonder enige opofferingen op korte termijn. Het zou naïef zijn te denken dat president Ryan, een oorlogsstoker pur sang, enkel zal reageren met een paar diplomatieke of economische sancties. Een vorm van gewapende voortzetting is onvermijdelijk.'
'Wat voor gewapende voortzetting?'
'Het Volksleger werkt al enige tijd aan een antwoord op deze vraag. Onze denktanks in Washington zijn actief betrokken bij de evaluatie van de regering-Ryan, zoekend naar beleidssignalen die ons kunnen vertellen hoe ver men bereid is te gaan.'
'Conclusies?'
'We hoeven ons totaal geen zorgen te maken.'
'Vertel me eens over Ryans buitenlandbeleid,' verzocht Wei de voorzitter.
Su zweeg even. 'Ryans buitenlandbeleid is niet relevant.'
'Hoe bekend bent u ermee, Su?'
Su aarzelde en kuchte even in de telefoon alvorens antwoord te geven. 'President Ryan heeft publiekelijk verklaard, en bewezen, dat hij de regeringen van zijn vijanden verantwoordelijk houdt voor hun acties. Persoonlijk verantwoordelijk. Ryan is een monster. Hij heeft bevolen dat regeringen worden onthoofd, leiders worden geëlimineerd.' Hij lachte door de telefoon. 'Is dat de reden van uw terughoudendheid? Vreest u wat Jack Ryan u persoonlijk wil aandoen?'
'Natuurlijk niet.'
'U hoeft nergens bang voor te zijn, kameraad.'

'Ik maak me geen zorgen.'
'Waarom bracht u het dan ter sprake?'
Er viel een stilte op de lijn nu beiden zich verbeten van woede. Uiteindelijk was het Wei die de stilte doorbrak. Zijn woorden klonken afgemeten en hij deed zijn best om niet in schreeuwen uit te barsten. 'Ik ben econoom, en ik zie dat we onze relaties meer schade toebrengen dan we zakelijk aankunnen. Waar u mee bezig bent, de snelheid en intensiteit waarmee u de agressie opstookt, zullen tot een oorlog leiden en die zal onze economie vernietigen.'
'En nu de aftocht blazen zal dat niet?' riep Su verontwaardigd tegen Wei. Hij ontbeerde een charmeknop om de scherpte van zijn woede te temperen. 'U hebt ons over een brug gedwongen en deze vervolgens platgebrand! We kunnen niet meer terug! We moeten dit tot een goed einde brengen!'
'Ik ben de oorzaak? Ik?'
'Natuurlijk. U hebt mijn operatie gesanctioneerd en nu bent u te bang om rustig af te wachten totdat Ryan de benen neemt.'
'President Ryan gaat een gevecht niet uit de weg,' was Weis commentaar.
'O jawel,' weerlegde Su, 'want doet hij dat niet, dan kan hij een kernexplosie in Taipei verwachten, plus de dreiging van nieuwe stakingen in Seoel, Tokyo en Hawaï. Vertrouw me, zodra puntje bij paaltje komt heeft Amerika geen andere keus dan zich terug te trekken.'
'U bent gek!'
'U was zo gek om te denken dat u hele marinevloten weg kon blazen met vrijhandelsovereenkomsten om de schade te dekken. U beziet de wereld slechts als econoom. Ik garandeer u, Wei, dat de wereld niet om zakendoen draait, maar om strijd en macht.'
Wei zei niets.
'Ik zie u donderdag en dan praten we onder vier ogen verder,' ging Su verder. 'Maar onthoud dit: ik zal het Zittende Comité toespreken en men zal mij steunen. U kunt maar beter aan mijn zijde blijven staan, Wei. Onze goede relatie heeft u in het verleden geen windeieren gelegd, en het zou goed zijn als u dat in uw oren knoopt.'
Daarmee was het telefoongesprek ten einde. President Wei had enkele minuten nodig om weer tot zichzelf te komen. Met de handen op het vloeiblad op zijn bureau staarde hij stilletjes voor zich uit. Ten slotte drukte hij weer op het knopje van zijn telefoon en hij zocht verbinding met zijn secretaresse.
'Secretaris-generaal?'
'Verbind me door met de president van de Verenigde Staten.'

67

President Jack Ryan hield de telefoon tegen zijn oor en luisterde naar de tolk die het Mandarijn snel en moeiteloos in het Engels vertaalde. Het gesprek was al een paar minuten aan de gang en intussen had Jack al een lesje economie en geschiedenis van de Chinese president moeten doorstaan. 'U maakte Thailand en de Filipijnen tot "belangrijke niet-NAVO-bondgenoten", doceerde president Wei. 'Dat was zeer bedreigend. De VS hebben zelfs onvermoeibaar geprobeerd om de contacten met de inlichtingendiensten en het leger van India uit te breiden en het land in het nucleaire non-proliferatieverdrag te betrekken.

Amerika doet er alles aan om India tot een wereldmacht te maken. Waarom heeft de ene wereldmacht er belang bij om een andere wereldmacht op te stuwen? Meneer de president, laat mij deze vraag voor u beantwoorden: Amerika heeft India nodig om China te allen tijde onder de duim te houden. Hoe kunnen we ons nu niet bedreigd voelen door deze vijandige daad?'

Wei wachtte zwijgend op een antwoord op zijn vraag, maar Jack Ryan gaf deze avond geen duimbreed toe. Hij wilde het hebben over de cyberaanvallen en de escalatietactiek van voorzitter Su.

'De aanvallen vanuit uw land op onze kritische infrastructuur zijn een oorlogsdaad, meneer de president.'

'De Amerikaanse veronderstelling dat China een rol speelde bij wat voor cyberaanval dan ook, is ongegrond,' antwoordde Wei, 'en is wederom een uiting van racisme vanuit uw regering die het mooie volk van China probeert te kleineren.'

'Ik houd u persoonlijk verantwoordelijk voor de Amerikaanse levens die door de schade aan onze transportinfrastructuur, communicatiesystemen en nucleaire krachtcentrales verloren zijn gegaan.'

'Wat voor nucleaire krachtcentrales?' wilde Wei weten.

'U weet niet wat er vanmiddag in onze staat Arkansas is gebeurd?'

Wei luisterde naar de tolk. 'Mijn land is niet verantwoordelijk voor wat voor cyberaanval tegen uw land dan ook,' antwoordde hij even later.

'U wéét dat niet, hè? Uw cybermilitie handelde in uw naam, president Wei Zhen Lin, toen ze een kernreactor midden in de Verenigde Staten tot een noodstop dwong. Als deze aanval was geslaagd, zouden er duizenden Amerikanen zijn omgekomen.'

Wei aarzelde even alvorens te reageren. 'Zoals ik al zei had China hier niets mee te maken.'

'Volgens mij wél, meneer de president, en uiteindelijk telt alleen dat.'

Wei aarzelde opnieuw, en veranderde vervolgens van onderwerp.

'President Ryan, u beseft toch wel wat voor macht we binnen uw economische en commerciële sectoren hebben?'

'Dat is voor mij op dit moment niet belangrijk. U kunt ons economisch geen enkele schade berokkenen die we niet te boven kunnen komen. Amerika heeft veel vrienden en veel natuurlijke hulpbronnen. U, daarentegen, hebt geen van beide.'

'Misschien niet, maar we hebben een sterke economie en een sterk leger.'

'Uw acties brengen dat eerste om zeep! Dwing ons vooral niet om vervolgens dat tweede te vernietigen!'

Daar had Wei geen weerwoord op.

'Zie in, meneer de president, dat u onlosmakelijk verbonden bent met voorzitter Su's oorlogshandelingen. Mijn land zal geen enkel onderscheid tussen uw beiden maken.'

Nog steeds geen reactie van Wei. Tijdens zijn jaren in het Witte Huis had Ryan honderden getolkte gesprekken met staatsleiders gevoerd zonder dat daar ook maar een verdwaasde stilte was gevallen. Gewoonlijk hadden de partijen hun tekst goed voorbereid of om het hoogste woord gestreden.

'Bent u daar nog, meneer de president?' vroeg Jack Ryan.

'Ik voer geen bevel over het leger,' was het antwoord.

'U voert het bevel over de natie!'

'Desalniettemin... Mijn macht is... Het is niet hetzelfde als in uw land.'

'Uw macht over Su is de enige kans om uw land te redden van een oorlog die u niet kunt winnen.'

Weer een lange stilte. Ditmaal bijna een minuut. Ryans adviseurs van de nationale veiligheidsdienst zaten op de banken tegenover hem, maar ze luisterden niet mee. Het gesprek werd opgenomen waarna de banden achteraf konden worden beluisterd. Jack keek hen aan en men staarde terug, zich duidelijk afvragend wat er aan de hand was.

Ten slotte gaf Wei antwoord. 'Begrijp alstublieft, meneer de president, dat ik uw zorgen rechtstreeks met voorzitter Su moet bespreken. Het liefst onder vier ogen, maar ik zie hem pas bij de vergadering van het Politbureau, donderdagochtend, wanneer hij met zijn entourage vanaf de legerbasis in Baoding vertrekt. Hij zal het Zittende Comité toespreken. Daarna zal ik over dit gesprek en andere zaken met hem een onderhoud hebben.'

Ryan zweeg even. Ten slotte zei hij: 'Ik begrijp het, meneer de president. We zullen elkaar opnieuw spreken.'

'Dank u.'

Ryan hing op en keek de mannen tegenover hem aan. 'Kan ik even alleen zijn met het hoofd inlichtingen Foley, minister Burgess en hoofd CIA Canfield?'

De overige aanwezigen verlieten de kamer. Ryan stond op maar bleef achter zijn bureau. Op zijn gezicht viel de verbazing duidelijk af te lezen.

'Dit had ik bepaald niet verwacht,' zei hij meteen nadat hij de deur had gesloten.

'Hoe bedoelt u?' vroeg Canfield.

Ryan schudde nog altijd verbijsterd het hoofd. 'Ik ben er redelijk zeker van dat president Wei me zo-even doelbewust informatie heeft toegespeeld.'

'Wat voor informatie?'

'Informatie waarvan hij wil dat ik die gebruik om voorzitter Su te elimineren.'

De twee mannen en één vrouw tegenover hem keken al net zo verbijsterd als hij.

President Ryan slaakte een zucht. 'Verdomd jammer dat we niet de middelen hebben om deze kans te benutten.'

Het was iets na elven in de avond, en Gerry Hendley, Sam Granger en Rick Bell zaten bijeen in Gerry's werkkamer op de achtste verdieping van Hendley Associates. De drie mannen zaten daar al de hele avond, wachtend op nieuws van Ding Chavez en de anderen in Beijing. Ding had zich een paar minuten geleden gemeld en verteld dat de rebellen op het eerste gezicht niet klaar leken voor het grote werk, maar dat hij het nog een paar dagen zou aanzien, terwijl hij, Dom en Sam de groep evalueerden.

Net toen de drie CEO's het voor deze avond voor gezien wilden houden, ging Gerry Hendleys mobiele telefoon.

'Hendley.'

'Ha, Gerry. Met Mary Pat Foley.'

'Hallo, Mary Pat. Of moet ik zeggen, mevrouw de directeur?'

'Meteen helemaal goed! Sorry dat ik je zo laat bel. Heb ik je wakker gemaakt?'

'Nee. Ik zit zowaar op kantoor.'
'Mooi. Er is sprake van een nieuwe ontwikkeling waar ik het met je over wil hebben.'

In Emmitsburg, Maryland, woonplaats van John Clark, ging de telefoon. Clark en zijn vrouw Sandy waren al naar bed en Melanie Kraft lag klaarwakker in bed in een van de logeerkamers.

Overdag had ze haar blauwe oog en jukbeen met ijs behandeld en uit alle macht geprobeerd John Clark uit te horen over waar Jack in hemelsnaam toch allemaal mee bezig was. Ze kwam er al snel achter dat John, als het om geheimen prijsgeven ging, zo gesloten als een oester was, maar hij en zijn vrouw waren best aardig en leken oprecht begaan met Melanies welzijn. En dus besloot ze te wachten met al haar vragen totdat Jack terug was.

Vijf minuten nadat de telefoon had geklonken, klopte Clark op haar logeerkamerdeur.

'Ik ben wakker,' riep ze.

John kwam binnen. 'Hoe voel je je?'

'Een beetje beurs, maar heel wat beter dan wanneer je me niet had bevolen om wat ijs tegen mijn gezicht te houden, dat weet ik zeker.'

'Ik moet naar Hendley Associates,' zei hij. 'Iets belangrijks. Ik vind het heel vervelend voor je, want Jack eiste dat ik beloofde om je geen moment alleen te laten totdat hij weer terug is.'

'Wil je dat ik meega?'

'We hebben daar een paar bedden voor de datajongens die nachtdiensten draaien. Het is niet het Ritz, maar dat is het hier ook niet.'

Melanie gleed uit bed. 'Krijg ik dan eindelijk de mysterieuze Hendley Associates te zien? Wees gerust, ik ben niet van plan om te gaan slapen.'

Clark glimlachte. 'Niet zo snel, jongedame. Je kunt je verheugen op de lobby, een lift en een gang of twee. Voor de viptour zul je eerst moeten wachten tot Jack terug is.'

Ze zuchtte, terwijl ze haar schoenen aantrok. 'Ja, alsof dat zal gebeuren. Oké, meneer Clark. Als u belooft me niet als een gevangene te behandelen, beloof ik dat ik niet stiekem ga rondsnuffelen.'

'Afgesproken,' zei hij, terwijl hij voor haar de slaapkamerdeur openhield.

68

Het was één uur in de ochtend en Gavin Biery zat op zijn werkkamer. Op zijn bureau lag een Microsoft-handleiding waarin hij al de hele dag zo nu en dan had zitten lezen. Het was niet ongewoon dat hij zo laat nog doorwerkte en hij vermoedde dat hij de komende paar dagen een lange reeks latertjes zou opbouwen, terwijl hij zijn systeem herbouwde. Hij had de meeste assistenten naar huis gestuurd maar een paar programmeurs waren nog aanwezig. Een paar minuten geleden had hij hen nog horen praten.

Omdat De Campus agenten in het veld had, wist hij ook dat er op de analyseafdeling meerdere jongens aan het werk zouden zijn, ook al viel er voor hen, zonder computernetwerk, nu weinig meer te doen dan wat notities krabbelen.

Biery had het gevoel dat hij iedereen van de wal in de sloot had geholpen door het virus in zijn systeem binnen te laten. Hij maakte zich zorgen om Ding, Sam en Dom in Beijing, zelfs om Ryan in Hongkong, en hij concentreerde zich op zijn taak om weer zo snel mogelijk online te komen.

Op dit moment leek het erop dat dit laatste op z'n minst nog een week op zich liet wachten.

De telefoon op zijn bureau ging.

'Hé, Gav. Granger hier. Gerry en ik zijn nu op zijn werkkamer. We wachten op nieuws van Chavez. We dachten dat jij wel beneden zou zitten.'

'Ja. Een hoop werk te doen.'

'Duidelijk. Luister, John Clark komt zometeen naar kantoor. Hij zal Chavez en de anderen bijstaan bij een nieuwe operatie die in Beijing aan het opborrelen is.'

'Oké. Fijn om te weten dat hij weer onder ons is, ook al is het maar tijdelijk.'

'Ik vroeg me af of jij er ook bij kunt zijn en hem tien minuutjes kunt bijpraten over wat er in Hongkong is gebeurd. Het kan hem helpen om weer aan te haken.'

'Graag. Ik ben hier toch de hele nacht, en morgen de hele dag. Ik kan wel wat tijd vrijmaken.'

'Spaar jezelf een beetje, Gavin. Niets van dat virusprobleem was jouw schuld. Ik wil niet dat dit jou de das omdoet.'

Gavin haalde wat schamper zijn neus op. 'Ik had er bovenop moeten zitten, Sam. Zo eenvoudig is dat.'

'Luister,' zei Granger, 'we willen alleen maar zeggen dat we je steunen. Gerry en ik vinden allebei dat je prima werk levert.'

'Dank je, Sam.'

'Probeer vanavond wat te slapen. Als je niet kunt functioneren hebben we niets aan je.'

'Oké, ik doe wel een dutje op de bank, hier, zodra ik Clark heb bijgepraat.'

'Goed plan. Ik bel je zodra hij er is.'

Gavin hing op en reikte naar zijn koffie, waarna opeens, zonder waarschuwing, alle stroom in zijn werkkamer uitviel.

Zittend in het donker keek hij even de gang in.

'Verdomme!' riep hij. Het hele gebouw leek zonder licht te zitten.

'Kut!'

In de lobby van Hendley Associates keek hoofd nachtbeveiliging Wayne Reese door de glazen deuren naar het parkeerterrein en hij zag de bestelbus van het elektriciteitsbedrijf voorrijden.

Hij reikte naar de Beretta in zijn heupholster en duwde met een duim het leren borgriempje los. Dit voelde niet goed.

Een man liep naar de deur en hield zijn identiteitspasje omhoog. Reese liep naar de deur, bescheen het pasje met zijn zaklamp en stelde vast dat het legitiem oogde. Daarna ontgrendelde hij de deur en trok deze op een kier.

'Jullie zitten er behoorlijk bovenop, vanavond. We zitten nog geen drie minuten zonder...'

Reese zag het zwarte handvuurwapen vanachter de riem met gereedschap verschijnen en hij wist dat hij een kapitale fout had begaan. Zo snel mogelijk duwde hij de glazen deur weer dicht, maar één kogel vloog met een knal uit de demper van de Five-seveN, precies door de smalle kier, en trof hem in zijn middenrif. Reese viel achterover op de grond.

Hij probeerde zijn hoofd op te tillen om zijn moordenaar te kunnen zien. De Aziaat duwde de ontgrendelde deur verder open en liep naar hem toe. Achter uit het busje doemden nog meer mannen op.

De schutter keek omlaag naar Reese, richtte het pistool op het voorhoofd van de gewonde man en Wayne Reese' wereld werd zwart.

Crane betrad het gebouw op het moment dat Quail de nachtportier een tweede keer door het lichaam schoot. Crane en vijf van zijn mannen brachten hun Steyr TMP-machinepistolen omhoog en liepen naar boven, terwijl Grouse beneden achterbleef om het parkeerterrein in de gaten te houden. Slechts één man bij de ingang was niet optimaal, maar Grouse stond via een headset in contact met de anderen en hij zou bij een mogelijke dreiging vooral als struikeldraad functioneren.

Crane wist dat het voor zijn kleine team een zware avond zou worden. Die ochtend had hij tijdens hun mislukte aanslag op Melanie Kraft op de Rock Creek Parkway Wigeon moeten verliezen en bovendien had Grouse een kogel in de linkerdij opgelopen. De wond was ernstig genoeg om hem tijdelijk buitenspel te laten staan, maar Crane had hem bevolen om vanavond bij de operatie te zijn, hoofdzakelijk omdat Hendley Associates in een tamelijk groot gebouw huisde en hij dus iedereen nodig had die maar beschikbaar was.

Het pand telde acht verdiepingen en kon door zijn team onmogelijk in zijn geheel worden doorzocht en veiliggesteld, maar dankzij Ryans getapte telefoon en Centers onderzoek naar het netwerk van de firma voordat dit de vorige dag plat ging, wist hij dat de IT-afdeling op de eerste verdieping huisde, de analisten op de tweede werkzaam waren en dat de directiekantoren op de achtste waren.

Aangekomen op de eerste verdieping scheidden drie mannen van de zes man tellende commando-eenheid zich af. Zij dienden eerst deze verdieping te doorzoeken en daarna de tweede, terwijl Crane en de twee resterende mannen zich direct naar de bovenste verdieping begaven.

Quail, Snipe en Stint slopen met hun gedempte automatische pistolen in de aanslag verder door de verduisterde gang.

Uit een van de kamers achter hen verscheen een beveiligingsbeambte met een zaklamp, hij sloot de deur achter zich en draaide zich om naar het trappenhuis. Stint loste vier schoten op de man, die meteen dood neerviel.

In een groot kantoor achter in de IT-afdeling troffen de drie Chinezen een zwaargebouwde man van in de vijftig achter zijn bureau. Het bordje op zijn kantoordeur vertelde dat hij Gavin Biery heette, hoofd IT.

De mannen hadden de opdracht om eenieder die geen weerstand bood in leven te laten, totdat het netwerksysteem weer kon worden opgestart en de drives geformatteerd. Er waren verwijzingen naar Center, Tong, Zha en verscheidene operaties die Center in verband brachten met het Chinese Volksleger en het ministerie van Staatsveiligheid. Deze links dienden van de servers te worden weggepoetst, voordat het

bedrijf na de massamoord hier voorpaginanieuws zou worden.
De dataopslag bij Hendley Associates was te omvangrijk en te wijdverspreid om eenvoudigweg op te blazen, zo had men bepaald. In plaats daarvan zouden alle sporen van de gehele operatie moeten worden gewist en de medewerkers van het bedrijf zouden nodig zijn om daartoe de wachtwoorden en de locaties van dataopslag buiten de kantoormuren te achterhalen.

Nadat ze Biery hadden vastgebonden troffen ze op de eerste verdieping nog twee IT'ers en ze slopen verder naar de analyseafdeling op de tweede.

Ondertussen bereikten Crane, Gull en Duck de achtste verdieping, waar ook zij op de gang met een beveiligingsbeambte werden geconfronteerd. Deze had de dreiging echter direct door en bewoog zich lateraal, terwijl hij zijn Beretta trok. Crane en Duck werden net niet geraakt. Daarna vuurde de beveiliger twee schoten de gang in die beide net iets te hoog waren.

Een tweede salvo van Cranes Steyr TMP raakte de beveiliger in zijn onderbuik, waarna de man om zijn as tolde en dood neerplofte.

Zwijgend renden de drie Chinezen de gang door.

'Wat was dát in godsnaam!' riep Gerry Hendley geschrokken. Hij zat samen met Sam Granger in de vergaderruimte waar ze in de karige gloed van de noodverlichting en de halfvolle maan die door de grote ramen naar binnen scheen, probeerden te werken.

Granger sprong van zijn stoel en liep snel naar een kleine bezemkast in de hoek. 'Geweerschoten,' concludeerde hij op ernstige toon. Hij trok de kastdeur open en pakte een semi-annex volautomatische Colt M16. Hij diende voor noodgevallen en hij was geladen.

Granger had al in geen jaren een schot gelost, maar duwde de afsluiter stevig naar voren, gebaarde Hendley om zich niet te verroeren en zwaaide met het wapen voor zich uit de gang op.

Crane zag de man zo'n vijftien meter verderop aan het eind van de gang opduiken. Op datzelfde moment zag de Amerikaan hem en zijn twee mannen, en hij loste een kort salvo. Crane dook weg achter een plantenbak bij de lift, rolde meteen terug en schoot een compleet magazijn leeg.

Sam Grangers knieën knikten, terwijl de kogels zich in zijn borstkas boorden. Een onwillekeurige prikkel in zijn rechterarm en -hand maakte dat hij nog eens drie kogels afvuurde, terwijl hij achterover de vergaderruimte in viel.

Crane keek over zijn schouder. De man in het pak had met zijn M16 een kogel in Ducks voorhoofd geplant. Duck lag plat op zijn rug in de gang te midden van een uitdijende plas bloed.

Gull en Crane renden de gang door, sprongen over de dode Amerikaan en doken de vergaderruimte in. Daar troffen ze een oudere man staand bij een tafel en gekleed in overhemd met stropdas. Crane herkende hem van een foto die Center hem had gestuurd. Het was Gerry Hendley, directeur van Hendley Associates.

'Handen omhoog,' beval Crane. Gull vloog op de man af, sloeg de oude man tegen zijn bureau en bond hem de handen op de rug.

69

Crane droeg zijn mannen op om alle medewerkers naar de vergaderruimte op de eerste verdieping te brengen. Er waren negen personen, afgezien van de drie beveiligingsbeambten en de nachtportier die al waren doodgeschoten. Allemaal waren ze met de handen op de rug geboeid en op een stoel langs de muur gezet.

Crane zocht verbinding met zijn controller waarna de stroomvoorziening van het gebouw werd hersteld. Vervolgens sprak hij het groepje met een monotoon en zwaar accent toe.

'Wij zullen uw computernetwerk weer online brengen. Dat moet snel gebeuren. Ik zal uw wachtwoorden en uw afzonderlijke taakomschrijvingen en toegangsniveaus nodig hebben. U vormt een grote groep, maar ik heb u niet allemaal nodig.' Met dezelfde monotone stem zei hij: 'Weiger mee te werken en u zult worden doodgeschoten.'

Gerry Hendley nam het woord. 'Als u iedereen laat gaan dan geef ik u wat u nodig hebt.'

Crane had zo-even het hoofd afgewend maar hij draaide zich weer om naar Hendley. 'Mond dicht.' Hij bracht de loop van zijn machinepistool omhoog, richtte hem op Hendleys voorhoofd en liet hem daar even zweven.

Zijn oortje piepte. Hij bracht een hand naar zijn oor en keek even weg. *'Ni shuo shen me?'* Wat zei je daar?

Beneden in de lobby kroop Grouse weg achter de balie en herhaalde zacht zijn waarschuwing. 'Ik zei dat een ouwe vent en een jonge vrouw naar de hoofdingang lopen.'

'Laat ze niet binnen,' beval Crane.

'Ik zie dat hij een sleutel in zijn hand heeft.'

'Goed, laat hem dan maar binnen, en gijzel hem. Hou ze daar totdat we hier klaar zijn. Wie weet of ze nog wachtwoorden kennen die we nodig hebben.'

'Begrepen.'

'Moet ik iemand naar beneden sturen om je te assisteren?'

Grouse voelde weer een harde pijnscheut door zijn gewonde been trekken, huiverde toen even, maar antwoordde snel: 'Nee, natuurlijk

niet. Het is maar een ouwe vent met een meid.'
John Clark en Melanie Kraft liepen de lobby van Hendley Associates binnen. Meteen kwam Grouse vanachter de balie overeind en richtte zijn Steyr-machinepistool op hen. Hij beval de twee de handen op het hoofd te plaatsen en zich met het gezicht naar de muur te draaien. Daarna trekkebeende hij naar hen toe en fouilleerde hen met één hand, terwijl hij zijn wapen op hun hoofden gericht hield.
De oudere man droeg een SIG Sauer bij zich, wat hem verbaasde. Hij trok het wapen uit de schouderholster en stak het achter zijn broeksband. De vrouw bleek ongewapend te zijn, maar hij nam haar wel haar handtas af. Daarna beval hij de twee zich met de handen op het hoofd tegen de muur bij de liften op te stellen.

Melanie Kraft vocht tegen de paniek, terwijl ze de handen boven op haar bruine kruin ineenhaakte. Ze keek even opzij naar meneer Clark. Hij deed hetzelfde, maar zijn blik was koortsachtig.
'Wat moeten we doen?' fluisterde ze.
Clark keek haar aan. 'Mond dicht!' blafte de Chinees nog voordat hij iets kon zeggen.
Melanie leunde tegen de muur en voelde haar benen trillen.
De gewapende man verdeelde zijn aandacht tussen hen en de hoofdingang van het gebouw.
Ze bekeek de schutter eens goed en ontwaarde geen enkel gevoel, geen enkele emotie. Een paar keer mompelde hij iets in zijn headset, maar verder leek hij in zijn doen en laten net een robot.
Behalve dat manke loopje van hem. Het was duidelijk dat hij last had van een van zijn benen.
Melanies doodsbange ogen schoten weer terug naar John in de hoop dat ze aan zijn gezicht kon zien dat hij een plan had. Maar in plaats daarvan zag hij er anders uit; hij was de afgelopen paar seconden veranderd. Zijn gezicht zag roder en zijn ogen leken bijna uit te puilen.
'John?'
'Mond dicht!' blafte de man opnieuw, maar Melanie negeerde hem. Al haar aandacht was op John Clark gericht, want het was duidelijk dat hem iets scheelde.
Zijn handen gleden omlaag en klampten zich tegen zijn borst, en zijn gezicht vertrok van de pijn.
'Hand op hoofd! Hand op hoofd!'
Langzaam liet Clark zich op zijn knieën zakken. Zijn hoofd was nu vuurrood en ze zag paarse aderen op zijn voorhoofd.
'O mijn god!' riep ze. 'John, wat mankeert je!'

De oude man deed een halve stap naar achteren en reikte naar de muur.
'Niet bewegen!' riep Grouse en hij richtte zijn Steyr TMP-machinepistool op de man die steun zocht tegen de muur. Grouse zag nu dat het gezicht van de man rood was aangelopen en dat de jonge vrouw bezorgd toekeek.
De commando van het Hemelse Zwaard zwaaide zijn machinepistool naar de vrouw. 'Niet bewegen!' herhaalde hij, vooral omdat zijn kennis van de Engelse taal beperkt was. Maar de brunette hurkte naast de man en nam hem in haar armen.
'John? John! Wat is er!'
De oude gweilo drukte een hand tegen de borst.
'Hij heeft een hartaanval!' riep de vrouw.

Grouse meldde zich via zijn headset. 'Crane, Grouse hier,' zei hij in het Chinees. 'Volgens mij heeft die ouwe hier een hartaanval.'
'Laat hem dan maar sterven. Ik stuur zometeen wel iemand naar beneden om die meid op te halen. Over en uit.'
De blanke man lag nu op zijn zij op de tegelvloer. Hij beefde en had last van stuiptrekkingen. Zijn linkerarm stak kaarsrecht omhoog en zijn rechterhand drukte hard tegen zijn hartstreek.
Grouse richtte zijn wapen op de jonge vrouw.
'Jij bewegen! Sta op! Achteruit!' Behoedzaam hurkte hij neer, terwijl de pijn in zijn been hem dwong iets te gaan verzitten. Met zijn vrije hand greep hij haar bij de haren, trok haar met een ruk weg van de stervende oude gweilo. Hij duwde haar hard tegen de muur naast de liften. Op het moment dat hij zich weer naar de oudere man wilde omdraaien, voelde hij een harde klap tegen zijn enkels. Zijn benen vlogen onder hem vandaan en hij viel hard achterover op de tegelvloer, pal naast de blanke man, die opeens niet langer stervende leek te zijn.
De ogen van de Amerikaan staarden hem resoluut en vol haat doordringend aan. Hij had Grouse met een zwaai van zijn benen onderuit gemaaid en oefende nu een verrassend sterke greep op de nylon draagriem van de Steyr uit. Hij rukte er hard aan en Grouse merkte dat hij liggend op de koude vloer niets kon uitrichten. Zijn vinger was van de trekker gegleden toen hij zijn val probeerde te breken, en terwijl hij verwoed overeind probeerde te krabbelen en zich van de riem om zijn hals trachtte te bevrijden vocht hij verwoed om de greep op zijn wapen te vergroten.
De oudere man was al net zo fanatiek. Hij was springlevend, gezond en verbazend sterk. De riem zat nu om Grouse' hals en de blanke man had hem strak om zijn eigen pols gewikkeld. Telkens wanneer de Chi-

nese commando het machinepistool naar zich toe wilde trekken werd de riem opzij getrokken waardoor hij zijn evenwicht verloor als hij probeerde rechtop te gaan zitten om het te pakken.

Grouse keek naar het trappenhuis, probeerde om hulp te roepen, maar de man trok de riem zelfs nog strakker waardoor zijn luchtpijp werd afgeknepen en de roep om hulp slechts als een gorgelend gootsteentje klonk.

De Amerikaan gaf nog een laatste ruk naar links. Grouse viel plat op zijn rug en het wapen gleed uit zijn hand. Wanhopig graaide hij ernaar.

Terwijl Grouse om zich heen schopte en sloeg voelde hij zichzelf verzwakken.

De Amerikaan had nu de overhand.

Vanwege zijn verwonding en zijn beperkte bewegingsvrijheid lukte het John Clark niet om zijn rechtervinger om de trekker te krijgen, maar de riem lag perfect tegen Grouse' luchtpijp en dus trok hij harder en harder zodat de Chinees werd gewurgd.

Een kleine vijfenveertig seconden nadat zijn geveinsde hartaanval hem de kans had geboden om terug te vechten, lag hij hijgend op de vloer naast de dode man om wat op adem te komen.

Maar hij wist dat hij geen tijd mocht verliezen, en dus krabbelde hij overeind en ging aan de slag.

Snel doorzocht hij de zakken van de Chinees, maakte diens SIG .45-pistool en een mobiele telefoon buit en trok de headset los. Hij sprak geen Mandarijn, maar zette de headset op en zorgde ervoor dat het microfoontje uit stond zodat zijn stem niet te horen was.

Melanie staarde hem slechts aan. 'Is ie dood?' vroeg ze, nog altijd niet helemaal beseffend wat ze zojuist had gezien.

'Ja.'

Ze knikte. 'U hebt hem in de val gelokt? U deed alsof u een hartaanval kreeg?'

Hij knikte.

'Ik moest hem dichter bij me zien te krijgen. Sorry,' zei hij, terwijl hij de Steyr omhing.

'We moeten de politie bellen.'

'Geen tijd,' oordeelde Clark. Hij bekeek de jonge vrouw even. Ryan had hem verteld dat Melanie hem in gevaar had gebracht, kennelijk in opdracht van iemand die ze voor een FBI-agent hield. Hij wist niet voor wie deze jonge vrouw precies werkte of wat haar beweegredenen waren, maar het leek voor de hand te liggen dat de dode Chinees hier op de vloer bij het groepje hoorde dat een paar uur eerder nog had geprobeerd om haar op de Rock Creek Parkway te elimineren. Ze speelde duidelijk niet met hen onder één hoedje.

Clark had geen idee hoeveel buitenlandse huurmoordenaars zich in het pand bevonden en hoe goed getraind en bewapend ze waren, maar als dit hetzelfde groepje was dat de vijf CIA-agenten in Georgetown had uitgeschakeld, dan leed het geen twijfel dat hij met topschutters te maken had.

Hij vertrouwde Melanie Kraft niet, maar besloot dat ze op dit moment wel het minste probleem vormde.

Hij bracht zijn SIG-pistool omhoog. 'Weet je hoe je met zo'n ding moet omgaan?'

Ze knikte traag, terwijl ze naar het wapen keek.

Hij gaf het haar. Ze nam het aan in een combatgreep, met twee handen om de kolf, en hield het pistool op heuphoogte voor zich uit gericht.

'Luister goed,' instrueerde hij haar. 'Ik wil dat je achter me blijft. Vér achter me, maar verlies me vooral niet uit het oog.'

'Oké,' antwoordde ze. 'Wat gaan we doen?'

'We gaan naar boven.'

John Clark schopte zijn schoenen uit en betrad het donkere trappenhuis. Ondertussen hoorde hij één verdieping hoger een deur opengaan.

70

Crane had Snipe opdracht gegeven de vrouw naar boven te brengen en Quail, Stint en Gull bevolen de gijzelaars in de vergaderruimte te bewaken, terwijl hij zelf IT-hoofd Gavin Biery naar een terminal in de serverkamer leidde. De Amerikaan had hun verteld dat hij het systeem zou opstarten en zou inloggen zodat de Chinezen beheertoegang hadden om te kunnen doen wat ze wilden.
Tweemaal had Crane de man hard op het hoofd geslagen wegens traineren en beide keren was de man daarbij van zijn stoel gevallen. Toen hij daarop de man opnieuw zag aarzelen, liet hij hem weten terug te gaan naar de vergaderruimte om alvast de eerste gijzelaar te doden.
Met tegenzin logde Gavin vervolgens in.

John Clark stond naast het slappe lichaam van een gespierde Chinese jongeman. Toen de vijfenzestigjarige Amerikaan de jongeman de trap hoorde afdalen had hij zich verdekt opgesteld onder het tussenbordes en hij had de kolf van zijn Steyr venijnig hard op het hoofd van de Chinees laten neerdalen. De commando was voorover tegen het beton geklapt, waarna nog eens drie harde beuken op het hoofd hem knock-out hadden geslagen.
Melanie verscheen onder aan de trap waar ze zich had schuilgehouden, bond met zijn broeksriem zijn handen op zijn rug en trok zijn jasje tot op zijn ellebogen omlaag om het hem zelfs nog lastiger te maken zichzelf te bevrijden. Ze pakte zijn machinepistool, maar omdat ze daar geen schietervaring mee had, hing ze het wapen gewoon om haar hals en ze liep met getrokken pistool weer achter John aan.
Die opende nu de deur naar de eerste verdieping en wierp een blik door de gang; langs de rij liftdeuren, langs het lichaam van de gedode beveiligingsbeambte – die hij identificeerde als Joe Fischer, een oude vriend – naar de openstaande deur van de vergaderruimte van de IT-afdeling. Ondertussen ving hij via zijn 'geleende' headset een meldcommando in het Chinees op. Niet dat hij het kon verstaan, maar hij had de headset expres opgezet om te kunnen horen wanneer het voor

deze groep huurmoordenaars duidelijk werd dat enkelen van hen zich niet langer meldden.

En dat moment was nu gekomen. Het commando werd herhaald, en nog eens, telkens dwingender en argwanender. Met de TMP in zijn linkerhand hoog in de aanslag liep hij nu op een drafje de gang door, terwijl hij door het kleine glazen vizier tuurde.

Hij was de liftdeuren voorbij en de vergaderruimte al op vierenhalve meter genaderd toen een man snel naar buiten stapte en zijn wapen omhoogbracht. Hij zag John, probeerde zijn wapen snel te schouderen, maar Clark was hem voor en pompte vijf kogels in hem.

Vervolgens stoof Clark de vergaderruimte in zonder ook maar een idee te hebben wat hij daar zou aantreffen.

Al voordat hij een goed overzicht had, vuurde een Aziaat in zwarte kledij een reeks kogels op hem af. John dook snel weg, richtte en zag dat de man voor zich een rij Hendley-employés had opgesteld die allemaal met de handen op de rug gebonden op een stoel zaten. Hij aarzelde geen moment en loste een kort salvo. Zijn linkerwijsvinger haalde de trekker opnieuw over en de man viel achterover tegen Campus-analist Tony Wills.

In de vergaderruimte restte hem nog één dreiging. De commando had zo-even toevallig weggekeken toen John binnenstormde, maar nu stond hij oog in oog met de Amerikaan en de Steyr. Terwijl hij richtte, verscheen Melanie Kraft met beide handen om een pistool geklemd in de deuropening en nam de Chinees op de korrel. Ze vuurde, maar het schot was te hoog, waarop de Chinees met een ruk zijn machinepistool op de jonge vrouw richtte en John Clark daarmee de halve seconde respijt bood om zelf te richten en de man met een lang salvo op het bovenlichaam dood te laten neerploffen.

De Chinees had de vloer nog niet geraakt of Gerry Hendley riep: 'Er is er nog één. Hij zit met Biery in de serverruimte.'

Clark liet Melanie achter bij de acht Campus-employés en haastte zich via een zijgang naar de ruimte waar de servers stonden.

Met uitzondering van Melanies schot met John Clarks .45 SIG waren alle schoten gedempt geweest, maar dat ene schot had wel de aandacht van Crane getrokken. Hij riep zijn mannen via zijn headset en griste Biery bij zijn boord en trok hem uit zijn stoel.

Met de Steyr tegen Gavins slaap en een arm om zijn nek sleurde Crane hem de gang op, om meteen oog in oog te staan met een grijzende en brildragende oudere man die een wapen van zijn eigen mannen op Cranes hoofd gericht hield.

483

'Laat zakken of ik schiet hem dood,' dreigde Crane.
De man reageerde niet.
'Ik doe het! Ik schiet hem dood!'
De Amerikaan met het machinepistool kneep de ogen iets toe. Crane staarde ernaar en zag enkel concentratie, vastberadenheid, doelgerichtheid.
Hij kende die blik, en ook wat daarachter school.
Deze senior was een oude rot.
'Niet schieten, ik geef me over,' zei Crane. En hij liet de Steyr op de grond vallen.

In de vergaderruimte had Melanie de Hendley Associates-employés bevrijd. Ze had geen idee wat hier allemaal aan de hand was, maar was allang tot de slotsom gekomen dat de zoon van de president, haar minnaar, niet alleen in financieel beheer werkte. Dit was zonder twijfel een soort supergeheime inlichtingendienst of beveiligingsbedrijf dat flink in aanvaring met de Chinezen was gekomen.

Ze zou Jack eerst eens flink uithoren over dit bedrijf voordat ze haar conclusies zou trekken. Tenminste, als hij haar de kans gunde ooit nog een woord met hem te wisselen. Ze vreesde dat zijn bewering dat ze voor de Chinezen werkte – ook al snapte ze daar niets van – de kloof tussen hen te groot maakte om die met een eenvoudige uitleg weer te kunnen dichten.

Samen met drie mannen leidde Clark de twee overgebleven Chinezen naar de liften en bond hen rug aan rug vast. Crane, de leider van het commandoteam, liet op luide toon weten dat hij onderdeel was van het Hemelse Zwaard, een speciale commando-eenheid van het Chinese Volksleger, waarop Clark de man met de kolf van zijn SIG tegen het achterhoofd mepte, waarna de Chinees al snel zijn mond hield.

Bewapend met pistolen en machinepistolen zochten andere Hendleymannen alle verdiepingen af naar nog meer slachtoffers en moordenaars.

Clark had Crane net gefouilleerd en een vreemd uitziende mobiele telefoon tevoorschijn getrokken toen het apparaatje begon te trillen. Hij keek naar het schermpje, herkende het nummer uiteraard niet, maar kreeg opeens een idee.

'Gerry?' riep hij, 'zijn er hier mensen die Mandarijn spreken?'

Ex-senator Hendley was nog altijd geschokt, vooral door de dood van zijn vriend Sam Granger, maar het deed Clark goed te zien dat de man nog altijd goed bij zinnen was.

'Ben bang van niet, maar deze twee spreken Engels.'

'Ik heb het over degene die nu belt.' De mobiele telefoon trilde weer en John zag dat het dezelfde beller betrof.

Shit, vloekte John inwendig. Dit zou een prachtkans zijn om meer over deze organisatie te weten te komen.

'Maar als je een spreker van het Mandarijn nodig hebt, dan weet ik wel waar we die snel kunnen vinden,' zei Gerry.

Jack Ryan junior zat op de passagiersstoel van een kleine tweedeurs Acura, met Adam Yao achter het stuur. Ze hadden Hongkong verlaten en reden nu in noordelijke richting door New Territories naar de grens met China.

Ze waren nog maar een paar minuten onderweg toen Jacks mobieltje ging. Nog altijd een beetje duf van de jetlag na de zeventien uur durende vlucht nam hij bij de vierde rinkel op.

'Met Ryan junior.'

'Jack, John Clark hier.'

'Hé, John.'

'Luister goed, vriend, ik heb haast.' In dertig seconden legde hij Ryan junior uit wat er die avond bij Hendley Associates was gebeurd. Nog voordat Jack kon reageren voegde Clark eraan toe dat iemand bezig was de leider van de Chinese commando-eenheid te bellen, dat hij wilde doorprikken naar Adam Yao om te kijken of Yao zich als een van de Chinese moordenaars kon voordoen om zo de anonieme beller om de tuin te leiden.

Ryan junior legde de situatie snel voor aan Yao, waarna deze al rijdend het oortje ingedrukt kreeg.

'Klaar?' vroeg John.

Adam wist wie John Clark was, maar tijd voor een formele kennismaking was er niet. 'U weet niet wie er aan de lijn hangt?' vroeg hij slechts.

'Geen idee. Je zult moeten improviseren.'

'Oké.'

Improviseren was immers precies waarmee een niet-erkende geheim agent zijn brood verdiende. 'Bel dat nummer maar.'

Het duurde even voordat er aan de andere kant van de lijn werd opgenomen. Adam Yao had geen idee wat hij kon verwachten. In elk geval niet iemand die Engels sprak met een Russisch accent.

'Waarom nam u niet op toen ik u belde?'

Adam, klaar om in het Mandarijn te antwoorden, schakelde snel over op Engels, maar dan met een sterk Mandarijns accent.

'Was bezig.'

'Ben je veilig?'
'We zijn bij Hendley.'
Een korte stilte. 'Natuurlijk zijn jullie bij Hendley. Is alle tegenstand uitgeschakeld?'
Het begon tot Adam door te dringen. Deze persoon kende de operatie.
'Ja. Geen problemen.'
'Goed. Voordat u data gaat verwijderen, heb ik opdracht gekregen om alle gecodeerde bestanden van Gavin Biery's werkstation te uploaden naar Center.'
Yao bleef in zijn rol. 'Begrepen.'
Weer een korte stilte. Daarna: 'Ik sta voor. Ik neem de hoofdingang. Waarschuw je mannen.'
Godsámme! schoot het door Adams hoofd. 'Doe ik,' antwoordde hij, hing snel op en keek even achterom naar Ryan junior. 'Kennelijk staat er een of andere Rus op het parkeerterrein klaar om zometeen via de hoofdingang naar binnen te gaan.'
Jack had Clark laten meeluisteren en nog voordat hij de informatie kon overbrengen antwoordde Clark: 'Begrepen. Wij handelen het wel af. Over en uit.'

Een minuut later bevond Clark zich nog altijd op de eerste verdieping waar hij de twee overmeesterde Chinezen bewaakte, toen Tony Wills de deur van het trappenhuis openduwde en hij met een .45 tegen het hoofd van een in pak geklede Kaukasisch uitziende man met een baard de gang in liep. De handen van de Rus waren op zijn rug vastgebonden en zijn regenjas was tot op de ellebogen omlaag getrokken.

John instrueerde Biery het Steyr-machinepistool op de grond vlak voor de twee overmeesterde Chinese commando's gericht te houden met zijn trekkervinger buiten de trekkerbeugel, en hij liep het tweetal tegemoet om uit te vinden wat deze nieuwe aanwinst met dit alles te maken had.

Hij was de man op zes meter genaderd toen de bebaarde man verschrikt grote ogen opzette. 'Jíj?!'

Clark bleef staan en keek de man doordringend aan.

Het duurde een paar seconden voordat hij op zijn beurt Valentin Kovalenko herkende. 'Jíj?'

De Rus probeerde terug te deinzen, maar Wills drukte de loop van zijn .45 nog harder tegen zijn hoofd.

Voor Clark leek het alsof Valentin elk moment kon flauwvallen. Hij gaf Tony opdracht hem naar de IT-vergaderruimte te brengen en beval hem daarna samen met Biery de twee Chinese commando's te bewaken.

Toen Clark en Kovalenko alleen in de ruimte waren, duwde John de man hard in een stoel, nam plaats tegenover hem en bekeek hem eens goed. Sinds januari dat jaar was er geen dag voorbijgegaan zonder het vurig verlangen de kleine doerak, die nu pal tegenover hem zat, royaal de nek om te draaien; de man die hem had ontvoerd, gemarteld, hem van zijn laatste jaren in het veld had beroofd door zijn hand bijna onherstelbaar te beschadigen.

Maar John had andere, nijpender zaken aan zijn hoofd.

Hij nam het woord. 'Ik ga niet doen alsof ik weet wat jij hier allemaal te zoeken hebt. Ik wist niet beter dan dat je dood was of ergens in een Siberische goelag aan een bord sneeuwsoep zat.'

Veertig jaar lang had John zijn vijanden schrik aangejaagd, maar hij betwijfelde of hij ooit een banger iemand voor zich had gezien. Kovalenko had duidelijk geen idee dat John Clark ook maar iets met deze operatie te maken had.

'Ik heb net een paar goeie vrienden verloren,' ging John verder toen Valentin bleef zwijgen. 'Ik wil weten waarom. En jij hebt de antwoorden.'

'Ik... ik wist niet...'

'Het interesseert me geen ruk wat je niet wist, ik wil weten wat je wél weet. Ik ga je niet bedreigen of martelen. We weten allebei dat er helemaal geen reden is om je te bedreigen. Of ik trek je helemaal uit elkaar, ledemaat voor ledemaat; of niet, afhankelijk van hoe behulpzaam je bent. Ik ben jou heel wat ellende verschuldigd.'

'Toe John, ik kan je helpen.'

'O ja? Nou, kom maar op dan.'

'Ik kan je alles vertellen wat ik weet.'

'Steek van wal.'

'De Chinese inlichtingendienst is erbij betrokken.'

'Je meent het! Dit hele pand hier ligt vol met dooie en geknevelde Chinese commando's. Wat is jóúw rol hierin?'

'Ik... ik dacht dat het om bedrijfsspionage ging. Ze chanteerden me, lieten me uit de gevangenis ontsnappen maar maakten me tot een handlanger. Eerst waren het nog makkelijke klussen, maar ze werden steeds lastiger. Ze luisden me erin, bedreigden me, dreigden me te vermoorden. Ik kon geen kant op.'

'Aan wie rapporteer je?'

'Hij noemt zichzelf Center.'

'Wacht hij nu op bericht?'

'Ja. Crane, een van zijn mannen op deze verdieping die nog leeft, riep me op om wat data te vergaren die ik vervolgens moest uploaden naar Center. Wist ik veel dat er gewonden zouden vallen of...'

'Ik geloof je niet.'
Kovalenko sloeg de ogen neer, en knikte. *'Da, da.* Je hebt gelijk. Natuurlijk wist ik wat hier zou gebeuren. Maar die lui die ze onlangs in Georgetown vermoordden, nee, daar wist ik niets van. En daarna, die taxichauffeur en ook die jonge vrouw vandaag, ik wist niet dat dit ook bij het plan hoorde. Maar nu? Zo dom ben ik niet. Ik ging ervan uit dat, zodra ik hier binnen zou komen, ik over de lijken heen moest stappen.'
Hij haalde zijn schouders op. 'Ik wil alleen maar naar huis, John. Ik wil hier niets mee te maken hebben.'
Clark keek hem aan. 'Ja hoor, het is goed met je.'
Hij stond op en verdween door de deur.

Buiten op de gang trof hij Gavin Biery in gesprek met Gerry Hendley. Toen Biery hem zag liep hij snel op hem af.
'Die vent daarbinnen, werkt hij voor Center?' vroeg hij.
'Ja. Tenminste, dat zegt ie,' antwoordde Clark.
'We kunnen hem gebruiken. Hij moet een programma op zijn computer hebben waarmee hij met Center kan communiceren. Het heet Cryptogram. Ik heb een virus gemaakt dat via Cryptogram degene achter de computer kan fotograferen.'
'Maar dan moeten we hem wel overhalen om ons te helpen, nietwaar?'
'Ja,' antwoordde Biery. 'We moeten hem zo ver zien te krijgen dat hij inlogt en Center een upload laat binnenhalen.'
Clark dacht even na. 'Oké, kom mee.'
Biery en Clark liepen terug naar de vergaderruimte.
Daar zat Kovalenko nog altijd in zijn eentje, met de handen op de rug gebonden op zijn stoel en met de twee dode Chinese commando's aan zijn voeten. Dat laatste had een bedoeling. Clark wilde hem op deze manier met zijn eigen situatie confronteren.
Biery en Clark namen plaats aan de vergadertafel.
'Ik had geen keus,' zei Kovalenko nog voordat de twee het woord hadden genomen. 'Ze dwongen me om voor hen te werken.'
'Je had wel degelijk een keus.'
'Tuurlijk. Ik had mezelf ook een kogel door mijn kop kunnen jagen.'
'Je klinkt anders als iemand die er weinig moeite mee had.'
'Natuurlijk wel. Hou me niet voor de gek, Clark. Als er iemand is die mij dood wil zien, ben jij het.'
'Dat zou me zeker een goed humeur bezorgen, ja. Maar wat belangrijker is, is dat we Center verslaan voordat dit conflict volledig uit de hand loopt. Er staan miljoenen levens op het spel. Dit gaat verder dan een oude rekening tussen ons tweeën.'

'Wat wil je van me?'
Clark keek even naar Gavin Biery. 'Kunnen we hem gebruiken?'
Biery was nog licht aangedaan, maar hij knikte en keek Kovalenko aan. 'Heb je Cryptogram op je computer zitten?'
Kovalenko knikte slechts bevestigend.
'Ik ben ervan overtuigd dat je een of andere controleprocedure gebruikt om zeker te weten dat je met Center communiceert.'
'Klopt, maar het zit ingewikkelder in elkaar dan dat.'
'Hoe dat zo?'
'Ik weet bijna zeker dat als we via Cryptogram met elkaar communiceren, hij mij tegelijk via mijn webcam observeert.'
Clark fronste en keek Biery aan. 'Kan dat?'
'Meneer Clark, u hebt geen idee waar we sinds uw afscheid allemaal mee te maken hebben gehad. Als deze vent hier had verteld dat Center zijn brein in een microchip had gevat, zou ik geen spier hebben vertrokken.'
Clark keek Kovalenko weer aan. 'We willen dat jij plaatsneemt achter je computer en contact legt met Center. Wil je dat voor ons doen?'
'Waarom zou ik jullie moeten helpen? Jullie gaan me toch vermoorden.'
Dat laatste kon John Clark niet echt ontkennen, maar in plaats daarvan zei hij: 'Denk eens terug aan de tijd toen je nog spioneerde voor je brood. Ik bedoel niet voor Center... maar nog voor de SVR. Waarom wilde je dit soort werk doen? Ja, ik weet dat je lieve ouweheer als een stille voor de KGB werkte, maar wat leverde hem dat op? Al in je jeugd moet het je toch duidelijk zijn geweest: de lange uren, het lage salaris, de standplaatsen in een of ander hellegat? En dat je tegen jezelf zei: van vader op zoon? Mooi niet!'
Kovalenko antwoordde: 'In de jaren tachtig was het anders. Hij genoot nog aanzien. In de jaren zeventig zelfs nog meer.'
Clark haalde zijn schouders op. 'Maar jij begon in de jaren negentig, lang nadat de hamer en sikkel hun glans verloren hadden.'
Kovalenko knikte.
'Dacht je soms dat je op een dag trots op je werk zou kunnen zijn?'
'Natuurlijk. Ik hoorde niet bij de corrupte kliek.'
'Nou Valentin, sta ons nu een uurtje bij en de kans is groot dat een regionale oorlog dankzij jou geen wereldbrand wordt. Er zijn maar weinig spionnen die dat kunnen zeggen.'
'Center is slimmer dan jij,' zei Kovalenko vlak.
Clark glimlachte. 'O, maar we gaan hem niet verleiden tot een partijtje schaak, hoor.'

Kovalenko sloeg de ogen weer neer naar de dode lichamen op de grond. 'Deze jongens hier doen me niets. Zodra dit achter de rug was, zouden ze me gewoon hebben vermoord. Dat weet ik zoals ik mijn eigen naam weet.'
'Help ons dan om hem te verslaan.'
Valentin zei: 'Als jullie hem niet vermoorden, en dan heb ik het niet over zijn virus, zijn netwerk, zijn operatie, maar hém; als jullie Center geen kogel door de kop jagen, dan komt hij terug.'
'Jij kunt die kogel zijn,' zei Gavin Biery. 'Ik wil iets naar zijn systeem uploaden waarmee we hem exact kunnen lokaliseren.'
Op Kovalenko's gezicht verscheen een aarzelende glimlach. 'Niet geschoten is altijd mis.'

Terwijl Clark en Biery zich haastig voorbereidden om samen met Kovalenko snel naar diens appartement in Washington te vertrekken, verscheen Gerry Hendley uit Gavins kantoor. 'John, ik heb Chavez in Beijing aan de lijn. Hij wil met je praten.'
Clark nam Hendleys satelliettelefoon aan. 'Hé, Ding.'
'Alles goed, John?'
'Prima. Maar we zitten midden in een nachtmerrie. Weet je het al van Granger?'
'Ja. Kut.'
'Ja. Heeft hij het met jou nog over Su's auto-escorte voor aanstaande donderdagochtend gehad?'
'Ja. Hij zei dat Mary Pat Foley de informatie direct van de Chinese regering heeft. Het lijkt erop dat iemand daar niet helemaal in zijn sas is over wat er zich op de Zuid-Chinese Zee allemaal afspeelt.'
'Hoe schat je de kans op succes in?' wilde Clark weten.
Chavez aarzelde even. 'Het kan lukken. We moeten het in elk geval proberen, aangezien er in China geen Amerikaanse spionnen meer klaarstaan.'
'Dus jullie plan gaat door?'
'Er is één probleem,' liet Chavez weten.
'En dat is?'
'We voeren het uit, en gaan ervandoor. Wij blij. Maar jij en ik hebben ervaring met dictaturen, genoeg om te weten dat er wel een of ander groepje sneue dissidenten voor onze acties zal opdraaien. Niet alleen de jongelui met wie wij werken. Als wij Su uit de weg ruimen zal het Volksleger een zondebok zoeken en vinden, en die kan zijn borst natmaken.'
'Ze zullen iedereen met de middelen en een motief executeren. In

heel China zijn er honderden dissidentengroeperingen te vinden. Het Volksleger zal een voorbeeld willen stellen zodat het volk geen vuist meer durft te maken.'

'De spijker op de kop. Dat zit mij dus niet lekker,' viel Chavez hem bij. Staand in de gang, met de telefoon in zijn rechterhand tegen het oor, dacht Clark na over het probleem. 'Je moet iets van bewijs achterlaten waaruit blijkt dat er geen groepje lokale dissidenten achter de aanslag zit.'

'Heb ik ook al aan gedacht,' reageerde Ding meteen, 'maar elk beetje bewijs zullen de VS er meteen bij betrekken, en dat mogen we niet laten gebeuren. Allemaal leuk en aardig dat de wereld zich zal afvragen of de regering-Ryan er een aandeel in had, maar als we iets achter zouden laten waarmee de Chinese regering wereldwijd kan roepen dat de VS...'

Clark onderbrak hem. 'En als je nu eens iets achterlaat wat naar een ander wijst, iemand die wat ons betreft best een zondebok mag zijn...?'

'Over wat voor bewijsmateriaal heb je het dan?'

John keek naar de twee dode Chinese huurmoordenaars op de grond. 'Wat dacht je van een paar dode Chinese commando's, alsof ze deel uitmaakten van de moordeenheid?'

Het werd even stil. 'Léúk, 'mano,' reageerde Chavez. 'Daarmee sla je twee vliegen in een klap. Misschien weet je toevallig waar ik een paar vrijwilligers kan scoren?'

'Geen vrijwilligers, maar wel een paar dienstplichtigen.'

'Ook prima,' was Chavez' oordeel.

'Over dertig uur ben ik met twee nog levende Hemelse Zwaardjes bij je. We rekenen ter plaatse met ze af.'

'Jíj? Jij komt naar Beijing? Hoe?'

'Ik heb nog steeds vrienden in lage kringen.'

'Russen? Jij hebt een stel Russische maten die jou daar binnen kunnen krijgen?'

'Je kent me te goed, Domingo.'

71

Een uur later bereikten Clark, Biery, Kraft en Kovalenko het appartement van de Russische spion aan Dupont Circle. Het was bijna vier uur in de ochtend, een klein uur nadat Kovalenko contact had moeten opnemen met Center. De Rus was nerveus over de uitwisseling, maar vooral over wat er daarna met hem zou gebeuren, overgeleverd als hij was aan John Clark.

Voordat ze het appartementengebouw betraden boog Clark zich tot vlak bij Kovalenko's oor. 'Valentin,' fluisterde hij, 'knoop één ding in je oren: je hebt maar één kans om het goed te doen.'

'En daarna ben ik vrij?'

'Doe wat je moet doen, en daarna houden wij je nog even onder onze hoede. Zodra we klaar zijn laat ik je gaan.'

Kovalenko protesteerde niet, integendeel. 'Mooi,' antwoordde hij. 'Ik zie het niet zitten om Center te verneuken om daarna aan mijn lot te worden overgelaten.'

Ze betraden het appartement. Het was donker, maar Valentin liet de lampen uit. De laptop was dichtgeklapt. John, Melanie en Gavin stelden zich links en rechts van het schrijftafeltje op zodat ze buiten het bereik van de webcam zouden zijn als de computer werd opengeklapt.

Kovalenko liep naar de keuken, snel gevolgd door Clark, die vreesde dat de Rus een mes probeerde te pakken. Maar de Rus beende naar de koelkast, trok een berijpte fles wodka tevoorschijn en nam een paar flinke teugen. Daarna liep hij met de fles in de hand terug naar zijn computer.

Terwijl hij langs Clark liep, haalde hij even verontschuldigend zijn schouders op.

Biery had de Rus een USB-stick gegeven met daarop de malware die met behulp van FastByte22's uploader een RAT had gecreëerd. Kovalenko stopte hem in de USB-poort van zijn laptop en klapte het scherm open.

In een oogwenk was hij al in Cryptogram ingelogd en legde hij contact met Center.

Kovalenko typte: 'SC Lavender.' Dit was zijn identiteitscode. Vermoeid en met een afgetobd gezicht zat hij in het donker aan het schrijftafeltje, hopend dat hij deze klus in godsnaam zou klaren, zodat Center noch Clark hem daarna uit de weg zou ruimen.

Hij voelde zich een koorddanser boven een diep ravijn. Groene letters verschenen in het zwarte venster en vormden zich tot een zin. 'Wat is er gebeurd?'

'In het pand van Hendley Associates bleken nog mensen aanwezig die door Crane niet waren gedetecteerd,' tikte hij. 'Nadat dat we de data van de server hadden gehaald, vielen ze ons aan. Ze zijn allemaal dood. Crane en zijn mannen, bedoel ik.'

De reactie kwam sneller dan Kovalenko had verwacht.

'Waarom hebt u het overleefd?'

'Omdat Crane mij tijdens de schermutseling opdracht gaf het gebouw te verlaten. Ik verborg me buiten tussen de bomen.'

'U had opdracht om indien nodig assistentie te verlenen.'

'Als ik dat had gedaan, had u al uw mannen verloren. Als uw huurmoordenaars die Amerikanen al niet konden uitschakelen, dan ik zeker niet.'

'Hoe weet u dat ze dood zijn?'

'Hun lichamen werden verwijderd. Ik heb dat gezien.'

Nu viel er een lange stilte. Minutenlang. Kovalenko beeldde zich in dat iemand van hogerhand instructies kreeg over hoe verder te gaan. Hij tikte een reeks vraagtekens, maar ook daar volgde geen direct antwoord op.

Er opende zich een nieuw Cryptogram-venster, en hij zag het telefoonicoontje, precies zoals eerder die dag.

Hij zette zijn headset op en klikte het icoontje aan. '*Da?*'

'Met Center.' Het was zeker weten dezelfde man als eerder die dag. 'Bent u gewond geraakt?'

'Valt mee. Nee.'

'Bent u gevolgd?'

Kovalenko wist dat Center goed naar zijn stem luisterde, zoekend naar signalen die erop wezen dat hij loog, en hem ook nauwlettend via de webcam gadesloeg. 'Nee, natuurlijk niet.'

'Waarom bent u daar zo zeker van?'

'Ik ben een professional. Wie kan mij nu om vier uur 's nachts volgen?'

Er was een lange pauze. Ten slotte zei de man: 'Stuur me het bestand,' en hij hing op.

Kovalenko uploadde Gavin Biery's bestand van de USB-stick.

Een minuut later verscheen er een bericht van Center op het scherm. 'Ontvangen.'

Valentin Kovalenko's handen beefden inmiddels. 'Instructies?' tikte hij.
'Was dat het?' fluisterde hij bijna zonder zijn mond te bewegen tegen Biery.
'Ja,' antwoordde deze. 'Het moet zichzelf bijna direct activeren.'
'Zeker weten?'
Biery wist het niet zeker, maar had vertrouwen. 'Ja.'
Op het Cryptogram-scherm verscheen een nieuwe regel. 'Wat is dit?' Kovalenko reageerde niet.
'Is dit een applicatie? Dit is niet waarom ik heb gevraagd.'
Kovalenko keek naar de webcam.
Langzaam bracht hij een hand voor zijn gezicht, balde hem tot een vuist en wees met een middelvinger omhoog.
Met open mond sloegen Clark, Kraft en Biery hem gade.
Binnen een paar seconden verscheen er een nieuwe regel in Cryptogram.
'U bent er geweest.'
De verbinding werd meteen verbroken.
'Hij is weg,' zei Kovalenko.
Biery glimlachte. 'Nog even wachten.'
Clark, Kovalenko en Kraft keken hem aan.
'Wachten, waarop?' vroeg Valentin.
'Gewoon even wachten,' antwoordde hij traag.
'Maar hij is uitgelogd,' zei Melanie. 'Hij kan helemaal geen...'
Er verscheen een bestand op het Cryptogram-venster. Nog altijd zittend achter zijn computer keek Kovalenko op naar Gavin Biery. 'Moet ik...?'
'Graag.'
Kovalenko klikte het bestand aan waarna een foto zich op het scherm ontvouwde. Alle vier de mensen in het donkere appartement bogen zich naar het scherm om het beter te kunnen zien.
Een jonge vrouw met Aziatische trekken, een bril en kort zwart haar zat voor de webcam. Haar vingers rustten op een toetsenbord. Een oudere Aziatische man in een wit overhemd en de stropdas losjes om de hals keek aandachtig over haar schouder mee naar een punt vlak onder de webcam.
Valentin begreep het niet helemaal. 'Wie is...?'
Gavin Biery tikte met een vinger tegen de jonge vrouw. 'Wie dit is weet ik niet, maar déze meneer, dames en heren, is de MFIC.'
Melanie en Valentin keken hem slechts aan.
'Dr. Tong Kwok Kwan, codenaam Center,' verduidelijkte Biery.
John Clark glimlachte. 'De *Motherfucker in Charge*.'

72

Adam Yao beschikte over de reisdocumenten waarmee hij met de trein of met de auto China gemakkelijk binnen kon komen. Jack junior was echter een stuk minder fortuinlijk. Adam kon hem de grens over smokkelen, maar dat bracht wel enig risico en ongemak met zich mee.

Adam ging eerst en passeerde om vijf uur 's middags lokale tijd de grensovergang bij Lok Ma. Eenmaal over de grens wilde hij in positie zijn zodra Ryan de douane bereikte, zodat Jack niet als een gweilo zonder documenten door China hoefde te zwerven, iets wat voor de presidentszoon slecht zou uitpakken.

Ryan nam een taxi naar San Tin en liep een paar straten verder naar een parkeerplaats bij een ijzerwarenwinkel. Daar zou hij de mannen treffen die hem langs de douane zouden helpen.

Het waren 'vrienden' van Adam, wat betekende dat hij hen kende van zijn 'reguliere' werk bij SinoShield. Ze waren smokkelaars, had Yao uitgelegd. Ryan had het nerveus aangehoord, maar nu hij hen ontmoette ontspande hij zich.

Het waren drie kleine jongemannen die er heel wat onschuldiger uitzagen dan Ryan zich de afgelopen zestien uur had verbeeld.

Adam had hem opgedragen hun geen geld te bieden, want daar had hij al voor gezorgd. Hoewel Jack geen idee had wat dit inhield, ging hij ervan uit dat het wel goed zat.

In het licht van de snel ondergaande zon nam hij de drie eens op. Ze hadden duidelijk geen vuurwapens bij zich. Hij was getraind op het herkennen van verborgen pistolen, maar deze jongens hadden niets op zak, niet op de heupen, onder de armen of op hun enkels in elk geval. Of ze messen onder hun kleding verborgen hielden, wist hij niet zeker, maar zelfs al werd hij door alle drie tegelijk belaagd, hoefde hij de koppen maar tegen elkaar te beuken en op eigen kracht richting de grens te gaan.

Hoewel dat niet het gewenste resultaat zou zijn.

Geen van hen sprak ook maar een woord Engels, wat het voor Jack verwarrend maakte, nu ze naast hun motoren naar zijn benen en voeten gebaarden. Even dacht hij dat ze zijn Cole Haan-loafers prezen, maar dat was slechts een gok. Er werd wat gegrinnikt, waarna het overwaaide.

Ryan moest achter op een van de motoren plaatsnemen, wat geen geweldig plan leek aangezien hij zelf één meter tweeëntachtig was en het mollige jonge ventje voor hem waarschijnlijk hooguit één meter zestig. Hij moest goed op zijn balans letten en rechtop blijven zitten, terwijl de kleine Chinees de slecht afgestelde motor de sporen gaf en ze over de slechte binnendoorweggetjes glibberden en stuiterden.

Na twintig minuten op de weg begreep Jack waarom de Chinezen zorgelijk naar zijn leren schoenen hadden gewezen. Inmiddels werden ze omringd door rijstvelden die helemaal tot aan de rivier voerden waarachter het vasteland lag. Ze zouden zo'n achthonderd meter tot aan hun knieën door het water moeten ploegen voordat ze de oeverwal zelfs maar hadden bereikt. Geen schijn van kans dat die loafers bleven zitten.

Ze stopten en stapten af waarna een van de jongemannen als bij toverslag opeens de Engelse taal machtig bleek te zijn. 'You pay. You pay now.'

Ryan had er op zich geen probleem mee om in zijn geldgordel te reiken en een paar honderddollarbiljetten af te pellen voor de dienst die deze jongens hem verleenden, maar Yao had erop gestaan dat hij niets betaalde. Hij schudde het hoofd. 'Adam Yao betalen,' zei hij, hopend dat het hele werkwoord voor hen iets gemakkelijker te begrijpen was.

Vreemd genoeg leken de drie het niet te snappen. 'Adam Yao jullie betalen,' probeerde hij nu.

De drie schudden slechts hun hoofden, alsof ze het niet begrepen. 'U nu betalen.'

Hij reikte in zijn zak, trok het mobieltje tevoorschijn dat hij die middag op de luchthaven had gekocht en toetste een nummer in.

'Ja?'

'Jack hier. Ze willen poen.'

Tot Ryans verbazing gromde Yao als een getergde beer.

'Geef me de slimste van die drie dombo's aan de lijn.'

Jack glimlachte. Hij kon Yao's stijl wel waarderen 'Voor jou,' zei hij en hij gaf het mobieltje aan een van de smokkelaars.

Er volgde een kort gesprek. Hij kon het niet verstaan maar aan de gezichtsuitdrukkingen van de jongeman te zien was het wel duidelijk wie hier de baas was. De knaap schrok duidelijk van de woorden en moest zijn best doen om iets terug te zeggen.

Na een halve minuut gaf hij de telefoon weer aan Ryan.

Die bracht het mobieltje weer naar zijn oor. Nog voordat hij iets kon zeggen, liet Yao hem weten: 'En daarmee afgelopen. We gaan weer verder, maar je geeft die gasten nog geen duppie.'

'Oké.'

Terwijl de zon verder onderging en de maan verscheen klotsten ze door de rijstvelden. Bijna meteen verloor Jack zijn schoenen. Aanvankelijk werd er nog wat gekletst, maar nu ze de rivier bereikten was het uit met het gepraat. Het was acht uur in de avond toen ze de oeverwal bereikten en een van de jongemannen een vlot van melkpakken en spaanplaat uit het hoge gras tevoorschijn trok. Samen met een van de smokkelaars kroop Ryan aan boord, waarna de andere twee hen afduwden.

Het was slechts vijf minuten varen over het koude water naar China. Ze legden aan bij een reeks pakhuizen van de haven van Shenzhen en verstopten het vlot tussen wat rotsen en riviergras. De smokkelaar vergezelde hem in het donker naar de straat. Er reed een bus voorbij, waarna ze meteen overstaken en hij te horen kreeg dat hij in een golfplaten voorraadschuurtje moest wachten.

De smokkelaar verdween en Jack belde opnieuw naar Yao.

'Ik ben over een minuut bij je,' was Adams snelle antwoord.

Even later pikte Yao Jack op en hij reed meteen naar het noorden. 'We kunnen dwars door Shenzhen en over ongeveer een uur in Guangzhou zijn. Center zit in het noorden van de stad, in een van de buitenwijken bij de luchthaven,' liet Yao hem weten.

'Hoe heb je hem weten te vinden?'

'Dankzij de verplaatsingen van hun supercomputers in Hongkong. De servers werden vervoerd per schip. Ik ontdekte welk schip, welke haven en welk vervoersbedrijf ze naar het gebouw van China Telecom bracht. Ik tastte nog een beetje in het duister, maar knoopte een gesprekje aan met een meisje in het nieuwe Telecom-kantoor. Ze vertelde me dat toen ze 's ochtends op kantoor verscheen het hele gebouw de avond ervoor was leeggehaald omdat het Volksleger de ruimte nodig had. Ik wist toen bijna zeker dat ik goed zat en ik huurde een appartement in een flat aan de overkant van een afvoerdoorlaat tegenover het Telecom-gebouw. Ik zag dat het leger de boel bewaakt en zag burgers komen en gaan. Het parkeerterrein werd een satellietparkje en er verschenen gigantische schotels op het dak. Ze moeten voor tonnen aan stroom verbruiken.'

'Wat is de volgende stap?' wilde Jack junior weten.

Yao haalde zijn schouders op. 'De volgende stap is dat jij mij eens vertelt voor wie jij nu eigenlijk werkt. Ik heb je hier niet laten opdraven, omdat ik om een maatje verlegen zit. Ik zoek iemand die de weg in Washington kent, die losstaat van de CIA. Iemand die dingen kan regelen.'

'Wát kan regelen?'

Yao schudde het hoofd. 'Ik wil dat jij contact legt met een hoge regeringsambtenaar die niet voor de CIA werkt en hem vertelt wat hier allemaal gebeurt. We kunnen alles onweerlegbaar bewijzen. En als je daarmee klaar bent, wil ik dat er iemand komt om de hele boel hier op te blazen.'

'Jij wilt dat ik mijn pa bel.'

Yao haalde zijn schouders op. 'Hij zou het kunnen regelen.'

Ryan junior schudde het hoofd. Hij moest zijn vader enigszins in de luwte houden. 'Er is iemand anders die ik kan bellen. Zij zal de boodschap doorgeven.'

73

President Jack Ryan besloot naar het Pentagon te gaan om te luisteren naar de plannen om China's digitale infrastructuur aan te vallen. De meeste topstrategen hielden zich in het gebouw aldaar inmiddels met niets anders meer bezig. Omdat vanwege de Chinese cyberaanval de toegang tot informatie, advies en een goed overzicht van het strijdperk sterk was beperkt, deed men hard zijn best om al improviserend het aanvalsplan verder uit te bouwen.

Napoleon zei ooit dat elk leger op zijn maag marcheert. Maar dat was toen. In deze tijden was het voor iedereen die door de Chinese aanval getroffen was inmiddels duidelijk dat het Amerikaanse leger op bandbreedte marcheerde en dat het op dit moment weinig meer kon uitrichten dan een 'plaats rust'.

En de afgelopen twee dagen was de situatie nog eens verergerd. Naast de toegenomen cyberaanvallen op de Verenigde Staten – die de beurs op Wall Street twee dagen hadden stilgelegd – hadden de Chinezen nieuwe, zogenaamde aanvalsvectoren op het leger losgelaten. Veel militaire en spionagesatellieten waren gehackt en verontreinigd, zodat belangrijke data niet langer van het strijdperk naar het Pentagon konden worden overgeseind. De satellieten die nog wel online waren, werkten traag of raakten zo nu en dan besmet, zodat het strijdbeeld op zijn hoogst vlekkerig kon worden genoemd.

De VS hadden letterlijk het zicht op het Chinese vliegdekschip in de Zuid-Chinese Zee verloren en ontving slechts aanwijzingen over zijn positie toen een Indonesisch fregat, de *Yos Sudarso*, op honderddertig kilometer ten noorden van Bunguran Timur naar verluidt door vier raketten van een Chinese gevechtshelikopter tot zinken was gebracht. Slechts negenendertig van de honderdzeventig opvarenden konden pas twaalf uur later uit zee worden opgepikt.

Bij nog meer luchtgevechten boven de Straat van Taiwan waren er nog eens vijf Taiwanese straaljagers en een Amerikaanse Hornet neergeschoten en de Chinese luchtmacht had acht toestellen verloren.

Ryan luisterde kalm terwijl kolonels, generaals, kapiteins en admiraals hem de mogelijkheden, of eigenlijk het ogenschijnlijke gebrek daaraan, voor een militaire aanval voorlegden.

Het incomplete beeld van het doelgebied vormde wel het meest beangstigende aspect van het opstellen van een lijst van strategische doelwitten. De tekortschietende satellietinformatie degradeerde het aanvalsplan grotendeels tot een gok, wat de aanwezige mannen en vrouwen de president ook min of meer toegaven.

'Er zijn toch nog wel een paar satellieten die normaal functioneren?' vroeg Ryan.

'Ja, meneer de president, maar wat u moet weten,' bracht Burgess ter tafel, 'is dat afgezien van de schermutselingen boven de Straat van Taiwan het gewapende conflict tussen de VS en China nog moet beginnen. Ze hebben onze slagkracht met digitale tactieken ondermijnd. Als wij zullen aanvallen, vliegdekschepen in stelling brengen of ons op wat voor manier dan ook militair manifesteren dan kunt u er donder op zeggen dat ze met militaire middelen onze satellietsignalen te lijf zullen gaan.'

'Onze satellieten uit de lucht schieten?'

Burgess knikte. 'Ze hebben als test ooit een eigen satelliet met een raket neergehaald.'

Ryan herinnerde zich de gebeurtenis.

'Kunnen ze dat ook op grote schaal doen?'

Een luchtmachtgeneraal beantwoordde de vraag. 'Een ASAT, of antisatellietwapen, is niemands eerste keus. Ze zijn slecht voor beide partijen, omdat het puin van een onderschepping tientallen jaren in een baan kan blijven zweven en andere ruimteapparatuur kan beschadigen. Een deeltje van een centimeter lengte kan een satelliet al onklaar maken. De Chinezen weten dat en dus denken we niet dat ze ons ruimtematerieel zullen opblazen, tenzij ze niet anders kunnen.'

'Ze kunnen ook onze satellieten boven China met een EMP, een elektromagnetische puls, uitschakelen,' opperde Ryan.

Burgess schudde het hoofd. 'De Chinezen zullen géén EMP in de ruimte opwekken.'

Ryan keek hem wat schuin aan. 'Hoe weet je dat zo zeker, Bob?'

'Omdat het ook hun eigen apparatuur kan beschadigen. Ze hebben natuurlijk hun eigen gps- en communicatiesatellieten boven hun eigen territorium hangen, niet ver van de onze vandaan.'

Jack knikte. Dit was precies het soort analyse dat hij nodig had. Het soort dat hout sneed. 'Hebben ze nog andere troeven achter de hand?'

'Absoluut,' antwoordde de luchtmachtgeneraal. 'Het Volksleger is ook in staat om satellieten met krachtige lasers tijdelijk te verblinden. Het wordt *"dazzling"* genoemd. De afgelopen twee jaar hebben ze dit met groot succes bij de Franse en Indiase satellieten gedaan. In beide gevallen kon zo'n satelliet drie à vier uur lang bijna niets meer zien of doorgeven. We voorspellen dat de Chinezen hiermee zullen beginnen en dat ze, als dat te weinig resultaat oplevert, onze communicatie- en dataplatforms met raketten zullen neerhalen.'

Gefrustreerd schudde Ryan het hoofd. 'Een paar maanden geleden hield ik een toespraak voor de VN waarin ik zei dat een aanval op een Amerikaanse satelliet een aanval op Amerikaans grondgebied is. De volgende ochtend schreeuwde de helft van alle nieuwsmedia en meer dan de helft van alle kranten wereldwijd dat ik bezig was om voor de VS ruimte te claimen. Op de opiniepagina van de *L.A. Times* stond een karikatuur van mij, gekleed als Darth Vader. Het kweklegioen van dit land beseft niet waar we mee te maken hebben.'

'U hebt toen goed gesproken,' vond Burgess. 'De oorlogsvoering staat op de drempel van een heel nieuw tijdperk, meneer de president. Het lijkt erop dat wij het geluk hebben het pad te mogen banen.'

'Goed,' sprak Ryan. 'In de lucht zijn we halfblind, hoe ziet het er op zeeniveau uit?'

Een marineadmiraal stond op. 'China heeft geen machtige marinevloot maar ze hebben wel het grootste en meest operationele arsenaal aan ballistische en kruisraketten ter wereld. Het Tweede Artilleriekorps beschikt over vijf operationele ballistische raketbrigades voor de korte afstand die op Taiwan gericht staan. Onze inlichtingendienst schat dat ze er meer dan duizend hebben.'

Ter vervanging van een powerpointpresentatie stelde een kapitein zich op voor een wit bord vol aantekeningen die hij de president zou uitleggen. 'De conventionele ballistische antischeepraketten van het Tweede Artillerie-korps voorzien het Volksleger tevens van een extra optie om de *anti access/area denial*-strategieën tegen bedreigingen vanuit zee in te zetten.'

'Hun maritieme *over the horizon* waarnemingssystemen kunnen een vliegdekschip plus escorte al op een afstand van zo'n drieduizend kilometer waarnemen en hun elektronische detectiesatellieten zullen de schepen kunnen lokaliseren en identificeren.

De communicatie van en naar de *battlegroup* wordt opgepikt en de vaarroute geplot, zelfs dwars door een wolkendek.

De Dong Feng 21D is de ballistische raket die een vliegdekschip tot zinken kan brengen. Hij heeft zijn eigen radar en krijgt via Chinese satellieten tegelijkertijd volginformatie toegespeeld.'

En zo ging het overleg nog een uur door. Ryan wilde het momentum vooral niet verstoren en beschouwde het als tijdverspilling als deze vrouwen en mannen eerst de nuances van elk wapensysteem van beide kampen moesten uitleggen voordat hij het rode of het groene licht kon geven.

Maar zijn besluit diende evenwichtig te zijn. Als de grote beslisser was hij het de strijdkrachten ter plekke verschuldigd om zo goed mogelijk doordrongen te zijn van de alternatieven alvorens honderden, nee duizenden mensen het strijdperk in te jagen.

Na de hele ochtend te hebben beraadslaagd doorliep een marineadmiraal, een voormalige F-14 Tomcat-piloot en commandant van een wing en inmiddels een van de beste marinestrategen, het gehele aanvalsplan voor China. Het omvatte onder meer een barrage van conventionele raketten op Chinese legerhoofdkwartieren en technische diensten door Amerikaanse onderzeeërs in de Oost-Chinese Zee, plus een aanval op de elektrische infrastructuur die deze locaties van stroom voorzag.

Tegelijkertijd zouden onderzeeërs in de Straat van Taiwan en voor de kust van de Chinese stad Fuzhou kruisraketten afschieten op Chinese luchtmachtbases, waarvan bekend was dat er raketinstallaties stonden, en commandocentrales.

Amerikaanse aanvalsvliegtuigen zouden vanaf de *Reagan* en de *Nimitz* opstijgen, boven zee bijtanken en langs de Chinese kust SAM-bases, afgemeerde en uitgevaren oorlogsschepen onderscheppen en een ellenlange targetlijst van verdedigingsmaterieel van onder andere ballistische antischeepsraketten uitschakelen dat de Chinezen in het zuiden van het land paraat hielden.

De admiraal gaf toe dat honderden, zo niet duizenden van de beste rakettypen vanaf mobiele lanceerplatformen werden gelanceerd en het slechte satellietbeeld betekende dat deze raketten elke Amerikaanse aanval zouden overleven.

Ryan stond perplex van de omvang en de problemen waar de marine zich bij deze ogenschijnlijk onmogelijke taak mee geconfronteerd zag. Hij wist dat hij de vraag moest stellen, maar vreesde het antwoord al.

'Hoe groot schat u de verliezen in voor onze troepen?'

De admiraal sloeg de ogen neer op het bovenste vel van zijn notitieboekje. 'Wat de luchtmacht betreft? Vijftig procent. Als we beter zicht hadden zou dat een heel stuk lager zijn, maar we hebben te maken met de huidige condities, niet met die uit het verleden.'

Ryan slaakte een zucht. 'We verliezen dus honderd piloten.'

'Zeg vijfenzestig tot vijfentachtig. En dat aantal wordt hoger als er follow-upmissies nodig zijn.'

'Ga door.'

'We zullen ook onderzeeërs verliezen.' Niemand weet hoeveel, maar ze zullen allemaal een keer moeten snorkelen en zichzelf aldus zichtbaar maken in wateren waar de Chinese marine en luchtmacht actief zijn, en dus lopen ze gevaar.'
Jack Ryan senior liet het even tot zich doordringen. Al die Amerikaanse jongens die zijn bevelen uitvoerden en vervolgens zouden sterven op een manier die hij altijd al de meest verschrikkelijke had gevonden.
Hij keek op naar de admiraal. 'De *Reagan* en de *Nimitz*. Die zullen al meteen op represailles kunnen rekenen?'
'Absoluut. We verwachten dat de Dong Feng-raket voor het eerst zal worden ingezet. We weten eerlijk gezegd niet hoe goed het wapen is, maar dat we hopen dat hij de reclameslogans niet waarmaakt zou zo'n beetje het allergrootste understatement zijn. Uiteraard beschikken we over een aantal afweermogelijkheden die onze schepen in stelling zullen brengen, maar veel daarvan zijn afhankelijk van netwerken en goede satellietgegevens, en over geen van beide beschikken we op dit moment echt.'
Al met al kreeg Ryan te horen dat hij met een aanval op China tussen de duizend en tienduizend man kon verliezen. Een aantal dat zich hoogstwaarschijnlijk in één klap nog zou vermenigvuldigen als de Chinezen terugsloegen met een aanval op Taiwan.
'Zal dit de cyberaanval op Amerika stilleggen, denken jullie?' vroeg de president.
Bob Burgess gaf antwoord. 'De knapste koppen van de nationale veiligheidsdienst en het Cyber Command op Fort Meade kunnen die vraag niet beantwoorden, meneer de president. Onze kennis van de structuur en bureaucratische architectuur achter de Chinese cyberaanvallen is eerlijk gezegd louter theoretisch. We kunnen slechts hopen hun cyberaanvallen te ondermijnen en hun conventionele aanvalsmogelijkheden in de regio Taiwan te verstoren. Een tijdelijke ondermijning en verstoring ten koste van meer dan tienduizend levens.'
De marineadmiraal nam het woord, ook al betrof het niet zijn terrein. 'Meneer de president, met alle respect, maar met de cyberaanvallen op Amerika zullen er deze winter méér dan tienduizend slachtoffers te betreuren zijn.'
'Een heel goed punt, admiraal,' moest Ryan toegeven.
Arnie van Damm, Ryans stafchef, kwam binnen en fluisterde de president iets toe.
'Jack, Mary Pat Foley is hier.'
'In het Pentagon? Waarom?'

'Ze wil je spreken. Ze excuseert zich, maar zegt dat het dringend is.'
Jack kende haar goed genoeg om te weten dat ze hier niet aanwezig zou zijn als ze daartoe geen reden had. 'Mensen,' sprak hij de aanwezigen toe, 'ik stel voor dat we even een kwartiertje pauze nemen en daarna weer verdergaan.'

Ryan senior en Foley werden naar de antichambre van het marinekantoor geleid en alleen gelaten. Geen van beiden pakte een stoel.
'Sorry dat ik zo binnen kom vallen, maar...'
'Geen punt. Wat is er zo belangrijk?'
'De CIA heeft een niet-erkende dekmantelagent in Hongkong zitten die op eigen initiatief werkt. Hij is degene die de Chinese UAV-hacker wist te vinden.'
Ryan knikte. 'De knaap die in Georgetown samen met die CIA-agenten werd vermoord.'
'Precies. We dachten dat we hem kwijt waren, maar een paar weken geleden dook hij weer op en hij stuurde ons vanuit China een bericht.' Ze zweeg even. 'Hij heeft het zenuwcentrum gelokaliseerd dat voor een groot deel verantwoordelijk is voor de cyberaanvallen op de Verenigde Staten.'
'Wat houdt dat in? Ik heb net de hele ochtend zitten luisteren naar een kamer vol generaals die me vertellen dat China's cybernetwerkactiviteiten over talloze kantoren en coöperaties in het hele land verspreid zijn.'
'Dat zou zo kunnen zijn, maar de architect van de strategie tegen ons, de man aan de knoppen, opereert vanuit een gebouw in een buitenwijk van Guangzhou. Samen met zo'n honderd hackers, technici en meerdere mainframecomputers. Allemaal vanuit één plek die we nu hebben gelokaliseerd. We weten bijna zeker dat China's cyberoorlog voor het overgrote deel vanuit dit gebouw bevochten wordt,' zei Mary Pat.
Voor Ryan klonk dit te mooi om waar te zijn. 'Als dit inderdaad het geval is, Mary Pat, dan kunnen we onze geplande aanval vanuit zee flink inperken en toespitsen, en zo duizenden Amerikaanse levens besparen. Verdorie. En daarmee tegelijk tienduizenden levens van onschuldige Chinese burgers.'
'Mee eens.'
'Die CIA-agent, als hij nu in China is, hoe weten we dan dat hij daar niet gevangenzit? Hoe weten we dat die Chinezen ons niet om de tuin leiden?'
'Hij is operationeel en buiten schot.'
'Hoe weet je dat? En waarom krijg ik dit niet te horen van directeur

Canfield? En hoe heeft deze meneer zijn bericht veilig naar Langley kunnen overbrengen, als ze daar een lek hebben?'

Foley schraapte even haar keel. 'De agent heeft niet met Langley gecommuniceerd, maar met mij.'

'Direct?'

'Eh...' ze aarzelde. 'Via een tussenpersoon.'

'Goed. Dus die agent opereert niet in zijn eentje?'

'Nee, meneer de president.' Weer schraapte ze haar keel.

'Verdomme, Mary Pat. Wat wil je me in hemelsnaam vertellen?'

'Jack junior is bij hem.'

De president van de Verenigde Staten werd bleek. Hij zei niets, en dus praatte Mary Pat verder. 'Ze zijn allebei op eigen initiatief gegaan. Junior nam contact met me op en overtuigde me. Hij verzekert me dat ze absoluut veilig zijn en totaal geen gevaar lopen.'

'Je vertelt me dat mijn zoon op dit moment godbetert in Chína zit?'

'Ja.'

'Mary Pat,' maar meer woorden kwamen er niet.

'Ik heb met Junior gesproken,' ging ze verder. 'Hij bevestigde dat K.K. Tong en zijn gehele organisatie vanuit een China Telecom-gebouw in Guangzhou werken. Hij heeft foto's en gps-coördinaten gestuurd. De communicatie is natuurlijk gebrekkig, zoals u zich wel kunt voorstellen, maar we hebben alles wat nodig is om de locatie tot doelwit te maken.'

Ryan staarde slechts naar een punt op de muur, knipperde een paar maal en knikte. 'Ik denk dat ik de bron wel kan vertrouwen.' Hij glimlachte, niet van blijdschap maar slechts uit berusting, en wees naar de deur van de vergaderruimte. 'Gooi alles in de strijd tegen die dames en heren daarbinnen. We kunnen onze aanval inperken, ons enkel op dit zenuwcentrum richten.'

'Ja, meneer de president.'

De twee gaven elkaar een knuffel. 'We gaan ze terugpakken,' fluisterde ze hem in zijn oor. 'En we zorgen dat Junior weer thuiskomt.'

74

John Clark bevond zich in een privéjet boven de Grote Oceaan. De jet was gehuurd van hetzelfde bedrijf op de luchthaven Baltimore waar ook Hendley Associates haar Gulfstream gestationeerd had. Toen het toestel Jack Ryan junior naar Hongkong had gevlogen had Adara Sherman, logistiek manager van Hendley Associates, tijdens de retourvlucht op een hoogte van vijfendertigduizend voet John Clarks ochtendvlucht naar Rusland geregeld.

Aan boord van de gecharterde Learjet sprak John Clark via de satelliettelefoon met Stanislav Biryukov, hoofd van de FSB, de Russische federale veiligheidsdienst. Een jaar eerder had Clark de Rus en de veiligheidsdienst een majeure dienst bewezen door bijna in zijn eentje te voorkomen dat Moskou door een kernramp werd weggevaagd. Biryukov had Clark daarop laten weten dat zijn deur voor hem altijd openstond en dat een goede Rus zijn vrienden nooit vergeet.

John Clark besloot uit te vinden of de man woord hield. 'Ik moet met nog twee anderen via Rusland China binnen zien te komen, en wel binnen vierentwintig uur. O, en die twee anderen hebben de Chinese nationaliteit en zijn gebonden en geblinddoekt.'

Er viel een lange stilte, gevolgd door een laag, bijna kwaadaardig gegrinnik aan de andere kant van de lijn. 'Wat houden jullie Amerikaanse pensionado's er toch interessante vakantiebestemmingen op na. In mijn land gaan we na ons pensioen liever naar de datsja en lekker in het zonnetje zitten.'

'Denk je dat je me kunt helpen?' vroeg Clark slechts.

Biryukovs antwoord was indirect. 'En zodra je daar bent, John Timofeevich? Heb je dan assistentie nodig in de vorm van materieel?'

Nu glimlachte John. 'Nou, als je het dan toch aanbiedt.'

Biryukov stond weliswaar bij hem in het krijt, maar Clark wist ook dat een helpende hand van het hoofd van de Russische federale veiligheidsdienst in feite een helpende hand aan Clarks vriend, de president van de Verenigde Staten, betekende. Biryukov wist dat Clark namens Amerika in het conflict met China opereerde en ook dat de Amerikaan niet voor de CIA werkte, wat op zich gunstig was aange-

zien de CIA in China met een lek kampte.
 John vertelde Biryukov wat hij graag allemaal wilde meenemen naar China. Het FSB-hoofd noteerde het, adviseerde Clark om naar Moskou te vliegen waar alle spullen en het militaire vervoer gereed zouden staan en liet hem weten dat terwijl John van zijn vlucht genoot, hij ondertussen alle details zou regelen.
 'Dank je, Stanislav.'
 'Ik neem aan dat je daarna ook opgehaald wilt worden?' vroeg de Rus.
 'Als dat zou kunnen.'
 Biryukov begreep wat Clark bedoelde en grinnikte weer. Als Clark geen lift terug naar huis nodig zou hebben, dan was hij immers dood.
 Biryukov hing op, riep zijn topagenten bijeen en deelde hun mee dat als ze de boel niet regelden hun carrières ten einde waren.

Na aankomst in Moskou stapten Clark en zijn twee geknevelde en geblinddoekte gevangenen over op een Toepolev-transportvliegtuig naar Astana in Kazachstan. Daar gingen ze aan boord van een toestel vol met munitie bestemd voor China. Rosoboronexport, het Russische staatsbedrijf voor militair transport, voerde regelmatig geheime vluchten uit naar China. Men wist wat de federale veiligheidsdienst van hen verlangde en er werden geen vragen gesteld.
 Clark werd naar een pallet bij de vrachtdeur van het vliegtuig geleid. Erop stond een aantal groene kratten gestapeld. Zodra ze in de lucht waren zou hij de inhoud controleren. Zijn oog viel op een fles Iordanov-wodka en een handgeschreven briefje.

Geniet van de wodka als een geschenk van een vriend. De rest... is een aflossing van een schuld.
Hou je haaks, John.

Het briefje was ondertekend met 'Stan'.
 Hij begreep de onderliggende boodschap. De federale geheime dienst beschouwde deze assistentie als een volledige aflossing van de hulp die de Russen op de steppes van Kazachstan door hem en de Amerikanen destijds hadden ontvangen.
 Precies dertig uur nadat Clark vanuit Baltimore was opgestegen, landde de Iljoesjin Il-76 in Beijing. Agenten van de Russische federale veiligheidsdienst ter plaatse wachtten het drietal op en vervoerden hen naar een safehouse in het noorden van de stad. Nog geen uur later werden ze door Sam Driscoll en vier jongemannen van het jonge Pad van de Vrijheid-rebellenleger naar hun boerenstal annex schuilplaats gereden.

Domingo Chavez ontmoette John Clark bij de deur. Zelfs in het kleine beetje licht zag Ding de donkere kringen om Clarks ogen en het ongemak op zijn gezicht na de lange reis en de confrontatie met het moordcommando in Maryland. Hij was een man van vijfenzestig die er meer dan dertig uur reizen op had zitten, daarbij twaalf tijdsgrenzen was gepasseerd, en dat was hem aan te zien.

Ze omhelsden elkaar en John aanvaardde een kopje groene thee van Yin Yin en een bord noedels met een zoutige sojasaus. Daarna werd hij naar een brits op een zolder geleid. De twee gevangenen werden in een kelderhok opgesloten en twee gewapende mannen hielden voor de deur de wacht.

Chavez bekeek de spullen die Clark vanuit Rusland had meegebracht. In de eerste kist trof hij een Dragunov-scherpschuttergeweer met een telescoopvizier en een demper. Ding kende dit wapen goed en wist al meteen wat voor soort operatie het ging worden.

Daarna opende hij twee identieke kisten die elk een draagbare RPG-26 antitankgranaatwerper bevatte.

Deze wapens zouden perfect zijn om een gepantserd voertuig open te rijten.

Ook zag hij een grote kist met daarin twee RPG-9 Sparrow granaatwerpers plus acht granaten.

Andere kisten bevatten walkietalkies met geavanceerde digitale codeermodules, munitie en rook- en fragmentatiegranaten.

Ding wist wel beter dan zo'n granaatwerper in de handen van een Pad van de Vrijheid-strijder te drukken. Hij had de groep een beetje uitgehoord over hun wapenkennis en de tactieken die ze dienden te gebruiken voor een effectieve aanval, en was tot de slotsom gekomen dat de ongeveer twintig Chinezen zich maar het beste konden beperken tot het veiligstellen van de ontsnappingsroute na de aanval of tijdens de operatie al schietend voor flink wat lawaai moesten zorgen.

Chavez besprak de haalbaarheid van de ophanden zijnde operatie nog eens met Dom en Sam. Om te beginnen discussieerden de Amerikanen over de vraag of de missie wel kans van slagen had.

Ding stond bepaald niet te trappelen. 'Niemand hoeft dit te doen. Het zal pittig worden. We weten verdomme niet eens hoeveel beveiliging er om die autocolonne is.'

'Ze doen toch mee, hè?' vroeg Driscoll. 'Die Pad van de Vrijheid-jonkies?'

Chavez was er niet tegen. 'We gebruiken ze om een oorlog te voorkomen. Nu kan ik rustig slapen. Ik zal doen wat ik kan om ze zo goed mogelijk buiten schot te houden, maar vergis je niet, als zij ons dicht bij voorzitter Su kunnen brengen, dan gaan we ervoor en dan zullen we de consequenties moeten aanvaarden. Daarna zal niemand van ons meer veilig zijn.'

De Chinese vrijheidsstrijders werden bij het gesprek betrokken en toen Chavez Yin Yin vertelde dat ze een aanslag planden op voorzitter Su zodra zijn stoet vanuit Baoding de stad zou binnenrijden, antwoordde ze dat ze kon achterhalen welke route er gereden zou worden.

Op een tafel in de stal werd een grote stadskaart uitgerold die vervolgens door de drie Amerikanen en het rebellenmeisje aandachtig werd bestudeerd.

'We hebben een sympathisant bij de politie van Beijing. Hij is te vertrouwen; hij heeft ons al eerder informatie toegespeeld toen we een autocolonne als doelwit hadden.'

'Informatie om te kunnen aanvallen?'

'Nee. Wij hebben nog nooit een colonne aangevallen, maar soms hangen we spandoeken aan het viaduct voor als ze langsrijden.'

'Hoe komt jullie kameraad bij de politie aan zijn informatie?'

'Het ministerie van Openbare Veiligheid heeft de taak om motoragenten naar het viaduct en op- en afritten te sturen om het verkeer tegen te houden. Onze man bij de politie zal daarbij zijn, samen met tientallen collega's. Ze worden pas op het allerlaatste moment gewaarschuwd en via een estafettesysteem krijgen ze hun volgende blokkadepunt pas te horen op het moment dat ze daarheen moeten.'

'Die colonne kan dus via allerlei routes naar Zhongnanhai rijden.'

'Ja, dat klopt, maar pas zodra ze al in de stad zijn. De politie zet pas wegen af zodra ze op de Zesde Ringweg zijn, op weg naar het centrum. Eerder in actie komen kan niet, omdat we niet weten wanneer hij komt. Na de Zesde Ringweg kunnen we niet te lang wachten, omdat er dan te veel keuzemogelijkheden zijn. Zelfs als we zouden weten welke route hij neemt, zouden we te weinig tijd hebben om een aanslag voor te bereiden.'

'Het ziet er dus naar uit dat de Zesde Ringweg de plek wordt waar het allemaal gaat gebeuren,' concludeerde Dom.

Yin Yin schudde het hoofd. 'Nee. De beveiliging zal daar optimaal zijn.'

Driscoll bromde afkeurend. 'Het lijkt erop dat we weinig kanten opkunnen.'

Het meisje knikte. 'Maar dat is juist goed. Na de Zesde Ringweg kan de colonne eigenlijk maar twee kanten op: over Jingzhou of de G-4. Zodra we weten welke van deze twee snelwegen door de politie zal worden afgezet, hebben we de tijd om ze te onderscheppen, voordat ze het stadsverkeersnet bereiken.'

'Klinkt als een gok.'
'Het is fiftyfifty,' meende Chavez. 'We moeten ons precies halverwege positioneren en als de wiedeweerga naar het goede onderscheppingspunt racen.'

Het was woensdagavond toen de drie Amerikanen samen met Yin Yin en twee Chinese jongemannen in een busje met getinte ramen op weg gingen naar beide locaties. Ze hadden de situatie het liefst bij daglicht bekeken, maar vonden pas tegen tien uur 's avonds een geschikte locatie langs de G-4. Het was al middernacht toen ze langs Jingzhou Road een redelijk goed onderscheppingspunt vonden.

De plek langs de G-4 bleek de beste van de twee. Een bomenrij naar het noorden bood goede beschutting en een snelle aftocht via een uitweg die vanaf de G-4 door agrarisch vlakland naar een groot kruispunt voerde, wat inhield dat Chavez, zijn maten en de rebellen zich snel over de stad konden verspreiden.

Langs Jingzhou Road was echter veel minder beschutting. Ja, er was een groene wal die aan de noordzijde een stukje meeliep met de achtbaansweg, maar de zuidkant was lager, net iets boven straatniveau, en de vele appartementengebouwen en straten daarachter maakten het alleen maar lastiger om in de drukke ochtendspits snel een veilig heenkomen te zoeken.

Chavez bekeek het potentiële onderscheppingspunt nog eens goed en concludeerde: 'We kunnen van beide kanten toeslaan en ook nog eens een schutter op de voetgangersbrug verder noordwaarts plaatsen. Iemand zal ook achter de colonne moeten rijden zodat ze geen kant op kunnen.'

Driscoll draaide zich om en keek Ding in het donker aan. 'L-vormige hinderlagen, oké; maar ik heb nog nooit van een cirkelvormige gehoord. Niet om het een of ander, Ding, maar volgens mij is er ook een reden voor dat niemand dat ooit heeft gedaan. Dat is zo opdat iedereen elkaar vooral niet overhoop zal schieten.'

'Ik weet het, maar luister,' reageerde Chavez. 'We vallen van alle kanten aan, maar als we het hoofd erbij houden, moet het lukken. Degene op het viaduct schiet omlaag. Die aan de zuidkant op de snelweg schiet vanuit een voertuig en lager dan het viaduct. Het Pad van de Vrijheid richt vanaf de heuvel omlaag op de colonne en ik neem aan de overkant met mijn scherpschuttersgeweer vanachter een raam van een van die appartementen afzonderlijke personen op de korrel.'

'Hoe wil je daar binnenkomen?'

Ding haalde zijn schouders op. 'Slechts details, 'mano.'

Ze liepen terug naar de stal, waar ze een klaarwakkere John Clark aantroffen die bezig was zijn Russische wapenzending te inspecteren. Chavez had gepland om Clark hier op de boerderij te laten tijdens de aanval en hem niet op het onderscheppingspunt aanwezig te laten zijn. Hij vreesde eigenlijk dat de man mee wilde doen, maar ging ervan uit dat John Clark oud en wijs genoeg was om in te zien dat iemand van zijn leeftijd, met slechts één goede hand maar weinig kon uitrichten.

Ding liep naar Clark toe, terwijl deze de rij wapens die op hun kisten waren uitgestald aandachtig bekeek. Hij leek vooral belangstelling te hebben voor de twee antitankwapens.

'Hoe gaat ie, John?'

'Goed,' antwoordde John, terwijl hij de tegen de muren geplaatste geweren, de houten kisten met granaatwerpers en de metalen kisten met munitie en granaten inspecteerde.

'Wat zit u dwars, meneer C?' vroeg Ding opeens bezorgd en vrezend dat Clark wellicht een rol voor zichzelf zag weggelegd, maar hij zat er niet op te wachten om op zijn strepen te gaan staan.

'Ik wil weleens weten waar je me morgen wilt hebben.'

Chavez schudde het hoofd. 'Sorry, John, maar je kunt niet met ons mee.'

Clark keek Chavez aan, zijn blik verhardde en zijn ogen knepen zich iets toe. 'Wil je me ook uitleggen waarom, mijn zoon?'

Shit. 'Het zal zwaar worden. Ik weet dat je je mannetje staat. Ik bedoel maar, dat heb je gisteravond in West-Odenton nog bewezen tegen dat Hemelse Zwaard. Maar snel toeslaan en een snelle aftocht zijn onze enige garantie op succes. Je weet dat jij ons niet langer kunt bijbenen. Net als ik, al zeg ik het zelf.' Dat laatste zei hij met een glimlach, waarvan hij hoopte dat het de getergde blik van zijn schoonvader zou doen verdampen.

Maar Clark vertrok geen spier. 'Wie gaat dat antitankgeschut bedienen?' vroeg hij.

Chavez schudde het hoofd. 'Daar ben ik nog niet helemaal uit. Hij moet in elk geval op dik tweehonderdvijftig meter afstand zitten, wat ter plekke dus neerkomt op één schutter minder, dus ik...'

Opeens brak er op Clarks strenge gezicht een glimlach door. 'Probleem opgelost.'

'Pardon?'

'Ik blijf op afstand met beide 26'ers, langs de exitroute, en ik zal vuren op jouw teken. Meteen daarna ren ik terug naar de auto's.'

'Sorry, John. Vanaf de exitroute heb je geen direct zicht op de weg.'

Clark liep naar de kaart en bekeek de twee omcirkelde onderschep-

pingspunten elk nog eens vijf seconden. 'Goed dan. Als we hier toeslaan biedt dit viaduct me ongehinderd zicht, en als we dáár toeslaan, dan is er deze heuveltop nog.'
Ding zag meteen wat Clark bedoelde, en het zag er verdomd goed uit. Het maakte hem kwaad dat hij het zelf niet had kunnen bedenken, hoewel hij vermoedde dat dit vooral kwam doordat hij John buiten het gevecht wilde houden.
Achteraf gezien had hij kunnen weten dat Clark voor geen goud in de stal had willen afwachten.
'Zeker weten?'
Clark knikte en hurkte weer om het antitankgeschut te bekijken. 'Deze wapens kunnen het verschil maken tussen een goede en een slechte afloop. Wat je wilt is dat iedereen uit die auto's vlucht. Als je ze insluit en die colonne gewoon met scherpschuttersgeweer en automatisch geweervuur belaagt, zullen ze misschien gewoon wegduiken in de hoop dat die gepantserde auto's hen beschermen totdat ze worden ontzet. Maar als ze een paar auto's vierenhalve meter de lucht in zien vliegen, dan kun je er donder op zeggen dat iedereen zo snel mogelijk zijn auto of truck uit wil.'
'Je kunt met je linkerhand vuren?'
Clark slaakte een lachje. 'Ik heb zelfs nooit eentje met mijn rechterhand afgevuurd. Ik hoef me in elk geval dus niets opnieuw aan te leren.'
'En die twee gasten van het Hemelse Zwaard, beneden?' vroeg Sam Driscoll nu.
'Ja, hoe zit het daarmee?' was Clarks wedervraag. 'Je wordt toch niet week, hè?'
'Ben je gek? Die twee klootzakken hebben Granger en de helft van de beveiliging koud gemaakt. Plus nog eens vijf CIA-agenten, en ze hebben geprobeerd Ryans vriendin te doden. Ik vroeg me alleen af of we nog lootjes gaan trekken of gaan tossen wie zich op de klus mag verheugen.'
Clark knikte. Plezier aan het executeren van deze twee Chinese commando's zouden ze niet beleven, maar zij waren wel degenen geweest die zelf in koelen bloede hadden gemoord.
Chavez zei: 'Sam, jij rijdt met je vrachtwagen plus de gevangenen achter de colonne aan. Daarna schiet je die twee dood en je laat ze achter in de wagen.'
Sam knikte slechts. Een paar jaar eerder was hij in de problemen geraakt, omdat hij twee mannen in hun slaap had gedood. Maar dat kon toen niet anders en hij had zijn plicht gedaan. En dat ging hij ook nu weer doen.

75

Om middernacht stegen veertien marinepiloten met hun F/A-18 op van Taiwan. Ze verdwenen in het dichte wolkendek boven het eiland en hielden een speciaal vluchtplan aan om doelbewust op de Chinese radars te verschijnen, alsof het weer een gewone patrouillevlucht betrof.

De patrouillerende Taiwanese F-16's begonnen nu hun sectoren te verlaten, alsof ze weer door de Amerikanen werden afgelost en om de Chinezen extra de indruk te geven, dat deze beelden op de radar slechts straaljagers waren die het luchtruim boven het eiland beschermden tegen indringers.

Maar vannacht vlogen niet alle Hornets een gewone patrouille. Veel ervan, die van Trash en Cheese meegerekend, waren nu bewapend voor een grondaanval en de bestemming betrof nu geen koud zwart vierkantje luchtruim boven internationale wateren.

Nee, het doelgebied was het district Huadu in de prefectuur Guangzhou.

Volledig bewapend en voorzien van extra brandstof woog Trash' F/A-18C meer dan vijfentwintig ton en het toestel reageerde dan ook stroperig. De Hornet leek nu helemaal niet de wendbare luchtrivaal waarmee hij zijn twee kills had gemaakt en voelde zelfs anders dan de vorige dag toen hij met een AIM-9 Sidewinder een derde vijandelijk toestel, een Su-27, had neergeschoten.

Geen schijn van kans dat hij met al deze bommen en brandstof een luchtduel kon aangaan. Zodra ze door J-10's of Su-27's achterna werden gezeten, dienden hij en de anderen al hun lucht-grondwapens te lossen en een veilig heenkomen te zoeken.

Wellicht kon dat hun leven redden, maar daarmee zou tevens de missie zijn mislukt, en dat terwijl hun te verstaan was gegeven dat ze slechts één kans hadden.

Terwijl de *strike force* van veertien Hornets, vliegend in groepen van twee en vier, de Straat van Taiwan naderde om zogenaamd hun vertrouwde patrouilles uit te voeren, verschenen er geen Chinese toestellen om hen te verwelkomen. Het weer was slecht en de volgende dag zou er weer voldoende gelegenheid voor luchtgevechten zijn.

Ze koppelden aan bij een paar Taiwanese tankvliegtuigen, wat op het Chinese radarpersoneel wellicht vreemd, maar niet zorgwekkend, zou overkomen. Het leek erop dat deze groep straaljagers slechts wat langer in hun sector rondhing dan gewoonlijk.

Nadat Trash en de anderen hadden bijgetankt, draaiden ze weg naar het zuiden, precies zoals de afgelopen maand voor alle radarbeelden ten westen van Taiwan gold.

En toen werd het interessant.

Trash en zijn dertien medepiloten doken nu vanaf dertienduizend voet naar het zeeoppervlak en zetten koers naar het westen. Hun snelheid nam toe en in gesloten formatie, zo dicht mogelijk bij elkaar als de duisternis toeliet, betraden ze het luchtruim boven de Zuid-Chinese Zee.

Trash en Cheese waren twee van de zes piloten die als opdracht hadden het China Telecom-gebouw in Guangzhou te onderscheppen: een doelwit waar geen van beiden zich echt een voorstelling van kon maken, ook al hadden ze de afgelopen acht uur na hun eerste briefing te veel aan hun hoofd gehad om zich druk te maken over de implicaties van hun rol.

Vier andere Hornets waren uitgerust met twee JDAM, Joint Direct Attack Munitions, van elk tweeduizend pond. Dit waren ongeleide Mark 84-bommen met staartvinnen die de accuratesse vergrootten en het mogelijk maakten om vanaf grotere afstand te worden gedropt. Toch was het niet zeker of ze ook zouden worden gebruikt, aangezien de gps-satellieten boven China flikkerden als een stel tafellampjes met losse fittingen. Er was besloten om de Hornets van JDAM's te voorzien, simpelweg omdat de overlevingskans van een toestel met deze bommen vanaf deze hoogte en afstand een stuk groter was dan de andere optie.

Domme bommen die vanaf lage hoogte moesten worden afgeworpen.

Die rol viel ten beurt aan team B, ofwel Trash en Cheese. Als de eerste vier Hornets geen gps-signaal ontvingen om hun doelwit te plotten en hun munitie af te werpen, diende team B het over te nemen. Beide F/A-18's waren uitgerust met twee Mark 84-bommen van elk tweeduizend pond. Het type was sinds het bijna vijftig jaar geleden door F4-Phantoms boven Vietnam was afgeworpen onveranderd gebleven.

Trash vond het ironisch dat hij en zijn wingleider, – ondanks ultramoderne toestellen als de F-22 Raptor en de F/A-18E Super Hornet, en met geavanceerde lucht-grondwapens zoals lasergeleide bommen en precisiewapens met gps-positionering – in vijfentwintig jaar oude toestellen met vijftig jaar oude bommen hun doelwit tegemoet vlogen.

Naast de zes voor grondaanvallen uitgeruste toestellen vervulden nog eens zes Hornets de rol van escorte. Zij waren volledig bewapend met AIM-9- en AIM-120-raketten en dienden elke agressor die in de buurt kwam aan te vallen.

Bleven over twee Hornets die waren uitgerust met HARM's, High Speed Anti Radiation Missile's, om op de route vijandelijke SAM-lanceerplatforms uit te schakelen.

Alle piloten droegen een nachtvizier op hun helm waarmee ze zowel hun HUD's als de omgeving konden zien, ook al wisten ze dat deze vizieren de toch al gevaarlijke operatie nog eens extra riskant maakten. Als iemand van zijn schietstoel gebruik moest maken, diende hij eerst het vizier van zijn helm te rukken. Deed hij dat niet, dan zou de piloot door het extra gewicht aan de voorzijde van zijn helm tijdens het gebruik van de schietstoel zijn nek breken.

Om halftwee in de ochtend raasden de Hornets in zuidwestelijke richting laag over de golven. Inmiddels wisten ze dat de Chinese kustverdediging op scherp stond en dat er jagers waren opgestegen, maar voor nu had het Volksleger nog even niet in de gaten wat de bedoeling van dit groepje straaljagers was.

Nadat de gevechtsleider een nieuwe koers had doorgegeven, bogen de toestellen in gesloten formatie af naar het noorden en zetten koers naar Hongkong.

Trash vloog het elfde van de veertien toestellen en hield de ogen op zijn HUD gericht om vooral niet in de golven te pletter te slaan of een buurman te raken nu hij op driehonderd voet boven zee bijstuurde. Met een glimlachje vroeg hij zich af wat het Chinees voor 'Krijg nou wat!' was, want het leek hem waarschijnlijk dat deze kreet nu in zo'n beetje alle radarkamers van alle Chinese bases langs de kust naar het noorden opklonk.

Verscheidene Chinese squadrons jachtvliegtuigen stegen op vanaf hun bases langs de Straat van Taiwan en zetten koers naar de Hornets die vlak boven de Zuid-Chinese Zee naar het Chinese vasteland raasden. De Chinese piloten werden pal ten zuiden van de grenslijn opgewacht door patrouillerende jagers van de Taiwanese luchtmacht die hen onderschepten met AIM-120-raketten en aldus China's luchtruim penetreerden. De Hornets waren nu veilig, maar het gevolg was een massaal luchtgevecht boven de Straat dat meer dan een uur duurde.

Vanaf bases in Shenzhen en Hainan stegen nog meer Chinese jagers op om de naderende toestellen te onderscheppen in de veronderstelling dat ze werden bemand door Taiwanese in plaats van Amerikaanse piloten. Vier Hornets maakten zich los van de formatie om de Chinezen aan te vallen, lanceerden op afstand middellangeafstandsraketten en haalden nog voordat de Chinezen ook maar een schot hadden gelost al drie J-5's neer.

Bijna twintig kilometer voor de kust van Hongkong viel een van de Hornets ten prooi aan een geleideraket van een J-5, maar meteen werden er nog eens twee J-5's door Amerikaanse raketten uit de lucht geschoten. De resterende formatie vloog verder en scheerde met vijfhonderd knopen laag over containerschepen.

Intussen hadden vier Amerikaanse kernonderzeeërs de afgelopen achtenveertig uur vanuit hun patrouillegebieden in de Straat van Taiwan koers gezet naar een positie ten zuiden van Hongkong. Terwijl de Hornets de stad naderden, lanceerden de onderzeeërs hun Tomahawkkruisraketten, die vervolgens het zwarte zeeoppervlak doorbraken, hemelwaarts schoten en met een grote boog op de SAM-bases langs de kust vlogen.

De Tomahawks boekten succes en schakelden langs de route naar Victoria Harbour en verder diverse AA-lanceerplatforms uit.

Om vier minuten over twee in de ochtend passeerden de resterende Hornets in gesloten lijnformatie Victoriahaven in het centrum van Hongkong. Op een hoogte van slechts driehonderddtwintig voet joegen ze met achthonderd kilometer per uur langs het Peninsula Hotel. Het gebulder van de twintig straalpijpen vernielde ramen en schudde bijna iedereen in een straal van anderhalve kilometer wakker.

Het vluchtplan dwars door het centrum van de stad had een eenvoudige reden: de heuvels in het noorden plus de hoogbouw en het drukke scheepvaartverkeer zouden het Chinese radarbeeld korte tijd onduidelijk maken waardoor de Chinese raketbases in Shenzhen hun SAM's pas op de laagvliegende toestellen konden richten, zodra deze het vasteland hadden bereikt.

Er verschenen echter nog meer Chinese straaljagers op het radarscherm, zodat de laatste twee Amerikaanse escortejagers koers zetten naar het noordoosten. Een eenheid van zes Su-27's bond boven Shenzhen de strijd aan met de Hornets. Beide Hornet-piloten maakten kills en nog geen anderhalve minuut later stortten ook de resterende twee escortejagers, die boven de Zuid-Chinese Zee de strijd met de J-5's waren aangegaan, zich op het luchtgevecht.

Boven Shenzhen werden twee Hornets door SAM-raketten uit de lucht geschoten, maar beide piloten wisten zich met hun schietstoel in veiligheid te brengen. Kort daarna vielen nog eens twee Hornets ten prooi aan lucht-luchtraketten. Eén piloot gebruikte zijn schietstoel, de andere crashte met zijn toestel tegen de Wutong-berg en stierf.

De vier nog overgebleven escortejagers schoten zes Chinese jagers neer en wisten de andere op enkele kostbare minuten afstand te houden.

De aanvalsformatie van tien Hornets vloog nu boven het Chinese vasteland. Acht van de tien Hornets klommen naar tienduizend voet. Alleen Cheese en Trash bleven vlak boven de grond, terwijl ze geconcentreerd naar het groenoplichtende terrein op hun nachtvizier keken dat onder hen door vloog.

Ondertussen bevonden Adam en Jack zich in hun gehuurde appartement in Noord-Guangzhou. De afgelopen twee dagen hadden ze zich bijna ononderbroken op één ding geconcentreerd: het China Telecom-gebouw observeren. Inmiddels beschikten ze over telelensfoto's van K.K. Tong op zijn balkon van de elfde verdieping en over flink wat gegevens van medewerkers die Ryan met de fotoherkenningssoftware op zijn laptop had weten te identificeren.

Jacks telefoontje naar Mary Pat Foley, de vorige dag, na wat zo'n beetje zijn vijfendertigste poging moest zijn geweest om een satellietverbinding te krijgen, vormde het slotstuk van Adams inspanningen om de organisatie op te sporen waarvoor de jonge Zha in Hongkong had gewerkt. Een organisatie, zo was nu wel duidelijk, die achter de cyberaanvallen op Amerika zat.

De vorige dag waren ze doorgegaan met het verzamelen van informatie, in de hoop dat nadat Jack via Hongkong in de VS was teruggekeerd, hij na aankomst aldaar de verzamelde gegevens aan Mary Pat kon overhandigen, waarna Washington de Chinese regering onder druk kon zetten om Tong te arresteren, dan wel Beijing voor het oog van de wereld te schande kon maken en te bevelen deze aanvallen stop te zetten.

Ryan kon echter niet bevroeden wat er op het punt stond te gebeuren.

Hij was half wakker en met een wollen deken om zich heen geslagen zat hij met de fotocamera op een statief voor zich in een stoel bij het raam toen zijn vermoeide ogen zich plots opensperden. Ergens in het noorden, op een dikke drie kilometer van het China Telecom-gebouw, ontwaarde hij een flits op flathoogte. Even dacht hij dat het de bliksem was – het was al dagenlang regenachtig – maar nu zag hij een tweede en vervolgens een derde flits boven hetzelfde gebied.

Hij ving een laag gedonder op en ging wat rechter op zitten.
Nog meer flitsen, nu meer naar het noordoosten, en nog meer lawaai, luider nu.
'Yao!' riep hij naar Adam, die vlak bij hem op een matje lag te slapen. De CIA-man verroerde zich niet, en dus hurkte Jack naast hem en schudde hem wakker.
'Wat is er?'
'Er staat iets te gebeuren. Wakker worden!'
Jack liep weer naar het raam en zag nu dat het onmiskenbaar om lichtspoorpatronen ging van antiluchtafweergeschut. Een flits in het noorden, gevolgd door een explosie, waarna duidelijk vanaf de grond een raket werd afgevuurd.
'O mijn god!' riep hij.
'Je denkt toch niet dat we aan het aanvallen zijn?' vroeg Adam.
Voordat Jack kon antwoorden leek het alsof de hemel achter hun appartementengebouw uiteen werd gereten. Het was het gebulder van een straaljager, of eigenlijk een heleboel straaljagers, en opeens wemelde het van de lichtstrepen in de lucht.
Jack wist dat Mary Pat hem zou hebben gewaarschuwd als het op een luchtaanval aankwam, maar ook dat de satellietverbindingen ernstig haperden. Bovendien had hij haar laten weten dat hij 'ongeveer anderhalve kilometer' van het Telecom-gebouw zat, wat een beetje overdreven was, maar hij wist dat ze min of meer rechtstreeks met zijn vader communiceerde en dat die wel belangrijker zaken aan het hoofd had dan de zorg dat zijn zoon pal tegenover het zenuwcentrum van de Chinese cyberaanvallen op Amerika kon worden gearresteerd.
Nu leek het erop dat de Verenigde Staten een gebouw onder vuur namen dat in werkelijkheid nog geen achthonderd meter van Jack Ryan juniors tijdelijke onderkomen verwijderd was.
Terwijl Ryan zijn best deed de beelden en geluiden om zich heen te duiden, pakte Adam Yao snel de camera en het statief. 'Kom mee!'
'Waarheen dan?'
'Weet ik het?' zei Yao, 'maar hier kunnen we niet blijven!'
Ze waren er klaar voor om in geval van nood snel de aftocht te blazen. Bijna al hun spullen zaten ingepakt in twee duffels en Adam Yao's auto, beneden, stond volgetankt klaar. Samen propten ze de resterende spullen in de duffels, ze knipten de lampen uit en haastten zich naar het trappenhuis.

76

De twee met HARM's uitgeruste Hornets hadden zich afgesplitst van de vier JDAM-dragende Hornets en waaierden nu uit. Hierdoor werden ze wel een makkelijk doelwit, maar ze gebruikten hun geavanceerde elektronische afweergeschut en hun HARM's om automatisch SAM-locaties te zoeken en te vernietigen.

Trash en Cheese vlogen zo laag mogelijk onder en achter de acht andere Hornets. Ze scheerden over de Parelrivier, die dwars door de binnenstad van Guangzhou meanderde; ze vlogen tussen wolkenkrabbers door, waarbij hun vleugelpunten soms niet meer dan honderd meter van de gebouwen af kwamen. Daarna koersten ze noordwaarts en draaiden ze over de stad; luchtdoelafweer begon in hun vliegroute te vuren. Overal voor hen zagen ze een lichtspoor door de lucht trekken. In de verte zag Trash SAM-lanceerinrichtingen, en hij wist dat ze mikten op de HARM-Hornets boven hem, maar ook wist hij dat als hij het sein kreeg om zijn bommen te laten vallen, hij zichzelf bloot zou moeten geven en dat zou het slechtst van twee werelden zijn; de luchtverdedigingskanonnen en het terrein daarbeneden en de SAM-dreiging van iets hoger.

De vier gevechtstoestellen met de JDAM's meldden zich nu een voor een over de radio en kondigden aan dat ze geen gps-signaal hadden, dat van cruciaal belang was om hun slimme bommen te geleiden. Even later hoorde Trash een van deze Hornet-vliegers roepen; hij was door een grondluchtraket geraakt en moest zijn schietstoel gebruiken. Een anti-SAM-Hornet vuurde op de raketbatterij, maar meer SAM's schoten door de lucht. Een andere gevechtspiloot moest zich verdedigen tegen een raketaanval; hij brak uit de formatie, of wat daarvan over was, en begon weg te duiken en antiradarraketten af te vuren.

Een andere vlieger met JDAM's werd in de verdediging gedwongen en liet zijn zware bommen vallen, zodat hij kon manoeuvreren. Zijn wingman bleef in de formatie en was de eerste in de rij om het doel te bestoken.

Nog steeds kreeg hij geen gps-signaal, en dit zei hem dat zijn JDAM blind zou vliegen, maar hij kon de bom in elk geval laten vallen en er het beste van hopen.

Vanaf een hoogte van vijftienduizend voet begon hij aan zijn snoekduik in de richting van het doel.

Zesenhalve kilometer ten noorden van het China Telecom-gebouw werd de Hornet geraakt door luchtafweergeschut. Vanaf zijn positie boven de rivier, een kilometer of acht naar het zuiden, zag Trash het toestel in een lichtflits uitbreken en vervolgens opzij vallen; zijn linkervleugel wees naar de stad, en daarna dook het toestel naar de gebouwen.

Trash ving een afgemeten '*Ejecting!*' op, zag de koepel eraf vliegen en daarna de piloot de lucht in schieten.

Na deze voltreffer nam het aantal lichtspoorkogels alleen maar toe. Een ander gevechtstoestel moest zijn bommenlast dumpen en terug naar het zuiden vluchten.

Nu realiseerde Trash zich dat het aan Cheese en hemzelf was. De overblijvende JDAM-Hornet zou nooit meer aan een aanval toekomen, voordat ook hij zijn wapens moest laten vallen en het gebied moest verlaten nu de razernij van luchtafweer, samen met een nieuwe melding van vanuit het oosten naderende vijandelijke vliegtuigen, Guangzhou in een dorsmachine voor Amerikaanse luchtvaartuigen had veranderd.

Op het moment dat Trash wist dat de beurt nu aan zijn formatieleider en hemzelf was, klonk Cheese' stem over de radio.

'Magic Flight, begin aanval.'

'Magic Two-Two, begrepen.'

Trash en Cheese stegen allebei naar duizend voet, schakelden naar hun bommenruim en selecteerden de modus om hun Mark 84-type bommen bijna tegelijkertijd te laten vallen. Trash wist dat vier ton aan conventionele bommen op een gebouw van twaalf verdiepingen verwoestend zouden zijn, hoewel ze het niet met de grond gelijk zouden maken. Hij diende gewoon Cheese' koers te volgen, en samen zouden ze in totaal acht ton aan brisante explosieven neerkwakken, een impact van vier ton in een impactpunt van vier ton, en het gebouw compleet verwoesten.

'Tien seconden,' zei Cheese.

Een knal van luchtafweer vlak voor Trash' koepel maakte dat hij in een reflex zijn hoofd introk. De vleugels van zijn toestel wiebelden, en hij verloor een paar meter hoogte, maar hij trok iets op en bracht het toestel weer vlak net op het moment dat Cheese sprak.

'*Bombs away*.' Cheese liet zijn bommen vallen, en een seconde later maakten beide Mark 84'ers van Trash zich met een doffe dreun los, en onmiddellijk voelde het vliegtuig lichter. Vanuit de staart van de bommen plofte een parachute open, zodat ze werden afgeremd en de Hornets vóór detonatie naar een veilige afstand konden afbuigen.

Trash scheerde weg van het dreigende fragmentatiepatroon.

Voor zich zag hij de gloeiende straalmotoren van Cheese' Hornet scherp naar links overhellen en naar de grond duiken in een poging zo veel mogelijk afstand tussen hemzelf en de explosie te scheppen.

Een flits in het noorden trok zijn aandacht. 'Missile launch!' riep hij.

'Magic Two-One is defensive!' riep Cheese. 'Missile tracking!'

Vanaf het parkeerterrein van het appartementengebouw keek Jack Ryan naar de donkere vliegtuigen in de lucht. Hij had geen bommen zien vallen, maar bijna onmiddellijk ontplofte het China Telecomgebouw achthonderd meter verderop in een bal van vuur, rook en puin.

Een gebrul deed de grond onder zijn voeten schudden, en een rollende paddenstoel van vlammen en grijszwarte rook steeg op in de lucht.

'*Holy shit!*' riep Jack uit.

'Stap in, Jack!' brulde Yao naar hem.

Jack sprong in de auto. 'Ik wil niet de enige vent zijn die nu een Amerikaan door Guangzhou rondrijdt,' zei Adam.

Terwijl hij de motor startte, keken beide mannen omhoog naar de zachte dreun van een explosie in het noorden. In de verte tuimelde een brandend gevechtsvliegtuig naar de stad.

'Magic Two-One is geraakt!' riep Cheese direct nadat Trash zijn toestel in een snoekduik had gebracht. 'Besturing reageert niet! Ik heb niets!'

'Eruit, Cheese!' brulde Trash.

Hij zag het toestel van Cheese naar rechts en op zijn kop draaien, en vervolgens dook de neus naar beneden, op slechts dertig meter boven de stad.

Hij gebruikte zijn schietstoel niet.

Het vliegtuig boorde zich met de neus eerst, met meer dan zeshonderdvijftig kilometer per uur in de straat en spatte in een radslag van metaal, glas en composietmateriaal uiteen. Een explosie van brandstof bolde erachter, wervelde met de radslag mee en werd pas gedoofd toen het toestel in een riooldoorlaat rolde en schuimend zwart water het wrak verzwolg.

'Nee!' schreeuwde Trash. Hij had geen schietstoel of parachute gezien; verstandelijk wist hij dat Cheese zich met geen mogelijkheid in veiligheid had kunnen brengen zonder dat hij het had gezien, maar Trash keek toch in de lucht boven zich, terwijl hij over het wrak heen vloog, wanhopig de nachtelijke hemel afspeurend naar een grijze koepel.

Hij zag niets.

'Magic Two-Two. Magic Two-One is neer, op mijn coördinaten, ik... ik zie geen chute.'

Het gevechtsinformatiecentrum CIC reageerde meteen en bondig: 'Roger Two-Two. Begrepen, Magic Two-One neer op uw locatie.'

Trash kon nu niets meer doen voor Cheese; hij moest maken dat hij wegkwam. Hij duwde de gashendel helemaal naar voren, naar maximaal vermogen. De naverbranders traden direct in werking, en het toestel stond bijna rechtop; hij voelde dat zijn helm hard tegen de hoofdsteun werd gedrukt, terwijl zijn stuwkracht toenam en de vijfentwintig ton zware jet als een raket de nachtelijke hemel in schoot.

De ogen van de jonge marinier schoten over de displays voor hem. Hoogte drieduizend, vierduizend, vijfduizend voet. De HUD leek wel een fruitmachine.

Hij controleerde zijn verticaal bewegende kaartendisplay. Langzaam zag hij Guangzhou onder zijn toestel wegglippen. Naar Trash' smaak veel te langzaam. Hij wilde tijd, ruimte en hoogte scheppen tussen hemzelf en het strijdtoneel.

Zesduizend voet.

Op dit moment was Trash met al zijn aandacht en concentratie bij de instrumenten van het vliegtuig. Er was op dit moment geen dreiging van buitenaf, behalve dan een formatie vijandelijke toestellen op meer dan honderd kilometer naar het oosten die van hem af vlogen, ongetwijfeld naar de F/A-18's van de marine, die de schepen in de Straat aanvielen.

Zevenduizend voet.

Hij bevond zich inmiddels boven het zuidelijke deel van de stad.

Een piepje in zijn headset deed hem naar zijn HUD opkijken.

Hij keek even omlaag en zag dat hij was gespot door een SAM-radar in het zuidoosten. Binnen twee seconden had een andere radar hem van pal onder zijn toestel opgepikt.

'Raketaanval.'

Hij zwenkte naar links en vervolgens naar rechts; hij vloog op z'n kop boven de binnenstad van Guangzhou, onderging vijf G-krachten, terwijl hij het toestel weer rechttrok en naar rechts overhelde terwijl hij in een grote wijde boog lichtkogels en chaff afschoot.

Het werkte niet. Op ruim zeven meter van zijn linkervleugel ontplofte een grondluchtraket, en de vleugel en romp werden doorboord door granaatscherven.

'Magic Two-Two is geraakt! Magic Two-Two geraakt!'

Het alarmlampje van zijn linkermotor sprong aan, direct gevolgd door een geluidswaarschuwing. *'Master Caution,'* en het volgende ogenblik: *'Engine Fire Left. Engine Fire Right.'*

Trash luisterde niet meer naar Bitching Betty. Zijn HUD knipperde uit en aan en weer uit, en hij vocht om zo veel mogelijk data af te lezen. Er was een andere SAM in de lucht. Zijn displays en zijn HUD werkten niet, maar de waarschuwing kwam via zijn headset.

Trash deed zijn uiterste best om het toestel horizontaal te houden en duwde de gashendel tot voorbij het palletje naar voren om in godsnaam wat meer snelheid te krijgen.

De stuurknuppel voelde traag, en zijn gashendel had geen effect.

De uitgevallen F/A-18 verloor alle stuwkracht, de neus viel voorover, en het vliegtuig rolde naar links. Trash keek voor zich uit door de lege HUD, achter het glas van zijn koepel, en hij zag zijn hele gezichtsveld gevuld met de schitterende lichtjes van een stad. Maar terwijl het toestel door de lucht omlaag tuimelde, werd het zicht vanuit de koepel opeens donker. De lichtjes maakten plaats voor een ondoordringbare zwartheid.

In de angst van het moment en het gevecht om zijn kop erbij te houden en om te doen wat hij moest doen, realiseerde Trash zich op de een of andere manier dat zijn toestel als een kurkentrekker naar beneden stortte, naar het zuiden van de stad, waar de delta van de Parelrivier zich naar de zee uitstrekte.

De lichten van Guangzhou en zijn voorsteden.

De donkerte van de rivier, de zijrivieren en de landbouwgrond van de delta.

'Magic Two-Two is ejecting!'

Vlug trok Trash zijn nachtkijker los van de klamp aan zijn helm en hij wierp hem opzij; hij reikte tussen zijn knieën, greep de hendel met beide handen vast en trok hem omhoog. Onder hem werden twee gaspatronen ontbrand, en het gas schoot door buizen in de cockpit en voerde een scala van automatische functies uit. Zo werd het schouderharnas van Trash strak tegen zijn stoel getrokken en werd hij in de juiste positie gehouden om het toestel veilig te verlaten. Intussen werd de canopy afgeworpen en vervolgens schoot Trash in zijn stoel langs de rails omhoog, waarmee zijn noodzuurstof en noodbaken werden ingeschakeld, en zijn schenen werden vastgeklemd.

Tot dit moment was Trash door gas omhooggestuwd, maar nu zijn stoel het eind van de geleiderails bereikte, ontbrandde de raketmotor onder hem; hij schoot de cockpit uit en werd meer dan vijftig meter de lucht in gelanceerd.

Een kleine remparachute sprong open en deze trok de hoofdparachute tevoorschijn, die in de koele lucht sloeg, terwijl Trash met schietstoel en al de maximumhoogte bereikte, even stilhing en vervolgens aan zijn val begon.

Met dichtgeknepen ogen draaide Trash door de lucht; een schreeuw kwam over zijn lippen, want hij voelde enkel het vallen, en hij wist dat hij te laag was om veel verder te vallen. Als zijn parachute nu niet snel openklapte, zou hij met honderdzestig kilometer per uur tegen de harde aarde kwakken.

Hij spande alle spieren in zijn lichaam aan om zich voor te bereiden op het moment dat hij op slag dood zou zijn.

Alstublieft, God, help...

De ruk van het harnas dat zijn val stopte, greep hem bij zijn ballen, borst en rug. Binnen twee seconden ging hij van een vrije val naar een kaarsrechte schommelbeweging onder zijn chute, en de schok blies alle lucht uit zijn longen.

Voordat hij zelfs maar een kans kreeg om zijn longen weer vol te zuigen met verse lucht knalde hij zijwaarts tegen een metalen gebouwtje. Het was een kleine visserskeet met een tinnen dak, die op de oever stond; de gehele constructie bewoog met de kracht van de botsing mee.

Door de beweging van zijn lichaam en de trekkracht van de chute werd hij over en vervolgens van het dak gerukt, en hij viel drie meter naar beneden op asfalt. Hij landde op zijn rechterzij en hoorde het misselijkmakende geluid van krakend bot in zijn onderarm en pols.

Trash schreeuwde het uit van de pijn.

Een bries trok zijn chute weer strak, en hij vocht met het ding, waarbij zijn rechterarm laag langs zijn lichaam hing.

De chute trok hem naar een oever waar riet langs stond, hij kroop op zijn knieën, maar een windvlaag tilde hem op en het water in. Zodra de sensors in zijn harnas water bespeurden, werd het harnas van zijn lichaam losgekoppeld, een ingebouwd reddingsmechanisme, maar hij was niet op tijd los en werd meegesleept door de stromende rivier.

Terwijl hij in het koude water plonsde, hoorde hij sirenes huilen.

77

Toen Adam Yao en Jack Ryan zagen dat de Hornet door een grondluchtraket was geraakt, waren ze in zuidelijke richting door de stad gescheurd. Ze zagen het toestel verder naar het zuiden vliegen, de lichtgloed boven Guangzhou verlaten en de duisternis boven het deltagebied van de Parelrivier in gaan. Daarna dook het omlaag en ze vingen nog net een glimp op van een schietstoel, anderhalve kilometer verderop, voordat de piloot tussen de gebouwen tussen hen en het vliegtuig uit het zicht verdween.

Op Nansha Gang trapte Adam de auto nog eens flink op zijn staart; hij wilde koste wat kost eerder bij de neergehaalde vlieger zijn dan de politie of het leger, die zeker onderweg zouden zijn. Op dit tijdstip was het niet druk op straat. Adam hield van de ruime weg, want zo schoot het lekker op, maar hij was bang dat zijn kleine tweedeurs wel erg uit de toon viel in de bijna verlaten straten.

Dit was een vruchteloze onderneming, en dat wisten ze allebei, maar ze waren het erover eens dat ze niet zomaar konden vertrekken zonder het lot van de man te weten.

Het Chinese leger, en ook de plaatselijke politie, was overal in de stad aanwezig, en dit maakte de twee Amerikanen nerveus, hoewel er geen wegversperringen of andere hindernissen waren. De aanval was voorbij, en het was er een geweest waar de stad duidelijk door verrast was, dus leger en politie deden weinig meer dan rondrijden en zoeken naar de piloot of voetgangers lastigvallen die de straat op waren gekomen om te zien wat er aan de hand was.

Maar Adam en Jack hadden een voorsprong op de burgers; ze waren inmiddels de stad uit.

Grote transporthelikopters vlogen over hen heen en verdwenen in de nacht.

'Ze gaan dezelfde kant op als wij,' zei Jack.

'Reken maar van yes,' beaamde Yao.

Twintig minuten nadat het straalvliegtuig was neergestort en de piloot eruit was gesprongen, reden Yao en Ryan langzaam langs de plek van de crash, een akker langs een zijrivier van de Parelrivier. De helikopters waren daar geland, en soldaten hadden zich verspreid door een grote opstand van bomen naar het oosten. Ryan zag lichtbundels van zaklantaarns door de bomen dansen.

Adam reed langs de crashlocatie. 'Als de piloot ergens tussen die bomen zit, hebben ze hem te pakken,' zei hij. 'Dan kunnen we niets doen. Maar als hij de rivier heeft gehaald, zou hij stroomafwaarts zijn gedreven. We kunnen er op z'n minst even gaan kijken.'

Adam keerde bij de rivier, passeerde een hele rij voorraadschuren waar de plaatselijke bevolking graan, meststoffen en andere spullen opsloeg voor de nabijgelegen rijstvelden, en vervolgens reden ze een smalle, onverharde weg in. Yao keek op zijn horloge, zag dat het iets over drieën in de ochtend was en wist dat het een wonder zou zijn als ze hier überhaupt iemand of iets zagen.

Toen ze tien minuten heel langzaam langs het water hadden gereden, zagen ze een paar honderd meter verderop op een brug het licht van zaklantaarns. Jack trok Adams verrekijker uit diens bagage en keek erdoor naar de brug; hij zag er vier auto's op staan, en een groepje mannen in burgerkleding, die gespannen het water afspeurden.

'Die kerels hadden hetzelfde idee als wij,' zei Jack. 'Als de piloot in de rivier ligt, zal hij onder hen door drijven.'

Adam bleef op de onverharde weg, totdat hij vlak bij de brug op een parkeerterrein naast een pakhuis belandde; hij parkeerde de auto.

'Het krioelt hier straks van de soldaten en politieagenten. Ik wil dat jij hier blijft, laag op de achterbank. Ik ga naar die brug lopen om te kijken of ik iets kan zien.'

'Oké,' zei Jack, 'maar bel me zodra je iets ziet.'

Yao stapte uit, en liet Jack in het pikkedonker achter.

Yao stond te midden van een groep van ongeveer tien burgers en twee soldaten op de brug. Ze vervloekten de verdomde piloot. Iemand zei dat Taiwanese vliegtuigen de stad hadden aangevallen, maar de anderen hielden deze man voor een idioot, want de Taiwanezen zouden China alleen maar aanvallen als ze collectief zelfmoord wilden plegen.

Ze tuurden in het water, zeker dat de parachute was gezien toen die in de rivier landde, maar Adam kon niemand vinden die de chute echt zelf had gezien of iemand had gesproken die hem had gezien.

Het leek wel een oefening in boos groepsdenken, waarbij iedere man vertelde wat hij met de piloot zou doen als hij hem uit het water viste. De soldaten waren uiteraard gewapend met geweren, maar veel van de andere mannen op de brug hadden een hark, hooivork, een stuk pijp of bandenlichter.

Yao wist dat als de piloot het had overleefd en het hem inderdaad was gelukt om dichter bij de crashlocatie niet gevangengenomen te worden, hij gelukkiger zou zijn als hij door gewone legersoldaten werd gepakt dan dat hij in handen viel van deze of een andere groep burgerwachten die langs de rivier jacht op hem zouden maken.

Een van de mannen van de groep was met een lamp naar de kant van de brug gelopen waar het water wegstroomde en speurde daar de rivier af. Waar de rest geconcentreerd stroomopwaarts keek, denkend dat ze een man in het water al honderd meter voordat hij voorbijdreef konden zien, paste verder niemand deze tactiek van stroomafwaarts zoeken toe.

Maar tot Yao's verbazing riep de man opeens dat hij iets zag. Yao en de andere mannen renden de weg over naar de reling en tuurden in het licht dat de bruine rivier deed opgloeien. Daar dreef een man, met de armen en benen wijd van zijn lichaam af. Hij droeg een groen vliegerpak en een paar andere onderdelen van een uitrusting, maar geen helm. Adam dacht dat de man dood was, maar hij lag met zijn gezicht omhoog, dus misschien was hij gewoon bewusteloos.

Yao drukte op een toets van zijn mobieltje om het laatst gedraaide nummer te bellen, dat van Jack.

Terwijl Yao van de reling weg stapte, schoot een van de soldaten op de gedaante die uit het licht van de zaklantaarn dreef. Een tiental andere lichtbundels joegen de piloot na, de duisternis in.

Dol van opwinding en gretig om als eerste deze duivel uit het water te trekken begon iedereen op de brug naar de oever te rennen of in auto's te stappen.

Jack nam op. 'Kruip achter het stuur en rij nu in zuidelijke richting!' riep Yao.

'Ben al onderweg.'

Jack pikte Adam op, en samen scheurden ze de onverharde weg langs de rivieroever af. Al snel passeerden ze alle mannen te voet, maar drie auto's hadden een ruime voorsprong op hen.

Na een meter of vierhonderd zagen ze de auto's langs de kant van de weg staan. De oever lag nog een kleine veertig meter rechts van hen, en lichtbundels streken daar over het gras.

'Verdomme!' vloekte Yao, 'ze hebben hem.'

'Dacht het niet,' reageerde Jack, en hij stopte naast de andere auto's. Hij trok een knipmes uit Adams gereedschapstas, klom vlug uit de auto en zei Yao hem te volgen.

Maar hij rende niet meteen naar het roepende groepje bij de rivieroever; in plaats daarvan rende hij naar de auto's en stak hij bij allemaal het mes in twee banden. Hoge sistonen vulden de lucht, terwijl de twee mannen zich door de duisternis naar de op de oever dansende lichtbundels haastten.

De achtentwintigjarige Brandon White was één meter vijfenzeventig lang en woog zeventig kilo. Hij was geen afschrikwekkende verschijning, tenzij hij met zijn helm op en met zijn wapens aan zijn vingertoppen in de cockpit van zijn F/A-18 zat. Maar op dit moment, terwijl hij met een gebroken arm, bijna onderkoeld en de uitputting nabij op de rotsachtige en met gras begroeide rivieroever lag en werd omringd door mannen die hem schopten en sloegen, leek hij weinig meer dan een lappenpop.

Het groepje om hem heen bestond uit dertien man. Voordat hij de eerste trap tegen de zijkant van zijn hoofd kreeg, had hij geen gezichten gezien. Daarna had hij zijn ogen dichtgehouden; één keer had hij geprobeerd om overeind te komen, maar te veel mannen sloegen op hem in om zelfs maar op zijn knieën te kunnen kruipen.

Op zijn vliegerpak, vastgegespt op zijn borst, had hij een pistool, maar telkens als hij zijn linkerhand omhoog probeerde te krijgen om het wapen op een onhandige manier uit de rechtshandige holster te halen, werd hij neergeslagen of werd zijn arm weggetrokken.

Eindelijk trok iemand het pistool uit de holster, en het werd op zijn hoofd gericht. Een andere man sloeg het wapen weg en riep dat ze de kans moesten krijgen om de piloot dood te slaan.

In zijn onderrug voelde Brandon een zwevende rib breken, en vervolgens een scherpe, stekende pijn in zijn dijbeen. Hij werd met een hooivork gestoken, en hij gilde het uit; hij werd nog een keer gestoken en schopte van zich af, maar raakte het ijzeren gereedschap slechts met de bovenkant van zijn laars en brak een teen.

Daarna hoorde hij iemand anders kreunen van de pijn, wat vreemd was, aangezien hij hier de enige was die werd afgetuigd. Verward deed hij zijn ogen open en hij zag een zaklantaarn op de grond vallen. Een van zijn belagers viel naast hem neer, en vervolgens riepen de mannen verrast en geschokt in het Chinees.

Van dichtbij klonk opeens de knal van een geweer, en hij kromp ineen. Het schot werd gevolgd door nog een schot, en vervolgens viel een soldaat boven op zijn toegetakelde lichaam. Brandon reikte met zijn goede arm naar het geweer van de man en kreeg zijn hand eromheen, maar hij was niet sterk genoeg om het met één hand te gebruiken. In paniek roepende mannen wilden het geweer wegtrekken, maar Brandon rolde er bovenop, hield het stevig vast en beschermde het met alle kracht die hij nog had.

Nu werd de lucht doorkliefd door een lang salvo van een volautomatisch geweer, en hij voelde en hoorde de mannen om hem heen overeind krabbelen, vallen, weer opstaan en wegrennen. Hij hoorde mannen de rivier in plonzen en anderen langs de oever rennen, in hun vlucht door de modder klotsend.

Na nog een salvo van automatisch vuur opende Brandon zijn ogen, en overal op de rivieroever zag hij zaklantaarns liggen. In een van de lichtbundels zag hij een gewapende man staan; hij was langer en breder dan al zijn belagers, en bovendien droeg hij, in tegenstelling tot hen, een papieren masker voor zijn gezicht.

De man boog zich over een soldaat, wiens levenloze gedaante in het gras lag, en hij nam een magazijn geweerpatronen uit diens borstzak en herlaadde het wapen. Vervolgens draaide de man zich om en hij riep naar iemand die zich hoger op de oever bevond: 'Kruip achter het stuur! Ik draag hem wel naar boven!'

Was dat Engels?

Nu boog de man zich over White heen. 'Jij gaat naar huis.'

Jack Ryan junior hielp de gewonde piloot achter in de auto en klom daarna na hem naar binnen. Adam gaf plankgas, en de kleine auto schoot naar het zuiden, voorbij een aantal burgers die Ryan net had weggejaagd met het geweer van de onfortuinlijke soldaat wiens keel hij even daarvoor op de rivieroever had doorgesneden.

Adam kende deze wegen niet, maar hij wist wel dat ze niet ver zouden komen met een auto die nu elk moment aan het leger zou worden gerapporteerd.

Hij dacht aan helikopters, politieversperringen, konvooien soldaten die zochten naar de neergehaalde piloot en de spionnen die hem hadden gered.

'We moeten aan een andere auto zien te komen,' zei hij tegen Ryan.

'Oké. Probeer een busje te vinden, iets waarin we deze man languit kunnen leggen, want hij is er behoorlijk slecht aan toe.'

'Goed.'

Jack keek in de ogen van de piloot. Hij zag de pijn, de schok en de verwarring, maar ook dat de man springlevend was. Op de borst van zijn vliegerpak stond WHITE.

'White?' zei Jack. 'Hier heb je wat water.' Jack opende een Nalgenefles die hij uit Adams tas had gepakt en wilde de piloot een slok geven.

De man pakte de fles zelf aan met zijn goede hand en nam een slok.
'Noem me Trash.'
'Ik ben Jack.'
'Er ging nog een toestel neer. Voor dat van mij.'
'Ja. Dat hebben we gezien.'
'De piloot?'
Langzaam schudde Ryan zijn hoofd. 'Geen idee. Ik heb niet gezien wat er gebeurde.'
Trash deed een lang moment zijn ogen dicht. Jack dacht dat hij buiten bewustzijn was geraakt. Maar toen zei hij: 'Cheese.'
Zijn ogen gingen weer open. 'Wie zijn jullie?'
'We zijn vrienden, Trash,' antwoordde Jack. 'We brengen je naar een veilige plek.'
'Zeg me dat het het waard was wat we hebben geraakt.'
'Wat jullie hebben geraakt?' reageerde Jack. 'Je weet niet wat jullie hebben gebombardeerd?'
'Een of ander gebouw,' zei Trash. 'Ik weet alleen dat Cheese en ik ze vreselijk op hun lazer hebben gegeven.' De auto ging door een kuil, en de twee mannen achterin vlogen even omhoog; de marinier huiverde van de pijn. Adam reed inmiddels een grotere weg op, in zuidoostelijke richting naar Shenzhen.

Jack viel opzij, maar kwam weer rechtop zitten en zei: 'Kapitein,' zei hij, 'wat jullie daar hebben gedaan, kan weleens een oorlog hebben voorkomen.'

Trash sloot zijn ogen weer. 'Gelul.' Het klonk zacht.

Even later wist Jack zeker dat de man sliep.

78

De ochtend begon typisch Beijing-grijs, met een dichte mist en een vervuilde, bewolkte lucht die maar weinig liet doorschemeren van de zonsopkomst boven hen.

De eenheid van vijfentwintig Chinezen en Amerikanen begaf zich in vier voertuigen naar hun verzamelplaats. Een personenauto, een pick-uptruck en twee minibussen.

Driscoll zat achter het stuur van de zware truck. Op de achterbank zaten de twee vastgebonden mannen van het Hemelse Zwaard, Crane en Snipe.

Zodra de ochtendspits over de wegen voortrolde, begon het te regenen. Clark en Chavez stationeerden de eenheid in Gongchen North Street, een vierbaansasfaltweg die tussen de twee potentiële hinderlaagposities van noord naar zuid liep. Op een rustige weg die in noordelijke richting voerde naar een betonnen watergang vol regenwater, die onder de hoofdsnelweg door liep, stond een lange rij stadsbussen geparkeerd.

De Amerikanen voelden zich hier erg kwetsbaar. Hun voertuigen waren volgeladen met twintig Chinese rebellen, geweren, munitie, kaarten waar je niet mee gepakt wilde worden, portofoons en andere spullen.

Om nog maar niet te spreken over de twee aan handen en voeten vastgebonden en met tape geknevelde mannen.

Als er ook maar één agentje langszij stopte, zouden ze hem moeten uitschakelen, en dat klonk makkelijk en efficiënt, maar het kon al snel in een hoop narigheid ontaarden.

Hoewel deze weg op zich best rustig was, stonden er iets ten zuidoosten van hun locatie tientallen torenflats. Zodra het ochtendverkeer op gang kwam, zouden er op Gongchen North veel ogen neerkijken.

Het werd acht uur, en vervolgens halfnegen. Onder het donkergrijze wolkendek was het inmiddels harder gaan regenen, en zo nu en dan bliksemde het ten noorden van de stad, gevolgd door een donderklap.

Tweemaal verordonneerde Chavez de twee bussen om naar andere delen van de buurt te verkassen. Dit zou voor een vertraging zorgen van hun inzet op de hinderlaaglocaties, maar Ding was meer bevreesd dat ze al ontdekt zouden worden, voordat ze zelfs maar de kans kregen om de autocolonne aan te vallen.

Om kwart voor negen stond Caruso met de tolk van de rebellen op de stoep naast de bus. 'Yin Yin. We moeten nu écht iets horen van je vriend de motoragent,' zei hij.

'Ja, weet ik.'

'Eén als het over land gaat, twee indien over zee,' voegde Dom eraan toe.

Yin Yin keek hem schuin aan. 'Het wordt land. Zeker weten. Hier in Beijing is geen zee.'

'Laat maar.'

Ze had een portofoon in haar hand, en hij ving bijna onophoudelijk communicatie op, maar had het opgegeven om zelfs maar een enkel begrijpelijk woord uit al dat gekwebbel op te maken.

Opeens klonk het korte, ruwe stemgeluid van een man op, en Yin Yin draaide zich zo snel om dat ze Dom liet schrikken. 'Jingzhou Road!' brulde ze.

Binnen een seconde riep Dom over zijn portofoon. 'Jingzhou! Vooruit iedereen!'

Terwijl alle voertuigen in beweging kwamen, sprak Chavez over de radio de eenheid toe. 'We doen dit precies zoals gisteravond besproken. Onthoud: de kaart is niet het terrein. Zodra we er aankomen, zal het er niet net zo uitzien als in het donker, en ook niet als op de kaart. Jullie hebben maar een paar minuten om je op te stellen. Zoek niet naar de perfecte situatie, gewoon de beste situatie die je gezien de beschikbare tijd voor jezelf kunt scheppen.'

'Roger' klonk het van Sam, John en Dom, en Ding richtte zich weer op zijn eigen kant van de operatie, met alle zorgen van dien.

Chavez reed in een van de minibussen met drie rebellen, van wie niemand een woord Engels sprak. Maar goed, ook al konden ze niet met de Amerikaan communiceren, ze hadden hun instructies van Yin Yin. Ze parkeerden voor een flatgebouw van zeshoog en renden naar binnen. Twee mannen bleven beneden om de ingang te bewaken, terwijl Ding en de laatste man lange plastic zakken de trap op droegen.

Op de derde verdieping kwamen ze voor een flatdeur in de noordwesthoek van het gebouw. De jonge Chinese man klopte op de deur en trok een klein Makarov-pistool uit zijn jasje. Na een halve minuut klopte hij nog eens aan. Chavez luisterde naar de portofoon op zijn borst en wiebelde zenuwachtig van de ene voet op de andere.

De rest van zijn eenheid haastte zich nu naar de plaats waar het doelwit zou passeren, en hij stond hier beleefd te wachten tot er iemand opendeed.

Uiteindelijk duwde hij de Chinese rebel zachtjes aan de kant en hij trapte de deur in. De flat was gemeubileerd en bewoond, maar er was niemand thuis.

De Chinese man had nu de taak om Chavez te beschermen tegen eenieder die de flat in kon komen. Hij bleef in de woonkamer om met zijn geweer in de aanslag de deur in de gaten te houden, terwijl Chavez op zoek ging naar een geschikte plek voor een sluipschutter.

Hij rende naar een raam in een hoekslaapkamer en opende het, liep naar achteren in de flauw verlichte ruimte, schoof een zware houten tafel tegen de achtermuur en ging er languit op liggen; het scherpschuttersgeweer liet hij op zijn rugzak rusten.

Door zijn telescoopvizier speurde hij de weg af, een kleine tweehonderdvijftig meter verderop, een afstand die goed te doen was.

'Ding is in positie.'

Hij tuurde over de weg naar de lage grashelling en zag de minibus staan. De portieren stonden open; de bus was leeg.

Dom Caruso kroop door het hoge bruine gras, nat van het noodweer van die ochtend, en hoopte maar dat iedereen er nog was. Hij keek op en koos zijn plek, een meter of vijftig van de rijbanen naar het zuiden en ongeveer vijfenzestig meter van de rijbanen waar de autocolonne zo direct in noordelijke richting zou passeren.

Wanneer de colonne verscheen, konden ze hiervandaan over het verkeer heen schieten dat naar het zuiden reed.

'Dom, in positie.'

Vanaf zijn hoge sluipschuttersnest ten zuidoosten van de weg sprak Chavez in zijn portofoon. 'Dom, de rest van die bende daar bij jou gaat sproeien en er het beste van hopen. Ik wil dat jij voorzichtig bent met dat antitankwapen. Telkens wanneer je hem afvuurt, maak je jezelf tot doelwit, dus zoek dekking en verkas naar een andere plek op de heuvel voordat je opnieuw vuurt.'

'Begrepen.'

Sam Driscoll bevond zich twee kilometer ten zuiden van het hinderlaagpunt, langs de weg geparkeerd in een met betonblokken verzwaarde, vierdeurspick-up. Crane en Snipe zaten met een kap over hun hoofd en vastgebonden naast hem. De autocolonne passeerde hem in het ochtendverkeer; deze bestond uit zeven zwarte vierdeurspersonenwagens en SUV's en twee grote, groene legertrucks. In elk van die trucks konden wel vijftien tot twintig manschappen zitten, wist Sam, en in de andere voertuigen nog eens vijfentwintig man van de veiligheidsdienst.

Hij meldde dit over de radio, trok vervolgens een Makarov uit zijn broeksband, stapte uit de pick-up en schoot Crane en Snipe vervolgens vanaf de kant van de weg kalm in de borstkas en het hoofd.

Hij trok de kappen van hun hoofd, rukte de tape los en gooide een paar oude Type-81-geweren op de bodemplanken bij hun voeten.

Even later stuurde hij zijn pick-up tussen het verkeer en hij gaf vol gas om het konvooi bij te halen. Achter hem volgde een personenwagen met vier Pad van de Vrijheid-rebellen.

John Clark droeg een papieren masker over zijn gezicht en een zonnebril, die gezien deze onweersbui weinig zin had. Hij en zijn lijfwacht van de Chinese rebellen liepen met twee grote, op elkaar gestapelde houten kisten tussen hen in over het overdekte voetgangersviaduct boven de achtbaansweg, tweehonderdvijftig meter ten noordoosten van de hinderlaagpositie. Een motoragent was van zijn motor gestapt en liep een flink stuk voor hen uit. Ook tientallen mannen en vrouwen, die op weg waren naar hun werk of naar haltes van het openbaar vervoer aan beide kanten van de weg, maakten gebruik van dit voetgangersviaduct.

Clarks mannetje van het Pad van de Vrijheid was belast met de taak om de agent onder schot te houden en te ontwapenen voordat Clark het konvooi aanviel. John hoopte maar dat de angstig kijkende jonge rebel het lef en de vaardigheid zou hebben om dit klaar te spelen, of de moed om de smeris dood te schieten als hij niet gehoorzaamde. Maar John had genoeg aan zijn eigen problemen, dus toen ze op hun plek pal boven de rijbanen naar het noorden kwamen, zette hij de agent uit zijn hoofd en hij bereidde zich voor op wat komen ging. Hij liet de kisten naast de viaductreling op de grond zakken, gebaarde de jonge rebel om naar de agent te gaan en daarna knielde John neer. Met zijn linkerhand opende hij beide kisten en hij reikte in de bovenste om de veiligheidspal van het eerste wapen om te zetten.

Tegelijkertijd sprak hij in zijn portofoon.
'Clark in positie.'
Om hem heen liepen mannen en vrouwen nietsvermoedend langs.
'Half minuutje nog,' meldde Driscoll.

De voorzitter van de Centrale Militaire Commissie van de Volksrepubliek China, Su Ke Qiang, zat in het vierde voertuig van de uit negen voertuigen bestaande autocolonne, omgeven door vierenvijftig mannen met geweren, lichte mitrailleurs en granaatwerpers. Net als altijd lette hij geen moment op zijn beschermers. Hij was volledig geconcentreerd op zijn werk, en deze ochtend bestond dat voornamelijk uit het doorlezen van de documenten die in zijn schoot lagen, de laatste rapporten uit de Straat van Taiwan en het legerdistrict Guangzhou. Hij had ze allemaal al gelezen, en hij zou ze allemaal herlezen. Zijn bloed kookte.

Tong was dood. Dat stond niet in de documenten; Su had dit om vijf uur vanmorgen vernomen nadat het lichaam van Tong, in twee grote delen uit het puin gehaald, was geïdentificeerd. Ook waren tweeënnegentig hackers, managers en technici van het Ghost Ship gedood, en tientallen meer waren gewond geraakt. De servers waren opgeblazen, en daarmee had Su bijna direct vernomen dat de bandbreedte van het beveiligde netwerk van het Amerikaanse ministerie van Defensie was toegenomen, satellietverbindingen waren weer online, en een aantal van Centers initiatieven in de Verenigde Staten, aantasting van de bank-, telecom- en kritische infrastructuur, was gewoon stopgezet of had in elk geval veel van hun geplande impact verloren.

Centers botnetoperaties, aan de andere kant, voerden nog altijd denial-of-serviceaanvallen uit op Amerika's internetarchitectuur, maar de aanhoudende hacks en RAT's in de netwerken van Defensie en de inlichtingengemeenschap hadden, hoewel nog steeds van kracht, niemand meer die de *feeds* in de gaten hield of de informatie verspreidde naar het Volksleger of het ministerie van Staatsveiligheid.

Dit was een ramp. De enige, krachtigste tegenstoot die Amerika aan China kon hebben uitgedeeld. Dit wist Su, en hij wist dat hij dit vandaag moest toegeven als hij voor het Zittende Comité verscheen.

Hij wilde niet erkennen dat hij voor het netwerk van Tong een betere beveiliging had moeten hebben. Hij kon het excuus, het gegrónde excuus, opdreunen dat het gebouw van China Telecom een tijdelijk hoofdkwartier voor de operatie was geweest, omdat er na hun compromittering in Hongkong geen andere plaats was om ze in de lucht te brengen. Maar hij zou zich niet verontschuldigen voor de vergissing. Ja, zodra dit conflict achter de rug was en de Zuid-Chinese Zee, Taiwan en Hongkong weer veilig in de greep van China waren, zou hij degenen die verantwoordelijk waren voor Tongs overplaatsing naar Guangzhou ontslaan; maar voorlopig moest hij met een eerlijke inschatting komen van de schade die Jack Ryans aanval van de avond ervoor had veroorzaakt.

Dit moest hij doen om één reden, en één reden alleen.

Vandaag ging hij tijdens de vergadering van het Zittende Comité zijn plannen aankondigen om de USS *Ronald Reagan*, de USS *Nimitz* en de USS *Dwight D. Eisenhower* met Dong Feng 21 ballistische raketten aan te vallen.

Zijn plannen zouden met enige weerzin worden ontvangen door het Zittende Comité, maar hij verwachtte niet dat iemand hem echt dwars ging zitten. Su zou voorzichtig maar met kracht uitleggen dat door Amerika's *blue water marine* deze verwoestende klap toe te dienen, Jack Ryan gedwongen zou zijn om zich terug te trekken. Su zou verder uitleggen dat zodra de Amerikaanse oorlogsbodems het strijdtoneel verlieten, China zijn plan voor regionale hegemonie kon doordrukken, en met dit overwicht zou macht komen, net zoals Amerika machtig was geworden door hun halfrond te domineren.

Mochten de aanvallen op de vliegdekschepen om de een of andere reden niet slagen, dan zou een volledige aanval met ballistische en kruisraketten op Taiwan de volgende stap zijn; hierbij zouden twaalfhonderd raketten op alle militaire doelen van het eiland worden gelanceerd.

Su wist wel dat Wei door zou jammeren over de schade die dit de economie zou berokkenen, maar de voorzitter wist dat het machtsvertoon China zou helpen met de binnenlandse situatie, en uiteindelijk zou het hen ook in het buitenland helpen zodra hun onbeteugelde hegemonie was gevestigd en de wereld China zag als de leidende wereldmacht waarmee rekening gehouden moest worden.

Su was dan wel geen econoom, moest hij aan zichzelf toegeven, maar hij wist zo goed als zeker dat als China eenmaal het centrum van de wereld werd, het zijn vaderland prima zou vergaan.

Hij legde de paperassen opzij, keek uit het raam en dacht na over zijn speech van vandaag. Ja. Ja, hij kon dit klaarspelen. Voorzitter Su kon deze afschuwelijke gebeurtenis van gisteravond, deze zware tegenslag voor zijn aanval tegen de Verenigde Staten, benutten om precies dat van het Politbureau te krijgen wat hij wilde.

Met de dood van twintigduizend Amerikaanse matrozen en de daaruit voortvloeiende vernedering van de Amerikaanse marine twijfelde Su geen moment dat Amerika de regio zou verlaten, en zo zou China de regio volledig beheersen.

Dood zou Tong nog waardevoller blijken dan hij in leven was geweest.

Behalve Driscoll, die nu een kleine honderd meter achter het laatste troepentransport zat, zag niemand de autocolonne in de regen, totdat deze de plek van de hinderlaag naderde. Iedereen was opgedragen om geen schot te lossen, voordat Clark vanuit het noorden een antitankwapen had gelanceerd. Tegen de tijd dat hij zeker wist dat hij naar de stoet keek, waren de eerste paar wagens de positie van Dom en zijn groepje schutters al gepasseerd.

Vlug keek hij achter zich om zeker te weten dat er niemand vlak achter de raketwerper stond. Het was veilig, dus hij richtte de werper en bracht het vizier van het wapen in lijn met een witte burgerauto vlak voor de autocolonne. Hij wist, althans, hij hoopte dat tegen de tijd dat de raket insloeg, de witte auto voorbij dat punt zou zijn en dat de eerste SUV van de colonne daar zou rijden.

Hij vuurde de raket af, voelde het gesuis van de raketmotor, terwijl het wapen de buis verliet, liet vervolgens direct de lege buis op het asfalt van het viaduct vallen en greep de tweede antitankraket uit de kist.

Pas op dat moment hoorde hij de explosie tweehonderdvijftig meter ten zuidwesten van hem.

Hij bracht het tweede wapen op zijn schouder en zag dat zijn eerste schot volmaakt in de roos was geweest. De SUV, het voorste voertuig in de stoet, was een brandende, rollende en uit elkaar vallende vuurbal die zijwaarts over de snelweg stuiterde. De voertuigen erachter zwenkten naar links en naar rechts en probeerden zo uit alle macht eromheen en uit de hinderlaag te komen.

John richtte op een open plek iets links van de verwoeste SUV en ongeveer twintig meter dichter bij zijn positie. Hij vuurde een tweede raket af, wierp de buis op de grond, trok een pistool uit zijn broek en begon over het viaduct terug te rennen. Nu pas keek hij omlaag naar de weg en hij zag zijn tweede schot vlak voor een grote persoonswagen inslaan; het projectiel sloeg een krater in het beton en zette de voorkant van de wagen in brand.

Erachter ging de rest van de autocolonne vol op de rem, en de voertuigen reden achteruit in een poging om weg te komen van het voetgangersviaduct verderop en de raketten die ervan af werden geschoten.

Sam Driscoll opende het portier van zijn rijdende pick-up, wierp een grote linnen tas op het wegdek en sprong uit de auto en naast de tas. Hij bevond zich een meter of negentig achter het achterste voertuig van de colonne, maar zijn pick-up reed door, groot en zwaar en langzaam, want hij had een touw in een lus van het dashboard door het stuur geknoopt, en de automatische versnelling stond nog in de D-stand.

Sam raakte het natte wegdek, rolde nog even door, rende terug naar zijn tas, ritste hem open en haalde er een RPG-9 en een AK-47 uit. Toen hij de granaatwerper op de autocolonne richtte, zag hij dat een aantal van de zwarte wagens achteruitreed of probeerde om te draaien. De twee grote legertrucks waren echter nog steeds bezig om af te remmen. Hierdoor werd de afstand tussen alle voertuigen kleiner, en dat was slecht nieuws voor iedereen in de stoet.

Sam richtte op de achterste truck en vuurde. De met stabilisatoren uitgeruste granaat legde de afstand in iets meer dan een seconde af, en boorde zich in het doek boven de laadbak. Het voertuig veranderde in een vuurbal, en veel manschappen waren op slag dood, terwijl anderen uit het wrak sprongen en vielen.

Vlug controleerde Sam zijn zesuurpositie. Met de zware regen konden veel automobilisten het strijdgewoel pas zien toen ze Driscoll tot op enkele honderden meters waren genaderd, wat inhield dat er achter hem nu een enorme kettingbotsing ontstond; het leek wel één enorm schuivend autowrak. Hij zette het geringe risico om te worden overreden tijdens deze operatie uit zijn hoofd, herlaadde de werper en vuurde nog een granaat af. Dit explosief schoot vlak langs het geopende portier aan de bestuurderszijde van de rollende legertruck en raakte het tweede troepentransport, dat net in een poging om achteruit te steken en om te keren met zijn achterkant tegen de vangrail van de middenberm tussen de twee rijrichtingen was gebotst. Deze treffer in de flank betekende dat er minder soldaten op slag werden gedood, maar de truck stond wel in lichterlaaie en blokkeerde nu de weg, zodat de andere voertuigen in de stoet geen ontsnappingsmogelijkheid meer hadden.

Sam rende van de zuidoostkant van de weg af, gleed in een greppel met zestig centimeter diep, snelstromend koud water en begon met zijn AK te vuren op de soldaten die nog steeds uit de twee brandende trucks stroomden.

Langs de natte grashelling rechts van Caruso doorkliefde het harde, ongedisciplineerde geknal van geweren de lucht. Dominic vuurde drie keer met zijn antitankwapen. Twee raketten sloegen hoog aan de overkant van de weg in, en de derde schampte af op een SUV, waardoor deze een ander voertuig ramde maar in elk geval niet werd verwoest. Dom greep naar een geweer van een gedode rebel, en in tegenstelling tot zijn wild om zich heen maaiende kameraden op de heuvel, richtte hij zijn vizier nauwkeurig op een rennende man zeventig meter verderop. Hij volgde hem een paar meter van rechts naar links en haalde beheerst de trekker over. Een knal vanuit zijn hand, en de man vijfenzeventig meter verderop viel dood neer.

Dit herhaalde hij bij een soldaat die vanuit een van de brandende trucks naar het noorden rende.

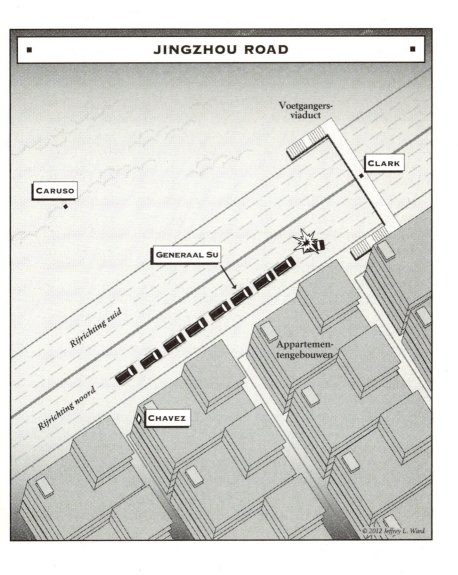

En naast hem zorgden vijftien andere schutters, onder wie de kleine Yin Yin, voor een onnauwkeurig maar energiek spervuur langs de gehele autocolonne.

Domingo Chavez speurde de personenwagens in het midden van de colonne af, zoekend naar officieren. Hij gaf het even op en richtte op een veiligheidsagent in burger, die uit een suv-wrak vluchtte en naar de middenberm rende om dekking te zoeken. Ding schoot de rennende man in het onderlichaam en haalde vervolgens zijn oog van het vizier, terwijl hij zijn lege magazijn in zijn warme en rokende Dragunov verwisselde. Hij nam een halve seconde om het strijdtoneel te overzien.

Links van hem werden de troepentransporttrucks door vlammen verzwolgen, en zwarte rookpluimen stegen op in de grijze lucht. Lichamen, van deze afstand niet meer dan piepkleine vormen op de grond, lagen verspreid op de grond rondom de trucks.

De zwarte suv's en personenwagens stonden voor de trucks en achter de twee brandende voertuigen vooraan. Ze waren in een soort harmonicavorm op de weg gestopt, en een stuk of zes mannen in zwarte pakken en groene uniformen lagen languit achter de wielen of zaten ineengedoken aan de linkerkant van het motorblok. Veel anderen uit deze drie voertuigen had Ding al doodgeschoten.

Inmiddels was iedereen wel uit de voertuigen gesprongen, want de door de lucht vliegende raketgranaten en antitankwapens leerden hun dat een stilstaand voertuig wel de laatste plek was waar je wilde zijn.

Ding keek weer door zijn vizier en speurde vlug van rechts naar links de weg af, op zoek naar Su. Hij schatte in dat er nog altijd minstens dertig soldaten en veiligheidsagenten op de weg of in de berm waren. Degenen die hun wapens afvuurden leken allemaal naar het oosten, weg van Chavez, te schieten.

Hij zwaaide zijn vizier tot boven de vuurpositie van Dom en de rebellen, ongeveer driehonderdvijftig meter bij hem vandaan. Hij zag meerdere lichamen in het gras liggen, en een indrukwekkende hoeveelheid modder, gras, kreupelhout en ander loofwerk werd door het inkomend vuur van de Chinezen op de weg omhooggeschoten.

Domingo wist dat de nietige positie van de slecht getrainde Pad van de Vrijheid-strijders zo direct zou worden weggevaagd als hij het tempo niet wat opvoerde, dus hij liet zijn telescoopgeweer weer naar de weg zakken en richtte zijn vizier op de rug van een veiligheidsman in een zwarte regenjas.

De Dragunov spuwde vuur, en de man viel voorover en tuimelde over de motorkap van een suv.

Boven het geweervuur uit klonk opeens een brul van Caruso. 'Yin Yin is dood! Ik kan niet communiceren met deze jongens!'
'Blijf sproeien met die wapens!' riep Chavez.
'Vanuit het zuidwesten naderen politiewagens over de berm!' riep Driscoll nu.
'Sam, reken jij met ze af!' reageerde Ding.
'Oké, maar ik ben zo direct wel aardig door mijn munitie heen.' Ding schreeuwde terug, waarbij zijn woorden door zijn scherpschuttersgeweer werden geïnterrumpeerd. 'Als we niet binnen een minuut verplaatsen' – *boem!* – 'verplaatsen we nooit meer!' *Boem!*
'Begrepen!' riep Driscoll.

Generaal Su Ke Qiang kroop weg uit de dekking van zijn personenauto en achter de rij mannen die op de helling naar het westen vuurden. Links en rechts van hem brandden voertuigen en lagen lichamen in de zware regen; het bloed stroomde in lange beekjes regenwater van de weg af.

Hij kon gewoon niet geloven dat dit echt gebeurde. Een meter of wat voor zich zag hij de in elkaar gezakte gestalte van generaal Xia, zijn militair assistent. Su kon zijn gezicht niet zien en wist niet of hij nog leefde, maar hij bewoog in elk geval niet.

Su kroop verder, en gebroken veiligheidsglas drong zijn handen en polsen in; hij gilde het uit van de pijn.

Vanuit het zuiden, vanaf de heuvels langs de tegengestelde rijrichting, klonk het geratel van automatisch vuur.

Tweehonderdvijftig meter verderop ving Domingo Chavez langs de weg vlak bij het vierde voertuig even een flits van een beweging op. Hij concentreerde het vizier van zijn geweer op een geüniformeerde man die daar kroop, en zonder enige aarzeling haalde hij de trekker over.

De kogel verliet de loop van het geweer, scheerde over de chaos van de aanval op de autocolonne en sloeg in het linkerschouderblad van voorzitter Su Ke Qiang in. De kogel met koperen mantel trok door zijn rug, wervelde door zijn linkerlong en verliet het lichaam om ten slotte onder hem in het asfalt te slaan. Met een klaaglijke kreet van schrik en pijn overleed de gevaarlijkste man ter wereld met het gezicht naar beneden langs de kant van de weg, naast jonge soldaten die in een wanhoopspoging om de aanval terug te dringen, in alle richtingen honderden patronen afvuurden.

Chavez wist niet dat de laatste man die hij in de stoet auto's onder vuur had genomen Su was; hij wist alleen dat ze hun best hadden gedaan en dat het nu tijd was om hun biezen te pakken. 'Aftaaien!' brulde hij in zijn portofoon. 'Iedereen inrukken! Nu!' Degenen die dit verstonden vertaalden zijn bevel voor hun kameraden die het niet begrepen, maar iedereen met radiocontact kon moeiteloos opmaken welke boodschap hij probeerde over te brengen.

Vier minuten later pikten Clark en zijn handlanger Chavez en diens helpers op. Driscoll en drie overlevenden bij hem staken alle acht de rijbanen over en renden de heuvel aan de westzijde op, waar ze twee van de Pad van de Vrijheid-rebellen tegen het lijf liepen die in plaats van naar het westen naar het zuiden waren gerend; het groepje stuitte daarna op Dom en nog twee Chinezen, die vanuit een geul die hun dekking bood tegen het sporadische vuur vanaf de weg vertwijfeld hun best deden om alle lichamen van de helling af te slepen. Samen verzamelden ze alle doden, en één man ging de minibus ophalen.

Het noodweer hielp bij hun ontsnapping. Er hingen weliswaar helikopters in de lucht – Chavez hoorde ze denderen in de zwarte, soepachtige lucht, terwijl de groep naar het noordwesten reed –, maar hun zicht op de grond was beperkt, en het was daarbeneden ook zo'n enorme slachting en verkeersopstopping dat alleen uitzoeken wat er in vredesnaam gebeurd was, al bijna een uur in beslag nam.

Voor het middaguur waren de Amerikanen en de tien overlevende Chinezen terug in de stal. Er was een aantal gewonden. Sam had een gebroken hand; hij had het niet eens gevoeld toen hij werd geraakt. Caruso was geraakt door een kogel die van een rots af was geketst en zijn heup had geschampt; hij bloedde als een rund, maar het was verder niet ernstig. En een van de Chinese rebellen was in zijn onderarm geschoten.

Ze verzorgden hun verwondingen en hoopten maar dat het leger noch de politie hen voor het vallen van de avond zou vinden.

79

Jack Ryan, de president van de Verenigde Staten, zat achter zijn bureau in het Oval Office, sloeg zijn ogen neer op zijn voorbereide tekst en schraapte zijn keel.

Rechts van de camera, op krap drie meter van zijn gezicht, telde de regisseur af. 'Vijf, vier, drie...' Hij hield twee vingers omhoog, één, en wees vervolgens naar Jack.

Ryan glimlachte niet in de camera; hij diende nu de juiste toon aan te slaan, en hoe langer hij dit vervloekte spelletje speelde, des te meer hij onderkende dat de regels, hoewel nog steeds zo vervelend als de hel, er soms om een reden waren. Hij wilde geen woede, opluchting, tevredenheid of wat dan ook uitstralen, alleen maar afgemeten vertrouwen.

'Goedenavond. Gisteren heb ik Amerikaanse gevechtsvliegtuigen het bevel gegeven tot een beperkte luchtaanval op een locatie in het zuiden van China die door Amerikaanse leger- en inlichtingenexperts werd beschouwd als het zenuwcentrum vanwaaruit de cyberaanvallen tegen de Verenigde Staten werden geleid. Bij deze aanval waren moedige Amerikaanse piloten, matrozen en speciale eenheden betrokken, en ik ben blij u te kunnen mededelen dat de aanval een volledig succes was.

In het afgelopen etmaal hebben we een belangrijke ommekeer gezien in de krachtige aanval op Amerika's infrastructuur en bedrijfsleven. Hoewel we nog een lange weg te gaan hebben om de buitengewone schade die het Chinese regime ons heeft toegebracht, te herstellen, zullen we met de hulp van eendrachtig samenwerkende Amerikaanse overheids- en bedrijfsdeskundigen deze crisis te boven komen en met maatregelen komen die ervoor zullen zorgen dat dit nooit weer gebeurt.

Bij de aanval in China zijn veel Amerikanen gesneuveld, en nog een aantal is door Chinese troepen gevangengenomen. Hier in de Verenigde Staten zal de berekening van het aantal doden en gewonden door stroomuitval, het verlies van communicatiediensten en de verstoring van transportnetwerken nog enige tijd vergen.

Bovendien zijn bij de eerste plotselinge geweldsuitbarsting van de Chinese operatie tegen ons, toen de Amerikaanse Reaper-drone twee maanden geleden werd gekaapt en raketten op onze soldaten en bondgenoten werden afgevuurd, acht Amerikaanse militairen omgekomen. Ik heb u verteld over het verlies van Amerikaanse levens. Ook het verlies van Taiwanese, Indiase, Vietnamese, Filipijnse en Indonesische levens door Chinese agressie speelt een grote rol bij het beoordelen van deze rampspoed.

Amerika en onze bondgenoten hebben nodeloos geleden, en we zijn allemaal verbolgen. Maar we willen geen oorlog, we willen vrede. Ik heb beraadslaagd met minister van Defensie Robert Burgess en anderen van het Pentagon om deze crisis met China op te lossen op een manier die levens zal sparen in plaats van kosten.

Met dat doel voor ogen zal de Amerikaanse marine morgen vanaf zonsopgang beginnen met een gedeeltelijke blokkade van olietransporten naar China door de Straat Malakka, de poort van de Indische Oceaan naar de Zuid-Chinese Zee. China betrekt tachtig procent van al zijn olie via deze smalle waterweg, en vanaf morgen zullen wij vijftig procent van deze olie tegenhouden.

De leiders van China staan nu voor een directe keuze. Ze kunnen hun oorlogsschepen uit de Zuid-Chinese Zee terugtrekken, hun manschappen terugroepen van de eilanden, riffen en zandbanken die ze de afgelopen maand hebben bezet en alle schendingen van de Taiwanese territoriale wateren in de Straat van Taiwan staken. Zodra ze dit doen, zal de olie weer ongebreideld door de Straat Malakka stromen.

Maar als China doorgaat met zijn aanvallen op zijn buurlanden of een aanval begint tegen de Verenigde Staten van Amerika, in welke vorm dan ook, zij het via land, zee, lucht, ruimte of cyber, dan zullen wij alle olie naar China door de Straat Malakka tegenhouden.'

Ryan keek op van zijn tekst. Zijn kaak verstijfde. 'Alle olie. Tot op de laatste druppel.'

Hij wachtte nog even, zette zijn bril goed en sloeg zijn ogen weer neer op zijn tekst. 'De Verenigde Staten zijn veertig jaar lang een goede vriend en zakenpartner van de Volksrepubliek China geweest. We hebben onze meningsverschillen gekend, maar we behouden ons respect voor het goede Chinese volk.

Onze onenigheid nu is met bepaalde elementen binnen het Chinese Volksleger en de Communistische Partij van China. Wij zijn zeer zeker niet de enigen die ontevreden zijn met de daden van de militaire leiders. Er zijn zelfs binnen het Volksleger facties die niet gelukkig zijn met de offensieve acties die China heeft ondernomen.

Enkele uren geleden werd in Beijing de voorzitter van de Centrale Militaire Commissie en voornaamste architect van de gecoördineerde aanvallen door China op zijn buurlanden en de Verenigde Staten vermoord. De eerste rapporten wijzen erop dat leden van zijn eigen leger betrokken waren bij de aanval op zijn autocolonne. Het ongenoegen over de huidige koers van het leger kon niet duidelijker worden benadrukt dan met de brutale moordaanslag op voorzitter Su door zijn eigen mannen.

President Wei staat nu voor een belangrijke keuze, en die keuze zal invloed hebben op de levens van 1,4 miljard Chinezen. Ik doe een beroep op president Wei om tot de juiste keuze te komen, om alle vijandelijkheden te staken, om zijn leger terug naar zijn bases te roepen en om onvermoeibaar te werken aan het herstel van de schade die China's acties de afgelopen paar maanden hebben veroorzaakt.

Dank u, en goedenavond.'

Wei Zhen Lin zat achter zijn bureau, met de handen plat op de bureaulegger, en keek recht voor zich uit.

Het Zittende Comité van het Politbureau wilde zijn hoofd. Ze wilden onmiskenbaar Su's hoofd, dacht Wei, maar aangezien Su al dood was, waren ze meer dan gewillig om in plaats daarvan Wei kapot te maken om hun woede te kanaliseren en afstand te doen van zowel het economische, het sociale als het militaire beleid dat zo volledig was mislukt.

President Wei voelde een steek van spijt dat Su niet gewoon had gedaan wat Wei hem had gevraagd. Met enig wapengekletter en intimidatie in de Zuid-Chinese Zee, Taiwan en Hongkong had hij de landen in de regio zover kunnen krijgen dat ze zich met graagte bij de sterke economie en toekomstperspectieven van de Volksrepubliek China hadden aangesloten. Daarvan was Wei overtuigd.

Maar nee, Su had meer gewild, hij had er een hele oorlog van willen maken, had de marine van de Verenigde Staten willen verslaan en die met de staart tussen de benen huiswaarts willen sturen.

De man was een idioot. Wei meende dat, als hij tot leider van de Centrale Militaire Commissie was gekozen, hij het er beter van af zou hebben gebracht dan Su Ke Qiang.

Maar wensen dat het allemaal anders was gelopen, dat was tijdverspilling, en dat kon Wei zich niet permitteren.

Buiten onder zijn raam hoorde hij de zware voertuigen van het ministerie van Openbare Veiligheid. Ze waren gekomen om hem te arresteren, net zoals ze een paar maanden geleden hadden gedaan, alleen zou Su ditmaal niet opdagen om hem te redden.

Hem redden? Nee, Su had hem destijds helemaal niet gered. Su had Weis val slechts lang genoeg gerekt om zijn nalatenschap verder te bezoedelen.

Met een gemoed vol woede, spijt en laatdunkendheid jegens de mensen die hem nog steeds niet begrepen, tilde president en secretaris-generaal Wei Zhen Lin zijn rechterhand op van het vloeiblad; hij sloeg hem om de handgreep van het pistool en zette het wapen vlug tegen zijn hoofd.

Uiteindelijk maakte hij er nog een knoeiboel van. Uit angst voor de harde knal van het pistool kromp hij ineen, en de loop schoof naar voren en omlaag. Hij schoot zichzelf door zijn rechterjukbeen, en de kogel vloog er via zijn voorhoofdsholte aan de linkerkant weer uit, waarbij zijn hele gezicht werd opengereten.

Hij viel neer, greep naar de onbeschrijflijke pijn en kronkelde over de vloer achter zijn bureau, waarbij hij zijn stoel omver schopte en wild met zijn armen zwaaide, in zijn eigen bloed.

Een van zijn ogen zat vol tranen en bloed, maar het andere bleef schoon, en opeens zag hij Fung geschokt en besluiteloos over zich heen gebogen staan.

'Maak het af!' riep hij, maar de woorden waren onverstaanbaar. De ondraaglijke pijn van de wond en de schaamte van het over de vloer van zijn werkkamer rondrollen na het mislukken van zo'n eenvoudige handeling verscheurden zijn ziel, zoals de kogel zijn gezicht had verscheurd.

'Maak het af!' gilde hij nog eens uit, en opnieuw wist hij dat hij niet werd begrepen.

Fung stond gewoon over hem heen gebogen.

'Toe!'

Fung wendde zich af en verdween om het bureau. En door zijn eigen gegil en smeekbeden heen hoorde Wei dat Fung de deur achter zich dichttrok.

Het kostte de president nog vier minuten om in zijn eigen bloed te stikken.

Epiloog

Al na drie dagen liet China de gevangengenomen piloten vrij, waarna ze zonder al te veel omhaal op chartervluchten naar Hongkong werden gezet, waar ze door een toestel van Defensie werden opgehaald en naar huis gevlogen.

Brandon 'Trash' White bevond zich al in Hongkong. De eerste dag na zijn crash had hij in een kleine flat in Shenzhen doorgebracht, samen met de gemaskerde Amerikaan die Jack heette en de Aziatische CIA-agent die zichzelf Adam noemde; hier werd hij bezocht door een arts uit Hongkong die Adam leek te kennen. De man verzorgde Trash' verwondingen en bereidde hem voor om te kunnen reizen. Daarna staken Jack en Trash 's nachts op een vlot een rivier over en ze liepen een uur lang door rijstvelden om ten slotte aan de andere kant weer door Adam opgepikt te worden.

Trash werd naar een ziekenhuis in Hongkong gebracht, waar hij kennismaakte met personeel van de militaire inlichtingendienst DIA en naar Pearl Harbor werd overgevaren. Hij zou genezen en ja, hij zou weer snel genoeg in de cockpit van een F/A-18 zitten, hoewel hij dacht dat zonder Cheese als zijn wingman vliegen nooit meer hetzelfde zou voelen.

John Clark, Domingo Chavez, Sam Driscoll en Dominic Caruso brachten negen dagen door in Beijing, en in dat tijdsbestek verkasten ze van het ene schuiladres naar het andere, van het Pad van de Vrijheid naar de Rode Hand en weer terug, totdat een flinke contante betaling, door Ed Foley persoonlijk gedaan aan een oude man in New Yorks Chinatown, de zaak echt in beweging bracht.

In het holst van de nacht werden de vier Amerikanen naar een gebouw gebracht waar Russische piloten gehuisvest waren die werkten voor Rosoboronexport, een wapenexportbedrijf in Russische staatshanden. Ze werden heimelijk aan boord gebracht van een Yakovlev die de Chinezen net een partij clusterbommen had geleverd en nu naar Rusland terugvloog.

Clark had deze terugreis geregeld met Stanislav Biryukov, het hoofd van de Russische veiligheidsdienst FSB. Het verliep allemaal vlot, maar John wist dat de wederdienst die Biryukov hem verschuldigd was nu volledig ingelost was, dus hij kon er niet opnieuw op rekenen dat hij voor hem meer zou zijn dan het hoofd van een, soms vijandige, spionagedienst.

Valentin Kovalenko zat bijna een week lang opgesloten in een kamer in een safehouse van Hendley Associates. De enigen die hij te zien kreeg, waren een paar veiligheidsmensen die hem eten en kranten brachten. Hij staarde dagenlang naar de muren en wenste dat hij naar huis mocht, terug naar zijn gezin.

Maar hij geloofde geen moment dat dit ook echt zou gebeuren.

Hij vreesde, hij verwachtte, hij wist zéker dat wanneer John Clark terugkeerde, hij met een pistool in zijn hand de kamer in zou lopen en hem door het hoofd zou schieten.

En Kovalenko kon niet zeggen dat hij het hem kwalijk zou nemen.

Maar toen was daar op een middag opeens een veiligheidsman die de deur van het slot deed, zichzelf bekendmaakte als Ernie en Kovalenko duizend dollar contant gaf. 'Ik heb een boodschap van John Clark,' zei hij.

'Ja?'

'Rot op.'

'Oké.'

Ernie draaide zich om en liep de kamer uit. Even later hoorde Valentin een auto starten en de oprit af rijden.

Een minuutje later stapte de verbijsterde Rus het gebouw uit. Hij stond in een appartementencomplex ergens in een buitenwijk van DC. Langzaam liep hij naar de straat, zich afvragend of hij nu zomaar een taxi kon aanhouden en waar hij de chauffeur moest zeggen naartoe te rijden.

Na zijn terugkeer uit Hongkong aan boord van de Gulfstream van Hendley Associates begaf Jack Ryan junior zich linea recta naar het appartement van Melanie Kraft in Alexandria. Hij had haar gebeld en haar zo de tijd gegund om te beslissen of ze thuis zou zijn of niet, en om te beslissen wat ze hem zou vertellen over haar verleden.

Onder het genot van een kop koffie aan de bistrotafel in haar piepkleine keuken vertelde hij haar wat ze al wist. Dat hij werkte voor een inlichtingenorganisatie die onder strikte geheimhouding werd geleid en die in het belang van de Verenigde Staten werkte, maar gevrijwaard was van de beperkingen van een ambtenarenapparaat.

Sinds de Chinese aanval op Hendley Associates had ze enkele dagen gehad om dit te verwerken; ze zag de voordelen van zo'n organisatie, maar tegelijkertijd ook de duidelijke risico's die ermee gepaard gingen.

Daarna was het haar beurt om het een en ander op te biechten. Ze legde uit dat haar vader was gecompromitteerd en hoe ze dat had vernomen, en dat ze vervolgens had besloten om haar leven niet te laten verwoesten door zijn fouten.

Hij begreep dat ze in een lastig parket zat, maar wist haar er niet van te overtuigen dat deze FBI-man, Darren Lipton, een agent moest zijn geweest voor Center en niet aan een echt onderzoek had gewerkt.

'Nee, Jack. Er was nog een man van de FBI, Liptons baas, Packard. Ik heb zijn kaartje nog in mijn tas. Hij bevestigde alles. Bovendien hadden ze een gerechtelijk bevel. Dat lieten ze me zien.'

Ryan schudde zijn hoofd. 'Sinds Center telefoongesprekken onderschepte van Charles Alden, waarin hij vertelde dat jij voor hem werkte en hij informatie gaf over mij en Hendley Associates om John Clark in diskrediet te brengen, werkte jij in feite voor Center.'

'Lipton is echt. Hij weet van mijn vader en...'

'Hij weet dat omdat Center hem dat vertelde! Center kon die informatie hebben gekregen door dossiers van de Pakistaanse inlichtingendienst te hacken. Daartoe was zijn organisatie moeiteloos in staat.'

Hij zag dat ze hem niet geloofde; toen de FBI haar ervan beschuldigde te liegen over haar vaders spionageactiviteiten had ze het gevoel gehad dat haar hele leven op instorten stond.

'Er is één manier om dit nu direct op te helderen,' zei Jack.

'Hoe dan?'

'We gaan Lipton opzoeken.'

Het kostte een dag om hem te vinden. Hij had verlof genomen van zijn werk, en zowel Jack als Melanie vreesde dat hij het land uit was gevlucht. Maar Ryan liet Biery de bankgegevens van de man hacken, en toen die ontdekte dat Lipton bij een DoubleTree-hotel in Crystal City net vierhonderd dollar had gepind, reden Jack en Melanie er direct naartoe.

Tegen de tijd dat ze daar aankwamen, had Biery inmiddels het kamernummer achterhaald, en een paar minuten later gebruikte Jack een sleutelkaart die Melanie van een kamermeisje had gepikt.

Ryan en Kraft betraden de hotelkamer en zagen een halfnaakte Lipton en een volledig naakt hoertje, en Jack droeg het meisje op om haar spullen en haar vierhonderd dollar te pakken en te vertrekken.

Lipton leek bang om Ryan en de vrouw hier te zien, maar leek geen haast te hebben om zich aan te kleden. Jack wierp hem een katoenen broek toe. 'In godsnaam, man, trek deze aan.'

Lipton schoot in de broek, maar trok geen overhemd over zijn mouwloze onderhemd aan.

'Wat willen jullie van me?' vroeg hij.

'Center is dood,' zei Jack. 'Mocht je dat nog niet weten.'

'Wie?'

'Center. Dr. K.K. Tong.'

'Ik weet niet waar je het over...'

'Luister, klootzak! Ik weet dat je voor Center werkte. We hebben kopieën van al je gesprekken, en we hebben Kovalenko, die jou kan verlinken.'

Lipton zuchtte. 'De Rus met de baard?'

'Yep.'

Het was een leugen, maar Lipton trapte er in.

Hij gaf het bedrog op. 'Center was mijn opdrachtgever, maar ik ken geen K.K. Tong. Ik had geen idee dat ik voor de Russen werkte, want anders zou ik...'

'Je werkte voor de Chinezen.'

Darren Lipton kromp ineen. 'Nog erger.'

'Wie was Packard?' vroeg Melanie.

Lipton haalde zijn schouders op. 'Gewoon een of andere arme zak die Center bij de ballen had. Net als ik. Hij was niet van de FBI. Ik kreeg de indruk dat hij een detective was. Misschien uit DC, misschien Maryland of Virginia. Toen het valse gerechtelijke bevel jou niet overtuigde om de telefoon van afluistersoftware te voorzien, stuurde Center hem naar mij. Ik dofte hem op, praatte hem in een kwartiertje bij over de situatie en hij speelde de goeie smeris na mijn slechte.'

'Maar je vroeg mij om hem te treffen bij het J. Edgar Hoover-gebouw. Wat als ik ja had gezegd?'

Lipton schudde zijn hoofd. 'Ik wist dat je niet bij het Hoover-gebouw naar binnen zou lopen.'

Melanie was zo kwaad dat ze door deze klootzak was gemanipuleerd, dat ze naar hem uithaalde. Er verscheen direct bloed op zijn onderlip. Lipton likte aan het bloed en knipoogde naar Kraft.

Haar gezicht werd nog roder, en ze snauwde. 'Jezus! Dat was ik vergeten. Daar raakt ie opgewonden van.'

Ryan keek naar Melanie, begreep wat ze bedoelde, en draaide zich weer om naar Lipton.

'Word hier maar eens opgewonden van,' zei Jack, en hij deelde de gemeenste rechtse directe van zijn leven uit, die de FBI-man in zijn vlezige gezicht raakte. Liptons hoofd klapte naar achteren, en de forse man ging neer. Binnen enkele tellen werd zijn kaak dik en paars. Jack boog zich over hem heen. 'Je hebt één week om bij de FBI je ontslag in te dienen. Doe het, of we komen terug voor je. Begrepen?' Lipton knikte zwakjes, keek op naar Ryan en knikte nog eens.

De rouwdiensten voor de werknemers van Hendley Associates, die door de commando's van het Hemelse Zwaard waren gedood, vonden plaats door heel Virginia, Maryland en DC. Alle Campus-medewerkers, ook Gerry Hendley, woonden de diensten bij.

Jack ging in zijn eentje naar de plechtigheden. Melanie en hij waren tot een soort detente in hun relatie gekomen; ze begrepen allebei waarom ze tegen elkaar hadden gelogen, maar vertrouwen was een kostbaar goed in een liefdesverhouding, en dat was door hen beiden geschonden.

Hun relatie was, om wat voor gegronde redenen dan ook, aangetast, en ze merkten dat ze elkaar weinig te zeggen hadden.

Jack was niet verrast toen hij Mary Pat Foley en haar man Ed op Sam Grangers begrafenis in Baltimore zag. Na afloop van de dienst op zaterdagmiddag verzocht Jack het hoofd van de inlichtingendienst om een gesprek onder vier ogen. Ed verontschuldigde zich en ging een praatje maken met Gerry Hendley. Terwijl de twee samen over de begraafplaats liepen, bleef Mary Pats veiligheidsagent op ruime afstand van zijn baas en de presidentszoon.

Ze vonden een houten bank en namen plaats. Mary Pat keek om naar haar veiligheidsagent en knikte ten teken dat ze even wat privacy wilden, en hij liep twintig meter terug en keek de andere kant op.

'Alles goed met jou, Jack?'

'Ik wil je spreken over Melanie.'

'Oké.'

'Ze heeft heimelijk informatie ingewonnen over mij, eerst voor Charles Alden, afgelopen jaar tijdens de Kealty-affaire, en vervolgens, nadat Alden was aangehouden, werd ze benaderd door iemand bij de FBI, National Security Branch. Hij wilde informatie over mij en Hendley Associates.'

Mary Pat keek verrast. 'De NSB?'

Jack schudde zijn hoofd. 'Het is niet zo erg als het klinkt. Deze man was eigenlijk een agent die voor Center werkte.'

'Jezus. Hoe heet ie?'

'Darren Lipton.'

Ze knikte. 'Nou, maandag rond lunchtijd kan hij op zoek naar een nieuwe baan, dat is wel zeker.'

Jack forceerde een glimlach. 'Je zult hem maandag niet op zijn kamer treffen. Ik denk dat ik zijn kaak gebroken heb.'

'Ik weet zeker dat het Bureau van Federale Gevangenissen wel voor vloeibaar voedsel kan zorgen.' Mary Pat staarde een lang ogenblik in de verte. 'Waarom ging Melanie akkoord om informatie over jou te geven? Ik bedoel, behalve het feit dat ze onder bevel van haar baas en de federale overheid werkte.'

'Een geheim in haar verleden. Iets wat Center te weten was gekomen over haar vader, iets waar de FBI-man haar mee chanteerde.'

Mary Pat Foley wachtte op een nadere uitleg. 'Ik zal het toch moeten weten, Jack,' zei ze toen Jack zweeg.

Ryan knikte. En vervolgens vertelde hij haar over Melanies vader, over haar leugen.

Mary Pat leek niet eens zo verrast als Ryan had verwacht. 'Ik doe dit werk al heel lang,' zei ze. 'De energie en vastberadenheid die ik in die jongedame zag, was iets unieks. Ik zie nu dat ze ter compensatie iedereen probeerde te overtreffen, omdat ze het gevoel had dat ze dat moest.'

'Mocht het iets uitmaken,' zei Ryan, 'Clark zegt dat ze bij Hendley Associates levens heeft gered. Zonder haar zouden we nog meer begrafenissen hebben gehad.'

Mary Pat knikte en leek half in gedachten verzonken.

'Wat ga je nu doen?' vroeg Jack.

'Ze weet van De Campus. Vanwege het liegen over haar antecedentenonderzoek ligt ze eruit bij de CIA, maar ik ga haar verdomme niet de les lezen. Ik rij straks meteen bij haar langs om met haar te praten.'

'Als je haar zegt om ontslag te nemen, komt ze te weten dat je op de hoogte bent van De Campus. Dat kan een probleem voor jou zijn.'

DNI Foley wuifde het weg. 'Om mezelf maak ik me geen zorgen. Het klinkt misschien banaal, maar ik vind het belangrijker om de integriteit van de Amerikaanse inlichtingendiensten en de veiligheid van de organisatie die jouw vader met de beste bedoelingen heeft opgezet, te bewaren. Daar moet ik mijn best voor doen.'

Jack knikte. Hij voelde zich ellendig.

Mary Pat zag het. 'Jack,' zei ze, 'ik zal haar niet zo hard aanpakken. Ze heeft gedaan wat ze dacht dat goed was. Ze is een goeie meid.'

'Ja,' zei Jack nadat hij hier even over had nagedacht. 'Dat is ze.'

Iets na vieren in de middag stopte Mary Pat Foleys zwarte Suburban voor het koetsiershuisje van Melanie Kraft in Alexandria. De temperatuur was tot onder het vriespunt gezakt, en uit het lage grijze wolkendek viel een lichte mix van sneeuw en ijzel.

De chauffeur van de DNI wachtte in de auto, maar haar veiligheidsagent, die in zijn linkerhand een paraplu boven haar hoofd hield, vergezelde haar naar de voordeur. Terwijl ze aanklopte, stond hij naast haar en hij liet zijn vrije hand in zijn jasje naar zijn rechterheup glijden.

Melanie deed snel open; van overal in haar flat was je binnen tien stappen bij de voordeur.

Toen ze Mary Pat zag, die zowel haar vriendin als haar baas was geworden, glimlachte ze niet. In plaats daarvan deed ze een stap naar achteren. 'Kom je niet even binnen?' vroeg ze op vriendelijke toon.

Onderweg vanuit Baltimore had Mary Pat haar beveiliger gevraagd of hij er bezwaar tegen had als ze een paar minuten alleen met een van haar werknemers in haar flat doorbracht. Het was slechts een flintertje van de waarheid, maar het volstond. De uit de kluiten gewassen veiligheidsagent controleerde vlug het kleine flatje en stapte vervolgens weer naar buiten om onder de paraplu te schuilen.

Mary Pat stond ondertussen in de woonkamer en keek om zich heen. Het hoofd van de Amerikaanse inlichtingengemeenschap had niet lang nodig om de situatie te begrijpen. Het was duidelijk te zien dat de bewoner van deze flat aan het verhuizen was. Tegen de muur stonden twee geopende koffers, die halfvol kleding zaten. Een aantal kartonnen dozen was al met tape dichtgemaakt, en er stonden er nog een paar opgevouwen tegen de muur.

'Ga zitten,' zei Melanie, en Mary nam plaats op het kleine tweezitsbankje. Zelf ging Melanie op een metalen bistrostoel zitten.

'Ik was niet van plan om zomaar te vertrekken,' zei Melanie bij wijze van uitleg. 'Ik wilde je vanavond bellen en vragen of ik even langs kon komen.'

'Wat ben je aan het doen?'

'Ik neem ontslag.'

'Oké,' reageerde Foley. 'Waarom?'

'Omdat ik heb gelogen over mijn verleden. Ik heb verdomme zo goed gelogen dat ik de leugendetector heb verslagen. Ik dacht dat het er niet toe deed, waar ik over loog, maar ik zie nu in dat elke leugen kan worden gebruikt om iemand in gevaar te brengen, iemand die bekend is met Amerika's grootste geheimen.

Ik was kwetsbaar, en werd dus gedupeerd. Ik werd gebruikt. En allemaal vanwege een domme leugen, waarvan ik nooit had verwacht dat die me nog zou achtervolgen.'

'Ik begrijp het,' zei Mary Pat.
'Misschien wel, maar misschien ook niet. Ik weet niet zeker wat je precies weet, maar vertel het me maar niet. Ik wil niets doen wat jou in opspraak kan brengen.'
'Dus je stort jezelf gewoon op je zwaard?'
Melanie grinnikte. Ze reikte naar een van de stapels boeken die langs de muur op de vloer stonden en begon ze in een plastic melkkrat te leggen. 'Zo dacht ik er niet over. Ik red me wel. Ik zal weer een opleiding gaan volgen, iets anders vinden wat me interesseert.' Haar glimlach werd nu iets breder. 'En daar verdomd goed in worden ook.'
'Daar ben ik van overtuigd,' zei Mary Pat.
'De baan zal ik wel gaan missen. En het werken voor jou.' Ze zuchtte. 'En ik zal Jack missen.' Ze zweeg weer even. 'Maar deze rotstad zal ik niet gaan missen.'
'Waar ga je heen?'
Ze schoof het volle melkkrat aan de kant en trok een kartonnen doos naar zich toe. Ook deze begon ze met boeken te vullen. 'Ik ga naar huis. Naar Texas. Naar mijn vader.'
'Je vader?'
'Ja. Lang geleden heb ik hem de rug toegekeerd vanwege een fout die hij had gemaakt. Nu snap ik dat wat ik heb gedaan niet zo heel anders was, en ik vind mezelf niet een slecht persoon. Ik moet dus naar huis en hem vertellen dat we, ondanks alles wat er is gebeurd, nog steeds een familie zijn.'
Mary Pat Foley zag dat Melanies besluit vaststond, maar dat het haar wel nog steeds pijn deed.
'Wat er in het verleden ook mag zijn gebeurd, je doet nu wat goed is,' zei ze.
'Bedankt, Mary Pat.'
'En ik wil dat je weet dat jouw tijd hier in deze stad het waard was. Het werk dat je hebt gedaan, heeft een verschil gemaakt. Vergeet dat nooit.'
Melanie glimlachte, vulde de doos met boeken tot de rand, schoof hem aan de kant en reikte naar een volgende.

Na de begrafenis keerde Jack terug naar het ouderlijk huis in Baltimore.
President Jack Ryan en zijn vrouw Cathy brachten hier samen met kinderen het weekend door. Jack moest eerst langs de geheime dienst van zijn vader om hem in zijn werkkamer op te kunnen zoeken. Ryan senior omhelsde zijn zoon, vocht daarbij tegen de tranen van opluch-

ting om hem in levenden lijve en in één geheel weer te zien en hield hem vervolgens stevig bij de schouders vast; hij bekeek zijn zoon eens goed, van top tot teen.

Jack glimlachte. 'Ik voel me prima, pa. Echt.'

'Wat heeft je in godsnaam bezield?' vroeg de oudere Ryan.

'Iemand moest het doen. Ik was de enige die beschikbaar was, dus ik ging erheen en heb het gedaan.'

Seniors kaken verstrakten, alsof hij dit wilde tegenspreken, maar hij zweeg.

'Ik wil het over iets anders hebben met je,' zei Junior.

'Is dit alleen een manier om van onderwerp te veranderen?'

Jack junior glimlachte flauw. 'Deze keer niet.'

De twee mannen namen plaats op een bank. 'Wat is er?'

'Het gaat over Melanie.'

De ogen van de oudere Ryan leken te fonkelen. Dat hij smoorverliefd was op de jonge inlichtingenanaliste had hij niet onder stoelen of banken gestoken. Maar de president onderkende meteen de sombere toon van zijn zoon. 'Wat is er dan?'

Jack vertelde hem bijna alles. Dat Charles Alden haar een onderzoek had laten instellen naar Ryans verhouding met Clark, en daarna dat Darren Lipton haar in opdracht van de Chinezen had gemanipuleerd om met zijn mobiele telefoon te knoeien.

Over de Russen in Miami, over de gebeurtenissen in Istanbul, Hongkong of Guangzhou, of over het vuurgevecht met de commando's van het Hemelse Zwaard in Georgetown vertelde hij zijn vader niet. De jongere Ryan was inmiddels zo volwassen dat hij niet langer de behoefte voelde om oorlogsverhalen te vertellen die mensen die zich over hem en zijn veiligheid zorgden maakten, alleen maar van hun stuk brachten.

Op zijn beurt vroeg president Jack Ryan ook niet om details. Niet dat hij ze niet wilde weten. Hij was iemand die graag zo veel mogelijk informatie tot zich nam. Het was eerder dat hij zijn zoon niet het gevoel wilde geven dat hij alles vertellen moest.

Ryan senior realiseerde zich dat hij moest leren omgaan met de gevaarlijke kanten van Jacks werk, net zoals Cathy dat bij hemzelf had moeten doen. Hij wist wel dat er meer achter het verhaal zat dan hij te horen kreeg, veel meer zelfs. Maar als Jack junior er niet mee kwam, ging Jack senior er ook niet naar vragen.

'Heb je iemand verteld over die Lipton?' was het eerste wat de president vroeg, nadat hij alles had aangehoord.

'Die wordt aangepakt,' zei Junior. 'Mary Pat zal niets van hem heel laten.'

'Ik vermoed dat je daar gelijk in hebt.'

De president dacht nog even na. 'Mevrouw Kraft is in het Witte Huis in de West Sitting Hall en de eetzaal geweest. Moet ik die bij de volgende controle door de beveiliging laten nakijken op afluisterapparatuur?'

'Ik geloof dat ze me alles wel heeft verteld. Ik was het doelwit van Lipton, niet jij of het Witte Huis. Bovendien ben ik ervan overtuigd dat ze al wel iets gevonden zouden hebben als ze iets had geplaatst. Maar doe het gerust, je kunt nooit voorzichtig genoeg zijn.'

Senior nam een moment om zijn gedachten te ordenen. 'Jack,' zei hij ten slotte, 'ik dank God elke dag dat je moeder bij me is gebleven. Dat ik iemand heb gevonden die bereid was om alles wat bij het leven van een geheim agent hoort, zomaar te slikken, was een kans van één op een miljoen. De geheimen die we voor ons moeten houden, de samenwerkingen waartoe we worden gedwongen, de leugens die we vanzelfsprekend moeten vertellen. Het draagt allemaal niet bij tot een goede relatie.'

Jack had hetzelfde gedacht.

'Jij hebt de beslissing genomen om voor De Campus te werken. Die beslissing kan je enige voldoening en spanning geven, maar het gaat ook gepaard met veel offers.'

'Dat begrijp ik.'

'Melanie Kraft zal niet de enige keer zijn dat je werk botst met je privéleven. Als je weg kunt lopen, nu je nog jong bent, moet je dat ook gewoon doen.'

'Ik loop niet weg, pa.'

Senior knikte. 'Dat weet ik wel. Onthoud alleen dat verbroken relaties, geschonden vertrouwen en voortdurende onenigheid tussen jou en je dierbaren bij het werk horen. Iedereen om wie je geeft, zal het gevaar lopen een doelwit tegen je te worden.'

'Weet ik.'

'Verlies nooit uit het oog hoe belangrijk je werk voor dit land is, maar zorg ook dat je gelukkig bent. Want dat verdien je.'

Jack glimlachte. 'Daar zal ik voor zorgen.'

Cathy Ryan keek om de deur van de werkkamer. 'Jongens, we kunnen eten.'

De president en zijn zoon voegden zich bij de anderen voor een gezinsmaaltijd in de eetzaal.

Jack junior was bedroefd om de dood van zijn vrienden, en om de breuk met Melanie, maar om hier te zijn, thuis, bij zijn familie, monterde hem op op een manier die hij niet had verwacht. Hij glimlachte

meer, ontspande zich meer en stond zichzelf voor het eerst in maanden toe om niet continu alert te zijn om uit het startblok te kunnen schieten; hij was niet bang om in gevaar te worden gebracht door de raadselachtige krachten die het op hem en zijn organisatie gemunt hadden.
Het leven was mooi en vloog voorbij. Waarom er niet van genieten zolang je de kans kreeg?

De middag werd avond, Cathy kroop vroeg onder de wol, de kinderen kozen voor een computerspelletje en de twee Jack Ryans trokken zich weer terug in de werkkamer, ditmaal om wat te kletsen over honkbal, vrouwen en familie – de belangrijke dingen in het leven.

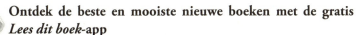 **Ontdek de beste en mooiste nieuwe boeken met de gratis** *Lees dit boek*-**app**
Wilt u als eerste de beste en mooiste nieuwe boeken ontdekken? Vaak nog voordat die boeken zijn verschenen en de pers erover heeft geschreven? Download dan gratis de *Lees dit boek*-app voor Android-telefoons en -tablets, iPhone en iPad via www.leesditboek.nl.

Blijft u graag op de hoogte van de nieuwste spannende boeken? Volg ons dan via www.awbruna.nl, ▮ en ▮ en meld u aan voor de spanningsnieuwsbrief.